Je dédie ce livre à ceux qui brisent les règles,
aux agitateurs, et aux révolutionnaires.
Parfois, la main qui vous nourrit
mérite d'être mordue.

PREMIÈRE PARTIE

Chapitre 1

Le nouveau-né n° 485GA18M mourut le 30 juin 2076 à six heures sept du matin. C'était une fille, âgée de trois jours. Depuis le Ravage, l'espérance de vie moyenne d'un enfant humain était de cinquante-six heures.

On ne prenait même plus la peine de leur donner un prénom.

Le docteur Skousen examinait le petit corps sous le regard impuissant de Kira Walker. Protégées par leur masque à gaz, des infirmières sans visage – dont la moitié étaient enceintes, elles aussi – enregistraient les détails de sa vie et de sa mort. Depuis le couloir leur parvenaient les gémissements déchirants de la mère, assourdis par la vitre de séparation. Ariel McAdams, dix-huit ans à peine. Mère d'un cadavre.

— Température corporelle : 37,2 degrés à la naissance, annonça une infirmière en consultant un graphique.

Le masque donnait à sa voix un timbre métallique ; Kira ignorait son nom. Une autre transcrivait soigneusement les données sur une feuille de papier jaune.

— 36,6 à deux jours, poursuivit la femme. 37,2 à quatre heures ce matin. 43,1 à l'heure du décès.

Elles se déplaçaient sans bruit dans la pièce, ombres vert pâle au pays des morts.

— Laissez-moi la prendre dans mes bras, s'écria Ariel d'une voix rauque. Laissez-moi juste la tenir un peu.

Les infirmières ne lui prêtèrent aucune attention. C'était la troisième naissance de la semaine, et le troisième décès : il était plus important d'enregistrer la mort de son enfant, d'en apprendre quelque chose – afin de prévenir, sinon la suivante, peut-être celle d'après, ou la centième, ou la millième qui viendrait. Trouver quelque chose, n'importe quoi, pour qu'un enfant humain puisse rester en vie.

— Rythme cardiaque ? demanda l'une d'elles.

Je n'en peux plus, pensa Kira. *Je suis ici pour soigner, pas pour jouer les croque-morts...*

— Rythme cardiaque ? répéta la femme d'un ton insistant.

C'était Mme Hardy, l'infirmière en chef de la maternité.

Kira revint immédiatement sur terre ; la surveillance du rythme cardiaque était sa responsabilité.

— Régulier jusqu'à quatre heures, où il grimpe soudainement de 107 à 133 battements par minute. À cinq heures, 149. À six heures, 154. À six heures six... 72.

Ariel se remit à gémir.

— J'ai les mêmes chiffres, confirma une collègue.

Mme Hardy nota ce résultat tout en fusillant Kira du regard.

— Vous feriez bien de rester concentrée, grogna-t-elle. On ne manque pas d'internes en médecine qui donneraient tout pour avoir votre place.

— Oui, madame, acquiesça sagement Kira.

Au centre de la pièce, le docteur Skousen se leva, tendit le petit corps à une infirmière et retira son masque. Son regard était aussi mort que celui de l'enfant.

— Je crois que c'est tout ce que nous pouvons apprendre pour l'instant. Nettoyez-moi ça et préparez une analyse sanguine complète.

Sur ces mots, il sortit tandis qu'autour de Kira les infirmières continuaient de s'activer, enveloppant le bébé en vue de son inhumation, stérilisant le matériel, épongeant le sang. La mère pleurait, seule et oubliée de tous : l'enfant avait été conçu par insémination artificielle, et il n'y avait ni mari ni compagnon pour la consoler. Kira, obéissante, rassembla les données en vue de leur analyse et de leur archivage, mais elle ne pouvait détacher son regard de la jeune fille qui sanglotait derrière la vitre.

— Vous, l'interne, ne vous laissez pas distraire, lui rappela Mme Hardy.

Elle aussi retira son masque, et ses cheveux restèrent plaqués par la sueur sur son front. Kira la regarda sans rien dire. La femme lui retourna son regard, puis haussa les sourcils.

— Que nous apprend la brusque accélération cardiaque ?

— Que le virus a atteint le seuil de saturation, récita Kira de mémoire. Il s'est propagé jusqu'à envahir tout le système respiratoire, et le cœur s'est emballé pour tenter de compenser.

L'infirmière en chef hocha la tête, et Kira remarqua pour la première fois qu'elle avait les yeux irrités et injectés de sang.

— Un de ces jours, les chercheurs identifieront un motif récurrent dans ces données et s'appuieront dessus pour mettre au point un traitement. Et ils n'y parviendront que si nous... ?

Elle se tut, dans l'attente, et Kira termina sa phrase.

— ... si nous suivons pas à pas l'évolution de la maladie, à chaque naissance, de notre mieux, en apprenant de nos erreurs pour mieux les corriger.

— La découverte d'un remède dépend directement des données que vous avez entre les mains, martela la femme en désignant les papiers que tenait Kira. Si vous ne les enregistrez pas correctement, cette enfant sera morte pour rien.

Kira acquiesça tout en réalignant les feuilles dans leur chemise d'un air absent. Comme Hardy se détournait pour partir, elle lui tapa sur l'épaule.

— Excusez-moi, madame, lui demanda-t-elle sans oser la regarder dans les yeux, mais si le docteur en a terminé avec le corps, Ariel pourrait-elle le tenir dans ses bras ? Juste une minute ?

L'infirmière soupira, et sa lassitude pointa un instant derrière sa sévère façade professionnelle.

— Écoutez, Kira. Je sais que vous avez réussi votre formation à toute vitesse, et haut la main. Il est clair que vous êtes extrêmement douée pour la virologie et l'analyse du RM, mais les compétences techniques ne font que la moitié du métier. Il faut aussi vous préparer psychologiquement, sans quoi cette maternité ne fera qu'une bouchée de vous. Vous êtes parmi nous depuis trois semaines ; ceci est votre dixième enfant mort. Pour moi, c'est le neuf cent quatre-vingt-deuxième. Et je me souviens de tous. (Elle marqua un silence, qui se prolongea plus que Kira ne s'y serait attendue.) Vous allez devoir renforcer votre cuirasse.

La jeune fille tourna les yeux vers Ariel, qui tambourinait toujours sur la vitre épaisse en pleurant.

– Je sais que vous en avez perdu beaucoup, madame, répondit-elle, la gorge serrée. Mais pour Ariel, c'est le premier.

Mme Hardy la contempla longuement, une ombre distante dans les yeux. Finalement, elle se détourna.

– Sandy?

Une jeune infirmière, qui portait le petit corps vers la sortie, leva la tête.

– Attendez un instant, je vous prie. Sa mère va la tenir un peu dans ses bras.

Kira acheva de consigner les données environ une heure plus tard, juste à temps pour l'assemblée citoyenne du Sénat. Dans le hall de l'hôpital, elle rejoignit Marcus – qui l'accueillit avec un baiser – et s'efforça de mettre derrière elle la tension de cette longue nuit. Elle retourna faiblement son sourire au garçon. La vie était toujours plus facile en sa présence.

Lorsqu'ils sortirent du bâtiment, la lumière soudaine du soleil fit cligner ses paupières épuisées. L'hôpital, véritable bastion de technologie avancée en plein cœur de la ville, contrastait si violemment avec les maisons en ruine et les rues envahies de végétation qu'il faisait l'effet d'un vaisseau spatial perdu sur une planète sauvage. Bien sûr, l'essentiel du désordre avait été nettoyé, mais on voyait encore partout des traces du Ravage, même au bout de onze ans : les carcasses de voitures étaient reconverties en étals de poisson et de légumes, les jardins en potagers et en poulaillers. Le monde qui avait été tellement civilisé – l'ancien monde, celui d'avant le Ravage – n'était plus qu'un champ de ruines, occupé par une culture à peine plus avancée qu'à l'âge de pierre. Les panneaux solaires qui alimentaient l'hôpital constituaient un luxe dont l'essentiel d'East Meadow ne pouvait que rêver.

Kira donna un coup de pied dans un caillou.

— Je ne vais pas pouvoir continuer longtemps comme ça.

— Tu veux qu'on prenne un vélo-taxi ? s'enquit Marcus. Ce n'est pas très loin, le stade.

— Je ne parlais pas du trajet. Je parlais de tout ça : l'hôpital, les bébés. De ma vie. (Elle se remémora les yeux des infirmières, rougis par la fatigue... une fatigue immense.) Tu sais combien de bébés j'ai regardés mourir ? demanda-t-elle d'une voix plus douce. Regardés personnellement mourir, là, devant moi ?

Le garçon lui prit la main.

— Ce n'est pas ta faute.

— Quelle importance ? Ils meurent quand même.

— Personne n'a sauvé un seul enfant depuis le Ravage, personne. Tu es interne depuis trois semaines. Tu ne peux pas t'en vouloir d'échouer là où même des médecins et des chercheurs chevronnés n'ont rien pu faire.

Kira s'arrêta net, les yeux fixés sur lui. Il ne pouvait pas parler sérieusement !

— Tu essaies de me remonter le moral, en ce moment ? Parce que si tu comptes y arriver en me disant qu'il est impossible de sauver le moindre nouveau-né, tu te trompes.

– Tu sais bien que ce n'est pas ce que je voulais dire. Simplement, ça ne dépend pas de toi personnellement. C'est le RM qui tue ces gosses, pas Kira Walker.

Kira jeta un regard de l'autre côté de l'ancienne voie rapide qu'ils étaient en train de longer.

– C'est un point de vue.

À présent qu'ils approchaient de leur destination, la foule devenait plus dense. Le stade serait peut-être même plein, ce qui n'était pas arrivé depuis des mois. Plus exactement, depuis que le Sénat avait voté le tout dernier amendement à la loi dite « Espoir », abaissant l'âge de la grossesse obligatoire à dix-huit ans. Kira sentit ses entrailles se nouer et fit la grimace.

– Tu crois que c'est pour quoi, cette « assemblée citoyenne d'urgence » ?

– Connaissant le Sénat, quelque chose de barbant. On prendra des sièges près de la sortie, pour s'échapper si jamais Kessler se lance dans une de ses interminables tirades.

– Tu ne penses pas qu'il y ait une raison sérieuse ?

– En tout cas, eux se prendront au sérieux : on peut toujours compter sur le Sénat pour ça. (Il lui sourit, mais se rembrunit en voyant son expression grave.) Si je devais deviner, je dirais qu'ils vont nous parler de la Voix du peuple. Ce matin, au labo, on racontait qu'elle avait encore attaqué une ferme cette semaine.

Kira observait le trottoir, évitant soigneusement son regard.

– Ils vont encore abaisser l'âge de la grossesse, tu crois ?

— Encore ? Non, ils l'ont déjà fait il y a moins de neuf mois... Ça m'étonnerait qu'ils l'abaissent à nouveau, alors que les filles de dix-huit ans ne sont même pas encore à terme.

— Ils en sont capables, insista Kira, la tête toujours baissée. Ils en sont tout à fait capables, parce que la loi Espoir est la seule manière qu'ils connaissent d'affronter le problème. Ils pensent que si on fait suffisamment de bébés, un jour ou l'autre il en naîtra un qui sera résistant, sauf que ça ne marche pas, que ça n'a jamais marché depuis onze ans, et que ce n'est pas parce qu'on mettra toutes les ados en cloque que ça va marcher. (Elle lâcha la main de Marcus.) C'est la même chose à l'hôpital : on s'occupe des mères, on stérilise tout, on enregistre toutes les données, et les bébés meurent quand même. On sait précisément comment ils meurent – à tel point que ça me rend malade d'y penser – mais on ne sait toujours absolument pas comment les sauver. Mais allons-y, inséminons encore une fournée de jeunes filles ! Tout ce qu'on obtiendra, c'est encore des bébés morts, et encore des registres qui contiendront exactement les mêmes statistiques sur la manière dont ils sont morts.

Elle sentit son visage devenir brûlant et les larmes lui monter aux yeux. Des gens la regardaient en passant à côté d'elle sur la route ; beaucoup de femmes étaient enceintes, et Kira était convaincue que certaines l'avaient entendue. Elle déglutit et serra ses bras contre ses flancs, furieuse et gênée à la fois.

Marcus lui enlaça les épaules.

— Tu as raison, lui chuchota-t-il à l'oreille. Sur toute la ligne.

Elle s'appuya contre lui.

– Merci.

À ce moment-là, un cri surgit de la foule.

– Kira !

Elle releva la tête en s'essuyant les yeux du dos de la main. Madison se frayait un chemin vers elle en lui faisant de grands signes. En la voyant, Kira ne put s'empêcher de sourire. Madison avait deux ans de plus qu'elle, mais elles avaient grandi ensemble, comme des sœurs, dans la famille improvisée qu'elles avaient formée après le Ravage. Elle agita une main.

– Mads !

Celle-ci les rejoignit et serra affectueusement Kira dans ses bras. Son mari, Haru, suivait quelques pas derrière elle. Kira ne le connaissait pas bien ; il faisait partie des Forces de défense – l'armée de Long Island – lorsqu'il avait rencontré Madison, et avait rejoint le service civil au moment où ils s'étaient mariés, quelques mois plus tôt. Il lui serra la main et adressa un signe de tête compassé à Marcus. Kira se demanda pour la centième fois comment Madison avait pu tomber amoureuse de quelqu'un de si sérieux ; mais il est vrai que tout le monde avait l'air sérieux à côté de Marcus.

– Content de te voir, dit Haru.

– Parce que tu me vois ? plaisanta Marcus en se tâtant, comme stupéfait. Zut alors, ma potion d'invisibilité ne marche plus !

Madison pouffa, et Haru afficha une expression perplexe. Kira le regarda et attendit, jusqu'au moment où son absence totale d'humour devint si drôle qu'elle ne put s'empêcher d'éclater de rire à son tour.

— Comment ça va, vous deux ? demanda Madison.
— On survit, répondit Kira. Tout juste.
Son amie fit la grimace.
— Dure nuit à la maternité ?
— Ariel a eu son bébé.
Madison pâlit, et une tristesse sincère se lut dans ses yeux. Kira voyait à quel point cela lui faisait mal, maintenant qu'elle avait presque dix-huit ans. Elle n'était pas encore enceinte, mais ce n'était qu'une question de temps.
— Oh, c'est affreux. Je te raccompagnerai après l'assemblée pour aller la voir, et lui demander si je peux faire quelque chose.
— Bonne idée, dit Kira, mais ce sera sans moi : je pars en mission de récup tout à l'heure.
— Mais tu as passé la nuit debout ! protesta Madison. Ils ne peuvent quand même pas te demander ça en plus !
— Je ferai une petite sieste avant de partir, mais il faut que j'y aille. J'ai failli craquer au boulot, ça me fera du bien de me changer les idées. Et en plus, il faut que je prouve à Skousen que je peux y arriver. Les Forces de défense veulent que des toubibs les accompagnent en mission ? Eh bien d'accord, je serai le meilleur toubib qu'ils aient jamais vu.
— Ils ont de la chance de t'avoir, commenta son amie en la serrant à nouveau dans ses bras. Jayden en sera aussi ?
Kira hocha affirmativement la tête.
— C'est le sergent responsable de l'opération.
Madison sourit.
— Tu le salueras de ma part.

Jayden et Madison étaient frère et sœur. Pas adoptifs : ils étaient frère et sœur de naissance, les derniers parents directs en existence au monde. D'après certains, ils étaient la preuve vivante que l'immunité au RM pouvait être congénitale, ce qui rendait encore plus frustrant le fait que jusqu'à présent, aucun nouveau-né n'en ait hérité. De l'avis de Kira, ils étaient plus probablement une anomalie qui ne se reproduirait jamais.

Jayden était également, comme Kira le rappelait fréquemment à Madison, l'un des êtres les plus séduisants de la planète. Elle jeta un regard malicieux à Marcus.

– Le saluer ? Je l'embrasserais volontiers, pendant que j'y suis !

Marcus, de son côté, regardait Haru d'un air embarrassé.

– Alors, tu sais de quoi ils vont nous parler, à cette assemblée ? hasarda-t-il.

Kira et Madison rirent encore, et Kira soupira d'aise. Dès que Madison était là, elle se sentait mieux.

– Ils ferment l'école, répondit Haru. Les enfants les plus jeunes de l'île ont à présent quatorze ans, et il y a presque plus de professeurs que d'élèves. Je suppose qu'ils vont tous les coller en formation professionnelle et envoyer les professeurs faire quelque chose de plus utile.

– Tu crois ? demanda Kira.

Haru haussa les épaules.

– En tout cas, moi, c'est ce que je ferais.

– Et ils vont sans doute encore déblatérer à propos des *Partials*, ajouta Madison. Ils sont incapables de la fermer sur ce sujet.

– Comment leur en vouloir ? Les Partials ont tué tout le monde sur Terre.

– Sauf nous, précisa Marcus.

– Je ne dis pas qu'ils n'étaient pas dangereux à une époque, argua Madison, mais personne n'en a vu un seul depuis onze ans. La vie continue. Et puis il est clair qu'on a des problèmes plus urgents. Je pense surtout qu'ils vont nous parler de la Voix.

– On le saura bien assez tôt, conclut Kira avec un geste du menton vers le stade qui se dessinait derrière les arbres.

Le Sénat disposait de ses propres locaux, bien sûr : il siégeait à l'hôtel de ville. Mais les grandes réunions de ce type, auxquelles toute la ville était conviée, se tenaient dans le stade. Étant donné ses vastes proportions, il était rarement plein ; les adultes racontaient pourtant qu'il était bondé en permanence, dans le temps. À l'époque où il servait pour des rencontres sportives. Avant le Ravage.

Kira n'avait que cinq ans lorsque le cataclysme s'était produit ; elle avait presque tout oublié de l'ancien monde, et ne se fiait pas trop à ses rares souvenirs de l'époque. Elle se rappelait son père, un homme à la peau sombre, aux cheveux noirs en bataille, qui remontait sans cesse sur son nez ses lunettes à grosse monture. Ils vivaient alors dans une maison à étage – jaune, si ses souvenirs étaient bons – et pour ses trois ans, elle avait eu droit à un goûter d'anniversaire. Comme elle n'avait pas de camarades de son âge, elle était le seul enfant, mais la plupart des amis de son père étaient présents. Elle se rappelait qu'elle possédait à l'époque un grand coffre à jouets rempli de peluches, et qu'elle avait voulu le montrer à tout le monde, si bien qu'elle s'était épuisée à le tirer et le pousser dans le couloir ; dans sa tête, il lui semblait que cela lui avait pris au moins une demi-heure, mais elle savait que cela ne pouvait pas être vrai. Lorsqu'elle était enfin arrivée au salon et avait crié à tout le monde de regarder, son père avait ri, l'avait gentiment grondée et avait rapporté le coffre dans sa chambre. Tous ses efforts, anéantis en trois secondes ! Mais ce souvenir ne l'attristait pas ; elle ne se représentait jamais son père comme quelqu'un de méchant ou d'injuste. Ce n'était qu'un souvenir, un des rares qu'elle possédait de sa vie dans le monde d'avant.

La foule était dense, à présent qu'ils traversaient le rideau d'arbres qui les séparait du stade. Kira s'accrocha d'une main à Marcus et de l'autre à Madison, qui elle-même traînait Haru en remorque. Leur petite chaîne humaine slaloma entre les groupes et trouva un rang de sièges vides – non loin de la sortie, comme le voulait Marcus. Kira savait qu'il avait raison : si la sénatrice Kessler se lançait dans un de ses longs sermons, ou si le sénateur Lefou se mettait à parler de délais de livraison des denrées alimentaires ou autre sujet assommant, ils seraient bien contents de pouvoir s'échapper discrètement. La présence de tous était certes obligatoire, mais une fois les points importants abordés, ils ne seraient pas les seuls à s'éclipser avant la fin.

En voyant les sénateurs monter sur l'estrade placée au centre du stade, Kira se tortilla sur son siège, mal à l'aise. Elle se demandait si Haru avait raison. Les sénateurs étaient au nombre de vingt, et elle les connaissait à peu près tous de visage, sinon de nom. Il y avait cependant un nouveau : grand, brun de peau, large d'épaules. Il avait la posture d'un officier militaire, mais son costume était simple et civil. Il chuchota quelques mots au docteur Skousen, qui représentait le corps médical, avant de disparaître dans la foule.

— Bonjour à tous.

La voix amplifiée par les haut-parleurs résonna fortement dans les gradins, renvoyée en écho par le plafond, et une image holographique du sénateur Hobb illumina le centre du stade. C'était toujours lui qui présidait les assemblées citoyennes, lui aussi qui faisait les remarques préliminaires et la plupart des annonces. Et, sans conteste, c'était le plus séduisant du lot.

— La séance est ouverte, poursuivit-il. Nous sommes très heureux de vous voir si nombreux ; il est en effet capital que vous participiez activement à l'action de votre gouvernement, et ces assemblées citoyennes sont le meilleur moyen pour que chacun soit en contact direct avec les autres et avec les décisions prises. À cette occasion, nous souhaitons remercier tout spécialement les Forces de défense de Long Island, et en particulier le sergent Stewart et ses troupes, d'avoir pédalé toute la nuit pour charger les générateurs du stade. Comme nous vous l'avons promis, il est hors de question que ces réunions détournent l'électricité de la communauté.

Il y eut quelques applaudissements, et Hobb sourit patiemment en attendant qu'ils s'éteignent.

– Commençons par le premier point à l'ordre du jour. Madame Rimas, voulez-vous bien me rejoindre sur l'estrade ?

– Les écoles, souffla Kira.

– Je te l'avais dit, lui rappela Haru.

Mme Rimas était à la tête de tout le système éducatif d'East Meadow... lequel s'était réduit comme peau de chagrin au fil du temps, jusqu'à ne plus compter qu'une école, dont elle était devenue la directrice. Kira, une main plaquée sur la bouche, écouta la vieille femme évoquer fièrement le travail réalisé par ses professeurs, la réussite de leur pédagogie au fil des ans, et les grandes choses accomplies depuis par d'anciens élèves. Mais c'était un adieu, un baroud d'honneur, un dernier regard posé sur leurs efforts et leur dévouement. C'était plus fort qu'elle, Kira en était malade. Ils pouvaient tourner l'histoire comme ils le voulaient, se concentrer uniquement sur le positif, l'horrible vérité était qu'il n'y avait plus d'enfants, point final. L'école fermait faute d'élèves. Les professeurs avaient fait leur travail, mais pas les médecins.

Le plus jeune être humain de la planète, pour ce qu'on en savait, fêterait son quatorzième anniversaire le mois suivant. Il était possible que d'autres survivants existent sur d'autres continents, mais si c'était le cas, personne n'avait jamais réussi à entrer en contact avec eux ; si bien qu'au fil du temps, les réfugiés de Long Island en étaient venus à se considérer comme seuls au monde, et à voir dans leur plus jeune citoyen le plus jeune garçon du monde. Il s'appelait Saladin.

Lorsqu'ils le firent monter sur scène, Kira fut incapable de retenir ses larmes.

Marcus l'entoura de son bras, et ils assistèrent à une succession de discours émus et de félicitations. Les élèves les plus jeunes étaient envoyés en formation professionnelle accélérée, exactement comme l'avait prédit Haru. Dix d'entre eux étaient admis dans le cursus prémédical que Kira venait de terminer ; dans un an ou deux, ils commenceraient leur internat, exactement comme elle. Les choses auraient-elles changé d'ici là ? Les bébés seraient-ils toujours incapables de survivre ? Les infirmières les regarderaient-elles toujours mourir en enregistrant scrupuleusement des statistiques avant d'emmailloter leurs petits corps pour qu'ils soient inhumés ? Quand tout cela prendrait-il fin ?

À mesure que les professeurs se levaient un à un pour dire au revoir à leurs élèves et leur souhaiter un bel avenir, le silence se fit dans les gradins, un silence respectueux, presque déférent. Kira comprit que chacun pensait la même chose. Fermer les écoles, c'était fermer le passé ; c'était l'ultime aveu du fait que la fin du monde était proche. Il restait quarante mille personnes sur la planète, et parmi elles, pas un enfant. Personne n'était capable d'en fabriquer de nouveaux.

La dernière enseignante fit ses adieux à ses élèves d'une voix douce, les larmes aux yeux. Les professeurs aussi allaient suivre des formations professionnelles, passer à un nouvel emploi et à une nouvelle vie. Cette enseignante comptait rejoindre Saladin à la Commission animale pour y dresser des chevaux, des chiens et des faucons. Kira sourit à cette idée. Puisqu'il était donné à Saladin de grandir, au moins pourrait-il encore jouer avec un chien.

La femme se rassit, après quoi le sénateur Hobb se leva et s'approcha du micro, calme et droit dans la lumière du projecteur. Son image emplit le stade, solennelle et soucieuse. Il garda le silence un instant, rassemblant ses pensées, puis posa sur l'assistance son regard limpide et bleu.

– Cela, pourtant, n'avait pas lieu d'être.

Un murmure parcourut la foule et une vaguelette d'agitation frémit sur les gradins : les gens marmonnaient, jetaient des coups d'œil à leurs voisins. Kira vit Marcus la regarder ; elle prit sa main, la serra dans la sienne et garda les yeux rivés sur le sénateur.

– Les écoles auraient pu ne pas fermer, dit doucement ce dernier. Nous comptons à peine vingt enfants d'âge scolaire à East Meadow, mais ils sont plus nombreux sur la totalité de l'île. Beaucoup plus nombreux. À Jamesport, dans une ferme, j'en connais dix, presque aussi jeunes que Saladin – je les ai vus de mes yeux. Je leur ai tenu la main. Je les ai suppliés de nous rejoindre, de venir là où ils seraient en sécurité, où les Forces de défense pourraient mieux les protéger, mais ils n'ont pas voulu. Les adultes chez qui ils vivent, leurs parents adoptifs, s'y sont opposés. Et une semaine à peine après mon passage, il y a tout juste deux jours, la soi-disant « Voix du peuple » s'est attaquée à cette ferme. (Il se tut, le temps de se ressaisir.) Nous avons envoyé des soldats ramener le calme, mais je crains le pire.

La projection holographique du sénateur Hobb observa attentivement l'assistance, perçant la foule de son regard sérieux.

– Il y a onze ans, les Partials ont tenté de nous détruire, et ils ne sont pas passés loin d'y parvenir. Nous les avions fabriqués de manière qu'ils soient plus forts que nous, plus rapides que nous, qu'ils se battent pour nous, lors de la guerre d'Isolation. Ils ont gagné cette guerre, vaincu l'ennemi à plate couture, et lorsque, cinq ans plus tard, ils se sont retournés contre nous, il ne leur a pas fallu longtemps pour nous effacer de la surface de la Terre, surtout une fois qu'ils ont répandu le RM. Ceux d'entre nous qui n'ont pas succombé sont venus sur cette île sans rien, les mains vides, brisés, fragmentés, désespérés... mais nous avons survécu. Nous avons reconstruit. Nous avons établi un périmètre de défense autour de Long Island. Nous avons trouvé comment nous nourrir et nous abriter, nous avons créé de l'énergie, un gouvernement, une civilisation. Lorsque nous avons découvert que le RM continuait de tuer les enfants, nous avons voté la loi Espoir afin d'augmenter nos chances de donner le jour à une nouvelle génération d'humains résistants au RM. Grâce à cette loi et à notre infatigable force médicale, nous nous rapprochons chaque jour de ce rêve.

Le sénateur adressa un signe du menton au docteur Skousen, qui était assis à côté de lui sur l'estrade, puis releva la tête. Son regard était ombrageux et solennel.

– Mais en cours de route, il est arrivé quelque chose. Certains d'entre nous ont décidé de faire sécession. Certains d'entre nous ont oublié l'ennemi qui rôde toujours sur le continent, qui guette et qui attend, et ils ont oublié l'ennemi qui pullule dans l'air que nous respirons, qui pullule jusque dans notre sang, et qui tue nos enfants comme il a tué tant de nos proches. Parce que certains d'entre nous ont à présent décidé que notre civilisation, celle que nous avons bâtie afin qu'elle nous protège, était l'ennemi. Nous nous sommes toujours battus pour nos droits, pour défendre notre dû, mais voilà qu'à présent, nous nous battons les uns contre les autres. Depuis le vote de la loi Espoir il y a deux ans, la Voix du peuple, ce ramassis de voyous, de brutes armées ridiculement travesties en révolutionnaires, brûle nos fermes, pille nos entrepôts. Ils tuent leur prochain, leurs semblables, la chair de leur chair : leurs frères et sœurs, leurs pères et mères et, Dieu nous aide, leurs propres enfants. Car c'est ce que nous sommes, en vérité : nous sommes une famille, et nous ne pouvons pas nous permettre de nous entretuer. Quelles que soient leurs motivations, quelles que soient leurs prétendues revendications, les membres de la Voix – disons le mot : des barbares – s'efforcent simplement d'achever ce qu'ont commencé les Partials. Nous ne les laisserons pas faire. (Il parlait à présent d'une voix dure, une force de pure détermination.) Nous sommes une nation, un peuple, une volonté. (Un silence.) Ou du moins, nous devrions. J'aimerais avoir de meilleures nouvelles à vous annoncer, mais les Forces de défense ont surpris une brigade de la Voix à piller un dépôt de matériel la nuit dernière. Voulez-vous savoir où ? Devinerez-vous ?

Quelques personnes, dans le public, crièrent des suggestions – principalement des fermes isolées et des villages de pêcheurs –, mais l'image holographique géante secoua tristement la tête. Kira baissa les yeux pour voir l'homme en personne, minuscule silhouette en costume marron rendu presque blanc par le projecteur. Il tourna lentement sur lui-même tandis que des noms de villages ou de lieux-dits de toute l'île fusaient du public. Puis il s'immobilisa et désigna le sol.

– Ici, dit-il. Juste ici, de l'autre côté de la voie rapide, dans le vieux lycée Kellenberg. L'attaque était modeste et nous avons réussi à la maîtriser sans verser trop de sang, ce qui peut expliquer que vous n'en ayez pas entendu parler... mais tout de même, cela s'est passé *ici*. Combien d'entre vous habitent à proximité ?

Il leva la main, saluant de la tête ceux qui faisaient de même.

– Oui. Vous vivez ici, moi aussi je vis ici, c'est le cœur de notre communauté. La Voix du peuple ne se cantonne plus à la forêt ; elle est ici, à East Meadow, dans notre cité. Ces individus voudraient nous déchirer de l'intérieur, mais nous ne les laisserons pas faire !

» La Voix du peuple s'oppose à la loi Espoir, poursuivit-il. Ils la disent tyrannique, fasciste, dénoncent un abus de contrôle. Vous savez, vous, qu'elle est notre seule chance. Vous voulez donner un avenir à l'humanité ; eux ne veulent que vivre dans le présent, n'en faire qu'à leur tête, et tuer quiconque se met en travers de leur chemin. Est-ce donc cela, la liberté ? Si nous avons appris une chose au cours de ces onze ans, mes amis, c'est que la liberté est une responsabilité qui se mérite, pas un droit à l'irresponsabilité et à l'anarchie. Si un jour, en dépit de nos efforts constants et de notre détermination profonde, nous finissons par tomber, que ce soit parce que l'ennemi nous aura vaincus, et non parce que nous nous serons vaincus nous-mêmes.

Kira écoutait en silence, dégrisée par ce discours. L'idée de tomber enceinte si jeune ne l'enchantait pas – il ne lui restait que deux ans avant sa majorité –, mais elle ne pouvait que donner raison au Sénat. L'avenir était le plus important, certainement plus important que les hésitations d'une fille à sauter le pas.

La voix du sénateur Hobb était douce, triste, mais résolue.

– La Voix du peuple s'oppose à la loi Espoir, et a décidé d'exprimer son désaccord par le meurtre, le vol et le terrorisme. Ces gens ont le droit de ne pas être d'accord ; le problème, ce sont leurs méthodes. Il n'y a pas si longtemps de cela, un autre groupe a employé les mêmes ; un groupe à qui la situation déplaisait et qui a décidé de se rebeller. On les appelait les Partials. La différence est que les Partials étaient des assassins inhumains, dépourvus de pensées et de sentiments. Ils tuaient parce que nous les avions conçus pour cela. Les membres de la Voix, eux, sont des êtres humains ; et, d'une certaine manière, c'est encore plus effroyable.

L'assistance se remit à murmurer. Le sénateur baissa fugacement les yeux, s'éclaircit la gorge et poursuivit.

– Certaines choses sont plus importantes que nous-mêmes – plus importantes que les limites du présent et les caprices de l'instant. Nous avons un futur à construire et à protéger. Et si nous voulons que ce futur devienne réalité, nous devons cesser de nous battre entre nous. Il nous faut mettre fin à la discorde, partout où nous la rencontrons. Il nous faut restaurer la confiance. Il ne s'agit pas de tensions entre le Sénat et la ville, ni entre la ville et les fermes, entre un petit groupe et une quelconque faction. C'est de nous tous que je vous parle. De l'espèce humaine entière, unie. C'est cela que certains voudraient anéantir, mais nous ne les laisserons pas faire.

À ces mots, une puissante clameur s'éleva de la foule, et Kira se joignit à ce chœur enthousiaste. Pourtant, tout en criant à l'unisson, elle ne put réprimer une terreur soudaine, semblable à des doigts glacés s'insinuant sous son crâne.

Chapitre 2

– T'es en retard, Walker.

Kira ne se pressa pas pour autant. Elle s'approcha tranquillement du chariot, sans quitter Jayden des yeux. Comme il ressemblait à Madison !

– Quoi ? fit-elle avec une insolence moqueuse. Je ne t'ai pas vu au stade. Les militaires sèchent les assemblées citoyennes, maintenant ?

– Ton insolence me va droit au cœur, répliqua le garçon en appuyant sa carabine contre son épaule. C'est un plaisir de vous avoir avec nous pour cette mission, toi et ta grande bouche.

Kira mima un pistolet avec son index et abattit silencieusement le jeune homme.

– On va où, cette fois ?

– Un petit patelin nommé Asharoken.

Il l'aida à monter à l'arrière du chariot métallique dans lequel s'entassaient déjà dix soldats. Il y avait aussi là deux générateurs portables ; elle en utiliserait un pour tester sur le terrain les vieux appareils qu'elle pourrait trouver, afin de voir si cela valait la peine de les rapporter. Deux civils, un homme et une femme, attendaient également dans le véhicule. Le second générateur était probablement pour eux.

Jayden se pencha à l'intérieur du chariot pour continuer à lui parler.

– Non mais je te jure, il n'y a que des noms à coucher dehors sur cette île !

– Dites donc, vous êtes armés jusqu'aux dents ! fit remarquer Kira en lorgnant l'équipement des soldats.

Ils ne sortaient jamais de la ville sans armes - même Kira avait un fusil d'assaut à l'épaule -, mais aujourd'hui, ils semblaient carrément parés pour la guerre. L'un des hommes était équipé d'un long tube dans lequel elle reconnut un lance-roquettes. Elle trouva une place libre et fourra son sac et sa trousse de secours derrière ses pieds.

– Vous vous attendez à une attaque de diligence, ou bien... ?

– C'est du côté de North Shore, lâcha Jayden.

Aussitôt, Kira blêmit. North Shore était une zone essentiellement inhabitée, ce qui en faisait un territoire de choix pour la Voix du peuple.

– Valencio ! Grouille, t'es à la bourre ! cria Jayden.

À ces mots, Kira leva les yeux et sourit.

– Tiens donc, Marcus !

Ce dernier bondit joyeusement dans le chariot.

– Ça faisait longtemps ! Jayden, pardon pour le retard. J'étais en réunion, impossible d'en sortir... Une réunion, mmm... très chaude, si tu vois ce que je veux dire... Ah là là... Mais on a beaucoup parlé de toi, entre deux séances de...

– Ouais, ouais, c'est ça, le coupa Jayden. Allez, dis-moi tout de suite que c'était avec ma mère, comme ça je te mets mon poing dans la figure, et ensuite on pourra peut-être se mettre au boulot.

– Mais enfin, ta mère est morte du RM il y a onze ans ! rétorqua Marcus d'un air faussement choqué. Tu avais... quoi, six ans ? Ce serait incroyablement grossier de ma part.

– Et comme la tienne est déjà en enfer, tu la retrouveras bientôt. Bon allez, ça suffit. Connard, va.

L'injure fit froncer les sourcils à Kira, mais Marcus, lui, sourit dans sa barbe et observa les autres passagers du chariot.

– Dix soldats, rien que ça ! C'est quoi, la mission ?

– North Shore, l'informa Kira.

Marcus siffla.

– Et moi qui avais peur qu'on s'ennuie ! Mais remarque, je suppose qu'on a déjà à peu près nettoyé tout le reste. (Son regard se posa alors sur les deux autres civils.) Pardonnez-moi, je ne crois pas vous connaître.

– Andrew Turner, dit l'homme en lui tendant la main. Électricien.

Il avait un certain âge, la quarantaine bien tassée, et on apercevait entre ses cheveux clairsemés un début de coup de soleil.

– Enchanté.

La femme, elle, sourit à Marcus de loin et le salua de la main.

– Gianna Cantrell. Informaticienne.

Elle aussi était adulte, mais plus jeune que Turner : trente-cinq ans, peut-être. En tout cas, elle avait largement pu être informaticienne avant le Ravage. Kira jeta un bref coup d'œil vers son ventre, un réflexe non prémédité, mais bien sûr la femme n'était pas enceinte. Les missions de récupération étaient trop dangereuses pour qu'on y risque la vie d'un enfant. Elle devait être entre deux cycles.

– Un électricien et une informaticienne… un mélange intéressant, constata Marcus. Jayden, qu'est-ce qui nous attend, là-bas ?

– Les biffins[1] sont passés en mission de reconnaissance il y a quelques jours : ils ont repéré une clinique, une pharmacie et une « station météo » – ne me demande pas ce que c'est, j'en sais rien. C'est pourquoi j'ai l'honneur d'y retourner en « mission lapin » avec vous, mes amis. Vous imaginez ma joie.

Sur ces mots, Jayden grimpa à l'avant du chariot et prit place à côté de la conductrice, une jeune femme que Kira avait déjà vue une poignée de fois – un peu en dessous de l'âge de la grossesse, et donc apte au service pendant encore un an ou deux.

– Allez, Yoon, c'est parti ! Hue, cocotte !

La jeune fille donna un petit coup de rênes et claqua de la langue pour stimuler son attelage de quatre chevaux. Les Forces de défense disposaient de quelques véhicules électriques, mais très insuffisants pour tracter une charge comme la leur. L'énergie étant précieuse, et les chevaux économiques, les moteurs électriques les plus puissants avaient tous été réquisitionnés pour d'autres usages. Le chariot se mit lourdement en mouvement, et Kira passa un bras derrière Marcus pour s'accrocher à la ridelle. Le garçon en profita pour se serrer contre elle.

– Coucou ma belle.

– Coucou.

Andrew Turner les regarda.

1. Terme d'argot militaire désignant les fantassins, c'est-à-dire les soldats à pied.

– « Mission lapin »? s'étonna-t-il.

– Oh, c'est comme ça qu'on appelle entre nous les missions de récup, quand on emmène des spécialistes comme vous à la place des biffins de base. C'est votre première fois?

Kira observait discrètement le coup de soleil de l'homme, qui ne s'arrangeait pas.

– J'ai fait beaucoup de récupération au début, comme tout le monde, mais au bout d'un an on m'a affecté à plein temps aux panneaux solaires.

– Les missions lapin, c'est du billard, le rassura Marcus. North Shore est un peu sinistre, mais tout ira bien. Par contre, les routes ne sont pas en super état dans les zones inhabitées, alors profitez de celle-ci tant qu'elle n'est pas trop défoncée.

Ils avancèrent pendant un moment en silence. Le vent qui s'engouffrait dans le chariot souffla la queue-de-cheval de Kira droit vers Marcus. Elle se pencha encore afin de lui envoyer ses cheveux dans la figure, et pouffa en le voyant suffoquer et les chasser de la main. Il se vengea en la chatouillant et, en se reculant brusquement, elle se cogna au soldat assis à côté d'elle. Celui-ci eut un sourire gêné; c'était un garçon de son âge, visiblement ravi d'avoir une fille pratiquement assise sur ses genoux, même s'il n'en disait rien. Kira s'écarta de lui en essayant de ne pas rire.

Mais au même moment, le jeune militaire aboya un ordre.

– Dernier jalon. Levez les yeux!

Tous les soldats se redressèrent, empoignèrent plus fermement leurs fusils et scrutèrent intensément les bâtiments qui les entouraient.

Kira pivota vers l'arrière du chariot pour mieux voir défiler derrière eux la vaste cité déserte… Du moins, déserte en apparence. Elle l'était probablement en effet, mais on n'était jamais trop prudent. Les jalons marquaient la fin de la colonie d'East Meadow, la limite du territoire que l'armée pouvait raisonnablement quadriller, mais ce n'était pas pour autant la fin de la zone urbaine. La ville de l'ancien monde s'étendait en effet sur des kilomètres à la ronde, couvrant presque toute la largeur de l'île. La plupart des rescapés vivaient à East Meadow ou sur la base militaire du Queens, plus à l'ouest, mais il y avait aussi des pillards, des vagabonds, des bandits et pire encore, dispersés sur toute l'île. Les rebelles de la Voix du peuple constituaient désormais la plus grande menace, mais pas la seule, loin de là.

À la sortie d'East Meadow, la route était encore fréquentée et relativement dégagée ; il y avait des ordures, bien sûr, et puis de la terre, des feuilles mortes et toutes sortes de débris naturels, mais la circulation était suffisante pour que la chaussée soit presque exempte de végétation, et le chariot n'était que rarement secoué par une bosse ou un nid-de-poule. Sitôt passé le bord du trottoir, en revanche, c'était le chaos. À force d'avoir été négligée pendant onze ans, la ville se délitait complètement. Les maisons s'effondraient, le sol bétonné se fissurait sous la poussée des racines et des herbes folles, et d'énormes masses de kudzu – une plante grimpante particulièrement envahissante – recouvraient tout, tel un épais tapis vert. Il n'y avait plus ni pelouses, ni jardins, ni vitres aux fenêtres. Même les artères secondaires, moins fréquentées que la route principale, étaient zébrées de verdure :

Mère Nature reprenait lentement tout ce que l'ancien monde lui avait volé.

D'une certaine manière, cela ne déplaisait pas à Kira. Personne ne dictait sa volonté à la nature.

Ils avancèrent encore un moment sans rien dire ; puis un des soldats pointa le doigt vers le nord.

– Rats d'égout à dix heures ! s'écria-t-il.

Kira, se retournant vivement vers l'avant, perçut du coin de l'œil un mouvement près d'un car scolaire aux flancs lourdement chargés de bric-à-brac, et sur le toit duquel s'empilaient des boîtes, des caisses, de gros sacs et des meubles, le tout soigneusement fixé au moyen de longues cordes. Debout à côté du véhicule, un homme siphonnait de l'essence dans le réservoir d'une voiture garée ; deux adolescents, âgés d'environ quinze et dix-sept ans, se tenaient tout près de lui.

– C'est dingue, souffla Marcus. Il roule encore à l'essence !

– Il doit avoir trouvé un moyen de la filtrer, suggéra Gianna, qui observait le car avec intérêt. Beaucoup de gens font ça, hors de la ville. Ça bousille les moteurs, mais les bagnoles, ce n'est pas ce qui manque.

– Je ne comprends pas pourquoi ils ne viennent pas vivre en ville, intervint Turner. Ils pourraient avoir une vraie maison, on pourrait leur brancher l'électricité, ils seraient à l'abri, ils auraient... enfin tout, quoi.

– Tout sauf la mobilité, nuança Gianna. Et l'anonymat, et la liberté...

– Comment ça, « la liberté » ? demanda le jeune soldat assis à côté de Kira, dont le badge indiquait qu'il s'appelait Brown. Nous, on a la liberté. Lui, tout ce qu'il a, c'est l'anarchie.

– La sécurité, alors.

Le soldat Brown soupesa son fusil.

– Et ça, ce n'est pas de la sécurité, peut-être ?

– Les grands centres urbains ont été les premiers à tomber lors de la rébellion des Partials, expliqua Gianna. Leur population dense en fait des cibles faciles, et si jamais les Partials, où qu'ils soient en ce moment, mettent au point une nouvelle souche de RM contre laquelle nous ne sommes pas immunisés, les fusils ne serviront à rien. Et alors là, East Meadow sera le pire endroit possible où habiter.

– Je vous remercie, persifla Brown. Moi qui risque ma vie pour la communauté, je suis content de voir que mes efforts sont appréciés.

– Je ne prétends pas le contraire. Je voulais juste dire… eh bien, ce que je viens de dire. Personnellement, j'ai choisi de vivre à East Meadow, évidemment. Mais je peux tout à fait comprendre qu'il ait fait un choix différent, c'est tout.

– Sûrement un membre de la Voix, grogna un autre soldat. En train de transformer ses enfants en espions, en assassins, allez savoir quoi d'autre.

Brown lâcha un juron pour le faire taire, et Kira se détourna afin de sentir le vent sur son visage. Elle n'avait que trop entendu ce genre de disputes. C'était une chaude journée, mais la brise rendait la température très supportable, et la jeune fille était toujours heureuse de pouvoir se blottir contre Marcus. Elle pensa à sa nuit, à sa matinée, à l'enfant mort et à tout le reste. *Que disait mon père, déjà ? « Je suis plus fort que les épreuves. »*

Je suis plus forte que les épreuves.

Chapitre 3

Il leur fallut des heures pour rallier Asharoken : lorsqu'ils arrivèrent, le ciel s'assombrissait déjà. Kira espérait qu'ils pourraient accomplir la mission rapidement et bivouaquer en retrait de la mer. Asharoken, un lieu-dit plutôt qu'une véritable ville, était relié au reste de l'île par une succession ininterrompue de maisons et d'édifices longeant une route, mais Kira comprit sur-le-champ pourquoi les biffins avaient évité l'endroit pendant si longtemps : c'était une étroite langue de terre qui s'étirait au nord de l'île, avec le détroit de Long Island d'un côté et une vaste baie de l'autre. Il y avait déjà de quoi s'inquiéter avec une côte ; deux, c'était presque trop à gérer.

Le chariot s'arrêta devant une petite clinique vétérinaire, et Marcus poussa un gémissement de déception.

– Tu ne nous avais pas dit que c'était une clinique pour bestioles, Jayden ! Qu'est-ce qu'on va trouver là-dedans ?

Jayden sauta du chariot.

– Si je le savais, j'aurais tout pris moi-même quand je suis venu il y a deux jours. Les biffins ont repéré des médocs et un appareil à rayons X. Allez, au boulot.

Marcus descendit à son tour, et tous deux tendirent en même temps une main à Kira pour l'aider. Étant d'humeur badine, celle-ci saisit leurs deux mains et s'amusa intérieurement de leur mine dépitée.

— Sparks, Brown, vous entrez en premier, aboya Jayden.

La moitié des soldats commencèrent à sortir du chariot en portant un des générateurs.

— Patterson, ton équipe et toi, vous sécurisez la zone et vous escortez les toubibs jusqu'au site suivant. On dirait que quelqu'un est passé ici depuis avant-hier, et je ne veux pas de surprises.

— Comment ça, « quelqu'un est passé ici » ? demanda Kira. Comment tu le sais ?

— Deux yeux et un cerveau, il n'y a rien de tel. Ce ne sont sans doute que des rats d'égout, mais je ne prends pas de risques sur cette foutue côte nord. Si vous trouvez quelque chose de bon là-dedans, mes lapins, vous le préparez pour le transport et on passe vous prendre au retour. J'emmène mon équipe vers le site n° 3, au nord. Patterson, je veux un point tous les quarts d'heure.

Il remonta dans le chariot et s'adressa à la conductrice.

— C'est parti.

L'attelage démarra et s'éloigna en brinquebalant vers le nord. Kira prit sa trousse de secours en bandoulière et regarda autour d'elle : Asharoken était couvert de kudzu, comme la plupart de ces petites communes, mais le détroit de Long Island venait mourir en tendres vaguelettes sur la grève, et le ciel était clair et calme.

– C'est joli, par ici.

– Ouvrez l'œil, surtout, lui intima Patterson.

Les autres soldats se déployèrent en éventail, établissant lentement un périmètre de sécurité autour de la clinique tandis que Sparks et Brown s'approchaient du bâtiment lézardé, leurs fusils d'assaut braqués devant eux. Kira était fascinée par leur manière de se déplacer : leur corps entier pouvait tourner, s'élever et se baisser, mais la ligne du regard restait fixe et solide comme un roc. On aurait presque dit que le fusil était posé sur des rails invisibles, tandis que le soldat se mouvait librement autour. La façade de la clinique, principalement construite en verre, était à présent ouverte à tous les vents et envahie de kudzu, mais un pilier central en béton portait une marque orange fluo, peinte par une précédente mission de reconnaissance. Kira avait participé à suffisamment de missions pour identifier la plupart de ces signes, et celui-ci était celui qu'elle connaissait le mieux : « partiellement catalogué, revenir avec du personnel médical ». Sparks et Brown, se couvrant mutuellement sans effort, entrèrent en posant soigneusement les pieds parmi les gravats et la végétation. Patterson, de son côté, grimpa prudemment jusqu'au toit, prenant soin de longer les bords plus solides, et monta la garde d'en haut.

Pendant qu'ils sécurisaient le bâtiment, Kira et Marcus testèrent le générateur. C'était une lourde structure équipée de deux roues à un bout ; le compartiment du bas contenait une grosse batterie et une manivelle à main, et celui du haut, des mètres et des mètres de câbles lovés ainsi que des prises variées, l'ensemble étant surmonté par un petit panneau solaire.

Toutes les missions de récupération étaient accompagnées par des médecins – pour que la sécurité des travailleurs soit assurée –, mais en outre, lorsque les biffins avaient repéré des appareils médicaux, ils les testaient sur place à l'aide des générateurs afin de voir s'ils fonctionnaient et si cela valait la peine de les rapporter. L'île, en effet, était déjà bien assez encombrée de débris : ce n'était pas la peine, en plus, de remplir East Meadow d'un bric-à-brac inutilisable.

La rue était pleine de voitures à la peinture rouillée, aux pneus à plat, aux vitres brisées par des années d'abandon à la merci des éléments. Dans l'une, on pouvait voir un squelette au sourire macabre sur le siège conducteur : une victime du RM qui avait tenté de fuir quelque part, de s'éloigner de la fin du monde. Kira se demanda où le pauvre hère avait voulu se rendre. Il n'était pas allé plus loin que l'allée devant sa maison.

Deux bonnes minutes plus tard, Brown rouvrit la porte et leur fit signe.

— La voie est libre, mais faites attention où vous mettez les pieds. J'ai l'impression que des chiens errants ont installé leur quartier général ici.

Marcus eut un sourire goguenard.

— C'est fidèle, ces petites bêtes-là. Ils devaient vraiment adorer leur véto.

Kira hocha la tête.

— Allons-y, dans la joie et la bonne humeur.

Marcus fit basculer le générateur sur ses roues et le poussa lentement à l'intérieur, mais Kira, remarquant que Brown avait placé son masque sur son nez, s'arrêta pour préparer le sien : un bandana plié en deux, sur lequel elle fit tomber cinq gouttes de menthol. Tout cadavre oublié là serait décomposé depuis des années, comme le squelette dans la voiture, mais une meute de chiens pouvait avoir rapporté des charognes, sans même parler de leur urine, leurs déjections et allez savoir quoi d'autre. La jeune fille noua le foulard sur son nez et sa bouche, et entra juste à temps pour voir Marcus, en proie à un spasme de nausée, qui fouillait ses poches à la recherche de son propre masque.

– Tsss, ces garçons, ça fonce dans le tas sans réfléchir... dit-elle d'un ton léger en le dépassant pour rejoindre une autre pièce dans le fond. Moi, je ne sens qu'un frais arôme mentholé. Un délice !

La pharmacie de la clinique était bien fournie et, à première vue, n'avait pas encore été pillée – même si, de toute évidence, quelqu'un l'avait fouillée récemment, laissant des empreintes visibles dans l'épaisse couche de poussière. *Sans doute la mission de reconnaissance*, songea Kira, *même si je n'ai jamais vu un biffin trier des médicaments.*

Elle entreprit de diviser le contenu de l'armoire en deux tas : un pour les médicaments à garder, l'autre pour le rebut. Le recyclage était la première chose qu'apprenaient les internes en médecine : quels médicaments pouvaient encore servir, combien de temps, et lesquels étaient trop vieux pour être utilisés. Rapporter des substances périmées à East Meadow était encore pire que rapporter des appareils hors d'usage, non seulement parce qu'elles prenaient inutilement de la place mais aussi parce qu'elles étaient dangereuses. Le corps médical avait la lourde responsabilité de veiller sur toute l'espèce humaine : il fallait à tout prix éviter que quelqu'un absorbe des comprimés toxiques... ou pire encore, qu'un vaste stock de pilules jetées aux ordures s'infiltre dans la nappe phréatique. Il était plus sûr et plus simple de tout trier sur place ; les jeunes médecins avaient même appris à reconnaître et à utiliser les remèdes pour animaux, justement en prévision de ce genre de situation. Après tout, un antibiotique pour chiens était un antibiotique quand même et, privés comme ils l'étaient de laboratoire pharmaceutique, les habitants devaient se contenter de ce qu'ils trouvaient. Kira était déjà en train de fouiller efficacement les armoires lorsque Marcus entra d'un pas mal assuré, son masque enfin en place.

– Ça sent la crypte.

– Normal, *c'est* une crypte.

– Et le pire, ce ne sont pas les animaux, même si je te jure qu'il doit y avoir toute une civilisation canine, ici, pour que ça pue autant. (Ouvrant un placard, il se mit à jeter des boîtes de pilules sur les deux tas, sachant exactement quoi en faire sans même regarder.) Non, continua-t-il, le pire, c'est la poussière. Je vais en rapporter un bon kilo dans mes poumons, je crois.

– Ça forge le caractère, répliqua gaiement Kira, qui poursuivit en tâchant de prendre la grosse voix de l'infirmière Hardy : J'ai à mon actif neuf millions de milliards de missions de récupération, mon p'tit, alors va falloir t'y faire. Respirer de la poussière de cadavre, c'est bon pour la santé : ça stimule les reins.

– Et ce n'est pas seulement bon pour la santé, enchaîna Marcus en imitant pour sa part le sénateur

Hobb. C'est essentiel pour la survie de toute l'humanité. Pensez au rôle que vous jouerez dans cette glorieuse page d'histoire que nous écrivons !

Kira éclata de rire : c'était vrai, Hobb n'avait que ces « glorieuses pages d'histoire » à la bouche. Comme s'il leur suffisait de continuer à écrire pour que le livre ne prenne jamais fin.

– Les générations futures auront une admiration et un respect sans bornes pour les géants qui auront sauvé notre espèce, poursuivit le garçon. Pour ces héros qui auront triomphé des Partials et éradiqué à jamais le RM. Qui auront sauvé la vie d'innombrables enfants et...

Sa tirade mourut sur ses lèvres : soudain, l'ambiance était devenue lourde dans la pièce, et ils continuèrent à travailler en silence. Au bout d'un moment, le garçon reprit la parole, en choisissant soigneusement ses mots.

– Je crois qu'ils sont plus inquiets qu'ils ne le disent. Ils n'en ont pas parlé lors de la réunion, mais ils comptent réellement abaisser de nouveau l'âge de la grossesse.

Kira s'immobilisa, une main en l'air, et lui jeta un regard en coin.

– Tu parles sérieusement, là ?

Marcus fit oui de la tête.

– J'ai croisé Isolde en rentrant me changer. Elle dit qu'un nouveau mouvement, favorable aux statistiques plutôt qu'à la recherche, est en train de se former au sein du Sénat : ils soutiennent qu'on n'a pas besoin de chercher un traitement, qu'il suffit de faire assez d'enfants pour atteindre un jour le seuil d'immunité.

Kira fit volte-face pour le regarder.

– Seul un être humain sur 250 000 a survécu à l'épidémie. On risque d'attendre encore longtemps la naissance d'enfants immunisés, susceptibles de perpétuer l'espèce plus tard.

– Je sais que c'est idiot, mais même les médecins soutiennent cette idée : de toute manière, plus il y a de bébés, plus ils sont contents. Ça leur fait davantage de sujets d'étude.

Kira se retourna vers son armoire.

– S'ils abaissent encore la limite, on arrivera à dix-sept ans. L'âge d'Isolde... qu'est-ce qu'elle va faire ? Elle n'est pas prête à tomber enceinte.

– Ils trouveront un donneur...

– Ce n'est pas une agence de rencontres, le coupa durement Kira. C'est un vaste programme d'élevage ! Autant mettre des hormones de fertilité dans l'eau du robinet... ça ne m'étonnerait pas une seconde qu'ils le fassent déjà, d'ailleurs.

Elle sortait rageusement les boîtes de l'armoire et les flanquait violemment sur le tas le plus proche d'elle ou les jetait de toutes ses forces au rebut.

– « Oubliez l'amour, oubliez la liberté, oubliez le choix, bon Dieu », poursuivit-elle, furieuse. « Allez zou, les filles, faites-vous mettre en cloque pour sauver le monde, et plus vite que ça ! »

– Ce n'est pas dix-sept ans, dit alors Marcus d'une voix douce.

Il se tut, les yeux rivés sur le mur, et Kira sentit ses entrailles se nouer dans l'attente de ce qu'il allait dire.

– D'après Isolde, le Sénat prépare une motion pour abaisser l'âge à seize ans.

La jeune fille se figea, trop écœurée pour parler. L'âge de la grossesse n'était pas une restriction, c'était une règle : la loi *obligeait* toutes les femmes d'un certain âge à tomber enceintes le plus rapidement possible, et à l'être le plus fréquemment possible.

Ça fait deux ans que je sais que c'est ce qui nous attend, depuis qu'ils ont voté cette loi, songea Kira. *Deux ans pour me préparer, pour me mettre en condition, et pourtant... je pensais qu'il m'en restait encore deux. Ils n'arrêtent pas d'abaisser l'âge. Je ne suis absolument pas prête.*

– C'est idiot, continua Marcus. C'est idiot et injuste et je sais... enfin j'imagine ce que ça doit faire. Je trouve cette idée épouvantable, et j'espère qu'elle tombera aux oubliettes le plus vite possible.

– Merci.

– Mais si ce n'est pas le cas?

Kira toussa, les yeux fermés, paupières serrées.

– Ne commence pas, Marcus. Pas maintenant.

– Tout ce que je dis, c'est qu'on devrait... y penser, s'empressa-t-il de préciser, *si* et seulement si la loi prend effet. Si tu ne choisis pas toi-même, tu sais qu'ils...

– J'ai dit : pas maintenant. Ce n'est pas le moment, ce n'est pas le lieu, et on est très loin des circonstances dans lesquelles je veux avoir cette conversation.

– Je ne te parle pas seulement de, euh... l'acte physique, insista pourtant Marcus. Je te parle de mariage. (Il fit un pas vers elle, s'arrêta et regarda le plafond.) C'est ce qu'on a prévu depuis nos treize ans, Kira. On voulait faire notre internat ensemble, travailler ensemble à l'hôpital, et puis se marier... Toi aussi, c'était ce que tu prévoyais...

– Eh bien ça ne l'est plus. Je ne suis pas prête à faire ce genre de choix, OK ? Je ne le suis pas aujourd'hui, et je ne l'étais certainement pas à treize ans.

Elle se retourna vers l'armoire, jura entre ses dents, puis se dirigea vers la porte.

– J'ai besoin de prendre l'air.

Une fois dehors, elle retira son masque et inhala longuement, profondément. *Le pire, c'est que je comprends complètement leur point de vue.*

Soudain, au nord, un éclair orangé illumina les arbres, suivi une seconde plus tard par un assourdissant coup de tonnerre. Kira sentit l'onde de choc la traverser, lui vrillant les tripes. À peine avait-elle eu le temps de comprendre de quoi il s'agissait – une explosion – que ses oreilles se débouchèrent : elle entendit des soldats crier.

Chapitre 4

Le soldat Brown se jeta sur elle et la plaqua au sol à côté d'une voiture garée.

– À terre !

– Que se passe-t-il ?

– Restez à terre !

Il sortit sa radio et pressa le bouton d'appel.

– Sergent, ici Shaylon. Vous subissez une attaque ? À vous.

La radio grésilla ; rien qu'un souffle, un bruit blanc.

– Quelqu'un nous vise ? demanda Kira.

– Si je le savais, je ne poserais pas la question à Jayden, répondit Brown en actionnant de nouveau l'appareil. Sergent, vous me recevez ? Quelle est votre situation ?

La radio bourdonnait sous le regard désespéré de Kira et de Brown. Une explosion pouvait être accidentelle, ou provoquée par la Voix du peuple, ou même par des Partials, allez savoir. Était-ce une attaque ? Une invasion ? Pas de réponse. Soudain, la voix de Jayden résonna dans un nuage de bruits parasites.

– Le site n° 3 était piégé ! Cinq hommes coincés à l'intérieur... Amenez les toubibs tout de suite !

Brown se remit sur pied tout en pivotant vers la clinique, d'un seul geste fluide.

– Des blessés au site n° 3 !

Kira commença à courir avant même qu'il se soit retourné. Elle voyait la fumée qui s'élevait du site de l'explosion, à moins de deux kilomètres. Brown lui emboîta le pas, son fusil serré devant lui, et s'élança à toutes jambes sur la route. Kira chercha sa trousse de secours à tâtons et remercia silencieusement la Providence, car elle l'avait toujours en bandoulière. Elle baissa la tête et partit en sprint, si vite que Brown eut du mal à rester à sa hauteur.

Elle vit d'abord Jayden, debout sur le capot d'un camion recouvert de ronces, scrutant l'horizon à la jumelle sur trois cent soixante degrés. Ensuite, elle distingua le chariot : il n'avait plus de roues avant et deux des chevaux étaient à terre, tandis que les autres hennissaient de terreur. Enfin, elle découvrit le bâtiment : une ruine fumante entre deux autres édifices, telle une tour de cubes renversée par un enfant en colère. Un soldat en traînait un autre par les deux mains pour le dégager des décombres. Kira tomba à genoux à côté de l'homme à terre, une main sur son poignet pour prendre son pouls tandis que l'autre palpait son torse et son cou à la recherche de blessures.

– Je vais bien, dit le soldat en toussant. Allez chercher les civils.

Kira hocha la tête et bondit à nouveau sur ses pieds. Profondément choquée, elle observa l'édifice démoli... par où commencer ? Elle agrippa le soldat resté debout pour l'éloigner de son camarade.

– Où sont-ils ?

– Au sous-sol. Dans ce coin, dit-il en pointant le doigt.

– Alors aidez-moi à descendre.

– C'était une maison à étage... ils sont totalement ensevelis.

– C'est ce que je dis, aidez-moi à descendre.

Et elle le traîna vers la bâtisse. Elle était déjà en train de chercher un chemin parmi les gravats lorsque Marcus arriva, encore essoufflé.

– Ouah, pu... purée !

Kira s'enfonça plus loin dans les ruines.

– Monsieur Turner ! appela-t-elle. Madame Cantrell ! Vous m'entendez ?

Le soldat et elle s'arrêtèrent pour écouter, et Kira désigna le sol à sa gauche.

– Par là.

Tombant à genoux, ils retournèrent une grande plaque de ciment arrachée par l'explosion. Kira s'immobilisa et entendit à nouveau quelque chose : un bruit infime, qui évoquait un râle ou une toux étouffée. Elle indiqua un pan de mur que le soldat l'aida aussitôt à démanteler, passant les briques à Marcus, à Sparks et aux autres soldats, qui joignaient leurs forces pour dégager les gravats. Kira appela une nouvelle fois.

– Par ici, lui répondit une voix très faible.

Kira reconnut un timbre féminin, comprit que c'était Gianna, et se précipita sur une armoire pour la soulever. Les soldats prirent le relais et hissèrent le meuble hors du trou où il s'était logé. En dessous, Gianna poussa un gémissement de douleur.

– Dieu merci, vous êtes là.

Kira se pencha dans le trou pour lui venir en aide.

– Vous êtes encore coincée ?

– Je ne crois pas.

Kira lui attrapa fermement le poignet, en se retenant de l'autre main à une plaque du sol défoncé. Ses doigts lâchèrent prise et elle se sentit glisser vers le bas, mais une main forte la rattrapa par l'autre poignet.

– Je vous tiens, souffla-t-elle à Gianna, et ils me tiennent. Accrochez-vous à moi.

Lentement, la femme se dégagea de l'amas de brique et de bois déchiqueté, hissée centimètre après centimètre par Kira. Lorsqu'elle se fut suffisamment redressée, la main puissante qui tenait celle de Kira les souleva toutes les deux hors du trou et la jeune fille, en se retournant, découvrit Jayden, tendu par l'effort.

– Merci.

Il répondit d'un hochement de tête.

– Aide-moi à trouver l'autre.

Kira se retourna alors vers le trou.

– Monsieur Turner ! Vous m'entendez ?

– Il était à côté de moi quand la bombe a explosé, haleta Gianna, encore essoufflée. Il ne peut pas être bien loin.

Kira descendit dans le trou sans cesser d'appeler le disparu.

– Monsieur Turner ! Andrew !

Elle s'immobilisa de nouveau, l'oreille aux aguets, et se pencha le plus loin possible. Rien. Se redressant, elle examina les débris en s'efforçant de deviner où il pouvait être.

– Derrière cette dalle, dit Gianna en indiquant du doigt une grande pierre plate, derrière Kira, qui dépassait verticalement des décombres. Il y avait une cheminée au sous-sol, un genre de gros conduit d'évacuation, tout en pierre et non en brique. Sans doute la partie la plus ancienne du bâtiment.

– On ne pourra jamais bouger ça, constata Marcus.

Kira s'en approcha pour l'examiner de près.

– Andrew Turner ! cria le garçon.

Mais Kira le fit taire.

– Chut ! Je vais essayer quelque chose.

La poussière retombait dans l'air immobile. La jeune fille ouvrit sa trousse de secours et en sortit son stéthoscope, un modèle digital à amplification sonore. Elle pressa l'interrupteur en priant pour que la batterie ne soit pas déchargée, et posa l'amplificateur sur la dalle.

Poum, poum, poum, poum...

– J'entends son cœur. Il est sous la cheminée écroulée.

– Ces pierres soutiennent la moitié de la maison, objecta Marcus. Pas question de les déplacer.

– Tant que son cœur bat, il faut tout faire pour, le contredit Jayden. On dégage tout ça, Walker.

Il la rejoignit dans le trou et demanda de l'aide aux autres.

– Yoon, trouve-moi une corde et attache l'autre bout à un des chevaux.

Un instant plus tard, la femme soldat faisait descendre un épais filin de nylon entre eux. Jayden, visiblement soucieux, l'attrapa et l'arrima autour de la dalle, contre laquelle Kira pressa de nouveau le stéthoscope.

Poum, poum, poum.

– J'entends encore son cœur. (Elle se retourna pour chercher une poutre.) Mais Marcus a raison : si on déplace ce bloc, tout le rez-de-chaussée va nous dégringoler dessus. Tiens, étaie avec ça.

Et elle tira sur un long madrier, auquel étaient toujours accrochés des fragments de plancher, et que Jayden positionna de manière à soutenir le plafond défoncé.

– Paré. Yoon, fais avancer le cheval ! Encore... encore... C'est bon, la corde est tendue... centimètre par centimètre, maintenant.

La corde s'étira au maximum ; Kira ne vit pas la pierre bouger, mais l'entendit racler bruyamment contre le sol.

– Ça marche ! cria-t-elle.

Jayden continua de diriger Yoon.

– Continue... Doucement, lentement... parfait. Attention, maintenant.

Enfin, la dalle se délogea de son trou, et Jayden la poussa sur le côté, grognant sous l'effort.

Kira était en train de se tourner vers l'ouverture ainsi dégagée, tout en surveillant d'un œil nerveux leur étai de fortune, lorsqu'une forme dans le noir l'arrêta net. Jusque-là, cette forme n'avait pas été visible : elle était cachée par la pierre.

C'était une jambe humaine, tranchée juste au-dessus du genou.

– Non, souffla Kira.

Elle tendit prudemment la main et palpa le bord déchiqueté, là où l'os s'était brisé. *Broyé*, se dit-elle en tâtant les dégâts. *La cheminée lui a tranché la jambe en tombant. Comment peut-il avoir survécu à ça ?*

Elle appliqua son stéthoscope contre la pierre suivante.

Poum, poum, poum.

– Bon Dieu, c'est sa jambe? demanda Jayden en s'accroupissant à côté d'elle.

– Ça veut dire qu'on est tout près.

– Ça veut dire qu'il est mort. Cette cheminée l'a forcément pulvérisé.

– Je te dis que j'entends son cœur battre, cracha-t-elle furieusement. Passe-moi la corde.

À ce moment-là, il y eut un petit éboulis de gravats, et Kira serra les lèvres et les paupières pour se protéger d'une pluie de cailloux et de poussières. Au-dessus d'elle, l'étai grinça, et elle entendit les soldats pousser des exclamations inquiètes.

– Remontez, bon sang! cria Marcus.

– Il a raison, dit Jayden. Ça va nous tomber dessus d'une seconde à l'autre. Un mort ne vaut pas la peine qu'on perde un toubib.

– Je te dis qu'il est vivant.

– Sors d'ici immédiatement. Si on ne peut pas le tirer de là, on ne pourra rien faire pour toi non plus.

– C'est d'une vie humaine qu'il s'agit. On n'en a pas de trop, en ce moment.

– Sors, je te dis!

Kira serra les dents et s'avança à quatre pattes. Jayden poussa un juron derrière elle et tenta d'attraper ses pieds, mais elle se dégagea vivement.

Poum, poum, poum.

Elle tâta la pierre qui se trouvait devant elle, cherchant une prise, testant sa stabilité. *Je crois que je peux bouger celle-ci*, songea-t-elle. *Il est forcément juste derrière, et alors ils verront. Je* sais *qu'il est en vie.*

– Monsieur Turner, cria-t-elle, vous m'entendez ? Je viens vous chercher… On ne vous abandonnera pas.

Elle s'arc-bouta contre le sol en priant pour ne rien déloger de vital, et pesa de tout son poids contre la plus grosse des dalles. Bientôt, elle la sentit pivoter légèrement autour d'un axe solide, à peine décentré. En mobilisant toutes ses forces pour faire levier, elle parvint à la pousser de côté. Elle découvrit alors une autre forme dans la pénombre, trop tordue pour que son contour soit reconnaissable. Rallumant son stéthoscope, elle le tendit en avant, dans un geste désespéré.

Tic, tic, tic, tic…

Minute, se dit-elle. *Il y a quelque chose qui cloche.* Ses doigts tendus effleurèrent quelque chose de lisse et de mouillé. De la chair. Elle saisit un morceau de tissu entre deux doigts et le tira vers elle : ce faisant, elle entendit le *tic tic* résonner plus fort dans cet espace confiné. Elle palpa le membre ensanglanté à deux mains, refusant de croire à ce qu'elle devinait déjà ; elle se recula alors vers la lumière et le tint en l'air pour le voir de ses yeux.

– C'est son bras, souffla-t-elle. Il est mort.

Jayden avait le regard fixe.

– Et le battement de cœur ?

Au bout du bras, un miroitement de métal. *Tic, tic, tic.*

– C'est sa montre. Il est bien mort.

Elle se sentait vidée, épuisée.

Jayden la prit par le bras pour l'éloigner et lui offrir un appui.

– Tirons-nous d'ici.

– Il faut qu'on le ramène, protesta Kira.

– Ce n'était pas un accident. Quelqu'un est passé ici et a posé cette bombe, quelqu'un qui savait qu'on viendrait. Et qui est sans doute encore dans le coin.

Kira fronça les sourcils.

– Pourquoi voudrait-on faire sauter une station météo ?

– C'était un émetteur radio, expliqua Gianna. On n'a pas eu le temps de tout visiter avant que ça saute, mais là-dessus je n'ai aucun doute. C'était le plus grand centre de télécommunication que j'aie jamais vu.

– La Voix, dit Kira.

– Et vu le boucan qu'a fait l'explosion, ils savent forcément qu'on est là, ajouta Jayden d'un ton lugubre.

Chapitre 5

Jayden rassembla les rescapés à l'abri derrière le chariot encore fumant.

– On ne pourra jamais rentrer avec ce véhicule, ce qui nous met à au moins deux jours de voyage de la civilisation. Notre radio aussi a été détruite. Nous sommes seuls.

– Il va falloir bricoler une civière pour le soldat Lanier, indiqua Marcus. Il a une fracture multiple au tibia. Je l'ai réduite autant que possible, mais il ne peut pas marcher.

Kira, qui scrutait les arbres et les ruines autour d'eux, se raidissait au moindre mouvement. Un jour, elle avait été de garde à l'hôpital après un attentat commis par la Voix ; elle avait vu les soldats blessés, entendu leurs râles et leurs insoutenables gémissements tandis qu'on poussait leurs brancards en toute hâte vers les salles d'opération. L'idée qu'un humain puisse faire tant de mal à un autre la choquerait toujours.

– OK, fabriquez une civière. Il nous reste deux chevaux : Patterson et Yoon partiront en avant et nous enverront du renfort aussitôt qu'ils auront atteint le périmètre des Forces de défense. Nous, on suit à pied.

– Ça fait près de cinquante kilomètres, dit Yoon, et les chevaux sont déjà fatigués. Ils ne pourront pas couvrir la distance d'une traite.

– Ils peuvent tenir encore au moins une heure. De toute manière, d'ici là, la nuit sera tombée. Allez le plus loin possible, puis laissez les chevaux se reposer jusqu'à l'aube.

– Pas besoin de retourner jusqu'à East Meadow, intervint Gianna. Il y a un groupement de fermes à l'ouest d'ici, et plusieurs autres à l'est. C'est bien plus près, et Lanier pourra être secouru plus vite.

– Notre carte était dans la partie du chariot qui a sauté, argua Jayden. Je ne me vois pas errer au hasard sur l'île à la recherche de péquenots.

– Ce ne sont pas des péquenots. La plupart sont plus éduqués que toi...

– Leur formidable éducation ne nous sert pas à grand-chose si on n'a pas de carte pour les trouver, la coupa Kira. (Pourquoi Gianna discutait-elle dans un moment pareil ?) East Meadow, c'est plus sûr. Comme ça, on évite de prendre les petites routes.

– Lanier n'arrivera pas jusque-là avec sa fracture, insista la femme. Les fermiers ont des hôpitaux, exactement comme nous.

– Non, pas « exactement comme nous », objecta Kira, et non, Lanier ne mourra pas en route. Vous avez une formation médicale, peut-être ?

– Pas besoin d'être médecin pour voir...

– Pas besoin d'être médecin pour voir qu'il est mal en point, dit alors Marcus d'un ton calme, mais il a une attelle, il a la jambe bandée, et je vais lui injecter une telle dose de calmants qu'il croira rentrer en tapis volant. On pourra se défoncer rien qu'en sniffant ses pets.

– Patterson et Yoon, vous rentrez à East Meadow, ordonna fermement Jayden. Nous suivrons le même chemin, mais, ajouta-t-il avec un regard appuyé pour Gianna, si nous tombons sur une ferme, un avant-poste ou quoi que ce soit de ce genre, nous tâcherons de réquisitionner un chariot.

– Vous n'êtes pas habilités à réquisitionner un chariot.

– Et vous, Gianna, n'êtes pas habilitée à discuter les ordres. Ceci est une opération militaire, dans une situation d'urgence, et je vous ramènerai comme bon me semble, dussé-je vous droguer autant que Lanier. C'est clair ?

– Alors c'est ça qui nous attend ? s'énerva la femme. Ce sera ça, le meilleur des mondes, quand les enfants de l'épidémie auront grandi et pris les commandes ? Eh bien bravo.

Jayden ne cilla pas.

– Je vous ai demandé si c'était clair.

– Parfaitement clair. Allez, rentrons au paradis.

Il se leva, et le groupe se dispersa pour rassembler le matériel et se préparer au voyage. Kira le prit par le bras et le tira à l'écart.

– On ne peut pas les laisser là, dit-elle. Les chevaux morts, si, bien sûr, mais il y a trois corps dans cette maison. Comment va-t-on les rapatrier ?

– On reviendra les chercher plus tard.

– J'ai vu passer six chats errants rien que pendant notre petite réunion, et la clinique où tu nous as déposés abritait une sacrée meute de chiens. Si on laisse trois cadavres ici, pas la peine de revenir les chercher : il n'en restera plus rien.

Le regard de Jayden était froid.

– Que veux-tu que je fasse, Walker ? On ne peut pas les transporter, et on n'a pas le temps de les enterrer. On reviendra en force pour fouiller le site et récupérer les générateurs, mais pour l'instant, dix vivants ont la priorité sur trois macchabées.

– Dix minutes. On n'est pas à ça près.

– Tu te vois les enterrer en dix minutes ?

– Ils le sont déjà à moitié.

Kira ne le quittait pas des yeux. Il réfléchit, puis haussa les épaules.

– T'as pas tort, allez. Je vais t'aider.

En plus d'Andrew Turner, l'explosion avait tué deux soldats ; leurs corps avaient été soigneusement étendus au sol devant la maison. Un homme et une femme – ou plutôt un garçon et une fille, qui ne devaient pas avoir plus de seize ans. La fille était même peut-être plus jeune que cela, mais c'était difficile à dire. Kira les contempla un moment, solennelle, en se demandant qui ils avaient été : ce qui les amusait, avec qui ils avaient grandi, comment ils étaient arrivés là. Elle ne connaissait même pas leurs noms. Jayden souleva la fille par les aisselles, Kira empoigna ses jambes, et ils s'avancèrent prudemment dans les ruines. Le trou le plus profond était celui qu'ils avaient dégagé pour tenter de sauver Turner, et ils y firent descendre le corps avec toute la douceur possible avant de le pousser au fond, dans un creux, sous les pierres de la cheminée. Quelques-uns des autres soldats, qui avaient achevé leurs préparatifs, vinrent les aider : ils portèrent le garçon et le firent également descendre dans la fosse. Kira, comme assommée, regarda Jayden et Brown abattre le dernier vestige de mur et le pousser au-dessus du trou pour enfermer les corps.

En voyant la dernière brique refermer ce tombeau de fortune, Kira sentit son cœur se briser. Ce n'était pas suffisant. C'était bien de les inhumer, mais ils méritaient mieux. Elle voulut parler, mais en fut incapable : la vue des panaches de poussière qui s'élevaient paresseusement des décombres était insupportable.

Marcus l'observait d'un regard douloureux et tendre. Puis il s'adressa à Jayden.

— Il faudrait dire quelques mots.

Jayden haussa les épaules.

— Adieu ?

— OK, je vais le faire, dit Marcus en s'avançant d'un pas. Est-ce que quelqu'un sait quel dieu ils priaient ?

— Il ne devait pas être formidable, en tout cas, grommela Gianna.

— Maija était chrétienne, dit Sparks. J'ignore de quelle Église. Rob était bouddhiste. En ce qui concerne le civil, aucune idée.

Marcus attendit d'autres précisions, mais personne n'en savait davantage.

— Pas évident, comme mélange. Bon, alors. Je dois pouvoir me rappeler un vieux poème qu'on a appris à l'école, qu'est-ce que vous en pensez ?

Il se redressa, le regard fixé au loin, et les soldats baissèrent la tête. Kira gardait les yeux rivés sur le tas de briques, au-dessus duquel flottait toujours un nuage de poussière.

– « Ne va t'enorgueillir, ô Mort, que l'on t'ait dite Puissante et redoutable. » Je fais un vrai massacre, s'excusa-t-il. « Car ils ne meurent point ceux que tu crois abattre, Pauvre Mort, et tu ne peux pas... tu ne peux non plus me tuer. Après un court sommeil, c'est l'éveil éternel, La mort ne sera plus : ô Mort, tu dois mourir[1] ! »

Jayden lui jeta un coup d'œil.

– Tu crois qu'ils vont se réveiller, toi ? Hop, comme ça ?

– Ce n'est qu'un vieux poème.

– Eh bien je ne sais pas où ils se réveilleront, mais ce qui est sûr, c'est qu'ils ne seront pas tout seuls.

Tournant les talons, il repartit vers le chariot.

Kira, elle, prit la main de Marcus pour regarder la poussière retomber lentement sur les briques.

La pluie faisait des flaques dans la boue, et les grosses traces de pneus s'emplissaient de gouttelettes bondissantes. Kira tira sur sa capuche pour tenter une nouvelle fois d'abriter ses yeux, mais le vent soufflait si fort que l'eau semblait tomber dans toutes les directions à la fois, éclaboussant partout et s'infiltrant par toutes les coutures de ses vêtements.

Jayden, une fois de plus, s'arrêta et leva le poing pour stopper leur cortège. Les traces de pneus qu'ils suivaient ne venaient pas d'Asharoken et de la maison piégée, mais mieux valait se méfier de toute présence dans ces étendues sauvages. La région avait été une des plus cossues de l'île, autrefois, si bien qu'ils ne

1. John Donne, *Holy Sonnet X* (extrait), traduction de Robert Ellrodt.

marchaient plus entre des maisonnettes serrées et des jardins en friche, mais dans une forêt dense, dégoulinante, parsemée ici et là de demeures isolées, lugubres dans la pénombre. Kira inclina la tête sur le côté, l'oreille aux aguets, dans l'espoir de distinguer les petits bruits que Jayden percevait sans cesse malgré le déluge. Elle vit Marcus faire de même. Pour sa part, elle n'entendait que la pluie, les éclaboussures, le bruit de succion de la boue lorsque l'un d'eux bougeait les pieds. Jayden laissa retomber son poing, indiqua une direction droit devant eux, et ils se remirent en marche.

– Je pense qu'il invente, lui chuchota Marcus. C'est simplement qu'il aime faire son petit numéro avec le poing et nous regarder obéir.

– Je n'ai jamais été aussi mouillée de ma vie, répondit Kira. Même dans mon bain, je te jure que j'étais plus sèche que maintenant.

– Vois le bon côté des choses.

Kira attendit.

– En principe, là, tu es censé me dire ce que c'est, le bon côté, finit-elle par lâcher.

– Bah, je n'ai pas beaucoup de principes. Et puis je n'ai jamais dit que je connaissais le bon côté, je trouve juste que ce serait super d'en voir un en ce moment.

Jayden leva à nouveau le poing, et à nouveau ils s'arrêtèrent.

– Ah, il vient d'entendre un bon côté, murmura Marcus. Sans doute un dicton encourageant, qui nous attendait dans ces buissons.

Kira pouffa de rire, et Jayden leur lança un regard furibond. Puis il se détourna, claqua des doigts en direction du talus longeant la route, et s'éloigna vers un espace entre les arbres.

Kira le suivit, étonnée. Elle voyait pourtant comme lui que les traces de pneus continuaient tout droit à travers bois, sur la route défoncée. Des deux côtés de Jayden, les arbres étaient sombres et menaçants... qu'avait-il bien pu entendre sous leurs feuillages ?

Le groupe le suivit prudemment sur un étroit sentier adjacent à la route : un ancien chemin privé, presque effacé par une décennie de prolifération végétale. Au bout de ce chemin se dressait une grande maison, sombre, presque aussi noire que la nuit qui l'entourait. Marcus se baissa pour rejoindre discrètement Kira et avança à côté d'elle en silence, accroupi. Elle voulut se pencher pour lui poser une question, mais s'arrêta soudain dans son geste, car un éclat lumineux avait attiré son regard : une lumière orangée à la fenêtre, un miroitement infime qui n'avait duré qu'un instant. *Un feu.* Elle se figea, puis agrippa le bras de Marcus et tira son oreille vers ses lèvres.

– Il y a quelqu'un dans la maison.

Elle serra les doigts sur son fusil en espérant que la pluie ne l'avait pas noyé. Même entourée de cinq soldats armés, elle se sentait vulnérable. Lentement, elle s'accroupit à son tour, entraînant Marcus à terre avec elle. Jayden s'arrêta brusquement, épaula sa carabine, et au même moment, une voix s'éleva de la maison noire.

– N'allez pas plus loin.

C'était une voix blanche et éraillée, spectrale dans les ténèbres. La pluie tambourinait sur la capuche et dans le dos de Kira ; elle libéra le cran de sûreté de son fusil – indispensable petit levier qui transformait un gros gourdin inerte en baguette magique capable de semer la mort. Il n'y avait plus qu'à viser, tirer, et voir la cible exploser. La pluie dégoulinait dans son cou, dans ses yeux, traversait ses gants.

— Jayden Van Rijn, sergent de deuxième classe, Forces de défense de Long Island. Identifiez-vous.

Jayden gardait sa carabine pointée sur la cible invisible ; il avait dû repérer l'homme avant que celui-ci ait parlé. Kira, elle, ne distinguait toujours rien.

— Je suis quelqu'un qui ne devrait pas vous poser de problème, dit la voix. Et qui n'a pas de problème avec vous.

— Identifiez-vous, répéta Jayden.

Kira imagina les bois qui les entouraient grouillants de membres de la Voix : des hommes tapis dans l'ombre, informes sous leurs capes de pluie, tenant leurs armes aussi fermement qu'elle tenait la sienne. Il faisait un noir d'encre sous le couvert des arbres, la lune et les étoiles étant cachées par une épaisse couche de nuages d'orage. Si jamais quelqu'un se mettait à tirer, elle ignorait si elle oserait riposter : comment aurait-elle pu distinguer les ennemis des amis dans une telle obscurité ?

— Ils n'appartiennent peut-être pas à la Voix, chuchota Marcus, presque inaudible, les lèvres tout contre son oreille. Ce sont peut-être des marchands ambulants, des vagabonds, ou même des fermiers. Quoi qu'il en soit, ne bouge pas.

— Vous avez un très joli nom, reprit la voix dans le noir. Vous pourrez le remporter en partant.

— Nous sommes en route pour East Meadow, répliqua Jayden. Nous sécurisons la zone avant d'établir le bivouac. Combien êtes-vous ?

La voix eut un rire râpeux.

— Je serais bien bête de vous donner cette info sans connaître vos intentions. Et si vous étiez des rebelles de la Voix ?

— Nous appartenons aux Forces de défense. Je vous l'ai déjà dit.

— Vous ne seriez pas le premier à me mentir.

Cette fois, Kira entendit nettement un bruit dans le bois : un mouvement de feuillages, un craquement qui aurait aussi bien pu venir d'une brindille que d'un fusil de chasse. Elle se baissa encore, en espérant que c'était un membre de sa troupe.

— Nous sommes dix, annonça Jayden. Les rebelles sont bien plus discrets que ça... Un vieux bonhomme caché dans une vieille baraque, par exemple.

— Vous n'avez pas complètement tort, je suppose. Ça me paraît mal parti pour qu'on se fasse confiance, d'un côté comme de l'autre.

La voix se tut. On n'entendait plus que les gouttes de pluie frappant les feuilles. Au bout d'un moment, elle résonna à nouveau.

— Bon, je m'appelle Owen Tovar. Moi aussi, je suis en route pour East Meadow, même si, à vrai dire, j'aurais bien besoin qu'on dise un mot pour moi aux militaires qui gardent l'entrée de la ville. Si vous ne voyez pas d'inconvénient à partager la carrée avec Dolly et moi, vous êtes les bienvenus.

Kira n'entendit d'abord rien, puis une porte grinça. Jayden hésita le temps d'un battement de cœur et, enfin, abaissa sa carabine.

— Merci de nous accueillir.

Chapitre 6

Il s'avéra qu'Owen Tovar était un homme de haute taille, svelte, au visage buriné. Il les attendait juste derrière la porte d'entrée, un fusil en plastique noir calé contre l'épaule. Il sourit à Kira et à Gianna.

— Si cet idiot m'avait dit qu'il y avait des femmes parmi vous, je vous aurais laissés entrer plus tôt !

À ces mots, Marcus s'interposa devant Kira, mais Tovar lui posa une main sur le bras en riant doucement.

— Rien d'inconvenant là-dedans, jeune homme, j'ai de bonnes manières. Les soldats, je m'en contrefiche, mais ma mère m'a trop bien élevé, je le crains, pour que je laisse une dame dehors par un temps pareil.

Il referma la porte derrière le dernier soldat et retraversa le groupe pour le guider vers l'intérieur sombre de la maison.

— Je dois le reconnaître, celui d'entre vous qui m'a trouvé ici est plus fin limier que la moyenne. Vous gâchez votre talent dans les Forces de défense.

Il ouvrit une autre porte, révélant une pièce vivement éclairée - un ancien salon, peut-être, sans aucune fenêtre donnant sur l'extérieur, où un bon feu brûlait dans une cheminée en pierre. L'endroit était encombré de vieilles banquettes et de couvertures, et une petite carriole en bois était poussée contre une double porte fermée, à l'autre bout. Kira regarda vers la droite en entrant, et sursauta de surprise : elle se retrouvait nez à nez avec un chameau.

– Dis bonjour, Dolly.

Le chameau, ou la chamelle, donc, poussa un blatèrement sourd, et Tovar eut un petit rire.

– Soyez polis, les amis, il faut lui répondre.

Marcus sourit et s'inclina devant l'animal.

– Enchanté, Dolly. M. Tovar nous avait caché qu'il avait une si jolie compagne.

– J'ignore si tous les chameaux sont aussi têtus qu'elle, précisa Tovar, mais on arrive quand même à s'entendre, tous les deux. Elle a dû s'échapper d'un zoo, j'imagine. Je l'ai trouvée il y a quelques années, elle errait toute seule. (Il les pressa d'entrer tous dans la pièce et referma derrière eux.) Je me suis donné du mal pour que mon feu soit invisible de l'extérieur, expliqua-t-il. Et la cheminée marche encore, si bien qu'avec une tempête comme celle-ci pour masquer la fumée, ma présence est indétectable.

– Nous avons suivi les traces de pneus, lui dit Marcus en retirant son manteau.

– Elles ne mènent pas ici. Du moins, pas jusqu'au bout.

– Je vous ai entendus, précisa Jayden sans pouvoir réprimer un demi-sourire. Dolly n'est pas la reine de la discrétion.

Tovar secoua la tête.

– Elle me réclamait encore du sucre. Évidemment, il a fallu que vous passiez pendant les deux secondes où elle s'est mis en tête de discuter. La plupart des gens – je parle de ceux qui sont assez fouineurs pour chercher – ne trouvent jamais cet endroit. Ils suivent mes traces de pneus, qui mènent à la maison suivante, font le tour, repartent dans les bois, et abandonnent en arrivant au ruisseau. Le pont s'est effondré, figurez-vous, et je cache très bien les planches que j'utilise pour traverser – qui plus est, du mauvais côté pour quiconque s'aviserait de me suivre.

— Vous êtes un vagabond, devina Jayden.

— Je suis marchand ambulant. Ce qui peut intéresser toutes sortes de personnages louches, mais ça ne veut pas dire pour autant que j'aime être pris pour une cible mouvante. (Il retira une pile de couvertures du divan le plus proche de la cheminée.) Les meilleures places pour les femmes, naturellement. C'est assez douillet pour moi seul, mais si nous voulons tous dormir ici, il va falloir se serrer.

Kira le regarda trier les couvertures et se faufiler entre les banquettes poussiéreuses pour tâcher d'accommoder dix personnes et une chamelle. *Est-il membre de la Voix ?* Il n'y avait aucun moyen de le savoir, à moins qu'il ne tente de s'en prendre à eux.

Le vagabond tendit une couverture à Brown, qui le lorgna avec suspicion avant de la lui prendre des mains d'un air bourru.

— La nuit va être affreusement longue si nous continuons à nous méfier les uns des autres. Vous me prenez vraiment pour un rebelle ?

Brown ne dit rien, et Tovar se tourna vers Gianna.

— Et vous ?

Il pivota encore, s'arrêta devant Jayden et ouvrit les bras.

– Et vous, pensez-vous que j'appartienne à la Voix ? Risquer ma vie et partager mes bonnes couvertures bien sèches, vous croyez vraiment que ça fait partie d'un plan diabolique pour anéantir la dernière civilisation humaine ?

– Moi, je pense que vous êtes un ancien militaire, lança Kira en se rapprochant du feu.

L'homme inclina la tête avec curiosité.

– Ah oui ? Qu'est-ce qui vous fait dire ça ?

– Certains termes que vous employez : « la carrée », « cible mouvante ». La manière dont vous avez rangé votre fusil quand nous sommes entrés. Votre posture absolument identique à celle de Jayden, en ce moment même.

Les deux hommes échangèrent un regard, puis se regardèrent eux-mêmes : les pieds à largeur des épaules, le dos droit, les mains croisées dans le dos. Ils changèrent de position, gênés, passant d'un pied sur l'autre et secouant leurs poignets.

– Ce n'est pas parce qu'il a été dans l'armée que ce n'est pas un rebelle, dit Brown. Il y a beaucoup de soldats dans leurs rangs.

– Si être soldat est une preuve de culpabilité, fit remarquer Tovar, sept personnes sur dix dans cette pièce me paraissent terriblement coupables.

– Bon, parlez-nous de vous, lança Marcus en s'installant sur un canapé. Si je dois passer la nuit à vous regarder tourner autour du pot avant de vous entretuer, autant que ce soit distrayant.

— Owen Tovar, répéta l'homme avec une petite inclinaison du buste, né et élevé à Macon, Géorgie. Football universitaire pendant deux ans, diplôme, après quoi je suis entré dans les marines et j'ai perdu quatre orteils à la guerre – je vous parle de la guerre d'Iran, pas de la guerre d'Isolation, celle avec la Chine à laquelle vous pensez sûrement, vous les jeunes ; celle que les Partials ont faite pour nous. Mais je suppose que vous avez, quoi... dix-sept, dix-huit ans ? Deux ou trois ans à la fin de cette guerre-là, cinq ou six lors de la fin du monde, quelques années plus tard ? Alors non, quand je dis « guerre », vous devez même penser à la guerre des Partials, les choses étant ce qu'elles sont. Mais, désolé de vous le dire, cette guerre-là n'en était pas une : ça n'a été qu'un massacre, de la mort, et « circulez, y a rien à voir ». La guerre, voyez-vous, ce n'est pas ça. La guerre, c'est quand deux camps s'affrontent, peut-être pas à égalité, mais qu'au moins les deux arrivent à rendre quelques coups. Ce que nous appelons la guerre des Partials, en réalité, c'est l'humanité qui s'est fait tabasser dans une ruelle sombre.

— Je me souviens de la guerre d'Isolation, dit Gianna. Nous ne sommes pas tous des enfants de l'épidémie, vous savez.

— Je me garde bien d'essayer de deviner l'âge des dames, répondit galamment Tovar en s'asseyant près du feu.

Il semblait détendu, cependant Kira nota qu'il avait toujours son fusil à portée de main. Jayden prit place en face de lui, mais la plupart des soldats restèrent debout. Kira s'installa à côté de Marcus et tira son bras autour de ses épaules. Il était chaud et rassurant.

— Bref, le nom de cette guerre importe peu. J'ai perdu quatre orteils, quitté l'armée sur permission médicale, et je suis rentré en Géorgie pour devenir joueur de hockey.

— Du hockey en Géorgie ? s'étonna Sparks. Ce n'est pas possible. C'était un des États du Sud, la Géorgie, pas vrai ? Or le hockey était un sport de glace.

— Oui, cela se pratiquait sur des patins, renchérit Jayden. Vous n'auriez pas pu faire ça en Géorgie. Surtout sans orteils.

Tovar sourit.

— C'est là qu'on voit votre ignorance, à vous, les bébés de l'épidémie. Gianna, vous vous souvenez des patinoires ?

Un petit sourire éclaira lentement le visage de la femme.

— Oui, je m'en souviens.

— Une patinoire était une salle immense, grande comme un terrain de basket, enfermée dans un réfrigérateur géant. Imaginez un peu : tout le bâtiment restait assez froid pour que la glace ne fonde pas. Alors, on le remplissait de monde, des centaines de personnes parfois – et encore, nous jouions en ligue mineure –, tout ce monde nous acclamait, applaudissait, s'époumonait, si bien que la température dans la salle montait comme ici en ce moment, avec tous ces corps serrés comme des bûches dans un feu. Pourtant, ce gros frigo continuait à produire du froid et la glace restait tellement gelée qu'il suffisait d'y passer un coup d'eau entre les deux mi-temps : au bout de deux minutes, elle était à nouveau lisse et douce comme une pom-pom girl des Tiger Sharks. Pardon, de vieilles rivalités qui remontent, ajouta-t-il avec un sourire malicieux.

– C'est l'histoire la plus ridicule que j'aie jamais entendue, commenta Sparks. Avec le courant qu'il faut pour faire ça, on pourrait alimenter toute une ville pendant un an.

– Une petite ville comme East Meadow, tout à fait, confirma Tovar. Elle ne consomme pas plus qu'un gros climatiseur de l'époque. Vous autres, vous n'avez aucune idée de ce qu'étaient les anciennes villes, ni les anciens usages : même un trou perdu comme Macon était gigantesque comparé à East Meadow, et malgré les centaines de milliers de gens qui conduisaient des voitures, regardaient des films et surfaient sur le Web à longueur de journée, il nous restait encore assez de courant pour faire fonctionner une patinoire en Géorgie – un des États chauds, comme vous l'avez dit, où il ne gelait absolument jamais.

– Quand même, je ne peux pas croire une chose pareille, marmonna Sparks.

– Je dois reconnaître que le hockey sur glace, ce n'était pas la spécialité de la Géorgie. Moi-même, je me demandais ce qu'on faisait là. Savez-vous comment s'appelait notre équipe ? Si vous doutez du reste, je suis sûr que vous allez croire ceci : on s'appelait les Macon Cheeseburgers. (À y repenser, il eut une bouffée d'hilarité.) Ça sonne comme le plus gros de mes bobards, et pourtant c'est vrai : les Macon Cheeseburgers. (Il se tapa sur la cuisse ; plusieurs soldats riaient aussi, et même Kira ne put s'empêcher de pouffer.) Nous étions une petite équipe qui n'a jamais approché les ligues majeures, dans un bled qui aimait à peu près tous les sports sauf le nôtre. Nous n'allions nulle part et nous le savions bien, alors autant s'amuser, hein ? Dans les années quarante, à l'époque où je jouais, nous étions officiellement l'équipe la plus violente du pays, donc probablement du monde, et soit dit en passant, c'est pour ça que je pouvais patiner sans orteils. Quand on était patineur artistique, de vitesse, ou avant-centre dans la ligue nationale, on avait besoin de tous ses orteils pour contrôler le mouvement ; mais franchement, on se passe très bien de ces finasseries quand tout ce qu'on cherche à faire, c'est fracasser l'adversaire contre un mur et lui péter les dents.

– Ah, le hockey ! Élégance et courtoisie, le sport des rois... plaisanta Marcus.

Tovar marqua un silence, le regard perdu dans un souvenir lointain.

– Parfois, reprit-il, je me dis que c'est ce qui me manque le plus de cette époque. C'était le bon temps... Nous vivions dans une telle abondance que nous pouvions tout gaspiller en bêtises parfaitement inutiles. L'âge d'or de l'humanité... Enfin... « L'orgueil précède la ruine de l'âme », comme disait l'autre, conclut-il avec un sourire amer et ironique.

Jayden hocha lentement la tête.

– Je ne peux pas dire que je vous fasse davantage confiance après cette histoire, mais au moins, maintenant, vous m'êtes sympathique.

Tovar lui retourna son signe de tête.

– Très aimable à vous, étant donné les circonstances.

Il sortit une flasque de sa poche arrière, y but une gorgée, et la tendit à Jayden, qui y prit à son tour une lampée et la lui rendit.

— Je dois admettre, dit Marcus, qu'en tant que médecin j'attends toujours de voir le meilleur de cette histoire.

Tovar eut l'air étonné.

— Pardon ?

Le garçon sourit franchement.

— Les orteils, mon vieux, montrez-nous les orteils !

Les soldats approuvèrent, et les yeux de Tovar étincelèrent de malice.

— Vous l'aurez voulu.

Il se baissa pour délacer sa chaussure.

— Toutes les sociétés de biotechnologie d'Amérique du Nord m'ont proposé des traitements génétiques pour les faire repousser, vu mon statut d'ancien combattant et tout et tout, mais moi, je me suis dit : « Une blessure de guerre, c'est une blessure de guerre », et je ne voyais pas pourquoi je voudrais la faire disparaître. Bien ! Le directeur de cette attraction recommande aux femmes et aux enfants de détourner les yeux de ce spectacle, mais puisque vous êtes pratiquement tous des femmes ou des enfants, ou les deux, je suppose que personne ne va m'écouter.

L'homme sortit le pied de sa chaussure, fit glisser la chaussette sur sa cheville pâle et velue, puis l'arracha d'un grand geste.

— Voilà !

Tous les spectateurs étouffèrent une exclamation mi-choquée mi-amusée, et Kira se surprit à sourire et grimacer en même temps. Le pied de Tovar était un moignon bosselé, couvert de cicatrices ; les quatre petits orteils n'étaient plus là, et le pouce se recourbait bizarrement sur le côté. Il n'avait plus d'ongle, et le pied était blanc comme l'ivoire.

– Mais c'est dégoûtant ! s'exclama-t-elle entre deux accès d'hilarité. Comment vous êtes-vous fait ça, déjà ?

– J'avais une spécialité dans l'armée, répondit Tovar en remuant son orteil déformé. Les explosifs.

L'atmosphère dans la pièce se modifia si radicalement que Kira le sentit physiquement : comme un frisson glacé dans l'air, un nuage de gouttelettes froides. Les soldats, furieux, épaulèrent instantanément leurs fusils. Bien qu'il soit assis, Tovar perdit l'équilibre et partit en arrière tout en tâchant de remettre sa chaussette à la hâte ; il faillit tomber de la banquette en se reculant le plus loin possible des canons.

– Qu'est-ce que... qu'est-ce que j'ai fait ?

– Vous avez dix secondes pour nous dire où vous étiez pendant ces dernières quarante-huit heures, grinça Jayden en alignant sa visée. Sinon, on vous descend, par précaution.

– Mais de quoi parlez-vous ? s'écria l'homme.

– Neuf. Huit.

– Attendez ! dit Kira, tendant les mains en avant pour tenter de calmer tout le monde. Laissez-lui au moins le temps de réfléchir.

– Sept.

– Je ne sais pas de quoi vous parlez ! plaida Tovar.

Kira, désespérée, se pencha en avant.

– Calme-toi, bon sang, dit-elle fermement à Jayden. Il ne comprend rien à ce qui se passe.

– Pas de bêtises, Kira.

Elle se tourna vers Tovar.

— C'est à cause de votre spécialité. Nous avons eu une mauvaise journée, niveau explosifs, et tout ce qu'ils veulent savoir, c'est si vous étiez…

— Plus un mot, Kira, ou il saura précisément quoi nier.

Elle ne quittait pas Tovar des yeux.

— Dites-nous simplement où vous étiez ces derniers jours.

— J'étais à Smithtown hier. Je suis rentré tout droit ici. Il y a une ferme sur un ancien terrain de golf, là-bas. Je livrais des armes.

— Des armes ?

— Eh bien quoi, vous pensiez que je vendais des chatons ? Je suis un marine, moi ! Je vends ce que je connais, et par ici, sans Forces de défense pour les protéger, les gens ont besoin d'armes à feu, qu'est-ce que vous croyez ? Dans la plupart de ces vieilles maisons, il y a un coffre-fort rempli d'armes à la cave, alors moi… j'ouvre les coffres et je revends les flingues.

— Vous n'arrangez pas vraiment votre cas, commenta Jayden.

La voix de Tovar devenait pâteuse, suppliante.

— C'est peut-être difficile à croire alors que j'ai une dizaine de canons pointés sur moi, mais le coin n'est pas très sûr, figurez-vous. Tout le monde sur l'île ne dispose pas d'une patrouille de l'armée prête à bondir aussitôt que quelqu'un a l'air suspect. Par ici, les gens savent qu'une guerre se prépare, entre East Meadow et la Voix du peuple, et ils ont besoin de pouvoir se protéger. Je fais en sorte qu'ils aient de quoi le faire, c'est tout.

— Il ment, dit un soldat.

— Pas si sûr, le contra Kira. On ne peut pas descendre quelqu'un sur un simple soupçon.

– On a voulu vous faire sauter ? s'enquit Tovar.

– Vous voyez ? clama le soldat en s'avançant d'un pas. Il sait !

– Restez où vous êtes, le rembarra Jayden. Ne tirez pas sans ordres.

Kira déglutit, la gorge serrée.

– Pas besoin d'être un génie pour deviner qu'on a voulu nous faire sauter, vu notre conversation depuis cinq minutes. S'il avait été au courant pour la bombe, il ne nous aurait jamais parlé de sa spécialité dans l'armée, vous ne croyez pas ? (Elle se tourna vers Tovar.) Vous êtes déjà allé à Asharoken ?

L'homme secoua négativement la tête.

– Avec un nom pareil, ça existe vraiment ?

– Vous dites que vous vendez des armes et des munitions, reprit Jayden. Vendez-vous aussi des explosifs ?

– Il faudrait que je sois complètement idiot. Quiconque voudrait m'en acheter serait un concurrent, ou mijoterait un mauvais coup – comme ce qui vous est arrivé. Je garde tous les explosifs que je trouve bien cachés.

– Où ?

– Certains dans la carriole, d'autres dans de petites caches éparpillées sur l'île.

D'un bond, Gianna s'écarta de la carriole.

– J'étais appuyée contre une bombe ?

– Non, c'est stable, la rassura Tovar en se levant.

Les soldats gardèrent leurs fusils braqués sur lui, mais il leva les mains en l'air.

– C'est parfaitement stable, OK ? (Il clopina jusqu'à la carriole, un pied chaussé de son gros godillot et l'autre nu.) C'est un gel à base d'eau : complètement inerte tant qu'on ne l'active pas, et pour le faire sauter il faut un détonateur en plus.

– Où trouvez-vous des explosifs ? demanda Jayden en le suivant avec son canon. Je croyais que les militaires avaient tout ramassé depuis des années.

– Tous les explosifs qui avaient trait à l'armement, oui. Mais cette substance est très commune dans le commerce. (Retirant la lourde bâche de toile qui couvrait la carriole, il désigna un paquet en plastique blanc, similaire à une ration d'eau.) J'ai trouvé ceci sur un chantier ; la poudre d'activation est de l'autre côté de la carriole. Et je jure que je n'en ai vendu à personne.

Kira regarda Jayden.

– Si c'est un mensonge, dit-elle, c'est le bobard le plus alambiqué et le mieux joué du monde. Et de toute manière, on retourne avec lui à East Meadow, alors baissons les armes pour ce soir, et laissons les autorités s'en débrouiller. Si elles décident qu'il est coupable, elles pourront toujours l'envoyer au trou, mais je ne vous laisserai pas le descendre ici.

– C'est la deuxième plus mauvaise idée que j'aie jamais entendue, conclut Tovar, mais puisque la première est que vous me mettiez une balle dans la tête, je suis pour.

Jayden toisa fixement Kira, et ses pupilles la brûlèrent comme des charbons ardents. Au bout d'une éternité, il baissa le canon de sa carabine.

– Très bien. Mais s'il tente quoi que ce soit d'ici là, je n'attendrai pas ton avis : c'est un terroriste, il doit mourir, point final.

Chapitre 7

Kira dormit peu et mal, en écoutant Marcus et les autres remuer, ronfler et marmonner dans le noir. La chamelle émit toute la nuit des bruits étranges, à demi humains, et la bâtisse craquait sous la pluie. Même les souris, présentes en nombre dans toutes les maisons qu'elle avait connues, lui parurent plus bruyantes et agaçantes que d'habitude, à trottiner partout sur le plancher et les murs. Des rats, peut-être, ou quelque chose de plus gros.

Pendant tout ce temps, elle ne cessa de repenser aux déclarations de Tovar. Était-il vrai qu'une guerre se préparait? La Voix du peuple était-elle déterminée – et organisée – à ce point? Le Sénat dépeignait ses membres sous les traits de terroristes à demi sauvages, qui attaquaient, pillaient et tuaient sans discernement, mais bien sûr, elle supposait que c'était dans son intérêt. Si les rebelles étaient réellement assez nombreux pour mettre sur pied un front sérieux et déclencher une véritable guerre, alors ils constituaient une menace bien plus grande qu'elle ne l'avait jamais imaginé.

Le RM strangulait lentement l'humanité, décès après décès, sans génération nouvelle pour remplacer les morts. Une guerre, en revanche, pouvait l'anéantir en quelques semaines.

Kira s'enfonça dans sa banquette et tâcha de se forcer à dormir.

Au matin, elle s'éveilla ankylosée et épuisée.

Tovar les fit sortir par l'arrière de la maison et les guida dans son dédale de pièges : il leur fit traverser un pont amovible, puis la terrasse d'une autre maison déglinguée, et ils rejoignirent la route presque un kilomètre plus loin. La pluie avait cessé et Dolly tirait efficacement la carriole, si bien qu'ils gardaient un bon rythme. Kira s'efforçait de ne pas regarder en arrière, de ne pas penser aux cent rebelles fantômes qu'elle imaginait derrière chaque tronc d'arbre, derrière chaque voiture abandonnée. Ses compagnons et elle devaient rester visibles, au cas où les renforts des Forces de défense viendraient les chercher, mais cette visibilité lui donnait la sensation d'être exposée et vulnérable. Même Jayden paraissait inquiet. Ils firent une pause déjeuner lorsque le soleil fut haut dans le ciel, et Kira termina son eau tout en observant les maisons en ruine, sagement alignées. Rien ne bougeait. Elle massa ses pieds douloureux et alla voir Lanier sur sa civière ; il était inconscient et dangereusement fiévreux.

— Comment va-t-il ? demanda Gianna.

— Pas bien, soupira Kira. On n'a plus beaucoup de Nalox, et je pense qu'il a une infection.

Elle chercha des antibiotiques dans sa trousse de secours et se mit à préparer une piqûre.

— C'est une bonne chose qu'il dorme comme ça ?

— Bah, pas génial, mais pas trop mal non plus. Les calmants qu'on lui a donnés sont conçus pour le champ de bataille : on peut les surdoser largement sans craindre de le tuer. En revanche, nos désinfectants de campagne n'ont sans doute pas fait effet. (Elle lui injecta une pleine seringue d'antibiotique.) Si les renforts tardent à nous retrouver, il aura du mal à s'en tirer.

Elle perçut alors un sifflement lointain et releva brusquement la tête ; Jayden aussi avait entendu.

— Les éclaireurs, dit-il. Ils ont repéré quelqu'un.

Tous se retranchèrent dans une maison proche, aux vitres brisées, dans laquelle le vent avait soufflé suffisamment de terre pour que la végétation s'y développe : le canapé était déjà recouvert de kudzu. Kira s'accroupit dans un coin, derrière un piano droit qui penchait dangereusement. Auprès d'elle, Lanier grelottait de fièvre. Marcus croisa son regard et se força à sourire.

Elle entendit encore une série de sifflements brefs, dont elle reconnut le sens : « les individus repérés ne sont pas hostiles ». Elle commença à se lever, mais Jayden l'arrêta d'un geste.

— Ça ne coûte rien de vérifier, chuchota-t-il.

Une minute plus tard, un chariot passa : une longue remorque blindée tirée par six chevaux piaffants. Jayden émit un sifflement sonore – « alliés en vue, ne tirez pas » – et sortit. Kira et Marcus portèrent Lanier sur le porche, où ils furent accueillis par une autre équipe médicale. Kira fit à celle-ci un rapport complet sur son état de santé, et les soldats nouvellement arrivés leur donnèrent de l'eau et des barres protéinées avant de les aider à monter dans leur chariot.

Tovar apparut avec Dolly de derrière la maison ; il arborait une grimace contrariée.

— Ils me descendent maintenant, ou en arrivant chez eux ?

— Dans l'idéal, ils ne vous descendent pas du tout, lui répondit Kira.

Jayden salua le chef de la nouvelle troupe ; Kira ne reconnut pas l'insigne de son grade.

— Merci d'être venus nous chercher.

L'autre soldat lui rendit son salut.

— Vous avez avancé vite. Nous n'espérions pas tomber sur vous avant plusieurs heures.

— Ce marchand ambulant nous a beaucoup aidés, expliqua Jayden en désignant Tovar du menton. Il a transporté l'essentiel de notre équipement dans sa carriole. (Il but une gorgée d'eau et s'essuya la bouche du revers de la main.) Nous n'avons vu personne d'autre : si quelqu'un nous suivait, il a préféré ne pas se frotter à une escouade militaire.

— Cette fichue Voix du peuple, grommela le soldat. Nous avons envoyé des cavaliers chercher tous les indices possibles : l'attentat a fait beaucoup de bruit, chez nous. Nous ferons halte à Dogwood pour un débriefing.

Le chariot fit demi-tour et le conducteur fouetta les chevaux, qui adoptèrent un galop assez rapide. Le soleil tapait sur la carapace blindée, si bien qu'à l'intérieur il faisait une chaleur de four, et Kira se sentit s'assoupir ; elle se réveilla la tête sur les genoux de Marcus et se redressa d'un coup lorsque le chariot s'arrêta brutalement. Dogwood était en fait une ancienne centrale électrique reconvertie en poste de garde, à la lisière de la zone habitée d'East Meadow. Un haut grillage en faisait le tour, et un soldat ouvrit le portail à leur approche. Kira en vit d'autres sur tout le périmètre.

– On peut continuer à pied, dit-elle.

Mais le soldat responsable du chariot secoua négativement la tête.

– Mkele veut tous vous débriefer, pas seulement le marchand.

Débriefer, songea Kira. *Du jargon militaire pour dire poliment « interroger »*.

– Qui est Mkele ?

– Renseignements. Ce qui vous est arrivé inquiète beaucoup le haut commandement. Ils doivent espérer que vous savez quelque chose d'important.

Le soldat les aida à descendre du chariot et les fit pénétrer dans l'ancienne centrale. Un jeune homme en tenue de combat emmena Kira dans une pièce, la laissa là et sortit en fermant la porte.

Elle entendit cliqueter un verrou.

La pièce était petite et nue, mais des taches décolorées sur le linoléum indiquaient que plusieurs meubles en avaient été récemment retirés : de vagues contours de tables et d'armoires formaient sur le sol comme un bureau fantôme, une image persistante de ce qui n'était plus. De tout cela il ne restait que deux chaises dans un coin, au fond.

Elle s'assit et attendit, préparant mentalement sa conversation : dans ce dialogue imaginaire, elle contestait le fait d'être retenue contre sa volonté pour interrogatoire, faisait les questions et les réponses et s'en tirait brillamment sans effort. Mais l'attente se prolongea, et ses piques subtiles cédèrent peu à peu la place à des tirades furieuses sur la séquestration illégale. Au bout d'un long moment, elle finit par se lasser et penser à autre chose.

Il y avait une horloge au mur, un vieux modèle circulaire avec des petits bâtons noirs, et pour la millième fois de sa vie, elle se demanda comment ces appareils fonctionnaient. Il y en avait une du même type chez elle, plus jolie que celle-ci : les inconnus qui avaient occupé sa maison avant elle, avant le Ravage, avaient la passion des objets en verre. D'après ce qu'elle avait compris, les bâtons bougeaient si on mettait des piles, mais comme elles étaient bien plus gourmandes en énergie que les horloges digitales, elle n'en avait pratiquement jamais vu fonctionner.

Son père avait-il eu une horloge ronde avec des bâtons ? C'était idiot, elle ne savait même pas comment on les appelait ; il n'y avait pourtant aucune bonne raison pour qu'un objet aussi répandu disparaisse du vocabulaire humain. Elle n'avait jamais appris à les déchiffrer, ni connu leur nom. C'étaient des reliques d'une culture morte.

Le plus long des deux bâtons pointait vers le chiffre dix, et le petit était arrêté légèrement au-dessus du trois. *Dix heures... presque trois ?* Elle haussa les épaules. *Cette horloge s'est arrêtée à dix heures presque trois minutes. Ou autre, allez savoir.* Elle se leva pour l'observer de plus près. *Elle doit être soudée au mur, sinon elle serait tombée, depuis le temps.*

La porte s'ouvrit et un homme entra : Kira reconnut en lui le sénateur non identifié qu'elle avait aperçu lors de l'assemblée citoyenne. Il devait être âgé d'une quarantaine d'années. Sa peau était sombre, encore plus que celle de la jeune fille – des origines principalement africaines, devina-t-elle, alors qu'elle-même était plutôt d'ascendance indienne.

— Bonsoir, mademoiselle Walker.

Il referma la porte derrière lui et lui tendit la main ; Kira la serra.

— Il était temps.

— Je suis profondément navré de vous avoir fait attendre. Je suis M. Mkele.

Il indiqua du geste la chaise de Kira, tira l'autre vers lui et s'y installa.

— Je vous en prie, asseyez-vous.

— Vous n'avez aucun droit de me retenir ici...

— Si vous avez eu cette impression, je vous présente mes excuses. Nous ne vous retenons pas de force : j'ai simplement désiré vous protéger pendant que vous attendiez. Vous a-t-on apporté à manger ?

— On ne m'a rien apporté du tout.

— C'était pourtant ce qui devait être fait. Je vous renouvelle mes excuses.

Kira l'observait attentivement, car la colère d'avoir été enfermée si longtemps se muait lentement en suspicion.

— Pourquoi « monsieur » Mkele ? N'avez-vous pas un grade ?

— Je ne fais pas partie de l'armée, mademoiselle Walker.

— Vous vous trouvez pourtant dans une enceinte militaire.

— Tout comme vous.

Kira tâcha de masquer sa perplexité. Quelque chose la hérissait chez cet homme. Il n'avait fait que lui parler calmement, avec une politesse et une courtoisie impeccables, et pourtant... elle n'arrivait pas à mettre le doigt sur ce qui n'allait pas. Elle jeta un bref coup d'œil à la chaise qu'il lui avait proposée, mais resta debout et croisa les bras.

— Vous dites que vous m'avez enfermée ici pour me protéger. De quoi ?

L'homme haussa les sourcils.

— Voilà une question intéressante, pour une personne qui rentre tout juste du no man's land. D'après ce que j'ai compris, quelqu'un a tenté de vous faire sauter il n'y a pas quarante-huit heures.

— Pas moi personnellement, mais en gros, c'est ça.

— Mon titre officiel, mademoiselle Walker, est « directeur du renseignement » – pas pour l'armée mais pour l'île entière, ce qui signifie, en pratique, que je suis le directeur du renseignement pour toute l'espèce humaine. Ma responsabilité, aujourd'hui, est de faire en sorte qu'il y ait toujours une espèce humaine demain, et pour ce faire, j'ai besoin d'être informé. Considérons, si vous le voulez bien, ce que nous savons actuellement. (Il leva une main pour compter sur ses doigts.) Un : quelqu'un, peut-être la Voix du peuple ou, Dieu nous en garde, les Partials, a perpétré un nouvel attentat contre les Forces de défense d'East Meadow. Deux : ce « quelqu'un » est un expert en explosifs disposant peut-être d'une technologie par ondes radio. Trois : ce « quelqu'un » a tué au moins trois personnes. Bien. Étant donné la nature inquiétante des quelques faits que nous connaissons, je pense que vous serez d'accord pour dire que l'énorme masse de ce que nous ignorons est, pour parler en termes modérés, fort préoccupante.

– Euh, oui, d'accord, concéda Kira. Mais je ne suis plus dans le no man's land : je suis sur une base militaire. J'imagine que c'est un des sites les plus sûrs de l'île.

Mkele l'observait tranquillement.

– Avez-vous déjà vu un Partial, mademoiselle Walker ?

– En chair et en os ? Non. J'avais cinq ans au moment de la guerre, et personne n'en a plus revu depuis.

– Comment pouvez-vous en être certaine ?

Kira fronça les sourcils.

– Comment ça ? Personne n'en a rencontré depuis des années, ils sont... Bon, déjà, je suis en vie, donc apparemment ils n'ont pas croisé mon chemin non plus.

– Supposons juste un instant, dit M. Mkele, que les projets des Partials dépassent de très loin l'assassinat d'une adolescente.

– Inutile d'être désagréable.

– De nouveau, je vous fais mes excuses.

– Alors c'est vraiment ça qui vous inquiète ? demanda Kira avec une irritation non dissimulée. Les Partials ? Réellement ? Vous ne croyez pas qu'il y a des menaces plus importantes ?

— Si un Partial avait des projets d'envergure, s'il prévoyait quelque attaque insidieuse contre nous, contre nos ressources ou je ne sais quoi d'autre, poursuivit l'homme sans l'écouter, le moyen le plus efficace serait de nous infiltrer. Ils ont la même apparence physique que nous ; ils pourraient très bien évoluer parmi nous sans risque d'être découverts. Vous êtes médecin : vous devriez le savoir mieux que quiconque.

Kira ne cachait plus sa perplexité.

— Les Partials sont partis, monsieur Mkele. Ils nous ont acculés sur cette île et ils ont disparu. Personne n'en a revu depuis : ni ici, ni à la frontière, ni nulle part.

Mkele eut un petit sourire moqueur.

— Ah, l'arrogance naïve des enfants de l'épidémie... Vous dites que vous aviez cinq ans lorsque les Partials se sont révoltés ; le monde que vous avez sous les yeux est le seul que vous ayez jamais connu. Quels souvenirs avez-vous du soulèvement, mademoiselle Walker ? Et de l'ancien monde ? Savez-vous de quoi est capable un seul Partial, sans même parler d'un bataillon entier ?

— Nous avons des soucis plus pressants que les Partials, insista Kira en luttant pour ne pas sortir de ses gonds.

Elle retrouvait là exactement l'attitude qu'elle constatait à l'hôpital – et même chez tous les adultes, à vrai dire : cet entêtement farouche à s'occuper des problèmes du passé, et non de ceux d'aujourd'hui.

— Les Partials ont détruit le monde entier, je le sais bien, mais c'était il y a onze ans, après quoi ils ont disparu, et pendant ce temps le RM continue de tuer nos enfants, la loi Espoir crée des tensions, la Voix du peuple pille des fermes et vole du matériel, et je ne pense pas...

– Les terroristes de la Voix, dit Mkele, sont bien humains, comparés aux Partials.

– Que voulez-vous dire ?

– Exactement ce que je viens de dire, mademoiselle Walker. Les Partials sont peut-être partis, en effet, mais ils n'auront même plus besoin de lancer une attaque contre l'île si les tensions entre notre colonie et la Voix s'intensifient. Le RM a eu une conséquence encore plus pernicieuse que ce que les Partials avaient prévu : notre incapacité à mettre au monde des enfants viables, et les mesures que nous avons prises pour tenter de surmonter ce problème...

– Vous voulez parler de la loi Espoir.

– Entre autres choses, oui... tout cela divise et déchire notre île. J'ai du mal à croire que ce qui est arrivé à votre équipe hier n'est pas lié à cette crise, et en l'absence de preuve formelle du contraire, force m'est de supposer que cela faisait partie d'un plan pour déstabiliser la civilisation humaine et, par là, hâter notre extinction.

– Vous êtes quelqu'un d'incroyablement paranoïaque.

Mkele inclina la tête.

– Comme je vous l'ai dit, on m'a confié la charge de la sécurité de l'espèce humaine. C'est mon travail d'être paranoïaque.

Kira était à bout de patience.

– Très bien, alors... finissons-en en vitesse. Que voulez-vous savoir ?

— Parlez-moi de la clinique vétérinaire.

— Hein ?

— La clinique où Marcus Valencio et vous-même étiez en mission. Dites-moi ce que vous avez vu là-bas.

— Je croyais que vous vouliez des renseignements sur la bombe.

— Je me suis déjà entretenu avec d'autres témoins qui étaient sur place avant et pendant l'explosion, et leur témoignage est plus valable que le vôtre sur ce point. Vous, en revanche, avez une expérience directe de la clinique. Parlez-moi de cela.

— C'était une clinique... commença Kira, qui cherchait quelque chose d'intéressant à dire. Semblable à toutes celles où nous effectuons des missions : vieille, malodorante, à moitié en ruine. Une meute de chiens y vivait, et, euh... que voulez-vous savoir d'autre ?

— Avez-vous vu des chiens quand vous y étiez ?

— Non, pourquoi ? Ça a une importance quelconque ?

— Je n'en ai pas la moindre idée. Cela dit, je trouve étonnant qu'une meute de chiens sauvages ne défende pas son antre contre un groupe d'intrus.

— Sans doute, admit Kira. La mission de reconnaissance qui nous avait précédés de quelques jours les avait peut-être fait fuir.

— C'est possible.

— Euh, quoi d'autre... Nous avons commencé à trier les médicaments, et comme la bombe a explosé quelques minutes plus tard, nous n'avons pas eu le temps d'atteindre l'appareil à rayons X.

— Vous avez donc vu la façade, le hall d'entrée et la pharmacie.

— Voilà.

— Avez-vous remarqué un élément sortant de l'ordinaire ?

— Rien ne me vient à l'esprit. Sauf que... (Elle se tut un instant, repensant aux traces dans la poussière.) Maintenant que vous en parlez, quelqu'un avait tripoté les flacons de pilules avant notre arrivée.

— Tripoté ?

— Déplacé, comme pour les passer en revue, je ne sais pas. Comme si on avait cherché quelque chose.

— Combien de temps avant votre arrivée ?

— Pas bien longtemps. Il y avait des traces de doigts partout dans la poussière, que ce soit dans l'armoire ou sur le comptoir.

— Cela aurait pu venir, comme vous l'avez suggéré pour les chiens, de la mission qui vous avait précédés.

— Sans doute, dit Kira, mais je n'ai jamais vu un biffin en mission de reconnaissance fouiller ainsi dans les médicaments.

M. Mkele pinça les lèvres et réfléchit.

— Ces substances que vous avez trouvées... certaines peuvent-elles avoir un usage récréatif ?

— Vous pensez qu'un militaire voulait se défoncer ?

— C'est une éventualité parmi d'autres, oui.

Kira ferma les yeux et se creusa la cervelle pour se remémorer le nom des médicaments.

— Je ne sais pas trop... Je fais ça un peu machinalement, depuis le temps, vous savez... On sait quels produits peuvent encore servir et lesquels il faut jeter, et on fait deux tas sans vraiment y penser. Mais dans les cliniques vétérinaires, il y a toujours des analgésiques, des substances comme le Rimadyl, et, pris en dose suffisante, tous les analgésiques peuvent vous faire planer. Malheureusement, ils peuvent aussi vous tuer, à moins d'utiliser les substances militaires à base de nanoparticules, que l'on ne trouve évidemment pas dans une clinique vétérinaire. Mais à part ça...

Elle se tut pour réfléchir. Si elle avait fait partie de la Voix, si elle avait vécu dans la nature et s'était battue contre les Forces de défense, elle aurait eu des préoccupations plus pressantes que de se défoncer aux analgésiques. Elle commençait à comprendre le cheminement mental de Mkele, et s'efforça de voir la clinique comme une cible.

– Les cliniques de ce genre ne contiennent pas beaucoup de médicaments très utiles pour un groupe de rebelles. Mais des antibiotiques, des antiparasitaires, de la poudre contre les puces, du shampooing... un certain nombre de choses susceptibles d'intéresser une bande de voleurs vivant en forêt.

– Intéressant, dit Mkele. Vous devrez me pardonner mon ignorance dans le domaine du fonctionnement des cliniques vétérinaires, mais pensez-vous qu'il soit possible de trouver un inventaire de leurs réserves ? Nous pourrions alors déterminer précisément, sans grand risque d'erreur, ce qui était présent, manquant, et ce à quoi on a pu toucher.

– Je doute qu'il reste quoi que ce soit sur papier, mais la clinique était équipée d'un système informatique. Vous pourriez le brancher sur un générateur en croisant les doigts pour qu'ils aient sauvegardé leur inventaire sur le disque dur. S'il était sur un serveur extérieur, vous n'avez aucune chance de récupérer les données.

À l'hôpital, le personnel avait accès à des ordinateurs, grâce aux panneaux solaires, mais dans l'ancien monde on s'en servait pour tout, et ils étaient tous reliés au sein d'un réseau mondial que Kira ne pouvait même pas se figurer. Celui-ci avait disparu en même temps que le réseau électrique, et son contenu était perdu à jamais.

– Nous allons faire cela, conclut Mkele en hochant la tête. Avez-vous autre chose à dire qui pourrait nous aider ?

Kira haussa les épaules.

– Si quoi que ce soit me revient, je vous le ferai savoir.

– Merci de m'avoir accordé un moment, dit l'homme en lui montrant la porte. Vous êtes libre.

Chapitre 8

Le soldat Brown raccompagna Kira chez elle à bord d'une petite charrette ; elle fit le trajet à l'arrière, en serrant fort la main de Marcus. Jayden et ses soldats, eux, étaient restés sur place pour un débriefing plus poussé. Elle n'avait pas revu Gianna ni Tovar.

La nuit n'allait pas tarder à tomber, et les balancements du véhicule berçaient Marcus. Kira le regardait piquer du nez en dodelinant, puis relever la tête en sursaut avant que celle-ci ne retombe lentement, et ainsi de suite. Les maisons vides leur renvoyaient en écho le bruit sourd des sabots du cheval, mais en approchant de la zone peuplée, Kira aperçut les indices familiers de l'activité humaine : maisons peintes, pelouses tondues, toitures solides. East Meadow. Elle guetta attentivement un reflet miroitant, et sourit en le voyant : des fenêtres garnies de vitres. Partout ailleurs sur l'île, celles-ci avaient été brisées par les chats, les oiseaux, le vent et les torsions du bois qui pourrissait autour. Mais pas dans la ville. Ici, on protégeait et on entretenait les fenêtres, et la plupart étaient encore propres et limpides comme autant de fragments de ciel pur. Ailleurs, dans la nature, il y avait des voleurs, des rebelles, et la dépouille d'un monde agonisant. Ici, il y avait des vitres.

– Debout, l'endormi, dit Kira en donnant un petit coup d'épaule dans l'oreille de Marcus. On est presque arrivés.

– Je n'ai pas commandé de sushis.

– Pardon ?

Marcus ouvrit les yeux d'un air méfiant.

– Qu'est-ce que je viens de dire ?

– Rien d'incorrect, ne t'en fais pas, je ne vais pas te taper. T'as de la chance d'avoir rêvé de bouffe et pas de filles.

– Je suis un mâle, dit-il en se frottant les yeux. Il y avait une chance sur deux.

– Notre petit week-end en amoureux a été prolongé d'une journée, avec attaque de rebelles et débriefing militaire en prime. Tu crois que l'hôpital va nous chercher des poux dans la tête parce qu'on n'est pas allés bosser aujourd'hui ?

– Les Forces de défense ont dû leur dire ce qui s'était passé, répondit Marcus en s'étirant. Même si on se présentait là-bas pour finir la journée, ils nous renverraient chez nous avec du bouillon de poule.

– Raison de plus pour ne pas y aller !

Le garçon sourit et regarda le soleil.

– De toute manière, la journée est presque terminée. Et vu qu'ils nous renverraient déjà de jour, pas la peine de tenter la garde de nuit.

– Alors c'est réglé, dit Kira en changeant de position sur le banc en bois dur. Je rentre chez moi, je prends une bonne douche, et dodo. Je me réveillerai éventuellement pour la fête de ce week-end, mais je ne te promets rien.

– Je ne raterais cette fête pour rien au monde. Xochi va faire rôtir un poulet – un vrai poulet vivant. Enfin, il ne le restera pas longtemps. Je suis prêt à plumer cette bestiole moi-même s'il le faut.

– Tu crois que sa mère sera là ?

L'idée était tellement farfelue que Marcus en resta bouche bée.

– La sénatrice Kessler ? Tu rigoles ! Xochi a un pistolet, maintenant : Kessler ne risque pas d'approcher.

Kira acquiesça en riant. Elle espérait sincèrement que Xochi ne tirerait jamais sur sa mère adoptive... mais on ne pouvait jurer de rien.

– Et apporte quelque chose à partager, cette fois, dit-elle en se retournant vers son ami pour lui enfoncer son index dans le torse. Ne compte pas sur moi pour te couvrir comme la dernière fois.

– Tu rigoles ? C'était juste une fois ! protesta gaiement le garçon. Et c'était il y a longtemps. Je t'ai couverte bien souvent depuis.

– N'empêche, répliqua-t-elle, tambourinant toujours du doigt sur sa poitrine. Je ne veux pas que mon pique-assiette de copain bon à rien me mette la honte devant tout le monde. Une fois de plus.

Elle lui enfonça encore le doigt en plein plexus solaire, lui lança un regard enjoué, et lui redonna un dernier petit coup, pour faire bonne mesure.

– Aïe ! Tu fais ça avec tous les mecs, ou c'est spécialement pour moi ?

Elle se pencha vers lui.

– Rien que pour toi. Jusqu'à ce que je trouve mieux !

Et elle l'embrassa sur la joue. Marcus l'attrapa par la nuque et l'attira pour un nouveau baiser, sur les lèvres cette fois, un baiser lent, doux, parfait. Kira se rapprocha jusqu'à sentir le corps du garçon collé contre le sien, et repensa à leur conversation, dans la clinique vétérinaire. Le temps était-il venu ? Était-elle prête ?

– Dites... intervint Brown. Je suis là, moi. À cinquante centimètres.

Kira se recula, gênée.

– Pardon, je suis confuse.

– Pas moi, lança Marcus. Ça en valait la peine.

Brown pointa le doigt devant lui et Kira reconnut sa rue.

– Vous m'avez dit la maison bleue, c'est ça ?

– C'est ça, la bleue, c'est chez moi.

Le soldat hocha la tête.

– Et Roméo, il descend avec vous ?

– J'aimerais bien, dit Marcus, mais de toute manière, Nandita ne me laisserait pas entrer. J'habite à deux rues d'ici, si ça ne vous dérange pas...

– Pas de problème.

Le jeune soldat ralentit et arrêta le cheval. Kira fit une dernière bise à Marcus et sauta du chariot.

– Tiens, Nandita est là ! dit le garçon en se redressant.

Kira, se retournant, vit en effet la femme qui s'affairait dans son jardin. Marcus baissa la voix.

– Demande-lui si elle a des herbes pour le poulet.

– Du romarin, sans doute. (Le garçon eut un sourire approbateur.) Autre chose ?

– Tout ce que tu peux trouver. Dans votre jardin, tout est à tomber.

– Compris. Merci, Brown.

– Appelle-moi Shaylon, s'enhardit à proposer le soldat.

– Hé, ho ! Tout doux, l'ami ! fit semblant de s'énerver Marcus. C'est à ma promise que tu parles.

Le chariot s'éloigna lentement, et Kira, son sac à l'épaule, s'approcha de sa maison. Elle y vivait avec plusieurs autres filles et leur « nounou », Nandita – qui, au fil de ces onze années, était plutôt devenue une sorte de grand-mère pour elles. Entre la guerre des Partials et le RM, aucune famille n'avait survécu intacte. Toutes les femmes rescapées étaient devenues des veuves, et tous les enfants, des orphelins. Les rares humains invulnérables au virus s'étaient serré les coudes pour se protéger et s'étaient rassemblés ici, à Long Island, parce que c'était une position stratégique facile à défendre, bien développée, avec un accès commode à des terres arables et à la mer pour pêcher. Les adultes s'étaient réparti les enfants, et Nandita en avait bien volontiers adopté quatre : Kira, Madison, Ariel et Isolde. Ariel était partie presque trois ans plus tôt, lorsqu'elle avait eu seize ans, et Madison avait emménagé avec Haru au moment de son mariage. Depuis, elles n'avaient presque pas revu Ariel, mais Kira les aimait toutes comme des sœurs.

Nandita jardinait, et Kira flairait dans l'air les odeurs exotiques des herbes aromatiques : romarin, muscade, anis, coriandre, basilic, marjolaine... Kira avait beau l'aider chaque été, elle ne les connaissait pas encore toutes.

– Marcus voudra du romarin dans le poulet, vendredi ? demanda la femme, qui se redressa sur ses genoux et se frotta les mains pour en chasser la terre.

Elle avait parlé sur un ton presque impassible, mais Kira vit dans ses yeux qu'elle s'était fait un sang d'encre pendant son absence. Elle sourit.

– Tu l'as entendu ?

– Pas besoin de l'entendre. Ce garçon a des idées fixes.

Elle se leva en grognant de lassitude, ramassant au passage un panier débordant de feuillages frais et de baies. Même pour jardiner, elle était toujours en sari.

– La récolte a été bonne aujourd'hui. Viens m'aider à trier tout ça.

Kira reprit son sac et sa trousse de secours, et la suivit sur les marches de la terrasse. À l'étage, on entendait la musique tonitruante de Xochi, ce qui fit sourire Kira. Il faudrait qu'elle aille lui parler lorsqu'elle aurait fini d'aider Nandita.

Cette dernière aimait toutes ses filles, mais elle avait toujours eu une petite préférence pour Kira. Peut-être parce que c'était la plus jeune, ou peut-être parce qu'elle était si précoce. Lorsqu'elle était enfant, Kira l'accompagnait au marché pour l'aider : elle apostrophait les adultes sans aucune timidité et leur ordonnait sévèrement d'acheter un bouquet de menthe. Nandita l'appelait « ma petite explosion ».

Parfois, Kira culpabilisait d'avoir tant de souvenirs de cette femme et aucun de sa vraie mère. Son père, elle l'avait connu, mais sa mère… Bah, tant pis. Elle avait Nandita.

— Il s'est passé des choses intéressantes pendant que j'avais le dos tourné ?

— Ma petite explosion a failli mourir dans une grosse, paraît-il, dit Nandita en poussant la porte.

Les anciens propriétaires – les Martel, d'après les papiers, photos et carnets trouvés sur place – avaient bouclé la maison avant de mourir, et les premiers rescapés avaient dû forcer la porte pour entrer et disposer des corps. Nandita l'avait ensuite remplacée à quatre reprises, cette porte, lorsque l'une ou l'autre des filles avait perdu ses clés. Cela valait mieux, disait-elle, que laisser tout ouvert. Sur l'île, de toute manière, ce n'étaient pas les portes inutilisées qui manquaient. Kira posa son sac dans l'entrée et suivit la femme.

— Tu as grandi en force et en beauté, comme on dit dans les contes, constata Nandita en se retournant sur le seuil de la cuisine pour l'observer. Tu feras une bonne épouse.

— Euh... Je suis censée sauter de joie, là ?

Nandita s'approcha du comptoir pour y poser le panier, puis entreprit de sortir des bols des placards.

— Tu ne veux pas te marier ? Je croyais que tu comptais épouser Marcus.

Kira, trouvant un autre bol en faïence dans le placard le plus proche d'elle, le lui tendit.

— Je... je n'y ai pas vraiment réfléchi.

Nandita s'immobilisa, se retourna, et la regarda fixement. La jeune fille se tortilla, mal à l'aise, attendant qu'elle détourne les yeux, puis finit par soupirer.

— Bon, d'accord, j'y ai réfléchi, mais je n'ai rien décidé. Je ne sais pas ce que je veux.

Nandita s'approcha d'elle pour prendre une pile d'assiettes sur l'étagère au-dessus de sa tête.

– Ce que tu veux, c'est être heureuse. Comme tout le monde. Ce que tu ne sais pas, c'est ce qui te rendra heureuse.

Kira fit la grimace.

– Ce n'est pas normal ?

La femme secoua gentiment la tête.

– Le bonheur est la chose la plus naturelle du monde quand on l'a, et la chose la plus étrange, la plus impossible, la plus inaccessible quand on ne l'a pas.

Elle disposa les assiettes sur la table et se mit à trier les herbes, les regroupant par espèces et arrachant des feuilles pour les mettre dans les bols. Un délicieux parfum de menthe envahit la cuisine.

– C'est comme apprendre une langue étrangère, poursuivit-elle. Tu peux dire les mots dans ta tête tant que tu veux : aussi longtemps que tu n'auras pas rassemblé le courage de les prononcer tout haut, tu ne sauras pas parler.

– Et si on se trompe ?

– Dans ce cas, tant pis, on risque de mélanger les serviettes et les serpillières, ou de mettre les pieds dans le saladier... Oh, parlons d'autre chose : je me mélange toujours les pinceaux avec ces expressions.

– Dommage, dit Kira en prenant une poignée de romarin et en arrachant les aiguilles vert pâle pour les laisser tomber dans un bol. J'espérais que tu allais continuer comme ça : le bonheur, l'amour, le... le but de la vie, je suppose.

– La vie de qui ?

– Comment ça ?

– Chaque vie a son but bien à elle, et certains le trouvent plus facilement que d'autres. Mais le plus important, ajouta la femme en agitant un bouquet de coriandre sous le nez de Kira, c'est de savoir que quel que soit ton but, ce n'est pas le seul choix qui s'offre à toi.

– Hein ?

– Quoi que tu fasses dans ce monde, quoi que fasse n'importe qui, on n'est jamais prisonnier du destin. On fait ses propres choix, Kira, et il ne faut laisser personne t'enlever ça.

– D'accooord... Je ne m'attendais pas à ce que la conversation prenne ce tour-là.

– C'est parce que moi aussi, je décide pour moi-même, répliqua Nandita en reprenant son panier, dans lequel il restait encore la moitié des herbes. J'apporte ça aux voisins : Armand est malade. Toi, va te laver : je veux que ma maison sente le basilic, pas la jeune fille qui se néglige.

– C'est comme si c'était fait.

Et elle courut à l'étage. La musique y était encore plus assourdissante qu'en bas : un battement de tonnerre, des accords grinçants à vous vriller les oreilles et des hurlements de chat écorché... c'était ce que Xochi écoutait toujours quand elle était seule.

Kira sourit, puis se renifla, fit la grimace et fila tout droit sous la douche.

Dans la très courte liste des avantages de la fin du monde, en premier ou presque venaient les vêtements. Long Island avait jadis compté presque huit millions d'habitants ; il en avait fallu, des galeries commerciales, des grands magasins et des temples de la mode pour vêtir tout ce monde. Le Ravage avait réduit cette population à une poignée de réfugiés et anéanti le système économique au passage, laissant tous ces vêtements à disposition. Kira avait conscience que c'était horrible. Les survivants baignaient dans un mélange détonant, une existence faite de labeur, de désespoir et de peur. Mais au moins, ils étaient très bien habillés.

Nombre de ces vêtements étaient importables – trop moisis, mangés aux mites ou complètement décolorés par le soleil –, mais il en restait encore beaucoup en bon état, même aujourd'hui. Faire du « shopping » était extrêmement simple : il suffisait d'aller chiner dans un magasin ou un quartier vide, de trouver quelque chose qui vous aille et de bien le laver pour le débarrasser de la vermine et de l'odeur de renfermé. Le mieux, c'étaient les réserves des boutiques et les entrepôts. Car là, les vêtements étaient hermétiquement emballés, et Kira avait passé plus d'un week-end avec ses amies à parcourir les artères commerciales dans l'espoir de trouver un magasin American Apparel ou Threadless, ou une petite boutique que personne n'avait encore dénichée. Les filles de Nandita disposaient ainsi d'une pièce entière emplie de toutes les tenues possibles et imaginables, du jogging décontracté à la petite robe sexy. Kira choisit quelque chose qui montrait ses jambes – après deux jours passés à frôler la mort, un peu de légèreté ne pouvait pas faire de mal – et alla dire bonjour à Xochi.

Xochi Kessler, seize ans tout juste, n'avait qu'un désir : fuir sa « mère », c'est pourquoi elle s'était installée dans la maison peu après le départ de Madison. Elle avait apporté ses quatre batteries de panneaux solaires – sa mère adoptive était riche, c'était déjà ça –, assez puissantes pour alimenter des lampes, une cuisinière électrique, même un grille-pain si elle l'avait voulu. Mais au lieu de cela, le moindre atome de courant produit par ces panneaux allait tout droit dans sa chaîne stéréo. La musique, c'était toute sa vie. Kira avait fait connaissance avec elle des années plus tôt, en fouillant dans une maison vide : elle cherchait des vêtements, et Xochi des lecteurs de musique. Ces derniers étaient des tablettes de métal, de plastique et de verre qui tenaient dans la main, sur lesquelles leurs propriétaires avaient stocké des heures et des heures de son, dans tous les styles imaginables. Xochi en avait près d'une centaine dans sa collection.

— Gloire à Kira, fameuse héroïne de la funeste mission d'Asharoken ! Tu déchires dans ce short, frangine ! lança-t-elle en la voyant à sa porte.

Kira lui rendit son salut avec un grand sourire.

— Quand on a des jambes comme les miennes, badina-t-elle en pirouettant sur un pied, c'est un devoir de les montrer. Pour le petit peuple.

Xochi fit semblant de s'offenser.

— C'est une blague sur les Irlandais ? Tu te moques de nos lutins ? Ha, j'espère bien, va !

La sénatrice Erin Kessler portait ses origines gaéliques comme un étendard, c'est pourquoi Xochi avait été élevée dans un foyer agressivement irlandais. Ses vrais parents étaient pourtant originaires d'Amérique centrale – mexicains ou même aztèques –, mais cela n'avait en rien freiné l'endoctrinement culturel forcené de sa mère adoptive. Quand elle s'énervait, Xochi prenait même naturellement l'accent irlandais. Ce que Kira trouvait hilarant.

– Je ne parlais pas des lutins, je parlais des gens du commun. C'était une blague sur les paysans, mais je suppose que ce n'est pas drôle, à moins d'imaginer que je suis réellement une princesse.

– Moi, je suis une princesse, absolument, et je mets quiconque au défi de prouver le contraire.

– Princesse de quoi ? demanda Kira. De cette avenue, peut-être ?

– Pas du tout. Mes parents étaient les souverains d'un vaste empire exotique, répondit Xochi en agitant les doigts d'un air mystérieux. Du moins ils auraient pu, vu que personne ne sait qui ils étaient.

– Qu'est-ce que tu as prévu pour la fête de vendredi ?

Nandita était bonne cuisinière, mais Xochi était le vrai cordon-bleu de la maisonnée : c'était toujours elle qui préparait les repas dans les grandes occasions.

– Poulet rôti, patates sautées, et donuts si je peux trouver de la farine. Le gâteau de riz, ça va un moment, mais par tous les saints... vendredi, je veux du chocolat, nom de Dieu !

Kira émit un sifflement admiratif.

– Des donuts au chocolat ? Tu es devenue sénatrice, maintenant ? Quelqu'un est mort ?

– Pas ma mère, malheureusement. (Xochi se leva d'un bond et fila vers la porte.) J'ai trouvé un type au marché, hier, qui m'a juré qu'il avait de la farine. Tu veux venir ?

— Le petit peuple ne profitera pas de ces jambes si elles restent enfermées ici, déclara Kira avec emphase. Le peuple a besoin de voir sa princesse.

Le vendredi arriva. La Journée de la Reconstruction. Un jour de fête.

Il n'y eut pas de naissances ce vendredi-là, ni aucun bébé fiévreux à surveiller, si bien que Kira rentra chez elle épuisée mais prête à s'amuser sans culpabiliser. Elle se lava, brossa ses cheveux, et choisit une tenue de couleur vive dans la section « flirty » de sa penderie : chemise brodée en soie chinoise, fines sandales à talons, et short en jean assez court pour qu'elle hésite en pensant à la météo. C'était l'été, mais il faisait un temps pourri, et s'il se remettait à pleuvoir des cordes dehors, elle risquait de regretter de ne pas être plus couverte. Elle réfléchit, comparant ce short avec un jean long, mais décida finalement de ne rien changer. Le short allait mieux avec le chemisier, il lui allait mieux tout court, et elle avait besoin de soigner son moral. Peu importe qu'elle ait un peu froid aux jambes, si cela lui permettait de se sentir à nouveau normale pendant un moment. Et puis de toute manière, ils resteraient probablement à l'intérieur.

— Grouille ! lança Xochi en grattant à sa porte.

Toute sa tenue était noire, rouge à lèvres et eye-liner compris, exception faite d'un tablier de cuisine bariolé qui semblait incongru sur elle.

— Madison et Haru sont déjà là, et il y a un type qui s'appelle Marcus : grand, l'air crétin, facile à embêter. Il devrait te plaire.

– Je comprends mieux pourquoi tes royaux parents se sont débarrassés de toi, persifla Kira. Tu peux être délicieusement tête à claques, quand tu veux.

– Mon esprit fabuleusement mordant est comme tes jambes, rétorqua Xochi. Ce serait égoïste de ne pas le montrer.

Kira la suivit jusque dans la cuisine et salua Nandita, qui faisait la vaisselle dans l'évier. Xochi prit sur le comptoir un bol de pommes de terre coupées en rondelles, versa dessus une bonne rasade d'huile d'olive et les saupoudra généreusement de romarin, puis mélangea le tout avec ses mains.

– Nandita, c'est fou comme ces herbes sentent bon.

– Merci. Et toutes mes condoléances.

C'était une blague récurrente entre elles : toute la garde-robe de Nandita était constituée de saris aux couleurs éclatantes, et elle ne comprenait tout simplement pas le goût de Xochi pour le noir.

– C'est vrai que ça sent bon, ici, dit Kira en inspirant profondément, mais je suis au regret de vous dire que je m'en vais retrouver Marcus.

– Embrasse-le pour moi ! lança Xochi.

– Avec la langue ?

– Pas trop. Je ne voudrais pas passer pour une fille facile.

Kira longea le couloir, inhalant une dernière bouffée d'arômes appétissants. On pouvait dire ce qu'on voulait de la mère de Xochi, mais au moins, elle lui avait bien appris à cuisiner.

Le couloir était éclairé par des lampes à pétrole, toutes équipées d'un filtre anti-odeurs. Kira entendait à la fois un léger bourdonnement de voix en provenance du salon et les craquements du feu dans le poêle de la cuisine. *Les fermiers mangent comme ça tous les jours*, songea-t-elle. *Ça me donnerait presque envie d'aller vivre dans la cambrousse.*

Presque.

Elle suivit les voix jusqu'au salon. Marcus et Haru étaient en pleine conversation sur le canapé tandis que Madison reposait à côté d'eux dans un fauteuil relax. Le système stéréo se trouvait dans cette pièce, et le son emplissait l'atmosphère tel un nuage d'orage.

Madison sourit.

– Salut, toi !

– Salut, Mads. Quoi de neuf ?

La fille jeta un regard narquois en direction de Marcus et de Haru.

– Je me repose pendant que ton noble chevalier servant affronte la saine colère de mon époux. Il est déchaîné, aujourd'hui.

Kira hocha la tête. Quand Haru discutait, c'était toujours intense.

– Bien sûr que c'est une question de liberté, était-il en train de dire. Mais justement, les lois doivent garantir les libertés. (Ses yeux lançaient des éclairs, tandis que Marcus était pâle mais visiblement déterminé à défendre ses opinions.) Toute société a besoin de lois. Trop, c'est la tyrannie, mais trop peu, c'est le chaos.

– Kira ! lança Marcus, qui bondit pratiquement du canapé en la voyant.

Elle traversa la pièce pour le prendre dans ses bras, puis garda sa main serrée dans la sienne. Le garçon prit tout son temps pour la détailler de la tête aux pieds, en mettant un point d'honneur à ne pas regarder Haru.

– Tu es superbe.

– Merci. (Kira le tira jusqu'à un autre canapé et s'assit, puis leva les yeux vers le mari de Madison, en face d'elle.) Bonjour, Haru, quel plaisir de te voir.

Elle n'avait aucune envie qu'il se lance encore dans un débat fougueux, mais elle ne pouvait tout de même pas faire comme s'il n'était pas là.

– Toi aussi, répondit-il. Heureux de savoir que vous avez tous les deux survécu à votre aventure sur la côte.

Elle haussa les sourcils, étonnée.

– Tu es au courant ?

– Évidemment qu'il est au courant, comme nous tous ! intervint Madison. Tu penses bien qu'on a mieux à faire que parler d'une mystérieuse installation radio piégée avec une bombe énorme qui a tué trois personnes, poursuivit-elle sur le ton de la plaisanterie, mais tu sais ce que c'est, on papote, on papote, et on finit par discuter d'un attentat qui aurait pu te coûter la vie...

– C'était la Voix, déclara Haru. La femme qui était avec vous, là, Gianna je-ne-sais-quoi, c'était une rebelle.

À ces mots, Kira éclata de rire.

– Ça ne va pas, non ? Elle était en plein milieu ! C'est moi qui l'ai sortie des décombres. Tu suggères qu'elle se serait fait sauter elle-même ? Volontairement ? Ou qu'elle est particulièrement nulle, comme terroriste ?

– Elle faisait peut-être son possible pour que vous ne trouviez pas ce qui était caché sur place.

— Elle n'est jamais revenue, dit alors Marcus à mi-voix.

Kira le regarda avec étonnement.

— Mais elle est rentrée avec nous…

— Jusqu'à la base de Dogwood. Personne ne l'a revue après.

Kira lut une grande tristesse dans ses yeux – une tristesse mêlée de confusion, avec un soupçon de peur. Elle soupira : c'était fou, toutes ces histoires.

— Gianna ne faisait pas partie de la Voix, affirma-t-elle. Elle n'appréciait pas beaucoup Jayden, mais c'est vrai qu'il se la jouait un peu trop autoritaire : je comprends très bien qu'elle l'ait trouvé pénible. Pardon, je ne voulais pas te blesser, ajouta-t-elle pour Madison.

— Pas de problème.

— C'est elle qui a identifié cette installation comme étant un émetteur radio, insista Haru, et la seule personne qui aurait pu le contester a péri dans l'explosion. Si ça se trouve, l'autre type avait compris que c'était un centre d'opérations rebelle en activité, et cette Gianna a déclenché la bombe pour le faire taire. Elle est la seule des deux à avoir survécu.

Kira s'esclaffa ouvertement, puis le regretta et se ressaisit.

— Désolée, mais ça me paraît… incroyablement paranoïaque. À ce niveau-là, tu bats presque le type qui nous a débriefés l'autre jour.

— Parano ou pas, les Forces de défense sont visiblement du même avis. Sinon, elles ne l'auraient pas gardée en détention.

Xochi apparut à la porte et s'appuya au chambranle.

— Vous parlez de l'informaticienne de la mission ?

Kira fit un grand geste exaspéré, les bras écartés, les yeux écarquillés.

— Mais enfin, tout le monde est au courant de tout sauf moi, ou quoi ?

— Tu passes quinze heures par jour à l'hôpital, lui rappela Madison. La Voix du peuple pourrait kidnapper tout le Sénat, tu ne serais pas au courant.

— Les Forces de défense ne devraient pas avoir le droit de retenir les gens comme ça, poursuivit Xochi. Il devrait y avoir des arrestations officielles et des procès publics, pas des gens qui disparaissent sans raison.

— Ce n'est pas sans raison, pointa Haru. C'est une terroriste. Si ça ne te suffit pas, comme raison...

— Rien ne dit que ce soit une terroriste, le contredit Xochi. À moins que tu n'aies réintégré les Forces de défense, avec accès à des infos top secrètes, et que tu n'aies oublié de nous le dire ?

Haru la foudroya du regard.

— Ça te pose un problème que la Défense fasse son travail ?

— Ça me pose un problème si « faire son travail » consiste à faire disparaître les gens. Depuis quand est-ce comme ça ?

— Leur travail consiste à nous protéger, et ils le font de leur mieux. Si tu n'as pas confiance, pourquoi es-tu encore ici ?

— Peut-être que je suis pour l'idée de résoudre les problèmes au lieu de les fuir.

— Peut-être ?

Ça commence à dégénérer, se dit Kira, mais alors qu'elle allait mettre les pieds dans le plat pour stopper la discussion, Marcus s'en chargea à sa place.

– Allez, ça suffit. Un peu de calme, vous deux. Xochi, je peux t'aider en cuisine ?

– On a presque fini, répondit-elle en lançant à Haru un dernier regard meurtrier. Tu peux m'aider à apporter les plats.

Ils s'en allèrent dans le couloir, et Kira inspira lentement. Elle en voulait à Haru – c'était indéniablement sa faute si une simple discussion entre amis avait tourné à la dispute –, mais elle savait qu'il n'était pas entièrement responsable de la situation. La tension était extrême dans East Meadow, et probablement dans toute l'île. Tout le monde était sur les nerfs. Gianna était-elle réellement un agent de la Voix ? Le gouvernement l'avait-il réellement fait disparaître ?

À certains égards, les choses avaient été plus faciles à l'époque où Kira était petite et où les méchants étaient les Partials. Toutes les horreurs qui s'étaient produites pouvaient être expliquées, et l'explication avait beau être terrifiante, elle avait le mérite d'être simple. Il y avait clairement le bien d'un côté, le mal de l'autre. Alors qu'aujourd'hui... Kira ignorait qui était l'ennemi, qui était à blâmer, à qui il fallait faire confiance. Si Gianna était une rebelle, alors on ne pouvait pas se fier à son prochain, et si elle n'en était pas une, alors on ne pouvait pas se fier au gouvernement. Aucune des deux possibilités ne lui plaisait.

Haru se leva, toujours furieux.

– Je sors, j'ai besoin de prendre l'air.

Il s'éloigna, et Kira entendit la porte de derrière s'ouvrir et se refermer. Madison eut un sourire triste.

– Excuse-le, dit-elle. Il est très stressé en ce moment.

– Dure semaine au boulot ?

Haru travaillait dans le bâtiment. Pas dans la construction, puisque tout ce dont ils pouvaient avoir besoin avait déjà été construit dans l'ancien monde. À East Meadow, le ministère du Bâtiment entretenait les édifices utilisés et expertisait ceux dont le Sénat pensait qu'ils pourraient bénéficier à la communauté. Les experts comme Haru effectuaient beaucoup de missions pour étudier la stabilité d'anciennes constructions avant que des équipes aillent y récupérer tout ce qui pouvait servir. Haru étant particulièrement compétent dans le domaine de l'excavation, il avait été muté des Forces de défense pour intégrer ce ministère, ce qui n'était apparemment pas à son goût. Kira savait que pour peu qu'il ait un souci au travail, il pouvait faire la tête pendant des jours. Elle s'était demandé plus d'une fois si son transfert avait été un renvoi déguisé, dû à un conflit ou à une infraction quelconque.

À sa grande surprise, Madison lui répondit par la négative.

– Tout va bien au boulot, dit-elle, c'est...

Elle se tut, les yeux rivés sur le plancher, puis releva la tête et regarda intensément Kira.

– Viens ici.

Sa voix était douce mais pleine d'ardeur, ses yeux soudain étincelants d'énergie. Kira plissa les paupières ; elle se demandait bien ce qui pouvait rendre Madison si heureuse et Haru si tendu. Elle se déplaça sur le canapé tandis que son amie jetait un regard par-dessus son épaule, et soudain, elle comprit. L'émotion la frappa comme un coup de poing dans le ventre. Elle regarda Madison avec de grands yeux, le souffle coupé.

– Non...

Madison se retourna vers elle et, lentement, sourit d'une oreille à l'autre.

– Si. Je suis enceinte.

Kira secoua la tête, toujours à bout de souffle.

– Non, Mads, non...

– Si ! J'en suis certaine. J'ai des nausées depuis des semaines, parfois au point de ne rien pouvoir avaler, et puis une demi-heure plus tard j'ai une envie folle de manger les choses les plus incongrues. J'ai déjà eu envie de terre, Kira, de la terre du jardin ! C'est pas dingue, ça ?

– À force de ne consommer que les produits de l'île, nous sommes carencés en certains sels minéraux, murmura Kira. Les envies de femme enceinte, c'est ton corps qui te dit ce dont il a besoin. Ce n'est pas anormal d'être attirée par la terre dans ces circonstances.

– Dans quelques jours, j'irai à l'hôpital pour faire le test, mais je voulais te l'annoncer avant.

– Non, répéta Kira.

Cela ne pouvait pas être en train d'arriver... Enfin si, elle savait que si, et que c'était même très probable, mais en même temps... non ! C'était Madison, ce qu'il lui restait de plus proche d'une sœur, d'une famille.

– As-tu la moindre idée de ce que ça fait ? demanda-t-elle. La douleur ? Le danger ? Des femmes meurent en couches ; même avec tout notre équipement et toute notre expérience à l'hôpital, ça arrive encore, et puis même si tu restes en bonne santé, ton bébé ne survivra pas. Nous n'avons pas encore guéri le RM... tu vas vivre encore quelques mois avec lui, traverser toute cette douleur, cette terreur, le sang et tout le reste, et à la fin... il va mourir.

Elle sentit monter ses larmes : une brûlure humide qui s'accumula sous ses paupières, puis un écoulement froid sur ses joues. Elle imagina Madison à la place d'Ariel, les yeux immenses, hurlant, tambourinant sur la vitre pendant que sa fille convulsait, vagissait et mourait.

– Haru a raison d'être bouleversé, dit-elle en s'essuyant le visage à deux mains. C'est trop pour toi, tu n'as pas besoin de ça.

– Si, insista doucement Madison.

– C'est une loi idiote, poursuivit Kira d'une voix plus forte et rageuse, avant de jeter un regard nerveux dans le couloir et de se remettre à parler plus bas. Tu n'es pas obligée de subir tout ça. Laisse-moi encore un peu de temps... Fais-leur croire que tu es stérile, je ne sais pas, ça arrive, mais ne...

– C'est déjà fait.

Madison arborait ce sourire béat et doux que Kira avait vu chez des dizaines d'autres futures mères, et cela lui brisa le cœur. Son amie posa la main sur la sienne.

– Je ne l'ai pas fait pour la loi Espoir, et je ne l'ai pas fait pour le Sénat. Je l'ai fait pour moi.

Kira secoua la tête, toujours en larmes.

– C'est ce que je veux, continua Madison. Je suis née pour être mère… c'est dans mes gènes, c'est là, en moi, c'est central pour moi. (Serrant les mains sur sa poitrine, elle ravala un petit sanglot.) Je sais que ça t'effraie, et je sais que ça effraie Haru. Moi aussi, ça me fait peur, je suis morte de peur, même, mais c'est la bonne chose à faire, j'en suis convaincue. Même s'il ne tient que quelques jours… même s'il ne tient que quelques heures.

– Oh, Mads !

Kira se pencha en avant pour serrer son amie très fort dans ses bras. Elle était terrifiée et elle se sentait coupable, sachant qu'elle avait raison mais honteuse de sa réaction de rejet. Bien sûr que Madison connaissait les risques, tout le monde les connaissait sur l'île. Elle ne les fuyait pas : elle les accueillait à bras ouverts.

Kira se dégagea et s'essuya de nouveau les yeux.

– Un de ces jours, on aura un survivant, affirma-t-elle. C'est inévitable. Un enfant vivra. Ce sera peut-être le tien.

À ce moment-là, Marcus entra, un grand plateau en bois dans les mains, et s'arrêta en les voyant pleurer dans les bras l'une de l'autre.

– Est-ce que tout va bien ?

– Je te raconterai plus tard, répondit Kira en s'éloignant de Madison pour sécher une fois de plus ses larmes.

Elle avait les joues brûlantes à force de les frotter.

– D'accord… dit lentement le garçon en posant le plateau sur la table basse.

Xochi l'avait chargé d'un poulet rôti entier, couvert d'herbes aromatiques et dégoulinant de jus, et d'une montagne de pommes de terre sautées. Elle arriva à son tour avec un plateau de légumes – rien que des légumes frais, pour ce jour de fête – et enfin, Nandita entra en apportant une grande assiette de donuts nappés de chocolat. Kira se mit à saliver : elle ne se rappelait pas quand elle avait dégusté un tel festin pour la dernière fois. Sans doute un an plus tôt, lors de la dernière Journée de la Reconstruction.

Marcus s'arrêta devant elle.

– Tu veux autre chose ? Je peux te servir à boire ?

Kira fit non de la tête.

– Je n'ai besoin de rien, mais pourrais-tu apporter un verre d'eau à Mads ?

– J'en prends un pour toi aussi.

Il passa tendrement la main sur ses épaules et repartit à la cuisine.

Xochi observa Madison, puis Kira. Elle ne fit aucun commentaire, mais alluma la chaîne stéréo.

– Bon, je propose qu'on écoute quelque chose de plutôt calme.

L'équipement musical se composait d'un petit panneau posé sur une étagère et relié sans fil à une série d'enceintes disposées dans la pièce. Au centre du panneau, un lecteur digital était placé dans la fente adéquate. Xochi le débrancha et le jeta dans une corbeille.

– Des préférences ?

Madison sourit.

– Calme, ça me va.

– Mets *Athena*, dit Kira en se levant pour l'aider. J'aime bien *Athena*.

Xochi et elle farfouillèrent dans la corbeille : un grand panier d'osier empli de fins rectangles noirs ou argentés. La plupart portaient un nom ou une inscription gravés : *À Catelyn, de la part de papa* ; *À Christoph, bon anniversaire.* Même ceux qui n'en avaient pas portaient une marque d'identification ou une autre : une coque en plastique ornée d'un motif quelconque, un autocollant, une petite figurine qui se balançait au bout d'un cordon. Ces lecteurs étaient bien plus que de simples supports musicaux : chacun gardait la trace d'une personnalité – d'une personne réelle, avec ses goûts et ses dégoûts, ses préférences et ses pensées secrètes, exprimés par sa playlist. Depuis des années, Xochi en cherchait dans les décombres, et Kira et elle les écoutaient, allongées par terre, en imaginant à quoi avaient pu ressembler leurs propriétaires. *À Katherine pour son diplôme* était plein de musique country, joyeuse, nasillarde et dégoulinante de sentimentalité. *Jimmy Olsen* écoutait de tout, des chants traditionnels aux orchestres symphoniques en passant par le heavy metal. Kira trouva son lecteur préféré – *Athena, mon ange* – presque tout au fond et le brancha. Quelques secondes plus tard, la première piste démarra, à la fois douce et entêtante, un mur subtil de vagues électroniques et de guitares dissonantes accompagné d'une voix intime et rauque. C'était apaisant, réconfortant et triste, parfaitement accordé à son humeur. Elle ferma les yeux et sourit.

— Je crois qu'elle m'aurait plu, cette Athena.

Marcus revint avec les verres d'eau, puis Haru rentra à son tour. Ses traits étaient solennels, mais il paraissait calmé et adressa à Xochi un signe de tête poli.

– Comme ça sent bon ! Merci d'avoir préparé tout ça.

– Tout le plaisir est pour moi.

Kira regarda rapidement autour d'elle.

– On attend encore quelqu'un ?

Madison lui fit signe que non.

– J'ai bien tenté d'inviter Ariel, mais elle ne veut toujours pas me parler. Et Isolde arrivera plus tard, elle a dit qu'on commence sans elle... il se passe des choses importantes au Sénat et Hobb la retient au bureau.

– La veinarde, commenta Xochi, qui distribua les assiettes et les fourchettes.

Ils se turent un instant avant d'attaquer.

– Joyeuse Reconstruction ! lança Marcus.

Il leva son verre d'eau et les autres l'imitèrent. Les verres étaient parfaitement assortis : c'étaient des coupes en cristal récupérées dans une immense demeure à la sortie de la ville, et l'eau qu'ils contenaient était bouillie et fraîche, très légèrement jaunie par les produits chimiques du purificateur de Nandita.

Madison entonna alors les paroles traditionnelles.

– L'ancien monde n'est plus, mais le nouveau ne fait que commencer.

– Nous n'oublierons jamais le passé, compléta Haru, et ne compromettrons jamais l'avenir.

Xochi pointa le menton, la tête haute.

– La vie renaît de la mort, et la faiblesse nous enseigne la force.

– Rien ne peut nous vaincre, termina Kira. Il n'y a rien que nous ne puissions faire.

Elle marqua un silence, puis ajouta d'une voix douce :

– Et nous ferons tout.

Ils burent, et pendant un instant on n'entendit plus que la musique, douce et entêtante. Kira but son eau à grandes gorgées lentes, avec recueillement, en la faisant circuler dans sa bouche, consciente du petit goût chimique. Elle ne le remarquait presque plus, mais il était bien là, amer et tranchant. Elle pensa à Madison et à Haru, et à leur bébé : parfait, innocent, condamné. Elle pensa à Gianna, à Mkele, à l'explosion, à la Voix et au Sénat, et à tout le reste, au monde entier, au futur et au passé. *Je ne le laisserai pas mourir*, pensa-t-elle en regardant le ventre de Madison, encore plat et ferme, inchangé. *Je te sauverai coûte que coûte, bébé.*

Et nous ferons tout.

Chapitre 9

– Il va me falloir un échantillon de ton sang.

Marcus arrondit un sourcil.

– Hum ! Je ne savais pas que c'était si sérieux entre nous.

Elle arracha une touffe d'herbe et la lui jeta à la figure.

– C'est pour le travail, andouille.

Ils se trouvaient dans le jardin, devant chez Kira : pour une fois qu'ils avaient une journée de congé en commun, ils en profitaient. Ils venaient d'aider Nandita à jardiner pendant quelques heures, et leurs mains écorchées en étaient encore odorantes.

– Je vais trouver le traitement contre le RM.

À ces mots, Marcus éclata de rire.

– Je me demandais quand quelqu'un s'y mettrait enfin. C'est sur ma liste de choses à faire depuis une éternité, mais tu sais ce que c'est : on trouve toujours d'autres occupations, et puis c'est une telle corvée de sauver l'humanité...

– Je ne plaisante pas. Je n'en peux plus de regarder des enfants mourir. Je ne vais pas rester à prendre des notes pendant que le bébé de Madison s'éteindra.

C'est hors de question. Depuis qu'elle nous a annoncé la nouvelle il y a des semaines, je n'ai pas cessé de me creuser la cervelle pour trouver quoi faire, et je crois que je tiens enfin un point de départ prometteur.

Marcus se redressa, assis dans l'herbe, l'air plus sérieux.

— Très bien. Tu sais que je te trouve brillante, et tu as eu de meilleures notes en virologie que... que n'importe qui. Au monde. Alors, comment comptes-tu t'y prendre pour résoudre le plus grand mystère médical de l'histoire mondiale ? Ça fait une décennie que toute une équipe de chercheurs essaie de comprendre le RM, et tu crois qu'une jeune interne va se pointer et simplement... trouver le remède ? Comme ça, en claquant des doigts ?

Kira hocha la tête : dit ainsi, cela paraissait en effet absurde. Elle jeta un coup d'œil à Nandita en se demandant ce que celle-ci en aurait pensé, mais la vieille dame sarclait ses plates-bandes sans se douter de rien. Elle se retourna vers Marcus.

— Je sais bien qu'en apparence, c'est l'idée la plus prétentieuse du monde, mais je...

Elle se tut et inspira profondément en regardant le garçon droit dans les yeux. Il l'observait, attendait : il la prenait au sérieux. Elle posa une main sur la sienne.

— Je sais que je peux être utile, au minimum. Les chercheurs ont forcément dû passer à côté de quelque chose. J'ai voulu faire mon internat à la maternité parce que je pensais que c'était le centre nerveux, l'endroit où tout se passait, tu comprends ? Mais maintenant que j'ai vu ce qu'ils y font, je sais que ça ne marchera pas. Si j'apporte à Skousen un projet bien ficelé, je te parie qu'il m'affectera à la recherche à plein temps. Ça prendra peut-être un mois ou deux, mais je peux y arriver.

– C'est une bonne stratégie de ta part, commenta Marcus. Et ce sera une bonne chose pour eux aussi : venant de la maternité, tu auras un regard différent des autres sur la question. Et je sais qu'il y a un poste disponible, parce qu'un chercheur a été transféré en chirurgie le mois dernier.

– C'est exactement ce que je voulais dire, confirma Kira : une nouvelle approche. Que ce soit le personnel de la maternité ou l'équipe des chercheurs, tous ne font qu'une seule chose : ils étudient exclusivement les bébés. Mais ce n'est pas un traitement que nous devons chercher, c'est l'immunité. Nous, les adultes, résistons aux symptômes. Il doit donc y avoir quelque chose en nous qui rejette le virus. Les seuls qui ne soient pas immunisés sont les bébés, et c'est pourtant de leur côté que nous continuons à chercher.

– C'est pour ça que tu as besoin de mon sang, dit Marcus.

Kira acquiesça, tout en caressant du bout des doigts le dos de sa main. C'était pour cela qu'elle l'aimait tant : il était drôle quand elle avait besoin de rire, et sérieux quand elle avait besoin de parler. Il la comprenait, tout simplement.

Elle cueillit une herbe et l'éplucha lentement jusqu'à ce qu'il n'en reste que le cœur jaune et tendre. Elle l'observa un moment, puis la jeta vers la tête de Marcus ; la petite pousse ne parcourut que quelques centimètres en l'air avant de retomber légèrement sur ses genoux.

– Bien visé ! se moqua le garçon.

Mais il releva aussitôt la tête.

— Voilà Isolde.

Kira pivota, sourit, et fit signe à sa « sœur ». Isolde était grande, pâle, les cheveux dorés ; avec sa peau blanche, elle faisait figure d'exception dans la famille globalement basanée de Nandita. Elle agita la main à son tour, avec un grand sourire dont Kira vit qu'il était forcé, fatigué. À son approche, Marcus se poussa pour lui faire de la place entre eux sur l'herbe, mais Isolde secoua poliment la tête.

— Merci, je ne veux pas salir mon tailleur.

Elle laissa tomber sa mallette par terre et resta debout près d'eux, l'air las, les bras croisés, le regard fixé droit devant elle.

— Dure journée au Sénat ? lui demanda Kira.

— Comme toujours.

Isolde chercha finalement un endroit propre où s'asseoir. Elle finit par soupirer et s'installer sur sa mallette, les jambes croisées pour préserver son pantalon gris clair. Kira scruta ses traits avec inquiétude : en général, Isolde ne pouvait pas évoquer son travail sans s'extasier sur le sénateur Hobb. Si elle ne le faisait pas, c'était signe qu'elle devait être absolument épuisée. Isolde garda un moment les yeux dans le vague avant de se ressaisir pour s'intéresser à Kira et Marcus.

— Dites-moi, vous deux, vous ne sortez pas beaucoup de la ville, n'est-ce pas ?

— Pas trop, non, répondit Kira avec un regard vers Marcus, qui secoua la tête sans comprendre. Enfin si, quand on part en mission de récup, mais jamais seuls. Pourquoi ?

– Parce que des contrôles renforcés viennent d'être votés. La Voix a détruit une tour de guet la semaine dernière : ils l'ont carrément renversée et se sont enfuis avec les soldats qui y étaient postés. Ajoutez à ça le raid sur l'ancien lycée : conclusion, au moins une cellule de la Voix travaille ici, dans East Meadow. Et peut-être beaucoup plus. C'est un peu trop près, tout ça. Le Sénat pense que le meilleur moyen de les éradiquer, c'est de fouiller et d'interroger tous ceux qui entrent et sortent de la ville.

– Ça fait un périmètre immense à surveiller, commenta Kira. Ils ne pourront jamais patrouiller tout le long.

– Ce n'est pas une raison pour ne pas essayer, nuança Marcus. C'est toujours mieux que rien…

– Pitié, stop ! le coupa Isolde en se massant les tempes. J'ai entendu ces arguments cent fois aujourd'hui, je peux m'en passer maintenant, merci. Le vote est terminé, les contrôles sont officialisés, alors plus la peine d'en discuter.

– Qu'a voté Hobb ? demanda Kira.

Isolde était l'assistante personnelle du sénateur. Elle ouvrit un œil, posa un regard morne sur son amie, ouvrit l'autre œil, recroisa les bras.

– Puisque tu veux tout savoir, il a voté pour. Sacrifier le respect de la vie privée ne l'enchante pas, mais il n'a pas voulu s'opposer à une mesure susceptible d'éviter d'autres attentats. Je ne pense pas qu'il ait raison, mais je n'ai pas mieux à proposer. Si les rebelles se mettent à enlever des gens, maintenant, que feront-ils ensuite ?

– Mais à quoi jouent-ils, ces rebelles ? demanda Kira. C'est ce que je n'arrive pas à comprendre. Ils n'ont pas besoin de denrées : la nourriture et les vêtements sont en libre service sur toute l'île, et pourtant ils n'arrêtent pas de lancer des raids sur East Meadow et sur les fermes. Ça ne les rend pas populaires, au contraire, ça met tout le monde sur les nerfs, ça dresse les gens contre eux et… je ne pige pas. Rien que l'attaque de la tour de guet a dû leur demander des semaines de préparation, tout ça pour quoi ? Ils n'ont pas obtenu de matériel, pas fait de revendications, ils ont peut-être récupéré deux ou trois chargeurs de munitions chacun sur les soldats qu'ils ont enlevés… ça ne leur a rien rapporté.

– Rien, sauf deux soldats, pointa Marcus. C'était peut-être une défection déguisée en attaque.

Isolde secoua la tête.

– Tout ce qu'on en comprend – c'est du moins l'hypothèse du Sénat en ce moment –, c'est qu'ils visent à déstabiliser le gouvernement. S'ils atteignent suffisamment de cibles, font un raffut de tous les diables, donnent assez de coups de pied dans la fourmilière, les habitants d'East Meadow se mettront vraiment en colère. Ce qui les rendra plus difficiles à contrôler, et compliquera la tâche du Sénat. Alors, la Voix tiendra une chance de frapper fort. De tenter un coup d'État.

– Aïe, dit Marcus.

– Attends, rembobine un peu. Tu viens de dire que le Sénat aurait du mal à nous « contrôler » ?

Isolde fit la grimace.

– Ce n'est pas ce que je voulais dire, c'est simplement le premier mot qui m'est venu à…

– Mais c'est bien l'idée, n'est-ce pas ?

Isolde ferma les yeux pour réfléchir, et son amie culpabilisa de la pousser ainsi dans ses retranchements : elle n'avait vraiment pas besoin de cela en ce moment. Et en même temps, Kira ne décolérait pas. Elle voulait savoir.

– Alors ?

– Enfin, Kira, tu sais bien ce que fait le Sénat, répondit faiblement Isolde. Le Sénat « gouverne », ce qui implique un certain contrôle, oui. Ils ne contrôlent pas les esprits ni rien de ce genre, ils veulent simplement... maintenir la paix. Veiller à ce que chacun fasse son boulot. Ce genre de choses.

Kira perçut alors un bruit de sabots. Elle tourna la tête : deux soldats à cheval approchaient sur la route. La maison était proche de la lisière de la zone peuplée : les patrouilles n'étaient donc pas rares dans le coin, mais en général elles ne passaient pas à cette heure-là. La jeune fille se sentit à la fois angoissée et réconfortée. Jusqu'au moment où ils infléchirent leur trajectoire pour se diriger droit sur elle.

– Marcus, souffla-t-elle à voix basse.

Percevant l'inquiétude dans son ton, il se redressa immédiatement. En voyant les chevaux, il se rembrunit.

– Qu'est-ce que c'est que ça ? Pourquoi viennent-ils nous voir ?

– Aucune idée. Tu les reconnais ?

– Leurs uniformes ne sont pas standard, déclara Isolde. Ils ne font pas partie des Forces de défense.

Marcus les observait intensément, les sourcils froncés. L'un avait à peu près leur âge, l'autre semblait plus proche de la quarantaine.

— Qui d'autre porte un uniforme ? demanda-t-il. On dirait un peu les agents de Mkele. En tout cas, je ne les ai jamais vus, ces deux-là ; je ne pense pas qu'ils soient en poste à East Meadow.

— On peut vous aider ? leur cria Kira.

Mais les hommes la dépassèrent pour aller voir directement Nandita. La vieille dame releva la tête et attendit qu'ils se soient arrêtés dans la cour.

— Nandita Merchant ? demanda le plus jeune.

— Oui, répondit-elle calmement.

— Madame Merchant, continua alors l'autre en faisant avancer son cheval de quelques pas, nous avons été informés que vous faisiez de nombreuses sorties à l'extérieur d'East Meadow. Est-ce exact ?

— Ça pose un problème ?

— Je n'ai pas dit cela. Est-ce vrai ?

— Elle ramasse des herbes, intervint Kira, qui s'était levée et marchait à grands pas vers eux. Vous voyez ce merveilleux jardin ? Elle y cultive des herbes prélevées sur toute l'île.

— Je suis assez grande pour répondre, Kira, l'arrêta Nandita.

La jeune fille serra les lèvres, nerveuse des pieds à la tête.

Le patrouilleur en chef avait allongé ses rênes, et se servait de ses genoux pour contrôler sa monture. Lui aussi était nerveux. Il regarda fermement Nandita.

— Vous ramassez des herbes ?

— Je les cueille là-bas et je les cultive ici, expliqua la femme, et aussi sous serre, dans le jardin de derrière. Je les vends au marché : vous n'en trouverez pas de meilleures dans les environs.

Il hocha la tête.

– Et où allez-vous, en général, lors de ces excursions ?

– Ça ne vous regarde pas, éclata Kira.

La nouvelle annoncée par Isolde la mettait en rogne, et elle était d'humeur à aboyer contre le premier venu.

– Vous croyez pouvoir débarquer comme ça dans le jardin des gens et leur poser toutes les questions que vous voulez ? Et si elle allait dans un endroit qui ne vous plaît pas ? Vous l'arrêteriez, c'est ça ?

– Personne n'a parlé d'arrestation, répondit l'homme. Nous ne faisons que poser des questions. Un peu de calme, je vous prie.

– « Que poser des questions »... Et si elle refuse de vous répondre ?

– Kira... fit Nandita.

– Au cas où vous n'auriez pas remarqué, dit alors le plus jeune en tournant son cheval vers la jeune fille, les temps sont troublés. Nous défendons nos vies contre un ennemi caché qui cherche à détruire notre ville, et la seule arme dont nous disposions, c'est le renseignement. Nous pensons que votre grand-mère détient peut-être des informations qui peuvent nous être utiles pour rester en vie. Désolé si ça dérange je ne sais quelles idées romantiques et échevelées dans votre petite tête, mais dites-vous bien que des agents rassemblant les renseignements dont ils ont besoin pour vous protéger, c'est plus important que cinq minutes de jardinage.

– Espèce de petit prétenti...

– Je vais un peu partout, intervint Nandita en s'interposant devant Kira. Jusqu'aux fermes quand je trouve quelqu'un pour m'y emmener, et sinon, dans les parages. Je ne peux plus marcher aussi loin qu'avant, mais les jardins en friche ne manquent pas, même ici, dans East Meadow, et il suffit de s'y connaître un peu en botanique pour y trouver son bonheur.

– Il nous faut des lieux précis, insista le jeune homme. Avez-vous une raison de nous cacher cette information ?

Son aîné leva les yeux au ciel.

– Elle récupère ce qu'elle peut, souffla-t-il. Ces gens-là n'ont pas de but précis, ils errent simplement au hasard. (Il tourna les yeux vers Nandita.) Pourriez-vous me dire qui vous emmène vers les fermes, quand l'occasion se présente ?

– Des marchands ambulants. Parfois des fermiers qui rentrent chez eux, les jours de marché. Même des vagabonds, de temps en temps, s'ils ont l'air fiables, ajouta-t-elle avec un regard implacable.

Regard que l'agent lui rendit sans ciller.

– Et à quoi reconnaît-on un vagabond digne de confiance ?

– J'en ai vu un la semaine dernière qui vous ressemblait un peu. Pas la même chemise, bien sûr, mais les mêmes yeux, le même flingue, et la même arrogance. Vous êtes nombreux dans ce genre-là, par les temps qui courent. Lui aussi, il avait un gosse avec lui.

– Il va falloir baisser le ton, la prévint le plus jeune.

– Et toi aussi, le rembarra l'autre. Tu ne vaux pas mieux que celle-là, dit-il en montrant Kira du geste.

Kira se mordit les joues : elle aurait bien voulu en découdre avec le blanc-bec, mais elle voyait bien que cela n'aurait fait qu'envenimer la conversation.

L'homme s'adressa de nouveau à Nandita.

– C'est tout ce que nous voulions savoir, madame. On fait notre boulot, c'est tout. Quelques vérifications de routine. Pardon de vous avoir dérangée.

– Pas de problème, lâcha Nandita, toujours raide et dure comme du granit.

– Tant mieux. Et maintenant, si vous voulez bien m'excuser...

Il raccourcit ses rênes et fit faire demi-tour à sa monture, puis s'arrêta soudain et se retourna.

– Pardon, ceci n'est pas officiel, mais par simple curiosité : qu'est-ce qui vous a poussée à vous installer ici, si près des limites de la ville ?

– Je ne suis pas sûre de vous suivre.

– Eh bien, la plupart des gens tâchent de vivre le plus près possible du centre. Dans ce quartier, il n'y a grosso modo que des jeunes couples qui se sont choisi une maison récemment, alors que tous les logements du centre étaient pris. Vous, en revanche, avez dû vous établir il y a dix ans, comme nous tous, mais vous vous êtes isolée ici. Ça m'étonne, c'est tout.

Nandita l'observa attentivement.

– Si vous posez la question en tant que voisin curieux, et non en tant qu'agent de surveillance, il me semble que vous devriez me dire votre nom.

– Sergent Jamison, madame. Alex.

– Ma maison dans le centre a été inondée, Alex. De l'eau s'est infiltrée dans les fondations et a gelé, il y a quelques hivers. Au moment du dégel, le mur du fond s'est quasiment effondré. Mes filles et moi avions besoin d'un nouveau logement, et celui-ci disposait d'un jardin avec une serre. C'est le meilleur choix qui se soit offert à moi.

— Je n'en doute pas. Merci de votre aide.

Il se retourna, suivi cette fois de la jeune recrue, et tous deux s'éloignèrent dans la rue.

Kira les regarda partir, l'estomac noué.

— Qu'est-ce que c'était que ça ?

— Les services secrets, répondit Nandita. On en voit aussi au marché, en ce moment. Ils surveillent les marchands.

— Ils ne font que leur travail, plaida Isolde. Tu n'avais pas besoin de leur sauter à la gorge.

— Ils n'avaient pas besoin de sauter à la gorge de Nandita non plus. C'est exactement de ça que je voulais parler : ce n'est pas parce qu'on est chargé d'une tâche qu'on doit tout gérer. Ils n'ont pas à nous commander.

— C'est ça, le gouvernement, dit Marcus. Commander, c'est leur métier. Et pour être franc, je trouve que discuter avec les gens qui se déplacent beaucoup est un bon moyen d'obtenir des renseignements. Ils ne cherchaient pas à être agressifs – même si je reconnais que le jeune nous a un peu pris de haut.

— Tout le monde est trop paranoïaque sur cette île, affirma Nandita. Ils ont tout de suite supposé le pire de ma part, mais Kira aussi a supposé le pire de leur part. (Elle lança un regard sévère à la jeune fille.) Ton attitude était complètement déplacée, et si tu n'en changes pas, tu vas t'attirer bien trop d'ennuis.

— Désolée... commença Kira.

Mais ce fut pour éclater aussitôt après :

— S'ils veulent que je sois calme, il va falloir qu'ils me laissent tranquille dans mon jardin sans venir me poser de questions. Ça pose un problème ?

Nandita la regarda encore un instant, puis se tourna vers les chevaux qui disparaissaient derrière un virage.

– Ça ne va pas aller en s'arrangeant, dit-elle. À chaque nouveau contrôle à la frontière, à chaque révision de la loi Espoir, la colère va monter dans la population. (Elle jeta un rapide coup d'œil à Isolde.) Si la Voix du peuple essaie de fomenter une rébellion, ils vont lui offrir un vrai boulevard.

Kira se sentit soudain rougir jusqu'à la racine des cheveux : Nandita n'avait rien perdu de leur conversation.

– Bon, alors quoi ? lui demanda Marcus. Tu vas courir rejoindre les rebelles, maintenant ?

– Non, je vais courir trouver un traitement contre le RM. Sans RM, adieu la loi Espoir. Et je vais commencer par une expérience. Nous possédons une décennie de données décrivant le comportement du virus chez les bébés qu'il infecte, mais je n'ai pas vu une seule étude sur son fonctionnement chez nous, les immunisés. Il est temps d'y remédier.

Isolde la dévisagea avec perplexité.

– Et comment ?

– Je vais prélever un échantillon du sang de mon adorable et dévoué petit ami qui ne se plaint jamais, et je vais y injecter le RM.

Marcus émit un sifflement admiratif.

– Il m'a l'air absolument idéal, ton petit copain.

Nandita le couva d'un regard approbateur, puis se baissa pour ramasser ses outils de jardinage.

– Elle pourrait trouver mieux, le taquina-t-elle.

Chapitre 10

– Aïe !

– Ne bouge pas, grand bébé !

Kira éloigna l'aiguille du doigt de Marcus et pressa aussitôt l'ouverture d'un mince tube de verre contre la ponction. Ce tube fut rapidement plein, et elle le remplaça par un autre. Après quoi elle les referma hermétiquement, les posa sur un plateau, et tamponna le doigt avec une petite boule de coton.

– Fini !

– J'ignore comment tu t'y prends, mais mon doigt va presque aussi bien que si tu l'avais piqué correctement dès le premier essai, la taquina Marcus. Je m'incline devant ton immense talent.

– Je suis faite pour ça, s'esclaffa Kira. Enlève le coton, maintenant.

Marcus retira la boulette, et Kira appliqua à sa place un pansement qu'elle colla soigneusement tout autour du doigt.

– Félicitations ! Tu es officiellement le doyen des individus auxquels j'ai prélevé du sang à la maternité. À présent, deux calmants, et tu seras remis en un clin d'œil.

Sur quoi elle lui donna deux petits baisers.

– Mmm, dit le garçon en l'attrapant par la taille. Tu m'as dit que je devais en prendre combien ?

– Deux. Remarque, je pense que ça ne peut pas faire de mal d'augmenter un peu la dose.

Elle se pencha de nouveau vers lui, les lèvres entrouvertes, mais il l'arrêta de la main.

– Non, protesta-t-il fermement. En tant que médecin, ça me gêne. On ne joue pas avec les médicaments. Et si je faisais une overdose ? Si je devenais accro ?

Il la repoussa avec douceur, mais Kira lui résista.

– Quelle chochotte tu fais !

– Et si je présentais une accoutumance ? insista-t-il d'un air faussement horrifié. Deux maintenant, deux tout à l'heure, et soudain, c'est l'engrenage infernal : il m'en faudra quatre, ou huit, ou même vingt, rien que pour m'apaiser un peu ! Tu crois que je pourrais survivre à autant de baisers ?

Kira s'approcha encore de lui et prit sa voix la plus suave.

– Je suis sûre que tu t'y ferais.

Il retint son souffle et la regarda se pencher sur lui jusqu'à ce que leurs visages se touchent presque, puis l'arrêta au dernier moment, cette fois en posant un doigt sur ses lèvres.

– Tu sais, le meilleur moyen de prévenir le surdosage est de varier le principe actif. L'infirmière blonde de la clinique du sud est très forte en prises de sang ; tu pourrais me donner deux calmants, et elle deux autres.

Kira gronda joyeusement en l'attrapant par le col.

– Oh non, pas question.

— D'un point de vue strictement médical, ce serait le plus sûr. Je pourrais ainsi prendre quatre calmants d'un coup. Ça me ferait peut-être un peu tourner la tête, mais... Aïeuh !

— Je n'ai pas lâché l'aiguille, lui rappela Kira qui l'appliquait contre son flanc, juste assez pour qu'il en sente la pointe. Tu es l'homme d'une seule phlébotomiste, Marcus Valencio. Compris ?

— Compris. Et à propos, je crois que l'effet de mes calmants commence déjà à s'estomper...

— N'y pense même pas ! C'est terminé pour aujourd'hui, trancha-t-elle en le repoussant sur sa chaise avant de ramasser ses prélèvements sanguins. Allez, il est temps de découvrir quel homme tu es vraiment.

Un AMN – analyseur médical numérique – était installé dans un coin de la pièce. Kira y apporta les tubes de verre, alluma l'appareil et entreprit de préparer un échantillon pendant qu'il se mettait en marche. Marcus l'avait suivie ; il lui tendit les lames de verre, pipettes en plastique et autres petits instruments au moment précis où elle en avait besoin. Elle aimait travailler avec lui : cela lui rappelait le rythme tacite, harmonieux, avec lequel ils triaient les boîtes de médicaments lors des missions de récupération.

Elle acheva de préparer sa lamelle, la glissa dans le lecteur de l'AMN et effleura l'écran. Aussitôt, la machine détecta le sang et afficha les informations de base.

— Groupe O+, lut Marcus par-dessus son épaule. Cholestérol et glycémie : impeccables. Hmm, taux de séduction anormalement élevé. Voilà qui est intéressant.

– En effet, confirma Kira, mais regarde-moi ces molécules d'arrogance.

Marcus se mit à protester, et c'est en gloussant qu'elle réclama à la machine une analyse plus approfondie. Une icône « Analyse sanguine complète » apparut, et elle cliqua sur « oui » ; c'était la première fois qu'elle demandait tant d'informations et elle avait d'abord craint de ne pas savoir s'y prendre, mais c'était tout simple, puisqu'une option « menu complet » était prévue. Elle s'interrogea sur la vie dans l'ancien monde : comme cela devait être différent, au temps où les ordinateurs servaient à tout bout de champ, et non uniquement dans les hôpitaux où l'on générait suffisamment de courant pour les faire fonctionner !

À peine quelques secondes plus tard, l'ordinateur proposait déjà une liste d'électrolytes, molécules de glucose et autres particules présentes dans le sang ; l'analyse complète prendrait davantage de temps, par exemple pour calculer les conséquences de la densité de glucose sur la santé du foie, mais la machine mettrait ces détails à jour au fur et à mesure. La série de notes qui apparut ensuite concernait les modifications génétiques ; elles étaient tellement courantes avant le Ravage que presque tout le monde, sur l'île, en avait subi quelques-unes. Marcus possédait des marqueurs de correction génétique *in vitro*, c'est-à-dire que ses parents avaient fait éradiquer de son ADN, avant sa naissance, tout risque de maladie congénitale. Un autre marqueur présent dans ses globules rouges dénotait apparemment une modification de la moelle, mais ni Kira ni l'ordinateur n'aurait pu dire de quoi il retournait sans un prélèvement osseux. C'était d'ailleurs sans importance : Skousen et son équipe avaient déjà étudié à fond les modifs génétiques pour y chercher une source d'immunité contre le RM, et cela en vain – à la limite, ces modifications semblaient plutôt rendre les sujets plus vulnérables au virus. Kira s'était mise à prendre des clichés 3D du sang afin d'y rechercher d'éventuelles anomalies, lorsqu'un petit son d'alerte résonna et qu'un losange bleu apparut dans un coin de l'écran. Elle jeta un regard interrogateur à Marcus, qui secoua la tête : il n'en savait pas davantage. Retournant à son écran, elle cliqua sur le losange.

Une nouvelle fenêtre s'ouvrit alors ; elle comprenait une phrase brève : *27 occurrences du virus RM*, associée à une poignée d'images.

— Mais que... souffla Kira.

Le nombre affiché clignota et passa à vingt-huit. Elle cliqua sur une des images, qui s'agrandit aussitôt pour montrer une représentation en 3D du RM. Une grosse sphère irrégulière, colorée en jaune pour bien se détacher du fond. D'un aspect repoussant, menaçant.

Dans la fenêtre d'alerte, le nombre continuait de croître : *33 occurrences. 38. 47. 60.*

— Ce virus est partout, constata Kira en parcourant les images à mesure qu'elles apparaissaient.

Bien sûr, elle avait déjà étudié la structure du virus pendant ses études de médecine, mais jamais elle ne l'avait visualisé ainsi. Jamais elle ne l'avait vu en si grande quantité, et jamais directement dans le sang d'un être humain vivant.

— Ce n'est pas possible. Il doit y avoir un problème quelque part.

— Visiblement, je ne suis pas malade, confirma Marcus.

Kira, les sourcils froncés, observa de plus près une des images. Le virus flottait au-dessus des autres données, tel un prédateur, énorme et insatiable.

— L'ordi ne dit pas que c'est anormal, précisa Kira, il m'informe juste de ce qu'il trouve. Quelqu'un lui a appris à reconnaître le virus, mais pas à en déduire s'il y avait lieu de s'inquiéter. Serait-il donc si répandu ?

En relisant le message d'alerte, elle y trouva un lien vers la base de données. Elle cliqua dessus et une nouvelle fenêtre s'ouvrit : un long rectangle étroit qui occupait tout le côté droit de l'écran. En l'agrandissant, elle découvrit que c'était une liste de références similaires. La faisant défiler du bout des doigts, elle y trouva des pages et des pages de liens. En cliquant sur l'un d'eux, elle fit apparaître le dossier d'un autre patient, dont le sang était saturé de RM. Elle en lut un autre, puis un autre encore : la même chose partout. Elle osait à peine dire tout haut ce qu'elle en concluait.

— Nous sommes tous porteurs, annonça-t-elle enfin. Tous les rescapés, chacun d'entre nous... nous l'avons en nous, en permanence. Même si nous sommes résistants, nous pouvons le transmettre. C'est pour ça que les bébés meurent, que la maladie les emporte si vite. Même dans une salle entièrement aseptisée et hermétiquement fermée. (Elle releva les yeux vers Marcus.) Nous ne pourrons jamais y échapper.

Tout en parcourant les clichés du virus, elle tâcha de se rappeler tout ce qu'elle avait appris sur son fonctionnement et son mode de propagation. Sa dangerosité était en partie due au fait qu'il ne se comportait pas comme un virus normal : il était présent dans le système sanguin, certes, mais aussi dans tout le reste du corps ; il se transmettait par le sang, la salive, les sécrétions sexuelles, et même par voie aérienne. Kira scrutait méticuleusement les images, étudiant la structure de la particule, à la recherche du moindre détail qui puisse lui donner la clé du secret. C'était un virus volumineux, assez gros pour englober toutes les fonctions d'un système très complexe... mais ils ignoraient encore, au juste, en quoi consistait ce système.

Marcus se frotta les paupières et passa lentement les mains sur ses joues.

– Je te l'ai déjà dit... Ça fait onze ans que les esprits les plus savants qu'il nous reste étudient le RM. Ils ont déjà tout essayé.

– Mais il y a forcément autre chose, insista Kira en faisant furieusement défiler la liste.

– Études *in vivo*, études *in vitro*, nettoyage du sang, dialyse, masque à gaz... Il y a même des recherches sur les animaux là-dedans. Kira, ils ont déjà exploré absolument toutes les pistes possibles et imaginables.

Sans l'écouter, elle continuait de faire défiler étude sur étude, variable sur variable. Et en s'approchant de la fin de la liste, elle sentit une idée s'imposer à elle.

Il existait bien un sujet d'expérience qui ne figurait nulle part dans la base de données. Un sujet que personne n'avait vu depuis onze ans.

Kira s'immobilisa, les yeux rivés sur l'écran. Face à la présence répugnante du virus, elle se sentait salie et mal à l'aise.

S'ils voulaient comprendre ce virus, pourquoi ne pas remonter à la source ? S'ils voulaient voir à quoi ressemblait une immunité totale, pourquoi ne pas observer les sujets totalement immunisés ?

S'ils voulaient réellement vaincre le RM, quoi de mieux qu'étudier un Partial ?

Chapitre 11

– Entrez, dit le docteur Skousen.

Kira ouvrit lentement sa porte, une grosse boule dans la gorge. Elle avait passé une semaine à étudier la documentation existante avec l'aide de Marcus, et ce qu'elle y avait lu l'avait confortée dans l'idée d'aller voir Skousen. Elle avait ensuite passé encore plusieurs jours à préparer en détail ce qu'elle lui dirait et la manière de le dire. Comment réagirait-il ? Allait-il accepter, ou lui rire au nez ? Allait-il se fâcher et la renvoyer définitivement de l'hôpital ? Le bureau du médecin était très lumineux car, en plus des larges fenêtres, il était éclairé par une puissante lampe posée sur la table de travail. Kira ne s'y faisait pas : la lumière électrique la stupéfiait toujours. C'était une extravagance que peu de gens pouvaient s'accorder... ceux qui en jouissaient à l'hôpital avaient-ils au moins conscience du luxe que cela représentait ?

– Merci de me recevoir, docteur, dit-elle en refermant derrière elle avant de s'approcher de lui d'un pas décidé.

Elle avait revêtu sa tenue la plus professionnelle : chemisier rouge, jupe couleur moka, veste assortie, et même des chaussures à talons. Elle détestait les talons – ces appendices inconfortables, totalement inadaptés à son travail et, de manière générale, à la vie d'après le Ravage –, mais Skousen était un homme de l'ancien monde, et elle savait qu'il les appréciait. L'important était qu'il la considère comme une adulte, une personne mature et intelligente, et s'il fallait pour cela qu'elle se juche sur des échasses ridicules, eh bien soit. Elle lui tendit une main que Skousen serra fermement ; ses mains à lui étaient vieilles, avec une peau ridée et fine comme du papier à cigarettes, mais il avait encore de la poigne.

— Je vous en prie, asseyez-vous, dit-il en lui indiquant une chaise. Walker, c'est bien ça ?

Kira se percha tout au bord de sa chaise, le dos bien droit.

— Oui, docteur.

— Votre article m'a beaucoup impressionné.

Kira, stupéfaite, écarquilla les yeux.

— Vous l'avez lu ?

Skousen acquiesça.

— Rares sont les internes qui cherchent à publier des études ; la vôtre a attiré mon attention. (Il sourit.) Imaginez ma surprise lorsque j'ai constaté qu'elle était non seulement solide, mais absolument originale. Vos conclusions sur la structure du RM sont erronées, mais novatrices. Vous avez un avenir très prometteur dans la recherche.

Kira sentit un flux de chaleur envahir son corps. *Il y a une chance pour que ça marche.*

— Merci. C'est justement ce dont je voulais vous parler : je souhaiterais approfondir mes recherches.

Skousen se renversa en arrière dans son fauteuil pour mieux l'observer ; il n'était pas très enthousiaste, mais au moins il l'écoutait. Kira saisit sa chance.

— Voici mon idée : la loi Espoir, au fond, n'est qu'un prolongement de ce que nous faisons depuis onze ans – produire le plus de nouveau-nés possible – et qui, depuis onze ans, n'a pas fourni un seul résultat viable. Nous jetons de la terre contre un mur fissuré pour voir si elle y restera collée, et onze années nous ont amplement suffi pour conclure qu'elle n'adhère pas. Si nous voulons colmater la brèche, il est grand temps d'essayer autre chose.

Skousen la fixait d'un regard de marbre.

— Et que proposez-vous ?

— J'aimerais changer de service. Quitter la maternité et devenir chercheuse à plein temps.

— C'est entendu ; j'allais d'ailleurs vous le suggérer. Quoi d'autre ?

Kira inspira profondément.

— Je pense que nous devrions sérieusement étudier le bien-fondé d'un programme de recherche sur la physiologie des Partials.

— Qu'entendez-vous par là ?

— Je ne vais pas y aller par quatre chemins : je crois que nous devrions envoyer sur le continent une mission de capture d'un Partial, afin de disposer d'un sujet d'étude.

Le docteur Skousen en resta coi. Kira attendit, sans même oser respirer. Elle percevait le grésillement de l'ampoule électrique : un bourdonnement entêtant, au seuil de sa conscience.

C'est d'une voix grave et dure que le médecin lui répondit enfin.

– Je vous croyais sérieuse, Walker.

– Je n'ai jamais été si sérieuse de toute ma vie.

– Ce qui n'est pas bien long, jeune fille.

– C'est de notre extinction que nous parlons, docteur. Vous l'avez dit vous-même. À ce stade, notre seule et unique stratégie consiste à enfiler des masques à gaz, à isoler les mères et à consigner scrupuleusement l'agonie de nos enfants. Et, certes, contre toute attente, nous sommes parvenus à glaner quelques informations utiles dans ce fatras de notes. Mais je ne me vois pas jouer l'avenir de mon espèce à la loterie. Les Partials sont immunisés : ils ont créé un virus de toutes pièces, conçu expressément pour tuer les êtres humains sans qu'ils en soient eux-mêmes affectés.

– Et cela parce qu'ils ne sont pas humains, objecta Skousen.

– Mais ils ont un ADN humain, au moins en partie. Le virus devrait donc s'attaquer à eux comme à nous. Pourtant, ce n'est pas le cas : on peut en déduire que leur immunité découle d'un dispositif qui leur est propre. C'est ce dispositif que nous pourrions déchiffrer et utiliser.

Skousen soupira et secoua la tête.

– Vous déraisonnez, ma petite.

– Nous nous entêtons à vouloir percer le mystère de l'immunité au RM en observant des enfants qui ne portent pas en eux cette immunité... La solution n'est pas là, tout simplement, et nous aurons beau disséquer tous les bébés du monde, elle n'y sera toujours pas. Si nous voulons en apprendre davantage sur l'immunité, il nous faut étudier des Partials. Il ne nous reste aucune trace de leur conception, de la manière dont a été construit leur code génétique, rien du tout. C'est là que se trouvent certainement les réponses. À tout le moins, cela vaut la peine d'essayer.

– Ils ne vont pas se porter volontaires, vous savez.

– Alors capturons-en un.

– En sortant de nos frontières, nous risquerions de déclencher une seconde guerre des Partials.

– Et si c'est le cas, nous mourrons peut-être demain, rétorqua Kira. Mais si nous n'éliminons pas le RM, nous mourrons chaque jour pendant encore cinquante ans... ou moins, si la Voix du peuple déclare une guerre civile. Ce qui arrivera certainement dans un avenir proche si le virus continue de sévir.

– Je refuse d'avoir cette conversation avec une enfant de l'épidémie, grogna Skousen d'un air mauvais. Vous n'aviez même pas l'âge de comprendre ce qui se passait lorsque les Partials se sont retournés contre nous. Vous n'avez pas vu une petite escouade de ces monstres anéantir des bataillons entiers, vous. Vous n'avez pas vu tous ceux que vous connaissiez dépérir, vomir du sang et délirer de fièvre jusqu'à la mort.

– J'ai perdu mon père...

– Comme nous tous ! cria l'homme.

Au son de sa voix, Kira pâlit, effrayée par la lueur de folie qui brillait dans ses yeux.

– J'ai perdu mon père, ma mère, ma femme, mes enfants, mes amis, mes voisins, mes patients, mes collègues, mes élèves, reprit-il. À l'époque, je travaillais déjà dans un hôpital ; je l'ai regardé se remplir, déborder, jusqu'à ce qu'il ne reste même plus assez de vivants pour évacuer les morts. J'ai vu mon univers entier se dévorer tout vif, Walker, pendant que vous jouiez à la poupée. Alors ne venez pas me dire que je n'en fais pas assez pour sauver l'espèce humaine, et surtout, ne venez pas me dire que nous pouvons prendre le risque de déclencher la seconde guerre des Partials.

Il était livide, les mains tremblantes de rage.

Kira, qui n'osait plus prononcer un mot, ravala sa réponse : quoi qu'elle ait dit, cela n'aurait fait qu'envenimer les choses. Elle baissa la tête, détournant les yeux. Elle n'avait qu'une envie en ce moment : se lever et sortir sans rien ajouter. Pourtant, elle se retint, car c'était hors de question. Skousen était en colère et allait probablement la renvoyer, mais elle était certaine d'avoir raison. S'il voulait qu'elle parte, il n'avait qu'à l'y forcer lui-même. Relevant la tête, elle le regarda droit dans les yeux, prête à recevoir sa sentence. Elle en avait terminé, mais elle ne renonçait pas. Elle espérait qu'il ne verrait pas qu'elle tremblait.

— Vous vous présenterez demain matin au département recherche, dit-il. J'informerai Mme Hardy que vous avez changé de service.

Chapitre 12

Kira regardait ses amis rire et échanger des plaisanteries dans le salon de Nandita. Il était tard, et la pièce était faiblement éclairée à la bougie ; comme toujours, le courant accumulé par les panneaux solaires de Xochi passait directement dans la chaîne stéréo. Le choix de ce soir portait sur *Félicitations Kevin*, une des collections de musique préférées de Xochi : rien que du *drill' n' bass*, un son électronique violent qui fouettait le sang de Kira même quand le volume était bas.

Nandita était déjà partie se coucher, ce qui était une bonne chose. Kira était sur le point de demander à ses proches de commettre un acte de trahison dans lequel il aurait été injuste d'impliquer sa mère d'adoption.

Ses pensées revenaient sans cesse au récit de Skousen – à ce que cela avait été de connaître le Ravage. Elle ne pouvait pas lui en vouloir de sa réaction épidermique, car il en allait de même pour tout le monde ; mais jusque-là, elle n'avait jamais réalisé à quel point les gens avaient été différemment affectés par le cataclysme. Skousen se trouvait dans un hôpital au moment où le virus avait été lâché dans la nature. Il l'avait vu se remplir d'heure en heure, il avait vu le flot de malades déborder dans les couloirs, puis sur le parking, vu l'épidémie ravager le monde comme un ouragan. Toute sa famille était morte dans ses bras. Kira, pour sa part, avait vécu l'événement seule : sa nounou était décédée sans bruit dans la salle de bains, quant à son père, il n'était... jamais rentré à la maison, tout simplement. Elle avait attendu quelques jours, jusqu'à ce qu'elle ne trouve plus rien à manger chez elle, après quoi, poussée par la faim, elle était sortie. Le quartier était désert ; le monde entier semblait désert. Sans le passage d'un convoi militaire qui se repliait hâtivement du front, elle n'aurait peut-être pas survécu.

Le médecin gardait le souvenir d'un monde qui s'était effondré. Kira, elle, avait grandi dans un monde qui se serrait les coudes pour s'en sortir. Là était la différence. Là était la raison pour laquelle Skousen et le Sénat étaient trop terrifiés pour entreprendre quoi que ce soit. Si quelque chose devait être fait, ce seraient les enfants de l'épidémie qui s'en chargeraient.

Haru parlait déjà – avec passion, bien sûr, puisque c'était son seul mode de communication. Il se retrouvait toujours au centre des conversations auxquelles il se mêlait, moins par charisme que par sa détermination sans faille.

— Ce que vous ne comprenez pas, disait-il, c'est que le Sénat n'en a rien à faire. Vous pourrez toujours vous plaindre qu'on vous vole votre enfance, vous pourrez toujours dire que la science est inefficace, ce n'est pas le problème pour ces gens-là.

La rumeur allait toujours bon train : on racontait que le Sénat allait encore abaisser l'âge de la grossesse, et Haru avait interprété le silence d'Isolde à ce sujet comme une confirmation tacite.

— Ils ont décidé que le meilleur moyen de vaincre le RM était de le noyer sous les statistiques. Résultat : ils abaisseront l'âge de la grossesse autant qu'ils pourront le faire sans déclencher une révolution. Faire passer l'âge de dix-huit à seize ans leur donne... quoi, cinq mille nouvelles mères ? Cinq mille bébés de plus tous les dix à douze mois ? Que ça marche ou pas n'a aucune importance : c'est simplement la conséquence logique de la stratégie qu'ils se sont choisie. C'est inévitable.

— Tu n'en sais rien, pointa Isolde, mais il secoua la tête.

— Arrête, nous le savons tous. C'est la seule initiative que ce gouvernement sache prendre.

— Dans ce cas, il est peut-être temps d'en changer, dit Xochi.

— Ne recommence pas avec ça, l'avertit Jayden.

Mais Xochi était à peu près impossible à arrêter lorsqu'elle était lancée.

— Quand avons-nous réellement élu quelqu'un pour la dernière fois ? demanda-t-elle. Quand avons-nous simplement voté ? Les jeunes de seize ans n'ont même pas le droit de vote ; voilà qu'on prend une décision qui nous affecte directement, et nous n'avons pas notre mot à dire ? Vous trouvez ça juste, vous ?

— Qu'est-ce que la justice a à voir là-dedans ? s'énerva Haru. Regarde bien autour de toi, Xochi : le monde est un endroit plutôt injuste, en général.

— Le monde oui. Ça ne veut pas dire qu'il faille s'y plier sans rien dire. J'aime à penser, moi, que l'être humain a un sens de la justice plus développé que les forces de la nature.

Kira observait les traits de Xochi, à la recherche de... elle ne savait trop quoi. Son amie changeait, ces derniers temps : elle devenait plus fougueuse. Les autres ne l'avaient sans doute pas remarqué – Xochi était toujours pleine de fougue –, mais Kira la connaissait mieux que quiconque. Oui, elle avait quelque chose de changé. Ce changement était-il de nature à favoriser ses projets, ou à les desservir ?

— La loi Espoir a été promulguée avant que nous soyons en âge de voter, souligna Madison, mais j'aurais quand même dû tomber enceinte à dix-huit ans si je n'avais pas devancé l'appel. C'est comme ça, c'est tout.

Sa grossesse était encore très peu avancée, et pourtant elle commençait déjà à s'arrondir. Elle caressait fréquemment son ventre, presque par réflexe, comme Kira avait déjà vu d'autres femmes enceintes le faire. Il y avait là une union, un lien tangible, alors même que le fœtus n'avait pas encore une forme humaine. Cette pensée lui serra le cœur.

Elle était convaincue que Madison soutiendrait son projet : il concernait directement son enfant. C'était elle qui avait le plus à gagner et le plus à perdre. Haru suivrait sans doute aussi, pour la même raison, mais on ne savait jamais avec lui. Elle l'avait vu plus d'une fois plaider contre son intérêt : ses opinions l'emportaient sur ses besoins. Quant à Jayden, mystère. Kira savait qu'il ne voulait pas perdre son neveu ou sa nièce, mais d'un autre côté, sa loyauté envers les Forces de défense était indéfectible. Il ne pouvait pas accepter joyeusement qu'elle lui demande de trahir les siens.

– C'est de trahison que tu parles, dit-il justement en regardant froidement Xochi.

À ces mots, Kira sourit. Toujours prévisible, ce bon vieux Jayden.

– Remplacer un sénateur, c'est une chose, poursuivit-il. Ils prennent leur retraite et on en élit un nouveau, cela arrive. Mais renverser tout le gouvernement, cela s'appelle une révolution. C'est aussi du suicide : tu te rends compte à quel point cette ville serait vulnérable si le Sénat n'était pas là pour administrer les Forces de défense et maintenir la paix ? La Voix la ferait sauter en dix minutes.

– Justement. S'il n'y avait plus ce Sénat, la Voix n'aurait plus aucune raison de faire sauter la ville, le contra Xochi.

– Ne me dis pas que tu vas te rallier à la Voix, maintenant !

La jeune fille se pencha en avant.

– Si la seule alternative est entre un gouvernement d'imbéciles et un gouvernement militaire, un gouvernement rebelle n'est peut-être pas la pire des choses.

– Mais ce ne sont pas des rebelles ! gronda Jayden. Ce sont des terroristes.

Xochi ne songeait qu'à se rendre utile. Kira en était bien consciente, mais elle se demandait jusqu'où son amie pourrait l'aider. Elle n'avait aucun entraînement militaire au-delà des simples séances de tir effectuées à l'école, et ses domaines d'excellence étaient étonnamment traditionnels : cuisine, jardinage, couture, etc.

Elle avait grandi dans une ferme, ce qui lui conférait une certaine expérience de la nature, mais c'était tout. Quant à Isolde, c'était encore pire : elle suivrait sans doute parce que c'était ce qu'elle était, une suiveuse, mais il vaudrait mieux qu'elle ne vienne pas avec eux. Elle serait bien plus efficace pour agir en coulisse, en dissimulant leurs agissements au gouvernement et à la Défense – mais même cela n'était pas évident. Pour réussir, Kira avait besoin de personnes engagées, capables de se débrouiller sur le terrain. Elle-même ne correspondait d'ailleurs pas tout à fait à cette description, mais, au moins, elle était médecin et les missions de récupération l'avaient familiarisée avec le maniement des armes.

Enfin, il restait Marcus. Assis à côté d'elle, il se reposait sur le canapé et contemplait par la fenêtre les derniers feux du couchant, refusant résolument de participer à la dispute avec Haru. Il n'était pas soldat, mais c'était un bon tireur et un chirurgien habile, surtout sous la pression. Après sa formation, il avait été presque immédiatement sélectionné pour intégrer les urgences de l'hôpital. Il serait le garant de sa sécurité, et de sa santé mentale. Elle lui tapota doucement le genou, s'apprêta à prononcer les paroles qu'elle avait préparées, et se redressa, le dos bien droit.

– Il faut que je vous parle, annonça-t-elle.

– On sait ce que tu vas dire, la coupa Haru. Toi, tu as Marcus. Alors bien sûr, la loi Espoir ne te pose aucun problème.

Kira lança un coup d'œil gêné à son ami, puis s'adressa directement à Haru.

– Ça, je n'en sais rien, mais en tout cas ce n'est pas ce que je voulais dire. C'est de votre bébé que je voulais parler.

Haru se rembrunit et jeta un regard à Madison, qui caressait son ventre d'un air absent.

– Quoi, le bébé ?

– Je peux être brutale ?

– Comme tout le monde, non ? commenta Isolde.

– Bien, d'accord. Le bébé de Maddy va mourir.

Cette constatation arracha des grognements maussades à Haru et à Jayden, mais ce fut l'expression peinée de Madison qui brisa le cœur de Kira. Ravalant ses larmes, elle se força à continuer.

– Désolée, je sais que c'est dur à entendre, mais soyons réalistes. La loi Espoir est peut-être idiote, abusive, nécessaire ou tout ce que vous voulez : cela n'a aucune importance, car ce n'est pas elle qui va sauver le bébé de Maddy. Elle en sauvera peut-être un autre, dans des années, mais pas celui-ci. À moins que nous n'agissions.

Haru la dévisagea froidement.

– À quoi penses-tu, au juste ?

Kira déglutit et soutint son regard en s'efforçant de paraître aussi sérieuse et assurée que lui.

– Je veux que nous allions capturer un Partial.

Jayden fit la grimace.

– Tu parles d'une attaque organisée sur le continent ?

– Oui, mais pas une attaque menée par les Forces de défense. J'ai essayé d'en parler à Skousen, il dit que le Sénat n'acceptera jamais. C'est de nous que je parle, nous tous, dans cette pièce. Les Partials sont peut-être la clé du remède contre le RM. Donc, il faut que nous partions d'ici, traversions le détroit, et en capturions un.

Ses amis, pantois, la contemplaient bouche bée. On n'entendait plus que la musique du pauvre Kevin, mort depuis longtemps, en fond sonore. Madison avait les yeux écarquillés ; Isolde et Jayden, eux, gardaient les sourcils froncés – ils devaient la prendre pour une folle ; Xochi tenta de sourire : elle croyait peut-être à une blague.

– Kira... dit lentement Marcus.

– Alors là, oui ! s'exclama Haru. Là, on va s'entendre.

– Tu ne parles pas sérieusement, balbutia Madison.

– Bien sûr que si, elle est sérieuse, enchaîna Haru. C'est parfaitement logique. Les Partials ont créé le virus, ils peuvent donc nous apprendre comment le guérir. Sous la torture, s'il le faut.

– Je n'ai pas dit qu'il fallait leur faire passer un interrogatoire, précisa Kira. Ils sont un million ; nous avons peu de chances de tomber du premier coup sur un expert en virologie. En revanche, nous pourrions en examiner un. Marcus et moi avons tenté d'étudier les processus de l'immunité à partir des données dont nous disposons, mais c'est une impasse. Non que les chercheurs de l'hôpital ne fassent pas leur boulot : au contraire, ils le font justement trop bien depuis plus de dix ans. Ils ont éliminé toutes les autres pistes. Notre meilleur espoir – notre seul espoir, en fait – est d'analyser la physiologie des Partials, et d'y trouver quelque chose d'utilisable sous forme d'injection ou de traitement. Et il nous faut agir vite, avant la naissance de cet enfant.

— Kira... dit à nouveau Marcus, mais Jayden lui coupa la parole.

— C'est une déclaration de guerre.

— Pas si on fait ça en petit comité, plaida Haru avec ardeur. Une invasion à grande échelle serait remarquée, bien sûr, mais une équipe réduite pourrait traverser la frontière, en capturer un et rentrer discrètement. Ils ne s'apercevraient même pas de notre incursion.

— Sauf qu'un des leurs manquerait à l'appel, fit remarquer Xochi.

— Ce ne sont pas des gens, rétorqua sèchement Haru, ce sont des machines. Des machines biologiques, mais des machines quand même. Un individu manquant ne les tracasse pas plus qu'un fusil en moins dans une armurerie ne tracasse les autres fusils. Au pire, un gradé remarque qu'une arme n'est plus là et en fait fabriquer une autre pour la remplacer.

— Ils savent faire ça ? Fabriquer de nouveaux Partials ? s'enquit Isolde.

— Qu'est-ce qu'on en sait ? Nous savons qu'ils ne peuvent pas se reproduire, mais qui nous dit qu'ils n'ont pas découvert et remis en service la chaîne de fabrication chez ParaGen ? Ce que je veux dire, c'est qu'on ne peut pas les considérer comme des humains, puisque eux-mêmes ne se voient pas ainsi. Voler un Partial, ce n'est pas commettre un enlèvement, c'est... s'approprier du matériel.

— Note que ça nous dérange quand même quand la Voix s'approprie notre matériel.

– Non, dit Jayden, le regard fixé au sol. Kira et Haru ont raison. (Il releva la tête.) C'est jouable.

– Oh non, pas toi aussi ! se lamenta sa sœur.

Kira se réjouissait en silence. Elle ne comprenait pas la réticence de Madison, mais cela n'avait aucune importance, du moment que Jayden était convaincu. Elle croisa le regard du jeune homme et hocha la tête, bien décidée à pousser son avantage.

– Des idées ? lui demanda-t-elle.

– Je connais quelques gars, dans les Forces de défense, qui seraient prêts à nous aider. Principalement des éclaireurs : on ne sait même pas vraiment où sont les Partials, et encore moins comment ils sont équipés. Nous devrons donc constituer une petite équipe de reconnaissance qui puisse traverser, repérer un ennemi isolé ou une patrouille, puis accomplir la capture et revenir sur l'île sans se faire remarquer. (Il regarda Madison, puis à nouveau Kira.) Ce n'est pas le plan le plus sûr du monde, mais c'est faisable.

– J'en suis ! déclara Xochi.

– Pas question, et les autres non plus, dit Isolde.

Kira ne releva pas et ne quitta pas Jayden des yeux ; elle avait besoin de lui pour faire fonctionner son plan.

– Connais-tu un point favorable pour traverser le détroit ?

– Il ne faut pas traverser le détroit, pointa Haru. Nous surveillons notre côté comme des aigles, et il y a fort à parier qu'ils font de même du leur. Si nous voulons franchir les lignes, il faut passer par un endroit désert et isolé, dont nous savons qu'il n'est pas surveillé.

Jayden comprit aussitôt.

— Manhattan.

— OK, c'est bon, maintenant je sais que vous êtes tous des dingues, s'exclama Marcus en posant une main sur le bras de Kira. Si personne ne surveille Manhattan, c'est pour une bonne raison : l'endroit est bourré d'explosifs. Les ponts sont piégés, la ville des deux côtés est pleine de mines, et pour ce qu'on en sait, la frontière des Partials, le long de la Harlem River, est piégée de la même manière sur toute sa rive nord. Un faux mouvement, et toute l'île explose.

— Sauf que nous savons où sont placées nos mines, le contra Jayden. Je peux accéder à toutes les anciennes cartes et archives qui indiquent précisément les itinéraires sans danger.

— Parce qu'il y en a ? s'étonna Xochi.

— Ç'aurait été idiot de ne pas en ménager. Ils sont peu nombreux et difficiles à trouver, mais du moment qu'on a les bonnes cartes, on pourra les localiser et passer sans problème.

— Bon, je veux que tout le monde arrête de parler de ça tout de suite ! s'écria soudain Madison, d'une voix forte et sombre que Kira ne lui avait jamais entendue. Personne n'ira à Manhattan, personne ne va traverser un champ de mines, et je vous garantis que personne ne va attaquer ni capturer un Partial. Ce sont des super-soldats. Je vous rappelle qu'ils ont été créés pour gagner la guerre d'Isolation : ils ne vont pas s'écraser devant une simple bande de jeunes. Ce sont des monstres, ils sont incroyablement dangereux, et il n'est pas question que mon mari et mon frère s'approchent d'eux.

– C'est pour toi qu'on fait ça, plaida Haru.

– Mais je ne veux pas, insista la jeune fille. (Kira vit ses yeux s'emplir de larmes et sa main envelopper son petit ventre rond.) Si tu veux protéger mon enfant, fais plutôt en sorte qu'il ait un père.

– Si je reste, lui répondit Haru avec douceur, notre enfant aura un père pendant environ trois jours. Quatre, avec un peu de chance. Kira a raison : si nous n'agissons pas maintenant, la petite mourra, aucun doute là-dessus. Mais si nous y allons, et que nous ramenons un Partial, nous avons une chance de la sauver.

La petite, songea Kira. *Ils en parlent comme s'ils savaient déjà, même s'il est trop tôt pour connaître son sexe. C'est déjà une personne, pour eux. Madison ne voit donc pas que c'est la seule issue ?*

Mais son amie reprit la parole d'une voix étranglée.

– Et si tu meurs, Haru ?

– Alors j'aurai donné ma vie pour celle de mon enfant. Il n'y a pas un père sur cette île qui ne ferait pas de même.

– Tu m'as convaincue, annonça Xochi en croisant les bras. Je marche.

– Pas moi, dit Isolde. Je suis d'accord avec Maddy : c'est dangereux, c'est de la haute trahison, et ça a une chance sur un million de réussir. Le risque n'en vaut pas la peine.

– Bien sûr que si, ça en vaut la peine, rétorqua Kira. Tu peux dire que c'est idiot, tu peux dire que c'est impossible, mais ne dis jamais que ça n'en vaut pas la peine. On sait très bien qu'on n'en reviendra peut-être pas vivants, ou qu'on peut rater, je le reconnais volontiers et je ne l'aurais pas proposé si je n'étais pas prête à l'assumer. Mais Haru a raison : donner la vie de l'un d'entre nous, ou même de nous tous, contre une chance de donner naissance à une nouvelle génération d'êtres humains, c'est plus que valable. Si nous réussissons, si nous utilisons un Partial pour vaincre le RM, ce n'est pas uniquement le bébé de Maddy que nous sauverons, ce sont des milliers de bébés, peut-être des millions – tous les enfants humains qui naîtront jusqu'à la fin des temps. Nous aurons sauvé notre espèce entière.

Isolde ne dit plus rien. Madison pleurait. Elle s'essuya les yeux et regarda Haru d'un air plaintif.

— Mais pourquoi faut-il que ce soit toi ? murmura-t-elle.

— Parce que tant que nous n'aurons pas prouvé que c'était la chose à faire, expliqua-t-il, tout ce projet est clandestin. Moins il y aura de gens au courant, mieux ce sera. Jayden peut nous trouver deux ou trois personnes en soutien, mais l'essentiel de ce qu'il nous faut se trouve ici, dans cette pièce, et c'est notre seule chance d'y arriver.

— Eh bien moi, je vous trouve toujours aussi cinglés, dit Marcus. Avez-vous un plan, au moins ? Il ne suffit pas d'attraper un Partial et d'appuyer sur un bouton « guérison du RM »... À supposer que vous en capturiez un, avez-vous la moindre idée de ce que vous en ferez ?

Kira pivota face à lui, étonnée de l'entendre raisonner contre ce projet.

— Comment ça, « cinglés » ? Je croyais que tu étais d'accord !

– Je n'ai jamais dit ça. Je trouve que c'est dangereux, superflu et idiot...

– Et que fais-tu de tout ce qu'elle vient de dire à propos de l'avenir ? s'emporta Haru. À propos de l'espèce ? Tu te fiches complètement de ça ?

– Bien sûr que non, mais votre solution n'est pas la bonne. C'est très noble à vous de vouloir sacrifier votre vie pour la cause, et je reconnais que l'avenir de l'humanité est une sacrée bonne cause, bien sûr, mais prenez dix secondes pour réfléchir de manière réaliste et vous verrez que ça ne tient pas debout. Il y a onze ans que personne n'a vu un Partial. Vous ne savez même pas où ils sont, ce qu'ils font, comment les trouver, comment en capturer un, ce dont ils sont physiquement capables, ni rien d'autre. Et même si par miracle vous arriviez à en attraper un sans vous faire massacrer, que se passerait-il ? Vous comptez vous pointer en plein East Meadow avec un Partial sous le bras, et vous espérez ne pas vous faire descendre à vue ?

– On prendra un AMN portatif, dit Kira, et un générateur pour le faire marcher. Je pourrai mener tous les tests sur place.

– Non, tu ne pourras pas, pour la bonne raison que tu seras morte. Tu as commencé en étant brutale, eh bien je vais t'en donner, moi, du brutal. Tous ceux qui se lanceront dans cette aventure débile y resteront. Il n'y a pas d'autre issue. Et je ne te permettrai pas de te faire tuer volontairement.

– Et depuis quand est-ce que c'est toi qui décides ?

Soudain, Kira sentait ses joues la brûler, son sang bouillir dans ses veines, ses mains la picoter sous la pression de l'adrénaline et de l'émotion. Pour qui la prenait-il? Un climat de gêne palpable régnait à présent dans la pièce silencieuse : tout le monde l'observait. Kira se leva et s'éloigna. Elle n'osait même pas regarder Marcus, de crainte de lui crier après à nouveau.

— Il nous faudra au moins un mois, sans doute un peu plus, pour tout organiser, reprit calmement Jayden. Haru a accès aux cartes, grâce à ses contacts au ministère du Bâtiment, et je peux aller parler à deux personnes qui nous aideront, j'en suis sûr. On dira qu'on part en mission de récup, avec du personnel sélectionné par moi-même, et personne ne remarquera rien, jusqu'au moment où on constatera que nous ne sommes pas rentrés. À ce moment-là, il sera trop tard pour nous arrêter. Mais nous allons avoir besoin de temps pour mettre en place toute la paperasserie sans éveiller les soupçons.

— Très bien, dit Kira. Il ne faut pas perdre de temps, mais pas se précipiter non plus. Si on le fait, il faut le faire bien.

— Comment vas-tu pouvoir me sélectionner dans ton équipe? demanda Xochi. Je ne suis pas habilitée à partir en mission de récupération.

— Tu ne viens pas, lui répondit Jayden.

— Un peu, que je viens!

— Il faut que tu restes avec Madison, lui expliqua Haru. Chacun fait ce qu'il peut avec ses compétences. Vouloir t'emmener en territoire Partial, c'est chercher les ennuis. Tu serais plus un handicap qu'un atout.

— Je t'en prie, reste avec moi, plaida Madison en tendant une main vers elle, les yeux immenses et mouillés de larmes, visiblement désespérée, suppliante. Je ne supporterais pas de perdre tout le monde en même temps.

– Si Xochi ne sert à rien sur le terrain, avec moi ce sera pire, reconnut Isolde. Mais en restant ici, je peux créer une diversion au Sénat au cas où votre disparition serait remarquée. En revanche, je n'ai aucune prise sur les décisions de l'armée, bien sûr.

– C'est déjà très bien, dit Haru, mais tu devras faire plus que cela. Ton travail est de t'assurer qu'à notre retour, le Sénat écoutera au moins ce que nous aurons à dire.

– Je ne pars pas, déclara Marcus. Et Kira non plus.

Kira fit volte-face, retourna à grands pas vers le canapé et le tira brutalement par le bras.

– Jayden, Haru, commencez les préparatifs. Marcus et moi, on va se parler dehors.

Elle le traîna dans tout le couloir jusqu'à la porte d'entrée, qu'elle ouvrit d'un geste brusque. Elle le poussa sur les marches, le suivit et se planta fermement devant lui. Ses yeux étaient brûlants de larmes.

– Qu'est-ce que tu fabriques, là ?

– Je te sauve la vie.

– C'est ma vie, je suis capable de la sauver moi-même.

– Alors fais-le. Tu crois vraiment que tu peux survivre à une expédition là-bas ? Tu tiens tellement à abandonner tout ça ?

– Tout quoi ? Tu parles de nous, là ? C'est de ça qu'il s'agit ? Il faudrait que je regarde tranquillement le monde sombrer parce que sinon, on risque d'être séparés ? Je ne t'appartiens pas, Marcus...

— Je ne dis pas que tu m'appartiens, évidemment que non. Simplement, je ne comprends pas que tu sois prête à tout sacrifier pour rien.

— Pour rien ? Mais parce que c'est la seule solution, Marcus ! Ça ne compte pas, pour toi ? Tu ne vois donc pas ce qui se passe ? On est en train de se détruire nous-mêmes. Si je pars demain, je risque d'y passer, oui, mais si je reste, nous périrons tous, inévitablement, et l'espèce humaine aussi. Je refuse de vivre avec ça.

— Je t'aime, Kira.

— Moi aussi je t'aime, mais...

— Mais rien. Tu n'es pas obligée de sauver le monde. Tu es un médecin – pas encore un vrai médecin, une interne. Tu as un don pour la science, et tu peux te rendre tellement plus utile à l'hôpital... là où il n'y a pas de danger. Laisse-les partir s'il le faut, mais toi, reste. (Sa voix chancela un peu.) Reste avec moi.

Kira ferma les yeux, paupières serrées. Comment lui faire comprendre ?!

— Rester avec toi, et puis quoi, Marcus ? (Elle rouvrit les yeux pour les plonger au fond des siens.) Tu veux te marier ? Fonder une famille ? On ne pourra pas le faire tant que le RM sévira. Qu'ils abaissent ou non l'âge de la grossesse, je passerai le reste de ma vie enceinte. La plupart des femmes tiennent une moyenne d'une grossesse par an, et tous leurs enfants meurent. C'est ça que tu veux, vraiment ? Qu'on se marie, qu'on fasse des gosses, et que dans vingt ans on soit les heureux parents de vingt bébés morts ? Il n'y a pas assez de place dans mon cœur pour ça. Pas assez de force.

— Alors on partira, dit Marcus. On rejoindra une ferme, ou un village de pêcheurs, ou on ralliera la

Voix, tout ce que tu voudras… tout ce qui peut te rendre heureuse.

– La Voix et la Défense vont mettre l'île en pièces si on ne trouve pas un traitement, Marcus, et on ne sera en sécurité nulle part.

Elle scrutait ses traits comme pour y trouver un moyen de le comprendre.

– Tu crois honnêtement que je pourrais être heureuse dans un petit bled je ne sais où, à me foutre de tout pendant que le monde entier se meurt ? (Sa voix se brisa.) Tu ne me connais donc pas un peu ?

– On ne guérira jamais le RM, Kira, répondit Marcus d'une voix faible et peinée, après quoi il inspira profondément et serra la mâchoire. Tu es une idéaliste, tu résous des énigmes, tu regardes un problème insoluble et tout ce que tu vois, toi, c'est ce qui n'a pas encore été fait – les idées folles, absurdes, que personne n'a jamais essayées justement parce qu'elles sont folles et absurdes. Il faut voir la vérité en face : on a tout essayé, on a cherché partout, on a tenté toutes les solutions raisonnables, et le RM n'a toujours pas de remède parce qu'il est incurable. Mourir de l'autre côté du fleuve n'y changera rien.

Kira secoua la tête, cherchant ses mots. Comment pouvait-il dire une chose pareille ? Comment pouvait-il même oser avoir de telles pensées ?

– Tu ne… (Elle se tut, vaincue par les larmes, puis se ressaisit.) Comment peux-tu vivre comme ça ?

– C'est la seule manière de vivre qu'il nous reste, Kira.

– Mais comment peux-tu vivre sans avenir ?

Il déglutit.

— En vivant dans le présent. Le monde est déjà fini, Kira. Peut-être qu'un jour un bébé survivra, peut-être pas. Ça ne fera aucune différence. Tout ce qu'il nous reste, c'est toi et moi, alors profitons-en au maximum. Restons ensemble, comme on a toujours prévu de le faire, et oublions toute cette mort, toute cette peur, tout le reste, pour vivre, simplement. Tu veux partir de l'île ? Très bien, allons-nous-en… allons quelque part où personne ne nous trouvera, loin du Sénat, de la Voix, des Partials et de tout le reste. Mais faisons-le ensemble.

Kira sanglotait, à présent.

— Est-ce que tu m'aimes vraiment ?

— Tu sais bien que je t'aime.

Elle renifla, s'essuya les joues et le regarda bien en face.

— Alors accorde-moi ça, rien que ça. Ne nous arrête pas. (Il voulut protester, mais elle l'en empêcha.) Je ne peux pas vivre dans le monde dont tu parles. Je commence demain, et si je meurs, je mourrai, mais au moins je serai morte en faisant quelque chose. Et si tu m'aimes, tu ne diras à personne ce que nous faisons, où nous allons, ni comment nous arrêter. Promets-le-moi.

Marcus garda le silence, et Kira lui agrippa farouchement les bras.

— Je t'en prie, Marcus, promets.

C'est d'une voix lente et morne qu'il lui répondit.

— C'est promis.

Puis il recula pour se dégager de son étreinte.

— Au revoir, Kira.

DEUXIÈME PARTIE

Trois mois plus tard

Chapitre 13

Le chariot sortit de la ville à midi deux, chargé d'un petit groupe en tenue de combat. Jayden avait dégoté un vieux rapport de reconnaissance auquel personne n'avait jamais donné suite, concernant un lycée de la côte sud. Les établissements scolaires disposant généralement d'une infirmerie bien fournie, il n'avait eu aucun mal à réquisitionner Kira pour une mission de récupération là-bas ; et, ce lycée-là étant assez ancien, réclamer la présence de Haru avait été facile aussi. Officiellement, Haru devait évaluer la stabilité de l'édifice, et Kira chercher des médicaments. Rien ne sortait de l'ordinaire, et les supérieurs de Jayden avaient tamponné l'ordre de mission sans sourciller. Les gardes postés à la sortie de la ville ne les avaient même pas arrêtés : ils leur avaient fait signe de passer en voyant leurs uniformes.

La troupe atteignait à présent les étendues sauvages. La phase 1 était accomplie.

Kira et Marcus s'étaient de nouveau disputés la veille au soir : le garçon avait tenté, une dernière fois, de la dissuader. Cela la rendait folle qu'il soit si obtus, qu'il refuse à ce point de la comprendre. À présent, assise dans le chariot militaire, elle fulminait encore. Pour tenter de se changer les idées, elle observa leur petite équipe.

La conductrice était la même que lors de la mission à Asharoken, une fille menue nommée Yoon-Ji Bak. À côté d'elle se tenait Gabriel Vasicek, un colosse, couvert de blessures de guerre et équipé d'un minigun, une mitrailleuse automatique qui, comme son nom ne l'indique pas, était un énorme monstre métallique doté d'au moins huit canons. En le voyant brandir cet engin, personne ne se serait risqué à lui chercher des noises. À l'arrière, Kira était entourée de Jayden, de Haru, et de deux soldats que Jayden leur avait présentés sous les noms de Nick et Steve – mais que Kira, incapable de se rappeler lequel était qui, avait aussitôt surnommés dans sa tête « Maigrichon » et « Grognon ». Tous regardaient défiler les maisons vides sans dire un mot.

Jayden déploya une carte de l'île.

– On continue vers le sud sur la route de Meadowbrook, jusqu'à la voie rapide Sunrise, qu'on prend en direction de l'ouest. De là, on rejoindra la côte sud par la route de Long Beach. D'ailleurs, on passera à quelques rues du lycée qu'on est censés visiter : comme ça, si quelqu'un nous voit, il rapportera que nous sommes allés exactement à l'endroit prévu.

Kira désigna sur la carte la côte sud de l'île, très découpée, véritable dédale de petites baies, d'îlots et de bras de mer.

– Selon ton itinéraire, il va falloir passer sur un pont. Tu es sûr qu'il est toujours debout ?

– Tu penses aux ponts en bois, expliqua Haru. Ceux que nous emprunterons sont en acier : même sans entretien, ils tiendront encore longtemps.

– Mais pourquoi aller si loin au sud ? demanda-t-elle. Si on nous voit près du lycée, tant mieux, on aura un témoin, mais est-ce vraiment une raison suffisante pour rallonger notre voyage d'une journée, voire plus ?

– De toute manière, il faut passer par le sud, pour deux raisons, expliqua Jayden en tapotant la moitié ouest de la carte. D'abord, l'aéroport, ce gros bloc marqué « JFK ». C'est un endroit vaste, solide et dont l'armée ne se sert pas : autant dire que c'est la capitale de la Voix du peuple. Tous ceux qui refusent de se plier à la loi se retrouvent là-bas, tôt ou tard.

– Tous, sauf nous ! précisa Kira.

Jayden eut un petit sourire.

– En outre, l'aéroport est situé pile entre East Meadow et la base militaire du Queens, qui est notre autre gros obstacle. Si nous passons trop au nord, nous nous heurterons aux Forces de défense, ce qui est évidemment inenvisageable ; en passant au milieu, nous risquons de tomber sur des troupes de rebelles cantonnées à l'aéroport. Mais faisant un grand crochet par le sud, nous évitons les deux. Nous passerons quand même à proximité de JFK, mais, d'après nos éclaireurs, la Voix ne patrouille pas jusqu'à cette route-là. (D'un signe, il demanda confirmation à Maigrichon et Grognon ; l'un hocha une fois la tête, l'autre ne bougea pas du tout.) Sur la côte, il y a moins de butin à amasser, moins de gens à piller, ça ne les intéresse pas, donc ils devraient nous laisser tranquilles. Et de là, c'est tout droit jusqu'à Brooklyn. (Il tapota encore une fois la carte, puis déplaça son doigt plus loin vers le sud-ouest, jusqu'à une grande île nommée Staten Island.) À notre connaissance, cette zone-là est déserte, et en plus les Forces de défense ont fait sauter le pont, si bien qu'elle est hors de portée ; au sud de notre position, c'est évidemment l'océan et rien d'autre. Résultat : quatre-vingt-dix-neuf pour cent des forces militaires sont concentrées là-haut, dans le Queens. C'est là que notre territoire et celui des Partials sont le plus proches. Bref, l'itinéraire que nous avons prévu passe le plus loin possible au sud, pour contourner tout ce que nous voulons éviter.

Kira hocha la tête : elle commençait à saisir.

– Donc, on suit la côte sud en espérant que tous ces ponts tiennent encore debout, et ensuite on remonte derrière les bases de la Défense en traversant... (Elle scruta la carte.)... Brooklyn.

– Exact, dit Haru. Une fois là-bas, il n'y a plus qu'à traverser le pont de Brooklyn pour se retrouver à Manhattan.

Kira, perplexe, observa la carte d'encore plus près.

– Si ce passage est si peu défendu, comment se fait-il que les Partials ne l'empruntent pas pour venir nous massacrer ? À cause des mines dont vous parliez, c'est ça ?

– Oui, les nôtres ont tapissé la zone de tous les explosifs qu'ils ont pu trouver, confirma Jayden. Il y a des postes de garde et des tours de guet partout, et la ville et les ponts sont piégés et minés. Nous pouvons éviter ces pièges parce que nous savons où ils se trouvent, mais une armée de Partials en marche ne pourrait que sauter avant de se faire achever par nos tireurs, le temps que nos troupes arrivent en renfort.

– Mais les Partials n'ont-ils pas établi le même type de défense dans... comment ça s'appelle, déjà... le Bronx?

– Possible, si c'est là qu'ils sont, mais franchement, je ne suis même pas sûr qu'ils s'en soucient. N'oublie pas que pour eux, nous sommes des moustiques : quelques milliers d'humains contre au moins un million de Partials. Ils n'ont probablement pas édifié les mêmes fortifications que nous, parce qu'ils ne nous croient pas assez bêtes pour attaquer.

Kira eut un petit rire amer.

– Je ne sais pas si « on est plus bêtes qu'ils ne le pensent » est vraiment une super-stratégie.

– Fais-nous confiance, trancha Jayden. On sait ce qu'on fait. Nous pouvons éviter nos propres mines – Nick et Steve en ont eux-mêmes posé près de la moitié –, et nous trouverons les leurs avant qu'ils nous aient repérés. Ça va marcher.

Kira observa de nouveau Maigrichon et Grognon. L'un d'eux hocha la tête, le même que tout à l'heure. Son camarade, une fois de plus, garda le silence. Kira chassa ses cheveux de son visage.

– On leur fait confiance, à tous ceux-là? Nick, Steve, Gabe, Yoon?

– C'est Haru qui les a choisis, dit Jayden. S'il se fie à eux, je n'ai pas de raison de douter. Ils savent ce que nous faisons et pourquoi, et ils trouvent comme nous que le jeu en vaut la chandelle. Je leur ai fait passer un entretien avant de partir; ils ne se retourneront pas contre nous et ne nous dénonceront pas, si c'était ta question.

— Simple curiosité. (Elle se tourna vers Maigrichon.) Qu'est-ce que tu en dis, toi ? Pourquoi es-tu là ?

— Je veux me faire un Partial.

— Génial, soupira Kira. Très noble, comme aspiration. Et toi ? demanda-t-elle à l'autre.

Grognon ricana, les yeux cachés derrière ses lunettes noires.

— Moi, je veux sauver les petits bébés.

— Formidable. On y croit à mort. (Kira lança à Jayden un regard consterné.) Non non, vraiment, c'est parfait.

— Encore dix-sept bornes jusqu'à Long Beach, reprit Haru, après quoi il va falloir pousser le plus loin possible vers l'ouest avant la nuit. Si vous voulez faire un petit somme, c'est le moment. Vasicek, tu surveilles l'avant ?

— Affirmatif.

— Je prends un tour de garde à l'arrière. Les autres, profitez-en pour vous reposer : la semaine va être longue.

Ils avaient atteint le court pont qui reliait la côte sud de Long Island à la petite île de Long Beach.

— C'est un pont double, constata Yoon en regardant dans ses jumelles. Acier et béton, les deux chaussées semblent en assez bon état. Mieux que ça, même, elles sont quasiment dégagées : il y a des débris sur les côtés, mais rien au milieu. (Elle baissa ses jumelles.) Ce pont est utilisé, et régulièrement.

Kira scruta l'espace devant elle.

— La Voix?

— Sans doute plutôt une communauté de pêcheurs, tout simplement, dit Jayden. Une poignée de groupes familiaux qui empruntent le pont pour aller vendre leur poisson à East Meadow. Il y en a partout, dans le coin. Enfin, ça ne veut pas dire qu'ils ne jouent pas un peu les bandits à l'occasion.

— Nous allons leur en faire passer l'envie, dit Haru. Vasicek!

Le géant remua et s'éveilla : en quelques secondes, ses ronflements de tonnerre cessèrent et il fut parfaitement alerte.

— Oui?

— Viens ici avec le minigun; et sois menaçant!

Gabe s'empara de son arme et passa lourdement à l'avant du chariot, qui était dangereusement secoué à chacun de ses mouvements.

— Pourquoi appelle-t-on ça un minigun? s'étonna Kira. Ce truc est plus gros que moi... C'est ironique? Comme quand on appelle un gros costaud « Minus », c'est ça?

— C'est le même type d'arme que celles qu'on utilise dans les chars, expliqua Haru, mais en format réduit pour l'infanterie. Quand quelque chose a un nom qui commence par « mini », il faut imaginer la taille du modèle d'origine.

— Ah, je vois, alors tu es un char d'assaut sur pattes, lui dit Kira pendant qu'il s'installait à côté de Yoon. Rappelle-moi de ne jamais t'appeler « Minus ».

— En avant! lança Haru.

Yoon fouetta les chevaux, et le chariot se mit en route. Kira continua d'observer le pont dont ils s'approchaient, tout en surveillant du coin de l'œil les autres bâtiments qu'ils longeaient. La rue, large, passait entre des parkings et des boutiques dévalisées. Aux croisements, on voyait des herbes et des arbres pousser dans les angles. Lorsqu'ils franchirent le dernier carrefour, Kira tourna brusquement la tête pour observer la rue adjacente : elle s'attendait à tout instant à tomber dans une embuscade, mais ne vit que des vitrines saccagées et des voitures rouillées.

Le chariot continuait de brinquebaler, et les sabots des chevaux claquaient sur la chaussée défoncée. Ils atteignirent enfin l'entrée du pont et Kira découvrit l'étroit bras de mer qui s'étirait des deux côtés, après quoi ils se retrouvèrent à découvert : des centaines de mètres à parcourir sans un arbre ni un immeuble pour les protéger. Kira ne s'était jamais sentie si vulnérable. Elle avait grandi au centre de son île, entourée de… de toutes sortes de choses. De tout ce que l'ancien monde avait construit, entretenu, puis laissé à l'abandon. Ces lieux regorgeaient de dangers, mais des dangers qu'elle avait appris à connaître : trous où pouvaient se cacher bandits ou animaux, murs susceptibles de vous tomber dessus si on n'y prenait pas garde, barres métalliques, éclats de verre, et cent autres menaces. Elle en avait l'habitude. Alors que là, loin de tout, sans rien où se cacher ni s'abriter, ni même sur quoi s'appuyer un instant, elle avait la sensation que le monde entier était vide et désolé.

Après le pont, ils continuèrent tout droit, traversant la petite île de Long Beach dans sa largeur. De l'autre côté, cette sensation de solitude empira, à supposer que ce soit possible. Des vagues grises se brisaient sur la plage, coiffées d'écume blanche et fouettées par un vent salin. Si la côte nord faisait face à la terre ferme, du côté sud, en revanche, l'océan s'étendait à perte de vue, plat et monotone. Kira avait souvent rêvé du monde qui existait au-delà de Long Island, rêvé de ses ruines et de ses mystères, de danger et d'isolement. Mais d'ici, elle ne voyait qu'un grand vide gris : une digue écroulée, une plage déserte, et des vagues ternes qui l'engloutissaient peu à peu. Elle remarqua un chien mort, à demi enfoui dans le sable, couvert de sang séché et moucheté de blanc : des asticots. Elle se retourna vers la route pour empêcher son regard d'errer trop loin.

S'il y avait des habitants sur Long Beach, ils étaient discrets. Le chariot poursuivit sa route sans incident jusqu'à un autre pont, à l'extrémité occidentale de l'île. Ils l'empruntèrent pour regagner une longue péninsule qui fermait une vaste baie marécageuse, sur la côte sud de Long Island. Ils abordèrent alors une ville déserte, toujours en direction de l'ouest. Là, la côte était plus proche de la route que ne semblait l'indiquer la carte, ce qui aggrava le malaise de Kira sans qu'elle puisse s'expliquer pourquoi. Tous les soldats étaient désormais bien éveillés et vigilants dans le crépuscule, et Jayden s'adressa à la jeune fille en chuchotant.

– C'est maintenant que nous passons le plus près de l'aéroport : la route que tu vois là-bas y mène tout droit, ce n'est qu'à quatre ou cinq kilomètres d'ici, de l'autre côté de la baie.

– Tu crois qu'on va rencontrer des bandits ?

– Tu as ton fusil ?

Kira opina de la tête, ramassa l'arme et vérifia la chambre. Puis elle inspira profondément pour tâcher de calmer ses nerfs.

– Armé, verrouillé.

– Alors tu es parée, quoi qu'il arrive.

Elle déglutit, la gorge serrée, et pointa son arme vers l'extérieur du chariot, en la tenant comme on le lui avait appris à l'école : la main gauche soutenant le canon, la droite sur la crosse, l'index proche de la détente mais pas posé dessus. Elle releva le cran de sûreté avec son pouce, sans quitter des yeux les bâtiments qui défilaient lentement : de belles villas entourées de jardins ombragés par de grands arbres, qui avaient dû valoir des millions avant le Ravage. À présent, leurs portes étaient cassées, leurs fenêtres brisées, les pelouses étaient en friche et des carcasses de voitures reposaient dans les allées tels de gros insectes desséchés. Ils passèrent devant un rideau d'arbres qui dissimulait une rangée de hauts immeubles : une ancienne station balnéaire, sans doute à moitié inondée aujourd'hui. Kira perçut un miroitement à l'une des fenêtres : simple reflet sur un bris de verre, ou signal adressé à un inconnu tapi dans la ville ?

Les arbres furent bientôt remplacés par d'autres bâtiments – le cœur de la ville –, et Kira commença à distinguer des signes de vie actuelle : graffitis, bâches tendues sur des toitures enfoncées, planches clouées sur des fenêtres. La façade d'une ancienne banque était renforcée par de la tôle ondulée, et les voitures d'un parking avaient été regroupées pour former une barricade. Kira n'aurait su dire si c'était un travail récent et s'il y avait du monde là-dedans. Rien ne bougeait, personne ne parlait.

Deux pâtés de maisons plus loin, un fort claquement résonna soudain et Kira sursauta, effrayée, les doigts crispés sur son arme.

– C'était un coup de feu ?

– On dirait que quelque chose est tombé, dit Jayden qui scrutait chaque recoin et chaque ombre. Une planche de contreplaqué, peut-être... je ne sais pas.

– Donc, nous ne sommes pas seuls ?

– Oh, non, certainement pas.

Kira observait attentivement les fenêtres le long de la route : anciennes demeures, petits immeubles, restaurants, échoppes de glaciers, tous vidés, éventrés, marqués par le temps, les éléments et la violence humaine. Yoon chuchotait des paroles douces aux chevaux afin qu'ils restent calmes. Gabe, à demi dressé sur son siège pour avoir un meilleur appui, tenait son minigun comme un talisman. Maigrichon et Grognon, accroupis dans le chariot, tenaient en joue des cibles que Kira n'aurait jamais remarquées : une benne à ordures dans une ruelle, un panneau publicitaire, une camionnette de livraison accidentée, couchée sur le flanc.

Soudain, des pas résonnèrent dans la rue, et Kira sentit sa poitrine se serrer. Elle n'aurait su dire si ces pas couraient vers eux ou au contraire s'éloignaient. Elle eut beau regarder, elle ne vit rien.

– Ça pourrait être des rebelles préparant une embuscade, dit Jayden. Ou aussi bien, des pêcheurs qui nous prennent pour des rebelles.

— On est en uniforme, rétorqua Haru. Ils devraient savoir qu'on n'est pas dangereux.

Kira serra plus fort son fusil.

— Ça fait aussi de nous une cible pour la Voix.

Percevant du coin de l'œil un mouvement rapide à une fenêtre, elle fit volte-face, alignant son canon sur l'ennemi, prête à tirer le premier coup.

C'était un enfant, âgé d'environ quatorze ans. Aussi jeune que Saladin. Son visage était crasseux, sa chemise déchirée et trop grande. Kira étouffa une exclamation, le souffle court, le doigt sur la détente. Elle baissa son arme.

— Que personne ne tire.

Jayden, lui aussi, observait le gamin qui, depuis la fenêtre, les regardait sans manifester la moindre émotion. Le chariot passa son chemin et, bientôt, l'enfant ne fut plus visible. Kira s'effondra contre la paroi du chariot, lâcha son fusil et se couvrit le visage de ses mains.

Ils avançaient toujours.

Cette péninsule était longue, bien plus longue que Long Beach. Le soleil se couchait et les bâtiments projetaient leurs ombres sur la route. Les magasins cédèrent la place à des maisons, les maisons à des immeubles, et les immeubles à des sous-bois envahis de kudzu. Kira commençait à se dire qu'il faisait trop sombre pour continuer lorsque, justement, Jayden fit arrêter le chariot et indiqua aux autres une capitainerie délabrée. Maigrichon et Grognon sautèrent à terre et disparurent quasi instantanément, se fondant dans les ombres. Kira attendit, tendue, tellement nerveuse qu'elle reprit son fusil. Elle voulut parler, mais Jayden la fit taire d'un geste. Les minutes s'écoulèrent comme des heures, jusqu'au moment où une petite lumière apparut à la fenêtre de la capitainerie. Jayden siffla discrètement, et Yoon agita les rênes pour faire avancer les chevaux jusqu'au bâtiment. L'ancienne façade avait dû être entièrement vitrée, car l'endroit servait apparemment de hall d'exposition pour des bateaux de pêche, et l'ouverture était assez large pour que le chariot entier puisse entrer et se mettre à l'abri. Jayden descendit d'un bond ; Gabe l'imita et atterrit lourdement au sol, les yeux rivés sur la route derrière eux.

– Une porte au fond, annonça Maigrichon, et deux fenêtres trop grandes pour être barricadées.

– Allons-y, dit Jayden.

Ils disparurent dans les profondeurs du bâtiment. Haru, de son côté, commença à détacher leur équipement du chariot, et Kira se hâta d'aller l'aider. Il y avait des couvertures et de la nourriture, des stocks de munitions, et même des explosifs. Ce qu'elle ignorait jusque-là. Ils tendirent les divers paquets à Yoon et à Grognon, après quoi tous joignirent leurs forces pour porter l'ensemble dans une pièce reculée à l'intérieur, qui n'avait qu'une entrée. Il ne restait plus que l'analyseur médical, un appareil portatif équipé de son propre générateur, conçu à l'origine pour le travail de terrain dans les pays en voie de développement. Kira n'avait aucun souvenir de l'ancien monde, de l'ancien temps, celui de son enfance, l'époque où la vaste friche dans laquelle elle vivait à présent était encore un « pays développé ». Elle eut une pensée pour les asticots sur le chien, qui grouillaient et dévoraient aveuglément.

Ils pansèrent les chevaux, organisèrent les tours de garde et s'installèrent pour la nuit. Kira s'emmitoufla dans sa couverture. Elle n'avait pas froid mais, bizarrement, se sentait pourtant gelée : elle claquait des dents dans le noir. On entendit dans l'air une voix douce qui chantonnait : c'était Gabe, montant la garde. D'une voix grave et étonnamment tendre par rapport à sa carrure, il chantait une vieille mélodie que Kira avait déjà entendue dans la bouche d'un de ses professeurs, à l'école : une histoire d'amour perdu et de souvenirs enfuis. Cela lui rappela Marcus et la dernière chose qu'ils s'étaient dite. Elle l'aimait, du moins elle le croyait, ou du moins elle l'avait cru. Et pourtant, chaque fois qu'il lui parlait de rester ensemble, elle ne le supportait pas.

Pourquoi est-ce que je n'arrive pas à lui parler ? Lui parler de ce qui compte vraiment ? Et comment ne voit-il pas que renoncer en attendant la fin ne suffit pas ? Comment peut-on même penser ainsi ?

Elle remonta sa couverture sur sa tête et écouta la mélopée mélancolique de Gabe. Lorsqu'elle s'endormit, elle rêva de mort – pas seulement sa mort et celle de son espèce, mais celle de tous les organismes vivants qu'elle avait jamais connus. La Terre était plate, vaste, brune : un champ de terre aussi nu que la Lune, avec une route unique qui se déroulait à l'infini. Les bâtiments tombaient en dernier, distants et solennels, pierres tombales d'un univers entier. Puis ils disparurent, et il ne resta plus rien que le néant.

Chapitre 14

Jayden la réveilla à l'aube le lendemain matin, et tous deux secouèrent les autres avant de reprendre la route dans un fin brouillard gris. Cette fois, c'était Haru qui conduisait les chevaux, agitant doucement les rênes et claquant de la langue pour les stimuler. Yoon, assise à l'arrière avec Kira, décrivait des cercles avec ses épaules pour détendre ses muscles ankylosés. Dans la lumière du petit matin, ils distinguaient vaguement l'aéroport au-delà de la zone marécageuse qui s'étendait à leur droite. Une brume s'en élevait en volutes paresseuses.

Ils parcoururent encore quelques kilomètres avant d'atteindre le pont suivant, le plus long à ce jour, qui enjambait l'embouchure de la baie pour relier la péninsule au corps principal de l'île. Ils le virent longtemps avant d'y être, et Kira pria de toutes ses forces pour qu'il soit intact. S'ils ne pouvaient pas traverser à cet endroit, ils auraient perdu des journées entières de voyage.

Les recherchait-on déjà ? Leur mission de récupération étant censée durer deux jours, leur absence n'était en principe pas encore suspecte... sauf si

Marcus avait révélé à quelqu'un leur véritable destination. Elle voulait lui faire confiance, elle ne voyait pas une seule raison de ne pas le faire… sauf qu'il avait refusé de l'aider. Refusé de venir avec elle. Elle avait besoin de sa présence plus que du fusil qu'elle avait dans les mains, et pourtant…

Ils s'arrêtèrent à proximité d'un énorme parking, si vaste qu'il couvrait toute la largeur de la péninsule. L'entrée du pont était barrée : avançant prudemment, ils découvrirent une barricade de fortune, faite de vieilles voitures abandonnées depuis longtemps. Maigrichon et Grognon montèrent la garde pendant que les autres soulevaient, tiraient, poussaient les carcasses et attelaient les chevaux pour dégager un passage. Kira se força à se tenir debout bien droite dans le chariot pour traverser le pont : elle était l'objet le plus haut sur des centaines de mètres à la ronde. C'était terrifiant. C'était pour cela qu'elle le faisait.

De l'autre côté, le terrain était plus dégagé que sur la péninsule : au lieu de bâtiments abandonnés, on ne voyait que des champs et des arbres, et Kira respirait mieux à présent que l'aéroport était loin derrière eux. Mais cette impression de grands espaces disparut au bout de quelques kilomètres : bientôt, ils replongèrent dans un environnement urbain, suivant une large avenue bordée de centres commerciaux et de petits immeubles de bois et de brique serrés les uns contre les autres. La plupart s'effondraient sur eux-mêmes, comme dévorés par les lianes d'une jungle affamée.

À un carrefour, ils trouvèrent un tas de voitures noircies, carbonisées par un incendie ancien – un carambolage, peut-être, ou le point de ralliement d'une émeute oubliée depuis des années. Cette ville-ci était plus vaste qu'East Meadow, plus dense et plus peuplée que tout autre endroit visité par Kira lors de ses missions et autres excursions. La partie de l'île située à l'est d'East Meadow avait enduré le fléau du RM avec dignité : les familles s'y étaient rassemblées pour s'éteindre calmement dans leurs maisons. Dans les faubourgs de New York, au contraire, les gens avaient résisté violemment, jusqu'à s'en prendre les uns aux autres lorsqu'ils n'avaient plus eu d'autre ennemi à combattre, et la ville en avait gardé des stigmates. Désormais, elle était vide.

Kira avait grandi au pied de l'hôpital Nassau, l'édifice le plus haut d'East Meadow et, avait-elle toujours supposé sans y réfléchir, le plus haut du monde. L'horizon de Manhattan qui commençait à se découper au loin détruisit cette illusion presque aussitôt qu'ils furent entrés dans Brooklyn. La route, qui pointait vers le nord-ouest, était pratiquement rectiligne d'un bout à l'autre, mais Jayden déplia une nouvelle carte et fit naviguer Haru par les petites rues, tantôt rejoignant les grands axes, tantôt faisant de larges détours. Quelques kilomètres plus loin, ils firent halte aux abords d'un cimetière abandonné et laissèrent les chevaux s'abreuver à un étang. Pendant que les bêtes se désaltéraient, Yoon et Grognon emballèrent leurs sabots dans des épaisseurs de vieux tee-shirts afin d'assourdir leur pas. Sous les yeux de Kira, une famille d'antilopes s'aventura hors des bois. Avec leur pelage joliment rayé et leurs cornes délicatement spiralées, elles broutèrent quelques pousses vertes entre les pierres tombales, puis soudain bondirent, dans un ensemble parfait, prenant la fuite à une vitesse folle. Une tache floue, d'un noir profond, les poursuivit.

— Une panthère, dit Yoon.

Kira agrippa son fusil.

— C'est bon à savoir.

— En principe, les panthères sont des prédateurs nocturnes. Ça ne me rassure pas d'en voir une en plein jour.

Ils remontèrent dans le chariot et poursuivirent leur chemin, suivant scrupuleusement l'itinéraire complexe indiqué à la main sur la carte de Jayden. À l'approche de Manhattan, les édifices étaient de plus en plus énormes. En fin de matinée, ils s'arrêtèrent dans l'ombre d'un immeuble de trente étages et attendirent pendant presque une heure, tandis que Jayden guettait prudemment derrière un angle du bâtiment. Maigrichon se glissa dans l'immeuble situé à côté d'eux, et Grognon disparut derrière une rangée de voitures. Kira se pencha vers Haru.

— Qu'est-ce qui se passe ?

— Il y a une tour de guet au bout de cette rue, lui expliqua-t-il à voix basse. Deux hommes et une radio, qui guettent le moindre mouvement de Partials de l'autre côté des lignes. Comme il n'y a pas moyen de la contourner, on attend.

— On attend quoi ?

— Ils finiront bien par avoir une envie pressante.

— Tu plaisantes ? (Kira, elle aussi, coula un regard prudent derrière le coin du bâtiment.) Je ne vois rien.

— Justement, fit Haru en la tirant en arrière. Nous, on sait où regarder, ce qui donne à Jayden un avantage sur eux. Dès que le guetteur bouge, on bouge.

— Et on est repérés par son partenaire, conclut Kira. Si c'était aussi facile que tu le dis, n'importe qui pourrait traverser.

— Non, intervint Jayden, qui, couché derrière une voiture, regardait dans des jumelles montées sur un trépied. Ça a l'air facile parce que c'est nous ! On est trop forts, c'est tout.

— Même les guetteurs les plus zélés finissent par se relâcher quand ça fait dix ans qu'ils ne voient rien, ajouta Haru. Il y a toutes les chances pour que le partenaire ait pris la garde de nuit et qu'il dorme en ce moment. Sois patiente, mais tiens-toi prête à foncer aussitôt qu'on donnera le signal.

Kira s'assit sur le trottoir et admira les hautes tours qui l'entouraient. De temps à autre, un chat errant filait parmi les ruines, ou l'observait depuis un appui de fenêtre. Les minutes s'étiraient comme des heures et, au fond de ce canyon d'acier et de béton, Kira perdit la notion du temps. Pour s'occuper, elle se mit à jeter des petits cailloux en visant la fenêtre béante d'une voiture garée contre le trottoir d'en face ; mais Gabe l'arrêta de sa grosse patte.

— Je sais que les guetteurs ne nous voient pas, et qu'ils ne nous entendent sans doute pas non plus, mais c'est plus prudent de s'abstenir.

— Ah oui, pardon, bien sûr, répondit Kira, confuse.

Elle aperçut un mouvement furtif au bout de la rue : c'était Grognon, qui leur faisait signe derrière un mur effondré.

— Comment est-il arrivé là-bas, lui ?

Jayden leva une main.

— Tenez-vous prêts.

Yoon reprit les rênes et Kira sauta sur ses pieds, le cœur battant, la gorge serrée. Jayden s'immobilisa, la main toujours en l'air, puis baissa soudain le bras.

— Go !

Yoon excita les chevaux, qui bondirent en avant. Le bruit de leurs sabots était assourdi par les chiffons sur l'asphalte. Kira suivit en trottinant avec les autres ; elle chercha des yeux la tour de guet, mais ne vit encore que des immeubles vides.

Arrivés au bout de la rue, ils poussèrent le chariot derrière un autre mur bas, après quoi Jayden sortit prudemment de leur cachette, accroupi, pour observer quelque chose à la jumelle. Au même moment, Grognon surgit sans bruit de l'ombre.

— Comment es-tu arrivé ici ? lui demanda Kira.

L'éclaireur haussa les épaules sans rien dire et grimpa dans le chariot.

— Il n'est pas encore de retour, chuchota Jayden, le regard tendu vers le point qu'il surveillait. Et je n'entends aucune communication radio. Je ne pense pas qu'on ait été repérés.

Il revint se mettre à l'abri du mur, le dos courbé, puis se redressa.

— Allons-y.

Maigrichon les rejoignit quelques pâtés de maisons plus loin : lui aussi surgit de nulle part et monta dans le chariot.

— Il ne nous a pas vus, dit-il simplement.

Jayden hocha la tête.

— Parfait.

Ils continuèrent ainsi à slalomer entre les immeubles, choisissant les voies étroites et se référant à la carte pour éviter les guetteurs des Forces de défense. Un peu plus tard, ils s'arrêtèrent devant un vaste édifice en pierre de taille - un tribunal, apparemment - et Yoon entreprit de dételer les chevaux.

— Ça ne se voit pas d'ici, expliqua Jayden, mais nous ne sommes qu'à quelques rues de l'East River, le fleuve qui nous sépare de Manhattan. Il y a deux ponts parallèles, proches l'un de l'autre, et un seul poste de guet pour surveiller les deux. Nous devrions pouvoir traverser sans être vus, mais il va falloir laisser le chariot et les chevaux ici.

Kira contempla le parc arboré qui s'étendait de l'autre côté de la rue et l'imagina plein de panthères tapies dans les fourrés.

— Yoon reste avec eux ?

Jayden secoua négativement la tête.

— Je préfère avoir une tireuse de plus à Manhattan, quitte à devoir rentrer à pied. (Il désigna ensuite les marches qui montaient vers le tribunal.) On va les installer là-dedans en espérant qu'il ne leur arrive rien.

L'escalier était trop raide, et le chariot trop lourd, pour qu'ils prennent le risque de le hisser ; ils portèrent l'équipement à la main et guidèrent prudemment les chevaux sur les étroites marches de granit. Les vitres du bâtiment étaient bien sûr brisées, mais les lourdes portes étaient plus ou moins intactes. Yoon emmena Gabe et Kira de l'autre côté de la rue, jusqu'au parc, où elle utilisa un grand couteau à lame recourbée pour couper des brassées de hautes herbes que tous trois rapportèrent aux chevaux. Une fois de retour dans le tribunal, ils bricolèrent un enclos en poussant des bureaux et bloquèrent les portes à l'aide de lourds bancs métalliques. Kira songea que s'ils ne revenaient pas, les bêtes resteraient à jamais prisonnières de cet endroit. Elle chassa rapidement cette pensée.

Les soldats vérifièrent soigneusement leurs armes, s'assurant qu'elles étaient propres, convenablement chargées, et que les pièces mobiles coulissaient correctement. Kira aussi examina son fusil avec attention, vérifiant des mécanismes auxquels elle n'avait jamais accordé une pensée, comprenant pour la première fois que sa vie dépendait très directement de leur bon fonctionnement. La chambre était pleine et elle avait d'autres cartouches dans le sac à dos étroitement ajusté sur ses épaules, plus deux chargeurs à portée de main, accrochés à sa ceinture. Gabe, de son côté, préparait sa mitrailleuse, vérifiant la rotation des fûts, et hissa sur son dos un énorme sac rempli de munitions. Jayden, pour sa part, prit sa carabine à l'épaule avant d'examiner deux pistolets semi-automatiques qu'il portait sur les hanches. Maigrichon et Grognon, eux, avaient des fusils à long canon munis de gros silencieux. L'arme de Haru, en revanche, était courte et très maniable, avec une crosse repliable ; celle de Yoon était du même type, en plus du long couteau recourbé qu'elle portait toujours sur elle.

Jayden donna une tape dans le dos de Kira.

— Prête ?

Non, pensa la jeune fille. *J'ai froid, j'ai chaud, je suis crevée, terrifiée, et je n'ai jamais été moins prête de ma vie.* Elle se força à sourire.

— Prête. C'est parti, allons dégommer des supersoldats.

Le pont commençait juste après le tribunal, et ils le parcoururent sur huit cents mètres avant d'atteindre le fleuve. À l'approche des berges, ils se mirent à quatre pattes pour avancer sous la protection d'un muret haut de moins d'un mètre, dérisoire ruban de béton qui, seul, faisait écran entre eux et le guetteur invisible posté sur une des tours. Maigrichon et Grognon, en tête du cortège, signalaient les mines et désamorçaient leurs fils de détente avant le passage du groupe. Mais même une fois qu'ils étaient dûment indiqués, Kira n'arrivait pas à identifier le fonctionnement de tous les pièges.

Elle imaginait une immense armée de Partials tapis dans les tours massées de l'autre côté du fleuve, choisissant justement cet instant – par coïncidence ou non – pour lancer une attaque. Le terrain était déminé... autant dire que la porte était grande ouverte. Kira était-elle en train de trahir l'humanité entière ?

Non. Elle était en train de la sauver. Elle serra les dents et continua de ramper.

Brooklyn, déjà, l'avait étonnée, tant les hauts immeubles y étaient courants ; Manhattan la stupéfia complètement, car en comparaison, ces mêmes immeubles semblaient à présent modestes. L'île était une montagne d'acier et de pierre, de tours s'élevant si haut vers les nuages qu'elles semblaient littéralement gratter le ciel. La base de la cité était un tapis vert : les parcs, les arbres et les espaces verts avaient depuis longtemps débordé de leurs limites pour se déverser dans les rues, les graines avaient trouvé des fissures et les racines s'étaient insinuées dans tous les points faibles jusqu'à crever et retourner l'asphalte des rues, lesquelles se transformaient peu à peu en forêt. Le kudzu grimpait inexorablement à l'assaut des façades, couvrant les étages bas d'une couche de lianes et de feuillages tellement épaisse que les tours elles-mêmes semblaient avoir poussé sur un riche terreau.

Enfin, ils atteignirent l'autre rive, et lorsque le pont commença à redescendre pour s'enfoncer dans la ville, ils se remirent debout. Kira constata qu'elle se trouvait à la hauteur de la cime des arbres, dans une véritable jungle urbaine. Des oiseaux nichaient dans la verdure et dans les gouttières, et des chats efflanqués rôdaient prudemment sur les poutres exposées de bureaux évidés, à des dizaines de mètres de hauteur. Elle entendit les hurlements d'une meute de chiens et, elle en était certaine, un barrissement d'éléphant, quelque part au loin.

– Ça devrait s'appeler Animalhattan, commenta Gabe en lui accordant un bref sourire.

Elle hocha aimablement la tête.

– Baissez-vous tous, leur intima Jayden. Nous connaissons assez bien Brooklyn, mais ici, nous sommes en territoire inconnu. En principe, on ne devrait pas croiser de Partials, mais il vaut mieux rester prudents. (Il indiqua du geste un bâtiment en pierre pâle, à une ou deux rues de distance en direction du nord.) Cette tour devrait nous fournir le meilleur point d'observation sur cette section de l'île ; on va monter, étudier le terrain, et on avancera à partir de là. Restez groupés et tâchez de ne pas faire de bruit.

Kira suivit les autres sur le pont qui s'incurvait vers le bas en traversant un bosquet de hauts arbres. Au niveau du sol, elle découvrit un tout nouveau monde :

un amalgame hétéroclite de forêt et de décharge d'ordures, où il fallait être prudent à chaque pas. Le volume des gratte-ciel autour d'eux avait naturellement produit bien plus de débris que ce à quoi elle était habituée : bris de verre et éboulis de pierre, fragments de plastique et de plâtras, rames de papier dont certaines claquaient dans le vent alors que d'autres pourrissaient dans une épaisse mixture de terre, de feuilles mortes et de champignons. De délicates pousses végétales s'enroulaient autour de canettes de soda aux couleurs fanées, passaient entre les rayons de bicyclettes rouillées et s'accrochaient fermement aux portes des taxis, des autobus, et aux vieux panneaux de signalisation.

Kira et les soldats remontèrent la rue avec précaution, se frayant un chemin entre les véhicules feuillus, les arbres rouillés et toutes sortes de débris impossibles à identifier. Lorsqu'ils furent au pied de l'immeuble pâle, Gabe monta la garde en bas de l'escalier tandis que les autres montaient aussi haut qu'ils l'osaient, jusqu'au moment où Haru exprima des inquiétudes quant à la stabilité de l'édifice. De toute manière, les douze étages qu'ils avaient gravis leur suffisaient amplement : cette partie de l'île comportant principalement des bâtiments administratifs et d'habitation – et non de gigantesques immeubles de bureaux –, ils jouissaient déjà d'une vue bien dégagée en direction du nord.

— Cette bande étroite d'un vert plus foncé, là-bas, était probablement un parc, devina Jayden en leur montrant un point au nord-est. On dirait qu'il occupait au moins dix blocs de longueur. Les arbres nous fourniront un bon abri.

— Ils nous ralentiront aussi, objecta Haru. Il vaudrait mieux choisir une avenue bien large et avancer tout droit au milieu.

Ils débattirent pendant plusieurs minutes, tandis que Yoon se penchait à la fenêtre pour s'extasier sur deux oiseaux au plumage vivement coloré. Kira, pour sa part, scrutait l'horizon en s'efforçant de s'imprégner de la ville. Y avait-il des points de repère utilisables ? Des bâtiments remarquables, sur lesquels elle pourrait se guider si elle se perdait ? Alors qu'elle observait le paysage urbain, ses yeux s'arrêtèrent sur une fine ligne blanche qui semblait bouger : un reflet, peut-être, ou... non. C'était de la fumée. Elle la pointa du doigt.

— Il y a un feu, là-bas. Vous voyez ?

Jayden et Haru cessèrent immédiatement de parler pour suivre des yeux la direction qu'elle indiquait.

— Juste derrière ces trois immeubles marron, ceux qui dépassent, là.

— Je le vois, dit Haru. Ce n'est pas un incendie, c'est trop petit et contrôlé. Je penche plutôt pour un feu de camp.

— Ça sort d'une cheminée, ajouta Jayden, qui avait repris ses jumelles. Quelqu'un habite sur place.

Kira fronça les sourcils.

— Habite, ou campe ?

— Je croyais qu'il n'y avait personne sur l'île, intervint Yoon. Qui voudrait vivre seul ici ?

— C'est peut-être un poste de surveillance, hasarda Haru. Un avant-poste des Partials.

– C'est trop bas pour faire une bonne tour de guet, fit observer Jayden. Ce n'est qu'un petit bâtiment administratif, quatre étages au maximum.

– Un campement de Partials, alors, comme l'a dit Kira. Une patrouille ou je ne sais quoi, qui fait halte pour aujourd'hui.

– Ce ne sont pas forcément des Partials, précisa Kira. Ça peut aussi être un vieil original qui n'a jamais voulu partir de chez lui.

– Sans entraînement, personne n'aurait pu survivre jusqu'à maintenant sans déclencher les explosifs, dit Haru. Il faut qu'on aille voir de quoi il retourne ; si ce sont des Partials, on pourrait les prendre en embuscade. Ça nous épargnerait des jours de voyage.

– Et si ce n'est qu'un réfugié, on risque de se faire sauter pour rien, protesta Jayden. Quiconque est assez fou pour rester vivre ici est aussi assez parano pour nous repérer de loin, et pour tirer le premier.

– C'est toi qui es parano, rétorqua Haru.

– Un peu, que je le suis. Si la mention « fou solitaire armé » ne te fait pas peur, peut-être que « piège tendu par les Partials » t'ira mieux ? Tout ceci peut très bien être une ruse pour nous attirer et nous capturer.

– Ils ne savent même pas qu'on est là.

– On restera en vie plus longtemps si on part du principe que si. Je ne m'approche pas de ce feu.

– Objection rejetée, votre honneur, insista Haru. On se dirige vers la fumée… mais avec prudence. Une fois arrivés à ces trois immeubles marron que Kira a indiqués, on monte pour mieux voir, et on enverra Nick et Steve en repérage par les deux côtés.

— Tu n'as pas ton mot à dire, le rembarra Jayden. Tu n'es même plus dans l'armée.

— C'est mon enfant qui est en train de mourir, là-bas, chez nous. Tu peux toujours tenter de m'imposer tes décisions, mais je te préviens, je ne me laisserai pas faire.

— Ce n'est pas comme ça que ça marche, Haru.

— Les éclaireurs sont avec moi, cracha ce dernier. (À ces mots, Maigrichon et Grognon remuèrent légèrement, comme pour rappeler subtilement leur présence.) Et toi, qui as-tu de ton côté ? Deux filles ! C'est réglé, on va voir cette fumée.

En un clin d'œil, l'atmosphère dans la pièce devint glaciale. Chacun observait les autres, évaluant leur distance, surveillant leurs mains.

Jayden serra les dents et fit un effort visible pour ravaler son orgueil.

— On se coordonnera par radio, finit-il par lâcher, ce qui allégea immédiatement la tension. Canal trente-cinq, sans donner nos positions, au cas où les Partials écouteraient. On appellera l'immeuble cible « Holly », et les trois tours à côté, « Max ». Les Partials, ce sera « Fred » et les humains « Ethel », à supposer qu'ils soient en uniforme et donc différenciables des Partials. Toute personne qu'on ne pourra pas identifier sera « Lucy ».

Jayden griffonna rapidement un plan de la ville, en indiquant la colonne de fumée et tous les autres points de repère qu'il put trouver. La descente de l'escalier fut tendue, mais se déroula sans incident. Haru expliqua le plan à Gabe et ils se remirent en chemin, grimpant fréquemment sur des voitures pour voir par-dessus les jeunes arbres qui envahissaient les rues. Kira mémorisait les édifices les plus reconnaissables à mesure qu'elle passait devant, et s'arrêta net, pétrifiée de surprise, lorsqu'elle tomba nez à nez avec un svelte cheval noir qui broutait dans un caniveau. L'animal l'observa, poussa un hennissement bref, puis s'éloigna au petit trot dans une rue latérale. Yoon le regarda partir avec une admiration empreinte de mélancolie.

– Tu aimes les chevaux ? lui demanda Kira.

La jeune fille fit oui de la tête.

– Les chevaux, les chiens, les chats, tout ce que tu veux. J'ai eu un pingouin pendant des années, avant d'entrer dans les Forces de défense.

– Pourquoi l'armée ? Tu n'aurais pas plutôt préféré devenir vétérinaire, éleveuse, quelque chose comme ça ?

– Parce que ma mère était militaire, souffla Yoon. Du moins, je crois. Je me souviens qu'elle portait un uniforme... de la marine, sans doute. Il était bleu. J'ai une photo d'elle quelque part. (Elle hésita un instant, puis se pencha vers Kira pour lui parler à voix basse.) Garde l'œil ouvert. On savait tous que Haru ne mâchait pas ses mots, mais je n'aurais jamais cru qu'il s'opposerait à Jayden comme ça. Et Nick et Steve sont de son côté, pas du nôtre.

– Oui, mais quand on se séparera ? chuchota Kira. Ça va modifier l'équilibre des forces.

– Nick et Steve sont bien plus dangereux quand on ne les voit pas. Ça ne me tranquillise pas spécialement qu'ils partent seuls de leur côté.

Kira surveilla attentivement Haru pendant tout l'après-midi, mais rien de particulier ne se produisit. Ils atteignirent les trois immeubles – qui étaient en réalité cinq, vus de près –, et Maigrichon et Grognon, comme prévu, partirent en éclaireurs. Haru mena le reste de la troupe jusqu'à la tour située le plus au nord, et ils s'engagèrent dans le hall puis dans l'escalier. Il régnait là une si forte odeur de pourriture, végétale comme animale, que Kira dut mettre son masque. Une fois au dernier étage, ils forcèrent sans bruit la serrure d'un appartement. La famille qui l'avait habité s'y trouvait toujours : de vieux squelettes desséchés, encore couverts par endroits de cuir tendu à craquer. À l'approche de la troupe, une horde grouillante de rats fila se cacher dans les murs, abandonnant par terre un piaf à demi grignoté. Jayden l'éloigna d'un coup de pied et rampa jusqu'à la fenêtre.

La fumée était plus clairement visible, à présent. Parfaitement verticale dans l'air immobile, elle n'était distante que de quelques centaines de mètres et s'échappait de la cheminée d'une petite maison en brique. Jayden, Haru et Yoon sortirent tous leurs jumelles, tandis que Gabe faisait le guet dans le couloir derrière eux. Kira regarda par la fenêtre : on voyait des centaines de maisons et d'immeubles, avec leurs milliers de petites fenêtres noires comme autant d'yeux aveugles. Un de ces yeux, pourtant, les cherchait... les avait-il déjà repérés ? Ou bien le verraient-ils en premier ? Lequel des deux camps découvrirait l'autre dans ses jumelles, et que se passerait-il alors ?

Ils observaient et attendaient. Deux rats sortirent d'un trou dans le mur et traînèrent le piaf sous le canapé. Kira, pour se dégourdir les jambes, partit en exploration dans l'appartement : un squelette sur le divan du salon, un autre par terre dans la cuisine, deux dans la chambre du fond, enlacés comme pour une dernière étreinte. Kira referma doucement la porte et regagna le salon.

Un grésillement s'éleva d'un des émetteurs-récepteurs radio.

– Jimmy, ici Timmy.

La voix était tellement distordue par la friture que Kira ne reconnut pas s'il s'agissait de Grognon ou de Maigrichon.

Haru porta l'appareil à sa bouche.

– Timmy, ici Jimmy. Quelle est la situation ?

– Holly en visuel, RAS. Voulez-vous que je me rapproche ?

– Négatif, Timmy. Gardez votre position.

– Reçu, dit la voix dans l'appareil. Aucun signe de Fred ni d'Ethel, mais Holly semble habitée : sentiers partant de la porte, ce genre de choses. Les occupants sont là depuis un bout de temps.

– Reçu, Timmy. Tenez-nous au courant s'il y a du changement. (Haru posa la radio et se frotta les paupières.) J'espère qu'on verra bientôt quelque chose. Je n'ai aucune envie de dormir ici.

Kira, pendant ce temps, cherchait des conserves dans la cuisine. Elle avait participé à tellement de missions de récupération que c'était un réflexe chez elle.

– Jimmy et Timmy, hein ? Vous vous êtes choisi des pseudos sacrément virils, dis donc.

– Et encore, ce n'est pas tout, répliqua Haru. L'autre s'appelle Kimmy !

Comme par un fait exprès, la radio grésilla de nouveau. Kira sortit trois boîtes de légumes d'un placard au-dessus du réfrigérateur, et Haru reprit l'émetteur-récepteur.

– Jimmy, ici Kimmy, entendit-on.

– Kimmy, ici Jimmy. Quelle est la situation ?

– Le rapport de Timmy était faux, je répète, faux. Fred est chez Holly, je l'ai en visuel en ce moment même. Timmy est compromis.

– Silence radio, ordonna immédiatement Haru, qui posa l'appareil. Bon sang, c'est pas vrai !

Jayden se détourna de la fenêtre, le visage soudain sombre.

– Ça ne sent pas bon.

Haru tapa sur la table.

– On n'avait pas besoin de ça !

Et il redonna un coup sur la table.

Kira fronça les sourcils.

– Ils auraient capturé... Timmy ? Lequel est-ce ?

– Steve, dit Yoon.

– Grognon ou Maigrichon ?

Yoon n'hésita qu'un instant.

– Maigrichon.

Kira poussa un juron.

– Vous croyez qu'ils l'ont tué ?

– On n'est pas certains que c'était lui, lâcha Jayden. Le deuxième appel nous a appris que le premier était un faux, mais aussi bien, c'est le second qui était mensonger, pour brouiller les pistes.

– Si le second était un faux, dit Kira, le premier nous aurait rappelés pour nous en informer, non ?

– J'ai éteint la radio, lui remémora Haru. Si l'un des éclaireurs est compromis, les Partials ont déjà l'avantage sur nous. La seule raison qu'ils auraient pu avoir de nous lâcher cette info, c'est de trouver où nous sommes. Ils ont peut-être déjà localisé le signal... j'ignore quel genre de technologie ils utilisent.

– Mais les deux connaissaient notre code, souligna Kira. Il est encore possible qu'ils soient tous les deux indemnes. Peut-être qu'ils n'ont simplement pas vu la même chose... peut-être qu'ils observaient deux immeubles différents...

Haru secoua la tête.

– Non. Ils travaillent ensemble depuis très longtemps... ils ne s'accuseraient pas ainsi sans avoir une certitude absolue. Si le premier appel était vrai, le second ne peut pas l'être, et si c'est le second qui l'était, nous sommes bien obligés de croire que le premier mentait.

– L'ennemi n'aurait pas pu torturer quelqu'un si vite, dit Jayden en se levant lentement. Ils ne peuvent pas avoir obtenu le code, à moins que... (Il marqua un silence.) Et si... Non, ce n'est pas possible, c'est trop...

– Qu'est-ce que tu veux dire ? demanda Haru.

– Rien, rien. J'ai eu un petit accès de paranoïa, c'est tout.

– Ça me paraît plutôt sain, en ce moment, commenta Kira.

Jayden déglutit, lança un regard rapide à Haru, puis se tourna vers Kira.

– Et si un des éclaireurs était un Partial ?

– Ce n'est même pas... commença Kira avant de s'arrêter net.

Elle avait failli dire que ce n'était pas possible, mais si ça l'était ?

– Ridicule ! lança Haru. Je connais Nick et Steve depuis des années.

– Depuis avant le Ravage ? s'enquit Jayden.

– Bah, non... mais quand même. C'est absolument impensable.

– Ils sont exactement comme nous, physiquement. Qui pourrait affirmer qu'il n'y en a pas parmi nous depuis le début ?

Kira s'adossa au mur, les jambes molles. Les ramifications de cette idée étaient terrifiantes, mais la logique... ne tenait pas debout.

– Pourquoi maintenant ? demanda-t-elle. S'ils voulaient notre mort, ils auraient pu nous exterminer n'importe quand... que gagneraient-ils à nous trahir ici, au milieu de nulle part ?

– J'en sais rien ! s'énerva Jayden. Je réfléchis à haute voix, c'est tout.

– Un peu de calme, dit Haru. Ce ne sont pas des Partials.

– Des agents de la Voix, alors. Ils nous ont peut-être infiltrés pour saboter la mission.

– Je me suis porté garant pour eux deux ! s'offusqua Haru.

– Précisément.

Kira vit la main de Jayden se rapprocher de son pistolet. Se trouvant entre eux deux, elle se recula contre le comptoir de la cuisine. Dans le couloir, Gabe se retourna pour suivre l'échange avec une expression choquée et rageuse.

Haru aussi avait noté le mouvement de Jayden, ainsi que le ton de sa voix. Il se raidit immédiatement.

– Espèce de sale...

– Minute ! lança Kira. On a autre chose à faire. Si l'un d'entre nous était un traître, il y a longtemps qu'il aurait pu tous nous trahir, et de manière bien plus efficace. (Elle inspira à fond et s'avança pour s'interposer entre les deux hommes.) Nous avons un vrai ennemi, là-bas, un ennemi inconnu qui connaît notre position. Si l'un des éclaireurs a été compromis, que ce soit par la torture ou je ne sais quoi d'autre, il leur a peut-être déjà révélé que nous sommes dans un de ces immeubles... la seule chose qu'il ignorait, c'est lequel. Ça veut dire qu'ils sont plus proches que nous ne le croyons...

Elle s'interrompit et pivota vers le couloir. Était-ce... ? Elle avait cru entendre un bruit, mais il n'y avait plus rien. Elle approcha les mains de son arme.

Soudain, un coup de feu claqua dans le couloir, et Gabe s'effondra comme un quartier de bœuf. Kira poussa un cri strident, hypnotisée par le spectacle de ce colosse abattu. Haru, lui, courut vers la porte et s'arrêta un peu en retrait pour examiner le corps. Ensuite, il mima avec ses mains : une explosion dirigée d'un côté, une arme à feu, puis quelque chose de l'autre côté. Kira traduisit mentalement : le sang avait été projeté vers la gauche, ce qui signifiait que le tireur se tenait à droite. Haru prit une grenade à sa ceinture, la dégoupilla et la lança dans cette direction. Le bâtiment fut secoué par l'explosion, et une pluie de poussière dégringola des murs.

— C'est toujours ça de gagné, grogna-t-il en ramassant son fusil.

Kira fit un effort pour se ressaisir, dut se forcer à réagir et, enfin, s'élança en avant. Haru tenta de la retenir, mais elle chercha à se dégager.

— Il faut que je l'aide.

— Il est mort.

Kira chercha de nouveau à se libérer de sa poigne.

— Je suis médecin, je peux l'aider !

— Il est mort, Kira, assena fermement Haru.

Il lui parlait farouchement à l'oreille, à voix basse, tandis que ses mains immobilisaient les poignets de la jeune fille telles des menottes d'acier.

— Gabe s'est fait descendre, et celui qui lui a tiré dessus est encore dans ce couloir ; le prochain d'entre nous qui sortira la tête mourra, lui aussi.

— Il faut que tu me laisses lui venir en aide !

— Tu ne peux plus rien pour lui, dit Jayden d'une voix douce. Ce qu'on a à faire, là, c'est trouver comment survivre dans les cinq minutes qui viennent.

Kira, relevant la tête, les vit, Yoon et lui, un genou au sol, rencognés dans les angles de la pièce, les canons de leurs fusils braqués sur l'encadrement de la porte. *Bien sûr*, songea-t-elle, reprenant peu à peu ses esprits, *les Partials ont abattu Gabe parce qu'ils viennent nous chercher.* Elle cessa de lutter, et Haru la lâcha lentement pour épauler son fusil tout en se mettant à couvert derrière la cloison. Elle le suivit, elle aussi prête à faire feu, les yeux rivés sur la porte ouverte.

— On a combien de temps ?

— Aucune idée, dit Jayden en se rapprochant du couloir, suivi par Yoon, tandis qu'elle et Haru couvraient la porte. Haru a dégainé sa grenade à toute vitesse ; ils vont peut-être hésiter un peu à charger.

– C'est la seule raison pour laquelle nous sommes encore en vie, ajouta Yoon. Si ça tourne au combat rapproché, on est perdus.

– Il n'y a pas de sortie de secours, fit observer Haru. Ça va forcément tourner au combat rapproché.

– On pourrait passer par la fenêtre, proposa Yoon. Les prendre à revers, peut-être.

– C'est trop exposé, objecta Jayden. Sans compter qu'on est au quatrième étage.

Kira inclina la tête sur le côté, l'oreille tendue.

– Ils reviennent. On a encore des grenades ?

Jayden fronça les sourcils.

– Tu les entends ?

– Pas toi ?

Jayden secoua la tête, dégoupilla une grenade et la jeta à l'aveuglette dans le couloir, par-dessus le corps immobile de Gabe, vers la droite et vers les Partials. L'immeuble fut à nouveau secoué sur sa base, et Kira se retint au mur pour ne pas tomber.

– Encore deux ou trois comme ça, et ils n'auront plus de plancher sous les pieds, dit Haru.

Jayden sourit largement et sortit une autre grenade.

– Bonne idée !

– Attends, souffla Kira en retenant son bras. Si tu supprimes le couloir, tu ne fais que retarder l'assaut.

– Je sais. C'était un peu l'idée.

Elle se mit à chuchoter le plus bas possible.

– Alors tu as encore des explosifs ?

Jayden la regarda sans comprendre, et Haru se rapprocha pour écouter. Yoon, elle, visait toujours la porte.

— Tu as encore des explosifs ? répéta Kira aussi bas qu'elle le put.

Haru, à ces mots, tapota son sac à dos.

— Du C-4.

Kira hocha la tête.

— Si on fait sauter le couloir, on finira quand même par se faire attaquer, mais sans savoir quand ni d'où ça nous tombera dessus. Alors que si c'est le salon qu'on fait sauter, avec les Partials à l'intérieur et nous à l'extérieur, on neutralise la menace.

— Ça pourrait fonctionner, admit Haru, et honnêtement, c'est peut-être notre seule chance contre eux, mais ce vieux bâtiment ne tiendra peut-être pas le coup. Ce n'est que de la maçonnerie, pas une structure renforcée. Une explosion assez forte pour balayer une troupe de Partials risque de balayer tout l'immeuble avec, ou du moins plusieurs étages.

— Un trou dans le sol, c'est déjà une issue pour s'échapper si on survit, argua Kira. De toute manière, c'est ça ou une fusillade, et je ne donne pas cher de notre vie dans ce cas.

Jayden acquiesça.

— Ça marche.

Chapitre 15

Les Partials avançaient furtivement ; le temps que Kira les entende, ils étaient déjà à la porte de l'appartement. Des pas, peut-être, ou une respiration : elle n'était pas sûre de ce qu'elle avait entendu, mais il y avait bien eu un bruit. Elle attendit dans un silence qui s'éternisa... Puis, soudain, quelque chose vint rouler dans les gravats devant la porte ; immédiatement après, une forte détonation éclata, semblable à un coup de feu. Une grenade incapacitante. Kira et ses trois coéquipiers restèrent aussi immobiles et silencieux que possible dans la chambre du fond, tandis que des pieds lourdement bottés se ruaient vers la cuisine.

Jayden, couché au sol à côté de la porte fermée, avait emprunté à Kira un instrument médical : un petit miroir prolongé par une fine poignée flexible. L'objet était conçu pour explorer un nez ou une gorge, mais pour l'heure, il faisait parfaitement office de mini-périscope. Jayden l'avait plié et glissé sous la porte de manière à avoir une vue parfaite sur le salon piégé.

Kira crut percevoir un marmonnement en provenance de cette pièce et tendit l'oreille. Elle n'avait pas de certitude, mais il lui semblait qu'une voix d'homme, près de la porte d'entrée, avait demandé : « De quel groupe êtes-vous ? » Il n'y eut pas de réponse.

Jayden leva une main, prêt à donner le signal, et Haru avança son doigt au-dessus du détonateur. Kira l'arrêta et tenta désespérément de mimer la phrase : « Il y en a un de plus dans le couloir. » Ses pas étaient plus nettement audibles, à présent. Haru sembla comprendre et hocha la tête.

Jayden donna le signal et se recroquevilla derrière les matelas qu'ils avaient empilés contre le mur. Comme rien n'explosait, il pivota, alarmé ; voyant que Haru attendait encore, il articula silencieusement une bordée de jurons et redonna le signal.

Kira pointa le doigt vers le couloir, mimant de son mieux : « Il y en a encore un. » Elle leva trois doigts et les brandit avec emphase. En silence, Jayden se réavança lentement vers son périscope, et bondit de surprise à l'instant où il regarda dedans, puis se précipita vers Haru avec un regard terrifié. La poignée de porte tourna : un Partial allait entrer. Kira abattit sa main sur le détonateur.

Un rugissement emporta le monde.

L'explosion secoua l'immeuble : les cadres tombèrent des murs et le plâtre se détacha du plafond. Les cloisons leur sautèrent littéralement au visage et, malgré les matelas, ils eurent l'impression qu'on leur fracassait le crâne à coups de marteau. Dans le même temps, toute la chambre commença à glisser vers le bas : le sol cédait et s'inclinait de manière vertigineuse. Kira se raccrocha au sommier du lit, bien que celui-ci soit entraîné avec tout le reste. Elle entendit une deuxième explosion, vit une avalanche de bois et de plâtre se précipiter sur elle, et lâcha le lit pour se couvrir la tête à deux mains.

Elle eut la sensation d'être rouée de coups, puis ensevelie sous quelque chose d'énorme et de rugueux. Le mouvement ralentit, s'arrêta et, alors qu'elle retirait lentement ses mains de sa tête, elle s'aperçut que d'autres éléments chutaient encore : une pluie de poussière et de débris, un réfrigérateur se renversant, un tapis glissant lentement dans un trou. La notion de pièces ou de plancher n'avait plus aucun sens : il n'y avait plus qu'un chaos informe en trois dimensions. Kira tenta de bouger ; elle était prisonnière des gravats jusqu'à la taille, les jambes immobilisées par quelque chose d'énorme et de lourd.

Quelque part au loin, elle entendit un cri, et elle y répondit, la gorge à vif, la voix rauque.

– Hé ! Jayden !

C'est alors qu'une main surgit des décombres juste devant elle, suivie d'un bras, revêtu de l'uniforme et de la cuirasse gris foncé qu'elle avait si souvent vus sur des photos datant de la guerre. Un Partial.

Kira voulut dégager ses jambes, mais elle était bel et bien coincée. Elle chercha son fusil des yeux : il était introuvable. Même sa trousse de secours avait disparu. Dans les débris, le bras bougeait lentement mais sans interruption, cherchant une prise à tâtons. Il trouva un morceau de fer à béton qui dépassait, l'agrippa fermement, tira, et Kira vit les gravats commencer à bouger. Le Partial remontait à la surface...

... et là, un rat tomba du ciel.

La surprise la fit tressaillir : son cerveau mit une seconde à comprendre de quoi il s'agissait. Le rat s'abattit au sol, se tortilla pour se remettre sur ses pattes, et émit un couinement agressif. Kira attrapa un fragment de plâtre sur le tas qui la clouait au sol et le jeta vers l'animal pour le faire déguerpir. Mais là, entendant d'autres couinements en hauteur, elle leva les yeux. À cinquante centimètres au-dessus d'elle, un morceau de plafond incliné grouillait de rats.

– Non !

Derrière les rongeurs, un canapé glissa subitement sur vingt bons centimètres. Deux rats tombèrent sur la jeune fille, dont un se prit dans ses cheveux ; elle le chassa d'un coup violent et se mit à creuser frénétiquement dans les décombres qui la retenaient prisonnière. Le bras du Partial tirait toujours, les gravats remuaient, et, lentement, un casque apparut. Le visage de la chose était caché par une visière noire, mais Kira l'entendit gronder, d'une voix grave et gutturale. Elle creusa de plus belle et lutta de toutes ses forces, mais en vain, contre le poids qui la clouait au sol. Au-dessus d'elle, le canapé glissa encore, dans un grincement déchirant, ce qui provoqua une nouvelle averse de rats : trois, cinq, elle ne comptait même plus. Le Partial se propulsa vers le haut, et ses deux bras furent soudain libérés. Il se secoua pour se dégager des débris, chassant à coups de pied les briques cassées et le plâtras.

Kira n'eut pas le temps de réfléchir : levant les mains au-dessus de sa tête, elle attrapa le morceau de plafond et le tira vers le bas de toutes ses forces. Les rats dégringolèrent comme un torrent, si bien qu'elle se retrouva couverte de fourrure, de griffes et de queues nues et roses qui se tortillaient comme des vers. Le Partial se rua alors vers elle, les mains tendues en avant, les doigts recourbés comme des serres, mais au même instant le canapé acheva sa glissade et s'abattit tel un rocher : la créature le reçut en pleine face et fut renversée en arrière. Kira hurla lorsque le meuble faillit lui broyer les doigts au passage, hurla en se débattant pour se débarrasser de la horde de rats paniqués. Au loin, des cris lui répondirent, mais elle ne comprit pas ce qu'ils disaient ni de qui ils émanaient. Tirant à nouveau sur ses jambes, elle les sentit bouger, quoique très légèrement. La chute du canapé avait dû déplacer l'objet qui la retenait prisonnière. Elle tira aussi fort qu'elle le put, puis changea de tactique et se mit au contraire à pousser, pliant les genoux afin de repousser le poids encore plus loin, d'achever le travail commencé par la chute du meuble. Qui bougea de nouveau : en dessous, le Partial était encore en vie.

Kira grogna, serra les dents et banda tous ses muscles afin de repousser les gravats. Il y eut un mouvement, de petits débris roulèrent sur ses jambes et, dans un immense grincement, tout le sol se déroba de nouveau sous elle. Hurlant de terreur, elle se sentit happée. Quatre ou cinq mètres plus bas, elle atterrit dans une fosse noire comme un four, et s'efforça de reprendre pied tandis qu'une nouvelle pluie de gravats lui tombait dessus.

Elle perçut alors un chuchotement angoissé.

– Il y a quelqu'un ?

– Yoon, c'est toi ?

– Kira ! Aide-moi à soulever ce meuble.

Ses yeux s'accoutumèrent peu à peu à l'obscurité, et les ténèbres laissèrent bientôt deviner des formes anguleuses et des contours gris sombre. Les fenêtres devaient être obstruées par les débris. Laissant la voix de Yoon la guider, glissant et trébuchant parmi les décombres, elle finit par trouver son amie bloquée sous un lourd buffet de chêne. Dans sa position, elle avait un meilleur appui que Yoon, et à elles deux, elles parvinrent à le déplacer. Un choc sourd derrière elles poussa alors Kira à se retourner : le Partial d'au-dessus avait sauté dans le trou pour la suivre. Il avait atterri avec la souplesse d'un chat, et se releva immédiatement. Kira recula en priant pour qu'il soit encore aveuglé par l'obscurité soudaine, mais la créature s'élança vers elle avec une précision parfaite et la plaqua au sol. Elle griffa, lança des ruades, hurla à l'aide, mais le Partial avait des muscles d'acier ; il l'immobilisait comme une cage, ses bras étaient des barreaux. Soudain, pourtant, il se raidit et arqua le dos. Yoon arracha son couteau d'entre ses omoplates, pivota et le replanta dans sa gorge exposée. Un jet de sang chaud en jaillit, et la créature s'affaissa avec un gargouillement sifflant.

Yoon était pantelante.

— T'as eu du bol qu'il ne sache pas que j'étais là.

— Il y en a encore au moins deux dans les parages, souffla Kira en se remettant péniblement debout. Il faut qu'on trouve Jayden et Haru.

Le bâtiment étant moins fragile à cet étage, deux niveaux au-dessous de l'explosion, elles purent se déplacer sans difficulté majeure. La première porte qu'elles trouvèrent était bloquée, mais elles la forcèrent et explorèrent rapidement les environs, l'oreille toujours aux aguets. Elles tombèrent bientôt sur Jayden, qui arrivait par l'autre bout du long couloir central ; il avait toujours ses deux pistolets, et en donna un à Yoon.

– Je ne crois pas qu'il y ait beaucoup de dégâts plus bas, bien que la structure soit affaiblie du côté ouest, annonça-t-il. Si Haru est encore en vie, il est au-dessus de nous.

Ils se frayèrent un chemin jusqu'à un escalier du côté est, la moitié la plus stable du bâtiment. Deux étages plus haut, ils entendirent une voix faible, qu'ils suivirent jusqu'à l'extrémité plus fragile de l'édifice. Un trou béant, dans le mur extérieur, laissait passer la lumière : c'est là qu'ils trouvèrent Haru, la moitié du corps sortie au-dehors, cramponné à une canalisation que l'onde de choc avait dénudée. Plus exactement, il avait un coude passé autour du tuyau tandis que de l'autre main il retenait, par la sangle de son sac à dos, un Partial inconscient suspendu dans le vide.

– Ce machin est en vie, souffla-t-il entre ses dents, le corps entier tendu par l'effort. Je l'ai rattrapé juste au moment où le mur cédait.

– Alors lâche-le, répondit Jayden tout en cherchant des yeux comment contourner l'énorme trou dans le sol qui le séparait de son coéquipier. On vient te chercher, et on récupérera un de ses bras en bas, ou je ne sais quoi.

– Pas question, grogna Haru en resserrant les doigts sur la sangle. Je veux ce salopard vivant, histoire de lui mettre la raclée de sa vie une fois qu'on sera rentrés.

Kira secoua la tête.

– On ne va pas le ramener, il nous faut juste du sang et des tissus à étudier.

– On le ramène, je te dis, et on le cuisine jusqu'à ce qu'il crache le morceau. Les nôtres ne savent même pas qu'on est ici, et comme par hasard, des Partials nous attendaient dans le coin ? Je veux savoir ce qu'ils faisaient là, je veux savoir ce qu'ils mijotent, et je veux savoir si nos éclaireurs sont des agents des Partials.

– Il n'a pas tort, souligna Yoon. Nick et Steve ont posé la moitié des pièges de Brooklyn : si l'un d'entre eux est un Partial, tout notre périmètre de défense est bon à jeter. Et si les Partials préparent quelque chose, une attaque...

Elle ne termina pas sa phrase. Jayden fronça les sourcils.

– Kira, tu as toujours ta trousse de secours ?

Elle fit signe que non.

– Seulement un petit kit d'urgence à ma ceinture ; le reste est perdu dans les décombres.

– Des sédatifs ?

Elle vérifia et répondit par l'affirmative.

– Du moins un antalgique qui aura le même effet, si je force la dose. Et à condition que son métabolisme fonctionne comme le nôtre, ajouta-t-elle en contemplant le corps qui se balançait toujours au bout du bras de Haru.

– Dites, rouspéta ce dernier, je ne voudrais surtout pas vous ennuyer, mais ce bazar pèse un âne mort.

Jayden longea précautionneusement la périphérie de la pièce, où un peu de plancher restait intact, pour le rejoindre. Kira observa le terrain, trouva un mur encore à peu près solide, et s'en servit pour descendre à l'étage du dessous. Yoon la suivit, et toutes deux attrapèrent le Partial par la fenêtre pour le porter à l'intérieur. Enfin, Haru se remit sur pied avec l'aide de Jayden ; son bras pendait, inerte, le long de son corps.

Les deux jeunes filles allongèrent alors le prisonnier sur une portion de sol stable. Kira lui retira son casque et l'observa, fascinée. Intellectuellement, elle savait qu'ils avaient forme humaine – évidemment qu'ils ressemblaient à des humains, c'était justement le but ! –, mais même ainsi, en voir un pour la première fois était... Elle ne trouvait pas les mots.

Un visage humain. Une bouche et un nez humains. Des yeux humains fixant aveuglément le plafond. Un jeune homme, beau, aux cheveux courts, bruns, avec un début de contusion sur la mâchoire. Le plus terrible ennemi que l'humanité ait jamais affronté, le monstre sanguinaire qui avait détruit le monde entier.

Il ne pouvait pas avoir plus de dix-neuf ans.

– Ça fait bizarre, hein ? dit Yoon. On s'est tellement demandé à quoi ils ressemblaient, et finalement ils sont... comme nous.

Kira acquiesça.

– Je ne sais pas si ça les rend moins effrayants, ou plus.

Yoon dégaina le pistolet semi-automatique que lui avait passé Jayden et le pointa sur le Partial.

– Quoi que tu fasses, dépêche-toi.

Kira prit un flacon de Nalox.

– Dans le meilleur des cas, ça l'assomme, dit-elle en lançant un regard rapide à sa coéquipière.

— Et au pire, il meurt?

— Non, au pire, il se réveille. (Kira prépara la seringue et la tint au-dessus de son cou.) On ignore totalement comment sa physiologie réagira à ces nanoparticules. Pour ce que j'en sais, sa mort serait plutôt à classer dans les bonnes nouvelles.

Elle enfonça l'aiguille dans le cou du captif, poussa le piston et jeta la seringue.

— C'est fait, annonça-t-elle.

Jayden aidait encore Haru à descendre les rejoindre.

— Mais, ajouta-t-elle, il reste un Partial dans les parages.

Haru releva la tête.

— Pas deux?

— Yoon en a dézingué un.

À cette nouvelle, Haru ouvrit de grands yeux et Kira eut un rire sec.

— Je te jure, elle l'a quasiment décapité. Bon, d'accord, c'est arrivé alors qu'il avait été enterré vivant deux fois, s'était pris un canapé dans la figure, m'avait pourchassée sur deux étages de dégringolade dans les gravats et qu'il avait failli me tuer.

Jayden compléta le tableau de la situation.

— L'autre a sauté dans l'explosion. J'en ai retrouvé tellement de morceaux, là-haut, que je crois pouvoir dire sans me tromper qu'il ne nous embêtera plus. Il devait être pile sur la bombe quand elle s'est déclenchée. Donc, on ne devrait plus avoir de mauvaises surprises.

Ils hissèrent le Partial inconscient entre eux et le portèrent précautionneusement à l'extérieur, descendant d'abord dans le cratère sur plusieurs étages, puis empruntant l'escalier. Une fois dehors, Jayden les arrêta.

– Attendez... j'ai parlé trop vite, dit-il en scrutant la végétation qui les entourait. Il reste encore un ennemi non localisé : nos éclaireurs, ou au moins un d'entre eux. Ils rôdent encore dans les parages, et on ne sait pas dans quel camp ils sont. En plus, il pourrait y avoir d'autres Partials, qui n'ont pas participé à l'assaut.

Kira observa les environs : les jeunes arbres qui remuaient dans la brise leur fourniraient une protection minimale, mais pour l'essentiel, le terrain était découvert.

– Il faudrait courir jusqu'à ces immeubles, suggéra-t-elle, mais avec ce poids mort entre nous, on ne va pas pouvoir avancer bien vite.

Haru frictionnait son bras gauche, celui avec lequel il s'était cramponné au tuyau, pour tenter d'y faire revenir des sensations.

– On n'a pas le choix, de toute manière.

Jayden souleva alors le Partial et le cala en travers de ses épaules.

– Mesdames, désolé pour le manque de galanterie, mais je vais garder ce bouclier de chair pour moi tout seul. Allez, foncez !

Les filles et Haru s'élancèrent parmi les lianes et les troncs, et coururent à fond de train jusqu'au bâtiment suivant. Ils l'atteignirent, prirent un virage pour le contourner et, sans ralentir le pas, traversèrent une rue en slalomant entre les voitures pour rejoindre un immeuble de l'autre côté. Juste au moment où Kira les croyait tirés d'affaire, une balle ricocha sur la voiture la plus proche d'elle, à quelques centimètres de sa tête. Elle plongea au sol.

– Ne t'arrête pas, Kira, bouge ! lui cria Jayden en la dépassant avec son fardeau.

Kira prit sa respiration et se releva d'un bond, s'attendant à sentir d'une seconde à l'autre une balle se vriller dans son échine. Un autre projectile lui siffla aux oreilles, à quelques dizaines de centimètres cette fois. La troupe atteignit enfin la rue suivante, une large avenue bordée de hauts arbres et de vitrines défoncées. Yoon coupa à gauche et les autres la suivirent ; ils traversèrent la voie au pas de charge et entrèrent s'abriter dans une épicerie en ruine.

– Des tirs isolés et espacés, dit Jayden en reprenant son souffle. Il s'agit sans doute d'un sniper solitaire, et non d'un groupe.

– Grognon ou Maigrichon, conclut Kira, celui des deux qui est un traître. Je te félicite, Haru.

– Rien ne nous dit que ce soient eux, gronda ce dernier, mais Kira vit clairement qu'il partageait ses craintes.

Yoon, pendant ce temps, se dissimulait derrière un écran de tables renversées pour observer à travers la vitrine.

– On ne peut pas rester ici, dit Kira.

– On va sortir par la fenêtre latérale et partir par là, indiqua Jayden. De toute manière, il vaut mieux avancer en zigzag dans les petites rues : le sniper sera moins dangereux s'il n'a pas une ligne droite devant lui et le temps d'ajuster son tir.

– Le parc que tu as vu tout à l'heure n'est qu'à quelques blocs d'ici vers l'ouest, fit remarquer Haru.

On pourrait le longer presque jusqu'au pont : on perdrait moins de temps qu'en faisant des détours.

– Entendu. Allons-y.

Ils sortirent de la boutique par le côté, en prenant soin de faire passer le Partial capturé par-dessus les éclats de verre de la fenêtre. Yoon les rattrapa en quelques foulées rapides.

– Je ne vois toujours rien.

– Et l'éclaireur qui ne nous a pas trahis ? demanda soudain Kira, essoufflée, sans ralentir l'allure. On ne devrait pas l'attendre ? Ou essayer de le retrouver ?

Haru fit non de la tête.

– Si l'un d'eux n'est pas fiable, il faut se méfier des deux.

– Mais on sait que l'autre est innocent.

– Et on ignore lequel. Ce qui rend les deux suspects. Voilà le parc, droit devant ! Courez jusqu'aux arbres et prenez à gauche.

Avant qu'ils aient atteint l'épais sous-bois, une autre balle siffla entre eux. Kira jura entre ses dents et se baissa derrière une voiture. Ses compagnons la dépassèrent et elle rassembla une fois de plus tout son courage pour galoper vers les arbres. Il s'avéra que le parc était entouré de clôtures qui leur barraient l'accès à la dense végétation du centre, mais les abords valaient déjà mieux que rien, et ils se déplacèrent d'arbre en arbre en prenant soin de ne jamais exposer leur dos. Toutes les quelques centaines de mètres, une large rue traversait entre les arbres, mais le parc reprenait de l'autre côté.

Jayden fit halte derrière une file de taxis et posa le prisonnier au sol avec une grimace de douleur.

— Ne t'arrête pas, lui intima Haru avec autorité. Tu auras le temps de te reposer quand tu seras mort.

Jayden opina et se baissa pour reprendre le Partial, mais Kira vit une goutte de sang couler de son bras.

— Jayden, tu saignes !

— Ne t'arrête pas ! répéta Haru.

— Il est touché au bras, constata la jeune fille. C'est arrivé il y a combien de temps ?

— À quelques rues d'ici.

Jayden fit à nouveau mine de soulever la créature.

— Haru peut le porter, protesta Kira. Toi, cours. Je te poserai un bandage dès qu'on sera à l'abri.

— J'ai pratiquement le bras cassé, grinça Haru.

— Tais-toi et porte, trancha Kira en le poussant vers le Partial, après quoi elle s'empara du semi-automatique de Jayden et vérifia la chambre. Je te couvre à l'arrière. Vas-y, cours !

Ils repartirent à toutes jambes. Yoon ouvrait la route dans un dédale de clôtures, d'arbres et de carcasses de voitures. Ils dépassèrent une bouche de métro dont les marches sombres s'enfonçaient sous terre. Kira y jeta un œil au passage : c'était inondé jusqu'à la moitié de l'escalier. *Pas de salut par là.* Ils continuèrent donc à avancer dans le parc, et virent bientôt une épaisse tour d'acier s'élever devant eux.

— C'est le pont, annonça Jayden. Prenez la première entrée que vous voyez.

— Ce n'est pas le même ! C'est l'autre ! glapit Kira.

— Tu te soucies vraiment du pont qu'on prend ? Tirons-nous de cette foutue île !

— Mais il est piégé ! insista-t-elle en jetant un coup d'œil en arrière sans cesser de courir. Les mines sont encore amorcées sur celui-ci. On ne pourra jamais traverser.

Une balle passa tout près et Jayden poussa un juron.

– On n'a pas trente-six solutions, là.

Jaillissant du parc, ils se retrouvèrent dans une large avenue. La chaussée du pont s'élevait juste devant eux, en pente raide et s'incurvant vers le fleuve, direction sud-est. Les quatre fuyards étaient tellement épuisés qu'ils commencèrent l'ascension en titubant, à bout de souffle, la gorge sèche. Une balle tinta sur le parapet en béton, derrière lequel ils s'aplatirent précipitamment.

– Je n'ai pas vu de qui ça venait, regretta Kira.

– Qui que ce soit, répliqua Yoon en montrant son pistolet, les armes des Partials ont une portée bien plus longue que les nôtres. Inutile de tirer, on ne pourra pas les toucher.

– Toi, tu pars devant, lui ordonna Jayden en lui prenant le semi-automatique des mains. Tu trouves les mines, tu les désamorces, ou tu les signales, ou... enfin fais ce que tu peux. Haru et Kira te suivront avec le Partial. Moi, je couvre nos arrières.

– Elle vient de dire que tu ne pourrais pas le toucher, lui rappela Kira. T'es dingue ?

– À cette portée, en effet, je ne peux rien faire. Mais je peux très bien tirer de là-bas quand il se pointera, du moment que je le vois venir, dit Jayden en désignant la base du pont. S'il veut nous prendre en chasse, il devra bien passer ce coin du parapet tôt ou tard. Donc, je me cache derrière une voiture et je l'attends.

— Alors je reste avec toi, affirma Kira. Je suis ton toubib, crétin. Je ne vais pas t'abandonner avec une plaie par balle dans le bras.

— OK, mais sois discrète.

Yoon s'éloigna en rampant, suivie de Haru, qui traînait le Partial derrière lui. Kira redescendit prudemment avec Jayden et se mit en position derrière un gros pneu de camion. Le garçon, lui, s'accroupit derrière un autre pneu du véhicule, sans quitter des yeux l'extrémité du parapet, un peu en contrebas. Le chauffeur du camion, un squelette noirci par le temps, regardait droit devant lui sans rien voir.

— À ton avis, ce sera lequel? demanda Kira. Le Partial, je veux dire : Nick ou Steve?

— Tu veux dire : Maigrichon ou Grognon?

Kira eut un rire sans joie.

— Ce n'est pas qu'ils soient difficiles à reconnaître; mais je n'ai pas osé redemander lequel était qui.

— On verra bien, conclut Jayden.

Kira leva les yeux vers les hauteurs du pont.

— Les guetteurs nous verront traverser, souffla-t-elle.

— Je sais.

— On va se faire arrêter, et tu passeras sans doute en cour martiale. Notre mission secrète ne va pas le rester longtemps. (Elle l'observa, mais il demeura muet.) Je commence à penser que ce n'était pas une si bonne idée, tout ça.

Cette fois, elle vit l'ombre d'un sourire soulever le coin de ses lèvres.

— La ferme, Walker, chuchota-t-il. On essaie de monter une embuscade, là.

Ils attendirent encore. Jayden surveillait le parapet, Kira la route d'accès. Aussitôt que le Partial se montrerait, ils...

Elle entendit un déclic.

– Lâche ton arme.

Levant et tournant lentement la tête, elle découvrit un Partial debout derrière eux : pas Maigrichon ni Grognon, mais un soldat ennemi, probablement membre de la troupe qui s'était attaquée à eux, et qui avait trouvé le moyen de se faufiler jusque-là sans être vu. Le soleil se reflétait sur sa visière noire. Il brandit son fusil automatique, et Jayden posa son arme avec un soupir. Kira posa la sienne à côté.

– Pas un bruit, dit le Partial. Il y a une...

À ce moment-là, sa visière se fissura en toile d'araignée autour d'un petit trou apparu comme par magie ; une demi-seconde plus tard, le bruit sourd d'un silencieux effleura leurs oreilles. Le Partial s'effondra au sol et Kira resta paralysée par la surprise. Jayden, lui, ramassa son semi-automatique. Ils entendirent alors des pas pressés, et Kira, sortant de sa stupeur pour se retourner, vit Grognon courir dans leur direction, son fusil entre les mains.

– Le problème du sniper est réglé, cria-t-il, mais il y en a d'autres qui arrivent. Faut qu'on se tire en vitesse.

– Alors c'est toi qui nous as avertis... balbutia Kira.

– Tu pourras feindre la surprise plus tard, lâcha-t-il en se laissant tomber sur un genou à côté du Partial.

Balançant son fusil dans son dos, il s'empara de celui de la créature et pivota vers Jayden.

– Je ne plaisante pas, ils sont au moins dix à nos trousses. Il faut foncer.

Jayden hésita un instant, puis se leva et attaqua la côte au pas de course.

— Viens, Kira. Il est long, ce pont.

Ils coururent debout, sans prendre la peine de s'abriter derrière le parapet, en espérant que leur vitesse et leur avance suffiraient à les protéger des balles. Ils finirent par rattraper Haru quelque part au milieu des voitures.

Ce dernier posa le Partial inconscient par terre avec un grognement de douleur.

— Content de te revoir, Nick. J'ai le bras cassé et Jayden est touché ; à ton tour de porter cette saleté.

Grognon jeta un coup d'œil en arrière, haussa les épaules, puis tendit son arme à Haru. Avant même qu'il ait soulevé le prisonnier, celui-ci lui logea une balle dans la tête. Kira poussa un petit cri, Grognon s'écroula au sol, et Haru fit feu une seconde fois.

— Qu'est-ce que tu fous ? hurla Jayden.

— Je te l'ai déjà dit. Pour ce que j'en sais, ils sont tous les deux coupables. Je ne vais pas ramener plus de Partials que nécessaire.

— Mais il nous a sauvés ! Il a dégommé un soldat Partial !

— Ça ne veut rien dire, rétorqua Haru en examinant le fusil d'assaut. Tais-toi et porte le prisonnier.

Kira regardait derrière eux.

— Il disait vrai aussi à propos du groupe qui nous poursuit. Je vois déjà au moins un soldat. On n'arrivera pas de l'autre côté à temps.

Jayden se rembrunit.

— Bon. Au point où on en est, autant y aller carrément.

Il alluma sa radio et se mit à crier dedans tout en hissant le Partial sur son épaule.

– Toutes unités, toutes unités. Équipe d'assaut des Forces de défense sur le pont de Manhattan. Partials à nos trousses, essuyons des tirs, je répète, des soldats humains essuient des tirs de Partials. Demandons aide d'urgence.

Ils couraient à présent, Kira en tête et Haru derrière, en se retournant de temps à autre pour tirer une salve afin de ralentir leurs poursuivants.

– Kira, dit Jayden, change la fréquence.

Elle tourna le bouton à la ceinture du jeune homme, et il répéta le message.

– Toutes unités, toutes unités : équipe d'assaut humaine essuie tirs ennemis sur le pont de Manhattan. Demandons aide d'urgence. Change encore, Kira.

Les tirs s'étaient rapprochés, au point de les forcer à s'abriter. Ils louvoyaient entre les voitures abandonnées, scrutant le sol à la recherche de fils de détente ou de mines, priant désespérément que Yoon avait réussi à tous les trouver et à les signaler. Haru répliquait avec son fusil, s'efforçant de tenir les Partials en respect ; Kira, risquant un coup d'œil par-dessus son épaule, en repéra au moins sept, qui gagnaient rapidement du terrain. Jayden, épuisé par le poids du prisonnier, était hors d'haleine, et Kira prit le relais, répétant son message, encore et encore, en espérant de toutes ses forces que quelqu'un écoutait. Ils arrivèrent bien trop vite à la hauteur de Yoon, qui secoua la tête d'un air démoralisé.

– C'est impossible de garder de l'avance en évitant les explosifs. Ce pont est un piège mortel.

— Plus de munitions ! annonça Haru en laissant tomber le fusil d'assaut avant de saisir le pistolet de Jayden sur sa hanche sans cesser de courir. Ils se rapprochent. On ne tiendra plus très longtemps.

Comme pour confirmer ses dires, une balle fracassa le rétroviseur d'une voiture juste devant eux.

— Toutes unités, toutes unités, répéta Kira, le souffle court, la main crispée sur l'émetteur radio. Équipe d'assaut humaine essuie tirs ennemis sur le pont de...

— Je vous ai en visuel, équipe d'assaut, répondit une voix grésillante. Identifiez-vous.

— On n'a pas le temps de s'identifier ! hurla Kira. On a une armée de Partials aux trousses !

— Jayden Van Rijn, sergent de deuxième classe, dit plus calmement Jayden.

— Vous avez un grand pylône à vingt mètres en avant, fit la voix. Vu ?

Kira leva les yeux.

— Vu.

— Avancez tout droit sur la voie de droite, laissez la voiture rouge à votre gauche et dépassez le pylône. Protégez-vous derrière le gros camion Coca-Cola.

Le groupe suivit aussi vite qu'il le put le chemin indiqué. À chaque pas, les muscles épuisés de Kira criaient grâce.

— Se protéger de quoi ? demanda-t-elle. Qu'est-ce que vous allez faire ?

— À ton avis ? grogna Yoon en poussant tout le monde derrière le camion de livraison rouge. D'après ce que j'ai vu, il y a plus de C-4 que d'acier sur ce pont.

— Tu ne veux pas dire qu...

Elle n'eut pas le temps d'achever sa phrase. Derrière eux, le pont fut pulvérisé par une gigantesque boule de feu, tellement lumineuse que Kira fut éblouie malgré l'écran formé par le gros véhicule. La chaussée oscilla, des voitures furent projetées en l'air, et l'onde de choc déplaça le camion de trois mètres, repoussant les fugitifs avec lui sur l'asphalte. Kira laissa tomber la radio pour se couvrir les tympans. Lorsque le souffle fut passé, elle se redressa en chancelant.

À vingt mètres derrière eux, au-delà du pylône le plus proche, il n'y avait plus de pont. De gros blocs de béton et d'acier pendaient encore au bout des câbles de retenue, et en dessous, le fleuve charriait des tonnes de débris. L'ennemi, quant à lui, avait été vaporisé.

– Gardez votre position, crachota la radio, on envoie une équipe vous chercher. Et je vous conseille d'avoir une sacrée bonne explication.

Chapitre 16

– Eh bien, dit Mkele, nous voici à nouveau réunis pour bavarder un peu.

– C'est toujours un plaisir, répondit Kira non sans ironie.

Les militaires avaient installé le campement sous un échangeur d'autoroute, à l'abri du vent. Après avoir vérifié qu'aucun Partial ne tentait la traversée par l'autre pont, les guetteurs avaient repris leur poste, tandis que Kira et ses compagnons étaient emmenés le plus loin possible avant la tombée de la nuit. Ils n'étaient pas enchaînés, mais surveillés de près par une escouade de soldats. Quant au Partial, toujours inconscient, on l'avait solidement attaché à un lourd plot en béton armé.

– La dernière fois que nous nous sommes parlé, mademoiselle Walker, nous avons évoqué, il me semble, un certain nombre de questions cruciales.

Mkele était arrivé peu avant, à cheval, escorté par un détachement de cavaliers qui s'étaient rapidement déployés pour renforcer la sécurité du campement. Il avait aussitôt pris Kira à part.

— Apparemment, je n'ai pas été suffisamment clair sur ces questions, et je vous prie de m'en excuser. Commençons par le plus évident : pénétrer sur le territoire des Partials, en fréquenter directement et en rapporter un en territoire humain est considéré comme hautement suspect, voire comme un acte de trahison.

— Je vois que nous n'avons pas la même définition du mot « fréquenter ».

— Que faisiez-vous à Manhattan ?

— Je suis médecin à l'hôpital Nassau d'East Meadow. Je m'efforce de vaincre le RM, et j'avais besoin pour cela d'obtenir un Partial.

— Et donc, vous avez simplement décidé… d'aller en chercher un.

— J'ai d'abord fait une demande par les canaux appropriés. Vous n'imaginez pas quelle valeur médicale pourrait avoir cette créature.

— Je n'en reviens pas qu'il me faille vous répéter à quel point tout cela est dangereux. Et quelle idiotie cela représente. Le pont que vous avez fait sauter… vous croyez vraiment que c'est cela qui va les empêcher de nous envahir ? Vous croyez que c'est notre merveilleux dispositif de défense qui va les décourager d'attaquer, si jamais ils décident de donner l'assaut ? Ils sont un million, Walker, mieux entraînés, mieux armés et physiquement plus forts que nous. Si nous sommes en vie, c'est uniquement parce que les Partials ont décidé de nous épargner. Et pour ce que nous en savons, vous venez peut-être de les faire changer d'avis ! (Sa voix était à présent un rugissement furieux.) Et même à supposer qu'ils n'attaquent pas, avez-vous la moindre idée de la menace que représente cet individu-ci à lui tout seul? Nos archives concernant la guerre des Partials semblent indiquer que ce sont eux qui ont diffusé le RM... pas à l'aide d'une technologie particulière, mais physiquement, en utilisant leur corps comme incubateur vivant. Si cela est vrai, chacun d'entre eux représente une arme potentiellement fatale pour l'humanité. Qui sait quel arsenal biologique ils ont concocté depuis onze ans? Leur seule existence constitue une menace pour notre espèce.

– Raison de plus pour les étudier, répliqua Kira. Une seule goutte de leur sang doit déjà contenir des trésors d'informations, et si nous disposons en plus d'un jeu complet de tissus et d'organes, qui sait ce que nous pourrions apprendre? S'ils ont créé le RM, et surtout si, comme vous le dites, ils le préservent ou le synthétisent dans leur corps, il se peut très bien qu'ils détiennent également le secret de la guérison. Vous le comprenez forcément.

– Votre rôle est de préserver l'avenir de l'humanité, reprit Mkele. Le mien est de veiller sur son présent, et – je pense que vous n'en disconviendrez pas – sans présent, il n'y a pas d'avenir du tout. Si jamais votre rôle entre en conflit avec le mien, le mien est prioritaire.

– Pardon, mais c'est complètement absurde.

– C'est la vérité. Vous qui êtes médecin, vous connaissez le serment d'Hippocrate, n'est-ce pas? « Mon premier souci sera de préserver la santé. » Mon premier souci. Il reste environ trente-six mille humains sur la planète, et notre responsabilité primordiale est de protéger leur vie. Une fois et une fois seulement que cela est assuré, notre travail consiste à faire en sorte de produire davantage d'humains, afin de raffermir notre position.

– Vous êtes presque attendrissant, quand vous dites ça comme ça.

– Vous avez risqué la vie de cinq soldats, d'un technicien spécialisé et d'un médecin. Trois de ces soldats ne sont pas revenus. Et tout cela pour rien, puisque je m'en vais de ce pas détruire le Partial.

– Vous ne pouvez pas faire ça, souffla rapidement Kira. Nous en avons besoin.

Après tout ce que j'ai fait pour mettre la main sur ce truc, je ne vais pas te laisser le jeter pour rien.

– Vous aurez mon autorisation pour prélever un échantillon de sang, à seule fin d'analyse, dans un environnement contrôlé et éloigné de la population, et à condition que le Sénat le permette.

– Ce n'est pas suffisant. Nous devons mener des tests médicaux immédiatement ; des nouveau-nés meurent chaque semaine...

– Je commence à me lasser de vous expliquer pourquoi c'est impossible.

– Alors interrogez-le, proposa Kira, prête à saisir le moindre prétexte pour gagner un peu de temps. Il appartenait à une unité plus importante, se trouvait dans une zone qui n'est pas censée être un terrain d'opérations pour les Partials, et il avait, pensons-nous, un contact dans notre propre armée.

– J'ai entendu le rapport.

– Il faut absolument découvrir pourquoi ! Un de nos éclaireurs était peut-être un Partial...

— Ou bien il a simplement été interrogé sur place. La torture est une explication plus simple, donc plus vraisemblable, qu'une infiltration en masse de toute notre société.

— Physiquement, ils sont exactement comme nous, insista Kira. Si je n'en avais pas vu deux survivre à une explosion, je n'aurais même pas deviné qu'ils n'étaient pas humains. Vu comme il leur serait facile de se fondre parmi nous, et étant donné le chaos qui régnait lorsque nous nous sommes réfugiés sur cette île, ce serait idiot de ne pas au moins envisager cette théorie.

— Les Partials ne vieillissent pas, lui rappela Mkele. Ils n'auraient pas pu évoluer pendant onze ans parmi des humains sans être remarqués.

— C'est vrai pour des adolescents, rétorqua Kira, mais un adulte ? Vous, par exemple ?

— Je vous assure que nous contrôlons parfaitement la situation, s'emporta Mkele d'une voix plus menaçante que jamais. N'allez surtout pas vous imaginer que vous pouvez me dire comment faire mon travail – alors que vous me le compliquez singulièrement, d'ailleurs.

Kira se tut pour l'observer et tenter d'évaluer la situation. Il avait en partie raison – d'accord, elle avait pris une initiative dangereuse et irréfléchie –, mais elle n'avait pas entièrement tort non plus. L'expédition avait été un mal nécessaire. À présent qu'ils avaient le Partial sous la main, elle ne pouvait pas laisser Mkele tout jeter aux orties. Jusqu'où pouvait-elle insister ? Comment obtenir davantage qu'un simple échantillon de sang avant la destruction du captif ?

– Monsieur Mkele !

Un soldat arrivait vers eux au pas de course, en agitant un bras.

– Monsieur Mkele, un message codé du Sénat.

Mkele se tut, l'air furibond, puis se tourna vers Kira.

– Vous, ne bougez pas d'ici.

Il suivit le soldat en direction de la radio, et Kira le regarda converser sans l'entendre. Il finit par rendre l'émetteur-récepteur au soldat pour revenir à grands pas vers elle.

– Il se trouve que les nouvelles de vos exploits sont déjà parvenues aux oreilles des sénateurs. Ils veulent voir le Partial de leurs yeux.

Kira eut un bref sourire. *Isolde à la rescousse !* songea-t-elle.

– Ne vous réjouissez pas trop vite, poursuivit aussitôt Mkele. De même que cette créature, votre équipe sera interrogée et jugée lors d'une audience devant le Sénat. Vous allez passer un mauvais quart d'heure, vous pouvez me croire.

Kira, soudain en alerte, releva vivement la tête. Plusieurs soldats avaient brusquement saisi leurs armes, tandis que Jayden, Yoon et Haru observaient quelque chose d'un air inquiet. Mkele fit volte-face, cherchant l'origine de cette tension, puis recula, visiblement surpris.

Le Partial bougeait.

Couché sur le flanc, il geignait faiblement. Mkele ne s'en approcha pas. Le prisonnier était immobilisé par quatre paires de menottes, dont deux reliées au plot en béton, mais malgré cela, personne n'osait pénétrer dans un large périmètre autour de lui. Même à distance, Kira distinguait qu'il était encore groggy, qu'il avait du mal à se réveiller ; et pourtant, si diminué qu'il soit, il faisait encore peur. La jeune fille chercha son fusil à tâtons avant de se rappeler qu'on l'avait désarmée, et jura entre ses dents.

Le Partial remonta ses genoux contre son torse, puis s'étira autant que le lui permettaient ses chaînes. Aussitôt que son geste fut arrêté par ses liens, il se raidit et bougea légèrement la tête à droite et à gauche, dans un effort visible pour combattre l'effet des sédatifs.

Mkele la questionna à voix basse.

– Quand l'avez-vous mis sous sédatifs ?

– Il y a quelques heures.

– Quelle dose ?

– Deux cents milligrammes.

Mkele la dévisagea, interdit.

– Vous essayez de le tuer ? Il va entrer en détresse respiratoire !

– Ce n'était pas de la morphine pure. C'était du Nalox : morphine et nanoparticules de Naxolone. Si le corps perd trop d'oxygène, il compensera en synthétisant le Naxolone, qui stimulera l'activité pulmonaire.

Mkele hocha la tête.

– Dans ce cas, vous auriez même dû lui en administrer un peu plus : visiblement, son corps le supporte bien. De toute manière, aucune importance. (Il pivota alors vers ses hommes.) Présentez... Armes ! Et éloignez-vous un peu de la cible, bon sang ! Ce n'est pas une exécution mafieuse, que je sache.

– Ce n'est pas une exécution du tout, précisa Kira. Vous devez l'emmener devant le Sénat… à sa demande expresse.

L'expression de Mkele était sans pitié.

– À moins qu'il ne soit abattu en tentant une évasion.

– Vous ne pouvez pas faire ça !

Elle jeta un coup d'œil aux soldats armés, alignés comme un peloton d'exécution. Ils attendaient le premier prétexte pour faire feu, la détente leur chatouillait déjà l'index.

Kira pensa au bébé de Madison, au désespoir qu'elle avait lu dans les yeux de la future mère.

– En joue ! ordonna Mkele.

Les armes cliquetèrent. Le Partial remua de nouveau et fut secoué par une toux horrible, déchirante.

Soudain, Haru bondit devant lui pour s'interposer.

– Vous ne pouvez pas le tuer.

– Écartez-vous, gronda Mkele.

– Cet organisme est le seul espoir de sauver ma fille. Le Sénat vous a ordonné de le livrer vivant.

Le captif, qui luttait toujours pour se réveiller, remua encore. La moitié des soldats se reculèrent, les autres au contraire s'élancèrent en avant pour tâcher de tirer en contournant Haru. Celui-ci se crispa, serra les dents, ferma les yeux, mais ne bougea pas.

– C'est une véritable bombe ambulante ! plaida Mkele.

– Oui, il est dangereux, admit Haru. Mais c'est l'atout le plus important que nous ayons jamais eu dans cette guerre. Il nous faut du temps pour en apprendre le plus possible.

Une fois de plus, le Partial gémit. Les soldats le tenaient toujours en joue : ils n'attendaient plus que l'ordre de tirer.

Je vous en prie, songea Kira. *Je vous en prie, ne le tuez pas.* Rassemblant alors tout son courage, elle s'avança pour aller se planter à côté de Haru.

Le prisonnier, cette fois, effleura l'arrière de son mollet. Elle tressaillit et ferma les yeux : elle s'attendait à demi à ce qu'il se dresse de toute sa hauteur pour la tuer, mais elle non plus ne céda pas un pouce de terrain.

Mkele la dévisageait avec une rage brûlante.

– Mettez-le encore sous sédatifs. Injectez-lui tout ce que vous avez. Je ne veux plus qu'il se réveille avant d'être au fond d'une cellule. Départ pour East Meadow demain matin à la première heure.

Chapitre 17

– La séance est ouverte.

Kira était assise en silence au premier rang, dans la petite salle d'audience du Sénat, à côté de Jayden, Haru et Yoon. On leur avait laissé un moment pour se laver et donné des vêtements de rechange, mais ils étaient toujours sous étroite surveillance. Kira sentait les regards de toute la ville se vriller dans sa nuque. Ce n'était pourtant qu'une impression due à sa nervosité : il n'y avait pas de public et, si Mkele avait bien fait son travail, personne n'était même informé de leur présence en ces lieux. Les soldats qui les encadraient avaient dû jurer le secret, les gardes habituels avaient été envoyés ailleurs, et même l'essentiel du Sénat était absent. Il ne restait qu'un comité de cinq responsables politiques à l'expression sévère. Kira était soulagée que le sénateur Hobb se trouve parmi eux : il ne se déplaçait jamais sans son assistante, et la présence d'Isolde était un véritable soutien.

Pourtant, même si Kira était mal à l'aise, ce n'était pas elle qui attirait les regards : les quelques personnes présentes, en effet, n'avaient d'yeux que pour le Partial, enchaîné debout sur une plate-forme mobile au centre de la salle. Bien réveillé à présent, il observait et détaillait chacun avec attention. Il attendait en silence... Kira ignorait quoi. Il était immobilisé par des sangles de cuir, des menottes, des chaînes et même des cordes et des câbles. Personne ne connaissait au juste l'étendue de sa force : ses liens pouvaient aussi bien être excessifs que totalement risibles. Pour plus de sûreté, tout le périmètre était garni de gardes armés.

– Tu tombes sur un jury intéressant, chuchota Isolde, qui était venue s'asseoir auprès de Kira. Le sénateur Hobb a le sens de la justice. Le docteur Skousen, tu le connais déjà ; il a généralement tendance à se taire pendant les audiences du Sénat, mais vu qu'il va beaucoup être question de médecine, je ne peux pas me prononcer d'avance. À côté de lui, c'est Cameron Weist, sur qui je ne sais pas grand-chose. C'est le nouveau représentant de la base militaire du Queens. La femme au milieu, c'est Marisol Delarosa, présidente du Sénat, et bien sûr, la harpie à côté d'elle est la mère de Xochi, représentante des fermes. Ne me demande pas ce qu'elle fait là, je n'en ai aucune idée. Je les ai adoucis de mon mieux, tous autant qu'ils sont, mais quand même... sois prudente. On ne peut pas dire qu'ils t'aient à la bonne, en ce moment.

Kira observait le docteur Skousen.

– Je sais.

Le sénateur Hobb finit par détacher son regard du prisonnier pour se lever. Il était toujours aussi élégant, au point que c'en était presque gênant.

– Cette audience a deux objets : d'une part, les sanctions à prononcer contre ces quatre jeunes gens ;

d'autre part, la décision à prendre concernant le sort de ce... Partial. Sénateur Weist, nous vous écoutons.

– En tant que représentant militaire de ce conseil, je commencerai par les infractions les plus caractérisées. Jayden Van Rijn et Yoon-Ji Bak, levez-vous. (Les deux intéressés obéirent.) Vous êtes accusés de falsification de documents militaires, abandon de poste, désactivation du dispositif de défense du pont de Brooklyn, pénétration non autorisée en territoire ennemi et activités illégales ayant entraîné la mort de trois soldats. Qu'avez-vous à dire ?

– Je plaide coupable, répondit Jayden.

Le visage fermé et dénué d'émotion, il regardait droit devant lui.

Le sénateur Weist s'adressa ensuite à Yoon.

– Soldat Bak ?

Yoon garda le silence, mais une larme brilla dans ses yeux. Elle déglutit, leva le menton et se tint aussi droite que possible.

– Coupable.

– Ces crimes sont passibles de peines très lourdes. Néanmoins, les Forces de défense requièrent la clémence. Vous êtes jeunes et, pour être honnête, nous pouvons difficilement nous passer de soldats entraînés en ce moment. Même s'ils ont eu des comportements criminels. (Weist jeta un regard rapide au Partial – du coin de l'œil, une fraction de seconde –, après quoi il se mit à lire une feuille de papier posée devant lui.) Le tribunal militaire qui s'est réuni ce matin à huis clos a conclu que le soldat Yoon-Ji Bak, en tant que subordonnée, n'avait fait que suivre les ordres de son supérieur et, par conséquent, n'était pas coupable. Soldat

Bak, vous regagnerez avec moi le fort de LaGuardia, où vous serez réaffectée. Vous pouvez vous rasseoir.

Kira, voyant que Yoon laissait à présent couler ses larmes, lui pressa le genou.

Weist reporta alors son attention sur Jayden.

– Lieutenant Van Rijn. Si le grade subalterne du soldat Bak atténue sa culpabilité, le vôtre, au contraire, aggrave votre responsabilité. Vous avez délibérément menti à vos supérieurs, mis des civils en danger et provoqué la mort de trois de vos hommes. Le fait qu'ils aient été volontaires et complices de la conspiration ne fait aucune différence à nos yeux, tout comme il ne devrait pas compter pour vous : vous étiez leur chef, et ils ont perdu la vie.

– Oui, monsieur.

– Vous êtes donc condamné à la dégradation militaire, démis de vos fonctions, et vous serez renvoyé devant un tribunal civil. Les Forces de défense recommandent une peine d'emprisonnement et de travaux forcés, mais la décision finale reviendra à la cour. Veuillez vous rasseoir.

– C'est une grande gueule, c'est tout, lui chuchota Kira du coin des lèvres.

– Mais il a raison, répondit Jayden à voix basse, et il a été plus que clément. En toute justice, j'aurais dû être exécuté.

– Tu ne vas quand même pas te plaindre.

– Merci, sénateur Weist, dit Hobb. L'audience civile peut à présent commencer. Soldat Bak, vous êtes excusée.

– Je préfère rester avec mes camarades, merci, répondit Yoon sans se lever de sa chaise.

Hobb la regarda un instant, puis haussa les épaules et poursuivit.

– Monsieur Haru Sato, levez-vous.

– C'est bien joué de la part de Yoon, chuchota Isolde à Kira. Elle fait preuve de solidarité envers vous tous - c'est le genre d'attitude qui plaît au sénateur Hobb.

– Tu crois que ça peut infléchir les autres ?

– Impossible à dire.

– Haru Sato, reprit Hobb, à vingt-deux ans, vous êtes le doyen et le seul adulte de ce groupe. Qu'avez-vous à dire pour votre défense ?

Le regard de l'accusé était dur comme l'acier.

– Ne soyez pas condescendant avec eux, sénateur.

Kira entendit une rumeur parcourir la cour et réprima une grimace horrifiée. *Haru, espèce d'andouille, qu'est-ce que tu fabriques ? Tu es censé essayer de t'attirer leurs bonnes grâces, pas les braquer contre nous !*

– Voulez-vous bien expliquer ce commentaire ? demanda froidement Hobb.

– Vous venez de condamner Jayden pour avoir pris une mauvaise décision en tant qu'officier, et vous refusez de le considérer comme un adulte ? Kira et Yoon ont seize ans, l'âge auquel vous-même envisagez en ce moment d'abaisser la grossesse obligatoire. Vous comptez les forcer à devenir mères, mais vous refusez, elles aussi, de les considérer comme des adultes ? (Tour à tour, il transperça chacun des sénateurs du regard.) J'avais onze ans au moment du Ravage. J'ai vu mourir mon père lors d'un assaut des Partials. J'ai vu mourir ma mère et mes deux frères quinze jours plus tard, dans un gymnase tellement bourré de réfugiés que le

RM s'y est propagé comme un feu de prairie. J'ai été le seul survivant d'une ville entière. J'ai alors parcouru trente kilomètres à pied, jusqu'à ma rencontre avec un groupe d'autres survivants. Depuis ce jour, je n'ai plus jamais vu un seul enfant, sénateurs, et ces trois-là ont enduré la même chose encore plus jeunes que moi. Ils risquent quotidiennement leur vie pour cette société, ils travaillent, et d'un jour à l'autre vous allez exiger d'eux qu'ils fassent des enfants. Et pourtant, vous avez le front de ne pas les traiter en adultes ? Nous ne vivons plus dans le paradis que vous avez perdu lors du Ravage, et il est grand temps que vous l'acceptiez.

Kira en resta bouche bée. *Bravo, Haru ! Bien envoyé !* Elle se pencha vers Isolde.

– Ça va leur apprendre le respect, un peu !

– Pour lui, oui. Mais en fait, c'est très mauvais pour toi. Il essaie de vous hisser sur un pied d'égalité, de faire apparaître l'affaire comme une conspiration d'adultes consentants, et non comme l'erreur d'un groupe de mineurs influencés par un adulte. Il risque une condamnation plus sévère s'ils pensent que c'est lui le cerveau de l'opération. Il ne veut pas se faire saquer pour vous tous, comme Jayden a tout pris pour Yoon.

Kira, perplexe, regardait tour à tour Haru et les sénateurs.

– Mais c'est... Ça paraissait si noble...

– C'était brillant. Un type aussi rusé gâche son talent au ministère du Bâtiment, si tu veux mon avis.

– Très bien, dit le sénateur Hobb. Kira Walker, souhaitez-vous être jugée en tant qu'adulte ?

Zut. Merci bien, Haru. Elle se leva lentement, la tête haute.

– J'ai pris mes décisions en toute connaissance de cause et je les assume, sénateur. J'étais consciente des risques et je les comprenais.

– Vous me paraissez bien sûre de vous, intervint le docteur Skousen. Dites-moi, Kira, que comptiez-vous faire de ce Partial une fois que vous l'auriez capturé ? Comment comptiez-vous le mettre en quarantaine ? Comment comptiez-vous gérer la menace d'une nouvelle contamination ?

– Je ne comptais pas le ramener, docteur. C'est vous qui supposez sans savoir.

Elle se tut et regarda le médecin s'empourprer de rage. Elle se demandait si elle n'était pas allée trop loin ; mais elle poursuivit, après avoir jeté un regard rapide au Partial. Celui-ci lui renvoya un regard sombre, et elle s'efforça de ne pas penser à la rapidité avec laquelle il pouvait peut-être briser ses chaînes.

– Mon intention était de lui couper une main et de l'analyser sur le terrain, avec un AMN que nous avions apporté à Brooklyn. Personne n'a été mis en danger jusqu'au moment où...

– Personne n'a été mis en danger ? éclata Skousen. Que faites-vous des trois hommes qui ont laissé leur vie de l'autre côté du fleuve ? Et des deux femmes en âge de procréer qui ont failli périr à leurs côtés ? Avec votre poste à la maternité, vous êtes pourtant bien placée pour comprendre la nécessité de protéger chaque grossesse potentielle.

À ces mots, Kira sentit la colère lui brûler les joues.

– Je vous en prie, docteur. Nous avons demandé à être traités comme des adultes, pas comme du bétail.

Le médecin en resta coi, et Kira serra les dents pour se forcer à garder son calme. *Mais qu'est-ce que je fais, là ?*

— Si vous voulez être traités en adulte, dit alors la sénatrice Delarosa, je vous conseille de rester courtoise.

— Bien sûr, sénatrice.

— Pourriez-vous nous dire, pour information, ce que vous espérez retirer de l'examen des tissus d'un Partial ?

Kira jeta un coup d'œil à Skousen, en se demandant ce qu'il leur avait déjà révélé.

— Nous étudions le RM depuis des années, mais nous ignorons toujours son mode de fonctionnement. Tout ce qui devrait en théorie l'affaiblir échoue, comme tout ce qui devrait nous vacciner contre ce fléau. Nous sommes dans une impasse, il nous faut donc chercher ailleurs. J'ai la conviction que c'est en étudiant l'immunité directement chez les Partials, en examinant le dispositif qui les rend insensibles à la maladie, que nous aurons une chance de découvrir le traitement.

Le sénateur Weist plissa les paupières.

— Et vous avez pensé que le meilleur moyen d'y parvenir serait de surgir sans crier gare en plein territoire ennemi, sans préparation ni renforts ?

— J'ai demandé son soutien au docteur Skousen. Il m'a clairement répondu que je ne devrais pas compter sur le Sénat.

— Je vous ai clairement répondu que vous ne deviez rien tenter, rien du tout ! rugit Skousen en tapant sur la table.

— Une de mes amies proches est enceinte, continua Kira. La femme de Haru, la sœur de Jayden. Si nous nous en étions tenus à votre réponse, ce bébé serait aujourd'hui condamné, comme tous les autres enfants que vous n'avez pas sauvés depuis onze ans. Je n'ai pas fait mes études de médecine pour regarder mourir des nouveau-nés.

– Vos intentions étaient admirables, dit alors la sénatrice Kessler, mais vous avez agi de manière stupide et irresponsable. Je crois que nous sommes tous d'accord là-dessus.

En la regardant, Kira fut de nouveau frappée – comme chaque fois – par une ressemblance remarquable entre elle et Xochi. Pas dans leur apparence physique, bien sûr, mais dans leur attitude : adoptée ou non, Xochi avait acquis en grandissant le même zèle passionné et têtu que la sénatrice.

– Nous avons un arsenal de lois pour sanctionner les comportements stupides et irresponsables, continua cette dernière, et nous avons des tribunaux pour faire appliquer ces lois. Pour être tout à fait franche, il me semble que la présence de ces criminels ici, aujourd'hui, est une perte de temps pour le Sénat : je propose que nous les renvoyions devant un tribunal civil, qui disposera d'eux. Ceci, en revanche... (Elle indiqua le Partial du geste.) Nous sommes en séance, et c'est lui que j'aimerais entendre.

Kira fit de son mieux pour soutenir son regard implacable avec le plus de dignité et de fermeté possible.

– Nous avons des lois, en effet, concéda Hobb, mais il me semble assez évident que nous sommes en présence d'un cas particulier...

– Je propose, le coupa la femme en se retournant vers lui, que nous renvoyions cette audience criminelle devant la cour appropriée, et que nous nous occupions plutôt du vrai problème.

— Je suis d'accord, ajouta Skousen.

— Et moi, je proteste, dit Delarosa. La présence d'un Partial sur Long Island, surtout ici, en plein East Meadow, est un sujet sensible et hautement confidentiel. Nous ne pouvons pas accepter que qui que ce soit, et encore moins un tribunal civil, en ait vent. Nous entendrons le Partial, puis déciderons du sort des prévenus.

— Je soutiens cette motion, annonça Weist.

— Et je n'ai pas d'objection, conclut Hobb.

Kessler, l'air sombre, hocha la tête sans rien dire.

Le sénateur Hobb fit alors signe à Kira et à Haru de s'asseoir avant de s'adresser au Partial.

— Bien. La parole est à vous. Qu'avez-vous à dire ?

La créature ne répondit rien.

— Que faisiez-vous à Manhattan ? demanda Delarosa.

Elle attendit, mais le captif garda le silence. Elle attendit encore un peu, puis reprit la parole.

— Vous apparteniez à une équipe d'assaut armée qui bivouaquait à quelques kilomètres à peine de nos frontières. En quoi consistait votre mission ?

Le Partial resta absolument muet.

— Pourquoi maintenant ? insista Delarosa. Après six mois de rébellion violente et onze ans d'absence totale... pourquoi êtes-vous de retour ?

— Exécutez-le et qu'on en finisse, s'écria alors le sénateur Weist. On n'aurait jamais dû l'amener ici, de toute manière.

— Non, étudiez-le ! lança soudain Kira.

En se levant, elle sentit de nouveau tous les regards peser sur elle. C'était sa dernière chance : le mutisme du prisonnier leur enlevait le peu de raisons qu'ils avaient de le garder en vie. Si rien n'était fait, il n'avait plus que quelques minutes à vivre. Il fallait qu'elle leur ouvre les yeux ; elle devait absolument les convaincre de ne pas laisser passer cette occasion.

– Nous avons été idiots de partir seuls, cela aurait pu mal tourner pour mille raisons, et cela peut sans doute encore mal tourner pour mille autres raisons, mais voyez ce que nous avons là : un Partial vivant, devant nous, prêt à être examiné. Punissez-nous si vous voulez, tuez-nous s'il le faut, mais je vous en prie, saisissez cette chance, étudiez-le. Si je me trompe, eh bien tant pis, le mal est fait. Mais si j'ai vu juste, nous pourrons vaincre le RM et enfin commencer à reconstruire notre société. Plus de RM, plus de loi Espoir ; plus de loi Espoir, plus de Voix du peuple ni de rébellion armée : nous aurons une société unie avec une perspective d'avenir.

Les sénateurs la dévisagèrent un instant ; ensuite, Delarosa les regroupa autour d'elle et ils conférèrent entre eux à voix basse. Kira eut beau tendre l'oreille, elle ne capta rien de ce qui se disait. De temps à autre, l'un d'entre eux jetait un rapide coup d'œil en direction du prisonnier.

– C'était bien, lui murmura Isolde. J'espère que ça va marcher. Mais ils n'arrêtent pas de te regarder, ça me fait un peu peur.

– Attends, c'est moi qu'ils regardent ? Je croyais que c'était le Partial.

– Lui aussi, de temps en temps. Mais surtout toi. Je me demande ce que ça veut dire.

Les sénateurs poursuivirent leurs messes basses encore un moment, ce qui laissa à Kira le temps de constater qu'en effet, leurs regards furtifs passaient fréquemment au-delà du Partial pour se poser sur elle. Elle déglutit nerveusement en se demandant à quelle sauce elle allait être mangée. Enfin, ils reprirent leurs places et le sénateur Hobb se leva.

– La décision du Sénat est prise, annonça-t-il. Nous reconnaissons la nécessité d'une étude : les Partials sont invulnérables au RM, et si jamais nous parvenons à découvrir les secrets de cette immunité, un traitement pourrait en effet devenir envisageable. L'organisme de ce Partial est peut-être la clé de notre survie, et l'individu ne semble pas présenter de danger immédiat lorsqu'il est dûment attaché et mis sous sédatifs. (Après un coup d'œil au docteur Skousen, il se redressa et parla d'une voix plus forte et claire.) Nous allons, sous bonne garde et dans la plus grande discrétion, transférer le prisonnier dans une zone sécurisée de l'hôpital, où il pourra être étudié et analysé en détail. Au bout de cinq jours, il sera neutralisé et éliminé. Quant à cette étude, elle sera menée par vous-même, mademoiselle Walker.

Il s'adressait directement à Kira, mais celle-ci était trop abasourdie pour déchiffrer son expression.

– Vous avez cinq jours. Faites-en bon usage.

Kira, qui n'en revenait toujours pas, répondit en balbutiant.

– Vous voulez dire que je ne suis pas arrêtée ni... Vous me confiez le corps ? Vous allez me laisser mener mes tests ?

– Pas seulement le corps, précisa le docteur Skousen. Vos tests seront plus profitables s'il est en vie.

Chapitre 18

– Ça n'a aucun sens, dit Xochi. Ma mère ne peut pas encadrer les Partials, elle aurait tué ce spécimen à mains nues s'ils l'avaient laissée s'en approcher. Pourquoi veulent-ils le garder en vie ?

– Moins fort, souffla Kira tout en jetant un nouveau coup d'œil dehors, par la fente entre les stores. Si on t'entend, ou même si qui que ce soit apprend qu'on t'a mise au courant, ça va faire du grabuge.

– Mkele veut sans doute l'interroger, lâcha Jayden.

Haru et lui devaient commencer leur peine de travaux forcés le lendemain matin, mais le Sénat leur avait laissé la nuit pour rassembler leurs affaires. Haru était chez lui avec Madison, et Jayden était venu chez Nandita. Cette dernière n'était pas là, elle était partie chercher des herbes. Kira frémit en songeant à l'explication qu'elles devraient avoir à son retour : elle se moquait bien de l'opinion des gens qu'elle détestait, mais décevoir ceux qu'elle aimait, ça, elle le supportait mal. Rien qu'à cette idée, les larmes lui montèrent aux yeux et elle s'obligea à penser à autre chose.

– Il me semble que vous oubliez un point crucial, leur rappela Isolde. Apparemment, les Partials sont de vrais sex-symbols ! Si vous me l'aviez dit avant de partir, je serais allée à Manhattan avec vous.

— Oh ! Isolde, c'est immonde, ce que tu dis ! pouffa Kira en faisant la grimace.

— Tu l'as vu comme moi. Cette créature est un Adonis. Fais une chose pour moi, je te prie : quand tu passeras tes cinq jours avec cette perfection génétique, essaie de trouver le temps de l'examiner *de partout*, hein ? Rien que pour moi.

— Cette chose n'est même pas un homme, s'offusqua Jayden.

— Dans quel sens ? À première vue, il a tout ce qu'il faut là où il faut. Si c'était le projet chez ParaGen quand ils ont commencé à les fabriquer, je regrette encore plus que les Partials aient pété un câble et se soient mis à nous massacrer, le taquina Isolde.

Jayden continua de parler sans relever ses provocations.

— Les questions de cette audience, c'était de la petite bière. Ce soir, le Partial va vraiment déguster : ils vont l'enfermer quelque part dans une cave, le torturer, et en apprendre tout ce qu'ils pourront. Je vous le dis, moi : après une nuit dans une salle insonorisée avec les gros bras de la Défense, il fera moins le malin.

— Ouh, arrête ! Là, tu m'émoustilles vraiment !

— Mais tu vas te taire, oui ? s'impatienta Jayden, ce qui fit rire Xochi.

— Quand même, s'étonna Kira, pourquoi veulent-ils me le confier, à moi ? Les autres chercheurs sont bien plus expérimentés, il y a des laborantins chevronnés, des...

— C'est vrai, renchérit Xochi. N'importe qui dans cet hôpital ferait mieux l'affaire que toi. Sans vouloir te vexer.

— Ça ne me vexe pas, au contraire : c'est ce que je dis depuis tout à l'heure.

— Exactement. Alors réfléchis : pourquoi confieraient-ils une tâche aussi importante à la chercheuse la plus débutante, s'ils ne voulaient pas tout faire foirer ? Ou la prendre comme bouc émissaire le jour où l'affaire leur explosera à la figure ?

— Il doit y avoir une meilleure raison, dit Kira sans grande conviction.

Elle observa une fois de plus la rue sombre par la fenêtre. Rien.

— À mon avis, il ne viendra plus, lâcha Xochi.

Kira se retourna vivement.

— Hein ? Non, je... je regardais juste les arbres. Ça me fait plaisir de voir une rue qui ne soit pas pleine de panthères et de sumacs vénéneux.

— Sûr que c'était quelque chose, là-bas, renchérit Jayden. Je ne saurais même pas comment décrire ça.

— C'est parce que c'est inhabité, dit Isolde. Manhattan est redevenu plus sauvage que Long Island parce qu'il n'y a personne pour effrayer les animaux et piétiner la végétation.

Jayden eut un petit rire triste.

— Nous sommes moins de quarante mille sur une île qui comptait autrefois des millions d'habitants. Parfois, je me dis que Long Island ne sent même pas notre présence.

— Il n'y a pas que Manhattan, ajouta Kira. C'est pareil partout... on a vu une panthère à Brooklyn. Et aussi un bébé antilope : un petit faon, qui ne devait pas avoir plus de deux mois. Un de ces jours, ils se demanderont où sont passés ces curieux bipèdes qu'ils ont aperçus, et puis ils boiront un coup dans le fleuve, regarderont les nuages, et nous oublieront complètement. La vie continue. Ça n'a aucun sens de laisser des traces, car il n'y aura jamais plus personne pour les déchiffrer.

— Hum... J'en connais une qui broie du noir, par ici, constata Jayden.

Xochi lui donna un petit coup de poing dans le bras.

— Quelqu'un reveut des frites ?

— Oh, oui, moi ! lança Isolde. Oublions l'extinction de l'espèce : j'ai décidé que je mourrai le jour où il n'y aura plus d'huile de friture.

Xochi lui fit passer le plat et se leva.

— J'en ai marre de *À Antonia pour sa bar-mitsvah.* Autre chose à proposer ?

— *Phineas*, dit Kira. Non ! *Nyssen.* Lui, il me remonte toujours le moral.

Xochi farfouilla dans sa corbeille de lecteurs, tout en vérifiant que le générateur était chargé. Isolde mordit dans une frite, pointa l'autre moitié sur Kira et parla la bouche pleine.

— Moi, je crois que tu as simplement les jetons, analysa-t-elle. Sans blague, c'est normal ! Cette chose a failli te tuer, là-bas, sur le terrain, et maintenant tu dois travailler avec !

— Pas « avec ».

— Dans la même pièce. Tu vois ce que je veux dire. Bref, je trouve que ça fout la trouille.

– C'est toi qui fous la trouille, dit Xochi. (Elle brancha un lecteur de musique – À *Nyssen, de la part de Lisa* –, et une techno énergique résonna dans la pièce.) D'habitude, tu es la plus distinguée de nous toutes, continua-t-elle en s'asseyant à côté d'Isolde, et regarde-toi, avec tes frites : tu nous les balances sous le nez comme une vulgaire marchande des rues !

– Il se peut que je sois un peu pompette, expliqua son amie avec le plus grand sérieux, brandissant toujours sa frite à demi mâchouillée. Le sénateur Hobb m'a fait boire du champagne, figurez-vous.

– Ouh ! s'exclama Xochi. En quel honneur ?

– Peut-être parce que l'audience s'est mieux passée que prévu ? (Isolde haussa les épaules.) En tout cas, je n'allais pas dire non.

– Mais ils n'ont rien obtenu de ce qu'ils voulaient, souligna Kira. Au contraire, quatre jeunes les ont finalement obligés à... (Elle se figea un instant.)... Sauf si c'est ce qu'ils voulaient depuis le début.

– Tu insinues que dès le départ, ils le voulaient vivant ? demanda Jayden. Qu'ils voulaient que tu l'étudies ?

– Je ne sais pas. Je n'y comprends rien.

Un coup d'œil par la fenêtre. Toujours rien.

– Quand même, ça ne vous rend pas un peu méfiants, tout ça ? s'enquit Xochi. Si le Sénat a des intentions louches sur ce coup-ci, qu'est-ce qu'il nous cache encore ?

– Tu fais de la parano, trancha Jayden. Tu crois vraiment qu'ils mijotent des complots machiavéliques en permanence ?

— Je te ferais remarquer qu'ils cachent un Partial à l'intérieur même de la ville. S'ils sont capables de ça, pourquoi pas d'autre chose ?

Il y eut un long silence.

— Des attaques contre les fermes… continua Xochi. Des rebelles arrêtés qui disparaissent en pleine nuit… Nous acceptons tout ça parce que nous croyons en connaître les raisons, mais si c'était faux ? Si les raisons qu'on nous a toujours données étaient des bobards ?

— Ça fait presque un an que je suis l'assistante de Hobb, lui rappela Isolde, et je te garantis que je n'ai aucun dangereux secret d'État à cacher.

— Tu défends l'intégrité de ces gens alors que tu sais, de source sûre, qu'ils mentent à la population d'East Meadow ! Et ils le font un peu trop bien pour que ce soit la première fois, à mon avis. La seule chose qui m'étonne, au fond, c'est que vous trouviez ça étonnant.

— Je crois que Xochi n'a pas tort, concéda Kira.

En réfléchissant à la logique de son amie, elle sentait comme un abîme de plus en plus noir, de plus en plus profond, se creuser dans son ventre.

— Pourquoi es-tu tellement remontée contre eux ? demanda Jayden. Franchement, Xochi, je suis désolé que ta mère soit une peau de vache, mais il n'y a pas qu'elle au Sénat. Et les Forces de défense, alors ? Vous êtes en train de critiquer des gens qui se battent pour assurer notre sécurité, qui laissent leur vie dans les territoires sauvages pour que vous puissiez vous goinfrer tranquillement ici et écouter de la musique en vous plaignant d'être opprimés.

– Mais dis-moi, Jayden, riposta Xochi, exaspérée. À part ton récent fiasco personnel, quand as-tu vu un soldat mourir au combat pour la dernière fois ?

– L'année passée, lors du raid de la Voix sur les fermes des Hamptons.

– Et comment peux-tu être aussi sûr que c'était bien la Voix ?

– Pourquoi les autorités nous mentiraient-elles ?

– Qu'est-ce qui te dit que ce n'était pas un fermier mécontent qui avait refusé d'envoyer son quota, et qui s'est fait un peu trop chahuter par tes Forces de défense chéries ?

– Mais pourquoi nous mentirait-on ? s'entêta Jayden.

– Pour qu'on reste bien sages ! brama Xochi. Regarde tout ce qu'on nous impose : patrouilles armées dans les rues, fouille au corps à l'entrée et à la sortie du marché... Ils commencent même à perquisitionner les domiciles privés, maintenant. Si le Sénat nous dit de sauter, on dit oui et on demande même à quelle hauteur, parce qu'on nous a mis dans la tête que sinon, la Voix nous tuera. Les garçons vont à la guerre, les filles tombent enceintes, on fait toujours tout ce qu'on nous dit de faire... et ça ne change jamais rien. Aucune amélioration. Et vous savez pourquoi ? Parce que si ça s'améliorait, on n'aurait plus à les écouter.

Kira était stupéfiée par cet éclat ; les autres aussi, apparemment.

Jayden se leva en grommelant.

– N'importe quoi, dit-il en s'éloignant vers la porte. J'ai autre chose à faire que de perdre mon temps ici.

– Abruti ! marmonna Xochi avant de filer à la cuisine.

Isolde se tourna vers Kira en ouvrant de grands yeux étonnés.

– Ce ne sont pourtant pas des monstres, dit-elle. Je travaille avec eux tous les jours... ils sont humains, voilà tout. Hobb essaie vraiment de faire de son mieux. (Elle réfléchit un instant.) Tu sais, tu devrais y aller armée, demain. Personne ne connaît la force des Partials, et on ne sait pas de quoi ils sont capables. Tu as un flingue, au moins ?

Kira fit non de la tête.

– Je suis plutôt fusil, mais seulement à la maison. Un fusil ne me servirait pas à grand-chose au labo.

– Je te passerai le mien, alors. De toute manière, je n'ai rien à craindre : il y a des soldats tous les deux mètres au Sénat. Alors que toi, tu vas te retrouver comme un dompteur, seule en cage avec un prédateur hyper-intelligent. Tu en auras plus besoin que moi.

Kira, une fois encore, contempla la rue déserte par la fenêtre.

– Autant aller le chercher maintenant, ce flingue, dit-elle doucement. De toute manière, la fête est finie pour ce soir.

Elle sortit avec son amie, s'arrêta sur le perron et attendit encore pendant plusieurs longues secondes avant de descendre les marches.

Marcus ne vint pas.

Kira suivait le docteur Skousen dans un couloir. Il marchait d'un pas si vif qu'elle devait parfois trottiner pour rester à sa hauteur.

– C'est une ancienne salle de quarantaine, dit-il en indiquant une lourde porte d'acier tout au fond, devant eux. Mais il y a des années qu'elle ne sert plus pour cet usage, ni pour aucun autre, d'ailleurs. Le personnel de ménage l'a dépoussiérée à fond pendant la nuit. Je crains qu'elle ne soit plus tout à fait aussi hermétique que nous le souhaiterions, mais nous avons envoyé des missions supplémentaires repérer et fouiller tous les magasins de fournitures médicales, hôpitaux, et cliniques possibles… tout endroit susceptible de contenir le plastique qui conviendrait pour isoler les portes et les fenêtres. En attendant, il faudra se contenter de ça.

Et on va m'enfermer à l'intérieur avec un Partial, pensa Kira. Elle serrait dans ses bras tout un stock de tubes à essai, calepins et autres fournitures variées empilées à la hâte, et s'efforçait de suivre le médecin sans rien laisser tomber.

En arrivant au bout du couloir, celui-ci baissa la voix.

– Nous avons passé la nuit à le dépouiller de tout ce qui aurait pu lui servir d'arme, à le laver, à le peser… toutes les manipulations impossibles à effectuer lorsqu'il est attaché. À présent, il est étroitement sanglé, et il est à vous.

Ils avaient atteint la porte : une épaisse barrière d'acier de plus de deux mètres de haut, flanquée de deux soldats casqués et cuirassés. L'un d'eux était Shaylon Brown, le petit jeune avec qui elle avait sympathisé lors de la mission d'Asharoken : il lui sourit en déverrouillant la porte. Kira, les bras toujours serrés sur son tas précaire de matériel, regarda Skousen.

— Y a-t-il autre chose que je devrais savoir ?

— Apprenez-en le plus possible, répondit-il d'un ton grave. Je n'ai jamais voulu vous laisser faire ça, et je trouve toujours que vous avez pris une initiative parfaitement idiote, mais à présent que nous en tenons un... c'est une occasion rare, et honnêtement, j'ignore pendant combien de temps les autres sénateurs vont laisser faire, qu'ils vous aient promis cinq jours ou non. Vous prendrez soin de tout me rapporter directement, surtout si vous découvrez quelque chose... d'inquiétant. Il faut absolument éviter tout mouvement de panique.

— Compris. Bien... (Kira se tourna vers la porte, inspira un grand coup et passa entre les deux soldats en faction.) Merci de veiller sur moi, les gars.

Si on me cherche, je suis là-dedans avec un monstre.

Le sas d'accès était un court boyau de plastique souple et transparent ; au sol, une grille émettait un faible bourdonnement : c'était un grillage électromagnétique conçu pour retenir toutes les particules extérieures collées à ses semelles. *Il devrait y avoir des...* Elle trouva les jets d'air comprimé juste au moment où une véritable tornade artificielle se déclenchait autour d'elle afin d'expédier toute poussière, fibre, cheveu et autres contaminants vers la même grille. Elle parvint à ne pas lâcher son équipement ni ses papiers et, lorsque le vent s'arrêta, pénétra dans le labo.

Le Partial était étendu sur une table d'opération au centre de la pièce ; d'épaisses sangles de cuir l'immobilisaient, et les roulettes de la table étaient bloquées par des freins apparemment solides. Il la regarda arriver, parfaitement éveillé et alerte. Le long des murs s'alignaient des plans de travail, des analyseurs médicaux et divers appareils, brillants de propreté et bien éclairés. Kira portait le semi-automatique d'Isolde sur la hanche.

Jamais de sa vie elle n'avait éprouvé une telle terreur.

Elle demeura quelques instants sans rien dire, puis alla poser ses affaires sur un meuble bas. Ses tubes de prélèvement s'éparpillèrent en roulant, et elle prit son temps pour les rassembler et les ranger un par un dans un râtelier en plastique. Elle déglutit, les yeux toujours rivés sur le râtelier, et fit un effort pour se retourner face au prisonnier. Ce n'était rien, se disait-elle : simplement un homme, presque encore un adolescent, seul, pieds et poings liés. Elle l'avait déjà affronté, ainsi que ses semblables, dans des conditions bien pires seulement quelques jours plus tôt. Et pourtant, ici, l'impression était différente ; tout semblait anormal, pas à sa place. Un Partial dans la nature était un ennemi, elle savait comment le considérer. Alors qu'un Partial ici, en plein East Meadow, dans la même pièce qu'elle...

Un reflet brilla dans l'œil du captif : Kira, pivotant sur elle-même, découvrit la lentille d'une petite caméra fixée à un meuble dans un coin. L'appareil était visiblement neuf et rajouté : il venait d'être hâtivement mis en place à l'aide de grosses vis. Examinant alors la pièce en détail, la jeune fille en découvrit cinq autres : il y avait en tout une caméra dans chaque angle et deux en hauteur pour observer plus particulièrement la table du Partial et la station de travail. Une initiative de Mkele, supposa-t-elle. L'idée que lui et ses hommes gardaient un œil sur elle allégea légèrement sa nervosité : si jamais le prisonnier tentait quelque chose, ils le verraient et réagiraient sur-le-champ.

Son soupir de soulagement lui fit prendre conscience qu'elle retenait sa respiration depuis un bon moment. En réalité, elle n'aurait su dire si elle trouvait la surveillance de Mkele rassurante ou inquiétante. Elle passa devant le captif sans le regarder pour rejoindre la fenêtre.

Elle se trouvait au premier étage, avec vue sur un rideau d'arbres qui dissimulait mal un grand parking empli de carcasses de voitures. La plupart des parkings de la ville étaient vides – les clients ne se pressent pas dans les restaurants quand la civilisation entière est en train de s'effondrer –, mais en revanche, onze ans plus tôt, celui de l'hôpital avait été rapidement saturé, et ces voitures le hantaient encore tels des spectres.

Il faut que je lui prélève du sang, se dit Kira, qui repoussait le moment de se mettre au travail. *J'ai besoin de sang et de tissus. Après tout, si je me suis rendue en zone de guerre pour couper la main d'un soldat ennemi, je peux bien faire une prise de sang à cette chose enchaînée, impuissante, à trois mètres de moi.*

Elle retourna du côté des éprouvettes qu'elle avait apportées : les échantillons de sang prélevés sur Marcus. Des reliques de sa première tentative d'étudier le RM, avant Manhattan, avant le Partial, avant tout cela. Avant que Marcus ne vienne pas. Elle avait gardé ses notes concernant ce sang, qui détaillaient des décomptes de plaquettes et de lymphocytes, de glucose, d'électrolytes, des taux de calcium, et cette masse énorme, terrifiante, de structures virales. Tout humain en était porteur et continuait d'empoisonner ses enfants, des années après la disparition des Partials. Ces derniers étaient-ils porteurs, eux aussi, exactement de la même manière? Cette expédition catastrophique n'aurait-elle servi à rien?

Elle respira un grand coup, passa les mains sur son visage, et se retourna pour regarder le prisonnier. Ce n'était plus une créature anonyme derrière une visière noire, mais un homme, un garçon à peine plus âgé qu'elle, sanglé sur une table et pratiquement nu. En l'absence de chemise, elle vit que son corps était ferme et musclé, pas gonflé comme celui d'un bodybuilder, mais simplement en forme : fort, svelte, athlétique. La perfection génétique, pour reprendre les mots d'Isolde. Kira tâcha de retrouver le courage dont elle avait fait preuve pendant le combat à Manhattan, tenta de s'imaginer en train de lui sectionner une main pour l'étudier. Il avait les yeux noisette, comme elle. Il la dévisageait calmement.

D'après le docteur Skousen, il avait été lavé. Pourtant, à mieux y regarder, elle crut apercevoir de petites taches sur son visage et son crâne. Elle s'approcha d'un pas pour mieux voir, puis d'un autre pour scruter ses traits. C'étaient des gouttelettes de sang, séché et noir, autour de sa bouche, d'un œil, et sur une oreille de l'autre côté. Elle tendit une main vers lui pour écarter ses cheveux de son front, puis se ravisa et laissa retomber son bras.

— Je suppose qu'ils vous ont battu?

Le Partial ne répondit rien : il ne faisait que l'observer de ses yeux sombres. Elle sentait sa colère irradier par vagues, comme la chaleur d'un fourneau. Elle fit l'effort de tendre à nouveau la main, et cette fois le

Partial réagit brusquement, secouant la tête et tirant sur ses liens. Involontairement, Kira fit un bond en arrière, le cœur battant, et toucha son pistolet. Elle ne le dégaina pas : elle voulait simplement le sentir là, compact et rassurant sous sa paume. Elle s'obligea à se calmer et s'approcha une fois de plus, en se tenant bien droite. Après une hésitation, elle finit par sortir l'arme de son étui pour la tenir en l'air devant les yeux du Partial.

– J'ai participé à votre capture, annonça-t-elle. Je n'essaie pas de vous menacer, je veux juste vous montrer ma détermination. Nous avons cinq jours à passer ensemble, et si vous voulez m'agresser pendant ces cinq jours, j'ai tout ce qu'il faut pour me défendre.

Il la dévisageait toujours, avec un regard froid et dur, comme à la recherche de la moindre faille, du moindre point faible dont il pourrait tirer avantage...

... et pourtant, derrière cette froideur de surface, il était terrifié. C'était visible, jamais de sa vie il n'avait eu si peur. Elle recula d'un pas pour imaginer la situation de son point de vue à lui : il était seul, prisonnier de guerre, battu, enchaîné et sanglé à une table d'opération, et à présent elle le menaçait d'une arme à feu.

Kira baissa les yeux sur le pistolet et le rangea.

– Au cas où vous ne l'auriez pas remarqué, tout le monde ici a une peur bleue de vous. Nous ignorons tout de vos capacités et de votre fonctionnement. À nos yeux, vous êtes une arme biologique sur pattes.

Elle se tut et attendit, mais il resta muet. Elle l'encouragea d'un geste de la main, sans résultat. Elle soupira. Elle ne savait même pas précisément ce qu'elle attendait de lui.

Sous son regard attentif, elle se sentait comme un insecte dans un bocal. Qui étudiait qui, en vérité ?

– Très bien. Si vous ne voulez pas parler, ça ne fait rien. Entre nous, je pense que si j'étais dans votre situation, je ne l'ouvrirais pas non plus ; mais d'un autre côté, je ne sais pas si je pourrais m'en empêcher. Les humains sont des êtres extrêmement sociables ; nous aimons communiquer afin de sentir...

– Vous parlez trop.

Kira se tut et ouvrit des yeux ronds. La voix du Partial était sèche et rauque, après tout ce temps passé sans rien dire : il n'avait sans doute pas prononcé un mot depuis sa capture, plus de cinquante heures auparavant. Elle douta presque d'avoir bien entendu. *Ça, c'est la meilleure ! Je suis le premier humain en onze ans à communiquer avec une autre espèce, et il me dit de la fermer !* Une fois le choc initial passé, elle en aurait presque éclaté de rire.

– J'en prends bonne note, dit-elle. Mais laissez-moi vous expliquer ce que je suis sur le point de faire. La plupart des examens seront non invasifs, réalisés à l'aide de capteurs : je vais observer vos organes, ce genre de...

Le Partial ferma alors les yeux, ostensiblement pour l'ignorer, ce qui lui fit un instant perdre sa langue.

– Comme vous voudrez, pas d'explications médicales.

Elle s'approcha alors d'un meuble, fouilla dans les tiroirs et revint avec un tube de verre stérilisé et une poignée de petits instruments.

– Laissez-moi au moins vous prévenir : je vais vous piquer le doigt. Rien de très douloureux : c'est juste une aiguille à ressort longue d'environ deux millimètres. Allez-vous vous laisser faire, ou encore vous débattre ?

Il rouvrit les yeux, vit l'aiguille, et regarda fixement Kira. Au bout d'un long moment, il ouvrit lentement le poing et allongea ses doigts.

– Merci.

Elle fit tomber quelques gouttes d'alcool sur une boule de coton et en badigeonna son index. Il avait les mains fermes et chaudes. La seringue automatique avait à peu près la taille et la forme d'une petite boîte à fil dentaire, et elle la pressa contre le bout du doigt.

– Attention, ça va piquer.

C'est à peine s'il tressaillit. L'aiguille s'enfonça et elle la retira vivement, puis appliqua l'ouverture d'un mince tube de verre contre la ponction. Le tube s'emplit peu à peu de sang, plus lentement que la normale. Elle eut beau presser le doigt pour en faire jaillir le liquide, le saignement cessa avant même que le tube soit rempli.

– Vous avez peut-être la tension un peu basse, commenta-t-elle en refermant le tube d'un air perplexe. D'habitude, je peux en remplir deux avec une seule ponction. À moins que...

Elle regarda de plus près le sang qui commençait à coaguler dans le tube. Puis elle observa le doigt, en le palpant doucement. Le trou avait déjà disparu.

– C'est incroyable, souffla-t-elle.

Elle éleva à nouveau le tube à hauteur de ses yeux ; le sang prenait une teinte rouille et se solidifiait rapidement. Bientôt, la surface fut scellée par une petite croûte dure.

Kira regarda le Partial. Il ne dit rien.

Sa première impulsion fut de le piquer à nouveau, plus profondément cette fois, mais elle la rejeta presque aussitôt. Elle n'était pas là pour le torturer, et, cicatrisation rapide ou non, il était sensible à la douleur. Son tressaillement lorsqu'elle l'avait piqué en apportait la preuve. Elle n'avait pas le cœur de le blesser uniquement pour observer sa réaction.

Et pourtant... n'était-ce pas précisément ce que voulait le Sénat ? N'était-elle pas là pour cela ? Elle n'allait pas le disséquer vivant, bien sûr, mais on lui avait dit de l'étudier, et si la résistance de cette créature au RM était fondée sur un puissant système d'autorégénération, il faudrait bien qu'elle teste ses capacités de cicatrisation et qu'elle détermine si et comment les humains pouvaient en tirer profit. En résumé, si elle ne pouvait pas trouver les réponses ailleurs, il faudrait bien qu'elle les cherche en lui.

Pouvait-il, par exemple, guérir spontanément d'une plaie par balle ? Et dans ce cas, qu'arrivait-il à la balle ? Kira était tiraillée entre son instinct et sa curiosité scientifique. Finalement, elle reposa le tube de sang coagulé avec un soupir.

— Je ne vais pas vous torturer, dit-elle en retournant chercher dans les tiroirs une petite seringue en plastique et une courte aiguille très pointue. En revanche, il me faut vraiment un autre prélèvement. L'analyseur a besoin de sang liquide pour me donner une bonne image de ce qui se passe là-dedans. Donc, puisque apparemment votre sang coagule au moindre contact avec l'air, nous allons devoir procéder autrement.

Elle prépara la nouvelle seringue et trouva une fiole de sérum physiologique, qu'elle pompa avec l'aiguille jusqu'à être sûre que le piston était entièrement rempli de liquide. Elle désinfecta ensuite le creux du coude du Partial, et tint l'aiguille au-dessus.

– Attention, je pique.

Cette fois, il n'eut aucune réaction. Elle tira un centimètre cube de sang, puis commença à couvrir la ponction d'une boule de coton et d'un morceau de sparadrap avant de se rappeler que, bien sûr, la cicatrisation était déjà presque achevée. Elle se sentit un peu bête, et se détourna pour aller déposer la seringue entière, aiguille comprise, sous l'œil de lecture de l'AMN. Cette fois, le sang était resté à l'état liquide. Elle retira alors ses gants et se mit à effleurer l'écran pour demander la composition du sang, le taux de créatinine et tout ce qui lui vint à l'esprit ; de nouveau, elle fit apparaître la fenêtre « Analyse sanguine complète » qui lui avait permis d'identifier le virus la fois précédente. Avec Marcus. Elle cliqua sur « oui » et attendit en retenant son souffle.

Elle ne s'était pas encore autorisée à penser à Marcus. D'ailleurs, elle n'en avait pas vraiment eu le temps. Moins de vingt-quatre heures plus tôt, elle était encore à l'arrière d'un camion des Forces de défense et regagnait East Meadow pour son audience secrète devant le Sénat. Marcus n'était pas venu chez Xochi la veille au soir. Elle ne l'avait pas cherché non plus, et au matin elle s'était rendue tout droit ici. Lui en voulait-il toujours ? Et elle, lui en voulait-elle ? Oui, assurément, mais dans le même temps, elle comprenait sa position. Elle voyait bien, à présent, qu'il n'avait fait que...

quoi ? Chercher à la protéger ? Elle n'avait pas besoin de protection, pas alors qu'elle était la seule à tenter de faire quelque chose. Mais avait-il raison à propos du RM ? Était-ce vrai que le virus était inguérissable, et qu'en essayant de le combattre ils ne faisaient que gâcher leurs vies ? Elle ne pouvait pas se résoudre à y croire, ni même à l'envisager. Elle allait trouver le remède contre cette saleté, point barre. Mais dans ce cas, que pensait-elle comprendre à propos de Marcus ?

Elle comprenait qu'il avait peur, et qu'il craignait de la perdre. Cela, elle pouvait l'admettre. Elle-même avait bien cru sa dernière heure arrivée.

L'analyseur émit un bref signal sonore, et Kira reposa ses yeux sur l'écran. Le sang présentait un taux d'électrolytes supérieur à la moyenne, un taux de glucose à la limite du diabète, et une telle quantité de globules blancs que, soupçonnant une infection, elle prit la température du prisonnier. Trente-sept degrés, exactement comme elle. Peut-être sa physiologie différait-elle légèrement de celle des humains ? Ces résultats auraient indiqué une maladie chez un patient ordinaire, mais selon toute apparence, ils étaient normaux pour un Partial. Elle nota ces observations dans son calepin et surligna les anomalies qu'elle comptait étudier plus en détail ultérieurement.

Quoi qu'il en soit, le plus important dans cette analyse était ce qui y manquait. La machine, en effet, n'avait pas décelé la moindre trace de RM.

Pas de RM. Elle releva la tête, extasiée. Le captif gisait toujours sur la table, le regard fixé au plafond, muet et pourtant encore curieusement menaçant. Tout autre individu dans cette posture aurait semblé résigné, mais il y avait encore quelque chose chez lui – la tension dans les muscles, la vivacité des micromouvements oculaires – qui lui donnait l'air de réfléchir à toute vitesse.

En cet instant, cela n'avait aucune importance. Kira avait envie de rire : le sang du Partial était totalement exempt de RM, exactement comme elle l'avait prédit. Son corps avait la faculté de détruire ou d'expulser complètement le fléau. Il ne restait plus qu'à trouver comment.

Elle tapota rapidement l'écran pour faire apparaître les dossiers concernant le virus. Sachant désormais que les Partials n'en étaient pas porteurs, il lui restait à déterminer précisément quel processus suivait l'infection chez les humains. Il ne suffisait pas de dire : « Ils tombent malades. » Elle avait besoin de savoir par quel moyen le virus se transmettait d'une personne à une autre et se développait dans l'organisme de sa victime, à l'échelle microscopique. Il lui fallait observer le processus chez un humain et chez un Partial, et comparer. Elle fit de nouveau apparaître l'image du virus, ce globule jaunâtre qui proliférait dans le sang. *Tu ressembles à une baudruche*, lui dit-elle mentalement, *et pourtant tu as tué 99,9996 % de l'espèce humaine.*

Il fallait qu'elle se concentre. Quelles informations étaient déjà connues ? Sa taille, par exemple : quatre cents nanomètres. C'était énorme, à cette échelle – assez volumineux, en tout cas, pour être arrêté par un bon filtre à air. Elle jeta un coup d'œil au boyau en plastique de l'entrée, en se demandant quel type de filtre était utilisé là-dedans. *Un tel dispositif devrait pouvoir arrêter un virus de quatre cents nanomètres. Sa taille devrait aussi l'empêcher d'atteindre les fœtus : rien d'aussi gros ne peut en principe traverser la barrière placentaire. Voilà qui peut expliquer pourquoi les bébés ne tombent malades qu'après la naissance.*

Kira s'immobilisa, foudroyée par une pensée soudaine. *Si le virus est assez gros pour être filtré, pourquoi n'arrivons-nous pas à en préserver les nouveau-nés dans un environnement stérile ?* Pourtant, ils briquaient les chambres, stérilisaient leurs instruments, portaient des masques étanches... ils faisaient tout ce qui était possible, et le virus passait quand même.

Je ne suis pas la première à me poser cette question. Marcus et le docteur Skousen disent tous deux que la recherche n'a cessé de travailler depuis le Ravage. Les résultats doivent être consignés quelque part. Elle demanda à l'ordinateur de chercher dans la base de données toutes les études menées sur les naissances en chambre stérile. Elle en trouva plusieurs. Sans surprise, aucune n'avait rien donné : le taux d'infection et le développement du RM étaient équivalents à ceux qui affectaient les autres naissances, comme si la stérilisation de l'environnement n'avait aucun effet. Elle trouva également un autre ensemble d'études, consacrées à une variante du RM que l'on trouvait uniquement dans l'air. Kira ouvrit ce dossier avec intérêt : elle savait que le virus survivait dans l'atmosphère, bien sûr, mais à son niveau d'études, elle n'avait pas encore abordé en cours la structure concrète de cette souche aérienne. L'étude comprenait des images d'un virus semblable dans sa forme à celui de son prélèvement sanguin, mais bien plus petit : entre vingt-trois et trente et un nanomètres. Kira fronça les sourcils, perplexe.

Un objet aussi minuscule était presque impossible à filtrer, même en chambre stérile. Elle regarda le Partial et sentit sa vieille colère remonter.

— Vous avez vraiment tout bétonné pour que nous n'échappions pas à ce truc, hein ?

Le prisonnier inclina la tête pour la regarder, et Kira eut presque l'impression de voir des engrenages tourner sous son crâne. Lorsqu'il prit la parole, ce fut avec un regard presque empreint de… curiosité.

— Vous ne pouvez pas vous reproduire.

— Quoi ?

— C'est pour ça que vous essayez d'éradiquer le RM. Comme nous n'avons pas d'enfants, leur absence ici ne m'a pas frappé tout de suite, mais il n'y en a plus, n'est-ce pas ? Vous essayez de vaincre le RM parce que vos enfants n'y survivent pas.

Kira eut envie de lui hurler dessus, de le forcer à reconnaître sa responsabilité dans l'extinction humaine, de le massacrer pour avoir osé évoquer avec un tel détachement une réalité si terrible. Mais elle s'arrêta avant d'exploser, frappée par une idée.

La créature ne savait donc pas que le virus les tuait encore ? Kira était consciente qu'il ne fallait pas lui faire confiance, mais on aurait vraiment dit qu'il venait tout juste de comprendre. Il n'était pas au courant. Si c'était bien le cas, on pouvait en conclure deux choses très importantes. Tout d'abord, les Partials n'espionnaient pas les humains. Régulièrement, des théories circulaient, selon lesquelles des Partials infiltrés se cachaient parmi les habitants de l'île. Si ça avait été vrai, ce spécimen aurait su dès le départ que les enfants humains ne survivaient pas. Son étonnement prouvait que l'espèce humaine n'était pas sous surveillance.

Ou alors, s'ils nous observent, ils ne se communiquent pas entre eux ce qu'ils voient.

La seconde conséquence était que les Partials – ou au moins celui-ci en particulier – ignoraient tout du fonctionnement du RM. S'il ne savait pas que le virus avait perduré, les membres de son entourage ne le savaient pas non plus. Les dirigeants de ces créatures dissimulaient-ils des informations à leurs propres soldats, ou étaient-ils également ignorants ? Et comment pouvaient-ils ne pas connaître le fonctionnement d'un organisme qu'ils avaient eux-mêmes créé ? Il était possible que la souche d'origine ait muté ; cette éventualité fit frémir Kira. Si une invention aussi meurtrière que le RM était capable d'outrepasser ses paramètres d'origine, qui savait jusqu'où elle pouvait aller ?

Il n'y avait qu'un moyen de le savoir, supposait Kira.

– Vous, dit-elle. Le Partial. Que savez-vous sur le RM ?

Aucune réponse.

– Oh, allez, quoi ! soupira-t-elle, exaspérée. Ça ne va pas recommencer ! Vous ne pourriez pas dire un mot, au moins ?

Alors, il ouvrit enfin la bouche.

– Je sais, humaine, que dans cinq jours vous allez me tuer. Ça ne m'encourage pas beaucoup à parler.

À ces mots, Kira retourna s'affaler dans le fauteuil devant l'analyseur, tellement en colère qu'elle n'arrivait plus à réfléchir. Ce monstre allait mourir, oui, pour avoir tué Gabe, Maigrichon, ainsi que six milliards d'êtres humains. Après tout ce qu'il avait commis, toutes les atrocités auxquelles il avait participé, il avait le culot de se poser en victime ?

Sur l'écran, les images semblèrent tournoyer et se brouiller devant les yeux de Kira ; comment pouvait-elle se concentrer alors que cette horreur gisait à quelques mètres d'elle ? C'est dans ces moments-là qu'elle avait besoin de Marcus. S'il avait été présent, il aurait dit une blague, dédramatisé la situation, et l'aurait aidée à aller à l'essentiel. Elle regarda vers la porte, mais bien sûr il n'était pas là. Il ne savait même pas où elle se trouvait.

Le Partial avait toutefois raison sur un point : il ne restait que cinq jours. Pas de temps à perdre. Elle se ressaisit et se força à se concentrer sur sa tâche : une collection d'images du virus et une série d'études sur sa structure. Celui-ci existait sous deux formes : sanguine et aérienne. Le Globule et le Spore, disons. Le jaune et le bleu. *Concentre-toi !* Le Spore était minuscule, parfaitement adapté à un déplacement par les airs. Ce devait être ainsi que la maladie se transmettait de porteur en porteur. Mais alors, à quoi servait le Globule ?

La réponse ne figurait dans aucune étude. Les deux formes du virus y étaient détaillées, mais pas leur mode d'interaction. Kira revint à l'analyse du sang de Marcus et l'examina en détail pour y chercher la moindre trace du Spore. Si cette particule avait la capacité d'infecter un corps, elle aurait dû être présente dans son prélèvement, et pourtant, il n'y avait rien. Conclusion : ce qu'il advenait du Spore lorsqu'il entrait dans le corps se produisait très rapidement, et sans laisser de trace.

Ou plutôt, la trace en question, c'était le Globule. Kira passa mentalement les possibilités en revue. De toute évidence, le virus réagissait au sang et aux tissus humains. C'était ainsi qu'il fonctionnait : il utilisait le corps du porteur pour s'y multiplier. Mais il devait exister un degré supplémentaire d'interaction ; peut-être le Spore n'était-il pas du tout conçu pour se dupliquer, mais uniquement pour se transformer en Globule, et laisser ce dernier proliférer. C'était curieux, mais pas impossible. *En tout cas, quoi qu'il fasse, il le fait très rapidement : le temps que l'on puisse prélever du sang, tous les Spores sont déjà transformés en Globules.* Kira passa ses doigts dans ses cheveux. Elle se demandait comment assister en direct à la métamorphose. Si seulement elle obtenait un échantillon de sang non infecté et le confiait immédiatement à l'analyseur, elle pourrait observer concrètement le processus d'infection. Mais où trouver du sang humain indemne ?

Chez les nouveau-nés. La maternité attendait quatre naissances pour la semaine suivante, sans compter que des prélèvements supplémentaires étaient possibles pour peu qu'une autre mère accouche prématurément.

Elle déposerait une demande auprès du docteur Skousen, ne serait-ce que pour voir sa réaction. Tous les enfants subissaient une prise de sang aussitôt après leur naissance, mais l'analyse devait généralement attendre plusieurs minutes, car il y avait toujours plus urgent à faire avant. En principe, les prélèvements sanguins n'étaient pas très sensibles au passage du temps, si bien que personne n'avait jamais vu d'urgence à les tester. Or, si la théorie de Kira était juste, il faudrait au contraire procéder à l'analyse le plus tôt possible après la naissance afin d'observer cette réaction spécifique.

La question suivante était la plus difficile : si le Globule apparaissait à partir de Spores transformés, d'où venaient les Spores ? Le Globule les produisait-il à son tour ? Finissait-il par se retransformer en Spore ? Cette transition-là serait ardue à observer, car Kira n'avait aucune idée de son fonctionnement et ignorait donc comment la recréer. En toute logique, la transformation ne pouvait pas se produire dans le sang : l'absence de Spores dans celui de Marcus l'attestait. *Dans les poumons, alors ? Le Globule réagit-il en présence d'oxygène comme le Spore réagit en présence de sang ?* C'était la réponse la plus simple, et donc le meilleur point de départ. Mais comment tester sa validité ?

Il faut d'abord que j'isole le virus. Elle chercha autour d'elle un instrument susceptible de retenir l'infime particule, et ses yeux se posèrent sur une boîte de gants en latex. Elle se rappela que Marcus et elle, à l'école de médecine, s'étaient parfois amusés à les gonfler comme des ballons de baudruche. Si la transformation du virus se produisait effectivement dans les poumons, son haleine devait en être pleine. *Et si un gant en latex retient l'oxygène, il doit aussi retenir le virus, du moins le temps que l'AMN l'analyse.* Elle en prit un, le pinça entre ses lèvres, et souffla. *Bon, et maintenant ?* Elle hésitait, debout au milieu de la salle. La machine serait-elle capable de scanner à travers le latex ? Probablement, même si Kira se sentait un peu ridicule de fourrer un gant en caoutchouc gonflé dans le lecteur. Mais il y avait un autre problème : quoi qu'elle fasse avec son propre souffle, elle devrait faire de même avec celui du Partial. Les deux tests devaient être menés en parallèle, sans quoi les résultats n'auraient aucun sens. Et elle était quasiment sûre qu'il n'accepterait jamais de souffler dans un gant en latex. Elle laissa le sien se dégonfler. Elle allait devoir trouver autre chose.

– Nous étions en train de gagner la guerre, dit soudain le prisonnier d'une voix douce.

Kira sursautait encore chaque fois qu'elle l'entendait, tellement c'était inattendu. Elle fourra le gant dans sa poche.

– Quoi ? Pourquoi me parlez-vous de ça ?

– Parce que vous croyez que nous avons créé le virus ; c'est pour cela que vous m'étudiez dans l'espoir de le guérir. Vous nous prenez pour les responsables. (Il secoua la tête.) Ce n'est pas nous.

– Ça ne m'étonne pas que vous me mentiez, répliqua aussitôt Kira, mais j'espérais que vous trouveriez quelque chose d'un peu plus original.

– C'est la vérité.

– C'est faux ! cria-t-elle. (Le Partial n'eut aucune réaction : il se contenta de l'observer depuis la table, avec ses yeux sombres et sérieux.) Vous nous avez attaqués, vous nous avez tués, et vous avez libéré ce virus pour achever le travail.

– Nous étions en train de gagner la guerre, reprit-il. Nous étions la force dominante de votre armée : vous n'aviez donc aucun moyen de nous résister. Nous avons frappé vite et fort, démantelé vos moyens de communication, empêché toute contre-attaque. Il vous était matériellement impossible de nous arrêter. Encore quelques semaines, peut-être pas plus de quinze jours, et nous aurions pris le contrôle complet du gouvernement, sans toucher aux infrastructures mises en place par votre société : électricité, gaz naturel, transports, industrie, agriculture...

— Et quel était le projet ? demanda Kira avec amertume. Nous réduire en esclavage ? Comme main-d'œuvre pour entretenir ces infrastructures ?

— C'est-à-dire exactement ce que vous nous aviez fait ?

Kira le regarda fixement. Sa colère montait de seconde en seconde, brûlante comme une torche qui la consumait de l'intérieur. Elle reprit le gant dans sa poche, rejoignit à grands pas l'analyseur, et jeta l'objet dans la poubelle réservée aux matériaux dangereux.

— Nous ne voulions pas vous réduire en esclavage, poursuivit le Partial. Et même si c'était le cas, nous n'avions ni le besoin ni le désir de vous tuer pour le faire. Nous n'avions aucun intérêt, tactique, politique ou autre, à diffuser un virus meurtrier.

— Vous voulez me faire croire qu'un super-virus parfait, qui détruit les humains et vous laisse indemnes, a été lâché dans la nature en plein conflit... par pure coïncidence, et que vous n'avez rien à voir là-dedans ?

— Je reconnais que ça peut sembler étonnant.

— Étonnant ? C'est peu dire !

— Depuis ce temps-là, nous cherchons une explication, mais nous ignorons toujours sa provenance.

— Je ne sais même pas pourquoi je vous parle, dit Kira.

C'était une folie d'imaginer accorder le moindre crédit à ses paroles… et elle aurait été folle de l'écouter. Elle tâcha de se concentrer sur l'écran, fixant rageusement les images et les données, mais ne put s'empêcher de regarder à nouveau le Partial : d'abord un rapide coup d'œil, puis un autre. Il savait quelque chose. À condition de faire le tri dans ses mensonges, peut-être y avait-il quelque chose à glaner dans ses révélations. Il s'exprimait d'une voix monocorde, sans émotion, presque comme s'il s'en fichait complètement. Elle pivota pleinement vers lui et se pencha en avant dans son fauteuil.

– D'accord, dit-elle, puisque vous êtes d'humeur à bavarder : que faisiez-vous à Manhattan ?

Pas de réponse. Elle attendit sans le quitter des yeux, puis, agacée, répéta sa question.

– Quelle était votre mission ? Que faisiez-vous si près de la frontière ?

– Je ne peux pas vous le dire.

– Pourquoi ?

Le Partial contemplait le plafond.

– Parce que je ne veux pas que vos semblables me tuent.

Chapitre 19

Il était presque minuit lorsque Kira sortit de l'hôpital, et elle frissonna légèrement : été ou pas, les nuits pouvaient être fraîches sur Long Island. Le Partial n'avait pas proféré un mot de plus, et elle en était presque soulagée : elle avait bien sûr très envie d'en savoir davantage, mais cela lui faisait peur, aussi. Si ce qu'il savait était dangereux au point de lui coûter immédiatement la vie... elle eut un nouveau frisson en y pensant.

Elle avait donc passé la journée absorbée dans les fichiers de l'AMN, à étudier le virus : sa structure cellulaire, les protéines qui constituaient son enveloppe et ses récepteurs de surface, le capital génétique logé dans son noyau. L'hôpital bénéficiait d'un équipement incroyablement sophistiqué, autrefois utilisé pour les modifications génétiques – qui servaient à tout, de l'éradication des maladies héréditaires au choix de la couleur des yeux –, mais tous les experts capables de l'utiliser avaient péri lors du Ravage. C'était assez risible, en un sens, qu'une telle technologie de pointe soit disponible et qu'aucun être vivant ne sache la maîtriser. Parfois, Kira voyait presque quelque chose de mystique dans ces appareils : ils étaient un peu les objets liturgiques d'une civilisation oubliée. Le docteur Skousen et ses chercheurs étudiaient ces vestiges dans des salles obscures, entourés des grimoires anciens de leur art, mais la magie les avait désertés. Ils avaient accès au code génétique du RM, mais ne savaient pas le modifier ni même le déchiffrer. Ils ne pouvaient qu'observer, deviner, et appeler de leurs vœux une grande découverte.

Kira n'en avait fait aucune. Et il ne lui restait que quatre jours.

Elle partit à pied dans la ville, impatiente de rentrer s'écrouler dans son lit mais préférant quand même vagabonder au hasard, comme si son cerveau, trop fatigué pour se fixer, avait envie d'errer sans but. Ce qu'elle fit dans la cité assombrie, longeant des maisons silencieuses, sur des trottoirs fissurés et des routes de terre aplanies par les passants. Une fois le soleil couché, East Meadow semblait presque aussi désert que le monde extérieur : la végétation omniprésente était tenue en respect par la masse des hommes et des bêtes, mais les habitations étaient tout aussi noires, les rues aussi vides, la ville aussi silencieuse. De jour, les lieux étaient peuplés, quoique clairsemés ; de nuit, ils n'étaient qu'une petite fraction des ruines qui jonchaient la terre entière.

Kira, tournant à un carrefour, comprit soudain où elle se trouvait, où elle avait inconsciemment dirigé ses pas depuis l'instant où elle avait quitté l'hôpital. La rue de Marcus. Elle s'arrêta au coin, immobile, pour compter les maisons : *cinq, quatre, trois, deux, une*, et puis la sienne à droite. Le garçon avait vécu plusieurs années auprès d'un homme d'un certain âge, puis avec un nouveau père adoptif au décès du premier, et enfin, à seize ans, s'était installé seul. Déménager n'était pas bien compliqué : il suffisait de trouver un logement en bon état, de le nettoyer, et le tour était joué. Les propriétaires étaient morts, les banques n'existaient plus, et il restait assez de maisons pour que chacun en possède deux, cinq ou même dix s'il le voulait. Long Island avait abrité des millions d'habitants. L'ancien monde s'était abîmé dans une course effrénée aux biens de consommation. À présent, il en restait largement trop pour que tout puisse être un jour consommé.

Kira aperçut une faible lueur jaunâtre au loin. Elle plissa les paupières : pas de doute, cela venait de chez Marcus. Que faisait-il debout à cette heure ? Elle s'avança prudemment sur le trottoir défoncé par les racines, sans quitter des yeux la lumière minuscule. Une petite flamme à la fenêtre. Elle s'arrêta sur la pelouse pour scruter la chambre de l'extérieur : une bougie, une chaise, et Marcus endormi dessus, tout droit contre le dossier. Les murs étaient nus, encore marqués par les clous qui avaient servi à accrocher les photos de quelqu'un d'autre, désormais décrochées, rangées ou jetées. Elle contempla son ami pendant un moment infini, et soudain il fut pleinement éveillé, le regard braqué sur elle.

Il resta immobile à la dévisager, les yeux écarquillés, attendant qu'elle bouge. Elle n'en fit rien et lui retourna son regard.

La flamme de la bougie vacilla.

Marcus se leva, disparut dans le fond de la pièce, et la porte d'entrée s'ouvrit peu après. Kira gravit les marches en courant avant même de savoir ce qui se passait, et lorsque Marcus s'encadra sur le seuil, elle se jeta à son cou et enfouit le visage dans sa poitrine. Il la prit contre lui et la serra fort. Alors, elle ferma les yeux et se laissa aller contre lui pour le respirer, l'absorber : sa force, son odeur, sa présence, aussi familières que les siennes propres. Aussi loin que remontaient ses souvenirs, il avait toujours fait partie de sa vie ; il était plus réel que tout ce qui avait constitué l'ancien monde. C'était le monde dans lequel elle était née, mais ceci – East Meadow, Marcus, et même le RM –, c'était celui dans lequel elle vivait. Blottie contre lui, elle leva son visage à la rencontre du sien. Leurs lèvres se trouvèrent pour partager un long baiser intense, désespéré.

— Pardon de ne pas être parti avec toi, chuchota Marcus. Je l'ai regretté chaque jour.

— Tu serais peut-être mort à l'heure qu'il est, protesta Kira en l'embrassant à nouveau.

— Mais j'aurais dû rester avec toi, insista-t-il avec fermeté. J'aurais dû être là pour te protéger. Je t'aime, Kira.

— Moi aussi, je t'aime, répondit-elle avec douceur.

Mais dans le fond de sa tête, une voix lui murmura : *Tu n'avais pas besoin qu'il te protège.*

Elle n'écouta pas cette voix, la chassa de son esprit. Pour le moment, son seul désir était de rester dans ses bras.

— Tu en as attrapé un, pas vrai ?

Kira demeura un instant muette, réticente à parler du Partial ou même à y penser, puis acquiesça.

— Oui, c'est ça.

— Les rumeurs vont bon train. Tout le monde sait que la Défense a rapporté quelque chose de l'ouest de l'île, mais personne ne sait quoi. Je n'ai pas eu de mal à additionner deux et deux.

Une vague d'angoisse remonta dans le corps de Kira lorsqu'elle se rappela la tension qui régnait en ville avant son départ. Elle se souvint qu'ils étaient au bord de la guerre civile.

— Tu crois que quelqu'un d'autre a compris ?

— J'en doute, répondit Marcus. Un Partial en plein East Meadow, ce n'est pas vraiment la première idée qui vienne à l'esprit.

— Peut-être pas la première, mais la deuxième, ou la cinquième, ou la vingtième. Quelqu'un risque de piger.

Elle avait froid, soudain, et se dégagea de l'étreinte du garçon pour se frictionner les bras. Posant une main dans son dos, il la poussa doucement à l'intérieur.

— Nous avons bien d'autres soucis dans l'immédiat, dit-il d'un air sombre qui ne lui ressemblait pas. Il y a eu encore une attaque de la Voix pendant votre absence, une grosse. Ils ont fait un raid sur les chenils et pris presque tous les chiens dressés de la Défense. Si bien qu'on ne peut plus...

Kira s'arrêta net et lui agrippa le bras, le cœur tambourinant.

— Les chenils ? Ce n'est pas là que Saladin travaillait ?

– Le précieux prodige, confirma Marcus. Le plus jeune humain de la planète. Ils l'ont enlevé en même temps que les chiens, ainsi que la moitié des employés qui bossaient avec lui. Un gros coup dur, psychologiquement. Sans les chiens, on ne peut plus traquer les rebelles dans la nature, c'est une chose. Mais sans Saladin... c'est comme s'ils avaient débarqué, tabassé un chiot à coups de pied et volé un bébé. Beaucoup de gens réclament une vraie déclaration de guerre contre la Voix.

– Mais pourquoi faire une chose pareille ? On dirait que c'est exprès pour provoquer la colère des gens... comme s'ils faisaient tout pour nous faire enrager. Ce n'est pas ça qui va gagner la population à leur cause. Ils essaient peut-être de déclencher les hostilités, en effet ?

– Ils comptent sans doute réclamer une rançon. Saladin a beaucoup de valeur, et ils ont laissé un mot.

– Un mot ?

– Enfin, plutôt un graffiti de plus de vingt mètres sur le chenil, mais c'est pareil. Le message était clair. Le même que d'habitude : « Abrogez la loi Espoir. »

Kira traversa le boyau de plastique.

– Bonjour !

Elle l'avait dit sans y penser, puis s'arrêta pour se demander pourquoi. Depuis quand considérait-elle le Partial comme une personne ?

Celui-ci, bien entendu, ne répondit pas. Il n'eut même aucune réaction, au point que Kira se demanda s'il dormait. Elle s'approcha de lui à pas de loup, en faisant le moins de bruit possible, mais le prisonnier gémit, toussa, tourna la tête sur le côté et cracha.

– Qu'est-ce que vous...

Elle se figea. Son crachat était rouge.

Kira lâcha ses dossiers et courut à son chevet pour lui soulever doucement la tête. Tout son visage était noir de sang séché et d'hématomes.

– Bon Dieu, qu'est-ce qui vous est arrivé ?

Il poussa un nouveau gémissement avant d'ouvrir lentement les yeux.

– Du sang.

– Oui, je vois ça, dit Kira en courant chercher des compresses dans les placards, mais pourquoi ? Que s'est-il passé ?

Il garda le silence. Il tourna la tête, fit craquer son cou, puis tenta de lever son bras droit, qui bougea d'une dizaine de centimètres avant d'être arrêté par la sangle. On lui avait donné des vêtements propres, et Kira remonta sa manche : son bras était couvert de fines lacérations, tendres et roses.

– Ils m'ont coupé.

Horrifiée, Kira en resta bouche bée. Mais l'horreur fit presque instantanément place à la colère.

– Qui ? Qui a fait ça ? Vos gardes ? Des médecins ?

Il hocha très légèrement la tête et tâta ses dents avec sa langue, pour s'assurer qu'elles étaient toutes encore en place.

– C'est grotesque, fulmina Kira.

Elle s'approcha du microscope d'un pas furieux, râla, revint du même pas. Tout ce qu'elle avait envisagé de faire, et qu'elle avait rejeté comme étant inhumain, quelqu'un d'autre l'avait fait à sa place. Elle décocha un long regard glacial à l'une des caméras, dont l'œil fixe la contemplait sans émotion. Elle eut envie de la fracasser, mais s'obligea à se calmer en contrôlant sa respiration. La colère ne résoudrait rien. *J'essaie d'être du bon côté, là, mais... dorloter le Partial, est-ce vraiment la bonne chose à faire ? Servirais-je mieux l'humanité si je cherchais ses limites ?* Elle s'assit à son bureau, le regard toujours fixé droit devant elle. *Je ne sais même pas quoi faire.*

Baissant la tête, découragée, elle vit alors le gant en latex froissé dans la poubelle. L'expérience... Il fallait encore qu'elle trouve un moyen d'isoler le souffle du Partial pour voir s'il contenait la souche aérienne du RM. Le Spore. Elle n'avait toujours pas trouvé comment procéder. Elle était convaincue que l'idée du gant fonctionnerait, mais uniquement si le sujet était volontaire. Or, il était toujours aussi maussade et mutique.

Elle se leva, enfila un autre gant et s'approcha lentement de lui.

– Vous avez un nom ?

Il l'observa attentivement, avec cette lenteur concentrée qui donnait à Kira l'impression qu'il calculait tout en elle.

– Pourquoi cette question ?

– Parce que j'en ai marre de vous appeler « Partial ».

Il la dévisagea encore un moment, puis sourit, lentement, avec méfiance.

– Samm.

– Samm, répéta Kira. Je dois reconnaître que je m'attendais à plus exotique.

– Ça prend deux *m*.

— Pourquoi deux *m* ?

— Parce que c'est ce qui était écrit sur mon paquetage. Sam M. Je n'ai pas compris tout de suite que le M était l'initiale d'un nom de famille : je n'avais que deux jours. Je n'avais encore rencontré personne qui ait un nom de famille. Je n'étais que... Samm. Je l'ai écrit ainsi sur un formulaire, et c'est resté.

Kira hocha la tête et plia les genoux pour avoir le visage à sa hauteur.

— Samm, dit-elle, je sais que vous n'avez aucune raison de m'aider, aucune raison de faire ce que je vous demande, mais je veux que vous compreniez à quel point c'est important. Vous avez deviné hier que le RM était encore un gros problème pour nous, et vous avez vu juste. Tout ce que je fais ici – tout ce que nous faisons tous –, c'est chercher un moyen de le guérir. C'est pour cela que nous sommes allés à Manhattan : parce que rien de ce qu'il reste sur cette île ne nous donnait la solution. J'ignore totalement si cela peut avoir la moindre importance pour vous, mais c'est capital pour moi. Je donnerais ma vie pour trouver un traitement. Maintenant, je sais que ça va vous paraître bizarre, mais je vais vous demander un service. (Elle marqua une pause, faillit renoncer, mais leva finalement le gant à hauteur de ses yeux.) Voudriez-vous bien souffler là-dedans ?

Il eut l'air surpris.

— J'ai besoin que vous le gonfliez, expliqua-t-elle. Ce qui me permettra d'avoir un échantillon de votre souffle pour analyse.

Le Partial hésita.

— Dites-moi votre nom.

– Pourquoi ?

– Parce que j'en ai marre de vous appeler « humaine ».

Elle inclina la tête avec curiosité. Était-ce une plaisanterie ? Sa voix était toujours aussi monocorde et dénuée d'émotion, mais il y avait quelque chose de presque enjoué derrière. Essayait-il de fraterniser ? Était-ce un test ? Cependant, il avait toujours ce regard calme et calculateur. Quoi qu'il soit en train de faire, il devait avoir des intentions cachées. Elle pinça les lèvres, réfléchit, et décida de jouer le jeu.

– Je m'appelle Kira.

– Alors oui, Kira, je veux bien gonfler votre gant en latex.

Elle approcha l'objet de ses lèvres, sentit son haleine sur sa main, après quoi il souffla fortement. Ils durent s'y reprendre à plusieurs fois pour y arriver, mais elle fut bientôt en possession d'un petit échantillon d'air sorti de ses poumons, et elle pinça fermement le poignet du gant.

– Merci.

Elle déposa le gant dans le lecteur de l'AMN, referma le capot et se mit à faire défiler les fenêtres sur l'écran. L'analyseur se lança dans le long processus de détection des structures moléculaires, les sauvegardant à mesure pour que Kira puisse les examiner à loisir.

Presque immédiatement, un petit message apparut en haut de l'écran : l'analyseur avait trouvé une « adéquation partielle » avec un élément déjà présent dans la base de données. *Tu fais des jeux de mots, maintenant, l'ordi ?* Un instant plus tard, un nouveau message surgit, puis deux, puis quatre : les similitudes partielles se multipliaient à toute vitesse. Kira fit apparaître l'image et découvrit un étrange assemblage de protéines, absolument nouveau et pourtant, comme indiqué par l'analyseur, très familier. Elle regarda de plus près. Il y avait maintenant des dizaines d'adéquations partielles, et leur nombre se rapprochait rapidement de la centaine. Conclusion : quelque chose dans le souffle de Samm ressemblait beaucoup au Globule du RM, sans y être identique. Les doigts de Kira volèrent sur l'écran pour agrandir l'image, la faire pivoter, la décomposer. Cet élément était remarquablement proche de la version sanguine du RM : même taille, même forme et, au moins en partie, même nodules et récepteurs à la surface. Ce n'était pas exactement le RM, mais c'en était assez proche pour faire frémir Kira d'appréhension. Les quelques petites différences étaient ce qu'il y avait de plus terrifiant, parce qu'elles signifiaient que ceci était nouveau. Une nouvelle souche du virus, peut-être.

Et Samm en produisait comme il respirait, c'était le cas de le dire.

Kira leva la tête vers les caméras. Elle envisagea d'appeler à l'aide, ou simplement de partir en courant, mais se ravisa. *Pas de précipitation, il faut réfléchir*. Tout d'abord, elle ne se sentait pas malade : elle ne présentait ni symptômes ni gêne respiratoire, rien ne semblait indiquer une attaque d'agents pathogènes. Elle se rapprocha de l'écran pour mieux étudier l'objet inconnu : curieusement, il ressemblait au RM, mais pas à un virus. En effet, un virus aurait eu un noyau en son centre, un petit paquet d'informations génétiques prêt à s'introduire dans une cellule hôte pour la corrompre. Rien de tel dans les poumons de Samm. Elle observa l'image 3D en profondeur, couche après couche, examinant la structure jusqu'au moindre détail. Pour autant qu'elle puisse en juger, cette particule n'avait aucun moyen de se reproduire. C'était une version non virale du virus, en quelque sorte.

En tout cas, Kira avait de quoi travailler. Elle croisa les références de cette image avec d'autres fournies par la base de données, à la recherche du moindre indice susceptible de lui en apprendre davantage sur la fonction de cette particule. Deux possibilités se firent bientôt jour, et elle les nota dans son calepin. La première était que le corps de Samm ait pu à une époque produire le Globule, puis que cette capacité se soit atrophiée, ne laissant que cette structure inerte, non virale. Ce serait donc un vestige, un peu comme l'appendice chez l'être humain : la trace résiduelle d'une fonction ancienne. Kira y songea en contemplant son calepin. Était-ce ainsi que les Partials avaient diffusé le RM ? Leur avait-il suffi de respirer pour tuer tout le monde ? Mais alors, comment cette fonction s'était-elle désactivée ? Quel interrupteur avait rendu inerte ce virus meurtrier ? *Les Partials ont été fabriqués de toutes pièces. Un tel interrupteur, manipulable à distance, aurait pu être inclus dans leur conception. Mais qui a le pouvoir de l'actionner ?*

Les implications de cette idée nouaient déjà les entrailles de Kira. Et pourtant, la seconde possibilité était encore plus terrifiante : il se pouvait aussi que la particule soufflée par Samm soit un précurseur du virus actif, conçu pour se transformer en Globule meurtrier au contact du sang humain. Était-ce là le secret de l'immunité des Partials ? Un virus qui s'armait uniquement lorsqu'il trouvait une cible humaine ? C'était la pire éventualité pour Kira, car dans ce cas, les Partials étaient inexploitables : ils ne présentaient aucun mécanisme de défense qu'elle aurait pu copier pour lutter contre le fléau.

Si le RM visait spécifiquement et directement les humains, alors la seule défense possible était de ne pas être humain.

Il n'y avait peut-être qu'un moyen de survivre : être soi-même un Partial.

Kira secoua la tête, jeta son calepin sur la table et repoussa vivement cette idée. Elle ne pouvait pas raisonner ainsi, elle ne le *voulait* pas. Quelque chose, dans le code génétique des Partials, devait rendre le RM inerte. Quelque chose qu'on devait pouvoir copier et appliquer au code génétique humain. Et elle le trouverait. Tout cela prouvait une seule chose sans l'ombre d'un doute : Samm avait dit vrai la veille. Les Partials avaient bien un lien avec le RM, à un niveau très basique. Mais en quoi consistait ce lien ?

Elle tapota l'écran pour nommer la particule. Elle avait baptisé le virus « le Globule » sous sa forme sanguine, parce qu'il était gros et rond ; la forme aérienne, « le Spore », parce que c'était probablement son mode de propagation. Elle appela cette souche « le Dormeur », parce qu'elle n'avait aucune fonction identifiable. Apparemment, elle restait là à attendre, peut-être pour frapper au bon moment.

— Vous ne trouverez pas ce que vous cherchez.

Kira sursauta une fois de plus. Samm choisissait toujours les moments les plus incongrus pour s'exprimer. Mais la curiosité de la jeune fille prit le dessus.

– Et comment savez-vous ce que je cherche ?

– Vous cherchez une solution.

– Je cherche un traitement.

– Le traitement n'est qu'une partie du problème. Vous cherchez une solution à vos problèmes : rébellion, épidémie, agitation politique, guerre civile. Vous avez peur de tout, et je vous accorde que tout, dans vos vies, est assez effrayant. Vous cherchez un moyen de surmonter la catastrophe, de recoller les morceaux. Mais vaincre le RM ne vous suffira pas pour trouver les réponses. Et vous le savez.

Il nous a écoutés, songea Kira. *Il a pu comprendre beaucoup de choses pendant l'audience, mais pas tout. Il ne peut pas être au courant pour la Voix, par exemple. Mais il a été très attentif et il a tout pigé.* Sa première impulsion fut de se taire définitivement devant lui, afin qu'il ne puisse plus glaner la moindre information. Cependant, il était attaché et n'avait plus que quatre jours à vivre. En quoi deviner l'imminence d'une guerre civile aurait-il pu l'aider à sauver sa peau ?

Soudain prise de claustrophobie, elle se rendit à la fenêtre pour respirer un peu. Lorsqu'elle tenta de l'ouvrir, celle-ci ne bougea pas. Kira tira, poussa, de toutes ses forces, en maudissant le Sénat de l'avoir enfermée, avant de se rappeler que la pièce était scellée pour des raisons sanitaires évidentes. Un peu vexée de son étourderie, elle pesta de plus belle.

– Nous ne voulons pas votre mort, déclara Samm.

Elle fit volte-face, les joues brûlantes de haine.

— Alors pourquoi nous avoir tués ?

— Je vous l'ai dit, nous n'avons pas créé le RM.

— Ce que j'ai trouvé dans vos poumons semble indiquer le contraire.

Si c'était une surprise pour lui, il n'en montra rien.

— Si nous avions voulu votre mort, vous seriez morts depuis longtemps. Ce n'est pas une menace, c'est un fait.

— Alors qu'attendez-vous de nous ? Pourquoi nous garder en vie ? Qu'est-ce que vous complotez ? C'est pour ça que vous étiez à Manhattan ?

Il hésita un instant.

— Il me semble que vous feriez tout pour assurer la survie de l'humanité. Jusqu'où êtes-vous prête à aller ?

— De quoi parlez-vous ? Que proposez-vous ?

Le regard du Partial se porta vers le coin de la pièce, où une caméra, elle le savait, regardait et écoutait tout. Il ferma la bouche et fixa le plafond.

— Non, dit Kira en se penchant sur lui, vous ne pouvez pas dire une chose pareille et vous refermer comme une huître. Pourquoi même avoir commencé à me parler, si c'est pour vous taire ensuite ?

Il ne répondit pas, ne la regarda même pas.

— C'est à cause de ce que vous m'avez dit hier ? Que vous ne pouviez pas parler parce que vous ne vouliez pas être tué ? J'ai une nouvelle pour vous, Samm : vous allez mourir de toute manière. Si vous avez une chose à dire, allez-y. Vous n'étiez pas à Manhattan pour rien ; était-ce lié au RM ?

Elle attendit pendant une minute entière, mais il resta muet, et elle se retourna rageusement vers la fenêtre, qu'elle frappa du plat de la main. Le coup résonna, mais comme dans le lointain. *C'est bizarre, ça.* Elle fronça les sourcils, regarda attentivement la fenêtre et la frappa de nouveau, en se demandant ce qui avait fait du bruit. Rien ne se passa. Elle s'approcha encore de la vitre, et tout à coup une salve de détonations rapides s'éleva de la ville. Elle regarda dehors en essayant de distinguer la provenance du son, et vit un panache de fumée s'élever quelque part derrière les arbres. À quelques rues d'elle, pas davantage. Les détonations continuèrent, par rafales rapides et rythmées, mais c'est seulement en voyant des gens courir qu'elle comprit de quoi il s'agissait.

Une arme automatique. Une attaque sur la ville.

Chapitre 20

– La Voix du peuple, dit le sénateur Weist.

Kira était enfermée en salle de réunion, à l'hôpital, avec Mkele et les cinq sénateurs qu'elle avait affrontés lors de l'audience, et l'ambiance était plus tendue que jamais.

– La Voix du peuple s'est attaquée à l'hôtel de ville. C'était le groupe le plus nombreux que nous ayons jamais eu à repousser – au moins quarante insurgés, peut-être plus – et pas un seul n'a été capturé vivant.

Hobb, le visage défait, les cheveux plaqués par la sueur, faisait les cent pas dans la pièce.

– Vous imaginez, si nous avions été sur place? s'exclama-t-il. Nous n'avons pas assez de gardes pour...

– Ce n'est pas le Sénat qu'ils visaient, le coupa Mkele. Il n'y avait pas d'audience en cours, pas de sénateurs sur place : ils ont frappé au moment où l'effectif des gardes était le plus faible. Leur but était visiblement de s'introduire à l'intérieur en rencontrant le moins de résistance possible.

– Un cambriolage, alors? s'étonna Delarosa. Ça n'a toujours aucun sens. Tout ce qui est stocké dans le bâtiment, ils peuvent le trouver bien plus facilement en menant des raids à l'extérieur de la ville.

– Ils cherchaient le Partial, déclara le chef du renseignement. Il y a déjà des fuites. C'est pourquoi j'ai invité mademoiselle Walker à se joindre à nous.

– Un soldat a dû parler, constata la sénatrice Kessler. À moins que ce ne soit Kira. Nous n'aurions jamais dû lui faire confiance.

Kira voulut protester, en gardant ses injures les plus cinglantes pour Kessler et ses airs supérieurs, mais Mkele ne lui en laissa pas le temps.

– Si mademoiselle Walker avait parlé, dit-il, les rebelles s'en seraient pris à l'hôpital. Le plus probable, à mon avis, est que la Voix ignorait ce que nous détenions, elle savait juste que nous devions avoir quelque chose. Selon toute apparence, les rebelles ne savaient pas où chercher. Même le message qu'ils ont bombé sur la façade était vague : « Le Sénat vous ment. Que vous cache-t-il ? » S'ils avaient su ce que nous cachions, ne croyez-vous pas qu'ils l'auraient dit ?

– Uniquement s'ils avaient voulu déclencher une révolte générale, réfléchit Weist. Ce que n'aurait pas manqué de provoquer la révélation de la présence d'un Partial.

– La révolte pourrait bien être leur seul objectif plausible en ce moment, pointa Delarosa. C'est pour eux le seul moyen de nous déstabiliser avant de tenter un coup d'État.

– Étant donné la modestie de nos pertes, reprit Mkele, cette agression nous a fait plus de bien que de mal. En mettant en relation ce qu'ils semblent savoir et ce qu'ils ignorent, nous en apprendrons beaucoup sur l'état de leur réseau de renseignements.

— Nous sommes bien contents de le savoir maintenant, persifla Hobb non sans amertume, mais avant l'attaque ? Comment notre secret a-t-il été éventé ? Puisque vous êtes si brillant, pourquoi n'avez-vous pas empêché cela ?

— Si vous vous imaginiez que le secret serait absolument gardé dans une communauté aussi réduite que la nôtre, vous vous berciez de douces illusions. Depuis le début, je me suis toujours prononcé contre la présence du Partial.

— Notre décision s'est pourtant appuyée sur vos affirmations, le contra Kessler. Si les fuites proviennent des Forces de défense, il nous faut trouver qui...

— Nous savions précisément dans quoi nous mettions les pieds, dit Delarosa. Si notre projet avec mademoiselle Walker aboutit, tous les risques pris en auront valu la peine. Les bénéfices potentiels dépassent de loin les inconvénients.

— *Si* le projet aboutit, souligna Kessler en fusillant Kira du regard, et *si* la Voix ne lance pas une attaque de grande envergure avant que nous ayons des résultats. Cela fait beaucoup de « si ».

Ils parlent de mon travail comme si c'étaient eux qui le faisaient, songea Kira. Son premier réflexe fut de protester, mais elle le réprima. *Non. S'ils pensent que nous travaillons là-dessus main dans la main, cela indique qu'ils s'impliquent dans le résultat. Qu'ils soutiennent le projet. Peu importe qui récolte les lauriers, du moment que quelqu'un trouve un traitement.*

— ... Beaucoup de « si », enchaîna Hobb, et il suffit qu'un de ces « si » tourne mal pour que nous soyons soudain perçus comme des traîtres et des criminels de guerre. Weist a raison à propos des émeutes : si la nouvelle que nous détenons un Partial se répand, personne n'attendra nos explications. Ils saccageront tout jusqu'à ce qu'ils l'aient trouvé, après quoi ils détruiront aussi le Partial.

— Alors il faut le déplacer, trancha Skousen. L'attaque de l'hôtel de ville a déjà fait des dégâts ; s'ils font de même à l'hôpital, trop de choses seront menacées : les patients, les installations, jusqu'aux infrastructures.

— Mais on ne peut pas le déplacer, insista Kira. L'hôpital Nassau est le seul endroit de l'île qui dispose des ressources nécessaires à la recherche. Aucun autre lieu n'est correctement équipé.

— Le mieux est encore de ne rien dire du tout, expliqua Mkele. La première réaction du sénateur Weist était la bonne, d'après mes simulations : si la population apprend que nous cachons un Partial en plein East Meadow, l'indignation publique sera violente et passionnée. Les gens se soulèveront, ou rallieront la Voix du peuple en masse. Je préconise de doubler les effectifs policiers et de tripler la garde du Sénat.

— Pourquoi compliquer les choses ? demanda alors Kessler. Disposons de lui et passons à autre chose.

— Il a encore beaucoup à nous apprendre... commença Kira - mais un regard impérieux de la sénatrice la réduisit au silence.

Mais quel est son problème, à cette femme ?

— Je suis d'accord, dit Mkele. L'important est de décider si oui ou non ce que nous pouvons en apprendre justifie le risque que nous prenons en le gardant ici. Mademoiselle Walker, pouvez-vous nous faire un rapport sur vos découvertes ?

Kira affronta du regard la brochette de sénateurs.

— Il faut aller au bout des cinq jours, dit-elle rapidement.

— C'est un rapport que nous vous demandons, pas une opinion, la moucha Delarosa.

— Les examens pratiqués ont déjà révélé des données médicales d'une valeur inestimable. La première analyse sanguine à elle seule nous en apprend davantage sur la physiologie des Partials que tout ce que nous savions auparavant. L'individu dispose d'un système de plaquettes sophistiqué...

— La chose, la coupa le docteur Skousen.

— Pardon ?

— La chose dispose d'un système de plaquettes sophistiqué. C'est d'une machine que vous parlez, Kira. Pas d'une personne.

Kira se rendit soudain compte que les yeux des sénateurs étaient emplis d'un mélange de défiance et de colère, entièrement tournées contre elle parce qu'elle s'exprimait au nom de l'ennemi. Elle ne pouvait pas se permettre d'encourager cette attitude alors qu'ils devaient se décider entre le tuer tout de suite ou attendre. Depuis quand l'appelait-elle ainsi, d'ailleurs ? Elle prit un air docile, baissa les yeux et se fit aussi peu menaçante que possible.

— Pardon, ma langue a fourché. Cette chose dispose d'un système de plaquettes sophistiqué qui lui permet de cicatriser à une vitesse exceptionnelle... sept fois plus vite qu'un être humain en bonne santé.

Weist, visiblement inquiet, remua sur son siège.

– Et vous pensez que ces... ces facultés de guérison renforcées contiennent peut-être le secret du traitement ?

– Cela se pourrait, concéda Kira d'un ton aussi assuré que possible, même si elle en doutait. Mais il y a encore plus probable, comme je l'ai découvert ce matin. (Là aussi, c'était une exagération, mais il fallait bien qu'elle gagne du temps.) L'air expulsé par les poumons du Partial contient des traces de RM neutralisé.

Les sénateurs exprimèrent leur surprise dans un concert d'exclamations ; Hobb alla même jusqu'à sourire. Kira, voyant qu'ils étaient satisfaits, s'empressa de battre le fer tant qu'il était chaud.

– J'étais en train d'analyser l'air pulmonaire du Partial pour voir si j'y trouverais une trace de la souche aérienne du virus, que j'ai baptisée « le Spore », mais ce que j'ai découvert à la place, c'est une forme inerte, non virale, de la souche sanguine. C'est exactement comme si quelqu'un avait pris un échantillon de RM et l'avait dépouillé de tous ses éléments fonctionnels : il ne peut pas se reproduire, pas se propager, il ne peut rien faire. C'est à ce jour la preuve la plus certaine que la biologie des Partials contient des éléments prometteurs pour la lutte contre le RM.

– J'avoue que je suis impressionnée, dit Delarosa. Docteur Skousen, vous étiez au courant ?

– Cela date de ce matin, se justifia le vieux médecin. Je n'ai pas encore eu le temps de relire ses notes. (Il se tourna lourdement vers Kira.) Comment pouvez-vous être certaine qu'il s'agit d'un RM neutralisé et non d'un RM en sommeil, prêt à s'activer ?

Je savais qu'il essaierait de me coincer là-dessus.

— J'en suis encore à étudier la question.

— Il me semble prématuré de présenter des conclusions si catégoriques alors que vous ne savez pas précisément ce que vous avez sous les yeux.

— Le peu d'indices dont je dispose laisse espérer une issue positive, soutint Kira. S'il s'agissait d'un virus inédit, nous en verrions des signes quelque part : de nouveaux symptômes, une recrudescence de patients, probablement une épidémie. L'individu... pardon, la chose est gardée par des humains depuis plusieurs jours, et personne ne tombe malade. J'ai passé plus de temps avec lui que quiconque, et je vais parfaitement bien.

— Et si ce n'était pas un nouveau virus ? demanda Skousen. Si c'était le même vieux virus, auquel nous, les rescapés, sommes insensibles ? Cela expliquerait que votre échantillon demeure à l'état passif.

— C'est tout à fait possible, mais ce que je veux dire, c'est que l'autre théorie est également plausible. C'est un signe encourageant, et quoi qu'il en soit, c'est à ce jour notre piste la plus solide. Pour être honnête, je ne m'attendais pas à trouver quoi que ce soit de si prometteur en seulement une journée et demie.

— Il y a peut-être une idée à creuser là-dedans, reconnut Weist. (Il se pencha en avant pour regarder ses collègues à droite et à gauche.) Et si un traitement était réellement possible ?

– Poursuivons comme prévu, conclut Delarosa en décochant au militaire un regard que Kira trouva étonnamment dur. Mademoiselle Walker, je suis d'accord avec votre postulat : positives ou non, ces découvertes méritent d'être approfondies. Apprenez tout ce que vous pouvez, et si vous avez besoin de quelque chose, n'hésitez pas à le demander.

– Il me faut du sang de nouveau-né, répliqua aussitôt Kira.

En prononçant cette phrase, elle se rendit compte de sa tonalité macabre et regretta de ne pas avoir mieux formulé sa requête.

– À la prochaine naissance, se reprit-elle, il faudra que je procède à une analyse sanguine immédiate, dans la plus grande urgence. Comme je tente d'observer le processus d'infection en temps réel, la rapidité est capitale.

Delarosa regarda Skousen, qui soupira et acquiesça. Elle s'adressa ensuite à la jeune fille.

– Nous ferons le maximum.

– Mais que décidons-nous à propos des mesures de sécurité ? insista Skousen. Une attaque de la Voix sur l'hôpital serait catastrophique.

Delarosa, songeuse, fixait un point sur la table.

– Monsieur Mkele, c'est votre domaine.

– On augmente les effectifs militaires, mais en toute discrétion. Si les rebelles se rendent compte que nous avons renforcé la sécurité à l'hôpital, ils en feront leur prochaine cible.

– Alors installons le Sénat sur place, proposa Hobb. Ainsi, ils penseront que les gardes sont là pour nous.

Mkele secoua négativement la tête.

– Cela ne ferait qu'aggraver les problèmes. Le Sénat continuera de se réunir à l'hôtel de ville...

– Vous n'êtes pas fou ? réagit Hobb.

– Les rebelles l'ont déjà fouillé, poursuivit Mkele en haussant la voix, et n'ont pas trouvé ce qu'ils cherchaient. Ils n'attaqueront plus là-bas. Notre objectif, à présent, est de les embrouiller en leur donnant trop de pistes, non de les mener droit à la cible suivante. Nous allons multiplier les patrouilles dans la ville, faire venir des soldats de LaGuardia, la base dans le Queens, poster des policiers armés et bien visibles dans tous les lieux importants ou fréquentés d'East Meadow. Rien de ce que nous ferons ne leur donnera la moindre indication sur ce que nous cachons ni sur l'endroit où nous le cachons ; ils devront donc s'en remettre à leurs propres agents de renseignements, visiblement médiocres. À tout le moins, cela nous fera gagner du temps.

– Combien de temps ? s'enquit le sénateur Weist.

Mkele regarda Kira.

– Il ne nous reste que trois jours et demi, pas vrai ? Après quoi nous le neutraliserons, et ce sera terminé.

Hobb secoua la tête.

– Le « neutraliser » ne suffira pas, comme nous l'avons déjà dit. La nouvelle se répandra, et nous devrons nous en sortir la tête haute. C'est la condition *sine qua non* pour garder le contrôle.

– Le contrôle ? répéta Kira.

Elle se rappelait avoir tancé sèchement Isolde pour avoir employé ce mot. Était-ce vraiment ainsi que le Sénat considérait le peuple ?

Delarosa posa sur elle un regard froid et pénétrant.

– Oui, le contrôle. Il ne vous a pas échappé que la grogne monte en ce moment sur cette île ?

– Bien sûr, mais...

– La Voix, ça vous dit quelque chose ? continua la femme. Les attentats terroristes contre des innocents ? La possibilité très réelle qu'une guerre civile vienne mettre en pièces les derniers restes chancelants de l'humanité ? Que proposez-vous de faire de cette situation, si ce n'est la contrôler ?

– Ce n'est pas ce que je voulais dire.

– Mais c'est ce que vous sous-entendiez, trancha Delarosa. Vous sous-entendez que le contrôle, c'est mal, et que si on laisse faire la population, elle réglera la question d'elle-même, sans notre aide. Je regrette, mais vous ne pouvez pas regarder le monde, dans l'état où il est, et honnêtement suggérer que le problème se réglera tout seul.

Kira surprit un regard narquois de Kessler, mais cela ne l'empêcha pas d'insister.

– Ce que je veux dire, c'est que vous exercez peut-être trop de pression. La principale doléance de la Voix est la loi Espoir : ils trouvent que vous commettez un abus de pouvoir sur les droits humains fondamentaux.

– Et quelle est l'alternative ? demanda Delarosa. Reculer ? Renoncer à notre objectif de produire un jour une naissance réussie, un enfant immunisé ? L'avenir de l'espèce humaine, comme vous nous le répétez à la moindre occasion, est au cœur de toutes nos actions. Nous avons instauré la loi Espoir afin d'optimiser nos chances de reproduction : c'est la méthode la plus simple et la plus efficace et, oui, beaucoup de gens s'en sont plaints, mais il vient un moment dans la vie d'une espèce où la liberté individuelle doit s'incliner devant la nécessité de survie pure et simple. (Elle posa son stylo et joignit les mains.) Savez-vous quelle était ma profession avant le Ravage, mademoiselle Walker ?

Kira fit non de la tête.

– J'étais zoologue. Mon travail consistait à sauver les espèces en voie de disparition. Il fut un temps où je veillais sur toute la population mondiale de rhinocéros blancs. Dix individus, en tout et pour tout. Dont deux mâles. Avez-vous idée de ce qu'ils sont devenus lorsque le monde s'est écroulé autour d'eux ?

– Non, madame.

– J'ai ouvert les portes et je les ai laissés partir dans la nature. J'ai abandonné tout contrôle. (Un silence.) L'un d'entre eux a été attaqué par un puma le soir même. J'ai vu son cadavre le lendemain en rejoignant l'abri le plus proche.

– Alors c'est tout, hein ? fit Kira en s'efforçant d'ignorer le frisson glacé qui la parcourait. Nous ne sommes qu'une espèce menacée dans votre zoo.

– Le niez-vous ?

Kira serra les dents, cherchant une réplique qui ne fasse pas aussitôt le jeu de la sénatrice.

– Nous sommes plus de dix, tout de même.

– Dieu merci.

Kira regarda les sénateurs alignés et Mkele debout, stoïque, derrière eux. Elle ne trouvait plus rien à dire.

– Le monde est en pleine déroute, intervint Hobb. Nous le savons. Ce que vous devez comprendre est que nous faisons de notre mieux pour tenter de le sauver. Regardez dans cette pièce : Skousen est le plus grand expert médical du monde, Delarosa, la meilleure administratrice à long terme que j'aie jamais connue, et c'est à Mme Kessler que vous devez d'avoir à manger sur votre table tous les jours : c'est elle qui a monté de toutes pièces notre système de fermes et de marchés. Tous travaillent d'arrache-pied pour résoudre des problèmes que vous ne faites que commencer à appréhender, et vous ne saviez pas encore lire qu'ils le faisaient déjà. Il existe quantité de plans d'action, de plans de prévoyance et de plans de secours dont vous ne soupçonnez même pas l'existence. Je vous en prie, faites-nous confiance.

Kira hocha lentement la tête, décortiquant mentalement leurs arguments.

– Vous avez raison, répondit-elle. J'ai dit exactement la même chose en préparant notre mission à Manhattan : rien n'est plus important que de veiller à ce que nous ayons un avenir. J'étais prête à tous les sacrifices.

– Précisément, dit Delarosa.

– Mais alors... Alors votre plan pour l'avenir est la loi Espoir, et votre plan de contrôle est de tuer le Partial d'une manière qui vous permette de vous en sortir, comme l'a dit le sénateur Hobb, la tête haute.

– D'une manière qui permette de maintenir l'ordre, précisa Hobb.

– Vous n'avez pas à vous justifier devant elle, s'impatienta Kessler.

– Mais qu'en est-il de mon travail, dans ce cas? demanda Kira. Que devient tout ce que je fais pour trouver un traitement... quelle est la place de tout cela ? (Elle fronça les sourcils.) Est-ce au moins une priorité ?

– C'est un sous-chapitre de notre plan, répondit Hobb. Si vous parvenez à trouver quelque chose, nous sauterons dessus, mais si vous n'y arrivez pas... nous devons être prêts à tout.

– N'oubliez pas, ajouta Delarosa. Absolument personne ne doit être courant. Nous vous avons mise dans la confidence d'abord parce que vous nous avez forcé la main, et ensuite parce que vous vous êtes montrée capable et intelligente. Mais vous le saviez sûrement dès l'instant où vous avez remis le pied sur cette île : si jamais quiconque a vent de nos activités, ce ne sera pas une révolte que nous aurons sur les bras. Ce sera une révolution.

Chapitre 21

Au lieu de remonter directement au labo, Kira passa d'abord par la cafétéria. Elle avait besoin de temps pour réfléchir.

Quelles étaient au juste les intentions des sénateurs ? Elle était en partie convaincue par leur raisonnement, et pourtant une voix insistante, au fond de sa tête, persistait à lui dire de rester sur ses gardes. S'ils identifiaient les mêmes problèmes qu'elle, ils en tiraient des conclusions opposées : Kira voulait éradiquer le RM, alors qu'ils semblaient voir dans le virus un moyen de garder le contrôle sur la population. Certes, ils avaient de très bonnes raisons à cela : la société d'East Meadow était extrêmement fragile, et c'était encore pire au-delà des limites de la ville. Le peuple avait besoin d'un gouvernement fort, d'une main solide pour le guider.

Et pourtant.

Elle ferma les yeux, respira à fond, s'efforça de passer à autre chose. *Le Sénat, c'est fini pour aujourd'hui... Allez, remets-toi au travail.*

Elle s'engouffra d'un pas vif dans les couloirs sans prêter attention à l'activité ambiante. Elle adressa un signe de tête à Shaylon, qui montait la garde à côté de la porte, et pénétra dans le labo. L'air comprimé siffla autour d'elle, les circuits de décontamination grésillèrent au sol, et elle se retrouva bientôt face au captif, qui était toujours sanglé sur la table, les bras allongés le long du corps, le visage tourné vers le ciel, les yeux sombres et solennels. Il lui jeta un bref coup d'œil lorsqu'elle entra, puis se remit à contempler le plafond.

Réveillant l'écran de l'AMN du bout des doigts, elle retrouva le fichier de l'analyse pulmonaire toujours ouvert. L'ordinateur avait achevé sa tâche et catalogué des milliers de particules différentes. Il en avait identifié un grand nombre, organiques ou non : gaz habituellement présents dans l'exhalaison, fragments de peaux mortes, poussières microscopiques, traces de sels minéraux, et une poignée de bactéries communes. Rien de remarquable là-dedans. La liste des particules non reconnues par l'appareil, en revanche, était des dizaines de fois plus longue. En la faisant défiler, Kira découvrit une multitude d'images représentant d'étranges composés chimiques, gros ou petits, tous bizarrement conformés et totalement insolites. Jamais elle n'avait rien vu de tel. Elle les passa en revue et nota que beaucoup d'images se ressemblaient : les composés semblaient entrer dans plusieurs grandes catégories qui revenaient sans cesse. Elle entreprit de marquer les images, observant les molécules pour mettre en relief ce qui ressemblait à des identifiants majeurs, formant des sous-groupes, apprenant à l'ordinateur à reconnaître et à classifier les différents éléments. Bientôt, la machine se mit à analyser toute la liste par elle-même, répartissant les composés en neuf grands types, plus un dixième groupe de particules hétéroclites. Elle ne proposait toutefois aucune explication quant à leur fonction, et Kira n'en discerna aucune en les regardant. Sa seule certitude, à ce stade, était que le corps de Samm en était plein.

Si ces composés étaient loin de présenter la complexité du Dormeur, ils n'évoquaient aucune substance connue de la jeune fille : ce n'était ni textile ni alimentaire, encore moins plastique ou minéral. Elle jeta un coup d'œil au Partial avant de se retourner vers l'écran, puis pinça les lèvres et se leva. Ces particules étaient trop nombreuses et homogènes pour que leur présence soit accidentelle : elles remplissaient donc une fonction, et le corps de Samm devait être équipé de récepteurs permettant à cette fonction de s'accomplir. Était-ce là une des clés de la résistance des Partials ? Il n'y avait qu'un moyen de le savoir. Elle s'approcha de la table, en débloqua les roulettes et la poussa à travers la pièce. Elle s'attendait à ce que le captif lui demande ce qu'elle faisait, mais il n'ouvrit pas la bouche.

Elle l'arrêta devant le tomodensitomètre, une lourde machine aussi volumineuse que certaines des voitures qui prenaient la rouille dans le parking. Cet appareil était le fleuron de l'arsenal du laboratoire : un scanner médical permettant de cataloguer un corps entier, couche par couche et pièce par pièce. Elle le mit sous tension, puis retourna près de l'AMN le temps qu'il soit prêt à fonctionner. Les catégories de composés qu'elle avait créées étaient toujours affichées, ainsi que les photos les plus nettes des particules identifiées. Kira les sauvegarda sur l'écran avant de le débrancher pour le porter avec précaution jusqu'au scanner. L'écran en soi présentait des capacités de calcul impressionnantes, mais ce n'était rien comparé aux systèmes de détection auxquels il pouvait être relié. Elle l'ajusta au scanner et l'entendit se verrouiller en place. Quelques clics plus tard, les deux appareils étaient connectés. Le tomodensitomètre passerait au peigne fin les poumons, la gorge et les voies nasales de Samm à la recherche de tout élément pouvant ressembler aux composés mystérieux, ce qui donnerait à Kira une bonne idée de leur provenance et de leur destination. Pour deviner le reste, elle devrait s'en remettre à son intuition. Elle déploya le bras du scanner et positionna Samm en dessous. Ce bras était une épaisse et pesante pièce d'équipement carénée de plastique blanc – facilement l'objet le plus lourd de la pièce –, mais il soutenait son propre poids, si bien qu'il n'était pas difficile à déplacer. Elle appuya sur un bouton, et la machine s'éveilla en bourdonnant.

Kira observa attentivement l'écran, impatiente de découvrir ce qui allait s'y afficher. Le scanner n'était pas rapide. Elle tambourina nerveusement des doigts sur le capot de l'appareil, puis s'en alla regarder par la fenêtre. Elle aurait bien voulu demander à Samm – malgré son mutisme affiché – s'il savait à quoi correspondaient ces particules, mais une fois l'examen commencé, le moindre mouvement risquait de le perturber. Elle retourna auprès du prisonnier, qui se tenait immobile comme une pierre, presque comme s'il faisait exprès de ne pas bouger.

Apercevant un mouvement sur l'écran, elle courut voir de quoi il retournait. Le tomodensitomètre affichait et ordonnait déjà quelques images préliminaires. Kira fit défiler la liste et ouvrit le fichier correspondant au composé dénommé « M », une drôle de petite particule en forme de fer à cheval. Le scanner avait identifié dans le corps de Samm plusieurs structures qui pouvaient y être associées : une dans la cavité nasale et les autres dans les poumons. Kira les aligna sur l'écran et les scruta avec attention. On aurait presque dit des glandes, mais d'un modèle inconnu de la jeune fille. Celle qui se trouvait dans les sinus était sensiblement plus grosse que les autres, et l'appareil l'avait reliée tout seul à plusieurs fichiers existants. Kira passa rapidement ces derniers en revue, plutôt étonnée de ce qu'elle voyait : le scanner associait une même image à tous les composés découverts jusqu'à présent. Chacun disposait d'une petite glande qui lui correspondait dans les poumons, mais tous étaient connectés à la grande logée au fond de la cavité nasale.

Kira étudia cette dernière pendant que la machine continuait de tourner. À quoi servait-elle ? Si la jeune fille ne pouvait pas demander à l'ordinateur de le deviner, en revanche elle pouvait lui ordonner de fouiller dans la base de données pour voir si des adéquations partielles se dessinaient. Elle lança la recherche et scruta à nouveau l'image, en se préparant à une longue attente. Pourtant, les résultats tombèrent presque immédiatement : aucune similitude. Elle se rembrunit et lança à nouveau la recherche : cela ne donna rien.

Il va falloir que je m'en charge manuellement. Sachant que chaque particule était liée à deux structures dans le corps, il y avait fort à parier que l'une de ces structures produisait la particule et que l'autre la captait : un émetteur et un récepteur. Ce qui impliquait que les particules transportaient une information. Kira entra alors un nouveau critère de recherche : elle voulait voir tous les éléments non humains contenus dans la base de données. Le tomodensitomètre exhuma un fichier ancien, antérieur au Ravage, qui contenait le scan d'un chien. Elle demanda ensuite à la machine d'y chercher des similitudes partielles. Elle en obtint une presque immédiatement, qui mettait en évidence une structure remarquablement semblable à celle de Samm, en bien moins complexe. Il s'agissait de l'organe voméro-nasal. Aussi appelé organe de Jacobson.

Conclusion : Samm était équipé d'un système de phéromones incroyablement sophistiqué.

Kira ouvrit d'autres fichiers afin d'engranger toutes les informations possibles sur les phéromones. Celles-ci permettaient des communications chimiques simples, un peu comme les odeurs, mais en bien plus spécialisé. Les insectes y avaient recours pour accomplir des tâches fondamentales comme baliser un chemin ou s'avertir mutuellement d'un danger ; les chiens les utilisaient pour marquer leur territoire et signaler leurs périodes fertiles. À quoi servaient-elles aux Partials ?

Autant lui poser directement la question, songea-t-elle.

— Parlez-moi de vos... phéromones.

Sans surprise, Samm ne répondit rien.

— Vous bénéficiez d'un système hautement développé de synthétiseurs et de récepteurs chimiques. Pouvez-vous m'en dire davantage ?

Aucune réaction.

— Bah, ça ne coûtait rien d'essayer...

Elle réfléchit encore un instant en promenant son regard dans la pièce, puis rouvrit le lecteur de l'AMN et en sortit le gant dans lequel Samm avait soufflé.

Elle l'approcha du visage du Partial, le perça avec une aiguille et le pressa le plus fort possible pour projeter un jet d'air directement dans son nez. Il toussa, suffoqua, secoua la tête pour y échapper, mais Kira constata non sans étonnement qu'il semblait rapidement s'apaiser : son rythme cardiaque, qui s'était accéléré lorsqu'il avait réagi au jet d'air, retomba presque immédiatement, en réaction à... autre chose. Les phéromones. Son regard s'adoucit et il présenta une expression plus tranquille, une respiration plus régulière.

Il faisait, songea soudain Kira, exactement la même tête que lorsqu'il avait accepté de souffler dans le gant, le matin même.

— Mince, dit-il. C'est déloyal de faire ça.

Kira mit les mains sur ses hanches.

— Qu'est-ce qui vient de se passer ?

— Vous retournez mes données contre moi, alors comment voulez-vous que je... bon sang.

Il ferma les yeux et se remit à contempler le plafond.

— Quelles données ? Les phéromones ? C'est ainsi que vous les appelez ? (Kira regarda le gant dégonflé dans sa main.) Vous venez de me dire quelque chose que vous vouliez garder pour vous, pas vrai ? Vous n'avez jamais fait ça... ça vous a échappé. Quel rôle ont joué les phéromones là-dedans ?

Comme Samm gardait le silence, Kira examina le gant de près. Elle alla ensuite se placer au milieu de la pièce et visualisa sa disposition du matin : le scanner ici, la table là et Samm couché dessus. Elle lui avait demandé de souffler dans le gant et ils avaient partagé quelque chose, un instant de... de quelque chose. De communication authentique. Elle avait plaisanté sur son nom, il avait répondu sur le même ton, et ensuite il avait accepté de l'aider à prélever un échantillon d'air pulmonaire. Il avait fait preuve de confiance.

Et à l'instant, lorsqu'elle lui avait soufflé ce même air à la figure et lui avait posé une question, il avait manifesté la même confiance – pendant un temps très court, mais suffisant pour fendiller sa cuirasse d'indifférence hostile. Il avait répondu à sa question.

Les phéromones avaient recréé la confiance de ce matin et l'avaient forcé à l'éprouver de nouveau.

— C'est une sorte de système d'empathie chimique, dit-elle doucement en retournant auprès de lui. Quoi que vous ressentiez, vous le diffusez à l'aide de ces phéromones, afin que d'autres Partials l'éprouvent également. Ou au moins qu'ils sachent ce que vous éprouvez. (Elle s'assit sur une chaise à côté de lui.) C'est comme le bâillement contagieux : vous êtes capables de communiquer l'état émotionnel d'un individu à tout un groupe.

— Vous ne pourrez plus l'utiliser contre moi, la prévint Samm. Je ne soufflerai plus dans vos gants.

— Je n'essaie pas de l'utiliser contre vous, j'essaie de comprendre. Quel effet cela fait-il ?

Samm tourna la tête pour la regarder en face.

— Quel effet cela fait-il d'avoir des oreilles ?

— D'accord, concéda Kira de bonne grâce, c'était une question idiote, vous avez raison. Ça ne fait pas une impression particulière, c'est en vous depuis toujours.

— J'avais oublié que les humains étaient privés de cette capacité, lui confia Samm. Depuis tout ce temps, j'étais perplexe : je ne comprenais pas pourquoi vous me racontiez ainsi en long en large et en travers tout ce qui vous passait par la tête. C'est parce que vous n'avez pas ce lien qui permet de capter les émotions d'autrui : vous devez donc les communiquer oralement et par le langage corporel. Ça fonctionne, je le reconnais, mais c'est un peu... mélodramatique.

– Mélodramatique ?

Jamais elle ne l'avait entendu dire autant de choses en une seule fois. S'exprimait-il sincèrement, ou était-ce encore son esprit calculateur à l'œuvre ? Qu'avait-il à gagner à parler ? Elle enchaîna, tâchant de prolonger la conversation le plus possible.

– Si vous dépendez de stimuli chimiques pour communiquer vos sentiments, cela explique beaucoup de choses sur vous. Vous ne manifestez pas du tout assez vos émotions pour la société humaine ; vous nous trouvez peut-être mélodramatiques, mais à nos yeux vous êtes totalement inexpressifs.

– Ça ne concerne pas uniquement les émotions, dit-il – et Kira se pencha en avant, craignant terriblement que sa confiance n'éclate comme une bulle et qu'il ne se referme d'une seconde à l'autre. Cela nous permet de savoir si quelqu'un a des ennuis, s'il est blessé ou intéressé par quelque chose. Cela nous aide à fonctionner en groupe, à former des équipes soudées. Le lien a été conçu pour un usage militaire, évidemment. Si une sentinelle humaine, par exemple, repère quelque chose, elle doit crier pour donner l'alerte, après quoi ses camarades doivent se réveiller, comprendre ce qu'elle a dit, et enfin se préparer au combat. Alors que si une sentinelle Partial voit quelque chose, les informations passent par le lien et les autres soldats savent tout en temps réel ; ils reçoivent une décharge d'adrénaline, leur rythme cardiaque s'accélère, les réflexes de survie se déclenchent et, en un clin d'œil, tout le bataillon est prêt à combattre, parfois sans même qu'un mot soit échangé.

– Les données, dit Kira. Des liens, des données… c'est un vocabulaire très technologique.

– Vous m'avez traité de robot biologique hier. Ce n'est pas complètement faux.

Pour la première fois, Kira le vit sourire, et elle fit de même.

– Je ne comprends même pas comment vous pouvez vous débrouiller, vous autres, reprit-il. Pas étonnant que vous ayez perdu la guerre.

La dernière phrase resta suspendue en l'air tel un nuage toxique, tuant dans l'œuf tout espoir de conversation amicale. Kira se retint de l'agonir d'injures et préféra se retourner vers l'écran. Son attitude à lui avait changé aussi : il était en quelque sorte plus solennel. Pensif.

– J'ai travaillé dans une mine, dit-il alors à mi-voix. Vous nous avez créés pour gagner la guerre d'Isolation, et nous l'avons fait. À notre retour, le gouvernement des États-Unis nous a donné des emplois, et j'ai été affecté dans une mine. Je n'étais pas esclave, nous étions traités de manière légale, correcte et « humaine ». (Il prononça ce mot comme s'il avait eu un goût amer.) Mais je n'aimais pas la mine. J'ai tenté de changer de métier, seulement personne ne voulait embaucher un Partial. J'ai alors essayé de m'éduquer, de me former à un métier moins pénible, mais aucune école n'a accepté mon dossier. Nous étions coincés dans les taudis que nous avait accordés le gouvernement parce que notre salaire nous permettait à peine de vivre, et que de toute manière personne ne voulait rien nous vendre. Qui souhaiterait avoir des hommes et femmes artificiels pour voisins ?

– Alors vous vous êtes rebellés.

– Nous vous haïssions. Moi-même, je vous haïssais. (Il tourna la tête de manière à capter son regard.) Mais je n'ai jamais voulu un génocide. Personne ne l'a jamais voulu.

– Quelqu'un a bien dû le vouloir, protesta Kira d'une voix épaissie par les larmes qu'elle refoulait.

– Et vous avez perdu toute connexion avec le passé, ajouta Samm. Je sais exactement ce que vous ressentez.

– Non, cracha Kira entre ses dents. Vous pouvez dire tout ce que vous voulez, mais pas ça. Nous avons perdu notre univers, nous avons perdu notre avenir, nous avons perdu nos familles...

– Vos parents vous ont été enlevés, poursuivit Samm avec simplicité. Et en vous tuant, nous avons tué les nôtres. Quel que soit votre chagrin, vous n'avez pas ce remords en plus.

Kira se mordit la lèvre ; elle s'efforçait de comprendre ses propres sentiments. Samm était l'ennemi, et pourtant elle le plaignait. Ses paroles l'avaient mise très en colère, et voilà qu'elle culpabilisait presque. Elle déglutit et parvint avec difficulté à articuler une réponse mi-accusatrice, mi-suppliante.

– C'est pour cela que vous me racontez tout ça ? Parce que vous regrettez de nous avoir tués ?

– J'essaie de vous faire comprendre que vaincre le RM ne suffira pas. La guerre a fait des dégâts terribles, mais les problèmes avaient commencé longtemps auparavant.

Kira secoua la tête et répondit sur un ton plus dur qu'elle ne l'aurait voulu.

— Ne me dites pas ce que je dois comprendre.

Sur ces mots, elle le planta là et se remit au travail.

— C'est un système de communication, expliqua Kira.

On était en début de soirée et, puisqu'elle avait sauté le déjeuner, elle avait décidé de dîner tôt à l'hôpital avec Marcus. Celui-ci était allé acheter des sushis dans la rue, et ils les mangeaient ensemble dans une salle vide du deuxième étage, à l'écart de l'agitation des urgences. Elle prit une bouchée, l'avala et continua de parler, tellement impatiente que ses paroles avaient du mal à suivre sa pensée. Sa conversation avec Samm brûlait encore dans sa tête tel un charbon ardent, mais elle se força à dominer ses émotions.

— Un système de communication chimique, comparable à celui des fourmis, mais des milliards de fois plus complexe. Imagine, si on pouvait parler rien qu'en respirant : on n'aurait pas un mot à dire, on saurait tout, simplement...

— Je ne peux pas t'imaginer muette comme une carpe, fit observer Marcus. Je pense que tu deviendrais dingue.

— Ha, ha, soupira Kira en roulant des yeux.

— Alors, dis-moi, comment ça fonctionne ?

— Bon, je ne sais pas exactement ce qu'ils peuvent se dire chimiquement – j'ai catalogué au moins vingt phéromones distinctes, mais même avec dix fois cette quantité, cela constituerait un vocabulaire extrêmement pauvre. En tout cas, mettons que l'une de ces phéromones signifie « Je suis blessé », eh bien aussitôt qu'un soldat est blessé, tous les autres le savent immédiatement, et ils ont aussi une idée assez claire de l'endroit où ils peuvent le trouver. C'est un sens que nous n'avons même pas, un sens social en quelque sorte, et pour lui c'est une seconde nature. Tu imagines ce que ça doit faire d'en être privé ? Il doit se sentir plus seul que...

Elle repensa pour la énième fois au moment où il avait émis l'idée que les humains étaient ses parents. À quoi pouvait ressembler la vie à présent, là-bas, dans les grands espaces déserts et silencieux ?

– Ils sont tout seuls, Marcus. C'est assez tragique, tu ne trouves pas ?

– Heureusement que tu es là pour lui tenir la main, alors. Je ne voudrais surtout pas que le pauvre petit Partial se sente abandonné...

– Ce n'est pas ce que je voulais dire. Cette étude, c'est exactement ce que j'aime faire, Marcus... Tu es médecin, toi aussi, je pensais que tu comprendrais pourquoi ça me passionne autant. La question n'est pas Samm, c'est...

– Ah, alors vous vous appelez par vos petits noms, maintenant ?

Il essayait de faire comme s'il plaisantait, mais Kira percevait une émotion bien réelle derrière cette façade. Elle le connaissait trop bien pour être dupe.

– Je rigole, Kira. Mais sérieusement, c'est d'un Partial que tu parles, là. L'ennemi juré de l'humanité, tout ça, tu te rappelles ?

— C'est bien ce que j'essaie de te dire. Je ne suis plus si certaine qu'ils le soient.

— Et lui, c'est ce qu'il essaie de te dire ?

Marcus la regardait à présent comme les sénateurs l'avaient fait. Comme s'il la prenait pour une demeurée.

— Il est seul, enchaîné, et du coup tu le plains, continua le garçon, mais n'oublie pas qu'il a essayé de te tuer. Pas seulement à l'époque du Ravage, mais encore la semaine dernière, à Manhattan, avec un fusil automatique. C'est un soldat ennemi, un prisonnier de guerre, et s'il se débarrassait de ses chaînes je ne sais pas ce qu'il ferait, à toi et à toute la ville.

— Je sais ! Je sais. Mais tu ne lui as pas parlé... Il ne s'exprime pas comme un monstre. Il ne... fait pas l'effet d'en être un.

— Il y a encore deux jours à peine, il était ton sujet d'étude, une simple expérience. Deux jours plus tôt, il était un ennemi sans visage que tu étais prête à buter et à démembrer pour l'examiner. À ce rythme, dans deux jours, qu'est-ce qu'il sera pour toi ? Un vieux pote ?

— Je n'ai jamais dit ça.

— Dans trois jours, il sera mort. Je te connais par cœur, Kira, je vois exactement ce qui va se passer. D'abord, tu vas le plaindre, ensuite tu vas t'y attacher, et quand il mourra, tu seras folle de chagrin parce que tu crois toujours que tu dois sauver tout le monde. C'est comme pour les nouveau-nés : tu te sens personnellement responsable de la mort de chacun d'eux. Le Partial n'est qu'un sujet d'expérimentation, d'autant plus redoutable qu'il a l'intelligence de te dire exactement ce que tu veux entendre. Je te dis juste qu'à mon avis, tu aurais tort de trop t'attacher.

– M'attacher ? se rebiffa Kira, qui sentit à nouveau la colère monter en elle. Et nous, jusqu'où tu crois qu'on est attachés ?

– Attends. Je ne parlais pas du tout de nous.

– Ah bon ? répliqua-t-elle avec hargne. Tu avais pourtant bien l'air de m'accuser de quelque chose.

– Je ne t'accuse de rien du tout. Je ne fais que te mettre en garde...

– Me mettre en garde ?

– Ne le prends pas mal.

– Me mettre en garde contre quoi, hein ? M'avertir que je ne peux pas sympathiser avec les gens que tu n'approuves pas ?

– Te mettre en garde contre toi-même. Tu sais bien que tu as tendance à t'emballer pour des rêves immenses, et à rester broyée quand ils te retombent dessus. Aider les bébés ne te suffit pas, tu veux vaincre le RM ; étudier un Partial ne te suffit pas, il faut en plus que tu... quoi ? Que tu fasses la paix avec eux ? C'est ça qu'il propose, ton Samm ?

– Non, bien sûr que non, tempéra Kira sans réelle conviction. Je dis simplement ceci : que je croie ou non à ce qu'il raconte, la question est bien plus complexe que nous ne le pensions. Ils se sont soulevés parce que les humains les opprimaient, donc peut-être que si cette fois chaque camp faisait un effort... ça se passerait mieux. Je n'en sais rien. (Elle s'efforçait de faire le tri dans ses idées.) Je ne dis pas qu'il faut baisser la garde et oublier tout ce qui est arrivé, mais simplement qu'ils ont peut-être cessé de nous vouloir du mal. Et que s'ils détiennent la clé du traitement contre le RM, la paix est peut-être notre seul espoir.

Elle regarda Marcus avec anxiété, en priant pour qu'il la comprenne.

– Ils se sont rebellés et nous ont exterminés, répéta le garçon.

– Les colonies américaines se sont bien rebellées contre l'Angleterre il y a presque trois cents ans, argumenta Kira. Ils s'en sont remis, et ont fini par être les meilleurs amis du monde.

– L'Amérique n'a pas répandu un virus mortel pour l'espèce humaine.

– Et les Partials non plus, peut-être. Nous ignorons sans doute encore beaucoup de choses à propos de la guerre. Nous ne parlons que de ce qu'ils nous ont fait, mais ça ne peut pas être aussi simple. Si Samm dit la vérité…

– On en revient toujours à Samm, hein ? soupira Marcus.

Elle le regarda bien en face.

– C'est quoi, le problème, Marcus ? Tu es jaloux ? Je t'aime, dit-elle sans ciller. Je t'en prie, essaie de comprendre ce que je dis.

– Tu m'aimes vraiment ?

– Bien sûr.

– Alors épouse-moi.

Là, Kira ouvrit des yeux ronds. C'était la dernière chose qu'elle s'attendait à entendre de lui, maintenant, dans cette situation.

– Je…

– Nous sommes jeunes, mais pas si jeunes. Tu peux très bien t'installer avec moi. J'ai trouvé une grande maison pour toi. Pour nous. On pourra y vieillir tous les deux et, quand tu auras vaincu le RM, y fonder une famille. Mais on n'a pas besoin d'attendre jusque-là pour vivre ensemble.

Elle imagina le visage du garçon à côté du sien – le soir en s'endormant, le matin au réveil, toujours auprès d'elle envers et contre tout. C'était ce qu'elle avait toujours voulu, depuis l'époque où, enfants, ils montaient sur le toit de l'école pour observer les étoiles.

Mais rien n'était plus aussi simple, à présent.

Elle secoua la tête, lentement, si lentement qu'elle le sentit à peine, en espérant que lui-même ne la verrait pas dire non.

— Pardon, Marcus. Je ne peux pas.

Il demeura impassible, masquant ses émotions presque parfaitement, mais pas tout à fait.

— Tu ne peux pas maintenant, ou tu ne peux pas du tout ?

Elle pensa aux nouveau-nés, au RM, à la guerre, aux Partials, à son travail au laboratoire et à tout ce que Samm lui avait confié. Vaincre le RM ne suffisait pas, avait-il dit. La paix était-elle la prochaine étape ? Était-elle seulement envisageable ? Il restait trop de questions, trop de zones d'ombre pour qu'elle y voie clair.

— Je ne peux pas maintenant. Quant à plus tard, je ne peux rien te dire à l'avance.

Il hocha la tête, eut un haussement d'épaules.

— D'accord. D'accord.

Il le prenait bien, trop bien, comme s'il s'y était attendu.

C'était justement cela le plus dur.

Chapitre 22

Kira n'avait encore regardé que les deux tiers des images du scanner lorsque celles-ci commencèrent à se brouiller devant ses yeux fatigués. Elle aurait bien voulu percer à jour le fonctionnement du système phéromonal, mais il lui apparaissait de plus en plus clairement que cela ne ferait pas avancer la recherche contre le RM. Lorsqu'elle commença à ne plus pouvoir tenir ses paupières ouvertes, elle décida que le mieux était d'arrêter pour aujourd'hui. *Je n'ai pas envie de rentrer à pied, il me faudrait un matelas sur lequel m'écrouler*, songea-t-elle. Elle avait besoin d'aide : il était impossible à une personne seule d'analyser toutes les données permettant de comprendre la biologie de Samm. Celui-ci était encore éveillé – elle n'était même pas sûre qu'il ait dormi du tout –, mais depuis qu'elle était rentrée de son dîner, il n'avait pas prononcé un mot. Elle aurait eu envie de lui parler, mais pour dire quoi ?

Les gardes de nuit étaient plus patibulaires que ceux de la journée. Shaylon et son partenaire avaient cédé la place à deux soldats plus âgés, au visage fermé, à l'expression sinistre. En passant devant eux, elle se demanda s'ils allaient de nouveau « interroger » Samm, le battre, le blesser au couteau ou lui infliger allez savoir quelles tortures perverses. Elle leur aurait bien dit de le laisser tranquille, mais cela n'aurait rien empêché. Cette idée l'attristait, et elle leur décocha un dernier regard avant de partir dans le couloir, la tête basse.

Une fois dans la rue, elle s'arrêta un instant pour s'emplir les poumons d'air nocturne. Le temps s'était réchauffé. Lorsqu'elle se remit en marche, elle perçut un mouvement dans le clair de lune. Elle s'immobilisa, redoutant le pire – une attaque de rebelles prenant d'assaut l'hôpital pour récupérer Samm –, mais elle entendit ensuite une voix : celle de Haru, désespérée dans le noir.

– Ça va aller, disait-il. C'est bon, on y est presque.

Elle fit quelques pas en trottinant, tendant l'oreille pour être plus sûre d'avoir bien entendu. Était-ce vraiment Haru ? La silhouette sombre se fit plus nette, la voix plus claire : c'était bien lui, accompagné de Madison qui avait le souffle irrégulier, oppressé, haletant.

Le cœur de Kira se serra, juste un instant, avant qu'elle intervienne.

– Madison !

Cette dernière, visiblement en proie à une douleur intense, serrait les dents et agrippait la main de Haru si fort que ses doigts étaient exsangues. Il la poussait en avant, doucement mais fermement. Le temps que Kira les rejoigne, ils étaient presque arrivés dans le parking.

– Elle saigne, dit-il rapidement, et elle n'a jamais eu aussi mal de sa vie.

Kira jeta un regard en arrière vers l'hôpital tout en prenant l'autre bras de Madison pour l'aider à marcher, avec mille précautions.

– Tu n'aurais pas dû l'amener comme ça, le rabroua-t-elle. Tu aurais dû la faire conduire, ou venir chercher un fauteuil roulant et un ambulancier pour qu'on puisse la déplacer nous-mêmes.

– Je n'allais pas la laisser seule à la maison !

– Elle n'aurait pas dû venir à pied, même si vous habitez tout près.

– Écoute... Aide-la, c'est tout.

– Venez avec moi. Il y a toujours une équipe complète de garde à la maternité, même de nuit.

Tout en faisant franchir les portes à son amie, elle dit une prière silencieuse, suppliant quiconque l'entendait d'épargner le bébé de Madison, par pitié. C'était trop tôt : il risquait de mourir d'une défaillance cardiaque ou respiratoire avant même d'être tué par le RM. Elle continua de guider Maddy vers la maternité et, tournant dans un couloir, faillit entrer en collision avec une infirmière qui courait en sens inverse.

– Sandy ! cria-t-elle, reconnaissant son ancienne collègue. Cette patiente a besoin d'être prise en charge !

– On est en train de perdre le bébé des Barnes, répondit l'autre par-dessus son épaule sans cesser de courir. Dis-lui de s'accrocher !

– Ils ne vont pas l'aider ? s'offusqua Haru.

– Tout le monde est débordé. Venez avec moi.

Elle les fit entrer dans une pièce, alluma la lumière et aida Madison à s'asseoir dans un gros fauteuil rembourré.

– Oh, ça recommence, souffla celle-ci en crispant la mâchoire. Pitié, non !

Kira indiqua à Haru un appareillage médical sur son chariot, dans un coin de la pièce.

— Allume l'appareil d'échographie, lui ordonna-t-elle. Les prises marquées en rouge sont branchées.

Puis elle s'accroupit à côté de son amie et dégagea les cheveux de son visage.

— Alors, tu veux me dire ce qui se passe ?

— Je crois que j'ai des contractions.

— Tu as deux mois d'avance. Ta grossesse s'est parfaitement bien passée jusqu'à maintenant, tu n'as pas de raison d'en avoir.

— Ce ne sont pas de simples crampes, je t'assure.

Madison se remit à grimacer, serrant les paupières et se cramponnant si fort au bras de Kira que celle-ci dut se mordre la langue pour ne pas crier. Puis la douleur se retira et Madison s'effondra, pantelante, contre le dossier du fauteuil.

— Les vagues de douleur sont-elles régulières ? demanda Kira.

Madison secoua négativement la tête.

— Peux-tu me montrer où tu as mal ?

Elle désigna une zone sur son ventre et son flanc, et son amie hocha la tête.

— Je ne pense pas que ce soit ton utérus, c'est plutôt ton estomac. Je vais faire une échographie.

— Elle saigne, répéta Haru. Tu ne vas rien y faire ?

— Je fais tout ce que je peux, Haru. Rapproche la machine.

Il fit rouler le chariot à côté du fauteuil de Madison avec une expression terrifiée. Kira enfila une paire de gants stérilisés et souleva le chemisier de la patiente pour exposer son ventre.

— Ne bouge pas, dit-elle en appliquant la sonde contre sa peau. Haru, l'écran.

L'écran s'alluma en scintillant : une grille en noir et blanc avec une image en forme d'éventail au centre. L'image n'était pas fixe : c'était une recréation par ultrasons des organes contenus dans l'abdomen de Madison. Les premières fois qu'elle avait utilisé cette technique, Kira avait été complètement perdue, mais maintenant qu'elle avait des semaines de pratique derrière elle, cette représentation apparemment incompréhensible était limpide pour elle.

– Là, c'est ta vessie.

Elle déplaçait la sonde d'une main et touchait l'écran de l'autre, définissant des repères dont l'ordinateur gardait la trace en temps réel.

– Ici, ton estomac, et là, le pied du bébé. Et voilà, on voit tout son corps.

Elle travaillait rapidement, les doigts volant sur l'écran, prenant des mesures variées et réclamant des statistiques archivées lors des précédentes visites de Madison.

– La tête se développe bien, le torse aussi, les organes internes sont impeccables. Le battement du cœur est fort et régulier. La vessie se remplit et se vide. Pas de problème à la colonne vertébrale.

Madison fit à nouveau la grimace, grinçant des dents et se cramponnant aux bras du fauteuil. Deux infirmières arrivèrent en courant : il s'agissait de Sandy et de la chef de service, Mme Hardy.

– On est là, Walker, merci d'avoir commencé.

Hardy enfila une paire de gants et s'empara de la sonde. Kira maîtrisa son angoisse et recula pour laisser les mains plus expérimentées de la femme poursuivre l'examen.

– Décrivez la douleur, dit cette dernière.

– Forte mais irrégulière, répondit Kira. Localisée du côté de l'estomac. Elle saigne, aussi. Je penche pour un décollement placentaire.

– Qu'est-ce que c'est que ça ? s'impatienta Haru. C'est grave ? Elle va s'en tirer ?

– Nous faisons de notre mieux, monsieur, dit Hardy. Nous avons simplement besoin d'espace pour travailler.

– Et le bébé, est-ce qu'il va bien ?

Sur l'écran, l'image du fœtus disparaissait et réapparaissait, suivant les crispations de l'abdomen, et Kira tendit le doigt.

– Il y avait une ombre.

– Je l'ai vue, dit Hardy qui déplaça la sonde vers le bas, sur le côté, et modifia son angle de visée.

Lorsque Madison cessa de se tortiller, l'image se stabilisa sur un large ovale noir – l'estomac – et, derrière, un triangle sombre assez flou. L'ordinateur l'identifia presque immédiatement et le marqua en rouge.

– Le placenta est en train de se décoller de la paroi de l'utérus, expliqua l'infirmière en chef. C'est un décollement partiel, comme vous l'avez dit. (Elle scruta l'écran que traversait une balafre rouge foncé.) Bien vu, Walker.

Cette dernière sentit la tension commencer à refluer en elle, la quitter par les pieds comme pour s'enfoncer dans le sol. Elle se sentit vidée.

– Qu'est-ce que ça veut dire ? s'enquit Madison.

– Que tu vas bien, lui répondit Kira. Le placenta se décolle de ton utérus : ce n'est pas idéal, mais pas vraiment dangereux non plus, ni pour toi ni pour le bébé, à condition de faire attention. On va te mettre au repos au lit, ici, à l'hôpital, pour pouvoir te surveiller en permanence.

– Mais je ne peux pas rester !

Kira posa une main sur son épaule.

– Prends ça comme des vacances. Petit déjeuner au lit, personnel à disposition à tout moment... Comme ça, quoi qu'il arrive, on sera là pour résoudre le problème.

– Tu es certaine que ce n'est pas dangereux ? Quand même, s'il faut que je sois suivie vingt-quatre heures sur vingt-quatre...

– Il y a douze ans, je vous aurais renvoyée chez vous avec des tampons et du paracétamol, la rassura Hardy, mais par les temps qui courent, deux précautions valent mieux qu'une, c'est tout.

– Bon, d'accord. Mais je dois vraiment rester couchée ? Je ne peux pas me lever du tout ?

– Le moins possible. Le décollement placentaire est un trouble rare, mais dans un cas comme le vôtre, on peut affirmer avec une quasi-certitude que c'est l'épuisement qui l'a provoqué. Il faut mettre fin à ça tout de suite.

– Fini, le ménage ! renchérit Kira. Je parlerai à Xochi, on verra comment s'en charger pour toi.

Madison eut un sourire penaud.

– Je n'aurais pas dû venir à pied.

– Et je vais fouetter Haru avec une chaîne de vélo pour le punir, conclut Kira en le fusillant du regard. Mais pour l'instant, tu peux te détendre.

– Nous allons faire une prise de sang, ajouta Hardy, puis on vous donnera des calmants et vous pourrez faire un somme.

Kira pressa la main de son amie et s'effaça pour laisser les autres infirmières s'affairer autour d'elle. Elle se remettait à peine de sa poussée d'adrénaline, et, une fois dans le couloir, elle se laissa tomber sur une chaise. *On est passés trop près de la catastrophe.* Elle poussa un long soupir en pensant à tout ce qui aurait pu arriver à Madison, à toutes les manières dont l'incident aurait pu mal se terminer. *Je ne supporterai pas de la voir comme Ariel, tambourinant sur une vitre rien que pour pouvoir prendre dans ses bras son enfant mort.*

Mais je ne sais toujours pas comment éviter cela.

Elle regardait fixement par terre, trop épuisée pour réfléchir.

– Hé, salut.

Kira, relevant la tête, trouva Xochi devant elle, les traits tirés.

– Salut. Tu es au courant pour Madison ?

– Oui. Mais ce n'est pas pour ça que je suis là.

Elle se rembrunit. *Pitié, assez de catastrophes !* Elle se redressa avec effort.

– Qu'est-ce qu'il y a ? demanda-t-elle d'une voix plus assurée qu'elle ne l'était en réalité.

– Isolde revient du Sénat. L'annonce sera faite demain. La loi Espoir a été amendée. Ils ont abaissé l'âge à seize ans, Kira.

Chapitre 23

– C'est officiel, confirma Isolde.

Affalée sur le canapé, elle tenait à la main une bouteille d'un alcool quelconque. À demi vidée.

– La loi a été votée cet après-midi. Ou plutôt hier… il est minuit passé, non ?

– Je n'arrive pas à y croire, souffla Xochi, qui contemplait le plancher. Je n'en reviens toujours pas.

Isolde prit une lampée directement au goulot.

– Que tu y croies ou non, ça ne change rien. Grâce à ton gouvernement, tu as deux mois pour te faire engrosser. Ça s'arrose.

Sur quoi elle leva la bouteille, l'air morne malgré ses joues rouges.

– T'as raison de picoler à fond maintenant, ajouta Xochi. Bientôt, tu boiras pour deux.

Kira s'assit dans le canapé sans rien dire. Tout en regardant les filles se lamenter, elle réfléchissait aux intentions du Sénat. En surface, on pouvait penser que c'était une réponse aux ultimatums de la Voix : toute mesure moins ferme aurait passé pour une concession, alors qu'au contraire les sénateurs voulaient s'opposer fermement aux rebelles. Mais au fond de son cœur,

Kira savait que c'était à cause de Samm. C'était le « plan de secours » évoqué par Hobb. Elle leur avait demandé de relâcher la pression, et au lieu de cela ils resserraient l'étau et renforçaient leur contrôle. Bien sûr, les citoyens favorables à la loi Espoir percevraient ce geste comme un signe de force et de solidarité, mais qu'en penseraient tous les autres ? C'était pratiquement une déclaration de guerre.

Le plus affreux était de garder le secret. Elle savait que Mkele avait raison : si la vérité à propos de Samm éclatait en ce moment, alors que la tension était à son comble, la révolte qui s'ensuivrait serait terrifiante, et Kira serait prise dans la tourmente. Elle n'osait plus parler du prisonnier ni des tests, ni de rien d'autre. Mieux valait encore travailler d'arrache-pied pour vaincre le virus avant qu'il ne tue de nouveau.

Et pourtant, après deux journées entières de recherches, elle ne s'était pas rapprochée de la solution. Elle savait de quelle manière Samm pensait, communiquait, respirait, mangeait et se déplaçait, mais elle ignorait toujours comment fonctionnait son immunité. Elle était dans le brouillard. Et elle y était seule.

Elle avait l'impression de se noyer.

Isolde reprit une goulée d'alcool.

– Boire pendant la grossesse est passible de prison ferme et de surveillance rapprochée à plein temps, dit-elle. J'ai intérêt à en profiter maintenant.

– Les bébés comptent plus que nos droits, renchérit Xochi. Aux yeux du Sénat, tu n'es qu'un utérus sur pattes.

– Grandis un peu, Xochi, marmonna alors Kira d'un ton lugubre.

Aussitôt qu'elle l'eut dit, elle se sentit coupable : elle était d'accord avec Xochi, alors pourquoi s'en prendre à elle ? La loi Espoir était un échec, et le Sénat la renforçait pour de mauvaises raisons. C'était peut-être la manière dont son amie s'était exprimée, cette tendance à placer les libertés individuelles au-dessus de tout, qui l'avait agacée. Kira y avait cru, elle aussi, à une époque, mais les temps avaient changé. Elle avait assisté aux débats du gouvernement sur la question... elle avait vu la peur dans les yeux des sénateurs. C'était la survie de l'humanité qui se jouait là, comme l'avait souligné Delarosa. Ses deux amies se tournèrent vers elle, et leur incompréhension flagrante ne fit qu'attiser sa colère.

– Ça ne vous arrive jamais de vous dire qu'il y a peut-être plus important que vos libertés ? Que sauver notre espèce entière est un peu plus prioritaire que pleurnicher sur vos droits ?

Xochi, visiblement estomaquée, haussa les sourcils.

– Qu'est-ce qui te prend ? T'es mal lunée, dis donc !

– C'est que j'en ai ras le bol d'entendre parler de libertés, de vie privée, du sacro-saint droit à choisir. Soit on résout nos problèmes, soit on disparaît : il n'y a pas d'entre-deux. Et si on doit s'éteindre, je voudrais que ce ne soit pas parce que Xochi Kessler s'inquiétait trop de ses libertés pour prendre un peu sur elle afin de nous sauver.

Xochi se hérissa aussitôt.

– « Prendre un peu sur moi » ? Tu plaisantes ? C'est de viol institutionnalisé qu'on parle, là ! Le gouvernement veut disposer entièrement de notre corps : contrôler sa fonction, son usage, et ce qu'autrui peut en faire. Je ne vais pas me laisser culbuter par un vieux libidineux simplement parce que la loi me le demande !

– Alors choisis un jeune libidineux, ou opte pour l'insémination artificielle : les deux sont possibles, et tu le sais très bien. Ce n'est pas une question de vie sexuelle, c'est une simple question de survie, point.

– La grossesse de masse est la pire solution possible à ce problème.

– Hé, ho ! intervint Isolde d'une voix pâteuse. On se calme, là. Ça ne fait plaisir à personne...

– Tu parles exactement comme Kira, la coupa Xochi. Évidemment, c'est logique : elle a un mec, elle. Sans doute qu'elle couche déjà...

Kira bondit en hurlant pour se jeter sur elle, aveuglée par la fureur, les ongles tendus vers son cou, mais Isolde l'arrêta d'un bond avant de trébucher sur ses pieds, complètement ivre. Elle perdit l'équilibre mais se raccrocha à Kira, empêchant cette dernière d'atteindre Xochi. Kira tenta alors de se dégager, de la pousser, et lui enfonça un ongle dans le front sans le faire exprès. Isolde poussa un jappement de douleur, et soudain, Kira cessa de lutter pour fondre en larmes.

– Oh, non ! souffla Xochi.

– Assieds-toi, dit Isolde en la guidant vers le canapé à côté d'elle.

Kira sanglotait, et son amie, qui la tenait tendrement dans ses bras, décocha à Xochi un regard glacial.

– Tu as passé les bornes.

— Désolée, lâcha la coupable en se laissant aller dans son siège. Pardon, Kira, tu sais que je ne le pensais pas. Je déraille... toute cette histoire, c'est à devenir dingue.

— Ce qui est fait est fait, temporisa Isolde. La loi est votée. Il ne nous reste plus que nos yeux pour pleurer, à moins de faire comme moi : boire pour oublier.

— Tu as déjà largement eu ta dose, dit Xochi en se levant pour lui arracher la bouteille des mains.

Isolde, qui avait usé toutes ses forces dans la bagarre avec Kira, lâcha mollement prise, et son amie ouvrit la fenêtre pour jeter la bouteille dehors.

— Hé, Xochi !

La voix s'élevait de la rue : c'était celle d'un garçon du voisinage, que Kira n'identifia pas précisément.

— C'est dingue, cette histoire de loi Espoir, hein ? Vous voulez qu'on en parle, les filles ? On peut monter ?

— Barrez-vous, lança Xochi en refermant violemment la fenêtre.

— Mais... c'était ma bouteille ! bredouilla Isolde, que personne n'écouta.

— Pardon, Xochi, dit alors Kira en se redressant et en s'essuyant les yeux du dos de la main. Ce n'est pas à toi que j'en veux, c'est à... à peu près tout le reste du monde. Mais comme le monde n'a pas de visage, j'allais m'en prendre à toi.

Xochi lui accorda un petit sourire satisfait, qui s'effaça aussi vite qu'il était venu.

— Je ne suis pas prête, souffla-t-elle. Aucune d'entre nous ne l'est.

Isolde, de son côté, passait machinalement le doigt sur le velours du canapé.

– Haru avait raison, vous savez. Quand il a parlé devant le Sénat. Il n'y a plus d'enfants, rien que des adultes qui ont grandi trop vite et ne savent pas ce qu'ils font.

Le silence retomba sur les filles, perdues dans leurs pensées. Kira songeait à Marcus : elle avait rejeté ses avances, et voilà que le gouvernement changeait toute la donne. Un délai de grâce de deux mois pour mettre les choses en place, après quoi elle pourrait être arrêtée simplement pour ne pas être ce qu'elle n'avait jamais été. Si elle devait absolument avoir des enfants, elle préférerait qu'ils soient de Marcus, sans doute ; elle n'avait jamais envisagé personne d'autre, du moins pas sérieusement. Mais si elle lui disait oui maintenant, il saurait que ce serait pour obéir à la loi, pas pour lui. Elle ne pouvait pas lui faire ça. Et en même temps, elle ne pouvait pas se mettre avec un autre sans lui faire encore plus mal.

En outre, elle n'avait aucune envie de tomber enceinte. Pas dans ces conditions. Si jamais elle donnait la vie, elle voulait le faire parce que cela avait un sens, et pas parce qu'on l'y forçait.

Cependant, elle venait de reprocher à Xochi d'avoir émis précisément la même idée. Elle ne savait même plus quoi penser.

Pendant une seconde – le plus bref des instants – elle eut une pensée pour Samm et se demanda si un enfant à demi Partial serait invulnérable au virus.

– Vous avez des souvenirs de vos mères, vous ? s'enquit soudain Isolde. Pas la nouvelle, Xochi. Ton ancienne mère, la vraie, celle d'avant le Ravage.

– Un vague souvenir. Elle était grande.

– C'est tout ?

– Non mais je veux dire, vraiment très grande. Dans toutes les images que j'ai gardées d'elle, elle me domine de sa hauteur, et pas seulement parce que j'étais gamine : elle était plus grande que tout le monde. Elle devait mesurer un mètre quatre-vingt-dix, un mètre quatre-vingt-quinze peut-être.

Sa voix s'adoucit, et Kira comprit qu'elle se laissait aller à ses souvenirs : le regard humide et vague, elle regardait devant elle sans rien voir. Elle entortilla sur son doigt une mèche de ses cheveux d'ébène.

– Elle était brune, comme moi, et elle portait toujours des bijoux. En argent, je crois. Elle avait une grosse bague en forme de fleur, et je jouais avec. On habitait à Philadelphie... J'ai longtemps cru que c'était le nom d'un État, mais en fait c'est une ville. Philadelphie. Un jour, je veux y retourner et retrouver cette bague. (Elle soupira.) Vous savez. Un jour.

– Ma mère à moi vendait des avions, déclara Isolde. Je ne sais pas comment ni à qui, mais je me rappelle que c'est ce qu'elle m'a dit. Ça m'impressionnait beaucoup, et maintenant, en y repensant, je me dis : nous n'avons même plus d'avions. Nous n'avons pas de carburant à mettre dedans, et même s'il y en avait, je ne suis même pas sûre que nous aurions une seule personne capable de les piloter. Et ma mère en vendait comme si c'était tout naturel, comme du poisson au marché.

– Je ne crois pas avoir eu de mère, avoua alors Kira. Enfin, j'en ai forcément eu une, mais je ne me souviens pas d'elle, uniquement de mon père. Je ne le revois même pas parlant d'elle, alors qu'il le faisait certainement. Ils devaient être divorcés, ou alors elle était morte. Sans doute divorcés, plutôt : nous n'avions aucune photo d'elle.

– Alors imagine quelque chose de génial, lui conseilla Xochi. Si tu ne te souviens pas de ta mère, elle peut être tout ce que tu veux : actrice, mannequin, P-DG, ou... tout ce qui te plairait.

– Si tu ne peux pas connaître la vérité, vis dans le plus beau mensonge que tu puisses inventer, l'approuva Isolde.

– D'accord. Elle était médecin, comme moi... brillante, et réputée pour son travail auprès des enfants. Elle a inventé... le séquençage du génome. Et la nanochirurgie. (Kira sourit.) Et la chirurgie normale, et la pénicilline, et le vaccin contre le cancer.

– Ça, c'est un beau rêve, l'approuva Xochi.

– Ouais. Je crois bien que c'est tout ce qu'il nous reste.

Chapitre 24

— Sois prudente aujourd'hui, dit Shaylon.

Kira, dont les paupières étaient encore rougies par les larmes et l'épuisement, jeta au jeune soldat un regard inquiet.

— Plus que d'habitude ? Que se passe-t-il ?

— M. Mkele pense qu'une attaque se prépare, répondit-il en serrant les doigts sur son fusil. Des rebelles sont cachés dans la ville, ils cherchent toujours ce qu'ils n'ont pas trouvé à l'hôtel de ville. En plus, le nouvel amendement à la loi Espoir n'arrange pas les choses. Mkele envoie des patrouilles supplémentaires dans les rues, mais il nous a dit de rester sur nos gardes ici aussi, au cas où.

Kira acquiesça.

— J'ouvrirai l'œil.

Sur quoi elle pénétra dans le sas de décontamination et se frotta le visage à deux mains sous le jet d'air comprimé. *Je devrais davantage utiliser Shaylon. Si je pouvais trouver le moyen de lui parler seul à seule, peut-être après son tour de garde, j'en apprendrais sans doute beaucoup sur les agissements de la Défense.*

Elle soupira. *Comme si je n'avais que ça à faire.*

Puis elle posa sa pile de carnets et s'approcha de la table où gisait Samm pour observer son visage et ses bras – un rituel devenu quotidien.

— Ils vous ont encore battu.

Le captif, bien sûr, ne répondit rien.

Kira le contempla encore un instant, puis jeta des regards inquiets dans les coins.

— Ils ne devraient pas vous faire ça. C'est un traitement inhumain.

— Je ne suis pas sûr d'être concerné par ce terme.

— Que vous soyez humain ou non n'a aucune importance, insista-t-elle en palpant ses mollets à travers son pantalon, à la recherche d'autres plaies. Eux le sont, et ils sont tenus de se comporter comme tels. (Elle remonta les jambes du pantalon.) Vous avez quelques nouvelles coupures par là, mais elles ne saignent pas : vous devriez vous en remettre rapidement. (Elle les couvrit à nouveau.) Aucune de vos plaies ne s'est infectée.

Elle se demanda si le corps de Samm sécrétait un antiseptique ou un antibiotique naturel, et se promit de le vérifier plus tard… mais pas en le blessant avec un scalpel infecté.

— Vous allez vous en remettre, redit-elle avant de s'approcher de l'ordinateur.

Là, elle sut immédiatement que des documents avaient été lus : les images du scanner, ses notes préliminaires à propos des phéromones, même ses notes manuscrites dans son calepin. Quelqu'un avait tout bougé, trié, feuilleté. *Skousen vérifie-t-il mon travail derrière mon dos ?* se demanda-t-elle. *En fait-il des copies ?* Certains fichiers étaient nouveaux; il avait mené ses propres recherches pendant son absence. Elle ignorait si elle devait être soulagée qu'on surveille son travail ou s'indigner de ce manque de confiance. De toute manière, elle était trop épuisée pour vraiment s'en soucier.

Il ne te reste que trois jours, se rappela-t-elle. *Arrête de te plaindre et mets-toi au boulot.* Elle fit un effort pour se concentrer sur les images tomodensitométriques et y chercher des différences entre la physiologie de Samm et celle d'un humain, mais elle repensait sans cesse à ses propos de la veille. À la sincérité audible dans sa voix. Et s'il disait la vérité... que fallait-il en faire ? Si ce n'étaient pas les Partials qui avaient créé le virus, alors qui ? Le Dormeur présent dans ses poumons, quelle que soit sa nature, prouvait que Samm avait un lien avec le RM, mais pas qu'il l'avait inventé. Les Partials étaient soldats, pas généticiens ; il y avait bien des médecins parmi eux, mais ceux-ci n'avaient pas nécessairement les connaissances suffisantes pour accomplir une telle prouesse technologique.

Et si la similitude avait une tout autre signification ? Si c'était la trace d'une ascendance commune ? Si le RM et les Partials avaient été l'un comme l'autre créés par une tierce partie ?

Kira ferma les yeux pour mieux se remémorer ce qu'elle avait appris en cours. *Comment s'appelait cette entreprise, déjà ? Para-quelque chose ?* C'était si difficile de se rappeler les détails de l'ancien monde... tous ces noms, ces marques et ces technologies qui n'avaient plus aucun sens dans la vie moderne... Pour les chaînes alimentaires, c'était facile, car les ruines en étaient encore visibles partout : Starbucks, McDonald's et des dizaines d'autres... Elle se souvenait même d'avoir mangé dans certains de ces établissements lorsqu'elle était enfant, avant le Ravage. En revanche, les entreprises spécialisées dans la génétique sortaient totalement de son champ d'expérience. Elle en avait appris le nom en cours d'histoire, mais rapidement, sans vraiment s'y arrêter. C'était le gouvernement qui avait passé commande des Partials, Para-machinchose n'était que l'exécutant.

Para-Genetics, se souvint-elle soudain. *La boîte s'appelait ParaGen. Haru en a parlé l'autre jour. Mais quel rapport avec le RM ? Ils n'ont quand même pas pu le créer ! Eux aussi étaient humains, ça aurait été du suicide.*

– Avez-vous eu une mère ? demanda soudain Samm.

La question arracha un instant Kira à ses pensées.

– Quoi ?

– Avez-vous eu une mère ?

– Je… bien sûr que j'ai eu une mère, tout le monde en a une.

– Pas nous.

Elle fronça les sourcils.

– Vous savez que vous êtes la deuxième personne en douze heures à me poser la même question ?

– Votre père, alors.

– Pourquoi voulez-vous que je vous parle de mon père ? J'avais cinq ans quand il est mort, je me souviens à peine de lui.

– Je n'ai jamais eu de père non plus.

Kira se rapprocha de lui sur son fauteuil à roulettes, en contournant le bureau.

– Qu'est-ce qui vous rend si curieux ? Vous ne lâchez pas un mot pendant deux jours, et soudain, ce matin, vous vous intéressez à la famille ? Que se passe-t-il ?

– J'ai réfléchi, dit Samm. Beaucoup. Vous savez que nous ne pouvons pas nous reproduire ?

Elle hocha la tête avec méfiance.

– Vous êtes conçus ainsi. Vous deviez... euh... au départ, vous deviez être des armes, pas des gens. Ils n'allaient pas fabriquer des armes capables de se reproduire.

– C'est exact. Notre existence n'a jamais été prévue en dehors de l'infrastructure qui nous avait créés, et pourtant nous sommes là. Et à présent, tous ces anciens paramètres de conception sont...

Il s'arrêta brusquement et regarda les caméras.

– Écoutez, reprit-il, avez-vous confiance en moi ?

Elle hésita, mais pas longtemps.

– Non.

– C'est compréhensible. Pensez-vous pouvoir un jour me faire confiance ?

– Un jour ?

– Si on travaillait ensemble... si nous vous proposions une trêve. La paix. Pourriez-vous apprendre à nous faire confiance ?

C'était donc là qu'il voulait en venir depuis le premier jour – depuis qu'elle lui avait demandé ce qu'il faisait à Manhattan. Il était enfin prêt à en parler, mais elle, pouvait-elle se fier à lui ? Qu'essayait-il d'obtenir d'elle ?

– Je pourrais vous accorder ma confiance si vous vous en montriez digne. Je ne... je ne me méfie pas de vous par principe, si c'est ce que vous me demandez. Plus maintenant. Mais beaucoup de gens le font.

— Et que faudrait-il faire pour gagner leur confiance ?

— Ne pas nous avoir exterminés il y a onze ans. À part ça… je ne sais pas. Rebâtir notre monde.

Il se tut un moment, pensif. Ses pupilles oscillaient rapidement de droite à gauche, comme s'il avait examiné deux objets différents placés devant lui, et retournaient de temps en temps se poser sur une des caméras. *Qu'est-ce qu'il mijote, maintenant ?*

Elle le regarda bien en face. *Quand tu ne sais pas, lance-toi.*

— Pourquoi toutes ces interrogations ? demanda-t-elle.

— Parce que le seul espoir, pour vous comme pour nous, viendra de l'entraide. Nous devons travailler ensemble.

— Vous l'avez déjà dit.

— Vous m'avez questionné sur notre mission. C'était ça, Kira : nous venions à votre rencontre pour tenter de faire la paix. Voir s'il était possible de travailler main dans la main. Vous avez besoin de notre aide pour vaincre le RM, mais nous avons tout autant besoin de vous.

— Pourquoi ?

Nouveau coup d'œil aux caméras.

— Je ne peux pas encore vous le dire.

— Mais il le faut ! Ce n'est pas pour ça que vous êtes là ? Si réellement vous étiez un émissaire de paix, que comptiez-vous dire en arrivant ici ? « Nous avons besoin de votre aide, mais nous ne pouvons pas vous dire pourquoi » ?

— Nous ne savions pas si vous nous haïssiez toujours. Nous pensions peut-être pouvoir vous convaincre en vous proposant une collaboration. Ensuite, quand j'ai été capturé, quand on m'a amené ici et que j'ai compris ce qui se passait… j'ai vu que ce n'était pas envisageable. Mais vous, Kira, vous écoutez. Non seulement vous écoutez, mais vous comprenez les enjeux. Vous comprenez qu'aucun prix n'est trop élevé lorsqu'il s'agit de la survie de l'espèce.

– Justement ! Oubliez les caméras, oubliez ceux qui nous écoutent de l'autre côté, et expliquez-moi ce qui se passe.

Il secoua la tête.

– Le problème n'est pas seulement qu'ils ne me croient pas. Je vous l'ai déjà dit : s'ils découvrent pourquoi je suis ici, aussitôt qu'ils en connaîtront la raison… je serai un homme mort.

Cette fois, ce fut Kira qui regarda les caméras avec anxiété, mais Samm se contenta d'observer ses blessures.

– Ne vous en faites pas, ils savent que j'ai un secret.

Elle croisa les bras et se renversa contre le dossier de sa chaise. Qu'est-ce qui pouvait être dangereux au point de le faire tuer sitôt qu'il ouvrirait la bouche ? Une chose que les sénateurs ne voulaient pas entendre ? Ou qu'ils ne voulaient que trop entendre ? Elle se creusait la cervelle sans trouver de théorie convaincante. Était-il réellement une bombe à retardement, comme ils l'avaient craint au départ, et redoutait-il qu'on le tue pour se débarrasser du danger ? Mais dans ce cas, quel rapport avec la paix ?

La paix. C'était exactement ce qu'elle avait souhaité et espéré lors de sa conversation de la veille avec Marcus. Elle aurait voulu la toucher du doigt, la goûter, savoir ce que cela faisait de ne pas vivre en permanence dans la peur. Les humains n'avaient plus connu la paix véritable depuis l'instauration de la loi Espoir, qui avait soulevé la rébellion de la Voix et entraîné toute l'île dans une lente spirale vers le chaos. Et même dans les années qui avaient précédé – la fièvre de reconstruction consécutive au Ravage, le Ravage en lui-même et le soulèvement des Partials, la guerre d'Isolation qui avait abouti à leur création… Kira avait vécu dans un monde de discorde dès l'instant de sa naissance, et celui d'avant ne se portait guère mieux. Les humains étaient au bord de l'anéantissement et chacun avait sa solution, mais Kira avait été la seule à suggérer que l'humanité puisse avoir besoin des Partials. La seule à suggérer qu'ils pourraient gagner à travailler ensemble.

Du moins jusqu'à présent. Car voici qu'un Partial suggérait la même chose.

– Non, souffla-t-elle tandis que la suspicion remontait telle une araignée le long de son échine. C'est trop parfait. Vous me dites exactement ce que j'ai envie d'entendre. Je ne vous crois pas.

– Pourquoi voudrions-nous autre chose ? C'est le premier instinct vital : se survivre à soi-même. Donner le jour à une nouvelle génération qui verra de quoi demain sera fait.

– Mais vous, les Partials, n'avez jamais connu de famille. Vous n'en avez pas eu, vous n'avez jamais été enfants, vous n'avez aucune idée de ce que c'est. Et si la procréation n'était chez vous qu'un instinct fantôme, accroché à un brin d'ADN oublié ?

Dans un éclair de souvenir, Kira se rappela soudain un chien. Il était gigantesque dans sa mémoire : une montagne grondante de muscles et de crocs. Il l'avait poursuivie dans un parc ou un jardin, un endroit vert avec de l'herbe et des fleurs, et elle était terrifiée, le chien était presque sur elle, lorsque son père était soudain apparu. Il n'était pas spécialement fort, ni grand ni costaud, mais il s'était interposé entre la bête et elle. Il s'était fait mordre, et elle avait cru voir que la blessure était profonde. Il avait agi pour la protéger. Il avait joué son rôle de père.

— À votre avis, que révèle sur nous le fait que nous n'ayons pas de parents ? (Relevant la tête, elle accrocha le regard de Samm.) Je ne parle pas seulement de nous, les jeunes, je veux dire : vous et nous. Deux sociétés entières sans parents. Qu'est-ce que ça nous a fait ?

Samm ne répondit rien, mais il soutint son regard. Une larme brillait dans un de ses yeux : c'était la première fois que Kira observait ce phénomène chez lui. La chercheuse en elle avait envie de l'étudier, d'en prélever un échantillon, de découvrir comment et pourquoi il pleurait, et de quoi était faite cette larme. Mais la jeune fille en elle pensait simplement à la loi Espoir : une telle mesure aurait-elle vu le jour si les votants avaient su qu'elle serait imposée à leurs propres filles ?

Kira détourna les yeux vers l'écran, sur lequel elle vit non pas l'image affichée, mais ses souvenirs de Manhattan : l'attaque des Partials ; le corps de Gabe effondré dans le couloir où ils l'avaient abattu. *S'ils étaient en mission de paix, pourquoi lui ont-ils tiré dessus ?* Elle s'efforça de concilier cet épisode avec les protestations d'innocence de Samm. *Ils n'ont même pas tenté de nous parler d'abord. Ça ne tient pas debout.*

Elle chercha frénétiquement d'autres souvenirs dans sa mémoire, n'importe quel détail susceptible de confirmer ce à quoi elle voulait tellement croire. *Qu'est-ce qu'il a dit, déjà, avant que nous ne fassions sauter l'appartement?* Elle fournit encore un effort de mémoire. *« De quel groupe êtes-vous? »* Elle l'avait entendu clairement - c'était du moins ce qu'il lui semblait. *Quel groupe de quoi? S'attendaient-ils à trouver quelqu'un d'autre, peut-être des bandits ou des rebelles? Était-ce vraiment par un hasard inouï qu'ils étaient tombés sur Kira, le seul être humain prêt à les écouter?*

Ou bien Samm lui disait-il exactement ce qu'elle avait envie d'entendre?

Soudain, les portes s'ouvrirent en bourdonnant et la soufflerie du sas se mit à rugir. Shaylon déboula dans la pièce, une seringue en plastique pleine de sang à la main, et rejoignit Kira en courant.

– L'infirmière m'a demandé de te donner ça, se hâta-t-il de dire en lui tendant l'objet. Elle a dit que tu saurais quoi en faire.

– Tu n'as pas le droit d'entrer ici.

– Elle a dit que c'était une urgence.

Puis Shaylon regarda Samm.

– Alors, c'est lui?

Elle prit la seringue avec méfiance; à l'intérieur, le sang était encore tiède.

– Qu'est-ce que c'est?

– Elle a dit que tu le saurais. Ça vient de la maternité.

Alors, Kira comprit et ouvrit de grands yeux.

– Le sang d'un nouveau-né! Il y a eu une naissance!

Elle se jeta sur les placards pour en sortir précipitamment un assortiment de lamelles, de tubes à essai et de pipettes en verre.

– Tu sais duquel ça vient ? demanda-t-elle.

– Elle m'a dit que tu saurais quoi en faire !

– Je sais quoi en faire ! Calme-toi.

Pitié, faites que ce ne soit pas le bébé de Madison. Vite, elle fit tomber une goutte sur une lamelle et courut auprès de l'AMN.

– C'est du sang non infecté, tu comprends ? Les bébés naissent en bonne santé – c'est après que le virus frappe –, et nous n'avons que quelques minutes, peut-être moins, avant qu'il ne se transforme et passe à l'attaque. (Elle donna ses instructions à l'écran et fonça préparer une nouvelle lamelle sur le plan de travail.) Le virus a une forme aérienne et une forme sanguine, et j'essaie de le surprendre en pleine transformation. Allume le microscope.

– C'est quelle machine ?

– Celle-ci.

Elle revint à toute allure et déposa la lamelle dans le lecteur du microscope, qu'elle referma d'un coup sec. Puis elle appuya sur divers interrupteurs et tambourina nerveusement des doigts sur la machine tandis que celle-ci se mettait à bourdonner. Lorsque l'écran s'alluma enfin, elle fit aussitôt apparaître les menus et demanda à l'ordinateur de rechercher des virus. Un petit *ping !* l'informa qu'il avait déjà détecté une des formes aériennes, et elle fit apparaître l'image sur-le-champ. La minuscule particule s'afficha à l'écran, colorée en rouge dans un océan gris. Elle avait déjà commencé à se modifier, mais c'était une image fixe, piégée à mi-chemin entre ses deux formes ; le microscope avait beau être sophistiqué, rien ne pouvait être filmé à un tel taux d'agrandissement. D'autres signaux sonores s'élevèrent à mesure que l'AMN trouvait davantage d'exemplaires du virus.

— Si on obtient suffisamment de bonnes images à différents stades de la transformation, expliqua Kira, il sera sans doute possible de reconstituer tout le processus.

Elle demanda aussitôt à l'analyseur de prendre une nouvelle photo de toute la zone, afin de voir si le virus aérien avait déjà revêtu sa forme plus massive.

Un petit message apparut à l'écran : *Adéquation partielle.*

Shaylon pointa le doigt et parla d'une voix terrifiée.

— Partielle ? Le bébé est un Partial ?

— Non, ça signifie que l'objet observé ne correspond que partiellement aux archives de la base de données. (*Comme le Dormeur*, ajouta-t-elle mentalement.) Nous avons là quelque chose qui ressemble un peu au RM, mais qui n'est pas encore le virus.

Elle agrandit l'image pour confirmer de visu sa théorie... et eut un choc : elle ne reconnaissait rien.

— Mauvaise nouvelle, souffla-t-elle.

— Quoi ?

— C'est une nouvelle souche, dit Kira en faisant pivoter la particule à l'écran pour la voir sous tous les angles. Le Spore – la forme aérienne – est censé se transformer en Globule – la forme sanguine. Ce sont les deux seules variations du RM que nous ayons dans la base de données.

Elle cherchait toujours un indice lui permettant de comprendre, mais en vain.

— Ça, conclut-elle, c'est nouveau.

Elle disséqua encore plus minutieusement la particule, dissociant un par un tous ses éléments afin de découvrir ses mécanismes. L'ordinateur avait raison : l'objet présentait des similitudes avec le Globule, notamment les mêmes protéines et la même configuration de base, mais au-delà de ces points communs, il était entièrement inédit. Et, contrairement au Dormeur, indubitablement viral. *Serait-ce à cause de Samm ? Ce nouveau virus est-il un sous-produit du Dormeur ?* Kira sauvegarda l'image et demanda à l'ordinateur de fouiller intégralement la base de données à la recherche d'un élément plus similaire. Il y eut cinq résultats, tous issus d'analyses de sang de nouveau-nés : des prématurés pour la plupart, plus un enfant mort-né, le tout remontant à plus de huit ans. *Ça ne s'est pas présenté assez souvent pour être remarqué, mais c'est arrivé, et cela des années avant l'apparition de Samm. Il n'y est donc pour rien.Mais d'où cela peut-il venir ?*

Elle réfléchit encore aux données fournies par l'analyseur. *Si ce n'est pas commun*, raisonna-t-elle, *c'est peut-être une simple mutation. Peut-être que c'est le seul exemplaire de tout le prélèvement et que je suis tombée dessus par le plus grand des hasards.* Elle demanda alors à l'AMN de regarder s'il existait désormais d'autres particules identiques à celle-ci dans l'échantillon de sang. L'appareil émit presque immédiatement un nouveau *ping !* suivi d'un autre, et encore un autre, et encore et encore... en plus grande quantité, même, que lorsqu'elle avait cherché le virus aérien. *Ce sang en est infesté !* Kira ouvrait les images les unes après les autres et le nouveau virus emplissait tous les écrans en se multipliant à l'infini. Frénétique à présent, elle lança une nouvelle recherche, portant cette fois sur le Spore. Aucun résultat. L'ordinateur avait conservé les images d'origine, mais la structure en elle-même avait à présent disparu du sang. Tous les exemplaires du Spore s'étaient transformés en ce nouveau virus – qu'elle nomma le Prédateur –, et ils continuaient de se multiplier.

Shaylon posa une question, lentement, d'une voix grêle et inquiète, sans quitter Samm des yeux.

— Qu'est-ce que c'est que ça ?

— Aucune idée.

Kira, la mâchoire crispée, se plongea dans l'amas de rapports, de scans et d'images qui croissait sans cesse, bien décidée à y trouver ce qu'elle cherchait : le processus d'évolution du Spore au Globule, les détails qui lui révéleraient le fonctionnement du virus, transition par transition, étape par étape. Mais c'était comme tenter de boire à une cascade.

Tout à coup, Shaylon se figea, un doigt sur son oreillette, puis s'accroupit brusquement.

— À terre.

— Pourquoi ? Qu'est-ce qu...

— À terre ! répéta-t-il en l'attirant au sol, derrière la masse métallique du microscope. Un intrus rôde dans les environs. La Défense pense qu'il s'agit peut-être d'un prisonnier évadé.

Kira coula un regard prudent derrière l'ordinateur ; Samm les observait avec intérêt. *Est-ce vrai que quelqu'un vient te chercher ?* lui demanda-t-elle mentalement. Elle avait laissé son pistolet sur le plan de travail, bien rangé dans son étui, complètement hors de sa portée. Si quelqu'un entrait maintenant, jamais elle ne pourrait l'attraper à temps.

Elle tourna la tête vers Shaylon, qui écoutait attentivement son oreillette.

— Ils pensent qu'il est devant, chuchota-t-il. Reste ici, je vais jeter un œil par la fenêtre.

Il courut jusqu'au mur opposé, les jambes fléchies, le dos courbé, le fusil pointé. Kira regarda Samm, puis la porte, puis se rua sur le plan de travail pour s'emparer de son arme avant de se plaquer de nouveau au sol. Elle était abritée de la fenêtre, mais pas de la porte. Le second soldat montait-il toujours la garde? Elle sortit le pistolet de son étui qu'elle jeta dans un coin, et vérifia le chargeur et la chambre pour s'assurer qu'il était prêt à tirer.

— Je ne vois rien, disait pendant ce temps Shaylon dans son émetteur radio.

Prudent, il tentait de regarder dans la rue tout en restant plaqué contre le mur. La main sur l'oreille, il échangeait des propos anxieux avec Mkele.

— Je ne vois pas... Attendez. Entre les voitures, vous dites? Ils sont encore si loin que ça?

C'est absurde d'attaquer l'hôpital en plein jour, se dit Kira. *D'accord, les voitures permettent de se cacher, et il y a un rideau d'arbres devant le bâtiment, mais ce n'est tout de même pas idéal. S'ils veulent entrer en faisant sauter le mur, pourquoi ne pas le faire de nuit? Pourquoi ne pas attendre de pouvoir avancer à couvert jusqu'ici?*

Hé, minute! pensa-t-elle soudain. *S'ils comptent entrer par le...*

Elle bondit sur ses pieds et courut vers Shaylon.

— Recule ! Tu es trop près du…

Au même instant, le mur explosa telle une gigantesque bulle de brique, de métal et de plâtre soufflée vers l'intérieur. L'onde de choc cueillit Kira et la balaya en arrière aussi sûrement que l'aurait fait une main invisible. Shaylon fut projeté de côté contre la cloison avant de s'écrouler, semblable à une poupée de chiffon. Même Samm fut arraché à sa table comme une feuille morte ; il alla fracasser le bureau de Kira, puis dégringola au sol.

Kira heurta le mur du fond avec un choc dont la violence lui coupa le souffle et lui arracha son arme des mains. Elle retomba derrière l'énorme tomodensitomètre, qui lui-même oscillait déjà sur sa base et s'écrasa au sol avec elle, ou plutôt sur elle. Elle hurla de douleur, convaincue que la machine lui avait brisé la jambe, mais se força à retrouver son calme.

Respire à fond, Kira, respire à fond. Contrôle-toi, surtout. Lentement, le monde redevint net, tandis qu'à chaque respiration la douleur dans sa jambe se faisait plus mordante. *Ce n'est pas cassé, juste écrasé. Je peux pousser la machine.* Elle entendait des mouvements dans la pièce, des éboulements de gravats. Elle jeta des regards nerveux autour d'elle, mais, le scanner lui bouchant la vue, elle n'apercevait que la porte. Le sas en plastique, encore accroché au plafond, pendait en lambeaux ; une vague de débris arrachés du mur l'avait déchiqueté avant de s'amonceler contre le battant et de le bloquer en position fermée. Kira sentit un petit choc électrique dans sa jambe immobilisée et constata que le carénage plastique du bras du scanner était brisé. *La machine fait un court-circuit. Il faut absolument que je m'en éloigne.* Elle entendit encore des bruits : il était clair que quelqu'un bougeait dans la pièce. *Est-ce Shaylon ou Samm ?* S'appuyant du dos et des bras contre le mur, elle repoussa la machine de toute la force de ses jambes.

Elle réussit à la déplacer d'un centimètre, puis d'un autre, chaque fois lentement et dans une douleur épouvantable, puis soudain quelque chose claqua dans les entrailles de l'appareil, et une décharge électrique lui secoua le corps entier.

Ce fut un supplice. Tous ses muscles se contractèrent en même temps, plus fort qu'elle ne le croyait possible. Puis, d'un seul coup, la douleur disparut et Kira chercha de l'air. Elle avait les idées brouillées, réfléchir lui était difficile ; c'était comme si on l'avait rouée de coups avec une barre à mine, sans qu'elle puisse dire exactement où. Elle tenta de parler, et ce fut un croassement qui sortit de sa gorge.

– À l'aide.

Une nouvelle décharge propagea un véritable cyclone de courant électrique dans tout son corps. Ses yeux se révulsèrent et tout vira au noir. Le monde, pour elle, n'était plus qu'une vaste souffrance sans forme ni lieu, puis soudain cela disparut à nouveau. Son cœur palpitait de manière irrégulière et la tête lui tournait. Elle lutta pour ne pas perdre connaissance.

– Aidez-moi, murmura-t-elle d'une voix faible et rauque. Le scanner... Il est en train de m'électroc...

Une nouvelle décharge lui coupa la parole, la noya sous la douleur, et lorsqu'elle cessa, les poumons de Kira mirent cinq longues secondes à se remettre à fonctionner ; son cœur battait la breloque et son corps était trop dérouté pour savoir comment réagir. Lorsqu'elle retrouva sa respiration et inhala péniblement une longue goulée d'air, la puanteur âcre de sa propre chair carbonisée frappa ses narines. Ses yeux mirent du temps à faire le point, et elle constata alors que la porte était désormais entrouverte, de quelques centimètres à peine, et qu'un œil regardait dans l'embrasure... non, deux yeux : un blanc et un noir.

Pas un œil, se dit-elle, la cervelle en compote. *C'est le canon d'une arme à feu.*

La porte fut légèrement secouée, poussée en vain contre les gravats par des soldats qui se tenaient derrière. Elle ne s'ouvrit pas davantage.

– C'est la fille. Quelqu'un d'autre est en vie là-dedans ?

– Aidez-moi, parvint-elle à articuler. Mon cœur va s'arrêter.

– Vous voyez le prisonnier ? Il s'est échappé ?

– Les battements sont... irréguliers...

Kira sentait déjà son corps s'éteindre : ses muscles, son cœur, ses poumons glissaient lentement vers le néant.

– Il faut m'aider. Encore un choc, et je...

Elle entendit alors des voix : des cris et des hurlements qui lui semblèrent distants de cent kilomètres. Une brise tiède souffla sur son visage et elle rouvrit les yeux. Le monde était une tache floue ; pourtant quelqu'un était là, en mouvement, et soudain la pression qui lui écrasait la jambe disparut. L'énorme tomodensitomètre vola dans la pièce ; un sifflement lui vrilla les oreilles. Des bras puissants la soulevèrent des débris, et elle tâcha de comprendre ce qui lui arrivait. Quelqu'un la soutenait, la portait dans ses bras, inspectait ses blessures.

– Merci, parvint-elle à croasser.

Sa voix était si faible qu'elle l'entendit à peine. Elle s'accrocha à son sauveur.

– Je crois... qu'il s'est évadé, dit-elle encore.

– Je suis là, Kira.

Je connais cette voix.

Elle se força à réfléchir, à ouvrir les yeux, et peu à peu tout redevint net : Samm la tenait contre lui, dans ses vêtements encore fumants, des lambeaux de sangles pendant aux poignets. Autour d'eux, la pièce était saccagée, le sol couvert de débris, et le mur donnant sur l'extérieur n'était plus qu'un trou béant. Au-delà, les arbres ondoyaient dans le vent. L'énorme masse du scanner était écroulée dans un coin ; Shaylon gisait dans un autre, ensanglanté et immobile.

Kira leva la tête vers Samm.

– Vous m'avez sauvée.

La porte finit par s'ouvrir et les soldats se déversèrent à l'intérieur.

– Lâche-la ! crièrent-ils au Partial.

– Mais il m'a sauvée... protesta-t-elle faiblement.

– Lâche-la, on te dit !

Samm s'agenouilla et déposa doucement Kira au sol. Aussitôt que ce fut fait, les soldats se précipitèrent pour l'assommer à coups de crosse. Kira voulut parler, expliquer, mais elle était trop faible. Elle ne put que regarder.

Chapitre 25

Il faisait noir dans la chambre. Des appareils médicaux émettaient de faibles *bip-bip*, et des ampoules minuscules clignotaient dans l'obscurité. Kira ouvrit les yeux puis les referma, le souffle court, le crâne encore empli de douleur et de lumière, comme si l'explosion était toujours en cours.

Samm m'a sauvé la vie.

Les soldats l'avaient tabassé pendant une bonne minute avant de l'enchaîner à nouveau, multipliant les coups de crosse dans le ventre et sur le crâne. Pas une fois il ne s'était défendu. Il n'avait pas fui lorsqu'il en avait eu l'occasion, et par la suite il s'était laissé frapper, encore et encore, dans une horrible succession de chocs sourds, de craquements et de grognements.

C'est un Partial, se dit-elle pour la centième fois depuis trois jours. *Il n'est même pas humain. On ignore ce qu'il fait ici, ce qu'il pense, ce qu'il complote*. Mais elle avait beau se le répéter, elle savait au fond qu'elle n'en croyait rien. Il voulait la même chose qu'elle : résoudre leurs problèmes au lieu de les esquiver. Sur toute l'île, il était le seul à être d'accord avec elle.

Et pourtant, il était un Partial.

Elle voulut s'asseoir, mais un éclair de douleur dans sa jambe lui coupa le souffle. C'était la jambe qui avait été brûlée par le scanner. Elle retira la couverture pour mieux voir la plaie, mais celle-ci était bandée. Elle reconnut cependant la démangeaison brûlante qui caractérise la repousse des fibres musculaires, et comprit qu'on l'avait traitée avec un boîtier régénérateur. Elle ne pourrait toutefois pas s'asseoir avant un bon bout de temps, sans parler de se lever ou de marcher.

Un faible soupir lui fit tourner la tête : elle avisa alors un second lit à l'autre extrémité de la pièce. Si la place ne manquait pas à l'hôpital, en revanche le peu d'électricité disponible ne permettait d'éclairer que quelques étages, c'est pourquoi il était courant d'installer deux patients par chambre. Observant plus attentivement la forme couchée dans le lit, presque sans visage dans la pénombre, elle s'aperçut avec un choc qu'il s'agissait de Shaylon. L'explosion avait dû le déchiqueter : à voir ses plâtres et ses pansements, il avait probablement des dizaines de fractures et de plaies ouvertes.

Son souffle était faible et court, mais au moins il respirait sans aide et semblait dans un état stable. Il avait des chances de s'en sortir.

Il avait vu le Prédateur dans le sang, et il l'avait entendue s'interroger sur sa nature. En avait-elle trop révélé ? Avait-elle exposé trop de secrets ? L'île était prête à s'embraser à la moindre étincelle. *Quand il se réveillera, pitié, faites qu'il se taise.*

Kira entendit alors des pas dans le couloir et tourna les yeux vers la porte juste à temps pour la voir s'ouvrir.

– Vous êtes réveillée, constata l'infirmière en chef.

– Que s'est-il passé ? la pressa Kira. Combien de temps suis-je restée inconsciente ?

Elle se tut soudain en voyant Hardy pousser un nouveau lit dans la chambre. Madison. Kira se redressa vivement, ce qui lui arracha un cri de douleur.

– Madison, ça va ?

– Elle a eu des contractions, expliqua l'infirmière. Nous avons réussi à les arrêter, mais je ne sais pas si elle tiendra encore longtemps avant d'accoucher.

– Ça va aller, intervint Madison. On ne me laisse même pas m'asseoir ni me lever, expliqua-t-elle à Kira. Et encore moins aller aux toilettes.

– Restez tranquille et reposez-vous, lui intima l'infirmière. Nous allons vous garder en observation quelques heures ici, le temps que vous vous remettiez, puis nous verrons si nous pouvons vous ramener dans votre chambre. Mais il faut vous calmer.

– Je serai calme, promit Madison, obéissante. Je vais regarder le plafond sans bouger d'un millimètre.

– Vous devriez dormir. Et vous aussi, ajouta Hardy à l'intention de Kira. Vous n'avez eu que quelques heures de sommeil, et votre corps a besoin de repos. Voyons un peu cette jambe.

Elle écarta le drap et souleva le coin du pansement ; Kira retint sa respiration et tâcha d'ignorer la douleur fulgurante qui éclata lorsque le bandage tira sur sa brûlure. Hardy eut un claquement de langue réprobateur en découvrant une zone de peau noircie grande comme la main, poisseuse de pommade antiseptique.

– C'est en cours de cicatrisation, mais c'est une vilaine brûlure. Nous avons déjà passé votre jambe dans un boîtier régénérateur il y a quelques heures :

vous allez devoir attendre un moment avant de pouvoir recommencer.

– Merci, souffla Kira, qui réprima une exclamation de douleur lorsque l'infirmière remit le pansement en place.

– Dormez. Toutes les deux.

Hardy sortit en refermant sans bruit derrière elle. Kira observa la silhouette de Madison dans le noir.

– Mads, est-ce que tu sais ce qui s'est passé là-bas ? C'était la Voix ?

– Sans doute, mais je n'en sais pas tellement plus que toi. Il y a eu une explosion. Quelqu'un a pénétré dans le périmètre de sécurité.

– Et Samm ? demanda Kira après une hésitation.

– Samm ?

– Le Partial.

Madison la regarda bizarrement.

– Pardon, Kira, je n'en sais rien. J'ai eu encore des problèmes de placenta, et j'étais en pleine consultation quand la bombe a sauté. Depuis, je n'ai pas pu bouger ni demander de détails à qui que ce soit.

Kira se laissa retomber dans ses oreillers avec un grognement de douleur.

– Je ne peux pas rester ici. Il faut que je sache ce qui se passe.

– Et moi donc.

Kira eut un rire sec.

– Tu es aussi mal en point que moi, on dirait.

– Oh, penses-tu. Une vie de rêve ! plaisanta Madison en cherchant une position plus confortable sur son lit. Il me reste huit semaines de grossesse, et j'aurai de la chance si je tiens encore un mois. Je vais la perdre, Kira, ajouta-t-elle d'une voix plus tendre et triste.

– Mais non.

– Même si elle naît à terme... ou même après le terme, parfaitement développée, c'est le RM qui me l'enlèvera.

– Je ne le laisserai pas faire.

– Tu ne peux pas empêcher ça. Je sais que tu le voudrais, que tu as déjà fait le maximum, mais ça ne suffit pas. Tu y arriveras peut-être un jour, mais ce ne sera pas pour moi. (Sa voix se brisa.) Et pas pour Arwen non plus.

Kira inclina la tête sur le côté.

– Arwen ? Qui est-ce ?

Elle croyait pourtant connaître toutes les futures mères dont l'accouchement était programmé. C'*est peut-être une nouvelle ? J'ai passé tout mon temps avec Samm ces trois derniers jours, peut-être qu'il y a eu une arrivée entre-temps.*

Madison commença à parler, hésita, puis chuchota tout bas.

– C'est mon bébé. Je lui ai déjà donné un nom.

Kira eut l'impression de recevoir un coup de poing dans le ventre.

– Mads...

– Je sais qu'il ne faut pas. Je sais. Mais je l'aime, ma petite fille, Kira. Je l'aime plus que je ne pourrais te le dire. C'est comme si je la connaissais déjà... elle est tellement indépendante, et forte, et si... drôle. Je sais que ça paraît ridicule, mais elle me fait rire tous les jours. J'ai l'impression qu'elle et moi, on partage une blague que personne, à part nous, ne peut entendre.

Je ne pouvais pas ne pas lui donner de nom, Kira. C'est une personne, en vrai.

Kira écrasa une larme.

— Je suis affreusement désolée, Mads. Je ne peux pas imaginer ce que ça te fait de te trouver dans le même bâtiment que Samm...

— Haru ne sait pas que je l'ai nommée, poursuivit Madison. Et, non, je ne hais pas le Partial. (Kira crut la voir hausser les épaules dans la pénombre.) Quoi qu'ils aient fait, cela s'est passé il y a onze ans. Si j'étais capable d'une rancune aussi tenace, je serais aussi morte que tous ceux que nous avons laissés derrière nous. Je ne veux pas vivre dans un monde rempli de morts. (Elle se tut le temps d'inspirer profondément.) Et puis, même si elle meurt, au moins j'aurai rencontré ma fille. Au moins j'aurai pu rire avec elle.

La porte se rouvrit et Hardy rentra avec une seringue. Kira se frotta les yeux.

— Un petit quelque chose pour vous aider à dormir, annonça l'infirmière.

— Je n'en ai pas besoin, dit Madison.

— Vous n'en voulez pas, la corrigea Hardy en préparant l'aiguille. C'est moi qui décide de ce dont vous avez besoin. Un peu de sommeil vous fera le plus grand bien.

Sur ces mots, elle déboucha la perfusion de Madison, inséra l'aiguille et pressa le piston.

— Et voilà. Cela fera effet dans quelques minutes à peine, et vous pourrez enfin vous reposer. Nous nous reverrons demain matin.

— D'accord, concéda la jeune femme avec résignation.

— Je veux voir Mkele, tout de suite, annonça Kira.

— Et que voulez-vous que j'y fasse ? L'hôpital a subi un attentat. Mkele est occupé.

— Vous pouvez le trouver ?

L'infirmière indiqua Madison et eut un geste d'impuissance.

— Elle n'est qu'une des sept mères que nous avons en ce moment à l'étage. Je suis assez occupée moi-même. Si je le vois, ajouta-t-elle après un soupir, je lui ferai savoir que vous le cherchez.

— Merci.

La femme s'en alla et la chambre fut replongée dans le noir.

Kira se frotta une nouvelle fois les paupières.

— Arwen Sato, dit-elle. C'est un très beau nom.

— C'est le prénom de ma grand-mère. Je sais que Haru voulait un prénom japonais, mais je crois que celui-ci lui plaira.

— Je crois qu'il lui plaira beaucoup.

— Alors... à demain matin, murmura Madison en bâillant.

Kira regarda son amie s'apaiser, s'immobiliser, puis s'endormir. Son souffle était profond et régulier.

Je ne laisserai pas mourir son enfant. Je ferai tout ce qu'il faudra. Ce bébé vivra.

Mais comment ? Elle se sentait totalement dépassée. *La guerre civile a peut-être déjà commencé, et moi je peux à peine marcher. Et ce dernier échantillon de sang... c'était exactement ce à quoi je ne m'attendais pas. Une nouvelle souche du virus que personne n'a jamais vue ? C'est impossible. Je croyais avoir compris le fonctionnement du RM, mais à présent... tout ce que je pensais savoir se révèle faux. Et je n'ai plus le temps de trouver les réponses.*

Kira tambourinait nerveusement des doigts sur les montants métalliques de son lit. *Il faut que je rassemble toutes les pièces du puzzle.* Elle repensa à ce qu'elle avait appris en tâchant de le voir sous un jour nouveau. Le RM présentait quatre formes, du moins quatre qu'elle avait identifiées à ce stade : le Spore aérien, le Globule sanguin, le Dormeur sorti des poumons de Samm, et le Prédateur présent dans le sang du nouveau-né. *Je m'attendais à ce que le Spore se transforme en Globule, mais ce n'est pas ce qui s'est passé. Il s'est mué en Prédateur. Et d'après les archives, il l'a déjà fait dans le passé, ce n'est donc pas une anomalie. Cela arrive-t-il chaque fois ? Le Prédateur serait-il une étape intermédiaire entre le Spore et le Globule ?*

Elle numérota mentalement les étapes successives de la vie du virus : le Spore serait donc l'état 1, le Prédateur l'état 2 et le Globule l'état 3. Personne n'avait jamais concrètement observé ce dernier en train de tuer qui que ce soit : comme il était présent dans le sang de tous les bébés morts, on l'avait naturellement pris pour le coupable. Mais on l'avait toujours trouvé aussi dans le sang des *survivants*. Et s'il n'était pas mortel, en réalité ? *Si le véritable tueur était le Prédateur, et qu'il se transformait en Globule le temps que l'on procède aux analyses ?*

Kira maudissait l'explosion. *Si je pouvais tester un autre échantillon sans être interrompue par un attentat à la bombe, je pourrais être certaine de ce qui se passe. Peut-être. Mais je n'ai plus le temps de faire des analyses ! Je n'ai même plus de labo.*

Elle voulut changer de position et, une fois de plus, la douleur la terrassa. Elle poussa une exclamation de rage. *Comment résoudre tout cela alors que je ne peux même pas bouger ?*

La porte se rouvrit, pour révéler cette fois le docteur Skousen suivi de M. Mkele. Le médecin s'approcha du corps inconscient de Shaylon.

Mkele ferma la porte à clé.

– Vous êtes éveillée, constata ce dernier en dévisageant Kira.

Elle lissa le drap sur ses jambes et lui retourna un regard effronté.

– Tant mieux, poursuivit-il. Ceci vous regarde aussi.

– Que s'est-il passé ? Et où est Samm ?

Skousen tâta soigneusement le crâne et le visage de Madison du bout des doigts.

– Elle dort.

– Bien ! Commençons, lança alors Mkele.

– Mais que se passe-t-il ? insista Kira d'une voix aussi ferme et autoritaire que possible, alors qu'elle se sentait faible et vulnérable : blessée, épuisée, à demi nue sur un lit d'hôpital.

Elle resserra le drap autour de ses cuisses et de son dos.

– C'était une attaque de la Voix, pas vrai ? Est-ce qu'ils s'en sont pris à d'autres sites ? La guerre civile est-elle commencée ? Et que quelqu'un me dise ce qu'il est advenu de Samm !

Le docteur Skousen sortit alors un petit flacon de la poche de sa blouse, puis une seringue et une aiguille. Celle-ci luisait dans la faible lumière et Kira eut l'impression qu'elle emplissait son champ de vision.

– Nous nous sommes occupés de Samm, dit enfin Mkele, dont les traits étaient tirés, les yeux fatigués.

Nous sommes ici pour régler le cas de l'autre maillon faible.

Kira se crispa et jeta des regards dans toute la pièce, à la recherche d'une issue : la porte était fermée à clé, la fenêtre verrouillée, et sa jambe hurlait de douleur rien qu'à l'idée de devoir courir. Elle vit le docteur Skousen remplir lentement la seringue, puis s'adressa à Mkele.

– Vous allez me tuer ?

– Non, mais nous allons vous demander de ne pas crier.

Le médecin éleva la seringue en l'air et la secoua d'une pichenette. Les yeux de Kira s'agrandirent, et elle allait hurler lorsque Mkele plaqua une main ferme sur sa bouche tout en la tenant solidement par l'épaule. Le docteur Skousen s'approcha non pas d'elle, mais de Shaylon. Il inséra l'aiguille dans la perfusion du jeune soldat et injecta la dose entière.

– Nous ne voulions pas en arriver là, chuchota Mkele à l'oreille de Kira, d'une voix épaisse et pâteuse. Quoi que vous pensiez de nous, sachez ceci : on nous a forcé la main.

Kira, horrifiée, vit les produits chimiques sortis de la seringue descendre en spirale dans le tuyau pour pénétrer dans le corps du soldat. *Non. Non, non, non !*

– Je vais à présent vous lâcher, ajouta Mkele, la main toujours serrée sur son visage. Je vais découvrir votre bouche. Vous n'allez pas crier.

Il attendit qu'elle ait hoché la tête, les yeux toujours écarquillés de terreur, puis leva les mains et recula.

– Voilà. C'est fini.

– Qu'avez-vous fait ?

– Nous lui avons administré un traitement, mais je crains que cela ne suffise pas à le sauver.

– Vous l'avez tué.

Kira regarda le docteur Skousen.

– Vous l'avez tué, répéta-t-elle.

– Non, lâcha le médecin en soupirant. Il est décédé tragiquement des suites de cette terrible explosion.

– Mais pourquoi ?

– Il en avait trop vu, dit Mkele. Bien plus qu'il n'aurait dû. Il en aurait parlé à d'autres, et nous ne pouvons prendre ce risque.

– On aurait pu l'empêcher de parler, plaida Kira. Il aurait suffi de l'isoler, de lui expliquer…

– Vous le connaissiez, trancha Mkele. Je pouvais compter sur lui pour obéir à mes ordres et tirer là où je lui disais de tirer, mais pas pour garder ce secret. Pas après ce qui s'est passé.

– Et moi, alors ? Visiblement, je suis tout aussi incapable de me taire : pourquoi ne pas me tuer, moi aussi ?

– Il était un handicap. Vous, vous êtes un atout.

Ce dernier mot fit frémir Kira.

– Il n'en a plus pour longtemps, conclut Skousen en remettant ses ustensiles dans sa poche après avoir jeté un dernier coup d'œil à Shaylon.

L'homme regarda ensuite Kira, n'ajouta rien et se détourna.

– En ce qui concerne le Partial, dit Mkele, nous nous réunirons dès que possible pour décider du meilleur moyen d'en disposer.

Le cœur de Kira cessa de battre.

– Mais il me reste encore deux jours.

— Vous n'avez plus de laboratoire et vous n'êtes même pas en état de vous tenir assise. East Meadow est en train de devenir un champ de bataille, et nous n'avons pas de temps à perdre avec tout ce qui peut mettre en péril notre capacité à gagner cette bataille. Cacher un Partial vivant constitue un trop grand risque. Mort, en revanche...

Mkele soupira et se frotta les paupières. Lorsqu'il reprit la parole, ce fut d'une voix douce, presque attristée.

— J'espérais sincèrement que vous y arriveriez, Kira. Vraiment. Nous pourrons peut-être réessayer une autre fois.

— Rien ne nous oblige à renoncer.

— Vous n'avez fait aucun progrès contre le RM depuis que vous avez commencé il y a trois jours. De fait, vous vous êtes même éloignée du but : les données ont été détruites par l'explosion, ainsi que tout l'équipement que vous utilisiez, en grande partie irremplaçable. Sans cet attentat de la Voix, nous aurions peut-être pu sauver quelque chose, allez savoir... mais nous n'avons simplement plus de temps devant nous. Il fallait agir. (Il se redressa : son expression redevint glaciale, son allure hautaine.) Il est temps que nous passions à l'action pour remettre cette société sur pied, par tous les moyens possibles. Bonne nuit, Kira.

Sur ces mots, les deux hommes sortirent.

Kira regarda aussitôt Shaylon, le cœur battant à tout rompre. Il était tranquillement étendu ; les lumières clignotaient toujours sur le mur, derrière lui. *Il faut que je fasse quelque chose.* Elle rejeta son drap et tenta de bouger les jambes, en se mordant les lèvres pour retenir un hurlement lorsque sa brûlure fut tiraillée, déformée. Si le soldat avait reçu du poison, il existait certainement un antidote ; elle devait pouvoir trouver un moyen de le sauver. Elle inspira à fond, rassembla tout son courage et bascula ses jambes sur le côté, tout en se cramponnant au lit et en grognant, ravagée par une nouvelle vague de douleur. Derrière Shaylon, le clignotement s'accélérait ; les *bip-bip* se faisaient plus stridents. Elle posa les pieds sur le sol froid et se mit debout tant bien que mal, en prenant soin de ne pas faire porter son poids sur sa jambe blessée. Même ainsi, le changement de position fut plus douloureux que ce à quoi elle s'attendait et ses genoux cédèrent, si bien qu'elle s'effondra par terre. Là, elle hurla enfin à pleins poumons, les mains recourbées en griffes, les jambes battant l'air, et au même instant une alarme se déclencha au-dessus du lit de Shaylon. Le corps du jeune homme se mit à se tordre et à lancer des ruades qui secouaient ses os brisés. Des pas pressés tambourinèrent dans le couloir et des soignants firent irruption dans la chambre, qui fut soudain illuminée par les néons du plafond. Kira, crispée sur sa douleur, tenta de s'asseoir.

– Le cœur lâche ! lança une infirmière.

– Défibrillateur, vite ! dit un médecin.

Sans même voir Kira par terre, ils s'efforcèrent de sauver la vie de Shaylon, dont le corps brisé se contorsionnait toujours. Ils le piquèrent, lui donnèrent des chocs électriques, lui massèrent le cœur et firent tout leur possible, et pendant tout ce temps Kira les regarda depuis le sol, agitée de sanglots incontrôlables tandis que sa plaie se remettait à saigner.

Chapitre 26

— Vous n'auriez pas dû vous lever.

Kira, les traits crispés, s'appuyait lourdement sur le support de sa perfusion.

— Je vais bien.

C'était faux, mais elle n'avait pas le temps de traîner au lit. Samm allait être tué, aucun traitement ne serait trouvé, Arwen allait mourir, et l'île entière semblait sur le point de s'effondrer dans un nuage de poussière. Kira avait un plan, et ce n'était pas une jambe carbonisée qui allait l'empêcher de le mener à bien.

L'infirmière secoua la tête.

— Vous avez une brûlure au troisième degré plus grosse qu'une balle de tennis. Venez tout de suite vous recoucher.

La jeune fille fit rouler le support vers l'avant, en veillant à soulager au maximum sa jambe blessée.

— Je vous assure, je vais bien. Le boîtier régénérateur a déjà fait cicatriser presque toute la peau, et le muscle est à peine touché. S'il vous plaît, laissez-moi partir.

— Vous êtes sûre ? Vous avez l'air de souffrir beaucoup.

— Certaine.

Elle fit encore un pas en utilisant le pied de perfusion comme une canne et en traînant prudemment sa jambe brûlée derrière elle. Voyant que l'infirmière l'observait toujours, elle tâcha de garder le sourire. En vérité, elle se sentait terriblement mal. Elle avait passé sa jambe dans un second boîtier malgré le risque d'overdose, et les cellules brûlées recommençaient tout juste à repousser. Mais il fallait absolument qu'elle se lève. Elle devait parler aux sénateurs.

Ils étaient tout près, elle en était sûre. Ils se servaient probablement encore de l'hôtel de ville, comme l'avait indiqué Mkele, mais elle savait qu'ils préféraient tenir les réunions secrètes de leurs sous-comités machiavéliques dans l'hôpital, cachés aux yeux du monde et entourés de gardes.

Il ne lui restait qu'à les dénicher.

Elle partit en clopinant dans un long couloir blanc, accompagnée par le faible grincement des roulettes du pied de perfusion. Chaque pas la mettait à l'agonie. Épuisée, pantelante, elle s'arrêta devant le bureau des infirmières.

– Ça va, Kira ?

C'était Sandy, son ancienne collègue de la maternité.

– Oui oui, ça va. Tu ne saurais pas où est le docteur Skousen ?

– Ah... Il a demandé à ne pas être dérangé.

– Sandy, je sais qu'il est en réunion avec les autres sénateurs, chuchota Kira. (Elle observa les traits de la jeune femme, y vit l'éclair de compréhension qu'elle attendait, et sourit intérieurement.) C'est en rapport avec le projet secret sur lequel ils m'ont mise au travail. Il faut que j'y sois.

La jeune femme se pencha vers elle.

– Bon, écoute, je ne veux pas être mêlée à ça. Ils sont dans la petite salle de réunion du troisième. Fais ce que tu as à faire.

– Merci, Sandy.

Elle se dirigea aussi rapidement qu'elle le put vers l'escalier. *Le troisième étage : dix marches, palier, demi-tour, encore dix marches. Répéter deux fois de plus. Je n'y arriverai jamais.* Mais elle se remémora le corps mourant de Shaylon, et elle se remémora Samm. *Si, il faut que je les trouve. Je n'ai pas le choix.* Elle agrippa fermement la rampe, appuya le pied à perfusion sur la première marche, et, lentement, se hissa. Le support à roulettes oscilla légèrement sur la marche, mais elle le maintint en place. Non seulement chaque pas lui faisait mal, mais en plus, ses bras furent bientôt épuisés à force de soutenir son poids. Au premier palier, elle s'effondra contre le mur, la tête contre le plâtre, et chercha goulûment de l'air. La douleur était pire que tout ce qu'elle avait pu imaginer, mais renoncer était hors de question. *Ils vont tuer Samm.* Serrant les dents, elle se remit en chemin et se força à gravir la marche suivante, puis la suivante, puis la suivante. Palier après palier. Étage après étage. Lorsqu'elle eut atteint le troisième, elle tomba sur le carrelage et poursuivit en rampant, jusqu'à ce qu'un soldat en faction devant la salle de conférences vienne la secourir. Coup de chance : c'était le même que lors de la réunion précédente ; il allait donc la reconnaître. Elle remercia silencieusement le ciel et espéra que personne ne l'avait prévenu qu'elle était indésirable cette fois-ci. Pourquoi l'auraient-ils fait ? Ils la croyaient clouée au lit.

Le soldat la hissa sur ses pieds.

– Ça va ? On ne m'avait pas dit que vous veniez.

Merci, là-haut. Elle se stabilisa en s'accrochant d'une main au soldat et de l'autre au pied de perfusion.

– Je n'aurais voulu rater ça pour rien au monde. Allez, aidez-moi à entrer.

S'appuyant sur son bras, elle boita jusqu'à la porte, qu'elle ouvrit le plus brusquement possible en rassemblant ses dernières forces.

Mkele et les sénateurs étaient assis autour d'une table, et Samm enchaîné dans un angle de la pièce. Tous la regardèrent, médusés. Les yeux de Kessler étaient deux rayons laser de haine. Delarosa, toujours calme, se contenta de hausser un sourcil.

Hobb pivota vers Skousen.

– Vous nous aviez dit qu'elle était trop mal en point pour se lever.

– C'est qu'il n'est pas très bon médecin, intervint Kira en traînant la patte jusque dans la pièce.

Le soldat la prit par l'épaule pour l'arrêter.

– Désolé, sénateurs, je ne savais pas, s'excusa-t-il. Je vais la raccompagner.

– Non ! lança Delarosa. Elle est arrivée jusqu'ici : la moindre des choses est d'écouter ce qu'elle a à dire.

– Nous savons exactement ce qu'elle va dire, persifla Kessler.

Delarosa posa un regard sévère sur le soldat.

– Merci. Allez attendre dans le couloir, je vous prie. Et si quelqu'un d'autre arrive, annoncez-le avant de le faire entrer.

— Bien sûr, madame, balbutia-t-il, tout rouge, avant de fermer la porte.

Kira regarda Samm. Il n'avait pas été lavé depuis l'explosion, et ses vêtements étaient en loques. Les zones de peau visibles étaient couvertes de coupures et de plaies, déjà en cours de cicatrisation mais visiblement douloureuses. Il ne dit rien, mais lui adressa un bref signe de tête.

Elle se retourna vers les sénateurs, encore essoufflée, et se laissa tomber sur une chaise.

— Pardon d'être en retard.

— Vous n'étiez pas conviée, répliqua Weist. Votre projet est annulé, nous allons nous débarrasser de cette... chose, et avec un peu de chance, nous pourrons réparer les dégâts.

— Mais le projet fonctionne, se défendit Kira. J'ai presque entièrement décrit le développement du virus, et si je pouvais avoir juste un peu plus de temps...

— Vous n'avez rien accompli du tout, la coupa Skousen. Nous avons compromis la sécurité de notre ville et l'intégrité de ce conseil pour vous permettre d'étudier un Partial, et vous, tout ce que vous trouvez à faire alors que nous avons besoin de résultats, c'est nous demander un délai supplémentaire ?

— Mais désormais, nous savons...

— Vous ne savez rien ! rugit le médecin, trop furieux pour qu'elle puisse l'arrêter. Vous soutenez que le virus prend des formes multiples : qu'est-ce qui déclenche le passage de l'une à l'autre ? Peut-il être arrêté ? Court-circuité ? L'une des formes peut-elle être contrée ? La science est affaire de précision, mademoiselle Walker, pas de gesticulations et de provocations.

Si vous êtes en mesure de nous décrire un mécanisme de changement ou un moyen de défense précis, alors faites, mais sinon...

– Je vous en prie, il me faut juste un peu de temps.

– Nous n'en avons plus ! cria soudain Delarosa.

C'était la première fois qu'elle élevait la voix, et Kira en trembla.

– Notre cité est au bord du gouffre, poursuivit la sénatrice. Toute l'île est au bord du gouffre. Des attaques de la Voix dans les rues, des bombes à l'hôpital, les rebelles qui envahissent la ville, infiltrent notre défense, tuent nos citoyens... Il nous faut préserver au moins un semblant de civilisation.

– Vous ne m'écoutez pas ! s'insurgea Kira, stupéfiée par le son de sa propre voix. Si Samm meurt, nous mourrons tous, pas aujourd'hui mais inévitablement, et il n'y aura plus rien à faire pour s'en préserver.

– C'est une obsession, chez vous ! Une obsession noble, mais non moins dangereuse. Nous ne laisserons pas cette obsession détruire l'espèce humaine.

– C'est vous qui allez la détruire !

Les larmes commençaient à monter aux yeux de Kira.

– Je vous l'avais dit, commenta Kessler. C'est toujours le même disque rayé. (Elle toisa la jeune fille de la tête aux pieds.) Vous parlez exactement comme Xochi, comme la Voix, à éructer ce discours incendiaire sans aucun fondement.

Kira chercha ses mots, mais ils restèrent bloqués dans sa gorge.

– Votre travail concerne le futur, dit doucement Mkele. Le nôtre, c'est le présent. Je vous l'ai déjà dit :

si votre objectif et le nôtre entrent en conflit, le nôtre est prioritaire. La Voix prépare un assaut d'envergure sur East Meadow, c'est imminent, et on ne peut pas mener toutes les batailles en même temps. Avant toute chose, le Partial doit être détruit.

Kira jeta un regard à Samm. Comme toujours, il était impassible, mais elle vit qu'il avait espéré autre chose. Elle se retourna vers les sénateurs.

— Comme ça ? C'est tout ? Il n'aura même pas droit à un procès, une audience…

— L'audience a eu lieu il y a quatre jours, lui rappela Weist. Vous y étiez, vous avez entendu la sentence.

— Vous m'avez accordé cinq jours de recherches. Je n'ai eu droit qu'à trois.

— Le laboratoire est détruit, s'impatienta Skousen, et l'essentiel de votre travail aussi. Vous n'êtes pas physiquement en état de continuer, et il ne reste pas suffisamment de données pour que quelqu'un d'autre prenne la suite. Pas en si peu de temps, du moins.

— Alors transférez-nous dans un autre laboratoire. On doit bien pouvoir trouver l'équipement nécessaire quelque part… Après, il ne me faut plus que du temps. De toute manière, la durée de cinq jours était totalement arbitraire dès le départ.

— Cela nous exposerait à d'autres attaques, rétorqua Delarosa. Pas question.

Hobb se pencha en avant.

— Le plan que nous envisageons laisse quand même…

— Alors libérez-le, proposa soudain Kira.

Elle déglutit, la gorge serrée, en voyant leurs paupières se plisser, leurs regards s'assombrir. Elle poursuivit avant qu'ils aient le temps de protester.

— Il ne nous a fait aucun mal, il a même coopéré aux recherches. Il n'y a aucune raison de ne pas le laisser vivre.

— C'est une plaisanterie ? cracha Kessler entre ses dents.

— C'est dans votre intérêt. Vous ne voulez plus de lui ? Vous en serez débarrassés. Au moins, cela éloignera le risque de représailles de la part des Partials.

Skousen et Kessler se renfrognèrent et Weist secoua la tête.

— Vous pensez honnêtement qu'il peut y avoir du bon dans cette idée saugrenue ?

— Bien sûr qu'elle le pense, lâcha Mkele. C'est une idéaliste.

— C'est une enfant de l'épidémie, ajouta Kessler. Elle s'est attachée à cette chose, mais elle n'a aucune idée de ce dont les Partials sont capables.

— Et vous ? la défia Kira. (Elle tenta de se lever, eut le souffle coupé par une vague de douleur, se rassit et pivota dans sa chaise.) Vous les avez combattus il y a onze ans... Onze ans ! Est-il tellement impossible d'imaginer que les choses aient pu changer entre-temps ?

— Il ne faut pas croire ce qu'il vous raconte, dit Mkele.

— C'est un soldat, pas un espion, insista Kira.

Elle se retourna pour le dévisager en s'efforçant, jusqu'au dernier instant, de décider une bonne fois pour toutes si oui ou non elle pouvait lui faire confiance. Décider s'il s'était montré honnête pendant ces quelques jours, ou s'il était le monstre pour qui les sénateurs le prenaient.

Il lui retourna son regard, calme en apparence mais sans réellement cacher sa nervosité, sa détermination.

Son espoir. Pivotant à nouveau vers les sénateurs, elle s'exprima d'une voix forte.

— Samm a affronté la captivité. Il a été torturé par des gens qui voudraient éradiquer son espèce entière, et il l'a supporté sans gémir, sans se plaindre, sans supplier, sans rien montrer d'autre que sa force et sa volonté. Si les autres Partials sont à moitié aussi compréhensifs que lui, nous avons peut-être une chance...

— Je suis venu en mission de paix, déclara soudain Samm.

Sa voix était ferme et assurée ; Kira se tourna vivement vers lui, les larmes lui montant de nouveau aux yeux. Il s'avança sur son siège autant que le lui permettaient ses chaînes. Les sénateurs étaient cois.

— Mon détachement se trouvait à Manhattan parce que nous étions en route pour Long Island, dans le but de vous parler. Nous venions vous proposer une trêve.

— Mensonges, grogna Kessler.

— C'est la vérité. Nous avons besoin de votre aide.

Mais pourquoi ? se demanda une fois de plus Kira. *Nous ne pourrons jamais vous faire confiance si vous ne nous expliquez pas pourquoi !*

Il la regarda pendant un moment, fixement, tranquillement, puis reporta son attention sur les sénateurs et se fit aussi grand et fier que possible.

— Nous sommes en train de mourir.

Kira ouvrit des yeux comme des soucoupes ; l'assemblée entière en resta bouche bée.

— Comme vous, nous sommes incapables de nous reproduire, même si dans notre cas il s'agit d'une stérilité volontairement introduite dans notre ADN

– un dispositif de sécurité destiné à nous empêcher de prendre le contrôle. Jusqu'à récemment, cela ne nous avait jamais dérangés puisque nous ne vieillissons pas non plus : nous n'avions jamais craint de disparaître. Mais apparemment, il y a là aussi un dispositif de sécurité.

Le docteur Skousen fut le premier à retrouver sa langue.

— Vous... mourez ? Tous ?

— Nous avons découvert que ParaGen nous avait conçus avec une date d'expiration. À vingt ans, le processus qui stoppe chez nous le vieillissement s'inverse, et nous nous flétrissons et mourons en quelques semaines, parfois en quelques jours. Ce n'est pas un vieillissement accéléré. C'est de la décomposition. Nous pourrissons sur pied.

Kira n'en croyait pas ses oreilles. C'était donc cela, le grand secret qu'il n'avait jamais osé révéler : le temps des Partials était compté, exactement comme celui des humains. C'était pour cela qu'ils voulaient faire la paix ! Elle était trop abasourdie pour réagir. Kessler souriait, mais Hobb et Weist regardaient toujours Samm la bouche ouverte. Delarosa semblait retenir des larmes, mais Kira n'aurait su dire si elles étaient de joie ou de chagrin. Weist grommelait entre ses dents : ses lèvres bougeaient sans qu'il semble s'en apercevoir. Mkele demeurait impassible et silencieux.

— Ils meurent ! s'exclama Kessler avec une joie qui écœura profondément Kira. Vous comprenez ce que ça veut dire ? Les premiers Partials ont été créés pendant la troisième année de la guerre d'Isolation, c'est-à-dire... dix ans avant la guerre des Partials. Il y a vingt et un ans. La première fournée a dû commencer à mourir l'hiver dernier et il ne reste aux plus jeunes que... quoi, deux ans ? Trois tout au plus ? Après cela, ils auront disparu à jamais !

— Tout le monde disparaîtra à jamais, dit Samm – et Kira perçut dans sa voix plus d'émotion, plus de véhémence qu'elle n'en avait jamais entendu. Nos deux espèces sont en voie d'extinction. Toutes les formes de vie intelligentes de la planète vont mourir.

— Notre durée de validité est plus longue que la vôtre, répliqua Delarosa. Je pense que nous allons nous débrouiller tout seuls, merci.

— C'est ce que j'essayais de vous dire, intervint Kira qui avait fini par retrouver sa voix. Sans eux, pas de remède. Il nous faut travailler ensemble.

Enfin, elle comprenait les demandes de Samm. Celui-ci acquiesça.

— Vous donnez naissance à des enfants, mais ils meurent du RM ; nous, de notre côté, sommes totalement insensibles au virus, mais incapables de nous reproduire. Ne voyez-vous pas ? Nous avons besoin les uns des autres. Aucune de nos deux espèces ne pourra vaincre seule cette fatalité.

Hobb reprit la parole.

— Imaginez l'effet sur le moral des troupes. La mort des Partials ! Quand le peuple apprendra la nouvelle, ce sera... une nouvelle fête nationale ! Une nouvelle Journée de la Reconstruction !

— Mais qu'avez-vous dans le crâne, tous autant que vous êtes ? s'insurgea Kira en essayant de se lever avant de retomber, une nouvelle fois, dans son siège. Ce

Partial craignait d'être tué sur-le-champ s'il vous révélait son secret, mais ça, c'est encore pire !

— Nous avons toujours prévu de le détruire, précisa Mkele. Cela n'a jamais fait de doute.

— Mais la nouveauté, enchaîna Delarosa, c'est que l'exécution sera publique. Ainsi, elle remplira pleinement l'effet voulu : réunifier l'espèce humaine !

— Essayez de voir la situation dans sa globalité, conseilla Hobb à Kira. Vous vous entêtez à défendre un groupe de délinquants qui s'entretuent dans les rues. Pensez-vous qu'un traité avec l'ennemi y changera quoi que ce soit ? Si les rebelles ne veulent même pas nous écouter, nous, qu'est-ce qui vous fait croire qu'ils lèveront le petit doigt pour un Partial ? (Il se pencha en avant, plein d'ardeur et d'intensité.) La Voix du peuple réclamait déjà nos têtes bien avant l'arrivée du prisonnier, et si la rumeur selon laquelle nous en cachons un se répand, cela ne fera qu'empirer. Les gens voudront des réponses ; ils auront *besoin* de réponses. Et ils ont besoin que *nous* leur donnions ces réponses, et lorsque nous les donnerons, nous regagnerons leur confiance. Nous pourrons alors reprendre le contrôle de l'île ; nous connaîtrons à nouveau la paix. Je sais que c'est ce que vous voulez : la paix.

— Bien sûr, mais...

— Attention, murmura Delarosa, non pas à l'intention de Kira mais de Hobb. Qu'allez-vous lui dire ?

— Elle peut nous aider.

Il fixa Kira de son regard si bleu et si profond qu'elle se sentit aspirée, avalée comme un verre d'eau.

— Vous êtes une idéaliste. Vous voulez sauver les gens ; nous voulons vous en donner l'occasion. Vous êtes intelligente, aussi, alors dites-moi : que veut le peuple ?

— Il veut la paix.

— Personne ne fait sauter un bâtiment parce qu'il veut la paix. Essayez autre chose.

— Il veut…

Kira scruta les traits de Hobb en se demandant où il voulait en venir. *Que veulent les gens ?*

— Les gens veulent un traitement.

— Trop précis.

— Ils veulent un avenir.

Hobb écarta largement les mains, tel un magistrat faisant des effets de manche.

— Ils veulent un but dans la vie. Ils veulent savoir ce qu'ils ont à faire en se réveillant le matin, et ils veulent savoir comment l'accomplir. Un avenir leur donnera un but, et un remède leur donnera un avenir, mais au fond, tout ce qu'ils veulent, c'est le but. Ils veulent avoir une destination, un objectif à atteindre. En établissant le peuplement d'East Meadow, nous pensions que le but de vaincre le RM suffirait. Mais nous ne l'avons jamais atteint, et après onze ans d'échecs stériles, les gens se sont découragés. Leur objectif s'est flétri et éteint. Nous devons leur donner un rêve accessible… Voyez-vous où je veux en venir ? Nous devons leur donner Samm.

— Non ! s'écria Kira.

— Personne ne sait qui a perpétré cet attentat, dit la sénatrice Delarosa. C'était probablement la Voix, mais imaginez que ce soit l'œuvre des Partials ?

Kira trouva soudain qu'il faisait froid dans la salle.

— Ça ne l'était pas.

— Mais si c'était le cas, quelle serait la conséquence pour l'humanité ? reprit Hobb en se passant la langue sur les lèvres. L'humanité a besoin d'un objectif, et voilà que ce Partial détruit notre hôpital. (Le sénateur fit claquer ses doigts.) Le voilà, l'objectif : un ennemi ! Le peuple enrage – pas contre nous, mais avec nous. Contre un ennemi commun, toute l'île s'unirait à nouveau. Même la Voix pourrait être balayée... vous imaginez le coup formidable que ce serait ? Tous les rebelles avec nous, toute cette colère et cette violence dirigées vers l'extérieur et non vers l'intérieur. L'espèce humaine est en train de se déchirer, Kira, mais ceci la sauvera. Vous le comprenez certainement.

— Mais c'est un mensonge.

— Parce que seul un mensonge nous sauvera cette fois-ci, dit Delarosa. Je désire un traitement plus que n'importe qui, et c'est vrai, à terme, ça aurait pu être un moyen de nous unir, mais le temps manque. La Voix a lancé un ultimatum, la guerre civile menace, le diable est à nos portes. Si nous n'agissons pas immédiatement, nous perdons toute chance de faire quoi que ce soit demain.

Quelque chose clochait dans leur raisonnement : même au-delà de la tromperie évidente, un élément plus sombre était tapi dans ses profondeurs. Kira, mal à l'aise, avait le cœur au bord des lèvres.

— Pourquoi me racontez-vous tout cela ?

— Ce plan peut fonctionner sans vous, répondit Hobb, mais imaginez comme vous pourriez décupler son efficacité. Vous êtes jeune et jolie, capable et idéaliste, et vous êtes au cœur de tout ce que nous avons fait : vous êtes allée à Manhattan d'où vous avez rapporté le secret, vous avez cherché le remède, et vous avez été blessée au champ d'honneur lors de la première attaque de Partials qui ait eu lieu en onze ans. (Il fit un geste vers sa jambe.) Si nous racontons cette histoire, les gens y croiront. Si c'est vous qui la racontez, les gens seront prêts à mourir pour cela. Vous avez le pouvoir de la rendre personnelle et significative ; vous pouvez être l'héroïne qui unira à nouveau le monde. Vous serez le visage de la paix.

– C'est monstrueux. Vous me demandez de mentir à tous ceux que je connais. (Elle désigna Samm.) Vous me demandez de participer à son assassinat.

– Les loups ont faim, lui rappela Delarosa. Nous pouvons nous tuer à les combattre, ou nous pouvons leur jeter un corps en pâture. La mort d'un Partial est le prix le moins élevé que nous pouvions espérer pour obtenir la paix.

Et là, d'un seul coup, comme frappée par la foudre, Kira comprit ce qui clochait, le secret plus profond sur lequel elle n'arrivait pas jusque-là à mettre le doigt. Les sénateurs voulaient instrumentaliser l'attentat contre l'hôpital pour retourner les rebelles en leur faveur... mais cela ne pouvait pas fonctionner si c'était la Voix qui avait posé la bombe. Dans ce cas, les rebelles auraient su que le Sénat mentait. Le seul moyen de faire porter le chapeau à Samm était d'utiliser un événement sur lequel tout le monde ignorait la vérité. Il n'y avait qu'une conclusion logique : la Voix n'avait pas posé la bombe.

Pour que le plan du Sénat puisse fonctionner, il fallait que la bombe ait été posée... par le Sénat lui-même.

Elle faillit le crier sur place, les accuser sans réfléchir, mais pour une fois dans sa vie elle parvint à tenir sa langue. Elle ravala cette vérité, sachant que celle-ci l'aurait tuée sur-le-champ. Le Sénat avait posé la bombe... tout était donc minutieusement prévu depuis le début. Les sénateurs étaient à la recherche d'un ennemi universel pour régler le problème de la Voix, et c'était elle qui le leur avait fourni. Avec son voyage idiot à Manhattan, elle leur avait apporté Samm sur un plateau. C'était pour cela qu'ils l'avaient ramené, et pour cela qu'ils l'avaient chargée, elle, du projet : pour pouvoir un jour tout faire sauter sans perdre personne d'important, puis prendre une pose avantageuse sur les décombres et rassembler tout le monde contre le grand méchant ennemi qu'ils ne lâcheraient plus. C'était, dans les grandes lignes, le même plan que ce qu'ils venaient de lui exposer, en plus profond, plus ancien, et bien plus sinistre. Elle pourrait toujours argumenter, jamais ils ne renonceraient.

Kira regarda Samm – elle ne fit pas que le regarder, elle le fixa intensément, tourna toutes ses pensées vers lui, le supplia mentalement de la comprendre. Elle regrettait amèrement de ne pas pouvoir utiliser le lien des Partials pour lui insuffler ses pensées directement dans le cerveau. *Je suis désolée... Je ne peux pas les arrêter. Je t'en prie... Pardon.*

– Il est temps de faire votre choix, lui dit Delarosa. Soit vous vous rangez à nos vues, vous amenez la paix sur l'île, vous mettez un terme aux menaces de la Voix... Soit vous restez dans l'opposition et vous finissez vos jours en exil. Vous pourriez mener une vie confortable dans une ferme quelconque. (Elle se pencha en avant.)

Vous êtes un flambeau, mademoiselle Walker. Le peuple vous suivra, et si vous vous ralliez à notre cause, il vous suivra dans l'avenir le plus radieux que nous ayons connu depuis des décennies. Une nouvelle aube pour l'humanité. À vous de choisir.

Pardon, Samm, songea-t-elle à nouveau. Elle agrippa le pied de perfusion, serra les dents, et traîna sa jambe brûlée pour faire un pas en direction des sénateurs.

— Je ne peux rien faire pour vous arrêter.

Elle sentit la stupéfaction de Samm l'atteindre, comme une vague de trahison la heurtant dans le dos et passant par-dessus sa tête. *Fais-moi confiance*.

Hobb plissa les yeux.

— Vous êtes d'accord ?

— Non. (Elle se retourna à demi sans oser regarder le captif en face.) Je ne peux pas continuer à me battre contre vous – regardez-moi, c'est à peine si je tiens debout –, mais je ne vais pas pour autant participer à son sacrifice et mentir ouvertement à tout mon entourage. (Une larme roula sur sa joue, mais elle garda la tête haute, prête à tout pour qu'ils la croient.) Faites ce que vous avez à faire et finissons-en. Je ne tenterai rien pour vous en empêcher.

Elle pivota en direction de la porte, essaya d'avancer, puis s'arrêta, cherchant son souffle.

— Et dites à un de vos gorilles de me porter jusqu'en bas. Je ne peux plus faire un pas.

— Bien sûr, acquiesça précipitamment Hobb. Prenez votre temps. Récupérez. De toute manière, il va nous falloir quelques heures pour tout organiser.

Kira hocha la tête. *C'est exactement là-dessus que je compte.*

Chapitre 27

Le garde la déposa avec précaution sur son lit d'hôpital, et fit la grimace lorsqu'elle poussa un grognement de douleur. Ce n'était pas du chiqué : sa jambe lui faisait encore plus mal maintenant que lorsqu'elle avait gravi l'escalier. Elle voulut remonter son drap, mais ce simple frottement lui mit les larmes aux yeux. Le soldat déplaça ses jambes pour elle, puis s'en alla en éteignant la lumière. Kira ferma les yeux, serra les dents et se força à se rasseoir.

Ne me sous-estimez jamais.

Il restait des boîtiers régénérateurs dans la chambre, et Kira s'administra un nouveau traitement, le troisième en moins de huit heures, accélérant sa croissance cellulaire bien au-delà des doses raisonnables. Il y aurait des dégâts à long terme, mais dans l'immédiat, cela lui permettrait de marcher. Elle alla jeter un coup d'œil par la porte et eut un sourire amer : sa blessure était si affreuse, et elle avait tellement de mal à se déplacer, que le garde n'était même pas resté pour surveiller ses allées et venues.

Elle trouva Marcus à la cafétéria. Il contemplait en silence une portion de riz intacte sur un plateau.

M'aidera-t-il, au moins? Il le faut. Elle s'approcha lentement de lui dans la salle vide.

— Coucou.

Le garçon leva la tête, ouvrit de grands yeux et bondit sur ses pieds.

— Où étais-tu passée? Je suis venu aussitôt que le bâtiment a été rouvert, et tu n'étais pas dans ta chambre… Je t'ai cherchée partout, et on a fini par me dire d'attendre ici.

Lorsqu'il l'eut bien observée, son expression redevint anxieuse.

— Comment es-tu arrivée jusqu'ici? Tu tiens à peine debout.

— Magie! Tu peux me rendre un service?

— Bien sûr.

— J'ai besoin d'une IRM.

Il se rembrunit.

— Tes médecins ne veulent pas t'en faire une?

— Je veux que ce soit toi.

— Pourquoi?

— J'aimerais que tu me tiennes la main pendant l'examen.

— Je… D'accord, lâcha-t-il, visiblement perplexe. Tu ne préférerais pas passer un scanner? C'est tellement plus précis…

— Non, il me faut une IRM.

— Alors laisse-moi le temps de trouver quelqu'un pour manœuvrer l'appareil pendant que je…

— Rien que toi, dit-elle fermement. Rien que toi et moi.

Marcus opina d'un air inquiet, mais il y avait quelque chose dans son regard… il commençait à comprendre.

– D'accord, bien sûr.

Il lui présenta son bras, qu'elle prit avec soulagement pour clopiner contre lui jusque dans le couloir.

– Qu'est-ce qui se passe, en vrai ? lui demanda-t-il à l'oreille.

– Appelle ça une intuition médicale. J'ai quelque chose à vérifier.

Ensuite, elle ne sut plus trop quoi dire. Ils ne s'étaient pas reparlé depuis sa demande en mariage. Comme il avançait en silence, elle fit de même. *Après tout ce que je lui ai fait, peut-il encore m'accorder sa confiance ?*

Ils longèrent tout le couloir pour rejoindre le service de radiologie et trouvèrent une salle vide. Marcus l'installa sur la table d'examen, et elle souffla lorsque sa jambe fut soulagée de son poids. Elle avait l'impression d'avoir couru un marathon dans un océan de verre brisé. L'appareil à IRM était plus petit que le tomodensitomètre du labo – ce n'était qu'un gros anneau dans lequel on faisait passer le corps – et beaucoup moins puissant, mais son champ électromagnétique était exactement ce qu'il lui fallait.

– Il faut que j'aille l'allumer et le régler, dit Marcus.

Il courut dans la cabine de commande, manipula des curseurs et des boutons, et Kira inspira à fond. *Nous y sommes. C'est soit le début de tout, soit la fin.* La machine s'anima en bourdonnant, le puissant champ magnétique commença à passer sur son corps, et elle tendit la main lorsque son ami revint.

– Nous n'avons pas beaucoup de temps, alors écoute-moi sans rien dire, dit-elle en se rallongeant pour laisser la machine faire son travail. Mkele me fait surveiller étroitement, et je suis presque certaine qu'il a planqué un mouchard sur moi. Le champ magnétique de cet appareil va brouiller les ondes, mais je ne sais pas combien de temps il nous reste avant que ses gorilles n'aient des soupçons. (Elle tourna la tête un instant vers lui, puis regarda de nouveau droit devant elle.) Tu me fais confiance ?

– Quoi ?

– Tu me fais confiance ?

Elle attendit la réponse sans bouger d'un cil.

– Oui, bien sûr que je te fais confiance. Qu'est-ce qui se passe ?

– C'est le Sénat qui a posé la bombe qui a détruit mon labo. Ils ont tué Shaylon et m'ont menacée. Toute cette histoire – Samm, les recherches, la bombe –, c'était une ruse pour générer suffisamment de peur, dirigée vers un point précis, pour cimenter leur pouvoir sur toute l'île. Maintenant, ils utilisent ce scénario afin de...

Elle baissa les paupières, puis retrouva son courage et, enfin, le regarda en face.

– Marcus, ils vont exécuter Samm.

Elle vit quelque chose passer sur ses traits. Horreur, choc, jalousie, elle n'aurait su dire. Il soupira, détourna un instant la tête.

– Kira. Ils ont toujours eu l'intention de le tuer. De tuer... Samm. Tu le sais bien.

Sa voix était égale et contrôlée... trop maîtrisée. Il devait être en train de réprimer un sentiment très fort.

– Et puis pourquoi feraient-ils sauter leurs hommes, leur propre hôpital ? demanda-t-il après réflexion.

– Parce que ça fait partie de leur plan. Je n'avais jamais compris pourquoi on m'avait confié, à moi, la mission d'étudier Samm, mais c'était ça, j'en suis sûre : pour eux, je ne suis qu'une enfant de l'épidémie, et le médecin le moins expérimenté. Je suis jetable. Si la bombe m'avait tuée, ils auraient pu faire de moi une martyre, mais puisque j'ai survécu, ils m'ont proposé un rôle de figure de proue : la courageuse jeune chercheuse rescapée de l'attaque des Partials.

– Ce sont les Partials qui ont posé la bombe ?

– C'est l'armée, sous les ordres du Sénat, je te dis. Mais ils vont mettre l'attentat sur le dos de Samm, ils vont l'exécuter en public, et utiliser sa mort pour se rendre populaires. (Du regard, elle le supplia de la croire.) Ils ont dit à Shaylon de s'approcher de la fenêtre, Marcus. Ils lui ont dit de se tenir contre le mur juste avant de tout faire sauter.

Marcus, incrédule, secoua la tête.

– Non. C'est un coup de la Voix... Ça fait des semaines que les rebelles s'en prennent à East Meadow : il y a au moins une cellule ici même, en ville, en ce moment.

Mais pendant qu'il parlait, elle entendait le doute s'insinuer dans sa voix. Kira le poussa dans ses retranchements.

– Réfléchis. Est-ce que quelqu'un les a vus ? L'hôpital a-t-il réellement été attaqué, ou est-ce une ruse de l'armée pour brouiller les pistes ?

Marcus ne répondit rien.

– Je sais que ça paraît délirant...

– Non, la coupa-t-il soudain. Ce n'est pas délirant. Venant de Xochi, ça paraîtrait farfelu, mais venant de toi... (Il lui prit la main.) Je te fais confiance, Kira. Si tu me dis qu'ils ont voulu te tuer, c'est que c'est vrai.

Elle ferma les yeux. *Merci, merci, merci.* Puis elle se remit à parler à la hâte.

– J'ignore combien de temps il nous reste avant que quelqu'un vienne voir pourquoi le mouchard ne marche pas. (Elle inspira un grand coup.) Il faut qu'on le fasse évader... je t'expliquerai tout plus tard, mais c'est notre objectif : le faire sortir, l'emmener au nord, et le suivre jusque chez lui. Ils sont en train de mourir, tout comme nous, et ils nous proposent une trêve. Nous allons les prendre au mot.

– Tu... Te... T'es pas cinglée ? bégaya le garçon.

– Il m'a sauvé la vie, Marcus. Samm aurait pu s'enfuir quand la bombe a explosé : ses sangles étaient arrachées, personne ne regardait, et il y avait un trou énorme dans le mur. Il aurait pu sauter du premier étage et il serait libre à l'heure qu'il est, mais il a soulevé le scanner qui m'électrocutait et m'a sauvée.

Le regard de Marcus se troubla et devint lointain, tourné vers des choses qu'elle ne pouvait qu'imaginer. Son expression de douleur lui fendit le cœur.

– J'aurais dû... J'ai essayé...

– Tu as essayé de me sauver et je ne t'ai pas écouté, compléta Kira en ravalant un sanglot. J'ai été idiote et irresponsable, je le sais, et maintenant je suis impliquée jusqu'au cou, et je sais que tu veux m'éloigner de tout ça pour me protéger, mais ce n'est pas possible... pas encore. J'ai besoin que tu viennes avec moi. Je sais que c'est dangereux, et je sais que tu n'en as pas envie, mais j'ai besoin de toi, Marcus. Il faut que tu me croies ; j'ai besoin que tu me fasses confiance. J'ai besoin de t'entendre dire que tu me suivras.

Il garda le silence. Se frotta les paupières, tira sur ses joues, grinça des dents. Kira se couvrit la bouche des deux mains et souffla longuement, sans le quitter des yeux. *Je t'en supplie, Marcus. Dis oui.*

Il se leva, se détourna. Kira baissa les paupières et versa des larmes silencieuses.

– Je vais le faire.

Elle rouvrit les yeux d'un coup.

– C'est vrai ?

Il revint près de la table d'examen.

– Je t'aiderai à le faire évader, je t'aiderai à le ramener chez lui. Je ferais n'importe quoi pour toi. Pour toi, Kira.

– Oh, Marcus...

– La dernière fois que tu es partie, ça m'a tué. Je ne te laisserai pas recommencer toute seule.

Il la couva d'un long regard aimant, puis eut un geste d'impuissance.

– Et maintenant, on fait comment ?

Kira ouvrit la bouche, et la referma. Elle n'en avait aucune idée.

– En tout cas, il faut que ça se passe ce soir.

– On aura besoin de l'aide de Xochi. Xochi et Isolde, au minimum. Et aussi Jayden et Haru, si on arrive à les convaincre.

Elle secoua la tête.

– Jamais ils ne feront confiance à un Partial. On devra se passer d'eux.

Marcus poussa un sifflement bas.

— C'est de la folie pure. Bon, enfin, va rejoindre Xochi et Isolde et laisse-moi le temps de rassembler quelques affaires. On se retrouve chez toi dans deux heures.

— Parfait. Et maintenant, bricole-nous un rapport d'analyse sur l'examen de l'IRM... n'importe quoi, du moment que ça fait vrai.

Marcus acquiesça et courut s'asseoir devant l'ordinateur pour taper quelque chose. À peine une minute plus tard, un soldat passa la tête à la porte : Kira était tranquillement allongée sur la table d'examen, et Marcus observait son écran. Le soldat jeta un regard circulaire dans la salle, hocha la tête et ressortit.

Marcus attendit que la porte soit refermée, puis regarda longuement Kira dans les yeux. Elle soutint son regard.

Ils avaient deux heures.

Kira plia et retendit la jambe. Elle avait été tentée de s'administrer un nouveau traitement de choc, mais la cicatrisation semblait bien engagée : le problème, c'était la douleur. Elle avait finalement opté pour un compromis et s'était injecté une dose prodigieuse d'antalgiques. Elle vérifia une dernière fois son pansement, s'assura qu'il était bien serré, et enfila son pantalon. Elle boitait et la tête lui tournait, mais au moins elle pouvait marcher.

Elle jeta un coup d'œil hors de sa chambre : toujours pas de sentinelle devant sa porte. Soit les sénateurs avaient cru à sa bonne volonté, soit Mkele considérait que son dispositif de surveillance était suffisant. Ce qui ne voulait pas dire que la voie était libre : il y avait au moins dix soldats, peut-être davantage, armés jusqu'aux dents et agglutinés devant une chambre à l'autre bout du couloir. *Au moins, on sait où ils ont enfermé Samm*, se dit-elle. Elle sortit d'un air dégagé et partit dans la direction inverse. Sandy n'était pas à son poste. Kira avait quand même un peu de chance.

La nuit commençait à tomber. Ce demi-jour lui rappelait ses longues journées de travail, mais ce soir cette sensation lui serra le cœur. Elle ne pouvait s'empêcher de se demander si c'était la dernière fois qu'elle voyait East Meadow : la dernière fois qu'elle traversait la voie rapide, qu'elle dépassait la grosse maison bleue du coin, qu'elle regardait les marchands de sushis ambulants arpenter les trottoirs. Elle tourna dans sa rue, entra chez elle, et garnit calmement son sac à dos de tout ce qu'il pouvait contenir : lampes torches et provisions de piles, plusieurs paires de chaussettes, un couteau, un assortiment d'outils. Elle cassa son fusil et le rangea aussi, le dissimulant de son mieux dans le sac : cette fois, l'opération ne serait pas militaire. Ils n'auraient que les armes qu'ils emporteraient avec eux. Le pistolet d'Isolde était toujours attaché sur sa hanche – ce genre d'accessoire n'avait rien d'insolite par les temps qui couraient – et elle veilla à s'équiper d'une grosse quantité de munitions pour les deux armes. Enfin, elle s'empara de sa trousse de secours, la ferma hermétiquement ainsi que son sac à dos et posa les deux à côté de la porte d'entrée en attendant l'arrivée de ses camarades. Puis elle s'assit, et là, elle se rendit compte qu'elle n'avait pas revu Nandita depuis que celle-ci était partie en expédition.

Jamais elle n'était restée absente si longtemps, et Kira erra jusqu'à la cuisine, soudain inquiète. Tout semblait normal. Elle repartit à l'arrière de la maison, et ne trouvant rien là non plus, accéléra pour visiter toutes les pièces. Nandita n'était nulle part.

A-t-elle été embarquée par la police ? Ou attaquée pendant qu'elle ramassait des herbes ? Était-il possible qu'elle soit simplement partie, comme le faisait à présent Kira, rassemblant quelques affaires pour rejoindre une ferme ou une communauté isolée ? Mais elle n'aurait pas abandonné les lieux sans prévenir. *Ça ne me dit rien qui vaille.*

Marcus arriva le premier. Il lui fit un signe de tête sans prononcer un mot et passa lentement sur tout son corps un stéthoscope électronique ; elle lui lança un regard interrogateur, mais il lui fit signe d'être patiente. Xochi et Isolde entrèrent quelques minutes plus tard, et Kira leur imposa le silence pendant que Marcus passait au peigne fin le reste de la pièce. Le stéthoscope émit un faible signal lorsqu'il le passa devant la chaîne stéréo, et le garçon parla d'une voix claire et sonore.

— Dis, Xochi, ça ne te dérange pas si j'écoute un peu de musique ?

— Non, vas-y, répondit la jeune fille sur le même ton.

Elle lança un coup d'œil rapide à Kira, qui lut dans ses yeux qu'elle avait compris le manège de son ami.

Celui-ci choisit un lecteur audio personnalisé – *Kayleigh, 2052* –, passa le stéthoscope dessus sans résultat, puis débrancha les enceintes et les souleva de l'étagère pour les retourner et les examiner sous tous les angles. Après avoir observé la face arrière de l'une d'elles, il fit signe aux filles de venir voir. Désignant la grille de métal noir, il attira leur attention sur un petit objet caché à l'intérieur. Elles hochèrent la tête et se reculèrent. Kira alla remplir un seau d'eau à la cuisine et revint le poser devant Marcus. Il s'accroupit devant, l'enceinte dans les mains.

— Fais gaffe avec ton verre, dit Xochi haut et fort. La dernière fois, tu as failli le renverser sur mon matos et tout bousiller.

— Merci, Xochi. Oh, m… !

Il plongea l'enceinte dans le seau, côté mouchard en premier, et la tint sous l'eau pendant plusieurs secondes. Puis il la testa de nouveau avec le stéthoscope, n'entendit aucun signal, et sourit. Il le passa aussi, rapidement, sur Xochi et Isolde, ne trouva rien, et hocha la tête en direction de Kira. Elle brancha *Kayleigh, 2052* sur un plus petit haut-parleur, poussa le volume au maximum, et posa le tout au centre de la pièce.

Marcus leva le stéthoscope en l'air.

— Apparemment, ce stéthoscope fait un bon détecteur. (Il le laissa tomber sur le canapé.) Il n'y a rien dans la pièce, et si quelqu'un essaie de nous écouter de dehors, je lui souhaite bon courage, avec ce son.

Kira regarda tour à tour chacun de ses amis.

— Nous sommes sur le point de commettre un acte de haute trahison, alors si quelqu'un veut se retirer, qu'il le fasse tout de suite.

— C'est bien ce que je crois ? demanda Xochi.

— Ça dépend. Si tu crois que nous allons attaquer l'hôpital, libérer le Partial, le ramener chez lui et conspirer avec les siens pour sauver le monde, tu as tout bon.

Xochi ouvrit des yeux ronds.

– Non, je ne pensais absolument pas à ça ! (Elle secoua la tête, rapidement, comme pour chasser des gouttes d'eau de son visage.) Faire évader le Partial ? C'est une blague ?

– Ils veulent nous proposer une trêve, et le Sénat l'a rejetée. Si je peux travailler avec eux, je vaincrai le RM – je sais que c'est possible. Mais il faut que tu me fasses confiance.

Xochi fut incapable de parler pendant quelques instants, puis se ressaisit.

– Je te fais confiance, Kira. Allez, hop, trahissons !

– Ça, c'est parler ! lança Marcus.

Isolde opina de la tête, mais elle était pâle et visiblement soucieuse.

Kira s'assit et donna ses explications à voix basse, malgré la musique tonitruante : on n'était jamais trop prudent.

– Les sénateurs perdent les pédales. Ils ont posé une bombe à l'hôpital pour faire porter le chapeau à Samm, et maintenant ils vont l'exécuter pour instrumentaliser sa mort. Madison peut accoucher d'un jour à l'autre, nous n'avons toujours pas de remède, et pendant ce temps la Voix ne rêve que de prendre le pouvoir par la force.

Xochi fit la grimace.

– Alors, qu'est-ce qu'on fait ?

– Il faut éloigner Samm de l'hôpital et de cette île. Commencez par prendre des vêtements, du matériel de camping et des armes, et retrouvez-moi dans une heure à l'angle de la voie rapide et de Prospect Avenue. Isolde, tiens, j'ai encore ton pistolet...

– Je ne peux pas partir avec vous.

– Quoi ? Tu as dit que tu marchais ! s'indigna Xochi.

– Je vous aiderai au maximum d'ici. Mais je ne peux pas partir.

– On va avoir besoin de tous les bras possibles, au cas où ça tournerait au vinaigre, dit Kira.

– Je ne peux pas, insista Isolde. Si ça ne tenait qu'à moi, je viendrais sans hésitation, mais je suis... Je suis enceinte.

La bouche de Kira s'ouvrit toute seule.

– Hein ? Quoi ?

– Je suis enceinte. Je le sais depuis ce matin. Vous savez bien que je veux vous aider, mais je... je ne peux pas prendre ce risque. (Elle regarda Kira dans les yeux.) Désolée.

Kira secoua la tête, encore incrédule. Elle observa le ventre de son amie, toujours plat comme celui d'un top-modèle, puis son visage.

– C'est... une insémination ?

Isolde fit non de la tête.

– Le sénateur Hobb.

Kira s'étrangla.

– Et c'était consenti ? grogna Xochi. Parce que sinon, je peux te dire que je vais faire un détour par le Sénat en chemin, et que c'est moi qui tirerai la première.

– Non, s'empressa de répondre Isolde, il n'y a rien eu de déplacé... enfin, bon, c'est mon boss, ce qui n'est pas tout à fait éthique, mais il ne m'a pas forcée. J'en avais envie. On travaillait tard, et je...

– Tu avais bu ? demanda Marcus.

– Ça ne regarde qu'Isolde, trancha Kira. Elle était consentante, elle vient de le dire. C'est son choix. (Elle lança un regard sévère à Xochi.) On pourra le descendre au retour, va. Isolde restera en arrière pour effacer nos traces. Elle a parfaitement réussi la dernière fois.

– Quelles traces, au juste ? s'enquit Marcus. Parce que même en imaginant qu'on arrive à le faire sortir de l'hôpital, on va où ensuite ? On passe par Brooklyn, comme vous l'avez déjà fait ?

– Non, dit Kira. Ils surveilleront cet itinéraire dès qu'ils auront pigé nos intentions. Il va falloir passer par le nord et traverser le détroit.

Le silence s'abattit sur la pièce ; cette seule idée était terrifiante. Aucun d'entre eux ne savait piloter un bateau, et Xochi était la seule bonne nageuse du groupe. En outre, le trajet jusqu'à la côte était infesté de rebelles.

– Elle a raison, confirma Xochi comme à regret. Il y a trop de militaires entre ici et Manhattan. La route nord, c'est encore le mieux. (Elle tambourina des doigts sur la table.) Jusqu'à quel point ce Partial va-t-il nous aider ? Sait-il où trouver un bateau, par exemple ?

– Il y en a plein du côté de North Shore, lui assura Kira. On en a vu des tas pendant les missions de reconnaissance. Il ne reste qu'à en trouver un dont le réservoir soit plein : l'essence sera vieille et va bousiller le moteur, mais avec un peu de chance on aura traversé avant.

– À condition d'arriver jusque-là, précisa Marcus. Par les temps qui courent, la Voix risque plus que jamais d'agresser un groupe venu d'East Meadow.

– Les rebelles ne vont pas s'en prendre à une bande de jeunes sans armes, dit Xochi.

Kira secoua la tête.

– Oh, ça, on sera armés.

– Quand même. Ce sont des révolutionnaires, pas des assassins.

– Vous allez trop vite, intervint Isolde. Tout ça n'aura aucune importance si vous n'arrivez pas à faire évader Samm. Ou si vous ne pouvez même pas entrer dans l'hôpital.

– C'est le plus dur, admit Kira. Ils le détiennent dans une salle renforcée au rez-de-chaussée : j'ai vu ça en sortant. L'endroit grouille de gardes. Il faudrait réussir à les prendre par surprise...

– En fait, il n'est pas là, annonça Marcus.

Kira haussa les sourcils, et le garçon se pencha en avant pour chuchoter.

– La salle du rez-de-chaussée est un leurre installé par Mkele. Samm est détenu au troisième, dans la salle de réunion, avec simplement deux soldats à la porte.

– Comment tu le sais ? s'étonna Xochi.

Marcus sourit et regarda Kira.

– Tu connais le nouveau poissonnier ambulant qui travaille dans le parking ? J'ai rendu un des gardes accro à ses huîtres, et il m'a demandé de lui en rapporter pour le dîner ce soir. Ils ne sont que deux là-haut. (Il fit un grand sourire.) Ça paie d'être sympa !

— Voilà qui nous aidera à entrer dans la salle, dit Xochi, mais dès qu'on y sera, ils réclameront des renforts, et on n'en ressortira jamais.

— Une diversion, peut-être ? demanda Isolde. Je ne serai pas avec vous : si j'attirais l'attention de tous les soldats ailleurs ?

— Une diversion, oui, ça pourrait fonctionner, convint Marcus, mais une grosse. On ne peut pas se contenter de les distraire juste un instant : on va devoir les brancher complètement sur autre chose et espérer s'en sortir dans la confusion ambiante. Mais il faudra que ce soit énorme.

Kira hocha la tête, les yeux rivés au sol. Quitte à agir, autant y aller à fond.

Elle parla lentement.

— Que pensez-vous d'un soulèvement à l'échelle de la ville ?

Chapitre 28

Kira se tenait à l'angle de la voie rapide et de Prospect Avenue, à un pâté de maisons de l'hôpital, dans l'ombre d'un ancien restaurant en ruine, *Aladdin's*. Un marchand de kebabs, apparemment, mais totalement effondré et recouvert de kudzu. Ce manteau de végétation l'aida à couler un regard derrière le coin pour observer l'hôpital sans être vue. Une foule commençait déjà à se rassembler. Les nouvelles allaient vite.

– Isolde a assuré, murmura-t-elle. Il faut croire que quand une assistante du Sénat connue et appréciée répand des rumeurs, on l'écoute.

– Le Sénat va comprendre que ça vient d'elle, dit Xochi. Ils la tueront pour ça.

– Même s'ils remontent la piste jusqu'à elle, ils la laisseront tranquille. Elle est enceinte : même Mkele ne prendrait pas le risque de s'attaquer à elle.

– Pour préserver son image ? Il n'en aura même plus après ce qui va se passer. Tuer un fœtus sera ce qu'il aura fait de plus gentil de toute la semaine.

– Non, elle ne risque rien, insista Kira.

Elle fit quelques pas pour tester sa jambe ; la douleur était toujours terrible, et elle grimaça à l'idée de l'épreuve qui l'attendait. Elle réfléchit un instant, puis ouvrit sa trousse de secours.

Xochi, le sourcil froncé, la regarda en sortir une seringue et un flacon de Nalox.

– Tu te drogues encore ?

– Je peux à peine marcher, se défendit Kira en préparant l'aiguille. Si je dois passer la nuit à courir devant des soldats de la Défense, il me faut des antalgiques.

Xochi eut un sourire narquois.

– Tu en as apporté assez pour tout le monde ?

– Tais-toi.

Kira se piqua dans la jambe, puis posa un pansement sur la petite bulle de sang qui s'était formée au point d'injection. Presque immédiatement, elle ressentit l'effet de la piqûre, davantage dans sa tête que dans sa jambe : un bourdonnement aux marges de sa perception, un léger retard dans ses mouvements. La morphine était forte. *Ai-je dépassé la dose ?*

– Ça va mieux ? s'enquit Xochi.

Kira acquiesça.

– Reste devant moi si jamais on doit tirer, poursuivit son amie. Je n'ai aucune envie que tu me troues les fesses, avec tes réflexes ramollis.

– Voilà Marcus, dit Kira en désignant la haute silhouette du garçon, qui arrivait dans l'avenue à la tête d'un groupe considérable.

Ces gens grondaient, lançaient des exclamations et discutaient bruyamment. Kira perçut des bribes de conversation : « ... a dit qu'un Partial... », « ... pourquoi on nous a caché... », « ... nouvelle souche du RM... », « ... le Sénat savait... »

– Si le secret n'était pas connu avant, il l'est maintenant, constata-t-elle. Le plan du Sénat tombe à l'eau, quoi qu'il arrive.

En passant devant elles, les insurgés leur crièrent de se joindre à eux. Elle ramassa sa trousse et son sac à dos, et leur emboîta le pas ; Xochi la suivait de près, et Marcus les attendit.

– Une belle nuit pour un lynchage, chuchota-t-il.

Devant l'hôpital, la foule, qui avait énormément grossi, vociférait de plus en plus fort. Les portes étaient bloquées par un mur de soldats armés, et la masse en colère se déplaçait devant eux comme une vague incertaine. Kira fut soudain envahie par le doute : et si l'émeute faisait encore des morts ? Madison et les autres mères, au moins, étaient probablement à l'abri : la maternité était le site le mieux défendu de la ville. De toute manière, il était trop tard pour reculer. Il n'y avait plus qu'à espérer que tout se passerait bien.

– Il va falloir être très prudents en le sortant d'ici, dit Marcus. Si ces excités lui tombent dessus, ils vont le mettre en pièces.

– Ils ne savent pas à quoi il ressemble, pointa Xochi. On le fera passer pour l'un d'entre nous.

– Ils peuvent tout aussi bien prendre un humain pour un Partial, fit remarquer Kira en scrutant la foule avec anxiété. On en a peut-être fait un peu trop.

– On n'a encore rien fait, la contredit Xochi. Ces émeutiers ne nous serviront à rien tant qu'ils ne seront pas entrés pour tout casser à l'intérieur.

Tout en parlant, elle avançait, poussait les gens, les aiguillonnait, donnait de la voix :

— Le pouvoir est en cheville avec les Partials depuis le début ! C'est sa manière de faire : ils répandent la maladie, ils répandent la mort, ils nous oppriment ! Ce n'est pas la première fois !

Kira et Marcus la suivaient tant bien que mal en jouant violemment des coudes pour s'enfoncer au cœur de la masse vibrante. Abrutie par les calmants, Kira se sentait soumise à une pression irréelle et terrifiante, terriblement bruyante, agressive, écrasante. Elle faisait son possible pour ne pas perdre pied.

Xochi dépassa la première ligne, se retourna face à la foule et grimpa sur le capot d'une voiture abandonnée.

— Savez-vous pourquoi ils font ça ? Parce qu'ils veulent nous contrôler ! Parce que la peur peut nous pousser à faire leurs quatre volontés. (L'assemblée l'approuva en rugissant, et elle poursuivit sur sa lancée.) « Dénoncez vos amis ! », nous disent-ils. « Ne quittez pas la ville ! » « Faites des enfants avant que le RM ne nous tue ! »

La foule était de plus en plus agitée, déchaînée, elle bouillonnait tout autour de Kira.

Quelqu'un jeta une pierre dans la direction des soldats ; elle rata les hommes mais alla heurter la vitre derrière eux. D'autres suivirent ; ce fut bientôt une véritable grêle de cailloux, et Xochi continua de haranguer la foule.

— On en a marre des secrets ! Si le Sénat cache un Partial là-dedans, qu'il le sorte pour qu'on puisse le voir !

La foule fit une brusque embardée vers l'avant : c'était à présent une véritable marée humaine, bardée de poings brandis et de fureur. Les soldats tirèrent un coup de semonce en l'air et la vague se retira, mais moins loin qu'auparavant. L'espace entre les deux camps se réduisait dangereusement.

– Ils tirent sur le peuple ! hurla Xochi en posant la main sur son pistolet.

Voyant cela, Kira et Marcus, alarmés, se précipitèrent pour tenter de l'atteindre avant qu'elle ne déclenche une fusillade.

– Ils ont des mitraillettes ! cria Kira, dont la voix fut noyée par la foule. Xochi, arrête !

Xochi pivota, l'arme au poing ; Marcus attrapa sa jambe et pesa de tout son poids. La jeune fille tomba sur le capot de la voiture, le pistolet en l'air, et Kira, saisissant son poignet, maintint le canon dirigé vers le ciel. Xochi suffoqua un instant, puis gémit et toussa lorsqu'elle retrouva son souffle.

– Aïe ! Lâchez-moi !

– C'est pas le moment de tirer, cracha Kira entre ses dents. Les soldats feraient un massacre.

– Il faut agir tout de suite, intervint Marcus en sautant à côté de Xochi sur la voiture, une pierre dans chaque main. Défoncez les portes ! cria-t-il aux insurgés en jetant sa première pierre.

Celle-ci atteignit un soldat au bras. Aussitôt, l'homme leva vivement son fusil et visa la foule ; son voisin, un officier, arrêta son geste et lui dit quelque chose que Kira n'entendit pas. Marcus lança sa seconde pierre, qui atterrit en plein dans une des portes. Le verre sécurit se brisa en mille fragments minuscules. Ce fut comme un signal adressé à la foule, qui se rua en avant. Xochi rangea son arme et le trio courut avec les émeutiers. Ils furent arrêtés net lorsque la première ligne entra en collision avec les soldats. Kira se sentit écrasée par les deux côtés ; on lui marchait sur les pieds, et un coup donné dans sa brûlure faillit la mettre à genoux. *Si je tombe, je serai piétinée à mort*. Elle chercha de l'air et poussa de toutes ses forces vers l'avant.

– Quand on aura passé les portes, tout le monde va tourner à droite, dit Marcus, grognant sous l'effort. Prenez à gauche et foncez vers l'escalier.

Derrière eux, la masse poussait trop fort, mais il n'y avait nulle part où aller. Kira eut la poitrine comme broyée sous la pression, et l'air fut lentement expulsé de ses poumons. Elle vit des taches noires devant ses yeux, et elle était au bord de l'évanouissement lorsque, soudain, le barrage se rompit. Les émeutiers s'élancèrent par les portes, repoussant les soldats ou les contournant comme un cours d'eau. Kira avança à l'aveuglette, portée par la foule, en s'efforçant seulement de rester debout. Une fois les portes franchies, elle se retrouva dans le vaste hall d'entrée, et fut propulsée encore plus vite lorsque le goulet d'étranglement fut passé. Elle ralentit un instant pour tâcher de s'éclaircir les idées, puis se souvint des escaliers et tourna à gauche, slalomant entre les émeutiers, les yeux rivés sur la porte anonyme de la cage d'escalier. Marcus l'atteignit en même temps qu'elle, et Xochi juste après ; ils l'ouvrirent et plongèrent dans un silence et un calme bienvenus.

Kira, épuisée, reprit lentement son souffle. Une douleur sourde battait dans sa jambe.

– Personne ne nous a suivis ?

– On dirait que non, dit Xochi. Mais tirons-nous en vitesse : il faut monter tout de suite, avant que les soldats ne reprennent le contrôle.

– À condition qu'ils y arrivent, ajouta Marcus en gravissant les marches quatre à quatre. (Il tourna sur le palier, et sa voix résonna d'en haut.) On aura de la chance s'il reste une île à sauver après ça !

Kira dégaina son pistolet et le suivit ; Xochi s'élança sur ses talons. *Troisième étage*, songea-t-elle en comptant les volées de marches. *La Défense va-t-elle demander aux gardes de Samm de descendre aider au rez-de-chaussée, ou au contraire, comprendre ce qui se trame et faire monter des renforts ?*

Ils atteignirent le bon étage et Kira s'accroupit à côté de la porte, rassemblant ses forces.

– Donnez-moi une minute, que je sorte mon fusil, dit-elle en posant son sac à dos. Si une fusillade se déclenche avec les gardes, je ne veux pas être coincée avec ce pistolet à bouchon...

Une détonation de l'autre côté de la porte lui coupa le sifflet. Elle releva vivement la tête.

– Ils tirent déjà ?

– Ce n'était pas dirigé contre nous, souffla Xochi. Quelqu'un a trouvé la chambre du Partial avant nous.

– L'autre escalier, comprit Kira en ouvrant la porte.

Au milieu du couloir, deux soldats accroupis leur tournaient le dos, leurs canons pointés dans la direction opposée. Elle étouffa un cri : Haru était là, ainsi que Jayden et trois autres émeutiers armés, que Kira n'identifia pas. Elle se laissa tomber au sol et brandit son pistolet, bien qu'il ne puisse guère lui être utile à cette distance.

— Derrière nous ! s'écria un soldat en pivotant vers elle.

Au même instant, un des trois émeutiers fit feu et atteignit le militaire à l'épaule. Celui-ci fut projeté face contre terre avec un gémissement, et Haru, d'un geste vif, abattit aussitôt l'émeutier. Le premier soldat se traîna dans l'encoignure de la porte.

— Sommes touchés et cernés ! cria-t-il dans sa radio. Envoyez des renforts au troisième, urgent !

— Ils vont tuer Samm, gronda Kira en s'élançant. Haru ! Jayden !

Le deuxième garde succomba à une balle, et au moins un émeutier gisait au sol, les bras en croix, à plusieurs mètres derrière les autres. Les rebelles encore debout épaulèrent leurs armes, mais Haru et Jayden, reconnaissant Kira, leur dirent de les baisser.

— Kira... Ça ne m'étonne pas de te trouver là. (Haru vérifia la chambre de son fusil, l'arma, et indiqua le chemin par lequel elle était arrivée.) Barricadez ces portes. Le gros de la foule n'a pas encore compris qu'il était ici, mais ça ne va pas tarder.

— On n'est pas ici pour le garder, protesta Kira. On est venus le chercher.

Haru resta un instant sans voix, puis éclata d'un rire incrédule.

— Tu plaisantes ? Tu es folle ? On a rapporté ce machin pour l'interroger et le disséquer, et toi tu veux passer un accord avec ? Pas question. Je te suivais jusqu'à maintenant, Kira, mais là, ça va trop loin.

Il pointa son arme sur la poitrine de la jeune fille. Xochi et Marcus le mirent en joue, et Jayden et les trois autres les visèrent à leur tour. Kira, au centre, respirait lentement et s'efforçait de garder son sang-froid. La morphine l'étourdissait complètement.

– Samm est innocent, plaida-t-elle. Le détachement que nous avons trouvé à Manhattan était en route pour East Meadow afin de nous proposer une trêve. La paix, Haru.

– Qu'est-ce que tu en sais ?

– Il nous l'a dit.

Haru regarda autour de lui, comme pour demander s'il était le seul à être encore sain d'esprit.

– C'est la vérité, confirma Marcus.

– Il a essayé de nous tuer, protesta Haru en tournant son arme vers lui. Ses copains et lui ont abattu notre éclaireur, touché Gabe en pleine face, nous ont poursuivis avec une escouade armée jusqu'aux dents, et maintenant, soudain, ça veut dire qu'ils voulaient la paix ? Ce n'est pas mon genre de paix, à moi.

– C'est un allié, insista Kira. Il peut nous aider à reconstruire notre monde.

Haru soupira comme si l'univers entier était devenu fou.

– Ces fichus enfants de l'épidémie... Avez-vous la moindre idée de ce que nous avons perdu la dernière fois que nous avons fait confiance aux Partials ? (Il eut un geste rageur en direction de la ville.) Chacune de ces maisons, là-bas, était habitée. Tous les bâtiments étaient encore debout, les écoles remplies d'enfants. Plus de 99,999 % de ces gens sont morts, Kira. Si ça recommençait, les chances de voir survivre une seule personne seraient extrêmement minces.

– Ils sont en train de mourir, comme nous, lui révéla Kira. En travaillant ensemble, on sauvera nos deux...

– Je ne veux pas sauver nos deux espèces ! beugla Haru. Je veux sauver mon enfant et massacrer tous les Partials de la Terre !

– C'est pour sauver ton enfant qu'on est là ! répliqua Kira en élevant la voix. Tu peux le garder toute la nuit si ça te chante, le Sénat le tuera quand même demain matin, et on n'a pas encore le remède. Si je pars avec lui, on le trouvera.

Haru la dévisagea fixement, partagé entre la rage et la confusion.

– Je ne te laisserai pas l'emmener.

– Elle lui a donné un nom, Haru. (Kira sentit sa voix se briser et se força à rester ferme.) Ton enfant a un nom : Arwen Sato. Ta petite fille s'appelle Arwen Sato. On peut la sauver.

Elle demeura inflexible et soutint le regard de Haru.

– Vous n'y arriverez pas à temps.

Il avait les yeux humides, les joues rouges, les lèvres tirées sur ses dents.

– Si.

C'était Jayden qui venait de parler, et il fit pivoter sa carabine de Marcus à Haru.

– Elle a raison. Baisse ton arme.

– T'es pas fou ?

– Je hais les Partials autant que toi, mais Maddy compte sur nous. S'il y a une chance de sauver le bébé de ma sœur, je suis prêt à prendre le risque.

– Tu préfères buter son mari ?

– Pas s'il baisse son arme, rétorqua Jayden, glacial. Vous aussi, les autres, posez-les par terre.

Lentement, Haru s'exécuta, suivi de ses trois compagnons. Xochi ramassa leurs armes tandis que Jayden la couvrait avec sa carabine. Kira tenta d'ouvrir la porte, secouant la poignée verrouillée, puis fouilla les poches du soldat mort jusqu'à trouver un trousseau de clés.

– Celui-ci est encore en vie, dit Marcus en examinant le deuxième garde, qui était inconscient.

– Stable ? demanda Kira.

– À condition d'arrêter l'hémorragie tout de suite.

– Pose-lui un bandage, lâcha-t-elle en se levant. On l'enfermera avec les autres, ils pourront l'aider après l'émeute.

– À propos d'émeute, lança Xochi, il faut qu'on se tire d'ici. Ces types ont demandé des renforts, et aussitôt que la foule sera à peu près maîtrisée en bas, ils feront monter tous les hommes disponibles.

Kira acquiesça.

– Va voir où ils en sont.

Xochi repartit en courant dans l'escalier. Kira se retourna vers la porte et essaya plusieurs clés avant de trouver la bonne. La pièce était plongée dans l'obscurité, et Samm était enchaîné sur une chaise au milieu, couvert de plaies, de sang séché et d'hématomes.

– Vous êtes mal en point, constata Kira.

– Ça va aller, répondit-il avec un gémissement de douleur (mais Kira aurait pu jurer voir aussi l'ombre d'un sourire). J'ai un système de plaquettes très performant.

Kira clopina jusqu'à lui et chercha dans le trousseau de quoi le délier. Il était retenu par deux paires de menottes et trois cadenas, qu'elle ouvrit tour à tour.

— Vous n'étiez pas obligée de me sauver la vie, dit-il.

— Vous non plus.

Elle défit le dernier cadenas, retira les chaînes et resta accroupie à côté de lui. Détachant ses yeux de la porte, il la regarda pendant une fraction de seconde. Leurs visages n'étaient séparés que par quelques centimètres, elle sentait son haleine sur sa joue. Lorsqu'il reprit la parole, ce fut dans un souffle à peine audible.

— Merci.

Samm se leva et la suivit dans le couloir, ébloui par l'éclairage, inclinant la tête à droite puis à gauche pour détendre les muscles ankylosés de son cou.

Jayden fit entrer Haru et ses compagnons dans la pièce au même moment ; Haru cracha sur Samm en le croisant, mais celui-ci n'eut aucune réaction. Marcus acheva de panser le soldat blessé et le laissa dans le noir avec les autres, après quoi Kira reverrouilla soigneusement la porte.

Celle qui se trouvait à l'autre bout du couloir s'ouvrit brusquement, et Jayden et Kira firent volte-face en pointant leurs armes. Mais ce n'était que Xochi ; elle courut à eux d'un air soucieux.

— Faut se tirer tout de suite. Les soldats ont renoncé à faire semblant de garder l'autre salle et se sont redéployés pour protéger la maternité ; pendant ce temps, les insurgés cherchent celui-là (elle désigna Samm du menton) dans tout le bâtiment. Ils seront ici d'une minute à l'autre.

– Donnez-moi une de leurs armes, demanda alors Samm.

– On peut lui confier un flingue ? s'enquit Jayden.

– On est bien au-delà de ça, répondit Xochi en tendant au Partial le fusil de Haru.

Kira se crispa inconsciemment lorsqu'il le prit, mais s'il le vit, il n'en montra rien. Il vérifia l'arme en expert, puis s'accroupit pour ramasser à la hâte les munitions éparpillées par terre.

Il se releva calmement.

– Comment sort-on ?

– Il y a un escalier de service dans l'aile nord, dit Marcus. Il est désert, puisque les portes sont verrouillées à tous les étages, mais on pourrait faire sauter un verrou.

– Tout comme les émeutiers, répliquèrent en même temps Samm et Jayden.

Ils échangèrent un regard, étonnés d'avoir parlé d'une seule voix.

– La cage d'ascenseur, alors, proposa Kira. Il y a une échelle qui descend jusqu'en bas : on a parfois joué là-dedans, Marcus et moi, quand on était en formation ici. On pourrait prendre cette échelle jusqu'au sous-sol et chercher la porte de service, à l'arrière de l'hôpital.

Samm se renfrogna.

– Si une bande d'excités fouille tout le bâtiment, ça peut être dangereux : nous serons écrasés par une cabine.

Marcus émit un sifflement admiratif.

– Alors ça, ça me donne envie de visiter Partial-Land ! Vous avez assez de courant pour faire marcher les ascenseurs, là-bas ?

— Hum, je vois. Va pour la cage d'ascenseur, alors.

Ils s'engouffrèrent dans le couloir et découvrirent les portes qu'ils cherchaient tout au bout. Le conduit était un puits vertigineux : trois étages de hauteur, deux niveaux en sous-sol et encore une fosse en dessous pour la machinerie. Kira se pencha au bord du gouffre qui s'enfonçait dans les ténèbres. Rassemblant tout son courage, elle entreprit de descendre. Marcus la suivit, puis les autres, un à un ; Jayden fut le dernier, après avoir refermé la porte derrière lui. Kira, suspendue à l'échelle, trouvait son sac à dos plus lourd que jamais, et sa trousse de secours oscillait en tous sens à chaque échelon descendu. Au premier étage, elle entendit des voix à travers le mur ; au rez-de-chaussée, quelqu'un tambourinait sur les portes métalliques : tout le conduit résonnait de coups assourdissants.

— Où est-ce qu'on sort ? chuchota Xochi.

— Tout en bas, l'informa Kira en s'efforçant de ne pas élever la voix. Au sous-sol, il y a une rampe de chargement qui servait autrefois à livrer le matériel. Il faut connaître : c'est plein de couloirs étroits et de sorties de service, on a donc des chances de ne croiser personne.

— Et si on croise quelqu'un quand même ? s'enquit Samm.

Elle n'avait pas de réponse à cela.

Tout en bas, au deuxième sous-sol, il faisait encore plus noir que dans les étages : il n'y avait pas d'électricité, et aucune fenêtre pour laisser entrer le clair de lune. Des cris lointains et des chocs assourdis leur apprirent que des insurgés avaient déjà trouvé ce niveau. Kira chercha une lampe torche dans son sac et l'alluma, éclairant les parois de son fin faisceau blanc. Marcus puis les autres rejoignirent le sol en silence et commencèrent à chercher comment sortir du conduit.

– Tu te rappelles où elle était, cette rampe de chargement ? murmura Marcus.

– Plus ou moins.

– Ah. Génial.

Kira trouva une petite porte et éteignit sa lampe avant de l'ouvrir. Le couloir dans lequel ils débouchèrent à pas de loup était sombre et désert. Elle ralluma sa torche en la couvrant de sa main ; la lueur rougeâtre leur permettait tout juste de distinguer les murs.

– Par ici.

Ils avancèrent avec prudence. Des pas pressés résonnèrent brièvement derrière eux – des semelles de caoutchouc crissant sur le lino –, puis plus rien. Kira retint sa respiration, avançant toujours. Ils arrivèrent à un croisement et elle découvrit sa lampe pour mieux y voir : rien à gauche, mais soudain, à droite, des visages et des yeux qui brillaient dans le noir.

Kira recula brusquement mais Samm, au contraire, plongea en avant. L'un des inconnus s'écroula mollement avant même qu'elle ait eu le temps de comprendre ce qui se passait. Dans sa panique, elle agita les bras, secouant la lampe dont le faisceau illumina une succession de scènes violentes, donnant au couloir des apparences de diaporama horrifique : le pied de Samm déboîtant le genou d'un homme hurlant ; la crosse du fusil de Samm enfoncée dans le visage d'un autre ; un insigne de la Défense sur un bras qui se débattait en vain ; des gouttes de sang projetées en l'air ; un homme s'effondrant alors qu'il tentait de fuir. Jayden leva sa carabine à l'instant où Kira retrouvait le contrôle de la torche, mais c'était déjà terminé : Samm était immobile, en position d'attaque, et le sol autour de lui était jonché de soldats neutralisés. Kira compta six hommes, tous inconscients.

— Bon Dieu... souffla Jayden en observant la scène. Qu'avons-nous lâché dans la nature ?

Effrayé, il pointa son arme sur Samm.

— Aucun n'est mort, précisa ce dernier. Le sang vient du nez du troisième.

Kira était encore sous le choc.

— Qu'est-ce qui vient de se passer ?

Samm s'accroupit pour ramasser les fusils et les démonta avec une efficacité sans faille.

— Comme je n'ai pas l'habitude des humains, je me suis reposé à tort sur le lien, et j'ai trop laissé ceux-là s'approcher. Mais il me semble que ça se termine bien, puisque nous n'avons même pas eu à tirer.

— Ah, bon, alors je suppose qu'il faut te remercier de n'avoir tué personne, dit Marcus. Mon exploit personnel, c'est d'avoir réussi à ne pas me pisser dessus. Tu me remercieras plus tard.

— Il faut partir d'ici, enchaîna le Partial en se relevant. Il y a encore au moins deux escouades à cet étage, et peut-être d'autres que je n'entends pas.

Il tenait à la main les percuteurs des soldats tombés et les fit glisser dans sa poche.

— OK, mais... ne fais jamais ça à des civils, hein ? souffla lentement Kira.

— Bien, m'dame.

Elle les guida vers la gauche, puis prit à droite, en s'arrêtant de temps à autre pour déchiffrer des panneaux indicateurs et guetter des bruits de pas. En effet, au moins deux autres groupes fouillaient le sous-sol en s'apostrophant dans le noir. Il y eut un fracas de verre brisé. Elle accéléra l'allure. Lorsqu'ils débouchèrent dans un large tunnel terminé par une haute porte métallique, elle se mit même à trottiner.

– C'est là ! Il y a une grande rampe de l'autre côté, qui débouche dans le parking arrière. De là, on file plein nord et on se méfie des patrouilles : les Forces de défense seront partout, mais à mon avis elles auront d'autres chats à fouetter. Tant qu'on n'attire pas l'attention, on devrait pouvoir se faufiler.

Elle se tourna ensuite vers Jayden.

– Merci de ton aide. On ne serait jamais sortis de là sans toi.

– Comment ça, « merci » ? Je pars avec vous !

Elle scruta ses traits. Dans le faisceau de la lampe, il était blanc comme un fantôme.

– Tu es sûr ?

– Tu auras besoin de toute l'aide possible. Et en plus, je viens de libérer un Partial et d'enfermer cinq patriotes en colère à sa place, je te rappelle. Si je reste ici, je ne donne pas cher de ma peau.

Kira acquiesça et vit les autres faire de même. Elle ouvrit lentement la porte. Dehors, le ciel était sombre mais tout de même moins noir que les couloirs du sous-sol. Elle remonta la rampe au petit trot, l'oreille tendue vers les bruits de la ville plongée dans le chaos : des clameurs et des cris ; des pas pressés courant en tous sens ; des rafales intermittentes de mitraillettes.

Arrivée en haut, elle découvrit une sourde lueur orangée derrière les arbres, en direction de l'est : un incendie. Trois ou quatre émeutiers passèrent en courant devant elle dans le noir.

— Tu crois qu'Isolde a réussi à rejoindre le bâtiment du Sénat ? chuchota Xochi par-dessus son épaule.

— Je l'espère. Dans les heures qui viennent, ce sera le seul endroit sûr de la ville.

— Tu penses qu'on a bien fait ? insista encore Xochi, hésitante, incertaine. Tu crois qu'on pourra encore vivre ici en rentrant ?

— Je pense que Mkele fait bien mieux son travail que nous ne le pensons. Les choses auront peut-être changé en apparence, mais tout sera encore là.

Elle regarda derrière elle, embrassa du regard leur groupe uni, et plongea les yeux dans la nuit et le chaos.

— On y va.

TROISIÈME PARTIE

Quatre heures plus tard

Chapitre 29

Il était presque minuit lorsqu'ils furent suffisamment loin d'East Meadow pour oser se parler librement ; ils avaient dépassé les faubourgs aux constructions denses, et atteint avec soulagement une vaste zone boisée.

– Il y a un groupement de fermes au nord d'ici ; et un peu plus à l'ouest, deux anciens clubs de loisirs, dit Jayden en avançant avec précaution dans les taillis. L'un de ces clubs possédait une petite base nautique : on est sûrs d'y trouver un bateau.

– Tu parles de North Shore ? Ce n'est pas très peuplé par là-bas.

– C'est situé au bord d'un bras de mer qui s'enfonce dans les terres… pas très loin de la base militaire du Queens – mais on ne devrait pas avoir trop de problèmes de ce côté-là, s'empressa-t-il d'ajouter. Plus on sera proches du Queens, plus la traversée du détroit sera courte.

– Tu connais le nom de ce bras de mer ? s'enquit Samm.

Jayden fit non de la tête.

– Quelle importance ?

— J'aimerais avoir une idée de l'endroit où on débarquera de l'autre côté.

À ces mots, le garçon le regarda d'un air méfiant.

— Tu connais si bien notre île ?

— Nous avons envoyé des éclaireurs, bien sûr, répondit Samm. Mais ils ne sont jamais entrés très loin dans les terres, et les cartes dont nous disposons datent d'avant : elles ne sont évidemment pas à jour.

— « Jamais entrés très loin »... reprit Xochi. Je l'avais bien dit, qu'il n'y avait pas d'infiltrés sur l'île.

— J'ai dit que *nous* n'étions pas allés loin, précisa le Partial. Ça ne veut pas dire que personne ne l'a fait.

— Et qui d'autre ? demanda Kira. Il n'y a que vous et nous, pas vrai ? À part ça, tout le monde est mort, tu l'as dit toi-même. À moins que... Y aurait-il d'autres humains en vie sur le continent ?

À cette idée, son cœur bondit dans sa poitrine. C'était stupide et impossible... mais, l'espace d'une seconde, avant de se raisonner, elle souhaita que ce soit vrai.

Samm secoua la tête, catégorique.

— Pas d'autres humains.

— Alors qui ?

Il regarda pour la centième fois par-dessus son épaule.

— On pourra en reparler plus tard, mais pour l'instant il faut bouger.

— Non, protesta Jayden en se carrant devant lui, stoppant du même coup tout le groupe. Nous venons de trahir notre espèce entière pour te sortir de prison, alors tu vas arrêter avec tes petits secrets et nous dire ce que tu sais, *tout de suite*.

Il dévisageait Samm avec une fermeté sans faille, et Kira eut une conscience aiguë des armes qu'ils portaient l'un comme l'autre. Le Partial soutint son regard. Ses yeux sombres semblaient analyser Jayden comme un insecte épinglé à un mur. Il finit par soupirer.

– Il n'y a pas d'autres humains, redit-il. Mais il y a d'autres groupes de Partials.

– Quoi ? s'exclama Marcus. Je croyais que vous ne saviez pas en fabriquer ?

– Ce ne sont pas des nouveaux, clarifia Samm. Simplement, nous ne sommes pas... nous ne sommes plus tout à fait unis.

Kira n'arrivait pas à déchiffrer son expression dans la nuit, mais elle sentait que cet aveu le mettait profondément mal à l'aise.

– Ç'aurait été bien qu'on le sache avant de mettre notre île à feu et à sang, fit observer Marcus avec ironie.

– Mais le lien... dit Kira. Vous possédez un système de communication chimique qui normalise les émotions et les comportements... comment peut-on se rebeller contre ça ?

– Ils ont une intelligence collective, comme les abeilles ? voulut savoir Jayden.

– Ce n'est pas ça... expliqua Samm, c'est comme un... nous n'avons pas tous les mêmes pensées, nous ne faisons que les partager.

– Continuons d'avancer en parlant, proposa Marcus. On est toujours poursuivis, vous savez.

Samm acquiesça et se mit en marche ; les autres lui emboîtèrent le pas.

— Le lien, c'est... Je ne sais pas comment vous le décrire. C'est un de nos sens. Allez essayer de décrire la vue à un aveugle de naissance !

— Ce sont des émetteurs en réseau ? demanda Jayden. Des implants ? Je croyais qu'on t'avait fouillé au corps après t'avoir chopé à Manhattan.

— Non, pas des implants. C'est juste... un sixième sens. Nous sommes tous liés ensemble. Si nous étions une équipe de Partials, en ce moment, en train de traverser ces ruines en pleine nuit (il indiqua du menton les quelques maisons croulantes qui bordaient la route), nous saurions tous, d'instinct, ce que ressentent les autres. Si Kira voyait quelque chose d'inquiétant, elle l'enregistrerait chimiquement, et nous le sentirions. En quelques secondes, nous serions tous sur nos gardes : notre niveau d'adrénaline grimperait en flèche, nos réflexes seraient en alerte, et le groupe entier serait prêt à affronter un danger qu'elle seule aurait vu. Si l'un d'entre nous était blessé, ou capturé, ce lien nous permettrait également de le localiser.

— Alors vous ne devez pas souvent vous perdre, commenta Marcus. Si je savais en permanence où vous êtes tous, je ne serais jamais paumé.

— C'est ça, tu as tout compris.

— Cela doit aussi vous aider à reconnaître les amis des ennemis, ajouta Jayden. Voilà qui peut être utile.

— Ça ne fonctionne pas avec les humains, précisa Samm, parce que vous ne transmettez pas de données. Mais tu as raison, cela nous aide à identifier les Partials extérieurs à notre unité, et je sais immédiatement s'ils appartiennent ou non à mon groupe. Bien sûr, l'inverse est vrai aussi : les autres factions n'ont aucun mal non plus à m'identifier, ce qui peut poser problème.

– Mais c'est ça que je ne comprends pas, insista Kira. Le lien te dit qui est dans ton camp et qui ne l'est pas, à quelle unité appartient Untel... donc, logiquement, il devrait aussi transmettre les rapports d'autorité, non ? Vous avez été créés en tant qu'armée, avec des généraux, des officiers, de simples troufions, etc. La chaîne de commandement est-elle intégrée au lien ?

Samm répondit avec raideur.

– En effet.

– Alors comment avez-vous pu éclater en différentes factions ? Ce n'est pas logique.

Il continua d'avancer à grandes enjambées, visiblement contrarié. Il mit longtemps à répondre.

– Après le...

Il se tut aussitôt et s'arrêta en plein milieu de la route.

– Ce n'est pas facile d'en parler.

– Vous avez vos différends, dit simplement Kira. Tout le monde en a, tout le temps...

– Pas nous. (Sa voix était égale, mais Kira y perçut néanmoins une pointe de... de frustration ?) La désobéissance est-elle si répandue chez les humains, pour que vous ne compreniez pas notre désir d'obéir ? Nous sommes une armée ; nous obéissons à nos chefs. Nous suivons les ordres. Quiconque n'obéit pas est un traître.

Il repartit le long de la route.

– On arrive en vue d'un pont, annonça soudain Xochi.

Le groupe ralentit afin d'étudier le terrain dans le clair de lune, puis s'arrêta pour se consulter.

– Un cours d'eau ? demanda Samm.

– Il faudrait qu'il pleuve beaucoup ! Non, ce pont enjambe une autoroute, le détrompa Kira.

– Suivons-la en direction de l'ouest, dit Jayden, mais pas de trop près : si on nous cherche, nous serions trop exposés, dessus.

Kira se demanda combien de temps il faudrait à Mkele pour deviner leur plan ; sitôt que ce serait fait, il les prendrait en chasse. Il ne se douterait pas tout de suite qu'ils comptaient quitter l'île : cela leur donnait sans doute un peu de temps. Elle posa ses sacs et s'étira à fond, en pivotant d'un côté à l'autre pour détendre tous ses muscles.

– Est-ce qu'il vaut mieux virer vers l'ouest avant ou après le pont ?

– Après, sans aucun doute. C'est l'endroit le plus découvert que nous ayons à traverser avant d'atteindre la côte : autant le faire le plus tôt possible, avant qu'on ne nous localise.

Kira prit son fusil sur son épaule.

– Alors ne traînons pas.

Ils s'avancèrent en rampant entre les arbres, scrutant le pont devant eux, l'oreille aux aguets. Ils avaient quitté les anciennes zones résidentielles et n'étaient plus entourés que d'une épaisse forêt aux arbres vénérables. Sur la droite, des feuillages plus légers indiquaient probablement la présence d'une vieille demeure, dont le parc était à présent envahi de kudzu et de centaines de jeunes arbrisseaux. Droit devant, le pont était au moins deux fois plus large que la route qu'ils avaient suivie jusque-là. Ils se remirent debout, franchirent un petit croisement et rejoignirent d'un bond le large parapet en ciment, contre lequel ils s'accroupirent un instant.

– Bon, ben, y a plus qu'à ! souffla Marcus.

Sur quoi, chargés de leurs sacs et de leurs fusils, ils s'élancèrent à toutes jambes.

Ce pont était bien plus court que ceux qu'ils avaient eu à emprunter pour rejoindre Manhattan, mais la peur et la tension ambiante donnèrent à Kira la même impression de vulnérabilité extrême. À droite et à gauche, en contrebas, l'autoroute s'étendait à perte de vue : n'importe qui pouvait les voir de là. *Espérons simplement que nous avons de l'avance.* Arrivés au bout, ils se jetèrent à l'abri des arbres et, encore essoufflés, observèrent les environs.

– Personne, dit Samm en baissant son fusil.

– Moi non plus, je n'ai rien vu, confirma Xochi.

– Ça ne veut pas dire que personne ne nous a vus, leur rappela Jayden. On ne peut pas se permettre de s'arrêter avant d'avoir traversé le détroit.

Quelques dizaines de mètres plus loin, ils atteignirent une intersection en T où ils prirent à gauche, en direction de l'ouest, sur une voie secondaire qui longeait les courbes de l'autoroute tout en étant bien plus discrète.

Marcus pressa le pas pour rejoindre Kira qui marchait devant.

– Comment va ta jambe ?

– Même pas mal, tout compte fait.

En réalité, son mollet la démangeait terriblement – les effets secondaires des traitements de régénération –, au point qu'elle aurait volontiers remonté son pantalon pour s'arracher la peau avec un bâton. Elle se demandait si elle n'avait pas forcé la dose et endommagé définitivement les tissus, mais puisqu'il n'y avait rien à faire, autant essayer de ne pas y penser.

— Et toi, ça va ? demanda-t-elle.

— Eh bien, je me balade au clair de lune avec la fille de mes rêves. Plus Xochi, et Jayden, et un Partial armé. Alors tu vois un peu : je réalise mes fantasmes les plus fous.

— Samm, parle-nous des... commença Xochi.

Mais au même moment, un hennissement de cheval stoppa la troupe.

— Tu vois ? Même les chevaux sont jaloux, gloussa Marcus – que Jayden fit taire d'un geste impatient.

— Ça venait de par là, chuchota ce dernier en pointant le doigt vers le côté nord de la route. C'est une des fermes dont je vous parlais.

— Donc, on est proches du but ?

— Loin de là, mais nous sommes sur la bonne voie. Il n'y a plus qu'à suivre cette route jusqu'à... jusqu'à ce qu'on sente l'odeur de la mer, je suppose. Si vous m'aviez prévenu qu'on viendrait ici ce soir, j'aurais pris une carte.

— À l'ouest toute, alors, dit Kira. Et sans bruit.

Suivant toujours les méandres de la route, ils finirent par rejoindre une zone plus résidentielle, même si les arbres y étaient encore nombreux. Les maisons dépassaient des frondaisons, hautes et inquiétantes, trop éloignées des terres arables pour abriter des fermiers mais trop proches de la côte nord pour avoir un autre usage. Même les bandits ne s'approchaient pas de là.

Ils poursuivirent en silence. Un ou deux kilomètres plus loin, la route croisait une avenue importante, et l'ancien monde s'était fendu pour l'occasion d'un centre commercial, désormais croulant. Ils envisagèrent de prendre à droite vers le nord, mais Jayden insista pour continuer tout droit vers l'ouest pendant encore au moins deux kilomètres.

– Si on tourne trop tôt, on risque de se retrouver au milieu des fermes, loin du bras de mer. C'était quoi, ton idée, Kira ? Avancer vers le nord jusqu'à ce qu'on tombe sur la côte ?

– En gros, oui. Il y a des bateaux partout, là-bas.

Derrière eux, ils entendirent soudain un grondement sourd : un moteur.

– Ils sont plus proches que je ne le pensais, souffla Jayden, et ce bruit indique qu'ils ont sorti les jeeps. Ça veut dire qu'ils mettent le paquet. (Il réfléchit un instant.) Ils ont des cartes et nous pas, ce qui leur donne l'avantage, je le reconnais. Mais je vous promets une chose : si on remonte maintenant vers le nord, on se retrouvera coincés entre les soldats et les fermes. Quelqu'un nous trouvera forcément.

– On dirait qu'il y a un ancien lotissement derrière le centre commercial, fit remarquer Marcus. On pourrait couper par là et éviter la plupart des patrouilles.

– Vous êtes sûrs qu'ils ne nous suivent pas avec un mouchard ? demanda Samm. S'ils sont en train de nous chercher, ils devraient rouler moins vite.

– Ils n'ont pas besoin de nous chercher, ils savent où nous allons, dit Xochi, exprimant exactement ce qu'avait pensé Kira un peu plus tôt. Ils vont essayer d'arriver avant nous sur la côte pour nous cueillir là-bas.

– Puisqu'ils foncent vers l'ouest, filons vers le nord, trancha Samm. N'allons pas nous jeter dans la gueule du loup.

– C'est toi qui vois, concéda Jayden – à regret, visiblement.

Ils tournèrent donc à droite pour s'engager sur la grande avenue. Conscients qu'il n'y avait pas une minute à perdre, ils couraient presque. La chaussée était relativement dégagée et ils avançaient bien, même dans la pénombre. Xochi et Marcus, essoufflés, avaient du mal à suivre le rythme, et Kira grimaçait à chaque pas, torturée par sa brûlure chaque fois que son pied touchait terre. Ils ne tardèrent pas à entendre d'autres moteurs se rapprocher derrière eux, et lorsque Kira se retourna, elle vit briller des phares, comme deux yeux de chat.

– Sortez de la route ! grogna-t-elle.

Ils plongèrent dans la verdure pour se tapir derrière les troncs et le kudzu. Trois petites jeeps passèrent dans un rugissement de fauves. Kira compta quatre ou cinq soldats par véhicule.

– Ils ne nous cherchent même pas, constata-t-elle.

Marcus s'avança et se pencha en avant pour observer la route.

– Rien derrière eux. Vous croyez que c'est une coïncidence s'ils sont là ?

– Non, ils veulent nous intercepter plus loin, dit Samm. La seule bonne nouvelle, c'est qu'ils confirment que nous sommes sur le bon chemin.

— Ça ne nous sert plus à grand-chose, soupira Jayden. Il faut repartir vers l'ouest.

— Mais on ne sait même pas ce qu'il y a à l'ouest d'ici, objecta Kira. Aussi bien, on va se jeter dans les pattes de la Défense. Ces jeeps étaient peut-être un détachement de la base du Queens.

— C'est plus sûr de continuer vers le nord, l'appuya Samm. Au moins, comme ça, on sait dans quoi on met les pieds.

Les arbres les ralentissaient, et, n'osant plus marcher sur la chaussée, ils avançaient désormais presque à tâtons dans l'épais sous-bois. À plusieurs reprises, ils durent traverser des routes secondaires, perpendiculaires à la large avenue, et chaque fois Kira retint son souffle, sûre qu'ils allaient entendre un guetteur donner l'alarme – ou pire, un coup de feu. Mais rien ne vint. Lorsqu'ils atteignirent une longue succession de ruines – qui avaient un jour été des magasins et des bureaux –, ils traversèrent l'avenue afin de retrouver l'abri des arbres.

Mais là aussi, les bois finirent par se clairsemer, et ils se retrouvèrent face à une vaste étendue de carrefours et de parkings plats et vides. Des bâtiments bas s'élevaient tels de gros champignons pourris, l'asphalte craquelé était traversé par les herbes folles et les jeunes arbres, mais même ainsi, le terrain était terriblement découvert.

— Encore un centre commercial, se lamenta Kira. On ne peut pas traverser ça.

— Tu veux faire le tour ? lui demanda Marcus en se baissant pour reprendre son souffle. Ou simplement tourner vers l'ouest ? Ça fait des kilomètres qu'on marche vers le nord, on doit être tout près du bras de mer dont parlait Jayden.

– À moins qu'on ne soit allés trop loin, précisa ce dernier, et qu'on ne se dirige droit vers les fermes.

– Je ne suis pas sûre de pouvoir continuer encore longtemps, annonça Xochi.

Kira distinguait à peine ses traits dans le noir, mais l'épuisement rendait sa voix pâteuse.

– On ne peut pas s'arrêter, insista Samm.

– Nous n'avons pas ton endurance, lui rappela Jayden. Moi, je suis entraîné, mais les autres peuvent s'effondrer à tout moment. Combien de kilomètres avons-nous parcourus en courant ? Quinze ? Vingt ?

– Treize virgule six, affirma Samm.

Il n'avait même pas l'air fatigué.

– Moi, ça va, haleta Marcus – mais Kira se dit qu'il semblait au bord de la syncope.

Xochi, elle, pouvait à peine parler.

– On met le cap à l'ouest, décida Kira. Plus vite on sera sur un bateau, plus vite on pourra se reposer.

Xochi approuva de la tête et partit en avant, à bout de forces mais déterminée. Samm démarra au pas de course pour prendre la tête de la troupe, et les autres tâchèrent de le suivre tant bien que mal.

La route qui contournait le centre commercial obliquait vers le nord-ouest, puis s'incurvait légèrement en direction du sud. Samm leur fit un signe et disparut dans les buissons. Ils l'imitèrent et, dans un silence tendu et haletant, attendirent que deux chevaux les aient lentement dépassés. Ils laissèrent aux cavaliers le temps de gagner une bonne avance, puis reprirent la route en traînant les pieds. La douleur était revenue dans la jambe de Kira, insupportable, lancinante et brûlante comme une fournaise. Elle serra les poings et respira à petites goulées pour surmonter l'épreuve. *Il faut juste que j'arrive jusqu'à cet arbre. Rien que celui-ci, et ensuite tout ira bien. Allez, encore quelques pas. Maintenant celui-là, juste derrière. C'est tout ce que j'ai à faire. Un arbre après l'autre.*

– Je flaire l'océan, annonça Samm.

Bientôt, Kira et les autres le sentirent aussi dans l'air : une brise saline, fraîche et vivifiante dans l'air nocturne. Ils redoublèrent leurs efforts, soufflant bruyamment, sans plus se soucier d'être discrets, tâchant seulement de ne pas s'arrêter. Les arbres s'écartèrent pour révéler encore un centre commercial, puis encore un autre. Marcus marchait désormais tout contre Kira, tremblant de fatigue lui aussi, mais faisant de son mieux pour la soutenir. Agrippée à son bras, elle clopinait à côté de lui.

– Par ici, dit Samm en bifurquant vers le nord au carrefour suivant.

À gauche, la lune se reflétait enfin sur une étendue d'eau argentée, lisse comme du verre noir, et Kira chercha fiévreusement des yeux un bateau. Il n'y avait rien.

– Ce n'est pas assez profond, ici, on est tout au fond du bras de mer. Il faut marcher encore.

– « Des bateaux partout à North Shore », tu parles ! grommela Jayden.

Kira n'eut pas la force de répliquer.

Samm leur fit traverser une vaste cour entourée de bâtiments, écartant des fourrés qui leur arrivaient à la taille. Ils entendirent à nouveau des sabots claquer sur la route, derrière eux, et s'écroulèrent sans force dans les taillis. Cette fois, les cavaliers s'arrêtèrent et firent lentement tourner leurs montures sur elles-mêmes pour observer les environs.

– Tu crois que c'étaient eux ? demanda l'un.

– Ça ou un chat, répondit l'autre.

Ils avancèrent lentement dans la direction des fugitifs. Des rayons de lune luisaient faiblement sur le long fût métallique de leurs fusils.

– Trop bruyant pour être un chat. Passe-moi la lampe.

Kira n'osait pas bouger, ni même respirer. Le second cavalier sortit une lampe torche de sa sacoche et la tendit au premier, qui l'alluma et la braqua sur le bâtiment le plus proche d'eux – un genre d'église, effondrée et feuillue. Samm épaula son fusil et visa soigneusement le premier cavalier, mais Kira secoua la tête : *On ne peut pas se permettre de faire du bruit.*

Et on ne peut pas tuer nos semblables.

Il y eut alors un choc sourd contre un mur éloigné, et les cavaliers tournèrent la tête à l'unisson. Ils éclairèrent le bâtiment, mais Kira ne vit rien. Ils y dirigèrent leurs montures et Xochi parla tout bas.

– J'ai jeté un caillou. Tirons-nous d'ici avant qu'ils reviennent.

Ils reculèrent dans les taillis, pas à pas, sans quitter des yeux les cavaliers. Marcus se leva pour lancer une nouvelle pierre, plus loin cette fois ; les cavaliers se figèrent, tendirent l'oreille, et finirent par suivre le bruit. Kira se leva à son tour, en s'appuyant sur Samm. Tout le groupe recula derrière le coin de l'église en ruine.

– Partons par là, souffla Samm en indiquant le bras de mer.

Puis il regarda Kira, les pupilles noyées dans l'ombre.

– Tôt ou tard, il faudra tirer sur quelqu'un, tu sais.

Elle ferma les yeux pour tenter de s'éclaircir les idées.

– Je sais que c'est dangereux, et je sais que nos armes risquent de servir, c'est bien pour ça qu'on les a prises. Mais je ne veux pas faire feu si on peut l'éviter.

– Nous n'aurons peut-être pas le choix.

Les taillis s'agitèrent derrière eux, et Kira entendit un cheval renâcler. Samm leva son canon, mais elle arrêta de nouveau son geste.

Ils attendirent en retenant leur souffle, priant pour que les soldats s'en aillent. Une éternité plus tard, c'est ce qu'ils firent.

– Ils partent vers le sud, souffla Samm. Pas de temps à perdre !

Ils trouvèrent la force de s'élancer dans la direction opposée, presque en courant, ne voyant que le sol devant leurs pieds dans la nuit. La route s'enfonçait dans les bois, et bientôt la silhouette sombre d'une énorme villa surgit des frondaisons sur leur gauche, côté mer.

– Là ! lança Kira. Ces grosses baraques ont souvent une jetée privée.

Ils virèrent, contournèrent la bâtisse et filèrent dans le parc qui s'étendait derrière. C'était un labyrinthe de plantes et de fleurs exotiques qui avait dû être autrefois un merveilleux jardin. Une allée qui serpentait entre les hautes herbes les mena jusqu'au bord de

l'eau. Des vaguelettes noires léchaient doucement la rive, mais ils ne découvrirent ni jetée ni bateau. Le sol était mou et vaseux, et ils continuèrent en pataugeant, longeant la rive vers le nord pour gagner la propriété suivante. La lourde boue plombait encore leurs pieds fatigués. Dans le jardin d'à côté, sur la berge, ils découvrirent une promenade en planches... prolongée par une jetée. Leurs semelles résonnèrent bruyamment lorsqu'ils coururent jusqu'au gros bateau à moteur qui y était amarré.

– Alléluia ! s'écria Kira.

Mais Samm secoua la tête avec dépit.

– Soit le niveau des eaux a baissé, soit le bras de mer s'est envasé. Il est planté dans la boue.

Kira, scrutant la pénombre, constata qu'il avait raison : la coque était soulevée au-dessus de l'eau et penchait légèrement d'un côté.

– Qu'est-ce qu'on fait ?

– Ce marécage n'en finit pas, dit Samm en regardant au loin vers le nord. C'est ça ou rien.

– On va le pousser, décida Jayden.

Il prit sa carabine en bandoulière et sauta dans l'eau, qui lui arrivait presque à la taille. Puis il posa une main sur l'étrave et poussa ; le bateau bougea, très peu, mais indéniablement.

– Venez tous !

Kira jeta un dernier regard nerveux par-dessus son épaule avant de sauter dans le bras de mer, où le froid la saisit. Les autres suivirent, calèrent leurs épaules contre la coque et poussèrent à l'unisson. L'embarcation se redressa vaguement, mais n'avança pas. Kira glissa dans la vase et se rattrapa de justesse :

un peu plus, et elle chutait la tête la première dans l'eau glacée.

– Allez ! les encouragea Samm en s'appuyant fermement contre la coque lisse.

Tout le monde se remit en position.

– Un, deux, trois, poussez !

Ils se raidirent, poussant de toutes leurs forces. Le bateau bougea de quelques centimètres.

– Encore ! Un, deux, trois, poussez !

Ils rassemblèrent le peu d'énergie qu'il leur restait, déplaçant encore l'embarcation de quelques centimètres... plus loin cette fois, mais pas encore suffisamment.

– Encore ! Un, deux...

Soudain, une vive lumière les éblouit. C'était le faisceau d'une puissante lampe torche ; réverbéré par la coque blanche, il illuminait le groupe entier. Ils se figèrent en clignant des paupières, trop stupéfaits pour faire un geste. À vingt mètres de distance, sur la jetée, le propriétaire de la lampe les observait sans rien dire.

J'ai mon fusil, songea Kira, qui en sentait le poids dans son dos. *Je peux le sortir en quelques secondes. Mais à quoi bon ? On ne pourrait pas dégager le bateau avant l'arrivée des renforts... même en ripostant, c'est impossible de s'en tirer.*

Personne ne bougeait.

La lumière s'éteignit.

– RAS, cria la silhouette indistincte.

C'était une voix féminine. *Yoon !*

– Il n'y a rien par ici. J'ai vu ce qui faisait ce bruit : c'est juste un vieux bateau qui grince.

La silhouette attendit encore un peu, puis fit demi-tour et s'en alla. Kira se rendit compte qu'elle était en apnée, et souffla doucement.

– C'est la fille qui est allée à Manhattan avec vous ? demanda Marcus. Je crois qu'on lui doit une fière chandelle.

– Je crois qu'on lui doit toute une fabrique de cierges, renchérit Xochi. Si je n'étais pas plantée dans la boue, j'irais l'embrasser à pleine bouche.

– La ferme, souffla Jayden. Ils nous ont entendus tout à l'heure, ils peuvent à nouveau nous entendre.

Il se recala contre la coque et articula en silence : *Un, deux, trois*. Cette fois, ils déplacèrent le bateau de vingt bons centimètres. Ils recommencèrent, encore et encore et encore, gagnant ainsi plus de cinq mètres dans le marécage. Dix mètres. Vingt mètres. Ils aperçurent encore des lumières sur la rive, encore des gens qui les cherchaient. Ils poussèrent, forcèrent leur chemin dans la vase, priant pour que les soldats ne les entendent pas.

Enfin, ils atteignirent des eaux plus profondes et le bateau flotta librement. Ils continuèrent à le pousser jusqu'à ce qu'il y ait assez de fond pour qu'il puisse supporter leur poids. Samm leur fit la courte échelle et grimpa à bord en dernier. Marcus et Jayden trouvèrent des rames et mirent le cap vers le nord et la sortie du bras de mer.

– Sauvés, soupira Kira.

Xochi dormait déjà.

– Sauvés des vôtres, nuança Samm en cherchant des yeux le continent au loin. À présent, il va falloir affronter les miens.

Chapitre 30

– Nous allons accoster près de Mamaroneck, prédit Samm. Enfin, je crois.

Il plissa les paupières pour observer le ciel, puis la côte lointaine.

Le bras de mer où ils avaient embarqué était long et étroit ; ils n'avaient pas osé allumer le moteur avant d'en être sortis et d'avoir rejoint les eaux bleu sombre et le vaste horizon du détroit de Long Island. Ce moteur calait fréquemment, mais au moins il fonctionnait, et ils avaient vogué aussi droit que possible vers le nord jusqu'au moment où le ciel avait commencé à pâlir et où l'horizon indistinct s'était teinté du vert et du brun de la côte. Ils avaient alors infléchi leur trajectoire vers l'ouest pour s'en rapprocher. Kira espérait que le moteur tiendrait jusque-là ; elle était bien trop épuisée pour ramer.

– Mamaroneck ? répéta Jayden. Voilà un nom encore plus ridicule qu'Asharoken !

– En tout cas, c'est un bon emplacement, dit Samm. Un peu plus à l'est que ce que j'avais espéré, mais personne n'est posté là-bas. Nous devrions pouvoir débarquer sans être vus.

– C'est vraiment si important qu'on ne nous voie pas ? s'enquit Marcus. Ces différentes factions… est-ce qu'on parle de différences d'opinion du genre « je n'aime pas les mêmes films que toi », ou de gros désaccords du genre « guerre sainte » ?

– S'ils nous voient, ils nous attaqueront, répondit Samm. Je serai fait prisonnier et utilisé comme otage pour régler un différend ou un autre, et j'ignore ce qu'ils feront de vous.

Kira leva les yeux vers les étoiles.

– J'en déduis que toutes les factions ne sont pas aussi pacifiques que la tienne.

– La mienne ne l'est pas spécialement non plus. Ce n'est pas parce qu'ils ont voulu faire une proposition de paix qu'ils accueilleront des humains à bras ouverts. Nos rapports avec les autres groupes sont… pour le moins houleux, et c'est ce qui nous a rendus méfiants, et même suspicieux. Il va falloir approcher avec prudence.

– Comment faire pour reconnaître les factions entre elles ? demanda Xochi. Est-ce que vous portez des uniformes, ou… je ne sais pas, moi, des chapeaux de couleurs différentes ?

– Je ne suis pas sûr que vous le puissiez sans le lien. Ma faction s'appelle la Compagnie D et la plupart d'entre nous en portent encore l'insigne, mais honnêtement, si vous arrivez assez près pour voir les insignes, il sera déjà trop tard. On parle d'une zone de guerre, là.

Le moteur éructa avant de caler une fois de plus. Jayden se leva, tira sur le cordon à plusieurs reprises – sans succès –, puis donna un coup de clé à molette avant de réessayer. L'engin redémarra avec un bruit encore plus faible qu'avant.

– Cette vieille essence frelatée... grommela Jayden en laissant tomber la clé dans le fond du bateau. Soit elle est en train de tuer le moteur, soit on est au bord de la panne sèche. Quoi qu'il en soit, il va falloir couvrir les derniers kilomètres à la rame.

– Sur qui allons-nous tomber ? voulut savoir Kira en regardant Samm. À quoi ressemble-t-elle, cette zone de guerre ?

– Le principal groupe de rebelles se trouve au nord, dans un endroit appelé White Plains, et encore au-delà, à Indian Point. Ce sont eux qui font tourner le réacteur.

– Ouah ! s'exclama Xochi. Un réacteur nucléaire ?

– Bien sûr. D'où croyez-vous que nous tirons notre énergie ?

– De panneaux solaires, tiens. C'est ce que nous utilisons, nous.

– Et c'est certainement suffisant pour vos besoins. La centrale d'Indian Point alimentait des centaines de millions de foyers avant la guerre – maintenant que nous ne sommes guère plus d'un million, elle produit largement assez de courant pour nous tous. Ce sont les rebelles qui la tiennent. La Compagnie D a réussi à se brancher dessus il y a quelques années, et ils ne s'en sont toujours pas aperçus.

– Mais c'est dangereux, l'énergie nucléaire, poursuivit Xochi. S'il y avait un accident ? Si la centrale se mettait à fuir, ou à fondre, ou je ne sais quoi ?

– Beaucoup l'ont déjà fait. Lorsque le RM s'est répandu et que les humains ont commencé à mourir

– quand vous avez réellement commencé à disparaître, et que nous avons compris que nous ne pouvions rien y faire –, nous avons arrêté toutes les centrales que nous avons trouvées. Il y en a une autre dans le Connecticut, à moins de cent kilomètres de chez vous. (Il pointa le doigt vers le nord-est.) Si celle-là était entrée en surchauffe, vous seriez déjà tous morts.

– C'est ça, persifla Jayden. Les nobles Partials qui essaient de sauver l'humanité !

Samm hocha la tête.

– Vous ne vous êtes jamais demandé pourquoi le monde n'était pas plus désolé qu'il ne l'est ? Pourquoi les villes ne brûlent pas, pourquoi l'air n'est pas noirci par les retombées radioactives ? Vous êtes morts trop vite : quelques-uns d'entre vous ont eu le temps de fermer les centrales et les usines avant de disparaître, mais pas toutes, loin de là, et il suffit de négliger un réacteur pour provoquer une réaction en chaîne absolument fatale. Et même lorsque nous avons compris ce qui se passait, nous n'avons pas réussi à tous les arrêter. Nous en avons perdu un dans le New Jersey, un autre à Philadelphie, et de plus en plus à mesure que l'on traverse le continent vers l'ouest. C'est pour cela que nous avons tendance à rester à l'est du fleuve Hudson. D'autres régions du monde étaient encore bien plus nucléarisées, mais elles n'ont pas eu une armée de Partials pour stopper les réacteurs. Nous pensons que beaucoup ont dépassé le point critique. Peut-être plus de la moitié.

Après cela, personne ne dit plus rien. Les crachotements du moteur emplissaient le bateau. *Nous nous étions toujours demandé s'il y avait d'autres survivants,* songeait Kira. *L'immunité au RM aurait dû produire à peu près le même pourcentage de rescapés sur les autres continents.*

Est-il vraiment possible que tout le monde soit mort ?

– La question de ce que nous devions faire de vous est ce qui a fini par nous diviser, reprit Samm à mi-voix. Certains voulaient finir de vous exterminer, mais la plupart d'entre nous, comme je l'ai dit, étaient plutôt d'avis de vous sauver. Mais nous n'arrivions pas à nous mettre d'accord sur la manière de le faire. Les disputes se sont... envenimées, c'est le moins qu'on puisse dire. Et puis il y a eu une première vague de décès chez nos dirigeants, et tout s'est dégradé. La Compagnie D est à peu près tout ce qu'il reste des Partials réellement obéissants... les seuls qui aient un lien direct avec l'Alliance.

– Et qu'est-ce que c'est, l'Alliance ?

– Le commandement suprême. Les généraux de l'armée des Partials ; probablement des modèles génétiquement avancés, car aucun d'entre eux n'a succombé. Du moins, aucun n'est arrivé à expiration. Ils étaient huit, hommes et femmes, mais je crois que les rebelles en ont abattu deux, à moins qu'ils ne les aient capturés. (Sa voix se modifia et son expression s'assombrit.) C'est l'Alliance qui a indiqué à la Compagnie D où établir une base et quand approcher les humains.

– J'ai comme l'impression qu'elle n'est pas bien grosse, cette Compagnie D, intervint Marcus. De mieux en mieux : on arrive enfin à passer un accord, et c'est avec un groupe dissident persécuté qui est tout autant dans le pétrin que nous. Ce qui ne peut qu'inciter les autres Partials à nous massacrer.

Le moteur s'éteignit une fois de plus, et cette fois, Jayden eut beau tirer, cogner, taper et jurer, rien ne put le décider à repartir. Samm et Marcus prirent les rames, et bientôt la ligne verte de la côte se saupoudra de blanc : un large port plein de bateaux. Ils atteignirent la première ligne du mouillage en une demi-heure à peine. C'étaient de grands yachts amarrés à bonne distance de la côte, couverts de guano de la proue à la poupe. Kira, dégoûtée par l'odeur de la fiente, plissa le nez.

– J'espérais qu'on pourrait changer de bateau, mais ceux-ci sont inutilisables, dit-elle.

– De toute manière, ils sont trop grands, ajouta Samm en rangeant les rames tandis que leur embarcation se cognait doucement contre une coque souillée. Trop lourds pour avancer à la rame, et je suppose que personne ici ne sait naviguer à la voile. (Tout le monde secoua la tête.) Bon, on peut au moins chercher du matériel.

– D'accord, dit Kira, mais pas sur celui-ci. Je ne veux pas qu'on attrape... la grippe aviaire, ou la gastro des oiseaux ou je ne sais quoi : cette fiente est sûrement pleine de maladies.

Samm acquiesça.

Ils avancèrent jusqu'au bateau suivant, puis celui d'après, en se rapprochant de plus en plus du port, jusqu'à trouver enfin un yacht apparemment assez propre pour qu'ils y embarquent – immonde tout de même, mais un peu moins ; et puis de toute manière, ils n'avaient plus trop le choix. Ils firent le tour jusqu'à l'arrière, où le nom *Bling-Bling III* était presque effacé par l'usure du temps. Marcus s'accrocha à la poupe pendant que Samm montait à bord.

— Attendez-moi ici, dit le Partial.

Sur quoi il descendit dans les profondeurs du voilier, et Marcus se pencha vers Kira.

— Qu'est-ce que tu en penses ? lui glissa-t-il à l'oreille. Tu te fies encore à lui ?

— Il n'a rien fait qui m'incite à changer d'avis.

— Pas directement, non, mais cette histoire, c'était... Je ne sais pas. Ça fait beaucoup de choses à avaler.

— Au moins, c'est plausible, dit Jayden. Nous nous sommes toujours demandé pourquoi les Partials avaient fait demi-tour il y a onze ans, et pourquoi ils ne nous avaient jamais réattaqués depuis. S'ils sont occupés à se battre entre eux, c'est déjà plus compréhensible.

— Quand même, je me méfie toujours, marmonna Marcus. Il y a quelque chose de pas net dans tout ça.

Samm ressortit du cockpit les bras chargés d'objets.

— Mauvaise nouvelle. D'après les papiers que j'ai trouvés à l'intérieur, nous sommes à Echo Bay, pas à Mamaroneck. Nous avons donc dérivé bien plus à l'ouest que je ne le pensais. Il y a une carte, là, qui devrait nous remettre sur les bons rails.

Il tendit ses trouvailles à Kira, qui les rangea dans leur bateau : une carte, une paire de jumelles, des cartes à jouer, un tas de vêtements et de couvertures.

— Je ne me suis pas changé depuis que vous m'avez capturé, dit-il en se débarrassant de son uniforme chiffonné. Et puis ce yacht était d'une saleté repoussante.

Kira ne put s'empêcher de reluquer discrètement son torse et ses bras – qui se révélèrent plus ciselés qu'elle ne l'aurait cru, pour quelqu'un qui venait de passer tout ce temps attaché. Elle détourna les yeux au bout d'une seconde, vaguement honteuse, tandis que le Partial, ne gardant que ses sous-vêtements, plongeait dans l'eau. Elle reçut alors de Marcus un regard qui voulait dire *Tu n'y penses quand même pas!* mais Xochi, elle, ne se gêna pas pour observer la baignade du Partial d'un air enchanté. Il remonta à bord, se sécha de son mieux avec une couverture et enfila des vêtements propres.

Kira déplia la carte afin de localiser Echo Bay dans le détroit.

– Tu as raison, dit-elle. On est bien plus à l'ouest que je ne le croyais. Où se trouve la Compagnie D?

Samm regarda par-dessus son épaule et désigna un point plus à l'est sur la côte.

– Greenwich; comme vous, nous avons bâti notre ville autour d'un hôpital. Apparemment, c'est à une vingtaine de kilomètres d'ici.

– Ça pourrait être pire, commenta Jayden.

– En effet, dit Samm, mais cet itinéraire traverse le territoire des rebelles, ici. (Il montra un point à mi-chemin.) On pourrait chercher un autre bateau et tenter de longer la côte, mais je ne le conseille pas. Notre moteur n'a même pas tenu jusqu'ici, et je crois qu'une tempête se prépare.

– En même temps, je ne tiens pas trop à avancer en plein territoire ennemi, objecta Kira. À cause de ton lien, on ne pourra pas se cacher : dès qu'on sera trop près d'eux, ils sauront exactement où te trouver.

– C'est vrai aussi, reconnut Samm.

– Il nous reste de l'essence, annonça Jayden qui tripotait le moteur. C'est donc une panne mécanique.

– Alors trouvons un nouveau bateau, proposa Kira. Plus longtemps on restera en mer, mieux on se portera. Nos quinze kilomètres à pied d'hier ont failli nous tuer.

Ils sillonnèrent le port à la rame, à la recherche d'une embarcation utilisable, et finirent par en trouver une suspendue au flanc d'un yacht bien plus grand : un canot de sauvetage, peut-être, ou une chaloupe réservée aux urgences. Samm grimpa dedans, retira la bâche déchirée et s'escrima sur le moteur. Celui-ci démarra au quatrième essai, avec un ronronnement bien plus régulier que le premier. Aidé de Marcus et de Jayden, le Partial réussit à détacher le canot pour le laisser tomber à l'eau, après quoi les cinq équipiers y transférèrent toutes leurs affaires. Cette nouvelle embarcation était beaucoup plus petite que la précédente – ils passaient d'une vedette de luxe à une simple chaloupe –, mais il y avait de la place pour tous et le moteur fonctionnait. Marcus prit la barre, les fit sortir du port, et mit le cap à l'est. Tous croisaient les doigts pour se diriger droit vers la Compagnie D.

– Éloigne-toi encore des terres, dit Samm.

Marcus suivit son conseil tandis que le Partial continuait de scruter la terre d'un air soucieux.

– Encore.

– Si je m'éloigne trop, on ne verra plus la côte et on va encore se perdre.

– Je la vois très bien, moi. Ce qui veut dire qu'on nous voit très bien de là-bas aussi. Éloigne-toi, je te dis.

Marcus se rembrunit et lança un regard exaspéré à Kira, mais il obéit. Bientôt, le continent ne fut plus qu'une fine ligne posée sur l'horizon. Samm l'observait avec attention et corrigeait légèrement le cap chaque fois que c'était nécessaire. Kira, Xochi et Jayden, allongés tant bien que mal sur des bancs en fibre de verre à l'avant, tâchaïent de dormir un peu.

Marcus fut le premier à repérer la tempête.

– Depuis combien de temps est-on partis ? demanda-t-il, la main toujours posée sur le gouvernail. C'est normal que le ciel soit si noir de si bon matin ?

– Le vent se lève, aussi, dit Samm. Il fait plus froid qu'il y a quelques minutes.

– J'ai déjà vu des tempêtes de ce genre, ajouta Jayden en se redressant, l'air inquiet. Elles peuvent être très violentes, par ici. Du moins elles en ont l'air, vues de la terre ferme.

– Je mets le cap sur la côte, décida Marcus.

Mais Samm arrêta aussitôt son geste.

– Nous sommes au large du territoire des rebelles, dit-il en consultant la carte. Ce n'est pas raisonnable.

– Tu as vu le ciel ? protesta Marcus en pointant le doigt vers d'épais nuages gris. Ça non plus, ce n'est pas franchement raisonnable, il me semble.

Le clapot qui se formait commençait à secouer le canot.

– À nous tous, on tient à peine dans cette barcasse, renchérit Kira. Si ça se dégrade, on va chavirer.

– Mais il ne faut pas rentrer, insista le Partial. C'est trop dangereux.

– Alors accrochez-vous, gronda Marcus. On va avoir beaucoup plus d'action que prévu.

La tempête leur fonçait droit dessus, et ils fonçaient droit dedans ; Kira sentit de grosses gouttes tombées du ciel s'abattre sur son visage, mêlées aux embruns salés. Ils sortirent leurs couvertures et se blottirent dessous, mais le vent soufflait la pluie presque à l'horizontale. Le ciel s'assombrit et les plongea dans un demi-jour sinistre. La petite barque roulait et tanguait.

– Tant pis, je me rapproche de la côte, décida Marcus en tournant le gouvernail sans laisser à Samm le temps de l'en empêcher. De toute manière, on n'y voit rien avec ce temps de chien. Personne ne pourra nous repérer.

La tempête se déchaîna de plus belle et les gouttes de pluie se muèrent en aiguilles cinglantes. Kira se cramponnait au bordage d'une main et à Xochi de l'autre, persuadée à chaque vague qu'ils allaient passer par-dessus bord. Elle était trempée jusqu'aux os. Il faisait désormais presque aussi noir que durant leur traversée nocturne.

– Rapproche-nous de la côte ! cria-t-elle à Marcus.

Une nouvelle vague souleva la barque, qui s'inclina dangereusement, et Kira serra plus fort le bras de Xochi.

– Je vais droit dessus ! s'époumona Marcus. Du moins je crois : je n'y vois rien. Mais j'ai peur qu'on chavire avant d'y arriver.

– On est trop lourds ! hurla Jayden. Il faut lâcher du lest !

Kira lança son sac à dos par-dessus bord, mais conserva ses armes et resserra la sangle de sa trousse de secours. Xochi fouilla dans son propre sac et celui de Marcus, sauvant un maximum de munitions avant de se débarrasser du reste. Le canot était à présent si violemment secoué dans tous les sens que Kira n'avait plus aucune idée de leur cap ni de leur trajectoire. Soudain, un rocher énorme surgit de la pluie devant eux. Marcus poussa un juron et vira brutalement pour l'éviter, mais un autre mur de pluie le recouvrit et ils se retrouvèrent à nouveau dans la purée de pois. Elle crut voir un arbre à sa gauche – un arbre, en pleine mer ? – mais il disparut si vite qu'elle n'aurait pu jurer de rien. *On doit être proches de la côte*, se dit-elle, *c'est la seule explic...* Et là, une immense forme blanche se matérialisa à côté d'eux, les heurta violemment et faillit renverser leur canot. C'était un autre yacht, qui tirait sur son ancre et fut aussitôt submergé. Une montagne liquide les souleva par-dessous, les projeta presque dans les airs, et Kira s'entendit hurler avant d'être suffoquée par la pluie et l'eau de mer qui les éclaboussaient par le côté. Le fond de la barque était empli de tourbillons furieux, mais ils flottaient toujours.

– Tenez bon ! cria-t-elle.

C'était un conseil aussi évident qu'inutile, mais elle se sentait si impuissante qu'elle avait besoin de dire quelque chose. Le vent qui rugissait à ses oreilles propulsait des formes inquiétantes autour d'eux derrière les rideaux de pluie. Un autre yacht recula et les manqua de justesse, après quoi ils furent une fois de plus perdus dans les limbes hurlants de la pleine mer.

Marcus criait quelque chose, mais elle n'entendait pas quoi. Il pointa le doigt et elle se tourna pour regarder ; la pluie tombait si fort qu'elle y voyait à peine, et les gouttes étaient si dures et violentes qu'elle avait même le plus grand mal à garder les yeux ouverts. Elle vit trop tard ce qu'il montrait – mais de toute manière elle n'aurait pas pu faire grand-chose : une gigantesque vague noire, haute comme un immeuble, se précipitait sur eux latéralement. Elle eut tout juste la présence d'esprit de prendre sa respiration ; immédiatement après, la vague s'abattit et le monde disparut.

L'espace perdit tout son sens : il n'y avait plus ni haut ni bas ni droite ni gauche, rien que de la force, de la pression, de l'accélération. Elle était broyée dans un néant glacial et tourbillonnant. Elle lâcha le bras de Xochi, puis le retrouva et s'y accrocha désespérément : c'était le seul objet solide restant au monde. La vague l'entraîna plus loin, l'aspira dans le vide informe, jusqu'au point où elle crut ses poumons prêts à exploser. Soudain elle fut suspendue dans les airs, d'où elle dégringola aussitôt. Elle respira juste à temps avant de heurter un mur liquide qui lui coupa à nouveau le souffle. Elle se raccrochait farouchement au bras de son amie, sans jamais le lâcher, car elle avait la certitude irrationnelle que c'était la seule chose qui la maintenait en vie. La deuxième vague passa et Kira émergea pour aspirer désespérément une longue goulée d'air mêlé d'eau de mer. Elle s'étrangla, respira encore. Une nouvelle vague s'abattit sur elle, puis plus rien.

Des rochers. De la chaleur. Kira s'éveilla en sursaut et tâcha de comprendre où elle était, désorientée par ce passage sans transition de l'océan furieux à la terre ferme. Elle toussa et cracha une eau visqueuse et salée.

– Tu es en vie, fit une voix.

Samm.

Regardant autour d'elle, Kira découvrit qu'elle se trouvait sur un terrain marécageux, à côté d'un muret de pierre. Samm, agenouillé derrière, regardait dans les jumelles. Au-delà du muret, la mer était calme et immobile.

– On est à terre, constata Kira, qui s'efforçait toujours de comprendre. Que s'est-il passé ? Où sont les autres ? demanda-t-elle, soudain paniquée.

– Là-bas, répondit Samm en pointant le doigt vers une langue de terre posée devant eux sur la mer.

Kira rampa jusqu'à lui – ses jambes étant trop faibles pour qu'elle se lève – et s'aida de ses mains pour se redresser contre le muret.

– Tu vois ce gros bâtiment ? Un peu à droite. (Il lui tendit les jumelles.) Je n'étais pas certain au début, mais si, c'est bien eux.

Kira chercha l'édifice qu'il lui avait indiqué, puis fit lentement défiler le paysage. Elle distingua soudain un mouvement et se fixa dessus : trois personnes. Elle ne les voyait pas clairement, mais elle était presque certaine de reconnaître leurs vêtements.

– Alors on est tous sains et saufs, souffla-t-elle en regardant celui qu'elle pensait être Marcus. Je me suis raccrochée à quelqu'un sous l'eau. Je croyais que c'était Xochi.

– C'était moi, répondit simplement Samm, qui scrutait toujours l'horizon.

Kira s'accroupit à côté de lui.

– Qu'est-ce que c'est, là-bas ? Une île ?

– Non, une presqu'île. Apparemment, la tempête nous a déposés exactement là où nous voulions aller... mais en deux groupes séparés par cette baie. Enfin, on ne va pas trop se plaindre.

– On est à Greenwich ?

– Pas loin. Si je ne me trompe pas, tes amis sont plus près du but que nous.

– Il faut leur faire signe, dit Kira. Ils nous cherchent sur la mer... ils ne savent pas qu'on est ici.

– Trop dangereux. Même si on pouvait se faire entendre jusque là-bas en criant, tout Partial qui serait dans les parages nous entendrait avant eux... et nous trouverait avant, aussi.

– Mais on ne peut pas les laisser dans l'ignorance.

– S'ils sont malins, ils se dirigeront vers l'intérieur des terres pour chercher des indices et tâcher de comprendre où ils sont. De notre côté, nous pouvons aller à leur rencontre en contournant la baie.

– On pourrait aussi trouver une autre barque et traverser à la rame...

– Absolument pas, dit fermement Samm. Nous sommes proches de Greenwich, mais plus à l'ouest, c'est-à-dire en territoire ennemi. Les rebelles surveillent ces eaux pour guetter la Compagnie D : la seule raison pour laquelle ils ne nous ont pas vus arriver, c'est que la tempête nous a dissimulés. Si nous partons à la rame, nous sommes certains d'être repérés.

– Et eux, alors ?

– Ils ne seront pas remarqués s'ils font attention et avancent à couvert. En fait, ils sont plus en sécurité que nous : mon lien me trahira automatiquement à tout autre Partial présent dans les parages, alors que vous, les humains, vous êtes quasiment invisibles. Comme personne ne s'attend à trouver des humains sur le continent, personne ne les cherche ; nous nous reposons trop sur le lien. En restant prudents, tous les trois, ils peuvent traverser toute la zone sans se faire prendre.

– Tant mieux pour eux, dit Kira qui observait toujours ses amis à la jumelle. Et nous, comment allons-nous faire pour échapper aux rebelles ?

Samm souleva une couverture imbibée d'eau, une de celles qu'il avait trouvées dans le yacht, et entreprit de la déchirer en bandelettes.

– Les données du lien sont transmises principalement par notre souffle. En me couvrant bien le nez et la bouche, je devrais pouvoir masquer ma présence. Du moins, un peu.

– Tu pourras quand même respirer ?

– C'est pour ça que la solution n'est pas parfaite. Les masques à gaz non plus, mais c'est déjà bien mieux. J'ignore dans quelle mesure les rebelles sont au courant de notre mission à Manhattan, mais il est possible que la situation se soit envenimée depuis, et si c'est le cas, leurs éclaireurs seront masqués. C'est d'eux qu'il faudra se méfier le plus, car je ne pourrai pas détecter leur présence à distance.

Il enroula le tissu noir trempé autour de son visage en prenant soin de couvrir son nez et sa bouche, et fit un nœud serré derrière sa tête. Il inspira profondément pour essayer son masque improvisé, puis attacha une seconde bandelette sur la première pour le renforcer.

– Ça devrait fonctionner un petit moment, dit-il d'une voix assourdie et déformée.

Kira hocha la tête, et il l'entraîna à travers le marécage, qui était en réalité le jardin d'un ancien manoir. Elle regrettait d'avoir perdu ses armes dans la tempête : l'idée de rencontrer des Partials sans les avoir sur elle ne lui disait rien qui vaille.

Il s'avéra que le manoir était bâti sur un petit promontoire circulaire, entouré d'eau et relié à la côte par une succession d'allées étroites. Ils les longèrent l'une après l'autre en courant, le dos courbé, se précipitant chaque fois dans les feuillages les plus proches le temps de voir s'ils avaient été repérés. Si d'autres Partials les observaient, en tout cas, ils ne se montraient pas. Kira jetait des regards vers le port chaque fois qu'elle le pouvait dans l'espoir d'apercevoir ses amis perdus, mais eux aussi étaient cachés. Elle doubla l'allure, bien décidée à contourner la baie et à les retrouver avant qu'ils ne soient partis trop loin.

Une fois qu'ils eurent quitté le promontoire, Samm lui fit traverser un petit chantier naval plein de vieilles carcasses de bateaux et de rails mangés par la rouille qui menaient jusqu'à l'eau. Au-delà, il y avait les vestiges d'un parc, évidemment envahi par le kudzu, mais où Kira calcula qu'on aurait pu planter un champ de maïs de belle taille. Elle s'étonna que les Partials n'en aient rien fait, mais se dit qu'une zone de guerre n'était sans doute pas le meilleur emplacement pour des cultures. Et puis, d'après ce qu'elle comprenait, elle n'était ici qu'aux marges de la civilisation des Partials. Leurs fermes se trouvaient peut-être plus au nord ? À moins qu'ils ne se nourrissent par un autre moyen qu'elle ne devinait pas ? Soudain, elle se sentit frustrée d'en savoir si peu sur eux : elle se trouvait en territoire inconnu et devait s'en remettre à l'ennemi qu'on lui avait appris à haïr depuis toute petite. L'ennemi qui avait fait d'elle une orpheline. La raison pour laquelle elle savait déjà tirer à huit ans.

Es-tu bien sûre de savoir ce que tu fais ?

Samm et elle s'éloignèrent du bord de l'eau et pénétrèrent dans le parc boisé, où ils seraient plus difficiles à voir. Le Partial se déplaçait rapidement mais avec prudence, le regard toujours en mouvement, surveillant non seulement leurs flancs mais aussi le sol et les arbres. Kira adopta le même pas que lui, guettant les pièges, évitant les branches tombées. Ils passèrent devant un funérarium, qu'elle observa avec recueillement. La mort semblait planer dans l'air.

Derrière le parc passait une autoroute, qui formait comme une saignée dans la forêt. Samm regarda à droite et à gauche : la chaussée, plate vers l'ouest, gravissait une petite butte du côté est.

— On ira plus vite en marchant dessus qu'à côté, dit-il. Cette route ne traverse pas la ville, elle passe en périphérie : elle n'est peut-être pas surveillée.

— Est-ce qu'elle nous permettra de rejoindre Marcus et les autres ?

— Eux aussi devront la traverser, oui. Si mes souvenirs sont bons, la presqu'île débouche à cet endroit. (Samm indiqua un point, assez loin vers l'est, où la voie s'incurvait.) S'ils ne sont pas déjà passés, on les retrouvera là-bas.

Ils partirent en courant pour rattraper le temps perdu ; la chaussée reposait sur plusieurs couches d'asphalte, si bien que rien n'avait poussé au travers. Personne ne croisa leur chemin, ni devant ni derrière. Ils attaquèrent bientôt la montée, et Kira se rendit compte avec stupéfaction que le paysage ne suivait pas : ce n'était pas une butte, mais l'autoroute qui était surélevée. Plusieurs voies plus petites passaient en dessous.

– Stop ! dit-elle. C'est trop loin, on les a sûrement déjà ratés.

– C'est ce que j'étais en train de penser.

– Il faut absolument qu'on les retrouve.

Mais Samm secoua la tête.

– Nous sommes presque à la base de la Compagnie D. Mieux vaut y aller directement et envoyer une équipe à leur recherche : elle sera plus efficace que nous pour les localiser.

– Sauf si quelqu'un d'autre leur tombe dessus avant. On ne peut pas les laisser se faire cueillir par les rebelles.

Elle regardait par-dessus le parapet pour tenter de voir entre les arbres, en contrebas.

– Je ne pense pas que ce sera le cas, dit Samm en tapotant son masque.

Le lien.

– Alors vas-y, va à la base. Moi, pendant ce temps-là, je cherche Marcus. Ton équipe pourra me retrouver aussi bien que lui.

— On ne peut pas se séparer à nouveau, insista Samm.

Son masque improvisé rendait sa voix presque inaudible. Pour la première fois depuis qu'ils avaient touché terre, il semblait inquiet, et son angoisse était contagieuse.

— Qu'est-ce qu'il y a ?

Elle entendit alors un grondement de moteur, lointain, entre les arbres. Elle blêmit.

— Vous conduisez des voitures, aussi ?

— Électriques pour la plupart, mais oui, il nous arrive encore de rouler à l'essence. Il y a une raffinerie plus au nord.

Kira scrutait l'autoroute et s'efforçait de situer l'origine du bruit.

— Derrière nous ?

— Je crois. Courons !

Il s'élança.

— On n'a pas le temps, dit Kira qui regardait toujours par-dessus le parapet. Il faut descendre.

Ils étaient au moins à six mètres de hauteur, mais les arbres étaient serrés et elle pensait pouvoir s'y accrocher.

— Non, impossible ! protesta énergiquement Samm. Il faut avancer.

— Les moteurs se rapprochent, je te dis qu'on n'a pas le temps...

— Il y a des rebelles en bas, chuchota-t-il farouchement.

Kira tomba à genoux et se recroquevilla derrière le parapet.

— Tu es lié à eux ?

— Je ne peux rien y faire.

Donc, ils savent que nous sommes ici. Kira observait ses yeux. *Nous sommes désarmés. Impossible de se battre. Et l'ennemi sait où nous sommes.*

Sait-il aussi où sont mes amis ?

— Quelle distance ?

Samm fit la grimace.

— Ce n'est pas très précis quand c'est étouffé comme ça, mais je sais qu'ils sont tout proches. Soixante-dix, quatre-vingts mètres.

— Je trouve ça plutôt précis, moi. Tu crois qu'ils nous ont entendus parler ?

Samm fit signe que non.

— Ils sont en alerte, mais peut-être pas pour nous. Aucun moyen de le savoir tant qu'ils ne seront pas plus près, et si j'ai tort, ce sera trop tard.

Kira frappa le béton de la main et jura entre ses dents. *Je ne les laisserai pas se faire prendre.* Elle inspira à fond, se maudit de sa stupidité et se leva.

— On descend.

— Pas question.

Elle trottina jusqu'au point le plus proche d'un arbre, observa les taillis plusieurs mètres plus bas et grimpa sur le parapet. Samm voulut la tirer en arrière, mais elle le repoussa.

— Je n'abandonnerai pas mes amis, affirma-t-elle. Soit tu viens avec moi, soit tu pars chercher de l'aide.

Elle se mit prudemment debout sur le muret et tâcha d'évaluer la distance qui la séparait de l'arbre. *Deux mètres, peut-être même trois. C'est beaucoup pour un saut au niveau du sol, mais de cette hauteur, j'aurai le temps de la chute en plus pour gagner quelques centimètres...*

Ce qui n'est pas très encourageant.

– Ne fais pas ça, Kira.

Elle sauta.

Les mains largement écartées, elle enlaça de ses bras la plus grosse branche qui se présenta, glissa, se rattrapa par les coudes et se balança violemment en dessous ; l'écorce rugueuse lui râpait la peau, des branchettes s'enfonçaient dans ses vêtements. L'arbre fut agité par une nouvelle secousse, et elle vit que Samm l'avait suivie. Elle sourit.

– Merci.

– Tu es complètement folle, grommela-t-il.

– On me le dit souvent.

Ils descendirent rapidement tandis que le bruit de moteur se rapprochait encore. Ils s'aperçurent bientôt qu'ils n'entendaient pas un véhicule mais deux, puis trois, puis quatre. Kira sauta au sol et se précipita sous le pont autoroutier pour se recroqueviller dans l'ombre d'un gros pilier en béton. Samm se jeta par terre à côté d'elle et ils écoutèrent les voitures passer au-dessus de leurs têtes. Celles-ci poursuivirent leur route en direction de l'est et leur grondement s'assourdit lentement dans le lointain.

Kira siffla doucement.

– C'était moins une.

– Tu n'as encore rien vu, dit Samm sur un ton raide et tendu.

– Tu t'es fait mal ?

– Non, c'est juste... rien. Et maintenant ?

– Ils ne me sentent pas arriver, n'est-ce pas ? Donc, je vais en attaquer un par-derrière et lui prendre son arme.

— Ils ne te sentent pas par l'intermédiaire du lien, Kira, mais tu n'es pas complètement invisible pour autant.

— Et toi, que perçoivent-ils de toi ? Tes pensées ? Tes intentions ?

— Pas exactement. Plutôt l'état de santé, la proximité, l'état émotionnel, ce genre de choses. Je ne peux rien apprendre sur eux qui puisse t'aider à en surprendre un.

— Je ne te demande pas de lire dans leurs pensées, répondit Kira en scrutant la large bande herbeuse qui s'étendait sous l'autoroute. Je veux que tu me serves d'appât.

— Holà, minute ! Tu parles sérieusement ?

— T'inquiète, je l'arrêterai à temps. (Elle lui fit un grand sourire.) Tu dis toujours qu'ils se reposent trop sur le lien, non ? Donc, si le lien leur indique qu'un Partial se cache derrière un poteau, ils ne regarderont même pas derrière l'autre.

Kira vit qu'il respirait plus vite et que des tics nerveux le faisaient tressaillir.

— Mais aussitôt que tu en auras agressé un, le lien donnera l'alerte aux autres.

— Alors on frappe vite et on disparaît avant qu'ils n'arrivent. (Elle le tira plus loin derrière le pilier.) Je sais que c'est risqué, mais mes amis courent un danger tout aussi grand... voire plus grand, parce qu'ils ne t'ont pas, eux. C'est jouable, tu sais, ajouta-t-elle d'une voix plus douce.

— C'est super, tout ça, mais tu me parles de tendre un piège à un éclaireur : un soldat justement entraîné et équipé pour éviter tous les pièges. Il ne tombera pas dans le tien.

– Moins fort, chuchota Kira. Il y est déjà tombé, regarde.

Samm coula un regard prudent derrière le pilier pour voir ce qu'elle lui montrait, replongea aussitôt en arrière et colla sa bouche contre son oreille.

– Quarante mètres.

– Il a dû nous entendre descendre de l'arbre. Je ne pense pas qu'il nous ait vus : il n'essaie pas de se cacher, il vient juste vérifier ce qui se passe. (Elle pointa le doigt vers l'autre côté du pont autoroutier.) Rampe jusque là-bas. Il te verra et passera juste devant moi.

Samm était rigide, comme si chacun de ses muscles était tétanisé ; cela faisait un moment qu'il avait cette attitude. *Je n'ai pas le temps de regarder s'il est blessé, l'autre Partial est trop proche*, pensa Kira.

– Tu es sûr que tu vas bien ?

– Ça va, répondit-il d'un ton bourru.

Il partit en rampant dans les taillis pour rejoindre le pilier d'en face, et de là continua vers le suivant, du même côté. Kira hocha la tête, impressionnée par sa tactique. *Ainsi, l'éclaireur rebelle passera moins près de mon pilier à moi, et risquera moins de regarder derrière*, comprit-elle. Samm avait des mouvements raides, presque douloureux, et elle se demanda une fois de plus s'il s'était fait mal en sautant jusqu'à l'arbre. *Mais non... Il était déjà bizarre sur la route, là-haut. Qu'est-ce qu'il a ?*

– Pas un geste ! dit quelqu'un.

Kira fut stupéfaite d'entendre une voix féminine. Elle se figea sur place en priant pour que son plan fonctionne et que la Partial ne remarque pas sa présence. Samm aussi s'immobilisa, à quatre pattes dans les herbes folles. Il ne dit rien. Kira entendit des pas, et retint son souffle lorsque l'inconnue passa juste devant son pilier pour s'approcher de Samm. De près, il était évident que c'était une fille : elle avait la taille fine, les hanches et la poitrine arrondies, un chignon noir de jais remonté au-dessus de la sangle de son masque filtreur. Ses yeux étaient nettement bridés, comme ceux d'une Asiatique, ce qui stupéfia Kira : les Partials avaient été fabriqués pour combattre des Chinois. Pourquoi en fabriquer un que ses camarades risquaient de confondre avec l'ennemi ? La fille braqua dans le dos de Samm une arme menaçante, dont le canon était garni d'un gros cylindre noir : un silencieux. Kira reconnut là un fusil de précision.

L'inconnue n'était qu'à quelques mètres à peine, peut-être deux grands pas si Kira s'élançait – avec un peu de chance, son adversaire n'aurait pas le temps de réagir. Elle se prépara à bondir. Elle avait fait un peu de combat rapproché à l'école, mais pas beaucoup : les Forces de défense partaient du principe que si un Partial se tenait aussi près de vous, vous étiez déjà perdu, étant donné leur puissance physique. Kira espérait qu'elles se trompaient. Toujours accroupie, elle se haussa sur la pointe des pieds.

– Pas un mot, dit Samm, d'une voix tendue, comme s'il avait la mâchoire serrée au maximum. Ne dis rien.

D'une main, il se couvrit le nez et la bouche. Kira se leva, calant soigneusement ses pieds au sol, bandant ses muscles avant de charger.

Dans le bas du dos, se dit-elle. *Frappe bas et fort. Ensuite, tu lui bloques les bras et tu la cognes à la base du crâne pour l'assommer...*

– Samm, souffla alors l'inconnue.

Kira en resta clouée sur place.

Elle connaît son nom ? C'est à cause du lien ?

Ou bien sont-ils de la même compagnie ?

– Pas un mot, répéta Samm.

Mais dans la tête de Kira, c'était déjà la tempête : elle reliait les informations, faisait des déductions. Si cette fille le connaissait, c'est qu'ils appartenaient à la même faction, et donc que les soldats des alentours étaient des camarades de Samm. Ses propres officiers. Il avait confirmé que le lien servait aussi à renforcer la chaîne de commandement : les autres percevaient sa présence et lui ordonnaient de réagir. C'était donc pour cela qu'il était si raide dans ses mouvements ! Il mobilisait toute son énergie pour leur résister.

Mais pourquoi se cache-t-il des siens ?

L'inconnue s'approcha de lui sans cesser de viser son dos.

– Parle-moi, Samm. On croyait qu'ils t'avaient capturé.

Il baissa la tête et faillit s'effondrer au sol. *Il ne va plus tenir très longtemps*, songea Kira. *Go !*

Elle se propulsa de toutes ses forces, la tête et les épaules en avant, de manière à la heurter violemment dans le bas du dos.

Mais là, la fille fit volte-face.

Kira était trop proche pour que le long fusil puisse servir en tant que tel ; en revanche, la Partial l'abattit comme un gourdin. La lourde crosse la cogna violemment à la tempe, juste au moment où elle enserrait de ses bras la taille de l'autre pour la plaquer solidement au sol. Toutes deux poussèrent un cri de douleur au moment de l'impact, mais Kira était encore étourdie par le coup de crosse et la Partial fut la première à se ressaisir. Lâchant son arme, elle maîtrisa son assaillante avec froideur et efficacité, lui retournant un bras dans le dos et enfonçant un genou dans son ventre. Kira se débattit énergiquement en la griffant au visage et au cou ; elle faillit même lui échapper, et se tortilla juste assez pour ne pas être complètement neutralisée. Mais soudain, elle sentit le contact métallique et froid d'une lame contre son cou, et la fille lui parla calmement à l'oreille.

– Ne bouge plus.

Kira obéit ; il n'y avait plus rien à faire. Avec deux secondes d'avance, peut-être aurait-elle pris le dessus, mais la Partial avait anticipé son attaque-surprise.

– Lâche-la, Heron, elle est avec moi.

– Elle n'a pas de lien.

– C'est une humaine.

Heron répondit d'une voix étonnée, mais sans desserrer sa poigne.

– Tu en as capturé une ? La mission a donc réussi ? Où sont les autres ?

Capturé une ? Kira repoussa la main avec laquelle la fille lui serrait le cou et cria fortement, pour tous les deux :

– Qu'est-ce qui se passe, bon Dieu ?

– Ils sont morts, dit Samm en s'approchant de Heron, mais ce n'est pas ce que tu crois. Tu peux la lâcher, il n'y a rien à craindre. Elle est avec nous.

Kira n'en croyait pas ses oreilles.

– Tu avais tout prévu depuis le début? demanda-t-elle. Toute cette histoire, c'était une ruse pour m'amener ici?

– C'est plus compliqué que ça, s'empressa-t-il de répondre. (Il avait arraché son masque.) Heron, je te dis de la lâcher, elle est venue de son plein gré!

– Alors il n'y a jamais eu de proposition de paix? Ta prétendue trêve, c'était bidon?

Kira, submergée par la honte et la colère de lui avoir fait confiance, sentait la chaleur l'envahir, les larmes lui monter aux yeux.

Heron sourit.

– Une trêve? Tu m'impressionnes, Samm. Tu devrais peut-être faire carrière dans l'espionnage.

Soudain, Kira entrevit du coin de l'œil un éclair de lumière : un reflet sur une seringue hypodermique. Elle n'eut même pas le temps de crier que l'aiguille s'enfonça dans son cou. L'effet fut presque instantané : ses paupières s'alourdirent, son esprit sembla se voiler, se distordre. Le monde devint opaque et noir, et Kira eut une dernière pensée avant de perdre connaissance.

Je vais mourir.

Chapitre 31

Bip. Pschhhhh.

Bip. Pschhhhh.

Kira était lourde. Avant de percevoir quoi que ce soit d'autre, elle ressentit sa propre pesanteur, son corps trop faible pour esquisser le moindre geste. Elle était allongée.

Bip. Pschhhhh.

Il y avait un bruit, régulier et doux, quelque part près de sa tête. Près ? Oui, elle en était sûre. Elle ignorait où elle se trouvait, mais en tout cas ce bruit était proche. Elle tenta de faire rouler sa tête sur le côté, mais son cou refusa de bouger ; elle tenta d'ouvrir les yeux, mais ses paupières étaient en plomb.

Bip. Pschhhhh.

Il y avait un autre son, comme un bourdonnement indistinct, à l'arrière-plan de sa perception. Elle se concentra dessus, tenta de l'analyser, de le comprendre. Des voix. Un murmure.

— ... le sujet...

— ... trace de brûlure...

— ... testée positive...

C'était d'elle qu'on parlait. Mais où se trouvait-elle donc ?

Bip. Pschhhhh.

Dans un hôpital. Le pont autoroutier, la trahison de Samm, la fille, Heron, lui injectant quelque chose, tout cela lui revint en mémoire. Était-on en train de la soigner ? Ou de l'étudier ?

– ... entièrement normal, sauf...

– ... prêts à procéder à...

– ... préparer la première incision...

Kira déplaça sa main : un effort herculéen, comme pour traîner dix tonnes de chair et d'os sur dix centimètres de table. Les voix se turent. Son poignet fut arrêté, retenu par une sangle de cuir ; elle en sentait une aussi sur son autre poignet. Elle était attachée.

– Elle a bougé. Vous ne l'aviez pas mise sous sédatifs ?

Kira ouvrit un œil et le referma aussitôt, éblouie par une vive lumière blanche. Il y eut un frottement et un tintement métallique.

– Enlevez-lui ça de la figure, elle se réveille.

La voix de Samm.

Cherchant à ouvrir la bouche, elle prit soudain conscience de la présence d'un tube de plastique qui appuyait sur sa langue et descendait dans sa gorge. Elle suffoqua, toussa, se retint de vomir, et le tube glissa tel un long serpent lisse. Elle s'étouffa encore, déglutit, entrouvrit à nouveau un œil.

Samm se tenait au-dessus d'elle.

– Toi ! cracha-t-elle. Espèce de salaud !

– Il faut commencer, fit une voix.

– Arrêtez tout, dit Samm. Elle est réveillée !

– Alors on la remet sous sédatifs. Et on augmente la dose, cette fois.

— Salaud ! répéta-t-elle en s'étranglant.

Elle y voyait mieux, à présent que ses yeux s'accoutumaient à la lumière. Elle était entourée de femmes en blouse d'hôpital et masque chirurgical. Et elle se trouvait dans une sorte de salle d'opération, mais celle-ci ne ressemblait à rien de ce qu'elle avait connu. Des bras métalliques, qui descendaient du plafond telles les pattes d'un insecte géant, tenaient des scalpels, des seringues et une douzaine d'autres instruments à quelques centimètres de son visage. Les murs diffusaient une lumière sourde et colorée… Des écrans ! Les murs entiers étaient des écrans géants, animés de graphiques, de diagrammes et de chiffres qui défilaient. Elle y vit son rythme cardiaque, fine ligne brisée dont les pics épousaient parfaitement les battements de son cœur ; elle vit sa température, son taux d'oxygène sanguin, sa taille et son poids mesurés au millième près. Tournant la tête de l'autre côté, elle vit son propre visage, récuré et coiffé d'une charlotte en plastique, ainsi que son corps dénudé, sanglé sur la table métallique. Et ses yeux écarquillés de frayeur. Elle réprima un cri, et l'image fit de même : son visage, agrandi à la taille du mur, se tordit dans un rictus terrifié. La retransmission vidéo en direct de ses derniers instants de vie emplissait la pièce, tel un film d'horreur. Elle paniqua ; sa respiration s'accéléra ; son cœur tambourina de plus belle ; les graphiques s'affolèrent et tracèrent des montagnes d'un mètre de haut sur les murs.

— Je suis désolé, lui dit Samm. J'ai essayé de leur dire que tu étais venue de ton plein gré…

— On ne vous a jamais demandé d'amener une volontaire, intervint une voix sévère.

Une femme s'avança. Son masque bleu dissimulait le bas de son visage, mais ses yeux couleur vert-de-gris étaient froids et insensibles.

— Vous avez réussi là où votre escadron entier a échoué. Ne perdez pas tout votre crédit en interférant avec notre travail.

Samm se tourna à nouveau vers Kira.

— Ils m'ont demandé d'être présent, pour te parler, pour que tu aies une personne de confiance...

— Je ne te fais pas confiance ! cria-t-elle.

Sa voix résonna dans la salle d'opération, éraillée et rauque.

— Je t'ai aidé ! continua-t-elle. Je suis venue à ton secours ! Je te croyais ! Toutes ces belles paroles sur le fait de survivre ensemble ou pas du tout... ce n'étaient que des mensonges ?

— Je te disais la vérité. À notre arrivée sur le continent, j'ai fait mon possible pour te protéger le temps de pouvoir leur expliquer... leur dire que tu étais venue pour nous aider.

— Alors, qu'on me libère ! lança-t-elle dans un sanglot.

Sur le mur, le visage géant sanglotait avec elle, comme pour tourner en dérision son désespoir. Elle bougea les jambes, lutta contre les sangles ; elle tira sur ses bras dans un effort vain pour couvrir sa poitrine et son entrejambe. Elle se sentait exposée, vulnérable, impuissante.

— Sors-moi d'ici.

Le visage de Samm redevint rigide et concentré, comme avant… Kira vit presque son corps se statufier tandis que le lien prenait le contrôle, le forçait à obéir à ses supérieurs.

– Je… je ne peux pas. (Il poussa un soupir, sembla cesser de lutter, et ses muscles se détendirent.) Je ne peux pas. J'obéis aux ordres, conclut-il d'un air sombre.

– C'est bien, dit la femme.

Elle fit un pas en avant, et l'un des bras métalliques suivit son mouvement pour braquer une forte lumière dans les yeux de Kira, qui fut de nouveau aveuglée.

– Samm dit que vous êtes venue de votre plein gré.

– C'est vrai. Je suis venue pour vous aider.

– Et vous imaginez que votre technologie moyenâgeuse a la moindre valeur pour nous ? C'est à peine si vous comprenez votre propre fonctionnement génétique, sans parler du nôtre.

– Ça n'a plus d'importance, ce n'étaient que des mensonges.

– En partie, convint la femme. Et une partie était la vérité. Je m'étonne que Samm vous ait parlé de notre situation critique, de notre « date d'expiration », mais cela au moins était vrai. C'est la raison de votre présence ici.

– Je suis médecin, expliqua Kira. Je concentre mes recherches sur la pathologie et la reproduction, afin de trouver un traitement contre le RM. Je peux mettre ce savoir à profit dans votre intérêt.

– Vos études humaines ne valent rien. Je vous assure que nos besoins sont d'une nature tout à fait différente.

– J'ai aussi étudié Samm. Pas comme ceci…

Elle s'interrompit soudain en réalisant à quel point l'expérience vécue par Samm, au contraire, avait ressemblé à sa situation actuelle. En bien pire.

– Mes semblables ne l'ont pas bien traité, dit-elle lentement, et j'en suis navrée, mais je l'ai aidé. Je n'ai mené que des tests non invasifs. J'ai fait preuve d'humanité.

La femme eut un sourire narquois.

– Humanité ? Ce simple mot est insultant.

– Vous avez une déficience génétique dont nous sommes exempts, insista Kira. En revanche, vous êtes insensibles au RM alors que nos bébés ne le sont pas. Nous avons besoin les uns des autres, vous et nous.

– La dernière fois que les Partials et les humains ont essayé de travailler ensemble, ça n'a pas été un franc succès, trancha la femme. Je pense que nous allons nous débrouiller tout seuls, merci.

Un autre bras métallique vint se mettre en place : une seringue hypodermique brillait à son extrémité. Kira voulut protester, mais l'aiguille jaillit comme le dard d'un scorpion.

Chapitre 32

L'aiguille s'enfonça dans la poitrine de Kira : une piqûre intense qui fut presque aussitôt estompée par un engourdissement progressif, caractéristique d'une anesthésie locale par infiltration.

– Vous ne pouvez pas me rendormir, insista Kira en tâchant de paraître plus forte qu'elle ne l'était.

Le médecin aux yeux vert-de-gris secoua la tête.

– Nous ne sommes pas en train de vous endormir, jeune fille. Nous vous préparons pour ceci.

De sa main gantée de blanc, elle brandit une seringue, bien plus grosse que la première, munie d'une aiguille longue de presque dix centimètres. En la voyant, Kira frémit et se recroquevilla autant que ses sangles le lui permirent.

– N'ayez pas peur, dit la femme d'une voix toutefois dénuée de toute compassion. Cet anesthésiant est très efficace : vous ne sentirez rien. Il est important que vous soyez consciente lors de ce test, afin que nous puissions observer vos réactions. Nous voulions pratiquer une opération avant, mais puisque vous vous êtes réveillée plus tôt que prévu, autant commencer tout de suite.

Elle se détourna, et un autre bras du robot-araignée s'abattit pour piquer Kira à la cuisse et prélever un échantillon de sang dans une seringue en verre translucide.

Le cœur de la jeune fille battait à tout rompre.

– Qu'est-ce que c'était que ça ?

Le médecin, qui observait un des écrans muraux, lui répondit négligemment par-dessus son épaule.

– Puisque vous vous êtes révélée résistante à nos sédatifs, nous allons analyser votre sang afin de vous préparer un cocktail sur mesure. Nous avons besoin que vous demeuriez consciente pour l'instant ; en revanche, mieux vaudrait que vous ne repreniez pas connaissance pendant le prochain test.

Kira luttait contre ses larmes : une impulsion irrationnelle l'incitait à ne pas laisser ces monstres la voir pleurer. *Je suis plus forte que les épreuves.* Elle perçut des mouvements à la périphérie de son champ de vision, et se raidit lorsqu'une forme fluide lui cacha soudain la lumière. Elle réprima un hurlement de terreur, mais l'ombre se stabilisa au-dessus d'elle : c'était Samm, qui la couvrait d'un drap.

– Son thorax doit être exposé pour l'injection, objecta le médecin d'un ton cassant.

– Eh bien vous replierez le drap. Si elle doit rester éveillée, accordons-lui au moins un peu de dignité.

La femme prit le temps d'observer Samm, paupières plissées, puis hocha la tête.

– Comme vous voudrez.

Il se pencha alors sur Kira pour lui parler tout bas.

– J'ai tenté de joindre mon capitaine par radio, mais cette femme – le docteur Morgan – est indépendante de la hiérarchie : elle est en mission spéciale pour l'Alliance. Ce sera difficile de l'arrêter.

– Va te faire voir, cracha Kira.

Samm baissa les yeux et s'éloigna en silence.

Kira entendait les autres femmes médecins converser à voix basse tout en manipulant un des panneaux muraux du bout des doigts.

– ... d'autres sujets... phéromone... RM...

Kira dressa subitement l'oreille et concentra toute son attention sur ce qui se disait. Bien qu'elle ne voie pas ce que les femmes regardaient, elle commença à distinguer plus clairement leurs propos.

– ... la lui injecter, et voir comment elle réagit. Nous voulons observer le délai d'absorption de la particule, l'étendue et la portée de son action, et repérer la moindre trace d'activité nécrotique.

Elles font leurs derniers préparatifs, songea Kira. *Mais que vont-elles m'injecter ?*

Le docteur Morgan soupesa la grosse seringue et se retourna face à Kira ; les autres vinrent se placer autour de la table. L'araignée médicale pivota pour se mettre en place et positionna ses pinces, tenailles, lampes et scalpels au-dessus d'elle – hérissée d'ustensiles menaçants, véritable cauchemar métallique. Comme les doctoresses se détachaient du mur, Kira vit les images qu'elles venaient d'étudier... et les reconnut sur-le-champ : d'un côté une représentation agrandie du Prédateur – la forme du RM qui était apparue dans le sang du nouveau-né –, et de l'autre le Dormeur, la particule qu'elle avait trouvée dans les poumons de Samm et qui présentait de nombreuses similitudes avec la structure du Prédateur.

Le docteur Morgan tira sur le drap pour exposer le haut de sa poitrine.

– Nous avons des raisons de penser que ceci va vous rendre très malade très rapidement. (Elle tenait la seringue au-dessus de son cœur.) Nous contrôlerons en permanence vos signes vitaux, bien sûr, mais il faudra que vous nous disiez tout ce que vous ressentez d'autre : douleurs articulaires, respiration oppressée, perte de la vision ou de l'ouïe. Toutes les précisions sensorielles que nos instruments ne peuvent détecter ou interpréter.

– Vous m'injectez le Dormeur, souffla Kira qui sentait déjà la panique investir son corps et avait du mal à conserver une respiration calme et régulière. Les particules que vous produisez, la version inerte du RM. À quoi vous attendez-vous ?

– Une version du RM ? Je vous ai dit que vos connaissances nous étaient inutiles.

Elle enfonça l'aiguille dans la poitrine de Kira. Celle-ci la sentit glisser en elle : une douleur horrible, une oppression et une insupportable sensation d'intrusion. *L'anesthésiant ne fait pas effet !* Le docteur Morgan appuya sur le piston, et Kira suffoqua sous l'effet d'un torrent de feu s'écoulant dans sa poitrine, envoyé directement vers son cœur et, de là, dans tout son corps, qui fut saturé en l'espace de quelques secondes. Elle en eut le souffle coupé ; ses mains agrippèrent involontairement le bord de la table, cherchant désespérément un objet solide auquel se raccrocher. L'injection lui sembla se prolonger pendant une éternité, et lorsque la femme retira enfin l'aiguille,

Kira poussa des gémissements plaintifs. Elle sentait le fluide poursuivre sa course en elle.

– Aucune réaction pour l'instant, annonça une femme médecin masquée, les yeux rivés sur le mur.

Une autre braqua un faisceau lumineux dans ses yeux, pour vérifier la dilatation des pupilles, tout en prenant son pouls de l'autre main.

– Tout est normal.

– Nous ignorons à quelle vitesse ceci fait effet, expliqua le docteur Morgan à Kira tout en l'observant attentivement. La dernière fois que nous avons mené des expériences sur des sujets humains, c'était juste après la guerre des Partials.

Kira respira profondément, cherchant à reprendre le contrôle après ce viol chimique. *Est-ce que je vais mourir ? Elle a dit que le Dormeur n'était pas une nouvelle version du RM... Mais alors, qu'est-ce que c'est ? Et que s'attendent-ils à voir ?*

Une bribe de conversation chuchotée lui revint en mémoire, et elle se remit à étudier les images qui tournaient toujours lentement sur elles-mêmes à l'écran : le Prédateur et le Dormeur, ce dernier si semblable à un virus et en même temps si différent. Il l'avait toujours laissée perplexe, lorsqu'elle n'avait accès qu'à ses informations incomplètes, mais là, en compagnie des Partials, elle en savait davantage. Elle les avait entendus en parler.

– Vous avez dit que c'était une phéromone.

Morgan, soudain attentive, suivit le regard de Kira jusqu'au mur d'images.

– Vous connaissez cette particule ?

— Nous pensions que c'était une étape de l'évolution du RM, tant elle ressemblait à l'autre, mais vous avez parlé d'une phéromone. C'est pour cela que Samm la produisait… elle fait partie des données du lien.

La femme jeta un regard sur le côté, hors du champ de vision de Kira, et sembla froncer les sourcils.

— Vos connaissances sont plus étendues que je ne le pensais. J'avoue que quand vous vous êtes présentée en tant que médecin – un médecin humain ! –, je ne vous ai pas prise au sérieux.

Kira, toujours sous le choc de la douleur de l'injection, dut combattre un spasme de nausée avant de reprendre la parole.

— Quelle est sa fonction ?

— C'est ce que nous nous efforçons de comprendre.

— Fait-elle partie du lien ? Le virus RM serait-il un effet secondaire de vos capacités surhumaines ?

— En douze ans, j'ai catalogué toutes les phéromones que produisaient les Partials. J'ai isolé chacune des particules, j'ai remonté leur trace jusqu'à l'organe qui les produisait, identifié les stimuli qui déclenchaient leur sécrétion, et j'ai déterminé précisément leur utilité et leur fonction. Je l'ai fait pour chacune d'entre elles. (Elle hocha du menton en direction du mur.) Hormis celle-ci.

Kira, perplexe, secoua la tête.

— Pourquoi produiriez-vous une phéromone inutile ? Rien, en vous, n'a été conçu sans raison.

— Oh, elle a forcément son utilité. Chez ParaGen, comme vous le dites, tout ce qui était fait avait un but. L'un de ces buts était d'introduire en nous une date de décès prédéterminée, et nous supposons que cette phéromone n'y est pas étrangère. En observant certaines réactions, nous espérons comprendre son mécanisme pour la neutraliser. Comme vous pouvez le voir sur l'écran, cette phéromone n'entre pas en réaction avec les autres Partials, ni avec les humains. Elle entre en réaction avec le RM.

Subitement, Kira vit les deux images sous un jour nouveau : non pas deux versions l'une de l'autre, mais une combinaison. Le Prédateur ne faisait pas que ressembler à la phéromone des Partials : c'était la phéromone des Partials, enveloppée d'un spore aérien du RM. C'était donc ainsi que le Spore se transformait en Prédateur : non pas au contact du sang, mais au contact de la phéromone. *Au contact du sang, le Spore se transforme en Globule.* L'image du sang du nouveau-né s'imposa à l'esprit de Kira : l'étrange Prédateur se multipliant follement, sans endommager les cellules. *Samm avait raison sur ce point : depuis des jours, il soufflait le Dormeur dans l'air. Celui-ci a contaminé l'échantillon pendant que je versais du sang sur les lamelles, s'est fixé sur le Spore, et a neutralisé le virus.*

C'était ça, le secret du RM. Et c'était le remède. Une infime particule logée au cœur de leur plus grand ennemi.

– Au moment de la chute des humains, nous avons commencé à mener des recherches sur la stérilité des Partials, pour voir si nous pouvions renverser le processus.

Le docteur Morgan n'avait apparemment pas remarqué la stupéfaction de Kira – ou bien elle l'interprétait comme l'ahurissement d'une humaine sous-éduquée.

La jeune fille s'efforça de masquer ses émotions pour la laisser parler, soudain terrifiée à l'idée que cette femme froide et calculatrice soit en possession d'un secret si puissant. En tout cas, si elle s'inquiétait de la réaction de Kira, elle n'en laissait rien voir. Elle s'approcha du mur, tapota l'écran et fit apparaître une nouvelle série de fichiers : d'autres visages, d'autres filles humaines, aussi pâles et hagardes que Kira, sanglées sur la même table et soumises aux mêmes expériences.

— Il nous fallait un groupe témoin non stérile pour nos expériences, ce qui nous a naturellement menés à l'étude des humains. C'est seulement après le décès de la dernière jeune fille que nous avons isolé le lien entre notre phéromone et le RM : d'une manière ou d'une autre, le virus absorbe la phéromone. Comment et pourquoi, nous n'en avons aucune idée. Avec le temps, nous avons eu... d'autres soucis à régler, mais lorsque la crise de la date d'expiration a commencé, nous nous sommes rendu compte qu'il nous fallait reprendre les recherches.

Elle se retourna vers Kira tout en jouant distraitement avec la seringue vide.

— Et vous voilà.

Kira acquiesça sagement, le cœur gonflé à éclater par son secret, mais bien décidée à ne pas le révéler. *Il faut que je sorte d'ici. Il faut que je rentre à la maison.*

Je peux sauver le bébé de Madison. Je peux tous les sauver.

— Toujours aucun changement, annonça la femme médecin qui surveillait les signes vitaux de Kira. Si une réaction a lieu, elle n'a aucun effet mesurable.

— Elle n'a pas lieu, dit une autre sur un ton complètement différent. Et elle n'aura jamais lieu.

Tous les regards, même celui de Kira, se tournèrent vers elle. La doctoresse cliqua du doigt sur une fenêtre, qui s'agrandit pour envahir tout le mur. C'était une liste d'acronymes et d'abréviations que Kira reconnut immédiatement comme étant une analyse sanguine.

— Son sang ne contient aucune trace du virus.

— C'est impossible. Même les humains immunisés en sont porteurs.

— En effet, vous avez raison. (La femme se tut un instant.) Elle est codée de partout.

Un silence de plomb tomba sur la pièce. Kira se rendit compte que tout le monde était plongé dans la stupeur. Derrière elle, elle entendit la voix de Samm, totalement perturbée.

— Quoi ?

— Laissez-moi voir ça, dit le docteur Morgan en s'approchant à grandes enjambées.

Elle tapota furieusement l'écran, déplaçant des graphiques d'un bout à l'autre du mur, zoomant, agrandissant et réduisant une rapide succession d'images. Elle s'arrêta sur un brin d'ADN – non pas une photo au microscope mais une recréation graphique –, et l'observa avec une telle intensité qu'elle en aurait presque carbonisé la surface vitrifiée.

— Qui a trouvé ce résultat ?

— L'ordinateur l'a fait tout seul, l'informa sa collègue. Nous avons demandé une analyse complète, et cela faisait partie du lot.

— Mais elle n'a pas le lien, intervint Samm.

Le cœur de Kira bondit dans sa poitrine lorsqu'elle commença à entrevoir les implications de leurs propos.

– De quoi parlez-vous ? demanda-t-elle.

Malgré ses efforts, sa voix se brisa.

Le docteur Morgan pivota face à elle, arracha son masque et la toisa telle une tour de marbre, blême de colère.

– Qui vous envoie ?

– Quoi ?

Morgan répéta sa question en hurlant.

– Qui vous envoie ?

Kira ne répondit pas, et le docteur Morgan jeta violemment la seringue, qui alla se fracasser contre l'image de l'ADN.

– Qui essaie d'infiltrer mes projets, maintenant ? Cronus ? Prométhée ? Qu'est-ce qu'ils mijotent, encore ? Mais ce n'est peut-être pas après moi qu'ils en ont, marmonna-t-elle à voix plus basse, avec un regard de folle. Ils ont peut-être d'autres intentions, et maintenant que je suis tombée dessus par hasard, je pourrai m'en servir contre eux.

– Je ne sais pas de quoi vous parlez, se défendit Kira.

La femme se pencha sur elle, les yeux écarquillés, les dents dénudées.

– Vous étiez chez les humains jusqu'à ce que Samm vous ramène ici. Dites-moi ce que vous fabriquiez là-bas. Quelle était votre mission ?

– Je ne sais pas de quoi vous parlez !

– Vous êtes un Partial ! s'égosilla le docteur Morgan. C'est là, en gros sur le mur ! Vous n'avez pas de RM dans le sang, vous êtes bourrée de bionanites qui évacuent immédiatement tous les sédatifs de votre organisme, vous avez les marqueurs de ParaGen encodés partout dans votre ADN, bon Dieu ! Vous êtes un Partial !

Elle se tut soudain, les yeux toujours rivés sur Kira ; sur l'écran, dans son dos, celle-ci vit son propre visage déformé par l'incompréhension et la stupéfaction. L'expression du médecin passa lentement de la colère à la fascination, et sa voix devint un murmure.

– Vous n'en saviez rien, n'est-ce pas ?

Kira ouvrit la bouche, mais aucun son n'en sortit. Une tornade de protestations, de révélations et de questions se mit à souffler follement dans sa tête, commençant, s'arrêtant, se bousculant sans suite jusqu'à ce que son esprit ne soit plus qu'un bourdonnement assourdissant de pure terreur. Elle entendit alors une forte détonation, vit le docteur Morgan lui crier après dans un brouillard de confusion, puis il y eut une autre détonation, et enfin la voix de Samm trancha le chaos.

– Des explosions ! C'est une attaque.

Chapitre 33

Le docteur Morgan leva brusquement la tête. Des clameurs et des coups de feu résonnaient derrière la porte fermée. Les médecins s'agitèrent en tous sens ; l'insecte médical se cabra, ses lames et autres prolongements meurtriers cliquetèrent, pivotèrent et se placèrent en position d'attaque. Samm se rua sur la porte et la verrouilla solidement, puis se recula.

– Ils viennent chercher Kira, dit-il.

– Évidemment qu'ils viennent la chercher, répliqua sèchement Morgan, mais qui sont-ils ? De quelle faction ?

– Il faut sortir d'ici, suggéra un autre médecin.

– Nous ne sommes pas armés, objecta Samm. Nous ne sommes pas préparés pour le combat. Le mieux est encore de rester ici en espérant que les autres soldats les repousseront.

– Cette pièce n'est pas hermétique, précisa une des femmes. Quiconque passera devant nous repérera par le lien.

– Ils savent que nous sommes ici, dit Morgan, mais ils ignorent qu'elle y est, elle. Cela peut nous faire gagner un temps précieux.

– Mais c'est absurde, commenta Samm. Comment peut-elle être un Partial alors qu'elle n'a pas le lien ?

– Seuls les modèles militaires en sont équipés, du moins sous la forme que nous connaissons. Cela faisait partie du programme d'amélioration des soldats, mais ParaGen a fabriqué d'autres Partials pour d'autres usages.

Kira avait à peine conscience de ce qui se disait. *Je ne suis pas un Partial.* Une fois de plus, son esprit, placé face à un problème, semblait se scinder en deux : un versant scientifique, qui dénombrait toutes les raisons pour lesquelles elle n'aurait jamais pu appartenir à cette espèce. *Je vieillis, et pas eux. Je n'ai pas le lien, et eux si. Je n'ai pas leur force ni leurs réflexes, et il est certain que je ne cicatrise pas miraculeusement comme eux.* Mais même là, elle dut s'arrêter, soudain incertaine. *Ma jambe s'est remise de la brûlure à une vitesse anormale, sans aucun des effets secondaires induits par les boîtiers régénérateurs.*

Et par-dessus tout, je n'ai aucun souvenir d'avoir été un Partial : j'ai grandi dans un foyer humain, j'ai eu un père humain. Je suis allée à l'école à East Meadow pendant des années. Je n'ai jamais été contactée par des Partials, approchée par des Partials, rien. Ça n'a aucun sens.

Et en même temps qu'elle passait en revue sa vie entière, derrière tout cela il y avait l'autre versant d'elle-même, le côté émotif, l'enfant perdue qui pleurait dans le noir. *Est-ce que ça veut dire que je n'ai jamais eu de maman ?*

Les bruits du combat se rapprochaient.

– C'est grotesque, dit une des doctoresses. Pourquoi aller cacher un agent Partial dans la population humaine ? Un agent qui n'a même pas conscience d'en être un ? Pour quelle raison ferait-on cela ?

– C'est peut-être un accident, hasarda une autre. Peut-être qu'elle s'est perdue dans la confusion, a été recueillie par des réfugiés et a échoué sur l'île sans savoir pourquoi.

– Rien n'arrivait par hasard chez ParaGen, lui rappela le docteur Morgan. Jamais. Elle n'est pas un accident. Si nous arrivons à comprendre à quoi elle sert, nous pourrons l'utiliser contre eux.

Un coup de feu tiré dans la porte secoua toute la pièce. Les médecins bondirent en arrière avec un petit cri ; seuls Samm et le docteur Morgan demeurèrent fermes comme l'acier.

– Ils sont ici, souffla une femme, visiblement paniquée. Qu'est-ce qu'on fait ?

– Faites-moi descendre de là ! réclama Kira, qui était toujours attachée à la table alors que la pièce était sur le point de se transformer en champ de bataille. Détachez-moi !

– Planquez-vous derrière l'araignée ! grinça une autre en se déplaçant vers l'arrière de la salle.

Ses collègues suivirent, rasant les murs, tout en surveillant les bras mécaniques avec méfiance.

– Il n'y a personne dans le couloir, constata Samm, perplexe.

– Si, dit Morgan. Des humains.

Un nouveau coup de feu arracha la porte de ses gonds. Marcus s'encadra sur le seuil, pistolet en main, et Kira eut juste le temps de crier « Baisse-toi ! » avant que l'araignée ne tente de l'égorger à l'aide d'un effrayant rasoir chirurgical. Le garçon se jeta au sol, roula sous la lame, puis leva son arme et tira à bout portant dans le robot. Kira poussa un cri strident : elle avait senti la chaleur de la poudre, et des débris métalliques lui tombaient dessus. La détonation l'avait presque rendue sourde.

– Elle est ici ! cria Marcus par-dessus son épaule.

Puis il se retourna et la salua d'un hochement de tête.

– Coucou, Kira !

Xochi apparut derrière lui, le dos courbé, deux pistolets semi-automatiques braqués sur les médecins qui s'étaient réfugiés dans le fond.

– Je viens de les recharger, annonça-t-elle, mais si vous voulez faire des gestes brusques, allez-y, ne vous gênez pas.

– Attrapez-les, gronda le docteur Morgan.

Mais Samm semblait paralysé sur place.

Jayden arriva le dernier, esquiva une nouvelle attaque de l'araignée et s'accroupit à l'entrée de la pièce. Marcus neutralisa définitivement le robot au moyen d'un tir bien placé, puis courut déboucler les sangles qui retenaient encore Kira.

– Toi, au moins, tu sais te faire désirer, plaisanta-t-il avec un sourire forcé.

– Ils sont tout près, lui rappela Jayden. Ne traîne pas.

– Je peux descendre ces dames ? demanda Xochi, qui tenait toujours les médecins en joue.

Jayden tira dans le couloir.

– Ils sont là, maintenant ! Je t'avais dit de te grouiller, Marcus. On est coincés.

– Samm, arrêtez-les, insista le docteur Morgan.

Mais le Partial ne bougeait toujours pas, le corps tendu comme un arc, les traits figés par un effort intense et invisible.

– Comment êtes-vous arrivés ici ? demanda Kira.

Marcus finit de libérer son premier bras, et elle s'en servit immédiatement pour détacher l'autre pendant que son ami passait à ses jambes.

– On a assisté à ta capture, lui expliqua-t-il en décochant un regard venimeux à Samm. On vous a suivis jusqu'à cet hôpital, on ne savait pas quoi faire, et puis un autre groupe de Partials a lancé un assaut. Quand les défenses extérieures sont tombées, on s'est... faufilés, en quelque sorte.

– On les a entendus discuter, précisa Xochi. Samm nous a menti : tout ce que fait la Compagnie D, ce sont des expérimentations délirantes, comme celle-ci, sur des humains comme sur des Partials. Les autres groupes suivent une entité qui s'appelle l'Alliance.

– Non ! C'est nous qui obéissons à l'Alliance, protesta un médecin.

Kira jeta un coup d'œil au docteur Morgan, mais la femme glaciale n'ouvrit pas la bouche et son expression ne révéla rien.

Marcus acheva de délier ses pieds. Aussitôt détachée, elle serra le drap contre sa poitrine et se redressa en position assise. Jayden tirait toujours dans le couloir.

– Vous avez un plan pour ressortir ? demanda Kira.

– Très franchement, je ne pensais même pas qu'on arriverait jusqu'ici, répondit Marcus. Et toi, ça va ? (Remarquant ses épaules nues, il se rembrunit.) Tu es...

– Oui, souffla Kira en cherchant ses vêtements des yeux.

Il n'y avait rien dans la salle, hormis un plateau de seringues et les débris de l'araignée. Elle pointa le doigt sur une des doctoresses.

– Vous, passez-moi votre blouse.

– Ils se rapprochent ! cria Jayden.

La femme ne bougea pas tout d'abord, mais un geste explicite de Xochi avec son pistolet la décida à retirer prestement sa blouse. Le docteur Morgan écumait de rage.

– Bon Dieu, Samm, faites quelque chose !

La main du Partial se posa sur l'arme que Marcus avait laissée sur la table pour détacher Kira. Cette dernière poussa un juron et plongea se mettre à l'abri de l'autre côté de la table, mais le soldat resta planté là, le regard fixé droit devant lui.

– Samm... commença le docteur Morgan.

Soudain, il leva le pistolet et fit feu – non pas en direction de Kira ou de ses amis, mais de la femme. Elle évita la balle avec une agilité stupéfiante, et derrière elle l'écran mural explosa en une myriade d'étincelles et d'éclats de verre. Xochi aussi se mit à tirer, mais Morgan fut trop rapide ; toutes les balles allaient se planter dans le mur tandis que les médecins hurlaient et s'aplatissaient en tremblant sur le sol. Quant à Morgan, elle esquivait toujours les tirs et se rapprochait bien trop rapidement de la porte. Samm traversa la salle d'un bond, tira et la rata de nouveau. Au troisième essai, son arme cliqueta : la chambre était vide. Il la retourna prestement, saisit le canon en rugissant et l'abattit sur l'occiput de Morgan alors qu'elle tentait un dernier plongeon vers le couloir. La femme s'effondra au sol, et Xochi lui logea une balle dans la cuisse.

– On ne bouge plus !

– Elle était trop forte, dit Samm tout en s'emparant de la ceinture de munitions que Marcus portait en bandoulière. Désolé d'avoir mis le temps. Combien d'hommes à l'extérieur ?

Il glissa une balle dans la chambre, puis une autre et encore une autre, rapide et méthodique.

Kira se releva sur ses pieds, accroupie au ras du sol, et observa Samm, la tête pleine de questions. *Est-il vraiment de notre côté ?* Jayden se retourna avec méfiance pour le toiser un instant, puis regarda à nouveau par la porte ouverte.

– Rien que quatre, annonça-t-il. Derrière le coin, là-bas. Le gros de leurs effectifs est dans le camp rival.

Samm vérifia rapidement son arme pour s'assurer que le cran de sécurité était libéré.

– Couvre-moi.

Jayden tira pour dégager le couloir, et Samm plongea devant lui, roula jusqu'au mur opposé et se rua vers les positions ennemies. Jayden cessa son tir de barrage, et les Partials sortirent la tête juste à temps pour que Samm fonde sur eux avec une salve de coups de feu.

Kira enfila la blouse de la doctoresse, l'enroula autour de son corps pour bien la fermer et la ceintura de deux cordons à la taille. Pour faire bonne mesure, elle prit également le masque et la charlotte de la femme et, après un instant de réflexion, ses chaussures.

Samm revint : il saignait au visage et à l'épaule.

– Le couloir est dégagé. Je pense qu'on peut arriver jusqu'aux jeeps, mais il faut se tirer tout de suite.

– J'en ai vraiment ma claque de faire confiance à ce mec, râla Xochi.

– Il vient avec nous, assena Kira d'un ton sans réplique.

Il y a quelque chose dont j'ai besoin de parler, dont je ne peux parler avec personne d'autre. Elle le regarda longuement en se demandant quel sens avait tout cela désormais : si elle était réellement un Partial, si elle était réellement un agent, si elle était réellement tout ce pour quoi ils la prenaient.

– Il faut qu'on y aille, la pressa Marcus.

– Encore une chose.

Elle ramassa une grosse seringue qui restait sur le plateau posé dans un coin : le concentré de phéromone des Partials.

Le traitement contre le RM.

Chapitre 34

Samm étant le seul des cinq à savoir conduire, il avait naturellement pris le volant. Sur la banquette arrière, Marcus examinait Kira. Apparemment, les Partials ne lui avaient pas fait grand-chose de plus que ce qu'elle avait vécu consciemment : les quelques injections, la prise de sang et la préparation pour une opération qui n'avait pas eu lieu. Sa brûlure à la jambe était presque entièrement cicatrisée, mais le spectacle de son propre mollet, quasiment intact, la mit mal à l'aise : c'était le signe non pas que les traitements avaient fonctionné mieux que la normale, mais que son corps se régénérait bien au-delà des standards humains. Comme celui de Samm.

Relevant la tête, elle croisa les yeux de ce dernier, et ils partagèrent un long regard silencieux. Les autres n'étaient au courant de rien.

Suis-je réellement un Partial ? Comment aurais-je pu ne pas le savoir ? Ils cicatrisent à toute vitesse, mais jusqu'à présent je ne m'étais jamais gravement blessée, je ne pouvais donc pas me rendre compte. Je n'ai jamais été malade non plus... est-ce que ça veut dire quelque chose ? Elle cherchait dans sa mémoire tout ce qu'elle pouvait savoir sur eux. *Les*

Partials sont stériles, et la question ne s'est pas encore posée pour moi. Ils sont rapides, forts et agiles, mais cela ne concerne peut-être que les soldats? Elle se souvint que le docteur Morgan avait dit quelque chose à propos de modèles de Partials secrets et d'une sorte de guerre entre factions. *Si je ne suis pas un soldat, alors que suis-je? Combien de groupes y a-t-il, et que veulent-ils? Et pourquoi auraient-ils caché un agent Partial dans un groupe de réfugiés humains?*

– Tu es bien silencieuse, lui fit remarquer Marcus.

– Pardon. Je réfléchissais.

Cette fois, ce fut lui qui regarda Samm en silence, d'un air songeur. Après quoi il se retourna vers Kira.

– Ta jambe se remet super bien, on dirait. Mais à part ça, tu es sûre qu'ils n'ont... rien fait d'autre?

Elle se sentit soudain claustrophobe dans cette voiture, malgré le vent qui s'engouffrait par les fenêtres grandes ouvertes.

– Comment ça?

Xochi leva les yeux au ciel.

– On t'a retrouvée à poil, saucissonnée sur une table. À ton avis?

– Non, rien de ce genre, s'empressa-t-elle de répondre.

– Tu nous as dit qu'ils t'avaient endormie : comment peux-tu savoir qu'ils ne t'ont rien fait pendant que tu...

– Il ne s'est rien passé, affirma Samm d'un ton dur et glacial. Je ne l'ai pas quittée une seconde. Ils ne lui ont fait aucun mal.

– Mais ils allaient le faire, plaida Marcus, et tu ne t'es pas vraiment démené pour les en empêcher avant qu'on arrive.

— J'ai fait tout ce que je pouvais !

— Arrêtez, tous les deux, dit Kira. C'est le lien... il ne pouvait pas désobéir.

— Ce n'est pas ça qui va me le rendre plus sympathique, grommela Jayden.

Assis à l'avant, celui-ci regardait défiler les ruines, l'arme au poing, prêt à tirer.

— Je vous ai aidés, cette fois. Je vous ai aidés à vous enfuir. Que voulez-vous de plus ? demanda Samm.

— Mais calmez-vous, vous tous ! s'énerva Kira. Je suis sûre qu'on a bien plus important à décider, là.

— Plus important que de décider si on peut se fier à un soldat ennemi qui nous emmène on ne sait où ? grogna Xochi.

— Je roule vers l'est pour nous éloigner des zones contrôlées, répliqua Samm.

— Et nous rapprocher des zones incontrôlées, enchaîna Marcus. Me voilà rassuré.

— Ici, ce n'est pas comme chez vous. Il n'y a ni Voix du peuple, ni bandits, ni tous ces... non-conformistes qui cohabitent là-bas. S'il n'y a pas d'autre faction de l'armée là où nous allons, il n'y a rien. À l'ouest, c'est plein de gens qui nous cherchent, alors poursuivons vers l'est jusqu'à ce qu'on pense les avoir semés. Ensuite, on... Je ne sais pas ce qu'on fera. On se cachera.

— On trouvera un bateau et on rentrera à East Meadow, dit Kira.

Marcus la regarda d'un air surpris.

— Tu rigoles ? Après ce qu'on a fait en partant ? Ils vont nous tuer !

– Pas quand ils sauront ce que je rapporte avec moi.

Elle baissa les yeux vers la seringue posée sur ses genoux, et Marcus suivit son regard. Il eut d'abord l'air perplexe, puis carrément pantois.

– Tu ne veux pas dire...

Mais elle hocha la tête.

– Je suis sûre à 99 %.

– Quoi ? demanda Xochi.

– Le traitement contre le RM.

Jayden se retourna dans son siège, ébahi, et même Samm perdit un instant le contrôle de la voiture. Kira leur montra la seringue.

– J'ai trouvé dans les poumons de Samm une particule qui ressemble au RM, mais qui n'est pas un virus. Il s'avère que c'est une de leurs phéromones, mais qu'ils ne savent pas à quoi elle sert : tout ce qu'elle fait, c'est se combiner avec le RM. Les particules de RM que j'ai vues dans le sang du nouveau-né étaient en réalité une forme inerte du virus, issue de son interaction avec la phéromone.

Marcus fronça les sourcils.

– Donc, les bébés meurent parce que nous n'avons pas de Partials autour de nous ?

– Exactement. Mais si on peut introduire ceci dans leur organisme suffisamment tôt – dès la naissance, ou peut-être même avant, par le biais d'une injection intra-utérine –, ils résisteront au virus. (Elle serrait la seringue dans sa main.) Madison était sur le point d'accoucher quand nous sommes partis d'East Meadow, et Arwen est peut-être déjà mourante. Mais avec ceci, nous avons des chances de la sauver.

Kira vit que Marcus se concentrait à fond pour intégrer de son mieux ces données nouvelles. Elle voyait presque les rouages tourner sous son crâne.

— C'est peut-être vrai, dit-il enfin. D'après ce que j'ai vu de ton travail – c'est-à-dire très peu, mais quand même –, ça paraît... possible. Mais es-tu prête à mettre ta vie en jeu pour ça ?

— Et toi, es-tu prêt à mettre notre espèce en jeu contre ça ?

Il baissa les yeux. Xochi capta le regard de Kira mais ne dit rien.

Les arbres s'espacèrent et la route s'éleva pour franchir un pont qui enjambait un étroit bras de mer.

— Hé, il y a des bateaux, là ! s'exclama Jayden.

Mais Samm secoua la tête.

— Il faut avancer encore. Ils vont envoyer quelqu'un à nos trousses aussitôt qu'ils en auront fini avec l'autre groupe de Partials ; si ça se trouve, les deux camps vont se mettre à notre poursuite. Il faut mettre le plus de distance possible entre eux et nous avant qu'ils soient assez organisés pour nous rechercher.

— Ce qu'il faut surtout, c'est descendre de cette voiture, protesta Jayden. Faire encore un peu de route avant, oui ; mais ensuite, il va falloir cacher cette caisse et disparaître en vitesse. Elle fait trop de bruit : on nous entendrait depuis l'autre bout du continent.

— De toute manière, elle nous retrouvera, lâcha Samm.

Marcus releva brusquement la tête.

— Qui ?

– Heron. Opérations spéciales. Quoi que nous fassions pour brouiller les pistes, elle saura nous localiser.

La voiture avançait bien : pas très vite, parce que les routes étaient défoncées, mais elle couvrait tout de même nettement plus de distance qu'ils ne l'auraient fait à pied. De l'autre côté du pont, ils s'engagèrent sur une grande autoroute, non sans prendre le temps de regarder s'ils étaient poursuivis – mais ils ne virent personne derrière eux. Quelques kilomètres plus loin, la voie obliquait brusquement vers le nord, et ils la quittèrent pour s'engager dans des banlieues vertes et boisées. Les routes étaient étroites et sinueuses, elles prenaient des virages imprévisibles, et bientôt ils abandonnèrent le véhicule dans une petite rue qui disparaissait presque entièrement sous les plantes rampantes et grimpantes. Kira fouilla les maisons les plus proches à la recherche de vêtements, mais tout y était pourri, inutilisable.

Samm flairait l'océan dans l'air alors que les humains en étaient incapables. Kira aurait pu jurer le sentir aussi : une morsure de sel tout au bord de ses perceptions. Elle ne le dit à personne. Ils se frayèrent un chemin en direction du sud-ouest, louvoyant prudemment dans des quartiers déjà peu construits au départ, et désormais presque entièrement engloutis par la nature. De jeunes arbres poussaient non seulement dehors mais aussi dans les maisons, que le kudzu, les champignons et l'humidité avaient grignotées jusqu'à ce que les toitures s'effondrent et que les murs laissés à l'abandon s'affaissent. Des fleurs surgissaient des terrasses ; les meubles aperçus derrière des fenêtres brisées vomissaient des mauvaises herbes. Lorsqu'ils arrivèrent à un port, Kira inhala profondément, comme si elle venait de sortir d'une grotte sans air.

– On est du mauvais côté, constata Marcus. Les maisons sont ici, les quais là-bas.

– On dirait qu'il y a de grosses villas un peu plus au sud, ajouta Jayden. L'une d'entre elles aura bien une jetée privée.

Ils longèrent le front de mer, cherchant un bateau tout en guettant les embuscades. Kira avait déjà vu Heron en action ; la Partial l'avait maîtrisée en quelques secondes. Elle n'avait aucune envie de devoir à nouveau l'affronter.

– Là ! lança Xochi.

Ils partirent en courant. Une longue jetée s'avançait dans l'eau depuis la rive. Les éléments l'avaient lessivée jusqu'à ce qu'elle soit blanche comme du bois flotté, mais au bout, une grosse vedette à moteur surmontée d'un dais de toile effilochée se balançait sur les vaguelettes. Jayden bondit à bord et chercha des clés dans les compartiments du tableau de bord pendant que Samm partait en quête de bidons d'essence sur la jetée. Ils ne trouvèrent ni l'un ni l'autre, et coururent en jurant vers la maison suivante. Celle-là disposait d'un petit voilier, qu'aucun d'entre eux n'aurait su manœuvrer mais qui avait aussi un moteur. Ce moteur n'était pas bien gros, mais les clés étaient dans le contact. Il s'alluma au septième essai. Samm, de son côté, dénicha des bidons d'essence, mais vides.

– Il vous faut des réserves, au cas où, dit-il. Nous sommes bien plus à l'est qu'à l'aller, et le détroit, ici, est au moins deux fois plus large.

Il emporta les bidons vers la maison afin de siphonner de l'essence dans les voitures, mais Kira l'arrêta.

– Comment ça, il « vous » faut des réserves ? lui demanda-t-elle. Tu ne viens pas ?

Samm secoua négativement la tête en regardant la mer, la maison... tout sauf Kira.

– Les tiens me tueraient.

– Les Partials aussi. Tu es un traître, à présent. Au moins, avec nous, tu auras... quelque chose, des amis, je ne sais pas. On peut s'entraider.

– Tu es une terroriste recherchée, lui rappela-t-il. Tu parles, qu'on se rendrait service !

Il se remit en marche vers la maison.

Elle le regarda partir, puis se retourna vers les autres.

– Je vais l'aider à trouver de l'essence ! leur lança-t-elle.

Marcus, qui contemplait fixement la jetée d'un air sombre, ne répondit rien.

Samm et Kira gravirent la petite butte sur laquelle était bâtie la maison, qui se révéla être une sorte de club de vacances. Le parking était couvert de voitures, dont une était même garnie d'un squelette, et Samm se mit au travail : il s'allongea sous les véhicules, perça les réservoirs à l'aide de son couteau, et récupéra le vieux carburant bourbeux dans les bidons. Kira aurait voulu lui parler, lui demander ce qu'elle était – ne serait-ce que le dire tout haut : *je suis un Partial* –, mais elle n'osait pas. Elle faisait inutilement les cent pas, tournicotait, s'arrêtait, repartait, tellement effrayée à l'idée de s'exprimer qu'elle n'arrivait même plus à réfléchir. Elle finit par renoncer et, laissant les vieilles habitudes reprendre le dessus, chercha dans les voitures tout ce qu'elle pouvait récupérer. La plupart étaient remplies de bagages : des gens qui avaient voulu fuir le virus ? Fuir le pays ? Elle trouva, bien conservés dans les valises fermées, des vêtements en nettement meilleur état que les hardes sur lesquelles elle avait mis la main jusque-là. Elle se choisit des sous-vêtements propres, un jean troué qui ne lui allait pas trop mal, et une brassée de chemises et de chaussettes qu'elle prit aussi, juste au cas où.

— Bon, dit Samm.

Il était assis par terre, entouré de tous ses bidons. Kira s'immobilisa, les bras pleins de vêtements.

— Bon.

Elle l'étudia attentivement en s'attardant sur son visage, sur ses yeux. Elle s'était sentie si proche de lui à un moment donné, et à présent... Était-ce le lien ? Peut-être y était-elle sensible, à une échelle plus modeste, et peut-être était-ce cela qu'elle avait ressenti. Elle secoua la tête, perdue dans ses émotions contradictoires. Leur connexion n'avait-elle été qu'une sorte de bizarrerie biologique propre aux Partials, ou avait-elle été réelle ?

Et si ce n'était que le lien, était-ce moins réel pour autant ? Si elle pouvait se sentir si profondément liée à quelqu'un, le pourquoi du comment avait-il vraiment une importance ?

Il plissa les yeux pour la voir sans être ébloui par le soleil couchant.

— Tu ne savais vraiment pas ? Tu te prenais réellement pour une…

Il n'acheva pas sa phrase, et Kira lui fut reconnaissante de ne pas l'avoir formulé tout haut.

— Je ne me doutais de rien. Et je ne suis toujours pas entièrement convaincue.

— Ce qui est sûr, c'est que tu n'es pas comme moi, dit-il. Mais tu n'es… pas comme eux non plus, ajouta-t-il avec un geste du menton vers ses amis. Tu ne te sers pas du lien, et pourtant il me semble presque que tu le pourrais, comme s'il y avait entre nous quelque chose qui… Je ne sais pas. Je ne sais pas ce que tu es.

Kira ouvrit la bouche pour répondre, mais elle n'avait pas non plus la réponse.

— Je suis Kira Walker, affirma-t-elle finalement. Qu'y a-t-il d'autre à savoir ?

Samm garda le silence et se contenta de ramasser les bidons d'essence.

— Tu peux venir avec nous, reprit-elle. On pourrait te cacher quelque part, dans les fermes ou dans un village. Tu y serais en sécurité.

Cette fois il la regarda, de ses yeux noisette profonds comme deux puits.

— C'est vraiment ce que tu veux ? Qu'on se terre quelque part pour échapper au danger ?

Kira soupira.

— En ce moment, j'en sais encore moins sur ce que je veux que sur ce que je suis. Je veux la sécurité, oui. Je veux savoir ce qui se passe. (Elle sentit sa résolution se renforcer.) Je veux découvrir qui a fait ça, et pourquoi.

– ParaGen, dit Samm. Ils nous ont fabriqués, ils t'ont fabriquée, et si ta théorie sur la phéromone est juste, ils ont aussi fabriqué le RM.

Kira eut un petit sourire.

– Tu l'as toujours dit, que ce n'était pas vous.

Les coins de la bouche de Samm se retroussèrent, juste un peu, pour esquisser un sourire infime.

– Quand as-tu commencé à me croire ?

Elle donna un coup de pied dans un caillou.

– Je t'ai dit ce que je voulais. (Elle releva la tête.) Et toi ?

– Ce que je veux ?

Il examina la question avec sa solennité habituelle.

– La même chose que toi, je crois. Je veux savoir ce qui se passe, et pourquoi. Et je veux arranger les choses. Après tout ce qui est arrivé, je suis plus que jamais persuadé que la paix...

– ... n'est pas possible.

– J'allais dire que c'était notre seule chance.

Kira eut un rire sec.

– Décidément, tu as le chic pour me dire exactement ce que j'ai envie d'entendre.

– Apprends tout ce que tu peux de ton côté, et je ferai de même du mien. Si jamais on se revoit, on partagera.

– On partagera ce qu'on aura appris.

– Oui.

Ils attendirent encore un peu, en s'observant, chacun gravant l'autre dans sa mémoire, et Kira pensa un instant qu'elle sentait même le lien tendre son câble invisible entre eux deux. Puis ils redescendirent avec les vêtements et l'essence, que Samm déposa dans le bateau.

— Avec ça, vous devriez pouvoir traverser, dit-il. À condition que la mécanique tienne bon.

Jayden tira sur le cordon, et le moteur se mit à ronronner. Il serra la main de Samm.

— Merci de ton aide. Désolé de la manière dont je t'ai traité au début.

— Tu n'avais pas besoin de le dire, mais merci.

Xochi aussi lui serra la main, puis Marcus, mais sans croiser son regard. Kira monta à bord et distribua chemises et chaussettes à ses camarades. Marcus monta en dernier et largua les amarres.

— Et maintenant, où vas-tu ? demanda-t-il au Partial.

— Je comptais essayer de me cacher, mais je suppose que c'est trop tard. (Il jeta un regard vers les arbres.) Heron est là.

Kira et ses amis sursautèrent et tendirent la main vers leurs armes, mais Samm haussa les épaules.

— Elle n'a pas attaqué, je ne sais pas ce qu'elle fabrique.

— Tu es sûr que ça va aller ? s'inquiéta Kira.

— Si elle voulait ma mort, ce serait déjà fait.

Jayden mit les gaz et éloigna l'embarcation du quai.

Kira regarda Samm repartir par où ils étaient venus et disparaître au loin.

Chapitre 35

Ce moteur-là rendit l'âme encore plus rapidement que celui de l'aller et, malgré leurs provisions d'essence, ils durent couvrir l'essentiel de la traversée à la rame. Le courant les faisait dériver vers l'est et ils aperçurent l'île bien avant de réussir à y accoster, ce qui fut fait à la nuit tombée. Ils s'abritèrent alors dans une vieille maison de vacances, juste au-dessus de la plage, pour prendre quelques heures de sommeil avant de poursuivre leur périple. À l'aube, Kira chercha quelque chose à manger, mais les boîtes de conserve qu'elle dénicha dans l'arrière-cuisine étaient enflées et la nourriture qu'elle trouva à l'intérieur était putride. Renonçant à un repas, ils cherchèrent plutôt une carte ; ils finirent par découvrir un atlas à côté d'une étagère de livres à moitié effondrée. Il ne contenait pas de plan détaillé de Long Island, uniquement une vue générale de l'État de New York, mais c'était déjà mieux que rien : Kira reconnut suffisamment de noms pour comprendre où il fallait aller, et espéra que des panneaux indicateurs, sur les routes, les aideraient à découvrir où ils se trouvaient.

Ils répartirent entre eux les armes qu'il leur restait – un fusil, une carabine et deux pistolets – et partirent en silence, se méfiant à la fois de la Voix et des patrouilles militaires. Kira portait la seringue avec le plus de précautions possible, enveloppée dans un paquet de chemises déchirées qu'elle avait noué autour de sa taille. Elle espérait de tout son cœur qu'il n'était pas trop tard pour sauver Arwen, et guettait les dangers dans l'ombre.

Après une petite heure de marche, elle commença à reconnaître les environs. Tout se ressemblait sur cette île – partout des maisons croulantes, envahies par le kudzu et entourées d'arbres –, mais la route lui rappelait nettement quelque chose. Les virages, les côtes, les descentes... elle n'arrivait pas à mettre précisément le doigt dessus. Elle finit par s'arrêter pour scruter le paysage d'un air concentré.

— On est déjà passés par ici.

— On marche tout droit depuis tout à l'heure, dit Jayden. Comment veux-tu qu'on soit revenus sur nos pas ?

— Je ne parle pas de ce matin, mais de... tiens, là ! Ça ne vous dit rien, ça ?

Tout le monde suivit du regard la direction qu'elle indiquait, et Marcus ouvrit de grands yeux ébahis lorsqu'il comprit.

— Ça ne serait pas la maison du vagabond ? Tovar ?

— Je crois bien, dit Kira. Il a peut-être à manger, là-dedans.

À mesure qu'ils approchaient, leur espoir se confirma : s'ils n'avaient aperçu la façade que de nuit et sous la pluie, en revanche ils avaient mieux vu l'arrière de la maison, qu'ils reconnurent immédiatement lorsqu'ils en eurent fait le tour. Kira essaya les portes en s'efforçant de se rappeler laquelle le vieux vagabond avait laissée ouverte en partant, mais se figea en entendant cliqueter le chien d'une arme à feu.

— Plus un geste, fit une voix.

Aucun doute, c'était lui. Kira lâcha la poignée de porte et leva les mains en l'air pour montrer qu'elles étaient vides.

— Owen Tovar, dit-elle.

Les autres se tenaient l'arme au poing et cherchaient d'où pouvait venir la voix. Le vagabond était décidément doué pour le camouflage.

— C'est moi, Kira Walker, ajouta-t-elle. Vous nous reconnaissez ?

— Les quatre criminels les plus recherchés de Long Island ? Un peu, qu'on vous a reconnus !

« On ». Qui y a-t-il d'autre ? se demanda Kira.

— Les plus recherchés, hein ? reprit Marcus. Quand j'étais petit, ma mère me disait toujours que je serais célèbre un jour. Paraît-il.

— Je vais vous demander de déposer vos armes, dit Tovar. Bien gentiment, à vos pieds.

— Nous sommes venus parce que nous vous considérions comme un ami, expliqua Kira. Nous avons besoin de manger... nous ne sommes pas là pour vous voler.

C'est d'une voix aigre et froide qu'il répondit.

— Et c'est pour ça que vous avez sorti vos armes et essayé d'ouvrir sans frapper ?

— On ne voulait pas réveiller Dolly, plaida Marcus.

Il y eut un bref silence, puis Tovar éclata de rire ; il sembla à Kira que sa voix sortait d'une bouche d'aération vers le haut du mur, mais sans certitude aucune.

– J'avais oublié combien vous me plaisiez, dit l'homme. Il semble que vous ne soyez pas suivis, alors posez ces armes et vous pourrez entrer, qu'on bavarde un peu.

Kira regarda Jayden, qui haussa les épaules et déposa soigneusement sa carabine à ses pieds. Marcus et Xochi suivirent, et Kira les imita. *Si on est sur le point de se faire dépouiller...* songea-t-elle. *Mais non, on n'a rien sur nous, il l'a forcément vu. Le seul objet précieux que nous transportions est le remède, et personne n'est au courant à part nous.*

– C'est bien, dit Tovar. Et maintenant, dites bonjour à mes amis.

Un buisson remua à gauche et Kira se crispa, puis un autre fit de même, une fenêtre palissadée s'ouvrit d'un coup, et soudain le jardin de la maison fut rempli d'hommes et de femmes vêtus de tenues de camouflage variées et d'armures bricolées. Tous étaient armés.

– Doucement, dit la femme la plus proche, dont la voix n'était pas inconnue de Kira. Gardez les mains en l'air, et éloignez-vous des flingues.

– Gianna ! s'écria Kira. Tu étais avec nous la dernière fois qu'on est venus par ici... Tu faisais partie de la mission de récup qui est tombée sur la bombe.

– Kira Walker, la salua Gianna avec un sourire.

Après quoi elle regarda Jayden et son expression devint amère.

– Et ce petit facho de gosse de l'épidémie. Garde-moi tes mains là où je peux les voir, toi.

– Mais c'est quoi, ici ? demanda Kira. Ce n'est quand même pas… le QG de la Voix ?

– Gagné ! intervint Tovar qui sortit par la porte de derrière, son gros fusil noir sur la hanche. Le nouveau régime fait le coup de poing, ils??? ramassent tous les réfugiés et les fugitifs. Je ne sais pas si c'est un coup de chance ou de malchance qu'on vous ait trouvés avant.

– Alors c'est vous, la Voix du peuple ! souffla Marcus comme s'il n'arrivait pas à se faire à l'idée. (Il gloussa de rire.) C'est peut-être la chose la plus bizarre que j'aie jamais entendue. Et toi Gianna ? Tu en faisais déjà partie à l'époque ?

– Non, c'est arrivé après. Ça m'a légèrement énervée qu'on me détienne sans motif, vois-tu.

– Quand même, grommela Jayden, tu étais sympathisante. J'avais raison de ne pas te faire confiance.

– Les enfants, intervint Tovar, je ne voudrais pas être parano, mais… (Il eut un geste vers la porte ouverte.) Entrez donc, qu'on puisse réinstaller notre piège. Si une patrouille passe dans le coin, je préférerais qu'elle ne nous surprenne pas en train de blablater à tous les vents.

Il rentra devant eux, tandis que les autres rebelles camouflés reprenaient leur poste. Tovar les entraîna dans un couloir pendant que Gianna refermait la porte à clé et allait ranger leurs armes dans une autre pièce. L'intérieur était plus ou moins identique au souvenir qu'en gardait Kira, y compris la chamelle laconique couchée dans le salon.

– Hello, Dolly, dit Marcus. Ça faisait longtemps.

Xochi s'avança.

— Apparemment, vous connaissez déjà tous les autres. Moi, c'est Xochi.

L'homme ne prit pas sa main tendue : il cherchait déjà des victuailles dans sa carriole.

— Xochi Kessler, compléta-t-il. Ou peut-être devrais-je dire : la tristement célèbre Xochi Kessler. Ta pauvre mère se fait un sang d'encre.

— Ma pauvre mère peut aller se faire pendre.

— Elle préférerait nettement te pendre, toi, dit-il en lui tendant une boîte de raviolis. Je cherche toujours l'ouvre-boîte, ajouta-t-il en se retournant vers la carriole. Je vous ai déjà dit que vous étiez des criminels recherchés, non ? Avec promesse de récompense, affiches en place publique et tout et tout. Ah, voilà.

Il pointa sur Kira un ouvre-boîte à poignée de caoutchouc.

— Elle, c'est la grande traîtresse, la collabo des Partials, la meneuse. Ces deux-là sont les nigauds qui l'ont suivie. (Il brandit ensuite son ouvre-boîte vers Xochi.) Et toi, tu es la fille ingrate : le symbole de ceux qui croient aux mensonges de la Voix et tombent dans la trahison. Je vais chercher des cuillers, conclut-il en lui tendant l'instrument.

— Qui est au pouvoir, maintenant ? demanda Kira. Que s'est-il passé depuis qu'on est partis ?

— Depuis que vous avez personnellement précipité toute l'île dans l'anarchie, tu veux dire ?

Il lui passa une poignée de couverts dépareillés.

— Qu'ont-ils raconté sur nous ?

— Que vous étiez de mèche avec la Voix, qui elle-même est de mèche avec les Partials. Que vous êtes entrés par la force dans l'hôpital et avez libéré un de ces monstres qui était prisonnier de la Défense, et que depuis, vous êtes soit cachés dans la nature, soit en train de filer vers le continent pour ouvrir la voie à une invasion de Partials. Qu'est-ce que je dois croire, dans tout ça ?

Kira choisit soigneusement ses mots.

— Je suppose que ça dépend de votre opinion sur les Partials.

Tovar s'assit sur une banquette en face d'elle et l'observa attentivement.

— Hormis le fait qu'ils ont assassiné tous ceux que je connaissais, les Partials n'ont jamais beaucoup compté dans ma vie. Tu n'as qu'à considérer mon avis comme « globalement très défavorable ». Cela dit, je suppose que s'ils avaient voulu nous exterminer, nous ne serions plus de ce monde. Donc, si tu as autre chose à en dire, je suis tout ouïe.

Elle hocha la tête.

— Vous considérez-vous comme un homme aux idées larges, monsieur Tovar ?

— J'aime à le penser.

— Vous allez vraiment devoir ouvrir votre esprit en grand pour avaler ce que nous avons à vous dire, précisa Marcus. Primo : ce ne sont pas eux qui ont créé le RM.

— Et ils ne cherchent pas à nous exterminer. Enfin, pas tous. Du moins, pas encore, ajouta Kira. Ce qui nous amène au point numéro deux : oui, nous étions de mèche avec un Partial. Nous l'avons fait évader et l'avons aidé à quitter l'île, après quoi il nous a à son tour aidés à revenir ici.

— Miséricorde ! s'exclama Tovar. Et c'est ça qui a causé l'émeute ?

— Non, c'est le contraire, avoua Kira d'un ton penaud. Nous avons soulevé l'émeute pour faire diversion, quand nous sommes allés le chercher.

Tovar siffla.

— Eh bien, vous ne faites pas les choses à moitié, dites donc.

— En effet.

— Et c'est tout ?

— Pour l'instant, oui, dit Jayden. Maintenant, à vous.

— Mmm, par où commencer ? Il y a deux nuits, vous avez répandu votre rumeur, déclenché votre émeute, et vous êtes partis juste au moment où ça devenait intéressant. Le stade a brûlé, mais pas entièrement ; l'hôtel de ville aussi a brûlé, avec une belle brochette de sénateurs à l'intérieur.

Kira blêmit en pensant à Isolde. *Et nous qui pensions qu'elle y serait à l'abri. Est-elle morte dans l'incendie ?*

— Et l'hôpital ?

— Personne n'y a mis le feu, mais on ne peut pas en dire autant des maisons situées de l'autre côté de la voie rapide. Néanmoins, il a été le site de la plus grosse émeute et les pertes ont été, disons... élevées.

— Comment vont les futures mères ? Combien de morts ?

— La maternité n'a pas été touchée. Et je crains de ne pas avoir le bilan exact... C'est sans doute moins que ce que prétend le Sénat, et sans doute plus que ce qu'on penserait.

— Que dit le Sénat ?

— Deux cents, lâcha Tovar d'une voix dure comme le silex. Un prix très élevé pour la vie d'un Partial.

Ça en valait la peine, se jura Kira, bien qu'elle ait le cœur brisé rien qu'à y penser. *Ça en valait la peine.* Elle leva les yeux vers l'homme, pas encore certaine de lui faire suffisamment confiance pour lui expliquer pourquoi ils en étaient arrivés à de telles extrémités. Après tout, ils étaient encore ses prisonniers ; il ne leur avait proposé que des informations, et ne leur avait rien promis du tout.

– Qui reste-t-il parmi les sénateurs ? s'enquit Xochi. Ma mère, je suppose, mais qui d'autre ?

– Il serait plus juste de demander ce qu'il reste de la démocratie, précisa Tovar. Les quelques sénateurs qui ont survécu à cette fameuse nuit ont déclaré l'état d'urgence, instauré la loi martiale et rempli la ville et les campagnes de soldats de la Défense. Les élections pour remplacer les victimes sont repoussées « jusqu'à ce qu'un état d'équilibre et de paix soit atteint », ce qui fait énormément de syllabes pour dire « jamais ». C'est du totalitarisme qui ne dit pas son nom.

– D'accord, dit Kira, mais de qui parlons-nous, précisément ? Quels sénateurs ?

L'homme haussa les épaules.

– Oh, vous savez... La ligne dure, comme Kessler et Delarosa. Évidemment cette anguille de Hobb, qui se tire toujours de toutes les situations, ainsi que le militaire, là... le sénateur Weist. C'est grâce à lui qu'ils ont obtenu si rapidement le soutien de l'armée.

– Bref, toujours les mêmes : ceux qui sont aux manettes depuis le début, constata Kira. (Prise d'un frisson glacé, elle agrippa la main de Xochi pour trouver de la force.) Ils avaient tout manigancé à l'avance. Samm, l'explosion, même l'émeute... Ce n'est pas un gouvernement provisoire établi dans le sillage d'une catastrophe nationale, c'est une prise de pouvoir calculée et planifiée.

– Ils n'ont pas pu prévoir Samm, objecta Marcus. Ils ne se doutaient pas que tu irais le chercher.

– Qui est Samm ? s'enquit Tovar.

– Le Partial. Ils n'ont pas eu besoin de planifier sa capture, mais uniquement ce qu'ils feraient de lui après. Cela faisait sans doute un moment qu'ils cherchaient la domination totale, et en leur amenant Samm, nous leur avons donné le moyen d'y parvenir.

– Ils imposent l'état d'urgence juste le temps que la ville se remette sur pied, nuança Jayden, et cela à cause d'une émeute provoquée par *nous*. Que voulez-vous qu'ils fassent d'autre ?

– Tu crois vraiment à ce que tu dis ? souffla Xochi avec agacement.

– Ils ont réagi trop rapidement, objecta Kira qui sentait la rage enfler en elle – une rage à laquelle elle était tellement habituée, qui faisait tellement partie d'elle, désormais, qu'elle montait très facilement. Ils savaient qu'ils pouvaient se retrouver dans une situation comme celle où nous les avons mis. Nous avons déclenché une émeute ? Très bien : ils ont actionné le plan F ou je ne sais quoi, pour s'emparer de toute l'île. Même lorsque nous pensions gagner contre eux, ils avaient toujours une longueur d'avance.

– Ils s'efforcent de sauver l'espèce humaine, insista Jayden. D'accord, leurs méthodes sont un peu extrêmes, mais c'est peut-être la seule solution : une poigne solide sur l'île, avec une vision unique pour la mener et une armée pour la rendre forte.

– N'oublie pas à qui tu parles, gamin, l'avertit Tovar.

– Ça ne me plaît pas plus qu'à vous, mais ils n'ont pas le… (Il se tut, regarda Kira, et recommença.) À leur connaissance, c'est le seul moyen de nous sauver du RM : pousser la loi Espoir jusqu'à ses dernières limites et nous gérer comme du bétail jusqu'à ce qu'un enfant naisse immunisé.

– Delarosa était gardienne de zoo, dans le temps, dit doucement Kira en pensant à tous ses amis bloqués dans la ville.

– C'est vrai ? s'esclaffa Tovar.

– Oui, elle sauvait les espèces en danger. Je suppose que nous aussi, nous sommes un peu des rhinocéros blancs.

Kira ravala sa rage et inspira longuement, profondément. Puis elle regarda l'homme droit dans les yeux.

– Monsieur Tovar, dit-elle. Nous devons retourner à East Meadow.

– Alors vous êtes fous.

– Fous ou non, il faut qu'on y aille. Vous devez nous y emmener.

– Alors vous êtes fous et idiots. Dans trois jours, lorsque tous mes hommes seront réunis, nous lancerons une offensive sans précédent. Votre ami a raison : quand l'espèce entière est en danger, les gens sont attirés par les extrêmes. Nous allons renverser le gouvernement, et à ce moment-là, si j'étais vous, je ne m'attarderais pas dans les parages.

Kira réfléchit à toute vitesse.

– Trois jours ? C'est bien plus qu'il ne nous en faut. Si vous pouvez nous y amener sans qu'on soit vus, je veux dire nous faire entrer dans la ville, la guerre ne sera peut-être même pas nécessaire.

Tovar se rembrunit.

– Je ne suis pas un assassin, Kira, si c'est à ça que tu penses.

– Bien sûr que non.

– Et je ne suis pas un martyr non plus. Vous faire entrer - vous ou n'importe qui d'autre - dans East Meadow serait extrêmement périlleux. Le jour où je mourrai, je tiens à ce que ce soit pour une bonne raison.

– Ça, ce n'est pas un problème. Nous avons le remède contre le RM.

Elle lui montra la seringue. Tovar sembla un instant éberlué, puis éclata franchement de rire.

– Vous imaginez que je vais vous croire ?

– Vous croyez bien à toutes sortes d'horreurs, pointa Xochi. Pourquoi ne pas croire à une bonne nouvelle de temps en temps ?

– Parce que les horreurs en question entrent dans mon domaine d'expérience. Alors que vaincre le RM, c'est comme les lutins magiques et des chiens parlants qui pissent du whisky. Ça n'existe pas.

– C'est pourtant vrai, dit Marcus. Et nous sommes prêts à le payer de notre vie, ajouta-t-il en regardant Kira.

– Admettons que ce soit vrai. Qu'est-ce qu'on fait, dans ce cas ? On entre en ville, on tient cette seringue en l'air et on attend que les lutins magiques aient tout arrangé ?

– Si le Sénat m'a appris une chose, dit Kira, c'est que le pouvoir vient du peuple : la seule raison pour laquelle ces gens ont le pouvoir, c'est que le peuple le leur a donné.

— Et aussi qu'ils sont armés.

— Faux, pointa Xochi. Ils sont *alliés* avec l'armée. Ce n'est pas pareil.

— Exactement, renchérit Kira. En parvenant à modifier cette alliance, nous pourrions libérer toute la ville... toute l'île, même. Si nous leur montrons un bébé humain vivant, la preuve la plus pure, la plus simple, que notre méthode fonctionne – contrairement à la loi Espoir –, le peuple se lèvera si vite que vous en aurez le vertige. Nous sommes en mesure de restaurer la liberté et de réunifier l'île, et cela sans qu'un coup de feu soit tiré.

— Bon. Mais supposons que votre remède fonctionne et que nous puissions réellement leur montrer un bébé humain vivant, comme vous dites. (La voix de l'homme se brisa presque, et Kira crut littéralement voir l'émotion le traverser pendant qu'il parlait.) Vous avez fraternisé avec les Partials ; vous avez franchi le détroit et vous les avez rencontrés en personne. Les gens ne risquent-ils pas de croire que c'est encore une ruse de l'ennemi ? Un bébé Partial, ou une sorte de... de clone fabriqué de toutes pièces ?

— Il faudra que la mère soit une personnalité d'East Meadow, une femme qu'ils reconnaîtront comme une des leurs, dit Marcus. Sa sœur (il désigna Jayden d'un coup de menton) est sur le point d'accoucher... si ce n'est déjà fait.

Kira l'approuva de la tête.

— Se pointer avec un bébé ne suffit pas : il faut entrer à l'hôpital, prendre Madison et la faire sortir. Sous le nez de la Défense.

Tovar la regarda.

— Je ne sais pas pourquoi, j'ai l'impression que rien n'est jamais simple, avec toi.

— Bienvenue dans ma vie ! Combien de soldats avez-vous ?

— Dix.

Kira haussa un sourcil circonspect.

— Rien que dans le jardin, j'en ai vu bien plus de dix.

La voix de Tovar se durcit.

— Tu me parles de soldats ? Ou de civils armés, avec plus de tripes que d'entraînement ?

— Compris.

Tovar les étudia tour à tour en réfléchissant.

— Il se peut - je dis bien « il se peut » - que nous ayons une combine pour vous faire entrer. Tu es sûre d'en être capable ?

Kira sourit largement.

— Vous n'êtes pas au courant ? Je suis la criminelle la plus recherchée de l'île. Il est temps que je justifie ma réputation, non ?

— Bien envoyé ! lança Xochi.

Tovar l'observa encore, le sourcil froncé. Enfin, son visage s'éclaira.

— Vu comme ça... Tout compte fait, je crois bien avoir entendu un chien parler pas plus tard que la semaine dernière. Mais je n'ai pas goûté à sa pisse pour autant. (Il se leva.) La matinée n'est pas trop avancée, et la météo est avec nous ; en s'y mettant maintenant, on peut se débrouiller pour que vous soyez en train de vous faire tabasser au poste avant le dîner. Mais j'ai quelques atouts dans ma manche. Je vais rassembler mes troupes.

Chapitre 36

L'un des atouts dont parlait Tovar s'avéra être une collection d'uniformes : des dizaines d'uniformes de l'armée, provenant du dépôt qu'ils avaient pillé dans l'ancien lycée d'East Meadow.

– On a aussi volé une montagne de munitions et de rations de combat, pour faire croire que c'était ça qui nous intéressait, précisa-t-il. Mais le gros lot, c'étaient les uniformes. Bien utilisés, ils valent toutes les munitions du monde.

Kira eut un hochement de tête approbateur et en enfila un par-dessus ses vêtements.

Le salon de la maison, déjà encombré au départ, était maintenant plein à craquer, car les principaux meneurs de la Voix y étaient rassemblés. Kira les regarda parler, penchés sur des cartes artisanales de l'île ; tous paraissaient très déterminés et plutôt compétents, mais il leur manquait l'aisance qu'elle avait remarquée dans les Forces de défense. Celles-ci étaient bien mieux organisées, même pour des tâches aussi simples que les missions de récupération. Dans l'armée, une personne détaillait le plan et les autres écoutaient avec attention ; ici, c'était tout autre chose.

– Je vous présente Farad, dit Tovar en désignant un homme à l'expression préoccupée et aux cheveux roux flamboyants. Les uniformes, c'est déjà bien, mais lui, c'est notre arme secrète : un soldat de la Défense. Il a rallié notre cause il y a si peu de temps que ses supérieurs ne sont même pas encore au courant de sa défection… du moins nous l'espérons.

Farad lançait des regards nerveux dans la pièce, visiblement mal à l'aise au milieu de tant de gens qui étaient encore récemment ses ennemis.

– J'ai essayé de tenir après l'émeute et la loi martiale, dit-il à mi-voix, mais… ce n'est plus possible, ils vont trop loin.

– Farad était chauffeur, continua Tovar, et il se trouve que nous venons de, euh… libérer une jeep d'une patrouille militaire. (Il se tourna vers Kira.) Sans doute une de celles qui ont tenté de vous rattraper après l'émeute. Elle est en bon état, couverte à l'arrière avec une capote et marquée du logo officiel de la Défense ; Farad connaît les mots de passe pour entrer en ville.

– Farad *connaissait* les mots de passe. Ils ont pu les changer… s'ils sont malins, c'est ce qu'ils auront fait.

Celui qui venait de parler était un grand costaud adossé contre le mur. Malgré son âge – que trahissaient sa barbe et ses cheveux gris –, ses biceps étaient impressionnants.

– Mais ils ignorent que je suis parti, hein ? couina Farad d'une voix étranglée. C'est vrai, non ? Ils ne peuvent pas être au courant, pas si vite ?

– À leur connaissance, tu es toujours en mission d'éclaireur, le rassura Gianna. Après, bien sûr, si tu tombes sur quelqu'un qui sait que tu es censé être en mission… tes mots de passe, tu pourras en faire des confettis.

— Même en uniforme, nous ne ferons pas illusion, réfléchit Jayden. Surtout Kira et Marcus, une fois que nous serons à l'hôpital : tout le monde les connaît, là-bas.

— Et ce sont eux qui connaissent les locaux par cœur, enchaîna Tovar. Nous, non, du moins pas assez bien. Voici le projet : Farad entre en ville au volant pendant que vous, les deux stars du groupe, vous restez tête baissée à l'arrière de la jeep. C'est risqué, mais avec un peu de prudence, vous pouvez y arriver. Bref, il vous conduit jusqu'à l'hôpital et vous dépose à la porte de service dont vous m'avez parlé.

— Celle par laquelle nous sommes sortis le soir de l'émeute, confirma Kira. Il y a une grande rampe qui descend à l'intérieur : nous la prendrons discrètement. Les gardes postés à proximité du bâtiment surveilleront les allées et venues, bien sûr, mais ils ne feront pas attention à des militaires entrant à bord d'une jeep.

Tovar acquiesça.

— Ensuite, vous traversez le sous-sol, vous montez à la maternité et vous allez chercher votre amie. C'est le moment le plus délicat.

— Et c'est là que j'interviens, annonça Gianna. Une fois que vous m'aurez amenée à bon port, je pourrai aller et venir dans la maternité sans éveiller de soupçons : personne ne me connaît, là-bas, et cet uniforme me donnera un air officiel.

— Espérons-le, lâcha le barbu.

— Rowan ! s'impatienta Tovar. Tu crois que c'est le moment ? Tu es vraiment obligé de critiquer chaque étape du plan ?

— Ton prétendu plan, ce n'est rien de plus que « bonne chance, et tâchez de ne pas vous faire repérer ». Tu les envoies en plein cœur du territoire ennemi : j'espérais que tu aurais quelque chose d'un peu plus solide à proposer.

— Mais je ne voulais même pas qu'ils y aillent, moi ! Ce que je veux, c'est prendre la ville d'assaut. Alors, c'est le mieux que j'aie trouvé avec le peu de temps et de ressources que nous avons.

Rowan le barbu pivota vers Gianna.

— Et toi, tu es prête à risquer ta vie sur « le mieux qu'il ait trouvé » ?

— Nous sommes prêts à la risquer pour ceci, intervint Kira en lui présentant la seringue. Ce n'est pas un concept abstrait, c'est un traitement : une piqûre qui sauvera la vie d'un enfant. Vous imaginez ? Un enfant, en bonne santé, qui vivra une semaine, un mois, un an ; un enfant qui rira, qui marchera à quatre pattes, qui apprendra à parler. (Sa voix se brisa.) Pour ça, je mourrais sans hésiter.

Cette déclaration fut suivie par un long silence. Rowan fut le premier à le briser.

— Ce n'est pas parce que le projet en vaut la peine qu'il faut s'y lancer n'importe comment.

— Ça va marcher, affirma Tovar avec ferveur. Farad a les mots de passe, et nos informateurs en ville nous ont fait un topo complet sur la surveillance de l'hôpital. On peut vous faire entrer et récupérer Madison

Sato. On l'emmènera dans les fermes de l'est, elle y accouchera, et le bébé vivra.

– Je vais diviser le remède en trois doses, expliqua Kira. Tovar en gardera une ici, à l'arrière : elle servira pour Arwen, la petite fille de Madison. La deuxième, on la prend avec nous, au cas où elle serait déjà née ; dans ce cas, il faudra la traiter sur place.

Tovar s'adressa ensuite à Rowan.

– La troisième, tu l'emportes vers l'est : à Flanders, Riverhead ou autre, là où la présence de l'armée est la plus faible. Injecte-la au premier bébé que tu trouveras. (Il regarda la seringue entre les mains de Kira.) Ce remède est trop précieux pour qu'on l'épuise en une seule mission.

Kira acquiesça, mais une voix insistante, au fond de sa tête, posa la question : *Ai-je la phéromone en moi ? Si je suis réellement un Partial, ai-je moi aussi le pouvoir de guérir le RM ?* Elle n'osait pas l'envisager, elle n'osait plus espérer : ç'aurait été trop facile, et jusqu'à présent rien ne l'avait été. *À la première occasion, aussitôt que j'aurai l'équipement qui convient, il faudra que je me teste.*

– Vous placez beaucoup d'espoirs dans cette opération, murmura Gianna, visiblement impressionnée.

– Je sais, dit Kira.

– Alors voilà toute l'équipe, lança Rowan. Gianna, le nouveau, et ces deux toubibs.

– Et nous, ajouta Jayden. Madison est ma sœur.

– Et Kira est la mienne, renchérit Xochi.

Kira éprouva un pincement de mauvaise conscience, aussi fort que si elle les avait tous trahis volontairement. *Que feraient-ils s'ils savaient ce que je suis en réalité ?*

La voiture tomba en panne à trois kilomètres au nord-est d'East Meadow. Gianna et Farad passèrent presque une heure sous le capot, à cogner la mécanique, pousser des jurons et tenter de redémarrer. Pendant ce temps, Kira et Marcus, assis sur le bord de la route, préparaient leur itinéraire dans l'hôpital : où se rendre, par quel chemin, quel vocabulaire médical de base enseigner à Gianna pour qu'elle puisse soustraire Madison à la surveillance des infirmières. Kira avait conservé la seringue sur elle, toujours soigneusement enveloppée dans des chiffons et accrochée à sa ceinture, cachée entre deux couches de vêtements. Elle la toucha par réflexe, pour s'assurer qu'elle était toujours là. Farad s'approcha d'un air las et laissa tomber sur la chaussée une pièce métallique couverte de cambouis.

— De l'essence pourrie ? s'enquit Marcus.

— Non, c'est l'essence la plus propre que j'aie vue depuis longtemps. Ce que vous voyez là, c'est le carburateur... Il n'est pas fendu ni cabossé ni encrassé, il est simplement... foutu. (L'homme se laissa tomber sur le trottoir à côté d'eux.) Parmi tout ce qui aurait pu aller de travers, je n'avais pas vu venir cette galère-là.

— Mais vous pouvez quand même nous faire entrer en ville, n'est-ce pas ? demanda Kira.

L'homme secoua la tête.

— Je peux entrer, moi. Mais vous, vous êtes trop connus, et sans la jeep pour vous cacher, je ne vois pas comment faire. Et une fois là-bas... un type rentrant à pied tout seul sera toujours bien plus suspect qu'une escouade motorisée. Je serai sûrement emmené au poste, interrogé, et en tout cas je ne pourrai jamais contacter votre amie à temps. Sans même parler de la faire sortir.

– Cherchons une autre solution, proposa Jayden. On ne peut pas simplement renoncer, et on n'a pas le temps de faire demi-tour.

– On pourrait trouver une autre patrouille et voler encore une jeep, suggéra Xochi.

– Je voulais parler d'options réalistes.

– Prendre n'importe quelle voiture, dit Gianna.

Farad secoua la tête.

– Ils feront la différence entre un véhicule de leur flotte et une vieille guimbarde récupérée sur un parking. Avec du temps et du matériel, nous aurions pu bricoler quelque chose, mais si nous voulons empêcher Tovar de lancer un assaut frontal, c'est tout de suite qu'il faut agir. Il ne nous laisse pas beaucoup de marge de manœuvre.

– Alors il faut passer à pied, conclut Kira. Ça n'a jamais été difficile : la périphérie de la ville est trop longue pour qu'ils puissent patrouiller partout.

– Cela a changé avec la loi martiale, la détrompa Gianna. Nos informateurs ont passé en revue tout le périmètre : c'est tendu comme une peau de tambour.

Kira consulta le ciel : l'après-midi était déjà bien avancé.

– Alors traversons discrètement pendant la nuit. Est-ce que ta radio capte les fréquences des militaires ?

– Bien sûr, répondit Gianna, tout comme les militaires captent les nôtres. En plus, les communications importantes seront cryptées.

– Et je ne connais pas tous les codes, précisa Farad.

– Il va falloir faire avec, lâcha Kira en se levant. Trouver un point faible quelque part dans leur défense.

Ils se mirent en marche vers le sud, et un vieux panneau routier leur indiqua bientôt qu'ils se trouvaient sur la route Walt Whitman. Ils dépassèrent un long centre commercial qui s'étendait sur un côté et, peu après, un parc couvert d'une forêt épaisse sur l'autre. À un moment, au-delà d'un large parking, ils aperçurent un groupe de soldats qui fouillaient un haut immeuble de bureaux aux vitres fracassées. Ceux-ci leur firent de grands signes et leur lancèrent des salutations qui résonnèrent dans l'espace vide. Farad répondit à leur salut, après quoi les militaires retournèrent à leurs occupations. Kira continua de marcher d'un pas égal jusqu'à ce qu'ils soient hors de vue, puis fit accélérer la troupe pour s'éloigner d'eux le plus possible. En approchant de la ville, ils croisèrent de plus en plus de patrouilles ; la surveillance se resserrait, jusqu'au moment où ils aperçurent, loin devant eux sur une route qui croisait la leur, un barrage de voitures. Et ce n'étaient pas les vestiges d'un embouteillage vieux de onze ans : ces véhicules avaient été empilés volontairement et renforcés par des plaques de bois et de métal.

– La ville est barricadée, murmura Kira.

Chapitre 37

– C'est Gardiners Avenue. On est tout près du but, indiqua Jayden. Vous croyez qu'on peut contourner le barrage un peu plus loin ?

– Ça n'aurait aucun sens de barricader ici et pas ailleurs, pointa Gianna. S'ils n'avaient pas bouclé tout le périmètre, ils se seraient contentés de bâtir un fort et de garder le carrefour.

– Il doit bien y avoir moyen de se faufiler entre les maisons quelque part, dit Xochi. Ils ne peuvent quand même pas avoir placé des gardes tous les deux mètres sur le pourtour entier de la ville.

Tout le monde étant d'accord, ils s'enfoncèrent dans les jardins en friche d'un grand lotissement ceint d'une clôture en bois qui longeait l'avenue. Ils s'arrêtèrent à mi-distance de deux rues transversales, et, en regardant discrètement par-dessus la clôture couverte de kudzu, Kira constata que le barrage était plus bas à cet endroit-là : il n'y avait qu'une rangée de voitures, sans blindage supplémentaire ni renforts particuliers. *Ils n'ont pas eu le temps de tout terminer.* En revanche, comme pour doucher ses espoirs, l'autre côté de l'avenue n'était pas occupé par une rangée de maisons entre lesquelles ils auraient pu se faufiler discrètement, mais par un centre commercial doté d'un vaste parking : tout guetteur posté au croisement de droite ou de gauche aurait largement le temps de les voir s'engager dans cet espace découvert.

– C'est pas vrai ! J'en ai ma claque de ces galeries commerciales, se lamenta Kira. La forêt a pratiquement tout envahi sur cette île... sauf ces foutus parkings.

– Il y a quelques buissons, fit remarquer Xochi, mais sans doute pas assez pour nous dissimuler jusqu'à l'autre côté.

– Regardez par là, dit Gianna en indiquant le carrefour suivant. Les prochains guetteurs sont à au moins deux blocs d'ici. En fait, ils sont plutôt espacés... quand la nuit sera tombée, on aura des chances de passer.

Kira tourna la tête d'un côté puis de l'autre pour évaluer les distances.

– Zappe sur la radio et tâche de voir si tu trouves sur quel canal est branché ce poste de guet.

Gianna se mit à actionner le bouton – *tic*, silence, *tic*, silence, *tic*, silence – à la recherche d'une fréquence active. Chaque fois qu'elle captait des voix, elle s'arrêtait, attendait qu'une rue soit mentionnée, et c'est avec un profond soulagement qu'ils entendirent enfin un homme parler de Gardiners Avenue.

– C'est nous, dit Kira en tambourinant des doigts sur le mur. Continue de surveiller les trois canaux ; on va rester ici sans bouger en attendant la nuit.

Dans le noir, si on reste discrets, ils ne devraient pas nous voir du tout.

À chaque heure qui passait, Kira sentait son estomac se nouer. *Que suis-je? Pourquoi suis-je ici, et qui m'y a mise? Ai-je la phéromone en moi? Ou autre chose d'inquiétant?* Mille questions tourbillonnaient follement dans sa tête, et elle aurait tout donné pour avoir les réponses. Elle voulut oublier, ne plus songer qu'au problème immédiat, mais ce fut encore pire. Lorsqu'elle pensait à Madison et à Arwen, elle n'avait plus qu'une envie : courir tout droit jusqu'à l'hôpital. Elle tapota à sa ceinture le paquet de chiffons qui protégeait la seringue et s'exhorta à la patience.

Une fois la nuit enfin tombée, Farad arracha quelques planches de la clôture et ménagea une petite ouverture dans le kudzu. Ils ramassèrent leur matériel, le sanglèrent solidement sur eux, et s'alignèrent en file indienne : Farad, Xochi, Jayden, Gianna, Kira et Marcus. Kira serra son fusil et inspira lentement, profondément.

– Laisse la radio allumée en baissant le son au minimum, dit-elle. Si jamais les gardes nous voient traverser, mieux vaut être au courant.

– C'est déjà fait, répondit Gianna avec un faible sourire.

– Alors allons-y. Baissez-vous, pas un bruit, et si on est repérés, foncez !

Farad oscillait sur ses pieds, prêt à démarrer.

– À vos marques... prêts... Go !

Il se jeta sur le ventre et se mit à ramper silencieusement dans les herbes folles, en direction de la barrière de voitures. Les autres le suivirent en tâchant de ne pas faire de bruit. Il y eut plusieurs longues secondes de silence angoissant, et soudain un vacarme de cris et de crépitements jaillit de la radio.

– Là ! Là ! Au sud du poste 23 !

Une balle vint se ficher dans l'asphalte à vingt centimètres de la main de Kira.

– Tant pis pour la discrétion, courez ! cria-t-elle.

Ils bondirent sur leurs pieds, traversèrent la rue au pas de charge et abordèrent le mur de voitures. Pour mieux sauter, Kira prit appui sur le capot d'une large berline, encore chaud après une journée passée sous le soleil, qui lui brûla la paume. Elle n'y prêta aucune attention et franchit l'obstacle en deux pas rapides qui résonnèrent bruyamment sur la tôle, avant de bondir au sol de l'autre côté. La radio braillait des messages d'alerte et les coups de feu étaient dédoublés par la distance : on les entendait d'abord sur les ondes, puis dans la réalité. Farad, le premier à avoir atteint l'autre côté de l'avenue, piquait à présent un sprint à travers le parking, en direction d'un étroit passage entre deux bâtiments du centre commercial. Tout à coup, Gianna tomba comme une pierre. Un nuage de brume épaisse resta suspendu en l'air au-dessus d'elle.

– Non ! hurla Kira, qui la suivait de si près qu'elle trébucha sur son corps et s'étala sur l'asphalte défoncé.

Elle se retourna aussitôt pour aider Gianna, mais Marcus l'attrapa au passage, la hissa sur ses pieds et la tira en avant.

– Ne t'arrête pas !

– Il faut l'aider.

– Elle est morte, avance !

Mais Kira se dégagea d'un geste brusque. Elle entendit une autre balle s'enfoncer dans le sol, beaucoup trop près d'elle, tandis que Gianna gisait face contre terre dans une mare de sang.

– Pardon, chuchota-t-elle en récupérant la radio sur le cadavre.

C'est trop important pour qu'on s'en passe.

Son corps fut soudain secoué par un impact, mais elle réussit à ne pas tomber et repartit à toutes jambes vers Marcus et les autres. *Où ai-je été touchée ?* Tout en courant, elle chercha à identifier l'origine de sa douleur... et constata qu'elle n'en ressentait aucune. *C'est l'adrénaline*, disait la scientifique en elle, étrangement calme et analytique. *Tu vas saigner à mort sans même avoir senti la balle.* Elle s'engouffra dans l'étroit passage entre les bâtiments et continua de courir tandis que Marcus l'injuriait copieusement.

– Tu essaies de te faire tuer, c'est ça ?

– Tais-toi et cours, souffla Xochi en les aidant à franchir un portail cassé qui penchait tristement sur ses gonds rouillés.

Ce portail donnait sur un jardin, où ils se frayèrent un chemin parmi les ronces jusqu'à la porte arrière défoncée d'une maison dont la peinture tombait en longs lambeaux décolorés. Ils avaient beau se trouver aux abords de la ville, les maisons de ce quartier étaient encore inhabitées, et ils se jetèrent au sol dans un living-room occupé par un squelette. Jayden se retourna avec sa carabine pour couvrir la porte.

– Je suis touchée, annonça Kira en laissant tomber la radio pour se palper en cherchant du sang.

Farad ramassa aussitôt l'appareil, enfonça le bouton et aboya dans l'émetteur.

— Poste 23, ici patrouille 40. Sommes sur zone, mais la Voix n'a pas traversé. Je répète, ils n'ont pas traversé. Vous les avez en visuel ? À vous.

— Négatif, 40, crachota la radio. On cherche encore. À vous.

— Reçu, on cherche aussi. Terminé. (Il éteignit l'appareil et le lui lança.) Puisque tu as bêtement risqué ta vie pour ce machin, autant s'en servir.

— C'est quoi, la patrouille 40 ? s'enquit Xochi.

— Elle couvre le côté nord et utilise une autre fréquence. On a peut-être dix minutes avant qu'ils pigent. Il faut sortir de cette baraque tout de suite avant qu'une vraie patrouille ne débarque.

Avant même d'avoir fini de chuchoter, ils entendirent des pas et des voix dans le jardin derrière eux. Jayden attrapa sa carabine et courut à la porte, où il s'accroupit derrière le mur branlant. Il jeta un regard aux autres par-dessus son épaule et leur fit signe de se tenir prêts.

— Ici les Forces de défense de Long Island, cria-t-il. Lâchez vos armes et rendez-vous immédiatement, c'est un ordre !

Il y eut un bref silence pendant lequel Jayden tendit l'oreille, la tête inclinée sur le côté. Une voix finit par répondre.

— C'est vous, patrouille 40 ?

Il adressa à ses camarades un sourire triomphant.

— Oui, c'est nous. Vous êtes le poste 23 ?

Kira entendit les inconnus pousser des exclamations dépitées.

— Ne me dites pas qu'on les a perdus !

Farad se coiffa de son képi d'uniforme et sortit prudemment par la porte pendant que Kira l'observait par un petit trou dans le mur.

– On a couvert toute la zone, dit-il à un soldat. Ils ne sont pas passés.

– Comment ça, ils ne sont pas passés ? On leur a couru après jusqu'ici !

– J'ai des hommes dans la moitié de ces maisons, répliqua Farad avec un geste circulaire, et personne n'a rien vu.

– Mais enfin, comment avez-vous pu les laisser filer ?

– Écoute, soldat. C'est vous qui les avez laissés franchir la barricade... C'est votre faute, pas la nôtre. Nous, on essaie de rattraper le coup pour vous. Alors maintenant, déployez-vous. On va voir dans ces maisons, vous dans celles-là, et n'oubliez pas de laisser quelqu'un de garde dans le passage entre ces deux bâtiments. Et que je ne vous voie pas en laisser d'autres vous passer sous le nez !

Les soldats rouspétèrent un peu, mais Kira les entendit partir d'un pas lourd vers la maison d'à côté. Elle poussa un soupir de soulagement, et continua de chercher sur elle un impact de balle. Elle finit par le trouver : dans son sac à dos. Elle n'avait rien, mais son équipement était hors d'usage.

Farad rentra et siffla tout bas entre ses dents.

– C'était moins une. Tirons-nous d'ici.

– Je n'en reviens pas que ça ait marché ! souffla Xochi.

– Ça ne tiendra pas bien longtemps, dit Jayden. Ils vont finir par aller voir le corps de Gianna, et ils s'apercevront qu'elle est en uniforme de la Défense. On a environ une minute pour disparaître.

Ils traversèrent la maison, sortirent par la porte de devant et se glissèrent dans le jardin suivant, puis encore dans le suivant, s'enfonçant ainsi dans East Meadow en s'éloignant le plus rapidement possible du site d'infiltration. Autour d'eux, la ville fut bientôt plus peuplée, les maisons mieux entretenues, et enfin Kira vit miroiter une vitre. *Me voilà chez moi.* Et pourtant, bien que les abords soient familiers, il y avait dans l'air quelque chose d'anormal : les maisons étaient certes occupées, mais toutes les portes étaient fermées, les rideaux tirés, les fenêtres parfois consolidées par des planches clouées. Par une belle nuit d'été comme celle-ci, même après le coucher du soleil, les rues étaient habituellement pleines de flâneurs en train de bavarder, de profiter de la douceur de l'air ; à présent, les rares silhouettes qui marchaient dehors se déplaçaient d'un pas rapide et furtif, le regard fuyant, pressées de rentrer. Des soldats de la Défense et des policiers des forces spéciales de Mkele patrouillaient dans les quartiers, et Kira vit plus d'un citoyen effarouché se faire arrêter et interroger en pleine rue. *C'est nous qu'ils cherchent, mais ils se trompent de cible*, songea-t-elle.

Lorsqu'ils atteignirent la voie rapide, ils s'abritèrent dans une boutique décatie. En face d'eux, l'hôpital avait des airs de forteresse. Il y avait des gardes devant les portes, ce qui n'avait rien d'étonnant ; mais surtout, en supplément, un épais cordon de soldats bouclait tout le périmètre. La porte arrière qu'ils comptaient utiliser était peut-être encore praticable, mais cela n'importait plus : sans la jeep militaire, ils ne pourraient jamais l'atteindre, et encore moins ressortir sains et saufs avec Madison.

– Ça va être intéressant, commenta Xochi.

– Sans blague, répliqua Jayden.

Farad, lui, se contenta de secouer la tête.

– Mauvaise nouvelle, annonça Marcus en leur faisant signe de s'approcher de la radio.

Ils se regroupèrent autour de lui, et Kira entendit une voix crier un avertissement urgent :

– ... Je répète, les rebelles sont en uniforme des Forces de défense. Ils sont déjà dans la ville, et attendent peut-être des renforts. Contrôles d'identité désormais obligatoires à chaque rencontre, protocole de code Sigma.

Le message fut répété.

– De mieux en mieux, soupira Marcus.

– Je ne connais pas le protocole Sigma, avoua Farad qui marchait de long en large dans la boutique en ruine. Enfin, j'en connais quelques éléments, mais pas assez. On ne passera plus.

Kira contemplait fixement l'hôpital en se creusant la cervelle pour trouver quelque chose, n'importe quoi, qui lui permette d'entrer. *Je suis une terroriste recherchée dont le visage est bien connu de tous ceux qui travaillent dans ce bâtiment. Si j'entre, ce sera parce que je serai enchaînée.* Elle se concentra au maximum. *Je suis plus forte que les épreuves. Je peux les tourner à mon avantage ; je peux m'en servir pour arriver à mes fins. Ne dis pas « Je n'y arriverai jamais », dis « Comment puis-je retourner la situation en ma faveur ? »* Elle étudia encore plus attentivement l'édifice, comptant tous les gardes qu'elle pouvait voir, évaluant les effectifs de ceux qu'elle ne voyait pas, traçant dans sa tête un plan des couloirs intérieurs pour deviner où chacun serait posté. Elle compta les fenêtres, détermina la localisation exacte de chaque point d'entrée favorable, et découvrit avec dépit qu'ils étaient tous bloqués par des voitures ou renforcés par des plaques de métal ou des planches de bois. *C'est trop bien défendu. Ils ont pensé à tout... ils ont anticipé tous les plans d'attaque possibles.*

Elle jeta un coup d'œil aux tireurs postés sur le toit, qui avaient une vue imprenable sur tous les abords de l'hôpital. *Partial ou non, ils pourront m'abattre même si je cours de toutes mes jambes...*

Elle aperçut alors une faible lumière derrière quelques fenêtres. *C'est au troisième étage. Les seuls à l'utiliser sont les sénateurs. Sont-ils en réunion en ce moment même ? Et en quoi cette information pourrait-elle m'aider ?*

— Même si on parvenait à entrer, dit Jayden, je ne vois pas comment on ressortirait, surtout avec Madison. Déjà qu'ils ne la laissent pas se lever de son lit, vous les voyez l'autoriser à partir ? Et on n'a même plus la jeep pour la cacher.

— Tu es un vrai rayon de soleil, dis donc, lâcha Marcus en se levant. C'est vraiment fantastique : on ne peut pas entrer dans l'hosto, on ne peut pas en ressortir non plus, on ne pourra sans doute même pas ressortir d'East Meadow, nos uniformes ne nous servent plus à rien... Bref, nous n'avons plus rien.

— Faux ! lança Kira sans quitter des yeux les fenêtres éclairées. Vous m'avez, moi.

— Excuse-moi si je ne bondis pas de joie, marmonna Farad.

— Vous voyez cette lumière, là-haut ? Ce sont les sénateurs, et vous allez leur amener ce qu'ils désirent le plus au monde : moi.

— Non ! répondit immédiatement Marcus, aussitôt approuvé par les trois autres.

— Si. Notre plan est anéanti, on ne peut pas aller chercher Madison, mais on peut encore lui administrer le traitement… à condition d'entrer. Vous n'aurez pas besoin de moi une fois que vous y serez, et j'étais sérieuse quand je parlais de donner ma vie pour la cause. Si Arwen survit, je me fiche de ce que le Sénat me fera.

— On ne t'abandonnera pas, insista Xochi.

— Mais si. Descendez bien vos képis sur vos yeux, avancez d'un pas décidé vers la porte, et racontez que vous m'avez arrêtée pendant que j'essayais d'entrer en ville. C'est tout à fait plausible : n'importe quel soldat ayant la jugeote d'écouter sa radio saura que des rebelles ont tenté de traverser ce soir. On ne vous demandera même pas de vous identifier, car enfin, pourquoi des agents de la Voix livreraient-ils une des leurs ?

— Excellente question, enchaîna Xochi. Pourquoi est-ce qu'on ferait ça ? Ça ne nous rapporte rien.

— Ça vous permettra de pénétrer dans l'hôpital. Livrez-moi aux gardes postés à l'intérieur, ils m'emmèneront devant le Sénat, et pendant ce temps, vous filez à la maternité.

— On n'a pas besoin de te livrer, intervint Marcus. Une fois entrés, il suffit de… foncer dans le tas.

— Et déclencher l'alerte rouge ! Non, si vous me livrez, vous pourrez travailler tranquilles. (Elle prit la main de Marcus.) Si ce remède fonctionne, l'humanité aura un avenir ; c'est la seule chose que j'aie jamais voulue.

– Je le voulais aussi, mais avec toi, murmura le garçon, dont la voix se brisa.

– Ils ne me tueront peut-être pas sur-le-champ, répondit Kira avec un faible sourire. J'ai peut-être encore une chance.

Marcus rit, les yeux mouillés de larmes.

– Bah oui, on en a tellement eu jusque-là !

– Il faut qu'on s'annonce à l'avance, comme on l'a fait tout à l'heure, dit alors Farad en reprenant la radio. S'ils nous entendent avant de nous voir, on a de meilleures chances pour que ça marche.

– C'est un peu risqué de faire le même coup deux fois de suite, objecta Jayden. Imagine qu'on soit écoutés par un type qui connaît le nombre et la position des patrouilles en service : il comprendra tout de suite que nous mentons.

– On ne peut pas non plus se pointer sans prévenir. Ce serait suspect, non ?

Xochi sortit son pistolet, vissa un silencieux sur le canon et tira en plein dans la radio ; Kira et les autres bondirent en arrière avec un petit cri de surprise.

– Problème réglé, lâcha la jeune fille en rangeant son arme. La vilaine terroriste Kira Walker a bousillé notre radio pendant la bagarre. Bon. Kira est ma meilleure amie au monde, mais elle a raison. Son plan est le moyen le plus rapide et le plus efficace de nous faire entrer dans cet hôpital, alors désarmez-la et allons-y.

Kira se dépouilla de ses armes et de son équipement. Les hommes du groupe l'aidèrent avec un peu de retard, une fois résignés à l'idée que les dés étaient jetés. Marcus s'en désolait, mais ne fit rien pour l'empêcher. Kira n'avait plus sur elle que la seringue, toujours protégée sous des couches de chiffons. Elle déboucla la ceinture, la garda encore un instant entre ses mains, puis la tendit à Marcus.

– Prends-en bien soin, souffla-t-elle.

– Je ne veux pas que tu fasses ça.

– Moi non plus, mais il le faut bien.

Il la regarda au fond des yeux, puis, sans un mot, prit la ceinture et la boucla soigneusement sous sa chemise, en s'assurant que ses vêtements la couvraient bien. Après quoi il se macula le visage de poussière, dans l'espoir que les infirmières ne le reconnaîtraient pas. *Peut-être* pas. Jayden et Xochi firent de même. Kira pria pour que le stratagème fonctionne. *Je n'ai plus qu'à me débrouiller pour que tout le monde me regarde.*

Chapitre 38

Kira se débattit et s'égosilla tandis qu'ils l'amenaient devant la première rangée de gardes.

– Lâchez-moi ! J'essaie de vous aider, bande d'imbéciles, vous ne comprenez donc pas ?

La discrétion n'était plus de mise : son rôle, à présent, consistait au contraire à être aussi visible et bruyante que possible pour que personne ne regarde ses amis de trop près. Arrachant son bras à la poigne de Farad, elle s'en servit pour agresser Jayden de la manière la plus convaincante possible ; il réagit de même en la frappant à la tempe, puis l'immobilisa complètement en lui tordant le poignet derrière le dos.

– Oouf, grogna-t-elle. Bien joué.

– La ferme, sale terroriste ! (Il s'en prit ensuite à Farad tout en la poussant en avant.) C'est comme ça qu'on tient un prisonnier, crétin. Ne la lâche plus, maintenant.

– Je crois que vous êtes en train de me casser le bras.

– Tant mieux, lança Xochi, assez fort pour que les soldats l'entendent.

Ceux-ci les apostrophèrent, mais elle s'avança avant qu'ils en disent davantage.

– On l'a eue ! s'écria-t-elle en brandissant la radio cassée tel un trophée. Vite, dégagez-nous le passage jusqu'au Sénat ! Je ne voudrais pas que des civils en profitent pour tenter quelque chose.

Le sergent de la troupe de soldats hésita.

– Qui est-ce ?

– Kira Walker, en personne ! Elle faisait partie du groupe qui a tenté de passer les lignes. Voyez vous-même !

Elle montra Kira, qui garda la tête haute.

– Bon Dieu ! lança le sergent après s'être approché pour l'observer de près. (Elle ne le connaissait pas, mais il hocha la tête.) C'est bien elle.

Il se tut un instant, puis lui cracha au visage.

– Mon meilleur pote a été tué par la Voix, sale chienne.

Marcus s'avança rapidement pour l'arrêter.

– Bas les pattes, soldat. C'est une prisonnière, pas un animal.

– Elle s'est attaquée à l'hôpital. Pourquoi tu la défends ?

– On l'amène devant le Sénat. C'est à eux de décider de son châtiment. Allez, dégagez le passage !

Les militaires lui lancèrent des regards mauvais et Kira retint son souffle en priant pour qu'ils ne demandent à personne de s'identifier. Elle donna un coup de pied dans le tibia de Jayden, histoire d'augmenter la pression. Poussant un juron, il lui fit une nouvelle clé de bras – suffisamment douloureuse pour que sa réaction ne soit pas feinte. Apparemment, ce petit numéro fut efficace.

– OK, on la fait monter. Suivez-moi, dit le sergent en ouvrant un passage dans le cordon de soldats pour se diriger vers l'hôpital.

– C'est maintenant qu'on entre dans la vraie zone de danger, chuchota Jayden. J'ai travaillé avec certains de ces types.

– Moi aussi, souffla Marcus en lorgnant la foule de plus en plus nombreuse, prêt à dégainer. (Il donna un petit coup de menton vers la gauche.) Celui-ci, par exemple.

– Alors on serre à droite, répondit Jayden en obliquant légèrement.

Il faut qu'on me regarde, moi, et pas mon escorte. Kira se lança dans une nouvelle tirade.

– Le Sénat vous ment ! Ce sont eux qui ont amené le Partial ici, ils m'ont dit de l'étudier et j'ai trouvé un traitement ! J'ai trouvé le remède contre le RM, et le Sénat a tenté de le détruire ! Vos enfants n'ont pas à mourir !

Cela fonctionnait : de plus en plus de soldats la regardaient, et pratiquement tous les yeux étaient rivés sur elle. Ils étaient presque aux portes de l'hôpital. *Encore quelques pas, plus que quelques pas.*

Le sergent s'arrêta devant les portes, puis se retourna vers Kira. Ses yeux étaient sombres et limpides à la fois.

– Vous avez vraiment un remède contre le RM ?

Kira, étonnée, ne sut pas quoi répondre. Était-ce de la simple curiosité ? Était-il sincèrement intéressé ? La question semblait chargée de sens, de petits indices, de messages, de signes qu'elle n'osait pas interpréter car elle ne connaissait rien de l'homme qui les donnait. Était-il de son côté ? Soutenait-il au contraire le gouvernement ? Elle porta les yeux au-delà de lui, vers le hall de l'hôpital, là, tout proche. Ses amis n'avaient plus qu'à entrer, prendre à droite et longer le couloir. Ils pouvaient sauver Arwen. C'était à portée de main.

Mais le pouvoir appartient au peuple, se dit-elle en se remémorant sa conversation avec Tovar. *Ces gens sont ceux que nous voulons atteindre, ceux qui nous suivront ou resteront dans le camp du Sénat. Combien parmi eux sont comme Jayden, comme Farad, combien voudraient se rebeller et n'attendent plus qu'une petite impulsion ?*

Puis-je la leur donner, cette impulsion ?

Elle regarda l'homme droit dans les yeux.

– Oui, dit-elle. J'ai le remède contre le RM. Mais le Sénat préférerait me tuer plutôt que le laisser entre vos mains.

– Donnez-le-moi, souffla-t-il en se penchant vers elle. Je ne peux plus rien pour vous, mais je pourrai l'utiliser pour sauver les enfants.

Disait-il vrai ? Était-ce du bluff ? Lui tendait-il un piège ? Elle ne pouvait pas lui donner la seringue sans révéler aussitôt les véritables intentions de Marcus et de tout le groupe, mais si c'était possible... alors quoi ? Qui, dans la foule, s'en prendrait à elle, et qui volerait à son secours ? Qui voudrait bien la croire, et la croirait-on suffisamment pour la laisser bifurquer vers l'aile de la maternité ? Il ne suffisait pas que le sergent lui promette son aide : il fallait qu'elle ait la preuve de sa sincérité, sans quoi elle ne pouvait pas prendre le risque.

Elle lui répondit à voix basse, tout en guettant une lueur de compréhension dans ses yeux.

– On ne peut pas être un héros à moitié.

– Contrôle d'identité ! aboya alors un soldat qui se tenait sur le côté. (Il s'approcha, et le cœur de Kira se serra.) C'est valable pour tout le monde, même pour les militaires, et vous n'entrerez pas dans cet hôpital tant que je ne saurai pas précisément qui vous êtes.

Autour d'eux, les soldats retinrent leur souffle, observant et écoutant attentivement l'échange. À l'arrière-plan, Kira en vit certains serrer les doigts sur leurs armes, passer d'un pied sur l'autre, se préparer à une fusillade. *Je ne sais pas à qui me fier*, pensa-t-elle, totalement perdue. *Si ça commence à tirer, je ne saurai pas de qui me cacher, qui attaquer. Je ne sais rien. Je ne sais même pas ce que veut ce soldat.* Jayden, de sa main libre, ouvrit l'étui de son pistolet. Le sergent eut le même geste...

... et se tourna sur le côté de manière à positionner discrètement son arme de service à quelques centimètres des doigts de Kira.

– Woolf, vous auriez une paire de menottes ? lança-t-il à celui qui voulait voir leurs papiers. Il y a beaucoup de sympathisants dans les parages, et je préférerais l'attacher avant qu'on la monte.

Beaucoup de sympathisants, nota mentalement Kira, les yeux rivés sur l'arme, là, tout près de sa main. *C'est peut-être un message pour moi : il esquive le contrôle d'identité et me tend un pistolet. Il est forcément dans notre camp. Mais qu'est-ce qu'il attend pour agir ?* Les autres militaires les observaient toujours, suspendus à sa décision. *Qui est avec nous ? Qu'est-ce que je dois faire ?* Devant elle, le sergent n'avait plus trop de raisons de se tenir ainsi de profil. *Il me donne le choix*, comprit-elle soudain. *Il n'ouvre pas les hostilités parce qu'il veut savoir si je suis sérieuse ou non. Si je suis réellement prête à mourir pour la cause, ou si je ne fais que brasser de l'air. Si on déclenche quelque chose, ce sera forcément sanglant. Nous serons nombreux à y laisser notre vie.*

– J'ai dit : contrôle d'identité, répéta l'autre en faisant encore un pas vers elle.

Il avait son fusil dans les mains ; si sa méfiance prenait le dessus, il pouvait les abattre en quelques secondes. Kira prit sa décision et regarda vivement vers la gauche, au-delà de Farad, dans la foule. Le militaire suivit son regard ; pendant cette fraction de seconde, en un seul geste, elle s'empara du pistolet, le leva, relâcha le cran de sûreté et lui logea une balle dans la tête. Il tomba comme un sac de pommes de terre, et elle hurla à pleins poumons :

– Battez-vous pour l'avenir !

Il y eut une explosion de clameurs, et Marcus tira fermement Kira vers le sol.

– Tu vas te faire descendre si tu restes debout !

– Je me ferais descendre n'importe comment ! cria-t-elle avant de se retourner vers les portes.

Le sergent qui lui avait fourni son arme fut touché et Kira abattit aussitôt celui qui avait tiré, de deux balles. Devant eux, le terrain commença à se dégager : elle bondit sur ses pieds en traînant Marcus derrière elle ; Jayden et Xochi les suivirent. Presque aussitôt qu'ils furent entrés, Kira entendit une salve de coups de feu dans le couloir et plongea au sol derrière un comptoir d'information.

– C'est du contreplaqué, fit remarquer Jayden. Ce n'est pas ça qui va arrêter les balles.

– Et dehors, tout le monde n'est pas de notre côté, précisa Xochi. Ça ne me plaît pas d'être étalée par terre pile sur le passage d'une révolution. Il nous faut une stratégie.

Jayden eut un rire sans joie.

— Alors à l'attaque, et espérons que ça passe.

— L'espoir n'est pas une stratégie, pointa Kira.

— Ce n'est pas le plan A, et ça ne devrait pas être le plan B, mais comme plan C, il n'y a pas mieux.

Kira hocha la tête et reprit son fusil à Farad.

— Bien, je vous couvre – il faut que quelqu'un se débarrasse des tireurs.

Avant d'avoir le temps de se dégonfler, elle se redressa d'un bond et se mit à inonder le couloir de décharges de chevrotines. C'était un modèle à canon long, inutile à courte portée ; mais à moyenne portée comme ceci, il envoya une redoutable grêle de plombs sur les soldats loyalistes, qui coururent se mettre à couvert. Jayden surgit à côté d'elle avec sa carabine, visa soigneusement et tira des coups rapides et précis chaque fois qu'un ennemi levait la tête ou qu'un canon dépassait. Marcus et les autres en profitèrent pour partir en courant, à l'opposé de la ligne de feu de Kira. Lorsque sa détente cliqueta sur une chambre vide, cette dernière héla Xochi, qui se mit en place dans un encadrement de porte et poursuivit le tir de barrage toute seule. Kira et Jayden foncèrent rejoindre les autres, et Kira se précipita dans la chambre où était entré Marcus.

— Ça va ? demanda-t-elle.

— Pas mal, et toi ? répondit-il, la tête rentrée dans les épaules tant les murs et le plafond étaient secoués par les détonations.

Elle fit oui de la tête.

— Et la seringue, ça va toujours ?

Elle la palpa à la ceinture de Marcus, dont les doigts effleurèrent les siens. L'emballage était sec : rien n'était cassé, rien n'avait fui. Elle laissa sa main s'attarder encore un peu tout en cherchant le regard du garçon.

— Pardon, lui dit-elle tout bas.

Derrière eux, Xochi poussa une clameur de guerre et se recula pour recharger tandis que Farad prenait le relais.

— Pardon pour quoi ? Pour ça ? fit-il avec un geste vague. Oh, c'est rien, ça arrive tout le temps.

— Tu voulais connaître la paix, dit Kira en rechargeant son fusil. Tu n'as jamais rien voulu d'autre : rien que nous deux, ensemble. Je le voulais aussi, mais je...

— Je sais, la coupa Marcus, totalement sérieux cette fois. Je voulais que rien ne change, alors que toi, tu voulais du progrès. Et tu avais raison, et il y en aura un jour, simplement... ça va d'abord être bien pire pendant un petit moment. Et je crois que je le savais, et que ça me faisait peur.

Derrière eux, Farad poussa un grognement : pas un cri, plutôt un petit gémissement guttural, et son corps s'effondra au sol. Xochi hurla et Kira blêmit, puis le traîna hors de la ligne de feu. Marcus chercha un pouls dans son cou, se baissa pour écouter son souffle, mais il y avait trop de sang : il ne pouvait pas être encore en vie. Marcus secoua la tête, confirmant les craintes de Kira.

— Il est mort.

— Et maintenant ? demanda Jayden.

À présent que plus personne ne tirait, un calme lugubre régnait dans les couloirs, même si des bruits assourdis leur provenaient de loin : cris étouffés et salves de coups de feu au-dehors ; plaintes de patients désemparés à l'intérieur ; braillements déchirants de nouveau-nés brûlants, dévorés vivants par la fièvre. Les quatre amis s'accroupirent dans la pièce, tremblants et terrifiés. Kira risqua un regard par la porte, mais de là où elle était elle ne pouvait distinguer que quelques dizaines de centimètres du mur d'en face. Ne pas savoir ce qu'il y avait au-delà lui donnait l'impression d'être sourde et aveugle. Jayden rechargea sa carabine : ses gestes étaient rapides et efficaces, même si la fatigue et l'adrénaline faisaient trembler ses doigts.

– Encore un plan qui a échoué sur notre liste, dit-il. On n'a pas réussi à entrer discrètement, on est absolument certains de ne pas pouvoir repartir sans se faire prendre, et ça ne sert plus à rien de te traîner devant le Sénat. Alors quoi, on file direct à la maternité ?

– Direct à la maternité, l'approuva Marcus. (Il eut une grimace désolée avant de continuer.) Kira était prête à donner sa vie pour qu'on puisse faire l'injection à Arwen ; je crois que nous aussi, on devrait y être prêts. Ce n'est qu'à deux portes d'ici : si on réussit à entrer et à lui faire la piqûre, même si on ne ressort jamais, on aura réussi. Le bébé sera sauvé, et grâce à notre petit numéro devant l'hosto, tout le monde saura à qui il doit la vie.

Xochi inspira un grand coup, comme pour prendre sa respiration avant de plonger.

– Vous croyez qu'on peut y arriver ?

– Il suffit que l'un d'entre nous tienne jusque-là.

Marcus se leva, ouvrit sa chemise, retira la ceinture qui retenait la précieuse seringue et la donna à Kira, qui la prit en bandoulière. Ensuite, il reprit son fusil.

— Si un seul d'entre nous doit s'en tirer vivant, je préférerais que ce soit toi. On est prêts ?

— Non, dit Xochi, mais ça ne nous a jamais arrêtés.

Elle attrapa une chaise sur roulettes, se posta tout près de la porte et regarda le reste du groupe par-dessus son épaule. Kira et les autres vérifièrent leurs armes et hochèrent la tête. Alors, elle poussa la chaise dans le couloir.

Un tonnerre de coups de feu résonna entre les murs et les quatre amis bondirent juste après, tirant sans discontinuer vers les soldats qui, pris par surprise, s'étaient déchaînés sur la mauvaise cible mouvante. Xochi, qui ouvrait le cortège, trébucha lorsqu'elle fut touchée au bras, mais elle avait déjà atteint la porte de la maternité et fonça droit dedans ; comme celle-ci ne bougeait pas, elle recula, tira dans la serrure et s'engouffra dans la salle ; Marcus passa en deuxième. Soit il visait très mal, soit il faisait exprès de rater les soldats ennemis pour éviter de tuer tout en les forçant à reculer. Cela semblait fonctionner, et Kira et Jayden prirent la suite en tirant régulièrement derrière eux. Soudain, ils entendirent Xochi pousser une exclamation, et, aussitôt après, un coup de feu. Marcus atteignit la maternité dans l'instant qui suivit et Kira perçut d'autres détonations, puis soudain elle fut à terre, la jambe déchirée par une douleur qu'elle n'avait jamais connue.

— Bouge-toi, gronda Jayden sans cesser de tirer vers le bout du couloir. Je suis presque à court de munitions, je ne vais pas pouvoir les retenir éternellement comme ça.

Kira tenta de se lever, mais sa jambe était inerte, comme hors service ; le sang imbibait son pantalon et formait une mare sur le sol.

– Je suis touchée.

– Je le sais bien, que tu es touchée ! Dégage du couloir !

Elle se lança vers l'avant, rampant sur ses deux mains, tirant sa jambe derrière elle. La douleur en fut démultipliée, et Kira sentit sa conscience s'estomper à mesure que son sang se déversait au sol. Jayden jura et se mit à tirer plus soigneusement, avec économie, une balle après l'autre. Kira retira sa bandoulière et lui tendit la seringue.

– Prends ça et cours, dit-elle. Laisse-moi ici et va sauver Arwen.

Jayden tira sa dernière balle et jeta sa carabine.

– Tu sais, Kira, lui répondit-il, je crois qu'en fait tu ne me connais pas si bien que ça.

Il l'attrapa par l'épaule et par la taille, la souleva sur ses pieds et recula vers la porte de la maternité en veillant à toujours faire écran entre elle et l'ennemi. Les soldats firent feu et Kira sentit un impact, puis un autre, secouer le corps du jeune homme. Sa respiration devint sifflante, son pas se ralentit, mais il ne s'arrêta pas. Kira s'accrocha à lui, criant désespérément son nom tandis qu'il gémissait, jurait, sifflait. Enfin, en entrant dans la maternité, il roula sur le côté et tous deux s'effondrèrent au sol.

– Jayden ! clama une voix.

Kira, tournant vivement la tête, découvrit Madison penchée de manière protectrice sur une couveuse de soins intensifs. Son cœur se serra. *Elle est déjà née. Arrivons-nous trop tard ?*

À côté d'elle se tenait Haru, hagard, hirsute, le regard fou, un pistolet au poing, qu'il braqua sur Kira.

— Lâche ton arme !

— Jayden ! s'écria de nouveau Madison.

Elle tenta de courir vers son frère, mais Haru l'arrêta d'une poigne de fer.

— Reste ici.

— Il est blessé !

— Reste ici, je te dis ! Et qu'ils n'approchent pas de notre bébé, ceux-là.

Madison recula, effrayée par le ton de sa voix.

— Jayden, chuchota Kira, reste avec moi.

Elle vit alors Xochi et Marcus debout contre le mur, leurs armes à terre, les mains en l'air. Marcus esquissa un geste pour aller l'aider, mais Haru poussa un véritable rugissement.

— Pas un geste !

— Mon frère est en train de mourir ! s'époumona Madison. Laisse-les l'aider !

Kira se démena pour s'asseoir malgré sa blessure, et examina soigneusement le dos de Jayden. Il avait été touché à de nombreuses reprises. Un instant plus tard, Marcus la rejoignit et retira délicatement le sac à dos de Jayden pour évaluer les dégâts. Kira ne vit pas si Haru lui avait permis de bouger ou s'il s'était déplacé sans rien demander.

Les soldats ennemis étaient arrivés à la porte et les tenaient en joue.

— Elle... elle a le remède, souffla Jayden d'une voix presque inaudible.

— Qu'est-ce qu'il a dit ? s'enquit Madison.

— Les mensonges ineptes de la Voix, trancha Haru. Ne l'écoute pas.

— Il a dit que j'avais le remède, intervint Kira.

Elle pivota péniblement en traînant sa jambe ensanglantée. Était-ce son imagination, ou la plaie commençait-elle déjà à se refermer ? Elle éleva la seringue dans sa main serrée.

– Il est là.

– Tu n'approcheras pas de ma fille, gronda Haru.

– Mais c'est pour la sauver !

Elle s'appuya contre le mur et se hissa sur ses pieds, centimètre par centimètre, dans une douleur atroce. Une fois debout, elle fit reposer son poids sur sa jambe intacte et tâcha d'ignorer l'autre. Elle ne tenait que par la force de sa volonté.

– J'ai sacrifié tout ce que j'avais, et tout ce que j'étais, pour sauver la vie de ton enfant. Est-ce vraiment toi qui m'arrêteras ?

– Tu es un agent des Partials. Tu es de mèche avec eux. Dieu seul sait ce que tu essaies de faire à ma fille, mais j'aime mieux mourir que te laisser faire.

– Ça, ça m'irait très bien, commenta Xochi.

– Il est mort, annonça Marcus en s'écartant du corps de Jayden. (Encore essoufflé, totalement épuisé, il leva les yeux vers Haru.) Jayden est mort pour ceci, Haru. Sois raisonnable.

Madison poussa un gémissement de désespoir, et l'enfant dans le berceau gémit avec elle : un pleur inarticulé dans ce monde qui n'apportait que de la douleur. Kira défia Haru du regard.

– Il faut que tu me laisses essayer.

– Essayer ? Tu veux dire que tu n'es même pas sûre du résultat ?

Kira pâlit en songeant à toutes les manières dont elle pouvait se tromper, à toutes les raisons pour lesquelles l'injection pouvait échouer. *Et si j'avais fait tout ça pour rien ? Si j'avais tué mes amis et détruit mon univers pour une expérience ratée, des mauvais choix, par pur orgueil, par entêtement ? Le Sénat m'a mise en garde : ils m'ont bien dit que je risquais des milliers de vies et l'avenir de l'humanité pour une obsession. Est-ce parce que je suis une Partial, et que j'ai l'instinct de tout détruire simplement parce qu'on m'a fabriquée ainsi ? À cause de moi, la nation est plongée dans le chaos, une multitude d'innocents ont perdu la vie, et sans remède, nous ne nous en remettrons jamais. Sans remède, plus rien n'aura d'importance.*

Mais avec...

– Je n'ai pas de données à te fournir, dit-elle. Je n'ai pas de faits, toutes mes recherches ont été détruites par l'explosion du labo, et le traitement en soi n'a jamais été testé. Je n'ai rien pour te prouver que c'est la bonne décision. Mais, Madison, ajouta-t-elle en se tournant vers son amie, je t'en prie... s'il y a une chose que tu sais de moi, une seule chose, c'est que j'essaie toujours de faire le bon choix. Et peu importe à quel point tout cela a été douloureux, peu importent l'enfer que nous avons traversé et le nombre d'entre nous qui sont morts, ceci est le bon choix.

– La ferme ! brailla Haru en brandissant son pistolet.

Kira ne l'écoutait plus ; elle ne lâcha pas Madison des yeux.

– Madison. As-tu confiance en moi ?

Lentement, en pleurant, Madison fit oui de la tête. Kira lui tendit la seringue toujours accrochée à la ceinture, et son amie s'avança vers elle.

– Madison, ne bouge pas, gronda Haru. Je ne te laisserai pas livrer notre bébé à ces traîtres.

– Alors tire-moi dessus, répondit la jeune mère sur un ton sans appel.

Elle se planta fermement entre Haru et la couveuse ; la main de son mari trembla, chancela, et retomba le long de son corps.

Kira s'effondra et Marcus courut chercher une aiguille pour la seringue dans les placards. À la porte, les soldats ne bougeaient pas : ils observaient la scène, leurs canons pointés vers le sol. Xochi aida Kira à se relever et l'emmena jusqu'à la couveuse ; Kira sentit la chaleur qui émanait du bébé comme d'un lit de charbons ardents. Marcus lui tendit une aiguille et désinfecta le bras de l'enfant.

Kira prépara l'injection, puis hésita au-dessus du petit corps rouge et hurlant de la fillette. En ce moment même, le Globule se déchaînait en elle comme une meute de chiens fous, arrachant et déchiquetant tout, la dévorant de l'intérieur. Cette seringue, cette phéromone allaient stopper ce massacre. En principe.

Elle se pencha en avant.

– Empêche-la de bouger.

Madison obéit, Marcus et Xochi ne firent plus un geste, et même Haru, dans le fond, retint son souffle. Le monde entier semblait être contenu dans cet instant unique. Les pleurs épuisés et rauques d'Arwen emplissaient la salle comme une fumée – les derniers crachotements d'un moteur sur le point de s'éteindre. Kira inspira et, d'un geste sûr, lui administra le remède.

Chapitre 39

– Nous avons découvert un traitement contre le RM.

Une ovation emplit le stade : un concert d'applaudissements, d'acclamations et de cris de bonheur. La guérison d'Arwen n'était pourtant pas une surprise : un événement si extraordinaire ne pouvait pas être contenu bien longtemps, et la nouvelle s'était répandue comme une traînée de poudre... mais le public était heureux de manifester sa joie. Le sénateur Hobb sourit à la foule, et la gigantesque image holographique de sa tête fit de même dans les airs au-dessus de lui. Kira, sagement assise derrière lui dans la tribune, pleurait à nouveau en se demandant, pour la millième fois en une semaine, si tout cela était vrai. Si c'était réellement en train d'arriver. Elle surprit le sourire de Marcus dans le public, et sourit elle aussi. Oui, c'était bien vrai.

Hobb leva les mains pour rétablir le calme, en couvant la foule d'un regard indulgent. Les gens voulaient savourer cette occasion de se réjouir, et il la leur accordait bien volontiers. Kira s'émerveilla de ses capacités d'adaptation : moins de deux semaines plus tôt, il était sur le point de faire basculer l'île dans le totalitarisme ; depuis, ce gouvernement autoritaire avait implosé autour de lui, et pourtant il était encore là, tout sourire, applaudissant des deux mains. Kessler aussi avait réussi à conserver son siège ; Kira lui jeta un coup d'œil furtif à travers la tribune. Les autres membres du sous-comité n'avaient pas eu cette chance.

Hobb apaisa de nouveau la foule et fut, cette fois, entendu. Le calme se fit et il reprit la parole.

– Nous avons découvert un traitement contre le RM, répéta-t-il. Et le comble est que nous l'avons trouvé chez les Partials, dans une substance chimique qu'ils sécrètent dans leurs poumons, et qui se combine avec le virus de manière à anéantir totalement ses effets. Nous avons appris cela grâce à une série d'études pratiquées par notre héroïne, mademoiselle Kira Walker, sous la supervision du Sénat. (Des applaudissements s'élevèrent, et Hobb attendit patiemment qu'ils cessent d'eux-mêmes.) Ces études, comme la rumeur vous l'a certainement déjà appris, ont été menées *in vivo* sur un sujet Partial obtenu au terme d'une mission secrète accomplie par des membres des Forces de défense. Nous avouons, non sans contrition mais avec franchise, que l'opération n'a pas été menée aussi ouvertement qu'il l'aurait fallu. Nous redoutions une violente émeute, et c'est d'ailleurs exactement ce qui a fini par arriver. Soyez assurés qu'à l'avenir, le Sénat fera preuve de davantage de transparence dans ses objectifs, ses projets et ses méthodes.

Kira poussa un long soupir nerveux en guettant dans la foule des signes d'agitation. Rien de ce que disait Hobb n'était tout à fait faux, mais sa manière de le dire semblait... mielleuse, au moins pour elle. Il en avouait juste assez pour avoir l'air repentant, tout en attribuant au Sénat un mérite très exagéré. Le public ne l'acclamait pas, mais ne le huait pas non plus.

– Arwen Sato va très bien. Son état de santé dépasse nos espoirs les plus fous. Nous n'avons pas voulu prendre le risque de la faire sortir de l'hôpital, où elle reçoit les meilleurs soins des médecins comme de sa mère, mais nous avons enregistré cet hologramme afin que vous puissiez tous la voir.

Hobb s'assit, et l'image de sa tête qui trônait au centre du stade céda la place à une vue de la maternité ; Kira, même si elle savait précisément de quoi était fait ce film, ne put s'empêcher de pleurer en voyant Saladin, jusque-là le plus jeune être humain vivant au monde, se tenir à côté du bébé rougeaud pour lui passer le relais. À la vue du nouveau-né dans son berceau d'hôpital, une rumeur émerveillée s'éleva du public, et Kira fut gagnée par cet enthousiasme collectif : le premier bébé humain en onze ans qui ne soit pas malade, hurlant, mourant ou mort !

La projection holographique cessa et Hobb se releva, les yeux humides de larmes.

– Arwen Sato représente l'avenir, dit-il comme en écho aux réflexions de Kira. Cette enfant, cette précieuse petite fille, est la première d'une nouvelle génération. Et cette génération héritera d'un monde meilleur, du moins nous l'espérons, que celui que nous connaissons depuis onze ans. Nos scientifiques travaillent en ce moment d'arrache-pied pour mettre en culture la particule qui a sauvé la vie d'Arwen, afin que nous puissions dans un avenir proche commencer à l'injecter à d'autres enfants. Mais cela ne suffit pas. Si nous voulons des lendemains plus lumineux, nous devons nous débarrasser du passé le plus sombre. C'est pourquoi j'ai le plaisir de vous annoncer que la loi Espoir est définitivement abrogée.

L'assistance explosa à nouveau de joie, quoique de manière moins unanime. Beaucoup d'habitants d'East Meadow étaient encore favorables à cette loi : ils soutenaient que l'existence d'un traitement rendait plus nécessaire encore une reproduction intensive. Cependant, le Sénat avait préféré y renoncer, en gage de paix envers la Voix. Le même gage de paix comprenait la démission de Marisol Delarosa et de Cameron Weist ; à eux deux, ils s'étaient attiré la plupart des reproches pour le basculement soudain de la ville dans la loi martiale. Skousen aussi était parti, non sous le coup du déshonneur mais pour consacrer tout son temps à la réplication du traitement. À leur place, le peuple avait élu Owen Tovar, fraîchement absous de ses crimes à la tête de la Voix. Le nouveau Sénat était une coalition de représentants d'East Meadow et de la Voix du peuple, qui relayaient la diversité des idées et des opinions. L'île était à nouveau en paix. Du moins en théorie. En réalité, dans la tribune, les sénateurs étaient assis à espaces irréguliers, plus ou moins proches ou éloignés de tel ou tel voisin ; celui-ci évitait le regard de celui-là, et Untel parlait à l'oreille d'un autre avec des airs de conspirateur. La foule assemblée dans le stade présentait le même comportement à plus grande échelle : les citoyens étaient unis en apparence, mais de profondes fissures couraient encore juste en dessous de la surface.

— Nous n'avons pas encore déterminé de plan d'action, poursuivit Hobb d'une voix criante de sincérité.

Nos médecins et nos chercheurs s'escriment à percer les secrets du traitement, et une fois que ce sera fait, nous pourrons synthétiser cette substance en masse. C'est le projet pour l'instant, mais s'il devait y avoir des changements, soyez certains que vos votes décideraient de l'étape suivante. Notre société travaillera main dans la main ou pas du tout... Encore une chose, cependant.

Il marqua un silence : une pause purement théâtrale dont Kira put constater la merveilleuse efficacité. Le public se tut, les gens se penchèrent en avant. Hobb leva un doigt, l'agita quelques instants en l'air, et reprit enfin son discours.

– Il y a encore une chose que nous avons découverte au cours de notre étude du Partial. Une nouvelle qui changera à jamais le cours de nos vies, et du monde entier. (Il prit sa respiration.) Les Partials sont en train de mourir, rapidement, et ni eux ni personne ne peut rien y faire. D'ici un an, notre plus grand ennemi aura disparu sans retour.

Cette fois, le rugissement de joie qui s'éleva de la foule fit trembler le stade jusqu'à ses fondations.

– On ne peut pas le synthétiser, dit Kira.

Marcus l'avait raccompagnée chez elle après l'assemblée citoyenne, et ils étaient assis au salon. Kira connaissait la vérité. Une vérité qui la brûlait de l'intérieur comme un brandon chauffé à blanc. Le remède, le Dormeur, était impossible à reproduire artificiellement, et les tests qu'elle avait menés sur elle-même avaient révélé qu'elle ne le produisait pas. Si réellement elle était un Partial, comme le prétendaient le docteur Morgan et ses acolytes, sa fonction et son origine demeuraient un mystère.

Elle espérait que ce mystère n'était pas lourd de nouvelles menaces.

– On ne peut pas le fabriquer, on ne peut pas l'imiter, on n'a tout simplement pas les outils pour ça, poursuivit-elle. Je ne suis même pas certaine que les outils existent. Peut-être que ParaGen ou quiconque a fabriqué le virus au départ avait prévu quelque chose, mais ces gens ne sont plus de ce monde. On ne peut obtenir la phéromone que des Partials eux-mêmes.

– Isolde dit que le Sénat envisage une attaque sur le continent.

Kira hocha la tête.

– Un plan de secours, comme ils disent.

Elle était l'experte de l'île sur la question et le Sénat la consultait souvent, mais elle travaillait surtout avec Skousen. Elle savait qu'ils avaient une idée en tête, mais en ignorait les détails.

– Isolde a-t-elle parlé d'un calendrier d'action ?

Marcus eut un geste évasif.

– Quelques mois, peut-être. C'était une chose de voir les bébés mourir avant, mais maintenant qu'il existe un remède... Trois enfants sont morts depuis que nous avons sauvé Arwen, et les femmes à qui Tovar a injecté les deux autres doses n'ont pas encore accouché. On ignore ce qui va se passer, mais quoi qu'il en soit, les gens ne vont pas accepter sans rien dire que tout redevienne comme avant. Et maintenant qu'ils savent que les Partials sont en train de mourir, ils ne vont pas tarder à réclamer un nouveau plan. Ils commencent à proposer des pourparlers de paix et des émissaires, aussi – pas seulement la guerre. Mais rappelle-toi ce que nous avons vu là-bas… (Il secoua la tête.) Tout ambassadeur que nous enverrons risque fort de se faire descendre en remettant son traité.

– Comme on l'a fait pour eux, dit-elle en fronçant les sourcils. Tu as sans doute raison.

Elle ne savait toujours pas exactement que penser de Samm : avait-il menti sur toute la ligne ? La paix avec les Partials était-elle même envisageable ?

– Kira… dit Marcus.

Elle perçut instantanément un changement dans sa voix : un souffle plus fort, une tonalité plus douce, un ton hésitant qui emplissait son prénom d'un sens profond et solennel.

Elle savait exactement ce qu'il allait dire, et elle prit les devants avec la plus grande douceur possible.

– Je ne peux pas rester avec toi.

Tout en parlant, elle vit Marcus se dégonfler comme un ballon : d'abord les yeux, qui se ternirent, sa tête qui se baissa. Ses traits tombèrent, ses épaules s'affaissèrent.

– Pourquoi ?

Il a dit « pourquoi ? », pas « pourquoi pas ? » Deux questions si différentes… Ça veut dire qu'il sait que j'ai une autre raison : pas une force qui m'éloigne de lui, mais une pulsion qui m'attire vers autre chose.

– Parce que j'ai besoin de partir. J'ai quelque chose à trouver.

– Tu veux dire quelqu'un. (Sa voix était voilée, les larmes proches de la surface.) Tu veux dire Samm.

– Oui, mais ce n'est pas… ce n'est pas ce que tu crois.

– Tu essaies d'empêcher une guerre.

Il le dit simplement, c'était une constatation plus qu'une interrogation, mais Kira percevait toujours la même question en filigrane : « Pourquoi ? » Pourquoi le quittait-elle ? Pourquoi ne lui demandait-elle pas de l'accompagner, cette fois ? Pourquoi avait-elle besoin de Samm alors que lui était là, devant elle ? Il n'ajouta rien, cependant, et de toute manière Kira n'aurait pas su quoi lui répondre.

Parce que je suis un Partial. Parce que je suis un point d'interrogation. Parce que ma vie entière, le monde entier, sont tellement plus grands qu'il y a quelques mois, et que rien de tout cela n'a aucun sens, et que tout est dangereux, et que sans savoir comment, je me trouve au centre. Parce que des groupes dont j'ignorais jusqu'à l'existence m'utilisent pour des projets que je ne peux absolument pas comprendre. Parce que j'ai besoin de découvrir ce que je suis.

Et qui je suis.

C'était elle qui pleurait à présent, la gorge serrée, les yeux humides.

– Je t'aime, Marcus, je t'aime sincèrement et je t'ai toujours aimé, mais je... Je ne peux pas te dire pourquoi. Pas encore.

– Quand, alors ?

– Peut-être bientôt. Peut-être jamais. Je ne sais même pas ce que c'est, ce que je ne peux pas te dire, mais je... Écoute, Marcus, fais-moi confiance, d'accord ?

Il jeta un coup d'œil à son sac, déjà prêt à côté de la porte.

– Tu pars aujourd'hui ?

– Oui.

– Tout de suite ?

Elle hésita.

– Oui.

– Je viens avec toi. Rien ne me retient ici.

– Tu ne peux pas venir, affirma-t-elle, catégorique. J'ai besoin que tu restes ici.

Je ne suis pas prête à ce que tu apprennes ce que je veux découvrir à propos de moi-même. Je ne suis pas prête à ce que tu saches ce que je suis.

– Comme tu voudras, dit-il d'une voix brève et hachée.

Sa tristesse faisait place à la colère, et il s'en cachait à peine. Il se leva lentement, alla jusqu'à la porte et l'ouvrit. Là, il attendit.

– Merci, souffla Kira. Pour tout.

– Au revoir.

Elle retint une larme.

– Je t'aime.

Marcus tourna les talons et s'en alla. Elle continua de contempler le seuil longtemps après son départ.

Nandita n'était toujours pas revenue, et la maison était froide et vide. Kira rassembla ses affaires : son sac de vêtements, un matelas roulé et du matériel de camping, une nouvelle trousse de secours ; un fusil sur son épaule et un semi-automatique sur sa hanche. Elle promena un dernier regard dans sa maison, tira sur les draps de son lit, et un miroitement sur la table de nuit lui attira l'œil. Une photographie encadrée. Fronçant le sourcil, elle s'en approcha. *Ce n'est pas à moi, ça.*

La photo représentait trois personnes, debout devant un immeuble. Elle était à l'envers, et Kira la retourna lentement.

Elle étouffa un cri.

Au milieu, on la voyait, elle, une enfant d'à peine quatre ans. À droite, son père, exactement tel que dans ses souvenirs. À gauche, Nandita. Derrière eux, sur le haut mur de brique de l'immeuble, un mot unique.

ParaGen.

Dans un coin de la photo, quelqu'un avait tracé un petit message, d'une écriture irrégulière et pressée :

Trouve l'Alliance.

REMERCIEMENTS

Le livre que vous avez entre les mains représente l'effort collectif d'un très grand nombre de gens que je me considère comme très chanceux de connaître. Tout d'abord, mon éditeur, Jordan Brown, qui en a tant fait et avec tant de passion qu'il devrait réellement être mentionné comme collaborateur créatif à part entière. Il en va de même pour Ruta Rimas, qui a tant contribué à la création de ce livre et aux premières idées qui lui ont permis de prendre forme. Elle a changé de maison d'édition depuis pour passer à de nouveaux projets, mais ses « empreintes digitales » psychiques sont présentes à chaque page.

Beaucoup d'amis et de lecteurs ont aussi apporté leur propre analyse du manuscrit, y compris des personnes aussi brillantes que Steve Diamond, Ben Olsen, Danielle Olsen, Peter Ahlstrom, Karen Ahlstrop, Ethan Skarstedt, Alan Layton, Kaylynn Zobell, Brandon Sanderson, Emily Sanderson, et mon frère Rob Wells. J'aimerais aussi remercier quelques-uns des artistes dont l'œuvre a influencé ce titre, avec une gratitude particulière pour Ursula K. Le Guin, Ronald Moore, Kevin Siembieda, et Muse.

Ce roman a aussi été formidablement aidé par les lecteurs de mon site web, www.fearfulsymmetry.net, qui m'ont aidé à nommer certains des groupes et concepts principaux du monde de *Partials*. La loi Espoir doit son nom à mon épouse, le Ravage à Eric James Stone (et, en français, à René Barjavel, ajoute la traductrice), et la Voix du peuple à Michele Chiapetta. Merci à eux et à tous ceux qui ont fait des commentaires époustouflants ; ce fut un projet collectif amusant, et nous recommencerons certainement.

Comme toujours, et peut-être est-ce le plus important, je n'aurais pas pu écrire ce livre, et n'en aurais certainement pas fait grand-chose de valable, sans l'assistance inappréciable des trois femmes qui rendent ma vie navigable : mon agent Sara Crowe, mon assistante Janella Willis, et ma merveilleuse épouse et amour de ma vie, Dawn.

Enfin, merci beaucoup à Nick Dianatkhah, toujours disponible pour mourir des manières les plus surprenantes et horrifiques lorsqu'une histoire l'exige.

Du même auteur
aux éditions Albin Michel :

PARTIALS
1. Partials
2. Fragments
3. Ruines

PAPIER À BASE DE FIBRES CERTIFIÉES

Le Livre de Poche s'engage pour l'environnement en réduisant l'empreinte carbone de ses livres. Celle de cet exemplaire est de :
700 g éq. CO_2
Rendez-vous sur www.livredepoche-durable.fr

Composition réalisée par Belle Page

Achevé d'imprimer en mars 2015 en Espagne par
CPI
Dépôt légal 1re publication : avril 2015
LIBRAIRIE GÉNÉRALE FRANÇAISE
31, rue de Fleurus – 75278 Paris Cedex 06

77/6680/9